진작 알았어야 할 일

진작 알았어야 할 일

진 한프 코렐리츠 장편소설
김선형 옮김

YOU SHOULD HAVE KNOWN
by JEAN HANFF KORELITZ

이 책은 실로 꿰매어 제본하는 정통적인 사철 방식으로 만들어졌습니다.
사철 방식으로 제본된 책은 오랫동안 보관해도 손상되지 않습니다.

애셔에게

그 전에

그때는

그 후에

그 전에

1
그냥 알아

보통 여기 처음 오는 사람들은 꼭 울었는데, 이 젊은 여자라고 특별히 다를 것 같아 보이지는 않았다. 그녀는 위풍당당하게 서류 가방을 들고 들어와 그레이스와 악수를 했다. 누가 봐도 쿨한 프로페셔널다운, 아니 적어도 그렇게 보이기를 바라는 태도였다. 그러고는 소파에 앉아 능직으로 휘감은 기다란 다리를 꼬았다. 그리고 **그제서야** 갑자기 한 대 맞기라도 한 것처럼 자기가 어디에 있는지를 깨달은 눈치였다.

「와아.」 여자가 말했다. 여자의 이름 — 그레이스는 몇 분 전 다시 한번 확인했다 — 은 리베카 원이었다. 「심리 치료 상담실에 온 건 대학 시절 이후론 처음이에요.」

그레이스는 늘 앉는 자리에 앉아서 훨씬 짧은 다리를 꼰 채 몸을 앞으로 기울였다. 그러지 않을 수가 없었다.

「정말 이상한 일이에요! 여기 들어오기만 하면 그냥 목 놓아 울고 싶어지거든요.」

「클리넥스가 많이 필요하죠.」 그레이스는 싱긋 미소 지었다. 이 자리에 앉아서 딱 지금처럼 다리를 꼰 채로 방 안에 가득 찬 울음소리를 들은 게 도대체 몇 번이었던가. 여기선 울음이 너무 흔해서 때로는 이 진료실이 물속에 잠겨 있는 것 같았다. 어릴 때 좋아했던 베티 맥도널드의 이야기책에서 읽었던, 주인공 울보 아기가 문자 그대로 울음을 그치질 못하는 바람에 물이 턱까지 차올랐던 이야기처럼 말이다. 소리를 질러 대는 타입이건 말없이 독기만 뿜어내는 타입이건 분노가 극심해질 때면, (사실 밋밋하기 짝이 없는 황백색으로 칠해진) 진료실 벽이 격노로 시커멓게 변하는 것 같았다. 행복이나 조화가 넘치는 분위기일 때는 가끔은 늦여름 호숫가에 있는 것처럼 달콤한 솔향기가 풍기는 것 같은 상상이 들기도 했다.

「뭐, 이건 그냥 방일 뿐이에요.」 그녀는 쾌활하게 말했다. 「따분한 가구들이 있는.」

「그렇죠.」 리베카는 확인이라도 해야 하는 것처럼 주위를 둘러봤다. 그 방 — 그레이스의 상담실 — 은 동시에 여러 가지가 되도록 아주 공들여 꾸며져 있었다. 편안하되 지나치게 마음을 끌려는 인상을 주지는 않고, 거슬리는 개성 없이 따스하고, 사람들이 보통 감응하는 매우 낯익은 물건들로 장식되어 있었다. 문 옆에 걸어 놓은 엘리엇 포터[1]의 자작나무 사진 프린트 — 다들 언젠가 한 번쯤은 저 포스터를 걸어 놓고 살지 않았나? 기숙사 방? 여름 한 철 빌린 집 같은 데에? — 와 붉은 터키 양탄자, 오트밀색 소파, 그녀가 앉아 있는 가죽 회전의자. 구석에는 가죽 케이스를 씌운 클리넥스

1 Eliot Porter(1901~1990). 미국의 유명한 사진작가로, 주로 자연 풍경을 담은 사진을 많이 찍었다. 이하 모든 주는 옮긴이의 주이다.

통이 놓인 유리 상판 커피 테이블과 노송 책상이 놓여 있었고, 책상 서랍들은 노란 공책들과 신경 약리학자, 아동 심리학자, 금연 최면 치료사, 부동산업자, 여행사, 분쟁 조정인, 자산 설계사, 이혼 변호사의 명단을 적은 목록들로 꽉 차 있었다. 책상 위에는 아들 헨리가 1학년 때 만들어 준 못생긴 도자기 머그(지난 몇 년 동안 이 물건은 엄청난 양의 논평을 끄집어냈고, 수많은 빼곡한 기억들을 이야기 속으로 이끌었다)에서 연필들이 삐죽삐죽 튀어나와 있었고, 삼베 갓을 씌운 흰 도자기 램프가 방 안 상황에 신중한 빛을 던지고 있었다. 방에 나 있는 유일한 창문은 건물 뒷골목을 내려다보고 있어서 볼 것이라곤 전혀 없었다. 그래도 몇 년 전 창밖에 흔한 화분들 — 제라늄과 아이비였다 — 을 놓아 보려 했던 적이 있기는 했다. 관리인은 뭐 그러시라고 허락해 주긴 했지만, 트럭에서 나무 화분을 내려서 골목길을 지나 화분 놓을 자리까지 옮기는 일을 도와줄 만큼 열의를 보이지는 않았다. 아무튼 결국 식물들은 햇볕에 목말랐고, 화분 자체도 곧 사라져 버렸다. 남은 것이라곤 시멘트 위에 남은 지워지지도 않는 거무스레한 자국뿐이었다. 그레이스는 사실 꽃 같은 걸 좋아하는 사람도 아니었다.

하지만 오늘은 꽃을, 진분홍색 장미들을 들여왔다. 대망의 날이 시시각각 다가올수록 점점 더 온갖 시시콜콜한 것들까지 통제하기 시작한 새러베스가 콕 집어서 추천한 꽃이었다. 이날을 위해 그레이스는 꽃을 사야 했을 뿐만 아니라, 그 꽃은 장미여야 했고, 그 장미들은 분홍색, **진분홍색이어야** 했다.

진분홍색 장미. **왜지?** 그레이스는 궁금했다. 새러베스가 오늘 컬러 사진을 찍을 거라고 생각하진 않았을 텐데? 『보그』가 흑백 사진을 찍을 만큼의 관심만 가진다 해도 충분히 놀랍지 않나? 하지만 아무튼 시킨 대로 꽃을 사 와서, 치료실 간이 주방에 있던 유일한 꽃병, 기억도 안 나는 꽃 배달과 함께 온 꽃병(치료 완료 기념 꽃? 그를 떠나야 한다고 알려줘서 고마워요 꽃? 조너선이 보낸 꽃?)에 툭 집어넣은 다음 서투르게, 그리고 별로 예쁘지 않게 슬슬 펼쳐 늘어놓았다. 지금 그 꽃들은 소파 옆의 조그만 탁자 위에 놓여 있었고, 탁자는 리베카의 무거운 울 코트 때문에 넘어지기라도 할 것처럼 보였다.

「그런데,」 그레이스는 말했다. 「운다는 이야기, 그건 맞아요. 보통 사람들은 여기까지 오는 데만 해도 엄청나게 힘이 들죠. 혹은 제가 이 일을 하면서 알게 된 바로는, 배우자를 데려오는 데도요. 마침내 처음으로 저 문을 들어서는 데 성공하면 그냥 긴장이 풀려 버리는 일이 아주 흔하죠. 울어도 정말 괜찮아요.」

「음, 다음에요, 어쩌면.」 여자는 말했다. 나이는 얼추 서른 살. 그레이스는 생각했다. 약간 엄격해 보이긴 하지만 예쁘고, 입고 있는 옷은 딱 보기에도 곡선미가 넘치는 풍만한 실제 몸매를 감추고 그 대신 보이시하고 마른 듯한 가상의 느낌을 제시하도록 교묘하게 디자인되어 있었다. 흰색 면 셔츠는 특별히 이 목적을 위해 재단된 것처럼 보였고, 갈색 능직 바지는 그 자리에 있지 않은 허리선에 정확하게 맞춰져 있었다. 두 옷 모두 환상의 승리였고, 분명 자기가 무엇을 하는지 정확하게 알고 있는 사람이 만든 옷이었다. 『보그』에서 일을 하면 — 그레이스는 생각했다 — 그런 사람들을 만날 수 있는 거지.

리베카는 부츠 발치에 놓은 서류 가방 안을 뒤적거리더니 고색창연한 테이프 녹음기를 꺼내 유리 상판 테이블 위에 놓았다. 「괜찮죠?」 그녀가 물었다. 「알아요. 골동품 같죠. 하지만 백업용으로 필요하거든요. 한번은 문장을 제대로 끝맺을 줄 모르는 어떤 팝 스타와 네 시간 동안 이야기를 한 적 있는데, 성냥갑 정도 크기밖에 안 되는 첨단 도구를 가져갔었거든요. 나중에 다시 돌려 보려고 하니 아무것도 안 들어 있는 거예요. 제 커리어에서 가장 모골이 송연한 순간이었죠.」

「정말 그랬겠네요.」 그레이스는 고개를 끄덕거렸다. 「분명 그 상황을 어떻게든 해결하셨겠죠.」

리베카는 어깨를 으쓱했다. 그녀의 금빛 머리는 매우 공들여 어수선한 느낌을 내도록 자른 커트머리였고, 쇄골을 따라 은목걸이를 늘어뜨리고 있었다. 「제가 그 여자를 어찌나 똑똑한 사람으로 만들어 놨는지, 제정신이라면 사실 확인 때 그 인용들이 다 옳다고 하지 않을 수 없었을걸요. 물론 걱정을 하지 않았던 건 아니에요. 하지만 그녀의 홍보 담당자가 제 에디터에게 이제껏 한 인터뷰 중 이번이 가장 마음에 든다고까지 했고, 그래서 전 의기양양하게 빠져나올 수 있었죠.」 그러더니 말을 멈췄다. 그레이스를 똑바로 쳐다봤다. 「있죠」 살짝 미소 지으며 말했다. 「이런 이야기는 안 했어야 하는 건데요. 심리 치료 상담실에 왔을 때 나타나는 또 다른 효과예요. 소파에 앉으면 이야기를 쏟아 내게 되죠.」

그레이스는 미소 지었다.

리베카는 찰칵 하는 소리와 함께 테이프 녹음기의 해당 버튼을 눌렀다. 그러고는 다시 서류 가방에 손을 넣어 구식 속기 공책과 반짝이는 가제본 책을 꺼냈다.

「아, 책을 가지고 계시군요!」 그레이스가 말했다. 아직 그녀에게는 이 모든 게 다 너무 새로워서, 책이 다른 사람 손에 들려 있는 것만 봐도 신기했다. 마치 그 모든 노력들이 자신만을 위한 사치품을 만들어 내기 위해서였던 것처럼 말이다.

「물론이에요.」 그녀는 차분하게 말했다. 그녀의 전문성과 상황 통제력은 그레이스가 이런 경험을 처음 해보는 신참 작가라는 티를 드러낸 순간 바로 회복된 것 같았다. 하지만 어쩔 수가 없었다. 책이 실제 책 형태를 하고 있는 걸 보는 건 여전히 너무 낯선 일이었다. 그녀의 책, **그녀 자신의 책이** 저 밖 세상에 있는 게 아니라 지금 바로 옆에 있다는 것, 새해가 되면 출간된다는 것은 너무 낯설었다. 이런 책을 내는 데는 그때가 최적기라고 에이전트 새러베스, 에디터 모드, 홍보 담당자 J. 콜턴(J. 콜턴! 정말로 그 여자의 진짜 이름이었다!) 모두가 주장했다. 수개월에 걸친 수정, (너무나 물리적 실체가 있고, 너무나 견고하게 확신을 주는) 실제 제본판, 계약서, (마치 증발되어 사라지기라도 할 것처럼 즉시 입금된) **수표**, 카탈로그 목록 — 모두가 정말 현실적인 일들, 모두 **이건 진짜 내게 벌어지고 있는 일이라고** 상기시켜 주는 일들. 그녀는 지난봄 출판사 영업 회의에서 미소를 지으며 열심히 필기하는 출장에 지친 영업 사원들 앞에서 발표도 했었다(그중 몇몇은 나중에 슬쩍 다가와서 자기 결혼 생활의 애로 사항에 대해 조언을 구하기도 했다 — 뭐, 익숙해지는 게 좋겠지. 그녀는 생각했다). 새러베스가 매 시각 전화해서 점점 더 믿을 수 없는 소식을 전했던 1년 전 그 놀라운 날은 어떻고. 그 책을 원하는 출판사가 있어요. 또 하나 있어요…… 하나 더 있대요…… 아니 두 군데, 세 군데가 더 있네요. 그러더니 그녀는 그레이스가 이해할 수 없는 업계 용어로 떠들어 대기 시작했다. 우선 출판권, 최저 선인세 보장(**바닥이라고?**[2] 그레이스는 무슨 소리인지 알 수가 없었다), 오디오와 디지털, 〈리스트〉 우선 출판권 보장(〈리스트〉라는 게 그녀가 앞으로 쓰게 될 원고를 통칭하는 말이라는 걸 계약서를 실제로 읽고서야 알 수 있었다). 대체 아무리 헤아려 봐도 이해가 되지 않았다. 출판업은 죽었다는 이야기를 몇 년 동안이나 들었는데, 바싹 마른 시체, 강철 공장과 금광 옆에서 썩어 가고 있는 또 하나의 한물간 미국 제조업이 있을 거라 생각했던 곳에, 맥박 치고 기운과 활력이 넘치는 산업이 건재했던 것이다. 새러베스에게 바로 이런 이야기를 한 적도 있었다. 사흘째 되는 날 뒤늦게 판권 입찰에 뛰어든 출판사 때문에 경매가 뒤집힌 날이었다. 출판업은 죽은 거 아니었던가요? 결국 그게 잡지들에서 매일 하는 소리잖아요. 새러베스는 웃었다. 출판업은 사실 거의 빈사 상태죠. 그녀는 매우 쾌활하게 이 소식을 전하며 그레이스의 말을 확인해 줬다. 하지만 어쩌다 보면 시대정신을 거스르는 예외적인 경우들도 있는 거죠. 그레이스의 책 『진작 알았어야 할 일』은 확실히 시대정신을 거스르게 될 것이었다.

2 〈최저 선인세〉와 〈바닥〉은 둘 다 영어로 〈*floor*〉이다.

그 책을 쓰는 데 꼬박 2년이 걸렸다. 고객들을 맞는 사이사이 노트북을 펼친 채 구석에 놓인 저 책상에 앉아서, 부두가 내다보이는 호숫가 별장의 침실에 놓인 물 자국 난 무거운 참나무 테이블에서, 조너선은 아직도 병원에 있거나 하루 일과에 지쳐 자러 들어가고 헨리는 가슴 위에 책을 펼쳐 놓고 불도 끄지 않은 채 잠든 늦은 밤 81번가의 집 부엌 조리대에서 책을 썼다. 생강차 머그잔을 아슬아슬하게 키보드 바로 옆에 놓고, 포스트잇을 끼워 표시한 오래된 케이스 파일들과 메모들을 저쪽 끝 개수대까지 조리대 위에 죽 늘어놓은 채 쓰곤 했다. 책을 쓰면서 오랫동안 생각한 이론들은 구체적으로 육화되고 더 정교해졌고, 완전히 권위적 어조의 글, 지면에 쓰인 걸 읽기 전까지는 자기가 가지고 있는 줄도 몰랐던 전통적 지혜, 15년 전 개업하기도 전에 자신이 이미 도달해 있었던 것 같은 결론이 되었다(아무것도 배운 게 없었기 때문일까? 처음부터 옳았기 때문일까?). 사실 당연하게 수업을 듣고 현장 실습을 하고 책을 읽고 논문을 쓰고 필요한 학위를 따긴 했지만, 심리 치료사 일을 실제로 어떻게 하는지 배운 기억은 없었다. 어떻게 하는지는 처음부터 알고 있었다. 몰랐던 때가 기억나지 않았다. 마치 고등학교에서 곧장 이 조그맣고 정갈한 사무실로 걸어 들어와, 지금처럼 능력 있는 전문가로서 많은 부부들을 도와주고, 절대 자기를 행복하게 해주지 않을 남자들과 결혼할 뻔한 수많은 여자들을 막아 준 것만 같았다. 이것 때문에 자기가 특별하다거나 심지어 똑똑한 사람이 되는 건 아니라는 건 알고 있었다. 능력은 신께서 주신 것(그녀에게 신은 역사적, 문화적, 예술적 관심의 대상에 불과했다)이 아니라 타고난 자질과 교육의 종합, 타고난 재능을 갖춘 발레리나가 기다란 다리와 기꺼이 무용 교실에 데려다줄 부모까지 갖추는 행운 같은 것이었다. 어떤 이유에서건 — 혹은, 아마도 아무런 이유도 없이 — 그레이스 라인하트 색스는 사회적 관찰력과 통찰력을 타고났고, 생각하고 대화하는 분위기에서 자라났다. 노래나 춤, 숫자를 합치고 나누는 건 잘 못했다. 아들처럼 악기를 연주하지도 못했고, 남편처럼 죽어 가는 아이들을 살릴 수도 없었다. 물론 이 두 능력 모두 가질 수 있다면 기쁘고 겸허한 마음이 들 것이다. 하지만 그녀는 사람들과 같이 앉아 있으면, 그 사람들이 그들 자신 앞에 어떤 덫을 놓고 있는지, 어떻게 하면 그 덫에 빠지지 않을지가 보통 매우 빨리, 겁이 날 정도로 분명하게 보였다. 혹은 이미 덫에 빠져 있는 사람들일 경우 — 일반적으로 여기 와서 그녀와 있는 사람들은 이미 덫에 빠져 있었다 — 어떻게 하면 거기서 빠져나올 수 있을지가 보였다. 이런 명백한 것들을 적었다고 해서 『보그』 잡지가 이 평범하고 조그만 사무실까지 왔다는 게 황홀하고 당연히 조금 흥분되기도 했지만, 살짝 기이하기도 했다. 밤이 가면 낮이 온다거나 경제는 엎치락뒤치락하게 마련이라거나 하는 그런 뻔한 것들을 지적했다고 해서 왜 전국지 지면을 받아야 한단 말인가? (가끔 자신의 책, 그리고 그 책이 책을 구입한 여자들에게 할 말을 생각하면 부끄러울 지경이었다. 마치 약국 선반에 늘 있었던 기적의 약을 팔겠다고 나선 것 같았다.) 하지만 아무리 여러 번 말하거나 크게 말해도 괜찮은 것들이 있는 것이다.

몇 주 전 그레이스는 크래프트 레스토랑의 프라이빗 룸에서 딱 보기에도 냉소적인(하지만 업무적으로는 흥미를 보이는) 출판 담당 기자들과 미디어 홍보를 위해 점심을 함께했다. 달각거리는 은제 커틀러리 소리 위로 책 이야기를 하고 『진작 알았어야 할 일: 왜 여자들은 자기 인생의 남자들이 하고 있는 말을 제대로 못 듣는가』가 남녀 관계에 대해 다룬 온갖 다른 책들과 무엇이 다른가에 대해 묻는 진부한 질문들을 받아넘겼다(그중 한 질문은 진홍색 나비넥타이를 하고 있던 두드러지게 공격적인 사람한테서 나왔다). 분명 톰 콜리키오의 음식은 이곳의 강점이었다. 그레이스는 옆에 앉은 잡지 에디터의 이야기를 들어 주느라(다시 말해서, 그녀의 값비싼 이혼 이야기를 억지로 듣느라) 쓸데없이 시간을 허비했고, 안타깝게도 양 앞다리 요리를 제대로 맛보기도 전에 웨이터가 접시를 치우러 와버렸다. 남은 음식을 싸달라고 청하는 건 매우 작가답지 못한 일 같았다.

하지만 점심 식사 후, 홍보 담당자 J. 콜턴이 진짜로 인터뷰와 텔레비전 출연 소식을 갖고 전화하기 시작했다. 모두 그 점심 식사의 결과였다. 값비싼 이혼을 한 에디터는 『모어』에 특집 기사를 할애했고, 나비넥타이를 한 공격적인 남자는 AP 통신 특집 기사를 약속했다(그레이스마저 그 모든 일을 겪을 만한 가치가 있었다고 인정하지 않을 수 없었다). 『보그』 기사는 그 직후로 예정됐다. 분명 일이 계속 진행되고 있었다.

그녀는 (에디터 모드의 요청으로) 왜 특히 1월에 이혼 신청이 많은지(휴일 스트레스와 새해 결심의 결합체)에 대한 특집 기사를 썼고, (홍보 담당자 J. 콜턴의 요청으로) 미디어 코치의 괴상한 강습을 견디며 사회자 쪽을 향해 고개를 까딱거리는 법, 스튜디오 관객들의 환심을 사는 법, (바라건대) 뻣뻣한 나르시시스트처럼 보이지 않으면서도 전혀 앞뒤가 맞지 않는 문장들 사이에 책 제목을 슬쩍 흘려 넣어 인용하기 완벽한 구절을 만드는 법을 배웠다.

「에디터가 몇 주 전에 보내 줬어요.」 리베카가 테이블 뒤 클리넥스 통 옆에 책을 놓으며 말했다. 「재미있었어요. 사람들은 정말로 이런 말을 들은 적이 없거든요. **애초에 일을 망치지 마라, 그러면 나중에 이런 수많은 문제들이 생기지 않을 테니까.** 게다가 이렇게 노골적으로 말이죠. 이런 주제를 다루는 전형적인 책들은 좀 더 친절하고 부드러운 접근법을 택하거든요.」

인터뷰가 이제 정말로 시작됐다는 걸 깨달은 그레이스는 배운 대로 고개를 까딱거리고 인용하기 완벽한 구절들을 만들려고 애썼다. 다시 입을 열었을 때는 평상시 목소리가 아니었다. 상황에 따른 목소리, 소위 치료용 목소리라고 생각하는 목소리였다. 「무슨 말씀인지 알겠어요. 하지만 솔직히 말해서 전 더 친절하고 부드러운 건 그다지 도움이 되지 않는다고 생각해요. 전 여성들이 제 책에서 말하는 바를 들을 준비가 되어 있다고 생각해요. 우린 부드럽게 다뤄질 필요가 없어요. 우린 성인이고, 만약 일을 망친다면, 진실을 받아들이고 스스로 결정을 내릴 수 있어야 해요. 전 늘 고객들에게 만약 누군가로부터 〈다 잘될 거야〉라거나 〈모든 게 다 이유가 있어서 일어나겠지〉 같은 소리, 혹은 뭐든 그 순간에 할 법한 무의미한 허튼소리를 원한다면 제 진료실에 와서 제 전문적 견해에 돈을 지불할 필요가 없다고 설명해요. 물론 제 책을 살 필요도 없을 거고요.」 그리고 미소를 지었다. 「그런 다른 책들을 사면 되겠죠. 그게 뭐든요. 『결혼 생활을 제자리로 돌리는 법』이든, 『관계 유지를 위한 싸움』이든.」

「그래요. 하지만 선생님 책 제목은 다소…… 도발적이지 않나요? 〈진작 알았어야 할 일〉. 그러니까, 그건 우리가 기자 회견 같은 걸 볼 때 늘 혼자 하는 말이잖아요. 어떤 정치가가 전 세계에 자기 성기 사진 트윗을 날렸다거나 두 집 살림을 하다 들켰는데, 그 아내가 혼이 나간 표정으로 남편 옆에 서 있는 그런 기자 회견이요. 우린 그렇게 말하죠. **정말? 뭐 놀랍지도 않잖아?**」

「그 아내는 분명 놀랐을 거예요.」 그레이스는 고개를 끄덕거렸다. 「문제는 이거예요. 그 아내가 **놀라야 하나?** 그런 입장에 처하는 걸 피할 수는 없었나?」

「그래서 이 제목을 택하신 건가요?」

「음, 그렇기도 하고 아니기도 해요.」 그레이스는 말했다. 「사실 그 제목은 제2안이었어요. 전 〈반드시 주의를 기울여야 한다〉[3]라고 하고 싶었죠. 하지만 아무도 그 인용을 알아듣지 못했죠. 너무 문학적이라더군요.」

「아, 그래요? 다들 고등학교 때 아서 밀러를 읽지 않았나요?」 리베카가 진심을 보이며 장난스럽게 물었다.

「기자님이 다닌 고등학교에서는 그랬을지 모르죠.」 그레이스는 외교적으로 말했다. 사실 그녀는 리어든의 중학교,

3 *Attention must be paid.* 미국 극작가 아서 밀러의 대표작 「세일즈맨의 죽음」에 나오는 대사.

지금은 아들이 7학년에 다니고 있는 고고하게 진지한(그리고 예전에는 희미하게 사회주의적인 색채를 띠었던) 뉴욕 사립 학교에서 「세일즈맨의 죽음」을 읽었다. 「하여간 타협을 봤어요. 누군가 예상치 못한 일을 당하면 우린 늘 그런 말을 하잖아요. **무슨 수로 알았겠어.** 남자가 알고 보니 바람둥이라거나 횡령범이면 우린 기겁을 하죠. 중독자라거나. 온갖 거짓말을 늘어놓았다거나. 아니면 그냥 흔해 빠진 이기주의자인데, 결혼해서 어쩌면 애들까지 있는데도, 여전히 싱글에 거리낄 것 없는 10대처럼 군다면요?」

「**아. 그렇군요.**」 리베카가 말했다. 그레이스는 생각했다. 좀 개인적으로 받아들이는 눈치인데. 뭐, 별로 놀랄 일도 아니지. 그게 일종의 핵심인걸.

「그런 일이 생기면 우린 그냥 손을 들어 버려요. 그리고 말하죠. **거 참, 사람들은 정말 알 수가 없어.** 그리고 그 기만에 대한 우리 몫에 대해선 절대 책임을 묻지 않아요. 우린 책임지는 법을 배워야만 해요. 그러지 않으면, 자신을 최우선에 놓고 행동할 수가 없어요. 그리고 다음번에도 그런 일을 막을 수 없고요.」

「어어.」 리베카가 고개를 들었다. 명백히 불만 섞인 표정으로 그레이스를 빤히 쳐다봤다. 「피해자를 비난하려는 건 아니죠?」

「피해자는 없어요.」 그레이스는 말했다. 「보세요, 전 15년 동안 이 일을 했어요. 배우자와 처음에 어떤 식으로 만났고, 배우자에게서 처음에 어떤 느낌을 받았는지, 여자들에게서 이야기를 듣고 또 들었죠. 그런 이야기를 들으면서 전 계속 생각했어요. **당신은 처음부터 알았어.** 여자는 그 사람이 다른 여자에게 눈길 주는 걸 절대 그만두지 않을 걸 알아요. 돈을 못 모은다는 걸 알아요. 자기를 경멸한다는 걸 알아요. 처음 이야기를 나눴을 때부터, 아니면 두 번째 데이트 때, 아니면 자기 친구들에게 그 남자를 처음 소개해 줬던 저녁 때. 하지만 그땐 어떤 식으로든 자기가 아는 걸 그냥 다시 흘려버리는 거예요. 다른 것들이 이런 처음 느낌들, 이런 기본적인 인지 사실들을 압도하게 내버려 둬요. 거의 알지도 못하는 남자에게서 직관적으로 본 뭔가는 **이제 그를 더 잘 알게 됐으니** 사실이 아니라고 스스로를 설득하는 거죠. 자기가 받은 느낌을 부정하려는 그 충동은 너무나 놀라울 정도로 강력해요. 그리고 그게 한 여자의 인생에 가장 파괴적인 영향을 끼칠 수 있죠. 그리고 자기 일일 때는 늘 자신을 비난하지 않고 봐주겠죠. 속아 넘어간 다른 여자를 보면서 〈**어떻게 모를 수가 있었지?**〉 하고 생각하면서도 말이죠. 그래서 전 우리가 결단코 자신에게도 같은 기준을 들이대야 한다고 생각해요. 덫에 걸리기 **전에요**, 그 후가 아니라.」

「하지만,」 리베카는 노트에서 고개를 들었지만, 놀랍게도 연필은 계속해서 글자를 휘갈기고 있었다. 「남자들만 그러는 게 아니잖아요. 여자들도 거짓말을 해요, 아닌가요?」 인상을 쓰자 이마 한가운데 V자가 선명하게 생겼다. 다행히도 잡지사에서 보톡스 주사를 맞으라고 설득하지 않은 게 분명했다.

「맞아요. 물론. 책에서 이 이야기도 하고 있어요. 하지만 사실은 열에 아홉의 경우는 거기 그 소파에 앉아 있는 사람은 여자예요. 배우자가 뭔가를 숨겼다고 생각하기 때문에 미칠 듯한 심정으로 말이죠. 그래서 전 처음부터 결심했어요. 이 책은 여자들을 위한 책이 될 거라고.」

「좋아요.」 리베카는 다시 노트를 바라보며 말했다. 「알았어요.」

「제 어조가 좀 설교적이죠.」 그레이스는 약간 후회조의 웃음과 함께 말했다.

「열정적이세요.」

맞아. 그레이스는 생각했다. 기억해야겠다.

「어쨌든,」 그레이스는 신중히 말했다. 「멀쩡하고 선한 수많은 여자들이 몇 달 동안, 몇 년 동안 창자를 쥐어뜯고 큰돈을 바쳐 가며 치료를 받아서 깨닫는 게 고작 배우자가 전혀 달라지지 않았다는 것, 달라지려고 심각하게 노력해 본 적도 전혀 없고, 심지어 달라지려는 의지를 표명한 적조차 없었다는 것이라는 걸 더 이상 지켜볼 수가 없었어요. 그 여자들은 처음 들어와서 당신이 지금 앉아 있는 자리에 앉는 순간 출발점으로 돌아가죠. 그 여자들은 진실을, 그러니까 상황이 전혀 나아지지 않을 거라는 걸 들을 자격이 있어요. 적어도 바라는 만큼은 달라지지 않는다는 걸요. 이미 저지른 실수가 회복 불가능할 수도 있다는 얘기를 들어야 할 필요가 있어요.」

잠시 말을 멈췄다. 리베카가 따라올 시간을 주기 위해서이기도 했고, 이 말, (에이전트 새러베스가 작년 첫 미팅 때 쓴 표현에 의하면) 〈폭탄〉의 충격을 만끽하고 싶어서이기도 했다. 사실 그레이스는 자기가 정말로 생각하고 있는바, 이 일을 한 해 한 해 더 할수록, 책을 쓰려고 준비하면서 (이런 말은 절대 하지 않는) 데이트 가이드와 (이런 말은 절대 하지 않는) 결혼 생활 안내서들을 닥치는 대로 섭렵할수록, (이런 말은 절대 꺼내는 법 없는) 결혼 및 가족 상담 국제 협회 학회에 참석할수록 점점 더 명확해지는 이 분명한 사실에 대해 진짜로 쓰려고 결심했던 순간을 기억했다. 아무도 말로 하지는 않지만, 자기뿐만 아니라 동료들도 이해하고 있을 이 사실. 책에다 이런 말을 쓰고 동료들에게 통렬한 비판을 받아야 할까? 아니면 그냥 (그게 무엇이건) 어떤 〈관계〉든 (그게 무슨 의미이건) 〈구원〉받을 수 있다는 웃기지도 않은 신화를 되풀이해야 할까?

「잘못된 사람을 선택하지 말아야 해요.」 자신의 온화하고 조그마한 사무실에 있는 『보그』의 존재, 자신의 오트밀색 소파에 앉아서 복고풍 속기 노트와 테이프 녹음기를 휘두르고 있는 부자연스럽게 길고 날씬한 여자에게서 용기를 얻어, 그녀에게 말했다. 「잘못된 사람을 택하고 나면, 당신이 아무리 결혼 생활을 바로잡고 싶어도 소용이 없어요. 그건 성공할 수 없어요.」

잠시 후 리베카가 고개를 들고 말했다. 「굉장히 노골적인데요.」

그레이스는 어깨를 으쓱했다. 노골적, 맞다. 그걸로 입씨름할 생각은 없었다. 노골적으로 말해야 했다. 여자가 남자를 잘못 선택하면, 그 남자는 늘 잘못된 남자로 남아 있을 것이다. 그게 다다. 세상에서 가장 뛰어난 심리 치료사도 협상의 교섭자 역할 이상은 할 수 없다. 잘해 봐야 — 그레이스는 생각했다 — 그 결과는 끔찍하게 슬픈 일이 될 것이고, 최악에는 그것이 형벌, 평생 동안의 형벌이 될 것이다. 그런 결혼 생활은 불가능하다. 이런 부부들에게 아이가 없다면, 그 노력은 갈라서는 데 써야 한다. 아이들이 있다면, 상호 존중과 공동 양육, 그리고 별거다.

물론 그런 사람들에게 동정심을 느끼지 않는 건 아니다. 진심으로 안됐다는 생각을 했다, 특히 자기 환자들에게는. 그 사람들은 도움을 청하러 왔는데, 기름이 쏟아졌을 때 쓰레기 봉지와 유리 세정제를 주는 것 정도의 도움 외엔 어떤 도움도 이미 너무 늦었기 때문이다. 하지만 무엇보다 가장 싫은 건 이 모든 고통은 전적으로 막을 수 있었다는 점이다. 환자들은 바보가 아니었다. 교육받은 사람들이었고, 다른 사람들에 대해 통찰력도 있었다. 심지어 몇몇은 탁월한 사람들이었다. 그런 사람들이 젊은 시절에 그들을 확실히 고통스럽게 만들, 아니면 적어도 그럴 것 같은 동반자를 만나서, 그 확실하거나 적어도 잠재된 고통에 〈네〉라고 말하고, 그래서 확실하거나 적어도 잠재되어 있던 고통을 받았어야 하다니…… 음, 그 생각을 하면 좌절감이 들었다. 늘 그랬고, 그 생각을 떨칠 수가 없었다. 때로는 — 참을 수가 없었다 — 붙들고 흔들어 대고 싶었다.

「상상해 봐요.」 그녀는 리베카에게 말했다. 「당신은 처음 만나는 사람과 테이블에 같이 앉아 있어요. 데이트일 수도 있고, 친구 집일 수도 있어요. 그게 어디든, 거기서 뭔가 끌리는 남자를 만난 거예요. 그 첫 순간, 당신 눈에 보이고 직관적으로 깨닫게 되는 것들이 있어요. 즉각 눈에 들어오는 것들이죠. 다른 사람들에 대한 관대함, 세상에 대한 흥미, 똑똑한지 아닌지 — 그 똑똑함을 이용하는지 아닌지 같은 것들이요. 그 사람이 친절한지 건방진지 뛰어난지 호기심이 많은지 관대한지 알 수 있어요. 당신을 대하는 태도가 어떤지도 보이고. 자신의 어떤 점에 대해 말하는지를 보고 알 수 있는 것들도 있죠. 가족의 역할, 인생의 친구들, 전에 만났던 여자들 같은 것들이요. 건강이나 행복, 재정적 안정 같은 자기 문제들을 어떻게 관리하는지도 알 수 있죠. 이런 건 모두 알 수 있는 정보들이고, 우리 이걸 이용해요. 하지만 그러고는…….」

그녀는 기다렸다. 리베카는 금빛 머리를 숙인 채 받아 적고 있었다.

「그러고는요?」

「이야기가 나오죠. 그 남자에게는 이야기가 있어요. 많은 이야기들이. 남자가 이야기를 꾸며 낸다거나 대놓고 거짓말을 한다는 말이 아니에요. 그럴 수도 있겠죠, 하지만 남자가 그러지 않아도 우리가 그 남자 대신 하는 거예요. 왜냐하면 인간으로서 우리 마음속 깊은 곳에는 이야기에 대한 욕구가 뿌리박혀 있거든요. 특히 우리 자신이 그 이야기 속에서 중요한 역할을 하게 될 때는. **난 이미 여주인공이고 여기 이 사람이 내 남주인공이야.** 그런 거요. 사실들이 잡히거나 느낌들이 있을 때조차 우리에겐 그걸 일종의 문맥 속에 두려는 끈덕진 충동이 존재해요. 그래서 우린 그 사람이 어떻게 자랐고, 여자들이 그를 어떻게 대했고, 직장 상사들이 그를 어떻게 대했는지 이야기를 만들죠. 바로 지금 우리 앞에 그 사람이 나타난 것도 그 이야기의 일부가 돼요. 그 사람이 내일 어떻게 살고자 하는지도 그 이야기의 일부가 되죠. 그리고 우리가 그 이야기 속으로 들어가죠. **나를 만나기 전 이제까지 그 누구도 이 사람을 충분히 사랑해 주지 않았어. 예전의 여자 친구들 중 이 사람의 지적 수준에 맞는 사람이 아무도 없었어. 난 이 사람에게 어울릴 정도로 예쁘지는 않아. 이 사람은 내 독립성을 대단하게 생각해.** 이중 어떤 것도 사실이 아니에요. 그건 모두 그 남자가 한 말과 우리가 스스로에게 한 말이 합쳐진 것들이에요. 그 사람은 만들어진 이야기 속의 만들어진 인물이 된 거죠.」

「그러니까, 허구의 인물처럼요.」

「네. 허구의 인물과 결혼하는 건 좋은 생각이 아니에요.」

「하지만…… 마치 그게 어쩔 수 없는 일인 것처럼 말씀하시고 계신데요.」

「그렇지 않아요. 만약 이 상황에서 우리가, 그러니까 예를 들어 소비자로서 결정을 내릴 때 쓰는 관심의 **조금치라도** 보인다면, 문제는 훨씬 줄어들 거예요. 봐요, 우리가 어떻게 해요? 신발을 사기 전에 스무 켤레는 신어 봐요. 바닥 카페팅 시공업자를 선택하기 전에 생판 모르는 사람들이 쓴 후기들을 읽어 봐요. 하지만 매력적인 사람을 찾았다는 이유로, 아니면 그 사람이 우리에게 관심을 보이는 것 같다는 이유로, 그 망할 탐지기를 끄고 본능적인 느낌들을 다 내던져 버려요. 그 남자가 〈**난 네 돈을 빼앗고, 네 여자 친구들에게 수작을 걸고, 널 애정과 지지에 굶주린 상태로 늘 내버려 둘 거야**〉라고 플래카드에 버젓이 써서 들고 있을 수도 있는데도, 그런 건 안 적도 없었다는 듯이 잊어버릴 방법을 찾겠죠. 그런 건 아예 **몰랐던** 것처럼 되돌릴 방법을 찾을 거예요.」

「하지만…….」 리베카가 말했다. 「사람들은 의심을 하기도 해요. 그냥 그에 따라 행동하지 않을 뿐일 수도 있죠.」

그레이스는 고개를 끄덕였다. 상담을 할 때도 종종 의심들이 나타났다. 몹시 상처 입고, 몹시 슬픈 여자들이 모아서 저장했다가 내놓는 오래 묵은, 바싹 마른 의심들이. 수많은 다른 형태를 가지고 있어도 주제는 하나였다. **그 사람이 술을 너무 많이 마신다는 걸 알고 있었어요. 그 사람이 입 다물고 있지 못한다는 걸 알고 있었어요. 그 사람이 내가 사랑하는 것만큼 날 사랑하지 않는다는 걸 알고 있었어요.**

「많은 사람들이 의심을 하죠.」 그녀는 동의했다. 「문제는, 의심을 있는 그대로 인지하는 사람들이 거의 없다는 거예요. 의심은 우리 마음 깊은 곳에서 온 선물이에요, 전 그렇게 봐요. 두려움과 마찬가지로. 얼마나 많은 사람들이 나쁜 일이 생기기 직전에 두려움을 경험하는지 알면 깜짝 놀랄걸요? 나중에 그 순간으로 돌아가 보면, 그 직후 벌어질 일을 돌릴 기회를 놓쳤다는 걸 깨닫게 되죠. 〈**그 길로 가지 마. 그 사람 차를 타고 집에 가지 마**〉라고 하면서. 우리에겐 자신이 알고 있는, 혹은 의심하고 있는 것들을 무시하는 능력이 엄청나게 발달해 있는 것 같아요. 진화적 관점에서만 봐도 흥미진진한 주제지만, 제 관심은 더 실제적인 차원에 있어요. 전 의심은 특별한 선물일 수 있다고 생각해요. 우린 자신의 의심을 내칠 게 아니라 귀 기울이는 법을 배울 필요가 있어요. 설령 그 때문에 약혼을 깨는 한이 있어도요. 결혼을 취소하는 것보다는 결혼식을 취소하는 게 훨씬 쉽잖아요.」

「아, 그건 잘 모르겠네요.」 리베카가 잔뜩 비꼬는 어조로 말했다. 「최근 제가 갔던 몇몇 결혼식들을 생각하면요. 올림픽을 취소하는 게 더 쉬울지도 몰라요.」

최근 결혼한 리베카의 친구들에 대해서 아무것도 모르지만, 그 말은 분명 사실일 것이다. 그레이스는 소박한 결혼식을 했다. 그녀의 가족은 아버지뿐이었고, 조너선의 가족은 참석하지 않았으니까. 하지만 미친 듯이 성대한 결혼식이라면 그녀도 충분히 가봤다.

「지난달에,」 리베카가 말했다. 「대학 시절 룸메이트가 퍽 빌딩에서 하객 5백 명을 초대해 아주 장엄하기 이를 데 없는 결혼식을 했어요. 꽃들만 해도 — 세상에. 적어도 5만 달러는 들었을걸요. 농담 아니에요. 결혼 선물들은 늘 그랬듯이 모두 다른 방의 긴 테이블 위에 죽 전시해 두고요, 아시죠?」

그레이스는 기억하고 있었다. 과거의 수많은 결혼식이 그러했듯 물질적인 영화를 한껏 과시하는 오래된 풍습이 다시 유행하고 있었다. 현대식 결혼식이 번잡하거나 번지르르하지 않아서 마음에 차지 않는 모양이었다. 세인트 레지스에서 올린 친정 부모님의 결혼식에서도 연회장 로비에 선물들을 있는 대로 전시해 놓았었다. 오두봉 은제품,[4] 하빌랜드 차이나,[5] 워터퍼드 크리스털 풀 세트, 그 물건들은 지금 하나도 빠짐없이 아버지의 두 번째 아내 에바의 소유가 됐다.

「티퍼니 제품 라인의 절반. 거기에다 윌리엄스소노마에서 이제껏 나온 모든 조리 기구들. 그건 정말 웃기는 일인 게,」

4 미국의 유명한 주얼리 브랜드인 티퍼니의 은제 커틀러리.

5 미국의 도자기 제조 회사인 하빌랜드사의 상품으로, 미국의 상류층이 선호하는 본차이나 식기 세트.

리베카가 웃음을 터뜨렸다. 「걘 요리를 못하는 데다가, 그 신랑은 은제 커틀러리로 음식을 먹을 정도로 교양인이 될 가망이라곤 없거든요.」

그레이스는 고개를 끄덕였다. 이런 이야기, 이런 시시콜콜한 사항들, 그 외 수많은 다른 이야기들을 자기 사무실의 오트밀색 소파에서 들었다. (리빙턴 가의 조그만 점포에서만 아직도 만들어지는) 신부 부모님 결혼식 때 나왔던 파스텔색 민트, 신부 들러리용 세공 로켓, 첫날밤을 보낼 간저보어트 호텔까지 태워 줄 정확한 빈티지 카 모델을 찾아 벌인 대대적 수색 작업과, 그 모든 것들이 끝난 후 모 유명인 부부가 신혼여행을 즐겼던 세이셸의 바로 그 리조트의 선명하게 푸른 인도양 위의 수상 가옥에서 보낸 열흘간의 신혼여행까지.

그리고 바로 그곳에서 그들은 결혼식 전체에 장막을 드리우고, 몇 년이 지난 후 여기, 심리 치료사의 앞에서까지 여전히 메아리를 울리고 있는 싸움을 했다. 이미 이 두 사람이 서로에게서 최악의 면을 끄집어냈고, 아마도 늘 그랬으며, 분명 언제나 그럴 거라는 걸 벌써 알고 있는 심리 치료사 앞에서 말이다.

때로 그레이스는 결혼 산업 전체에 독을 묻힌 창을 들이대고 싶은 기분이 들었다. 21세기의 평균적인 호화 결혼식을 친구들과 가족들 앞에서 나누는 고요한 맹세로 줄인다면, 약혼한 커플들의 절반 — 옳은 절반 — 은 즉시 결혼 생각을 접을 것이다. 남자는 이마가 벗겨지기 시작하고 여자는 출산으로 허리가 굵어져 있을 25주년 기념일을 위해 파티는 아껴 두라고 커플들을 설득한다면, 모두가 경악하며 결혼을 철회할 것이다. 하지만 그들이 그레이스에게 왔을 때쯤이면, 헛간 문은 단단히 잠겨 있었고 말[馬]은 이미 오래 전에 사라지고 없었다.

「**의심은 선물일 수 있다.**」 리베카는 그 말의 무게와 반복 가능성을 시험해 보기라도 하듯 크게 말했다. 「좋네요.」

그레이스는 리베카의 냉소의 무게가 느껴졌다. 그리고 자신의 냉소의 무게를 느꼈다.

「사람이 변할 수 있다는 걸 믿지 못한다는 게 아니에요.」 그녀는 자기가 느끼는 만큼 방어적으로 보이지 않으려고 애쓰며 말했다. 「인간의 변화는 가능해요. 엄청난 용기와 헌신이 필요하지만, 실제로 그런 일들은 일어나요. 다만 그런 실낱같은 교정 가능성에는 온갖 노력을 퍼부으면서 예방에는 전혀 신경을 쓰지 않는다는 거죠. 그건 심각한 단절이에요. 그렇게 생각하지 않으세요?」

리베카는 살짝 머리를 끄덕였지만, 지금은 매우 바빴다. 그녀는 왼손 손마디들이 불거질 정도로 노트를 꽉 움켜쥐고 바쁘게 휘갈기고 있었다. 펜이 노트의 넓은 줄을 따라 탁탁거리며 획획 움직였다. 잠시 후 적고 있던 말들을 끝까지 다 적고 나더니, 고개를 들고 완벽한 치료용 억양으로 말했다. 「그 말씀 조금 더 해주시겠어요?」

그레이스는 심호흡을 하고 말을 계속 이었다. 이 일의 명백한 아이러니 중 하나는 — 그녀는 설명했다 — 배우자에게서 원하는 것이 무엇이냐고 사람들에게 물으면 보통 진지하고 성숙하고 통찰력 있는 진실을 내놓는다는 점이라고. 보호와 동료애, 성장과 자극, 바깥으로 나갈 수 있는 아늑한 항구를 원한다고 사람들은 대답한다. 하지만 실제 부부 관계를 보면, 그런 것들이 다 어디 있단 말인가? 통찰력에 언변까지 갖춘 사람들인데도 다들 홀로 있거나 전쟁 속에서 살며 끊임없이 작아져 가고 있다. 방치와 마찰, 경쟁과 방해가 있을 뿐이다. 그리고 그건 다 어느 순간 잘못된 사람들에게 〈네〉라고 말했기 때문이다. 그래서 수리가 필요한 망가진 관계를 들고 그레이스를 찾아오지만, 이제 와서 모든 걸 설명해 봤자 얻을 수 있는 건 하나도 없다. 잘못된 사람에게 〈네〉라고 말하기 **전에** 전부 설명이 되어야 한다.

「저 결혼해요.」 이 말들을 몽땅 혹은 일부 적고 난 리베카가 느닷없이 말했다.

「어머, 축하해요.」 그레이스는 말했다. 「좋은 소식이네요.」

리베카는 웃음을 터뜨렸다. **「정말로요.」**

「네, 정말로. 아름다운 결혼식과, 더 중요한 근사한 결혼 생활을 하길 바랄게요.」

「그러니까 근사한 결혼 생활이라는 건 가능한 건가요?」 그녀는 재미있다는 듯이 말했다.

「물론이에요. 그걸 안 믿으면, 전 여기 있지도 않을 거예요.」

「그리고 결혼도 하지 않았을 거고요?」

그레이스는 한결같은 미소를 지었다. 홍보 담당자가 고집을 부려 어쩔 수 없이 약간의 사생활 정보를 내놓기는 했지만 그것만으로도 힘든 일이었다. 심리 치료사들은 사생활을 광고하지 않는다. 작가들은 물론 한다. 그레이스는 조너선에게 부부 생활, 가족생활은 최대한 노출시키지 않을 거라고 약속했다. 사실 남편은 이 일에 그녀만큼 신경을 쓰는 것 같지는 않았지만.

「남편분 이야기 좀 해주세요.」 그레이스가 예상했듯이 이제 리베카는 이렇게 말했다.

「이름은 조너선 색스예요. 대학 때 만났죠. 음, 제가 대학 때요. 남편은 의대에 다녔고.」[6]

「그럼 의사세요?」

「소아과 의사예요.」 그레이스는 말했다. 병원 이름은 말하고 싶지 않았다. 그럼 상황이 달라진다. 그 모든 건 인터넷에서 그녀의 이름만 검색해 봐도 즉시 구할 수 있는 정보였다. 왜냐하면 『뉴욕』 잡지에서 매년 나오는 〈최고의 의사들〉 호에 실린 짧은 기사에서 몇 년 전 그녀의 이름이 언급되었기 때문이다. 기사 사진 속 조너선은 보통 그녀가 이발 좀 하라고 말하는 시점을 한참 넘어선 길고 검은 곱슬머리를 한 채 수술복을 입고 있었다. 어디서나 늘 갖고 다니는 청진기를 걸고 있었고 가슴의 호주머니에서는 커다란 뱅글뱅글 막대사탕이 툭 튀어나와 있었다. 지쳐 죽을 지경이지만 미소 지으려고 애쓰는 것처럼 보였다. 무릎에는 씩 웃고 있는 민머리의 소년이 앉아 있었다.

「아이들은요?」

「아들 하나요. 헨리는 열두 살이에요.」

그녀는 마치 그게 뭘 확인해 주기라도 하는 듯이 고개를 끄덕였다. 그레이스의 책상 위 버저가 울렸다.

「아, 잘됐어요.」 리베카가 말했다. 「아마 론일 거예요.」

론은 분명 사진사일 것이다. 그녀는 문을 열어 주러 일어

6 미국의 의과 대학은 주로 대학 졸업 후의 대학원 과정이다.

났다.

론은 무거운 철제 상자들에 둘러싸인 채 로비에 서 있었다. 문을 열자 그가 휴대폰으로 문자를 보내고 있었다.

「안녕하세요.」 그녀가 주의를 끌려고 말했다.

「안녕하세요.」 론은 고개를 들며 온화하게 말했다. 「론인데요? 제가 온다는 얘기 들으셨어요?」

「반가워요.」 그레이스는 악수를 했다. 「저런, 헤어와 메이크업 담당은 없나요?」

론은 그녀를 이상하게 쳐다봤다. 그는 그게 농담이라는 걸 알아차리지 못했다.

「농담이에요.」 그녀는 웃었지만, 속으로는 헤어와 메이크업 담당이 없다는 데 실망했다. 헤어와 메이크업에 대해 망상을 했었기 때문이다. 「들어오세요.」

그는 무거운 상자 두 개를 들고 끙끙대며 안으로 들어왔다가, 다른 상자들을 가지러 다시 나갔다. 조너선 정도의 키에, 체격도 조너선과 비슷하겠네. 그레이스는 생각했다. 튀어나오는 뱃살을 남편이 그렇게 성실하게 막고 있지만 않았다면 말이다.

「안녕하세요, 론.」 리베카가 사무실 문간에 와서 말했다. 지금 세 사람은 상담실보다 훨씬 작은 현관에 함께 서 있었다. 론은 눈앞의 광경에 낙담한 것처럼 보였다. 의자 두 개, 나바호족 문양 카펫 하나, 바닥의 등나무 바구니에 담긴 『뉴요커』 과월호들.

「전 안쪽에서 한다고 생각하고 있었는데요?」 리베카가 말했다.

「안쪽을 보죠.」

안쪽은 명백히 더 나았다. 그는 조명, 하얀 곡면 스크린, 상자 하나를 가지고 들어왔고, 그 상자에서 카메라들을 꺼내기 시작했다. 그레이스는 소파 옆에 소심하게 서서 두 사람이 자기 가죽 의자를 현관 앞으로 치우는 걸 지켜봤다. 지금 그녀는 자신의 공간 안에서 이방인 신세였다. 론이 그레이스의 책상을 뒤로 밀고, 크롬 기둥 위에 뜨겁고 환한 상자가 달린 조명을 설치한 다음 맞은편 벽에 스크린을 고정시켰다. 「보통은 조수가 있어요.」 그는 별다른 해명 없이 말했다.

돈 안 되는 일거리라 이거지. 그녀는 자동적으로 생각했다. **별로 중요하지도 않고.**

「꽃이 좋네요. 저 벽 쪽에 두면 근사해 보이겠어요. 화면 안에 들어오도록 옮길게요.」

그레이스는 고개를 끄덕였다. 새러베스. 대단해, 정말.

「좀…….」 그가 동작을 멈추더니, 튀어나온 가슴 위로 팔짱을 낀 채 서 있던 리베카를 쳐다봤다.

「화장 좀 고치실래요?」 리베카가 문장을 마무리했다. 이미 포토 에디터로 변신해 있었다.

「아. 알겠어요.」

그레이스는 두 사람을 두고 화장실로 들어갔다. 화장실은 매우 작고 — 너무 작아서 한번은 뚱뚱한 고객이 울음 섞인 고함을 지른 적도 있었다 — 조명도 그다지 환하지 않았다. 그 순간 후회가 치밀었다. 자기 기사를 읽을 『보그』 독자들의 눈에 지금의 자신을 『보그』에 걸맞아 보이는 모습으로 마법처럼 변신시킬 방법을 안다 하더라도, 이런 비좁고 어두침침한 공간에서는 그런 모습을 끄집어낼 수 없을 것 같았다. 딱히 더 좋은 생각이 떠오르지도 않아서 그녀는 화장실에 있던 비누로 얼굴을 씻고 종이 타월을 뽑아 얼굴을 닦았다. 그렇다고 해서 별로 달라지는 건 없었다. 그녀는 깨끗하고 익숙한 얼굴을 우울한 심정으로 물끄러미 바라봤다. 핸드백에서 컨실러를 꺼내 눈 아래쪽에 두 번 휙 발랐지만 모양새는 별반 더 나아지지 않았고, 이제는 눈 아래 컨실러를 바른 지친 여자같이 보였다. 자기가 뭐라고 『보그』를 이렇게 호탕하게 대한단 말인가?

이게 새러베스에게 전화를 걸 정도로 중요한 일일까? 지난 몇 달 동안 그레이스가 깨달은 사실 하나는 자기가 에이전트의 진짜 업무라고 생각하는 일, 그러니까 **진짜** 작가들과의 업무를 방해하기를 꺼린다는 사실이었다. 다시 말해, 새러베스가 전미 비평가 협회상 수상자와 심각한 문학적 대화를 나누고 있을지도 모르는데 불쑥 끼어들어 그녀 — 그레이스 — 가 살짝 지토머 잡화상에 가서 판매원에게 화장 좀 해달라고 부탁해 봐야 할까 묻는 건 잘못된 일일 것이다. 게다가 머리는 어쩌고? 평소 하던 대로 (구식 플라스틱 헤어롤용이어서 점점 더 찾기 힘들어지고 있는) 굵은 실핀들로 깨끗하게 정리해서 바짝 틀어 올린 올림머리를 해야 할까? 아니면 풀어야 할까? 그러면 단정치 못한 느낌이 들고 애처럼 보일 텐데.

애처럼 보인다면 행운인 거지. 그녀는 씁쓸하게 생각했다.

물론 그레이스는 어린애가 아니었다. 알 만한 건 다 아는 노련한 여자였다. 책임질 일도 수없이 많고 연루된 일도 많은 상당히 세련된 여성으로서, 외모에 대해선 이미 오래전 딱 한계를 지어 놓고 의식적으로 그 틀 안에 머물렀다. 끊임 없이 자기 변신을 하거나 심지어 더 대단히 아름다워지려고 욕심을 낼 필요가 없다는 게 마음 편했다. 사람들이 보통 자신을 딱딱하게 격식을 차리는 차분한 성격으로 본다는 건 알고 있었지만 상관없었다. 호숫가 별장에서 청바지를 입고 있고 퇴근하자마자 머리를 풀어 헤치는 그레이스는 굳이 세상에 보여 주고 싶은 모습이 아니었다.

그녀는 **충분히** 젊었다. **충분히** 매력적이었다. **충분히** 유능한 것 같았다. 그건 문제가 아니었다.

유명세 부분은…… 음, 어쩌면 유명세에는 좀 더 가까워지고 있는지도 모르겠다. (키도 더 크고 더 예쁜) 배우를 고용해서 저자 역할을 시킬 수 있다고 했다면 솔깃했을지도 모른다. 이어폰을 단 배우 귀에 그레이스가 할 말(**대부분의 경우, 잠재적 배우자는 당신이 즉시 파악해야 할 모든 사실들을 말해줄 거예요**)을 불러 주면, 맷 라워[7]나 엘런 디제너러스[8]가 진지하게 고개를 끄덕이는 것이다. **하지만 철없는 생각은 그만두자.** 그레이스는 손가락 등으로 거울 표면의 먼지를 멍하니 닦으며 생각했다. 그녀는 다시 두 사람을 보았다.

이제 리베카는 그레이스의 의자에 앉아 휴대폰 화면을 뚫어지게 들여다보고 있었고, 장미꽃이 담긴 꽃병과 가제본이 놓인 커피 테이블은 화면 안으로 들어오도록 소파에서 떨어

7 Matt Lauer(1957~). 미국 NBC 방송 「투데이 쇼」의 진행자.

8 Ellen DeGeneres(1958~). 미국의 영화배우이자 코미디언으로, TV 프로그램 「엘런 디제너러스 쇼」의 진행자.

져 앞으로 당겨져 있었다. 어디에 앉아야 하는지 누가 말해 줄 필요조차 없었다.

「남편분이 근사하시네요.」 리베카가 말했다.

「아, 네.」 그녀는 곤혹스러운 말을 듣는 걸 좋아하지 않았다. 「고마워요.」

「어떻게 그런 일을 하실 수가 있죠?」

벌써 카메라 하나를 들고 렌즈를 들여다보고 있던 론이 말했다. 「무슨 일이요?」

「암에 걸린 아이들을 치료하는 의사세요.」

「소아 종양학과 전문의예요.」 그레이스가 한결같은 어조로 말했다. 「메모리얼 병원에서요.」

다시 말하자면, 메모리얼 슬론케터링 병원. 그들이 그 이름을 잊어버리길 그녀는 진심으로 바랐다.

「저라면 절대 못 할 것 같아요. 분명 성자 같은 분이겠죠.」

「좋은 의사예요.」 그레이스가 말했다. 「어려운 분야죠.」

「세상에.」 론이 말했다. 「저라면 절대 못 합니다.」

아무도 안 물으니 다행이네. 그녀는 짜증스레 생각했다. 「머리를 어떻게 하면 좋을까 생각하고 있었어요.」 화제를 돌리려고 말했다. 「어떻게 생각하세요?」 그녀는 목덜미 위로 단단히 틀어 올린 머리를 만졌다. 「풀 수도 있어요. 머리빗이 있어요.」

「아뇨, 그게 좋아요. 얼굴이 잘 보이니까. 괜찮죠?」 그가 물었다. 하지만 그녀가 아니라 리베카에게 묻고 있었다.

「해보죠.」 그녀가 승인했다.

「좋아요.」 그가 말했다.

그가 다시 카메라를 들고 들여다보더니 말했다. 「그러니까 이건 그냥 연습이에요. 알겠죠? 너무 힘 빼지 말아요.」 그러더니 뭐라고 대답을 하기도 전에 금속성의 찰칵 소리가 쏟아졌다.

그레이스는 즉시 판자처럼 뻣뻣해졌다.

「아, 저런.」 론이 웃음을 터뜨렸다. 「고통은 없을 거라고 했잖아요. 불편하세요?」

「사실, 그러네요.」 그레이스가 미소를 지으려 애쓰며 말했다. 「이런 건 해본 적 없어서요. 그러니까, 잡지에 실릴 사진을 찍는 거요.」

이렇게 해서 내 철없는 사춘기 놀이에 방점을 찍는다 이거지. 그렇게 생각하니 마지막 용기마저 사라지는 기분이었다.

「음, 첫 촬영용으로는 최고 좋은 잡지죠!」 론이 쾌활하게 말했다. 「기절할 정도로 멋지게 찍어 드리겠습니다. 무슨 슈퍼 모델이 와서 당신인 척하고 있다고 생각하실걸요.」

그레이스는 억지웃음을 지으며 소파에서 다시 자세를 잡았다.

「아주 좋아요!」 리베카가 환한 목소리로 말했다. 「하지만 다리를 반대쪽으로 꼬아 보시겠어요? 그 각도가 더 좋아요.」

그레이스는 그렇게 했다.

「자, 갑니다!」 론이 경쾌하게 말했다. 찰칵찰칵 셔터를 누르며 사진을 찍기 시작했다. 「그건 그렇고,」 론은 — 그녀 입장에서는 아무리 봐도 — 같은 각도에서 미묘하게 다른 사진들을 찍느라 몸을 숙였다 내밀었다 하며 말했다. 「소설 제목은 뭐죠?」

「소설이요? 아, 전 소설을 쓴 게 아니에요. 소설은 못 써요.」

아마도 말을 하면 안 되지 않을까 하는 생각이 문득 들었다. 말을 하고 있으면 사진에 입이 어떻게 나올까?

「신간이 나온 게 아니에요?」 그는 고개도 안 들고 말했다. 「작가이신 줄 알았는데요.」

「아뇨. 아니 맞아요, 그러니까 책은 썼어요. 하지만 작가는 아니에요. 제 말은……」 그레이스는 인상을 썼다. 「결혼에 관한 책이에요. 부부들 일이 제 전문 분야거든요.」

「심리 치료사세요.」 리베카가 도왔다.

하지만 작가이기도 한 것 아닌가? 그레이스는 갑자기 혼란스러웠다. 책을 썼으니 작가가 된 것 아닌가? 그 순간 다른 의미가 떠올랐다. 「사람을 고용해서 쓴 거 아니에요.」 그녀는 그가 비난하기라도 한 것처럼 고집스레 말했다. 「제가 썼어요.」

론은 사진 찍던 걸 멈추고 디지털 모니터를 들여다보고 있었다.

「사실,」 그는 고개도 안 들고 말했다. 「약간 왼쪽으로 움직이는 게 좋겠어요. 죄송합니다, 제 기준으로 왼쪽이요. 조금만 뒤로 기대 보시겠어요? ……좋아요.」 그는 심사숙고하며 말했다. 「아무래도 머리 문제는 잘못 판단한 것 같은데.」

「그래요.」 리베카가 말했다.

그레이스가 손을 뒤로 가져가 무거운 핀 세 개를 능숙하게 빼자 틀어 올린 결 좋은 진갈색 머리가 어깨까지 내려왔다. 손을 뻗어 꼬인 머리를 풀어 헤치려 하자, 론이 제지했다. 「아니, 그러지 말아요.」 그가 말했다. 「이게 더 좋아요. 조각

같은 느낌이 있어요. 선생님께는 안 보이겠지만, 짙은 머리색과 블라우스 색의 대조가 근사해요.」

그녀는 틀린 용어를 고치지 않았다. 물론 그 옷은 〈블라우스〉가 아니었다. 그건 양피지색의 부드럽고 얇은 캐시미어 스웨터로, 그녀가 가진 약 다섯 벌의 스웨터 중 하나였다. 하지만 아무리 론이 『보그』지 사진을 찍는다고 해도 론과 블라우스 이야기를 하고 싶지는 않았다.

그다음에는 꽃병 위치를 살짝 바꾸었다. 그리고 테이블 위의 책도 조금 옮겨 놓았다. 「좋았어.」 그가 선언했다. 「됐어. 갑시다.」

다시 작업을 시작했다. 리베카는 아무 말 없이 지켜봤다. 그레이스는 호흡을 하려고 애썼다.

소파에 앉는 일이 거의 없어서 이쪽에서 보는 각도는 뭔가 색달랐다. 엘리엇 포터의 사진이 살짝 삐뚤어져 있는 것과 문 옆 전등 스위치 위에 때가 묻어 있는 게 눈에 띄었다. **꼭 닦아야지.** 그녀는 생각했다. 어쩌면 드디어 엘리엇 포터를 바꿀 때가 된 걸 수도 있다. 엘리엇 포터는 지겨웠다. 다들 저 엘리엇 포터가 지겹지 않나?

「결혼 말이에요.」 론이 갑자기 말했다. 「그건 중요한 일이죠. 그런데 그에 대해 더 할 말이 별로 남아 있지 않을 것 같은데요.」

「늘 할 말이 더 있죠.」 리베카가 말했다. 「망치고 싶지 않은 일이잖아요.」

그가 한쪽 무릎을 꿇더니 아래에서 위쪽 방향으로 찍었다. 그레이스는 그 각도가 목을 더 짧아 보이게 하는지 길어 보이게 하는지 기억하려고 애썼다. 「별로 깊게 생각해 본 적이 없는 것 같은데. 전 생각했어요. 어떤 사람을 만났는데, 그 사람이 운명이라면 **그냥 알게** 된다고. 아내를 만났을 때 바로 알았어요. 집에 가서 같이 살고 있던 친구에게 〈바로 이 여자야〉라고 말했죠. 첫눈에 반하는, 뭐 그런 거죠.」

그레이스는 눈을 감았다. 그 순간 자기가 어디 있는지 떠올리고 다시 눈을 떴다. 론이 카메라를 놓고 다른 카메라를 집어 들고 만지작거리기 시작했다. 지금은 말을 해도 괜찮을 것 같았다.

「문제는 사람들이 〈그냥 알아〉에 의존하게 되면 반응이 오지 않는 사람들을 즉각 내치게 된다는 거예요. 전 사실 사람들에게는 수많은 좋은 짝들이 있고, 그 사람들과 늘 마주친다고 생각해요. 하지만 첫눈에 반하는 사랑 생각에 너무 꽂혀 있으면, 벼락을 동반하지 않는 정말로 좋은 사람들을 놓칠 수 있어요.」

「이쪽 좀 봐주시겠어요?」 리베카가 말했다.

입 좀 다물라는 소리군. 그레이스는 생각했다. 그녀의 의자, 그녀의 책상에 앉아 있는 리베카를 쳐다봤다. 이 불쾌한 사실을 상쇄하기 위해 자기도 모르게 환하게 미소 지었다. 그랬더니 기분이 더 나빠졌다.

하지만 다른 문제도 있었다. 불편한 각도로 불편하게 몸을 꼬고 앉아 있는 사이, 그 다른 문제는 『보그』 지면 촬영 중(확신하건대, 그 잡지 페이지를 본 어떤 독자도 그녀를 슈퍼 모델로 착각하는 일은 없을 것이다)이라는 어수선한 상황과 고객용 소파로 쫓겨났다는 기분을 뚫고 육박해 들어오기 시작해서 마침내 명백하게 눈앞에 들이닥쳤다. 그것은 그녀가 — 사진가 론과 마찬가지로, 바로 이 방에 왔던 환자들 일부와 마찬가지로, 책을 읽을 미래의 독자들 중 알 수 없는 숫자의 사람들과 마찬가지로 — 조너선 색스를 본 순간 그와 결혼해서 남은 평생 사랑하리라는 걸 절대적으로 **그냥 알았다는** 사실이다. 그건 에이전트 새러베스와 에디터 모드와 홍보 담당자 J. 콜턴에게는 숨긴 사실이었다. 곧 결혼할 기자 리베카와, 그녀 자신과 마찬가지로 자기가 결혼할 여자를 만났다는 걸 **그냥 알았던** 론에게 바로 지금 숨기고 있는 것처럼. 그날 밤 그녀는 의대의 어느 으스스한 골방에서 열리는 핼러윈 파티에 가려고 친구 비타와 비타의 남자 친구와 함께 가을의 첫 정취를 느끼며 찰스 강을 건넜다. 다른 사람들은 먼저 들어갔지만, 그녀는 화장실에 가려다 지하실에서 그만 길을 잃고 점점 더 커져 가는 짜증과 두려움을 안고 생쥐처럼 지하 복도를 빙빙 돌았다. 그 순간, 정말 갑자기, 그녀는 혼자가 아니라는 사실을 깨달았고, 절대 한 번도 본 적이 없는데도 즉시 알아본 어떤 남자 앞에 — 남자와 함께 — 있었다. 남자는 바짝 말랐고 헝클어진 머리에 며칠 동안 기른 덥수룩한 수염을 하고 있었다. 존스 홉킨스 티셔츠를 입고 더러운 옷들을 담은 플라스틱 통을 들고 있었고, 통 위에는 클론다이크[9]에 대한 책 한 권이 흔들거리며 놓여 있었다. 그녀를 보고는 그가 미소 지었다. 복도를 환히 밝힌, 지구가 정지하는 듯한 그 미소에 즉시 발걸음을 멈추자 인생이 바뀌었다. 다시 숨을 들이마시기도 전에 아직 이름도 모르는 이 남자

9 캐나다 북서부의 유콘 주에 있는 클론다이크 강 연안의 지역.

는 그녀의 인생에서 가장 믿음직하고 소중하고 원하는 사람이 되었다. **그냥 알았다.** 그래서 그녀는 그를 선택했고, 그 결과 지금은 완벽한 남편과 자식과 함께 마음에 드는 집에서 좋아하는 일을 하며 제대로 잘 살고 있다. 그녀의 경우에는 정말로 그런 식이었다. 하지만 그런 이야기를 할 수는 없었다. 특히 지금은 더욱.

「클로즈업 몇 장 찍어도 될까요? 싫으세요?」 론이 말했다.

싫어해야 하나? 그레이스는 생각했다. 선택할 권리가 있나?

「좋아요.」 질문이 그레이스를 향한 게 아니라는 걸 확인시키며 리베카가 말했다.

그레이스는 몸을 앞으로 기울였다. 렌즈가 겨우 몇 인치 앞, 너무나 가까이 있었다. 렌즈 안을 들여다보면 그 너머 반대편에 론의 눈이 보일까 궁금했다. 안을 뚫어져라 바라봤지만 캄캄한 유리 표면만 보이고 천둥 같은 셔터 소리만 요란했다. 그 안에는 아무도 없었다. 순간 카메라를 들고 있는 사람이 조너선이어도 같은 기분이 들까 하는 의문이 들었다. 하지만 카메라를 이렇게 얼굴에 바짝 들이대는 건 고사하고, **찰칵,** 조너선이 카메라를 들고 있는 모습 자체가 전혀 기억나지 않았다. 가족의 전속 사진사는 늘 그녀였다. 비록 지금 이 조그만 사무실 사방에 널브러져 있는 도구들도, 론 같은 기술도, 구색에 대한 열정도 없지만. 생일 사진과 주말 캠프 방문 사진, **찰칵,** 베토벤 의상을 입고 잠든 헨리 사진, **찰칵,** 할아버지와 체스를 두고 있는 헨리 사진, **찰칵,** 제일 좋아하는 조너선의 사진, 호숫가에서 벌어진 전몰장병 기념일 레이스를 마친 직후 물컵의 물을 얼굴에 뒤집어쓴 채 관능적 욕망이 살짝 내비치는 자부심 가득한 표정을 한 조너선의 사진을 찍은 사람은 모두 그녀 자신이었다. 아니면 그 사진에서 늘 욕망을 본 건 **그저 돌이켜 생각해 봐서** 그런 걸까, **찰칵,** 나중에 헤아려 보니 그 사진을 찍은 후 몇 시간 뒤 헨리를 임신했다는 걸 깨달았기 때문에. 조너선이 약간 요기를 하고 오랫동안 뜨거운 물로 샤워를 한 후, 그가 그녀를 어릴 때 자던 침대로 데려가, **찰칵,** 이름을 부르고 또 부르면서 그녀 위에서 몸을 흔든 후에. 그때 얼마나 행복했었나, **찰칵,** 얼마나 완벽하게 행복하다고 느꼈었나. 너무나 원했던 아이를 만들고 있었기 때문이 아니었다. 바로 그 순간에는 그런 가능성조차 중요하지 않았다. 중요한 건 오로지 조너선과, **찰칵,** 두 사람뿐이었다. 그런데 이 기억, 지금 의식의 표면으로 솟구쳐 떠오르는 기억. 그 눈과 렌즈 너머에서 바라보고 있을 또 다른 눈.

「멋져요.」 론이 카메라를 내리며 말했다. 이제 다시 그의 눈이 보였다. 결국 갈색에 전혀 특징 없는 눈이었다. 그레이스는 당황해서 거의 웃음을 터뜨릴 뻔했다. 「아니, 정말 멋졌어요.」 그가 뭔가 오해하고 말했다. 「이제 끝났습니다.」

2
아이를 키우는 것보다 더 좋은 게 어디 있어요?

샐리 모리슨골든의 이스트 74번가 타운하우스[10]에서 풍겨 나오는 의도적으로 방치된 분위기는 바깥에서부터 시작됐다. 창가 화분들에는 정체 모를 식물들이 죽어 가고 있거나 죽어 있었고, 문 위 쇠창살에는 빨간 풍선 하나가 축 늘어진 채 달려 있었다. 그 집은 같은 시기 (십중팔구 같은 건축가와 건축 회사에 의해) 지어진 우아하고 티끌 하나 없이 말끔한 두 사암 저택을 양옆에 끼고 녹음이 우거진 길가에 자리 잡고 있었고, 두 저택의 당당하고 비싸 보이는 식물들과 반짝반짝 닦인 창문들은 추레해져 가는 이웃을 오랫동안 힘겹게 견뎌 내고 있는 것 같았다. 다부진 독일인 오페어[11]가 문을 열어 주어 들어선 집 안은 가차 없는 난장판을 드러내며 도전적 무질서라는 주제 의식을 즉각 계속해서 이어 갔

10 아파트와 단독 주택의 장점을 동시에 취한 주택 양식으로, 단독 주택을 연속적으로 붙인 형태의 건물을 말한다.

11 외국 가정에 입주하여 집안일을 거들며 약간의 보수를 받으며 언어를 배우는 외국인 유학생. 주로 젊은 여성.

다. 그 난장판은 문 바로 앞에서부터 시작됐고(사실 문 바로 뒤에 놓인 불룩한 쇼핑백들 때문에 문이 완전히 열리지도 않았다), 어린애들이 만든 부스러기 흔적들을 따라 복도를 타고 이어져 부엌과 계단 위까지 계속됐다(그리고 분명 보이지 않는 어지러운 공간으로 이어져 있을 것이다). 오페어(힐다? 헬가?)가 문을 열어 주자 조심스레 안으로 들어가면서 그레이스는 생각했다. 이건 모두 철저하게 의도된 거야. 부자들의 세계에서도 샐리는 아마도 그레이스가 개인적으로 아는 사람들 중 가장 부자였고, 이 집의 고용인들 중에는 여기서 살고 있는 애들 넷(그리고 주말이면 숙제와 운동 도구, 전자제품들을 싸들고 방문하는 사이먼 골든의 첫 번째 결혼에서 나온 자식들 둘) 뒤를 따라다니며, 청결은 아니더라도 질서 유지를 담당하는 사람이 적어도 하나는 있었다. 하지만 이렇게 고집스레 쌓인 물건들은 샐리의 취향이 분명했다. 수북이 쌓인 안 신는 신발들, 쓰러질 듯 아슬아슬 쌓여 있는 『옵서버』와 『뉴욕 타임스』지들, 계단 아래를 막고 있는, 칠드런스 플레이스[12]와 샘 플랙스[13]에서 가져온 터질 듯한 쇼핑백들 — 그레이스는 자기도 모르게 셈을 하며 이 물건들을 바라봤다. 옮기고 물건들을 꺼내고 쇼핑백을 차곡차곡 접어서 나중에 쓸 경우를 대비해 쇼핑백들을 모아 두는 곳에 갖다 두는 데 5분, 영수증을 평소 두는(혹은 응당 둬야 하는) 상자나 파일 속에 넣고 새 옷에서 상표를 뗀 다음 세탁실에 가져가는 데 2분, 물감과 종이들을 그림 그리는 곳에 갖다 두는

12 미국의 아동복 및 아동용 액세서리 상점.

13 미국의 공예 용품 상점.

데 또 2분, 종이들을 모아서 바깥에 있는 재활용통에 버리는데 마지막으로 2분. 기껏해야 11분이다. 게다가 정말이지, 그게 뭐가 힘들겠나? 그 우아한 그리스 부흥 양식 저택은 해방시켜 달라고 비명을 지르고 있었다. 치아 문양의 띠 장식들과 회반죽 칠을 한 멋진 벽들은 통로가 유치원 교실 밖 복도라도 되는 양 아이들이 손가락으로 그려 댄 그림들과 멋대로 갖다 붙인 마카로니들로 원형을 알아보기 힘들었다. 심지어 셈족판 켈스의 서[14]이기라도 한 것처럼 다채로운 색깔에 엄숙한 히브리어로 쓰인 모리슨골든의 케투바[15]마저 먼지투성이 솜털이 내려앉고 파편들 사이로 말라붙은 풀이 삐져나와 있는 아이스캔디 막대로 만든 액자 안에 들어가 있었다(이거 기이하게 어울리잖아. 그레이스는 인정하지 않을 수 없었다. 왜냐하면 샐리는 당시 약혼자의 요청에 따라 유대교로 개종했다가 결혼 후 유대인의 다른 모든 것들에 무심한 남편을 따라 자연히 자신도 무심해졌기 때문이다).

그레이스는 집 뒤쪽에서 진행 중인 모임에서 들려오는 소리를 따라갔다. 집의 공사를 새로 해서 부엌이 조그만 정원 쪽으로 확장되어 있었다. 거기에 샐리가, 알랑대기 좋아하는 어맨다 에머리와, 리어든 중학교의 최연소 학생인 — 3학년을 월반했다 — 한 살 때 중국에서 입양한 데이지 스타인메츠를 홀로 키우는 실비아 스타인메츠 사이에 앉아 있었다.

「어머나…….」 샐리가 고개를 들고 쳐다보며 웃었다. 「이제 진짜 뭔가 할 수 있겠네.」

14 중세 기독교 예술을 대표하는 복음서 채색 필사본.
15 유대인의 혼인 계약서.

「제가 그렇게 늦었나요?」 그레이스는 아니라는 걸 알면서도 물었다.

「아니, 아니에요. 하지만 옆에서 분위기를 차분하게 잡아주지 않으니까 도무지 안정이 안 되는 것 같아서요.」 샐리가 버둥거리는 아기를 고쳐 안았다. 작고한 시어머니 도리스의 이름을 따서 듀나라고 이름 지은 막내였다(샐리가 말해 주었다).

「커피를 더 만들까요?」 그레이스를 따라 부엌에 들어온 힐다인지 헬가인지가 물었다. 맨발로 서 있는 그녀의 발이 별로 깨끗해 보이지는 않는다고 그레이스는 생각했다. 또 코에는 시커먼 금속 코걸이를 걸고 있어서 그 또한 위생 관념이 부족하다는 인상을 줬다.

「어, 아마도. 그리고 아기 좀 데려가 주겠어요? 얘가 공헌만 하지 않으면 훨씬 더 빨리 마칠 수 있을 텐데.」 샐리는 마치 사과해야 하는 것처럼 말했다.

오페어는 아무 말 없이 꿈틀대는 듀나에게 팔을 뻗었고, 샐리는 테이블 위로 아이를 내밀었다. 무대에서 퇴장한다는 걸 알아챈 듀나는 프리마 돈나답게 항의의 울음을 내질렀다.

「잘 가, 아가.」 실비아가 말했다. 「세상에, 정말 귀여워요.」

「그래야죠.」 샐리가 말했다. 「마지막 아이니까요.」

「오, 정말요?」 어맨다가 말했다. 「닐과 전 선택권을 열어 둘 걸 그랬다고 늘 말해요.」

어맨다를 잘 모르는 그레이스는 그게 무슨 소리인지 잘 몰랐다. 정관 절제? 난자 냉동? 어맨다에게는 열 살짜리 쌍둥이가 있었고, 최근의 〈동안〉 시술에도 불구하고 마흔다섯은 너끈히 되어 보였다.

「저흰 완전히 끝냈어요. 사실 듀나 땐 좀 놀랐지만, 생각했죠, 뭐 어때? 그러니까, 못 할 게 뭐 있겠냐고.」

아무렴 그렇겠지, 못 할 게 뭐 있으시겠어? 그레이스는 방 안의 다른 여자들만큼이나 뉴욕에서 아이 넷(혹은 아이 여섯)이 의미하는 바를 철저히 의식하며 생각했다. 아이 둘은 수적으로 제 몫만큼은 재생산했다는 뜻이고, 그것만도 충분히 돈이 많이 든다. 셋은 세 번째 사립 학교와 여름 캠프, 첼시 피어스[16]에서의 아이스하키 교습, 아이비 와이즈[17]의 대학 상담 정도는 대수롭지 않다는 뜻이다. 하지만 아이 넷은…… 음, 맨해튼에서 아이 넷을 둔 집은 많지 않다. 아이 넷은 우선 보모가 하나 더 있어야 하고 타운하우스가 있어야 한다는 뜻이다. 어쨌든 애들에게 방을 같이 쓰라고 할 수는 없지 않은가. 아이들에게는 개성을 표현할 개인 공간이 필요하다.

「제 말은,」 샐리는 계속해서 말했다. 「아이를 키우는 것보다 더 좋은 게 어디 있어요? 전 굉장한 커리어가 있었지만 엘라가 태어난 후 한순간도 그리워해 본 적 없어요. 작년 동창회 때조차요. 대학 시절 여자 친구들은 다들 일을 포기한 걸 가지고 난리를 치더라고요. 마치 제가 예일에 무슨 대단한 책임감이 있어서, 내가 어떻게 살아야 하는지 지시받기라도 해야 하는 것처럼 말이에요. 전 그냥 친구들을 쳐다봤어요, 〈**너희들 완전 틀렸어**〉라고. 그게 가장 중요한 일이 아니라는 말은 누구도 하지 못하게 해야 해요.」 그녀는 마치 이것이

16 뉴욕의 유명한 종합 스포츠 센터가 있는 곳.
17 뉴욕의 교육 컨설팅 회사.

당면 현안인 것처럼 힘주어 말했다.

「아, 알아요, 알아.」 어맨다가 가냘프게 말했다. 「하지만 쌍둥이는 정말 너무 일이 많아요. 뭐든 같이 하는 법이 없다니까요. 한 녀석이 브로드웨이 키즈[18]에 참여하고 싶어 하면 다른 녀석은 체조를 하겠다고 하니. 실리아는 심지어 동생이랑은 같은 캠프에도 안 가려고 해서, 고맙게도 메인 주까지 주말 방문을 두 번씩 해야 한다니까요.」

힐다/헬가가 커피를 가져와 기다란 테이블 위에 놓았다. 그레이스가 그린버그에 들러 사 온 버터 쿠키 상자를 꺼내자, 가벼운 탄성이 터져 나왔다.

「내 허벅지가 자기를 원망하겠네.」 샐리가 두 개를 집으며 말했다.

「샐리 허벅지는 누구도 원망할 권리가 없어요.」 어맨다가 말했다. 「내가 주욱 봐온 걸요. 어퍼이스트사이드가 모두 부러워하는 허벅지잖아요.」

「뭐,」 샐리가 흡족한 표정으로 말했다. 「트레이닝 같은 걸 해요. 해변에서 하는 하프 마라톤을 완주하면 사이먼이 파리에 데려가 주겠대요.」

「우리 엄마가 이걸 사 오시곤 했는데.」 실비아가 쿠키를 맛보며 말했다. 「거기서 만드는 시나몬 롤빵 알아요? 독일 이름인데.」

「**슈네켄**이요.」 그레이스가 말했다. 「그거 맛있죠.」

「시작할까요?」 샐리가 물었다. 맨해튼에서 자라지 않아 공동의 향수에 보탤 것이 없는 그녀는 거의 화가 난 기색이

18 어린이들로 구성된 뮤지컬 공연 단체로, 뉴욕에 본거지를 두고 있다.

었다.

공책들이 나오고 펜 뚜껑이 열렸다. 다들 회의 주관자이자 위원회장직을 맡고 있는 샐리를 공손하게 쳐다봤다. 「맞아요. 이틀 남았어요. 그런데 우린…….」 샐리는 소녀처럼 어깨를 으쓱하며 말꼬리를 흐렸다. 「하지만 전 걱정 안 해요.」

「전 좀 걱정되는데.」 실비아가 말했다.

「아뇨, 괜찮아요. 봐요…….」 샐리가 노란 공책을 돌려 파란 형광펜으로 깔끔하게 써놓은 목록을 보여 줬다. 「사람들은 오고 싶어 하고, 돈을 쓰고 싶어 해요. 그게 중요한 거예요. 나머지는 그냥 사소한 것들이고. 2백 명이 오기로 확정되었어요. 거의 2백 명이요. 이미 성공이라고요.」

그레이스는 실비아를 쳐다봤다. 세 사람 중에서 가장 잘 아는 사람이 실비아였다. 혹은 적어도 가장 오래 안 사람이었다. 특별히 가까운 사이는 아니었지만. 예상했듯이, 실비아는 입을 다물었다.

「그래서 어제 아침에 스펜서 씨 댁에 들렀죠. 수키의 비서와 집사와 함께 검토를 했어요.」

「수키는 없었고요?」 실비아가 물었다.

「네, 하지만 고용인들이랑 모든 걸 다 살폈어요.」

그레이스는 고개를 끄덕였다. 스펜서가 저택 입장을 허락받는다는 것, 그것 하나만 해도 두당 3백 달러짜리 그 2백 명의 참석자들에게는 엄청난 대히트이자 굉장한 동기 부여제였다. 조너스 마셜 스펜서의 세 번째 부인이자 리어든 유치원생들의 어머니인 수키 스펜서는 시내에서 가장 많이 회자되는 아파트를 갖고 있었다(사실 5번가 건물의 아파트 세

호를 합쳐 두 층을 통째로 사용하고 있는 집이었다). 그 수키 스펜서가 지난달 난데없이 전화를 해서 — 음, 사실 전화를 한 건 비서다 — 위원회 활동을 할 수는 없지만 그 행사를 기꺼이 주최하겠노라고 말했다. 어떤 음식들이 들어오건 그 집 고용인들이 서빙을 할 테고, 와인도 제공하겠노라고 했다. 스펜서 가문은 서노마에 포도원을 가지고 있었다.

「스펜서 부인을 아세요?」 그레이스가 샐리에게 물었다.

「아뇨, 그다지. 학교 복도에서 인사 정도만 나눴어요. 물론 위원회 활동을 같이 하자고 이메일은 보냈지만, 답을 들을 줄은 몰랐죠. 이 모든 건 말할 것도 없고요.」 손님들은 성가신 보안 체크를 받아야 했지만, 충분히 감수할 가치가 있었다.

「어머나, 세상에. 너무 흥분돼요.」 어맨다가 꺅꺅댔다. 「잭슨 폴록의 작품들은 봤어요?」

그 집에는 폴록의 작품이 두 점 있었다. 식당의 양쪽 벽에 걸려 있었다. 그레이스는 『아키텍처럴 다이제스트』에서 그 그림들을 본 적이 있었다.

「본 것 같아요.」 샐리는 솔직하게 말했다. 「실비아, 친구분은 준비 다 됐어요? 이런 걸 해주겠다니 너무너무 굉장해요.」

실비아가 고개를 끄덕였다. 소더비[19]에 있는 그녀의 친구가 경매 진행을 해주겠다고 했다. 「호러스 맨 재학 시절 삼각법을 패스하게 해준 데 대한 보답이래요. 사실 가까스로 턱걸이하게 해준 것뿐인데.」

「경매품은요?」 그레이스가 물었다. 샐리의 목록을 머릿속

19 미국의 세계적인 미술품 및 골동품 경매 회사.

에 떠올리며 일을 빨리 진행시키려고 애쓰고 있었다.

「맞아요. 경매 안내 책자 교정쇄가 있어요. 어맨다, 내가 그걸 어쨌죠?」

어맨다가 테이블 위에 흩어져 있는 신문들 사이 테두리가 너덜너덜한 소책자를 가리켰다.

「좋아요.」 샐리가 말했다. 「이게 최종본은 아니에요. 내일 아침까지는 더 추가할 수 있으니까. 하지만 내일 오후에는 인쇄를 할 테고, 그리고…… 실비아?」

「토요일 1시에 찾을 거예요.」 그녀가 유능하게 대답했다.

「좋아요.」 그녀는 안경을 쓰고 겉장을 펼치더니 인쇄된 목록들을 훑어 내려가기 시작했다.

롤리비에와 와일드 포피[20]에서 주문한 꽃들. 휴가지로 제공되는 집들이 햄프턴에 여섯 군데. 파이어아일랜드에 하나(「가족들 공간은 제외하고요.」 샐리가 힘주어 말했다), 베일과 애스펀에 각각 하나, 뉴욕 카멀에 하나(이 마지막 선물을 읽을 때는 다른 곳들만큼 열렬한 감사의 기색이 담기지 않았다). A급 실내 장식가와의 디자인 상담(딸이 12학년이에요), 인기 최고인 트라이베카 레스토랑에서 8인 1조로 받는 요리 수업(요리사의 홍보 담당자 아들이 7학년이에요), 뉴욕 시장의 하루 일정을 따라다닐 수 있는 기회(정책 분석가의 쌍둥이가 내년에 그 들어가기 어렵다는 취학 준비 과정 입학을 노리고 있거든요), 그리고 뉴욕대 의사가 제공하는 〈줄기세포 리프팅 시술〉. 너무 무시무시한(하지만 너무나 혹하게 기괴한) 이름이라 그레이스는 조너선에게 뭔지 물어봐야겠다

20 뉴욕의 값비싼 꽃집 브랜드들.

고 속으로 다짐했다.

「그리고…… 이 문제에 대해 이메일을 보낸 것 같은데,」 샐리가 말했다. 「아니면 안 보냈을지도 몰라요. 어쨌거나 네이선 프리드버그가 캠프의 한 자리를 제공했어요.」

「샐리, 그거 굉장해요!」 어맨다가 말했다.

「무슨 캠프요?」 그레이스가 물었다.

어맨다가 그녀를 돌아봤다. 「그분 캠프 말이에요. 그분이 시작하는 거.」

「『애비뉴』에 나왔어요.」 샐리가 말했다. 「그분이 이 캠프를 시작할 거거든요.」

「여름 동안 2만 5천 달러가 들어요.」 실비아가 말했다.

「그럼…… 수상 스키를 엄청 타나 보군요.」 그레이스가 말했다.

「수상 스키는 안 타요. 밧줄도 안 맬 거고. 캠프파이어도 없어요.」 실비아가 흥미로운 어조로 말했다. 「평범한 사람들 자식들은 신청할 필요도 없어요.」

「하지만…… 죄송하지만, 무슨 소린지 모르겠어요. 이거 여름 캠프 아닌가요?」 그레이스가 천천히 말했다.

「사실 이건 좀 화려하긴 하죠.」 어맨다가 말했다. 「그러니까 대놓고 말해서, 이 아이들은 장래에 지도자가 될 아이들이에요. 사업이 어떻게 운영되는지 알아야 하고, 자선가가 되는 법도 배워야 하죠. 네이선이 그 문제로 전화를 했어요. 쌍둥이가 등록하고 싶어 할지 궁금해하더라고요. 저야 대환영이지만, 메인 주의 캠프를 못 가게 하면 애들은 절 죽이려 들 거예요. 친구들이 몽땅 거기 있어서.」

그레이스는 여전히 갈피를 잡지 못하고 있었다. 「이 캠프에 참여하려면 정확히 어디로 가야 하는 거예요? 뭘 하는 거죠?」

「아, 다들 집에 있을 거예요. 아침에 버스가 태우러 와요. 그리고 대단한 사람들이 와서 이야기를 들려줘요.」 샐리가 말했다. 「사업가와 예술가들이요. 아이들은 사업 계획과 투자에 대해 배워요. 시내외의 기업체를 탐방하죠. 적어도 한 번은 교외 그리니치로 나가요. 주말에는 쉬기 때문에 보통 하던 것들은 뭐든 할 수 있죠. 전 엘라를 등록시켰어요. 브론웬은 여름 내내 해변에 나가 있고 싶대요. 거기 그 애의 말이 있거든요. 하지만 그 순간 이런 생각이 들더군요. **혹시 그 사람이 캠프 한 자리를 기부할 생각은 없을까.** 그러니까, 2만 5천 달러 가치의 자리를요! 학교를 위해 그런 기부를 받을 수 있으면, 정말 굉장할 거라고.」

「브라보, 샐리!」 어맨다가 미소 지었다. 「그거 완전 근사해요.」

「그러네요.」 그레이스도 따라 말했지만, 여전히 어리둥절했다. 그리고 이제는 살짝 무섭기까지 했다.

그들은 다시 목록으로 돌아갔다. 대학 입학 상담가. 유치원 입학 상담가. 직접 온라인 작업을 할 필요 없도록 컴퓨터를 들고 방문해서 셰이커 교도[21]들이 딱 좋아할 스타일로 멋진 가계도를 그려 주는 계보학자(그레이스는 자기가 그걸 살까 잠깐 생각했다. 아마 뭔가는 사야 할 텐데, 그게 헨리에게 주기 좋지 않을까? 하지만 끔찍한 조너선의 가족들을 생각

21 매사추세츠에 정착한 청교도의 일파. 단순한 수공예 스타일의 가구와 생활용품으로 유명하다.

하고 마음을 접었다. 아들의 셰이커풍의 가계도에 그런 지긋지긋한 사람들을 올려놓는다는 생각을 하자 화가 났다가, 죄책감이 들었다가, 나중에는 아들이 불쌍했다. 조부모가 하나로 줄었다는 것만 해도 충분히 나쁘다. 그 사람들이 여전히 저기 어딘가, 그것도 차로 몇 시간만 가면 되는 거리에 있는데도 자기 손자를 볼 마음이라곤 손톱만큼도 안 보여 준다는 건 더 나쁘다). 여기에다가 의사들. 피부과, 성형외과 의사들. 그리고 어맨다가 〈발가락 전문〉이라고 부른 의사까지.

「딸 하나가 3학년에, 또 하나는 대프니 반에 있어요.」 그녀가 실비아에게 설명했다.

실비아가 눈살을 찌푸렸다. 「발가락 전문이라고요?」

「둘째 발가락을 엄지발가락보다 작게 만들어 주는 걸로 유명해요. 그래서 애를 데리러 갔을 때 그 집 부인을 만날 때까지 기다렸다가, 발가락 하나를 축소하는 수술을 기부해 주면 안 될까 물어봤죠.」

하나만? 그레이스는 생각했다. **다른 발은?**

「제 말은, 누구에게든 뭐든 부탁하겠다는 말이에요. 못 할 게 뭐예요? 〈네〉 아니면 〈아니오〉라고밖에 더 하겠어요? 하지만 거절하는 일은 거의 없어요. 왜 그래야 되겠어요, 자기 애 학교 일인데! 기꺼이 서비스를 제공해야 한다고요. 배관공이든 의사든 무슨 차이가 있어요, 그쵸?」

「음, 하지만……」 그레이스가 자기도 모르게 끼어들었다. 「지금 이야기하고 있는 것들은 다 선택적인 것들이에요. 대부분 의사들이 하는 일은……」 〈**인간의 허영심**〉이라는 말이 거의 나올 뻔하다가 멈췄다. 「이건 사람들이 진짜로 의사를 만나고 싶어 하는 일들과는 상관이 없어요.」

어맨다는 의자에 기대 앉아 그레이스를 똑바로 쳐다봤다. 화난 게 아니라, 그냥 어리둥절한 것 같았다.

「그렇지 않아요.」 어맨다는 말했다. 「그러니까, 우린 다 건강을 지키고 싶어 하잖아요. 설령 그게…… 글쎄요…… 복부 전문 의사건 심장 전문 의사건, 그건 다 우리 몸을 돌보려는 것 아닌가요? 그리고 재정 조언가를 찾든 의사를 찾든 간에 우린 다 최고한테 가고 싶어 하잖아요. 남편을 위해 유명 심장 전문의의 상담을 살 아내들이 얼마나 많겠어요?」

「그레이스의 남편이 의사예요.」 실비아가 말했다. 아주 사무적인 어조였고, 그레이스는 왜 그랬는지 정확하게 알았다. 이제 그들은 그 필연적 결과를 지켜봤다.

「아, 맞아요. 잊어버렸네.」 어맨다가 말했다. 「무슨 과라고 하셨죠?」

「조너선은 소아 종양학과 의사예요.」

어맨다는 잠시 당황해서 얼굴을 찡그렸다가 한숨을 내쉬었다. 아무리 유명하다 해도 소아 종양학과 의사의 서비스를 원할 사람은 아무도 없다는 적절한 결론을 내린 것이다.

샐리가 고개를 저었다. 「계속 잊어버리게 돼요. 남편분을 뵐 때마다 늘 쾌활하셔서. 제 말은, 어떻게 그런 일을 하실 수가 있죠?」

그레이스가 고개를 돌렸다. 「뭐가요?」

「아픈 아이들과 그 부모들과 함께 일하는 거요. 저라면 절대 못 할 거예요.」

「저도요.」 어맨다가 말했다. 「애 하나가 머리만 아파해도 어쩔 줄을 모르겠는데.」

「자기 애일 때는 상황이 다르죠.」 그레이스가 말했다. 그녀는 이 말에 공감했다. 헨리가 아플 때마다 견딜 수가 없었기 때문이다. 헨리는 아픈 일이 많지도 않았는데 말이다. 정말 건강한 아이였다. 「그냥 환자일 경우에는, 자기 전문 지식으로 그 사람들 병을 다루는 거고, 그건 완전히 다른 일이에요. 돕고 있는 거거든요. 그 사람들 삶을 더 낫게 해주려고 노력하는 거고.」

「네.」 어맨다가 동의하지 않는 기색으로 말했다. 「하지만 환자들은 그러다가 죽잖아요.」

「그래도 노력하는 거예요.」 그레이스가 끈질기게 말했다. 「의사들이 아무리 노력해도 사람들은 병이 들고 죽어요. 그중에는 아이들도 있고요. 그건 절대 바뀌지 않을 사실이에요. 하지만 저라면 20년 전보다는 지금 애가 암에 걸리는 게 다행이라 생각할 거예요. 그리고 암에 걸린 애가 있다면, 다른 어떤 곳보다 뉴욕에 있고 싶고요.」

어맨다는 무슨 말을 해도 귓등으로 흘리고 그저 고개만 저었다. 「저라면 감당 못 해요. 전 병원이 싫어요. 그 냄새도 싫고.」 그녀는 — 샐리 모리슨골든의 타운하우스의 값비싼 난장판 한가운데서 — 소독약 웅덩이에 공격당하기라도 한 것처럼 몸을 부르르 떨었다.

「전 그냥, 그러니까, 예술가와 작가들이 더 많았으면 좋겠어요.」 실비아가 말했다. 이 화제를 꺼낸 당사자인 그녀는 이제 명백히 다음 단계로 넘어가려고 하고 있었다. 「오페라 가수와의 점심 식사나 화가의 스튜디오 방문 같은 거요. 왜 우리한텐 예술가들이 더 없는 거죠?」

그 사람들은 자기 애들을 리어든에 보내지 않으니까. 그레이스는 짜증스레 생각했다. 뉴욕 사립 학교 지형도에서 리어든은 월 스트리트 산맥과 기업법이라는 쌍봉우리 사이의 산길에 위치하고 있었다. 다른 학교들 — 필드스턴, 돌턴, 세인트 앤스 — 은 창의적 부모, 연극계 사람들, 소설가들의 자식들을 받았다. 그레이스가 거기 다니던 시절에는 지형도 윤곽이 그렇게 선명하지 않았다. 한 친구는 컬럼비아에서 학생들을 가르치던 시인의 딸이었고 다른 친구는 뉴욕 필하모닉 단원을 부모로 둔 음악적 재능이 하나도 없는 아들이었다. 하지만 헨리의 친구들은 개인 자산 매니저와 헤지펀드 전사들의 집안에서 자라고 있었다. 특별히 기분 좋은 건 아니지만 어쩔 수 없는 일이었다.

「음, 꽤 모양새가 괜찮은 것 같은데요.」 샐리가 선언했다. 「마흔 가지 품목. 모두에게 돌아가기에 충분한 거 맞죠? 뭔가 놓치지만 않았다면. 내놓고 싶은 사람이 있다면 아직도 참여할 시간이 있어요.」

「저기……」 그레이스가 몰려오는 수줍음에 스스로 놀라며 말을 꺼냈다. 「그러니까, 괜찮으시다면. 제가 책을 냈거든요. 지금은 가제본일 뿐이지만 책을 내놓을 수 있어요. 그러니까, 저자 서명본이요.」

세 사람이 다 그녀를 쳐다봤다.

「아, 맞아요.」 어맨다가 말했다. 「책을 쓰셨다는 걸 잊고 있었네요. 어떤 책이죠? 미스터리예요? 해변에서 읽을 재미있는 책을 늘 찾고 있거든요.」

그레이스는 저도 모르게 눈살을 찌푸렸다. 웃지 않기 위해서는 그 방법밖에 없었다.

「아니, 아니에요. 전 그런 작가는 아니에요. 전 심리 치료사예요. 이건 결혼 생활에 관한 책이에요. 제 첫 번째 책이고요.」 그녀는 자기 목소리에 뚜렷하게 담긴 뿌듯한 어조를 느끼며 — 그리고 비난하며 — 말했다. 「〈진작 알았어야 할 일〉이라는 책이에요.」

「뭘요?」 어맨다가 말했다.

「〈진작 알았어야 할 일〉.」 그녀는 이번에는 조금 더 크게 반복했다.

「아니, 듣긴 들었어요. 그러니까, 뭘 알았어야 하냐고요?」

「아. 그건…… 사람들은 처음에 사귀기 시작할 때 상대방에 대해 더 잘 안다는 말이에요.」

뒤이은 기나긴 침묵의 순간, 그레이스는 책의 제목과 주제, 자신이 소중히 여겨 온 거의 모든 것을 재평가할 시간을 충분히 가졌다. 적어도 직업적으로 소중히 여겨 온 것들을.

「상담을 기부할 수도 있지 않을까요?」 샐리가 진지하게 말했다. 「〈결혼 생활 문제의 권위자가 부부 상담을 해드립니다.〉 어때요?」

충격받은 그레이스는 가까스로 정신을 차리고 겨우 고개를 내저었다. 「그건 적절하지 않을 것 같은데요.」

「네, 하지만 사람들은 정말로 그걸 원할지도 몰라요.」

「미안해요. 안 되겠어요.」

어맨다가 불만에 차서 거의 알아차리지도 못할 정도로 잠깐 살짝 눈살을 찌푸렸다. 그때 집 정면에서 낮고 나른한 벨 소리가 들렸다. 조그만 모임을 채우고 있던 긴장감이 빠져 나가는 걸 느끼며, 그레이스는 한없이 고마웠다. 「힐다?」 샐리가 불렀다. 「좀 나가 봐주겠어요?」

부엌에서 움직임이 들렸다.

「또 누가 오기로 했었나요?」 어맨다가 물었다.

「음, 아뇨.」 샐리가 말했다. 「뭐 그다지.」

「뭐 그다지요?」 실비아가 약간 웃으며 말했다.

「아뇨. 제 말은, 올지도 모르겠다고 한 사람들은 있었지만, 그 이후 더 이상 확답을 안 줘서 전 그냥…….」

이제 구분도 잘 안 되는 나지막한 목소리들이 들렸다. 그리고 또 다른 소리도. 스프링이 달린 것 같은 삐걱거리는 소리였다. 그러더니 힐다가 다시 나타났다. 「손님이 복도에 유모차를 두고 계시는데요. 괜찮겠죠?」 그녀가 샐리에게 물었다.

「아.」 샐리는 약간 놀란 것 같았다. 「괜찮아요.」 그리고 고개를 흔들었다. 「괜찮아.」 샐리가 다시 고개를 들었을 때, 그 얼굴에는 치아를 환히 드러낸 미소가 고정되어 있었다. 「안녕하세요?」 일어나서 말했다.

한 여자가 힐다 뒤를 돌아 안으로 들어왔다. 중간 정도의 키에 어깨까지 내려오는 검정 곱슬머리, 캐러멜색 피부를 가진 여자였다. 눈이 몹시 검었고 그 위로 살짝 교태스러워 보이는 굉장히 짙은 검정 눈썹이 있었다. 황갈색 치마에 흰 셔츠를 입고 있었는데, 셔츠는 눈길을 끄는 젖가슴, 금십자가와 풍만한 가슴 계곡을 보여 주기 충분할 정도로 풀어 헤쳐져 있었다. 여자는 주변 환경, 넓지만 어지러운 집, 당황한 여자들, (필기한 종이들과 탁자 위의 인쇄물에서 알 수 있듯이)

끝나 가고 있는 건 아니라고 해도 이미 진행 중인 모임의 증거들에 조금 주눅 들어 보였다. 여자는 모두에게 살짝 고개를 숙였다가 어색하게 문간에 서 있었다.

「앉으세요.」 샐리가 그레이스 옆자리를 가리켰다. 「여러분, 여긴 알베스 부인이에요. 4학년 미겔 알베스의 어머니랍니다. 죄송하지만 이름을 어떻게 발음해야 하는지 좀 알려 주셔야 되겠는데요.」

「말라가.」 여자가 말했다. 경쾌하고 거의 음악처럼 들리는 목소리였다. 「말라가.」 이번에는 더 천천히, 첫 음절에 확실히 강세를 두며 말했다.

「말라가.」 그레이스가 되풀이했다. 그리고 손을 내밀었다. 「반가워요. 전 그레이스예요.」

실비아와 어맨다가 그 뒤를 따랐다.

「안녕해요, 안녕해요.」 여자가 말했다. 「미안. 늦어서. 아기, 칭얼거려요.」

「아, 괜찮아요.」 샐리가 말했다. 「하지만 많이 끝내긴 했어요. 여기.」 그녀가 다시 말했다. 「앉아요.」

여자는 그레이스 옆의 의자에 앉더니 묵직한 나무 탁자에서 몸을 돌린 채 다리를 꼬았고, 그레이스는 자기도 모르게 그 다리를 봤다. 살집이 있지만 우아한 다리였다. 여자는 탁자의 나무를 건드릴 정도로 살짝 몸을 앞으로 기울였다. 실크 셔츠 사이로 살집 있는 몸매가 더 보였지만 어쩐지 이번에도 매력이 없지 않았다. 아기 이야기를 했었지? 그레이스는 생각했다. 여자는 아기를 낳은 지 얼마 안 됐을 것 같다는 인상을 줬다. 아직도 불룩하고, 아직도 젖이 나오고 있는 것 같았다. 여자는 탁자 위에 손을 포개고 있었다. 왼손 네 번째 손가락에 가느다란 금반지가 끼워져 있었다.

「경매 품목에 대해 이야기하고 있었어요.」 샐리가 — 그레이스가 느끼지 않을 수 없을 정도로 — 터무니없이 느릿느릿하게 말했다. 「자선, 그러니까 학교 기금 모집용으로 경매에 내놓을 수 있는 것들이요. 장학금을 모으려고요.」 그러더니 메모를 뚫어져라 내려다보며 덧붙였다. 「보통 부모님들께 아이디어를 내어 주십사 부탁해요. 자기 일과 관련해서 뭔가를 내놓을 수 있다면요. 예술가라거나 의사 같은 분들요. 아이디어가 있으면 말씀해 주세요.」

그 여자 — 말라가 — 는 고개를 끄덕였다. 방금 무슨 끔찍한 소식이라도 들은 것처럼 정신을 바짝 차린 표정이었다.

「그럼…… 계속하죠.」 샐리가 말하더니, 회의를 진행했다. 새 인물의 도착은 달리기 출발 신호총의 효과를 냈고, 갑자기 모두가 속도를 높였다. 그들은 다음 며칠 동안 모두의 스케줄을 체크하고, 누가 아래층 로비의 탁자를 지킬 것인지(탐낼 자리는 아니었다), 누가 스펜서가의 장엄한 대리석 로비 위층에서 손님들을 맞을 것인지, 모임이 끝나고 모두의 정산을 하는 데 필요한 소프트웨어가 실비아에게 있는지 없는지 체크하며 쏜살같이 내달렸다. 딱히 그들이 책임질 사안은 아니지만 그래도 조율이 좀 필요한 식전 파티 — 〈교장 선생님과 함께하는 칵테일 파티〉 — 와 어맨다가 주관을 맡았다고 할 수 있는(다시 말해, 어맨다의 친구들이 핵심 참석자 그룹이 될) 스탠다드 호텔 붐붐붐에서 열릴 식후 파티도 있었다. 하지만 그들은 그 모두를 돌파하며 질주했다.

말라가는 아무 말도 하지 않았고 표정도 변하지 않는 것 같았지만 다른 세 사람 사이에서 대화가 벌어지는 동안 다른 사람들과 같이 고개를 이리저리 돌렸다. 하지만 식후 파티 시간이 됐을 때 배타적 느낌을 주지 않으면서도 자선 모임을 떠날 수 있는 방법(왜냐하면 최종 참석자 수를 이제 넘겼고 누군가를 더 달고 가는 건 정말로 불가능했기 때문이다)이라는 곤란한 문제에 대해 막 이야기하기 시작했을 때, 숨넘어가는 날카로운 아기 울음소리가 이야기를 중단시켰다. 말 없던 여자가 벌떡 일어나 방에서 나가더니 잠시 후 녹색 줄무늬 천에 싼 조그맣고 가무잡잡한 아기를 안고 돌아왔다. 말라가는 아기를 어르는 여자들에게 고맙다고 고개를 까딱거리면서 다시 의자에 앉더니 긴소매 실크 셔츠에서 팔을 비틀어 빼내고는 흰 브래지어를 확 당겨 내려 한쪽 몸을 완전히 드러냈다. 너무 순식간에 벌어진 일이라 그레이스는 불편해할 틈도 없었지만, 탁자 건너편을 슬쩍 보자 어맨다는 화가 난 것 같아 보였다. 눈을 휘둥그레 뜬 채 찰나의 순간 혹시라도 어맨다 쪽을 봤을 사람과 본인에게만 전달될 정도로 보일까 말까 하게 조그만 머리를 절레절레 저었다.

물론 문제는 모유 수유가 아니었다 — 그레이스는 생각했다 — (실비아를 제외하고) 원칙과 자부심, 편의, 아기들의 건강을 고려해서 그들 모두가 기꺼이 했던 일이니까. 문제는 그 둔하고 태연자약하기 짝이 없는 노출이었다. 젖을 빠는 아기의 입안으로 거침없이 내려온 한쪽 가슴, 두꺼운 뱃살, 심지어 아기의 머리를 따스하게 받치고 있는 팔뚝까지. 성과 모성을 구분하지 못하는 호기심에 찬 10대들의 시선을 막아 주는, 교묘한 휘장이 달려 있고 젖꼭지를 꺼낼 수 있는 교묘한 절개선이 있는 수유용 옷이 아니었다. 아기 입에 젖을 물리고 나자 말라가 알베스는 다시 탁자 주위의 사람들을 둘러보며 대화가 계속되기를 기다렸다. 그래서 공동으로 무대 연출을 하는 공동 연극의 한 막에서 다른 네 여자는 그 여자가 거기 없는 척하기 시작했다. 아기는 요란하게 젖을 빨며 조그맣게 칭얼거렸다. 몇 분 후, 그레이스가 그 상황에 상대적으로 둔감해진 바로 그 순간, 말라가가 젖꼭지를 꺼내 아기의 뺨에 철썩 하고 떨어뜨리더니 가슴을 가리는 대신 다른 쪽 가슴을 같은 방식으로 드러내고는 아기를 새로 고쳐 안았다.

이제 방 안의 불안한 분위기는 손으로 만질 수 있을 정도였다. 여자들은 미사여구도 없는 문장들을 재빨리 내뱉으며 마지막 안건까지 최대한 빨리 내달렸다. 문간에 왔다가 — 그레이스가 봤다 — 반나체의 여자를 쏘아보던 힐다를 제외하고는, 누구도 말라가를 쳐다보지 않았다. 말라가 본인은 실크 셔츠를 망토처럼 어깨 위로 휙 젖혀 놓고, 브래지어를 늘어뜨린 가슴 아래 끼워 놓은 채 아무 생각 없이 앉아 있었다. 이 여자에게 조금이라도 타락한 성정이 있다면 이 행동이 교묘하게 적대적으로 보일 수 있을 거라는 생각이 문득 들었다. 하지만 어느 모로 보나 그건 아닌 것 같았다. 말라가 알베스라는 뉴요커가 샐리 모리슨골든이라는 뉴요커에게 억하심정을 품었다 하더라도 언짢은 기색이라곤 조금도 내비치지 않았다. 보이는 건 오히려 그 반대였다. 반응의 부재, 부정적 에너지 속으로의 은둔. 그 행동은 선동은 고사하고, 자기가 보이지 않는다고 생각하는 여자의 행동이었다. 몰래 훔쳐보던 그레이스는 예전에 3번가 헬스클럽 로커 룸에서 봤던 사람이 문득 떠올랐다. 에어로빅 수업 후에 옷을 갈아입고 있던 그녀의 눈에 샤워실 입구 근처의 거울 앞에 서 있는 여자가 들어왔다. 클럽에서 주는 타월조차 엉덩이나 가슴에 두르지 않은 완전 나체였다. 나이는 — 몇 살로 보이는지가 얼마나 살았는지보다 얼마나 잘 관리했는지에 따라 좌우되는, 말하자면 분명치 않은 중간 시점인 — 30대 아니면 40대 정도, 그리고 똑같이 정의하기 힘든, 뚱뚱함과 마름 사이의 몸매를 하고 있었다. 여느 때처럼 땀에 젖은 레오타드를 힘들게 벗고 샤워실에 들어갔다가 나와서 머리를 말리고 로커를 여는 동안, 그 여자가 여전히 똑같은 자리에서 똑같은 자세로, 전신 거울 앞에서 머리를 빗으며 서 있다는 게 점차 눈에 걸렸다. 여자의 자세와 행동이 부분의 총합을 넘어선 어떤 느낌을 자아냈고, 그건 로커 룸에 있는 다른 모든 사람들에게도 똑같이 명백하게 보였다. 열다섯 내지 스물 정도 되는 다른 여자들은 여자 주위를 빙 둘러 지나가고 눈길을 돌리면서 애써 여자를 피했다. 로커 룸에서 옷을 벗고 있는 건 물론 특이한 일이 아니고, 머리를 빗고 거울을 보는 것 또한 흔한 일이다. 하지만 그 여자가 서 있는 모습은 본능적으로 어딘가 잘못된 느낌을 발산했다. 거울 앞에서 너무 꼼짝도 않고 조금 너무 가까이에서 조금 너무 자신에게 집중한 채 다리를 조금 너무 넓게 벌리고 왼팔은 엉덩이에 걸쳐 놓은 채 오른손으로는 세심하고 리듬감 있게 젖은 갈색 머리를 빗고 있었다. 그 여자도 바로 이런 표정을 하고 있었어.

그레이스는 자신의 통찰을 확인하려고 말라가 알베스를 슬쩍 돌아봤다가 짐짓 침착한 척 다시 샐리를 보며 생각했다. 그들은 이제 사소한 사항들을 꼼꼼히 점검하고 모임을 끝내고 어서 여기서 탈출하는 데 장애가 될 만한 것들을 하나씩 제거하며 질주하고 있었다. 샐리는 〈굉장한 커리어〉를 가졌던 시절의 기억을 소환하듯 부하 직원들의 사생활 따위는 신경조차 쓰지 않는 무자비한 상사처럼 몰아붙였다. 할 일들이 할당되고 행사 전 모임은 토요일 오후 스펜서 부부의 집으로 정해졌다. (「괜찮겠어요, 말라가?」 샐리가 말을 멈추고 물었다. 「아, 좋아요.」) 아기는 계속 젖을 빨았는데, 그렇게 조그만 아기가 그렇게 오랫동안 허기를 견딜 수 있었다는 게 그레이스에게는 기괴하게까지 느껴졌다. 그때 어떤 경고나 언질도 없이 아기가 엄마의 풍만한 가슴에서 고개를 돌리더니 방 안을 열심히 둘러봤다.

「제 생각에는,」 샐리가 단호하게 말했다. 「끝난 것 같네요. 이제 더 이상 남은 안건은 없어요. 실비아? 다른 거 있어요?」

「아뇨.」 실비아가 가죽 장정 폴더를 탁 하고 닫으며 말했다.

어맨다는 벌써 슬금슬금 일어서면서 앞의 서류들을 챙기고 있었다. 시간을 하나도 낭비하지 않는 여자였다. 말라가는 아기를 똑바로 세워 고쳐 안았지만 몸을 가릴 생각은 여전히 털끝만치도 보이지 않았다.

「만나서 반가웠어요. 아들이 우리 딸 파이퍼와 같은 반인 것 같은데. 레빈 선생님 맞죠? 4학년이요.」

여자가 고개를 끄덕였다.

「올해 새 학부모는 아무도 뵌 분이 없어요.」 어맨다가 연녹색 버킨 백에 서류들을 쑤셔 넣으며 말했다. 「다들 한번 모여요. 레빈 선생님 반만이라도요.」

「미겔은 잘 지내요?」 샐리가 물었다. 「참 착한 애더군요.」

말라가는 그 대답으로 아주 조금 생기를 보이며 아기의 등을 토닥이면서 살짝 미소 지었다. 「네, 아이 잘하고 있어요. 선생님 같이 해줘요.」

「파이퍼가 미겔이랑 지붕 위에서 같이 놀았다고 하더라고요.」 어맨다가 말했다.

지붕은 초등학생들이 휴식 시간에 가는 곳이다. 안전한 고무 바닥이 깔려 있고 원색 놀이 기구들과 낙상 방지를 위한 그물이 즐비한 곳이었다.

「좋아요.」 말라가가 말했다. 아기가 숙녀답지 않게 커다란 트림을 내뱉었다. 갑자기 그레이스는 나가고 싶어 죽을 지경이었다.

「저, 모두 안녕히 계세요.」 그녀는 쾌활하게 말했다. 「샐리, 다른 거 생각나는 게 있으면 전화해요. 하지만 다 정말 훌륭해요. 이렇게 짧은 시간에 이걸 다 준비하다니 믿을 수가 없네요.」

「뭐, 수키 스펜서가 조금 도와줘서죠.」 샐리가 웃었다. 「연회장과 포도주 양조장을 가진 억만장자가 있으면 많은 사람들이 있어야 할 필요도 없어요.」

「저한테 바로 그게 없는 거군요.」 그레이스가 훈련된 호의를 담아 말했다. 「잘 가요, 말라가.」 여자가 드디어 거대한 가슴을 브래지어 속으로 다시 넣고 있는 걸 보면서 그녀가 말했다. 그레이스는 가죽 서류 가방 어깨끈을 들어 어깨에 똑바로 걸쳤다.

「직장으로 다시 가세요?」 실비아가 말했다.

「아뇨. 헨리를 바이올린 교습에 데려가요.」

「아, 그렇군요. 아직 스즈키[22] 해요?」 실비아가 물었다.

「아뇨, 8권인가 9권 이후, 그쯤 어디서 다들 그만둬요.」

「아직도 교습에 데려다주세요?」 샐리가 미약한 비난의 기색을 담아 말했다. 「세상에, 애들을 사방에 직접 데려다준다면, 전 다른 건 아무것도 못 할 거예요. 둘은 체조를 하고, 피아노와 발레와 펜싱도 있어요. 거기다가 물론 듀나도 있고요. 걘 뮤직 투게더[23]랑 짐보리[24]만 하지만, 생각해 보세요? 네 번째 짐보리라고요. 전 더 이상은 못 하겠더라고요. 그래서 힐다가 가요. 엄마들이 〈미끄럼틀을 내려오다니 우리 애는 정말 특별해!〉 하고 난리를 쳐대면, 〈앤 우리집 넷째예요. 이런 말 하기는 싫지만, 중력 때문에 **다들** 미끄럼틀에서 내려오는 거라고요〉라는 말이 목구멍까지 올라와요. 뮤직 투게더에서도 인내심에 한계가 오는 순간이 수도 없이 있어서, 결국 그것도 힐다에게 부탁했어요. 10년 동안 똑같은 달걀을 치대며 거품을 내는 기분이라니까요.」

「헨리 말고 아이가 더 있다면 분명 저도 오래전에 그만뒀을 거예요.」 그레이스가 동의했다. 「하나밖에 없을 땐 그다지 힘들지 않아요.」

「실리아한테 바이올린을 시킬까 저도 계속 생각 중이에

22 스즈키 음악 교습 방법.
23 유아를 대상으로 한 음악 교육 프로그램.
24 유아 놀이 프로그램.

요.」 어맨다가 말했다. 실리아는 대프니의 쌍둥이로, 대프니보다 적어도 머리 하나는 더 크고 튼튼했으며, 뻐드렁니가 워낙 심해서 나중에 치과 교정비로 한 재산은 족히 들어갈 것 같은 아이였다. 「헨리 선생님은 어디 계시는데요?」

그레이스는 헨리의 선생님이 어디 있든 아무 상관없다고 정말 말해 주고 싶었다. 헨리의 선생님은 부모가 누구든 재산이 얼마나 많든 상관없이 처음 바이올린을 배우는 열한 살짜리는 가르치지 않는다고 말해 주고 싶었다. 신랄하고 음울한 70대의 헝가리 사람인 헨리의 선생님은 머리끝이 쭈뼛해지는 오디션을 거치고 음악성을 면밀히 검토한 후에야 헨리를 맡았다. 누가 보나 헨리는 연주자를 양성하는 컨서버토리가 아니라 종합 대학으로 진학할 아이가 분명했지만(그게 그레이스와 조너선에게도, 그리고 분명 헨리에게도 맞았다. 딱 좋았다), 엄격하게 관리되는 선생님의 극소수 학생 명부에서 당당히 한 자리를 차지할 만큼 재능이 뛰어난 것도 사실이었다. 어맨다의 질문에 비터이 로셴버움 선생님은 〈줄리아드〉(최근까지는 사실이었다)나 심지어 〈컬럼비아〉(이 역시 어느 정도는 사실이었다. 음악 학교 노선을 떠난 비슷한 제자들 몇몇이 지금 거기 학부생과 대학원생이었고, 모두가 그 모닝사이드 하이츠 아파트에 교습을 받으러 오기 때문이었다)에 출강한다고 대답할 수도 있었을 것이다. 하지만 이 대화를 다 휘발시켜 버리려면 세 번째 진실을 말해 주어야 했고, 그래서 그레이스는 선택을 했다.

「웨스트 114번가에 살아요.」 그녀는 말했다.

「아.」 어맨다가 말했다. 「어, 뭐 그럼 됐어요.」

「전 헨리가 정말 좋아요.」 샐리가 말했다. 「볼 때마다 어찌나 예의가 바른지. 그리고 아, 세상에, 정말 잘생기지 않았어요? 그런 속눈썹이 있다면 얼마나 좋을까. 그 애 속눈썹 본 적 있어요?」 그녀가 실비아에게 말했다.

「못…… 본 것 같아요.」 실비아가 미소 지었다.

「너무 불공평해요. 남자아이들이 최고의 속눈썹을 갖는 건. 전 속눈썹을 길게 만들어 준다는 것들에 돈을 퍼붓고 있는데, 헨리 색스가 복도를 걸어가다가 눈을 깜박이면 미풍이 불어오는 것 같다니까요.」

「음…….」 그레이스가 말했다. 샐리의 의도가 헨리를, 아니면 어쩌면 그레이스를 칭찬하려는 것은 잘 알겠지만, 아들의 미모에 대한 관찰을 듣는 게 기분이 좋지는 않았다. 「좀 긴 편인 것 같긴 하죠.」 그녀는 겨우 말했다. 「요즘은 별로 그런 생각을 해본 적이 없어요. 아기 때는 눈썹이 길다는 생각을 하곤 했는데.」

「애 눈썹 길어요.」 말라가 알베스가 갑자기 말했다. 그러더니 무릎에 놓인 아기를 향해 고개를 까딱했다. 아기는 이제 잠들어 있었는데 정말로 속눈썹이 굉장히 길었다.

「정말 예뻐요.」 그레이스는 관심의 이동에 감사하며 말했다. 아기가 예쁘다고 말해 주는 건 어렵지 않았다. 「이름이 뭐예요?」

「이름 엘레나예요.」 말라가가 말했다. 「우리 엄마 이름.」

「예뻐요.」 그레이스는 다시 말했다. 「아 저런, 전 가봐야겠어요. 눈썹 긴 우리 아들이 바이올린 수업에 지각하게 되면 화내거든요. 잘 가요, 다들.」 그녀는 이미 돌아서며 말했다. 「학교…… 아니면 토요일에 봐요! 대단한 행사가 될 거예요.」

그녀는 가방을 어깨에 메고 부엌 쪽으로 걸어갔다.

「잠깐만요, 같이 가요.」 실비아가 말했다. 적어도 그 방에 선 다른 누구보다 실비아를 더 좋아하는 그레이스는 열의 없이 로비에서 멈춰 기다렸다. 문을 닫고 나온 그들은 타운하우스 계단에 잠시 서서 서로를 바라봤다. 「와아.」 실비아가 말했다.

그레이스는 뭐 때문에 감탄하고 있는지 정확히 알기 전까지는 동의하고 싶지 않았기 때문에 아무 말도 하지 않았다. 「지금 학교로 가요?」 그녀가 물었다.

「네. 로버트와 또 회의가 있어요. 로버트와 같이 하는 길고 긴 회의들 중 하나요. 우리에 대해 뒤에서 수군거리지 않는 게 놀라워요.」

그레이스는 미소를 지었다. 로버트는 리어든의 교장이었다. 주요 오프브로드웨이 극장의 아트 디렉터인 오랜 파트너와 로버트의 결혼은 『뉴욕 타임스』〈결혼〉란에 실린 최초의 게이 결혼이었다. 「데이지 문제로요?」 그녀가 물었다.

「네, 늘 데이지 문제죠, 뭐. 월반을 시킬까, 그냥 그 학년에 둘까? 10학년들이랑 삼각법을 하는 게 나을까, 5학년들이랑 위생을 배우는 게 나을까? 기초 생물을 건너뛰고 고급 화학을 듣게 할까, 아니면 자기 반과 같이 7학년 사회를 계속 듣는 게 더 중요할까? 정말 지쳐요. 불평하면 안 된다는 거 알아요. 데이지의 학업을 지지해 줘야 한다는 걸 이해는 하지만, 동시에 전 개가 7학년이었으면 좋겠어요. 아시죠? 어린 시절을 전속력으로 지나가게 하고 싶지 않아요. 어린 시절은 한 번뿐이잖아요, 다른 모든 사람들과 마찬가지로.」 실비아가 말했다. 두 사람은 렉싱턴 가를 향해 동쪽으로 걸어가서 업타운 방향으로 올라갔다.

무심히 내놓은 이 조그만 진실에 그레이스는 느닷없이 움찔했다. 헨리는 데이지처럼 외동이었고, 그녀 역시 저 멀리 헨리의 유년기의 끝을 보았기 때문이다. 헨리는 아직 아이 헨리로(심지어 엄마에게는 적어도 아장아장 헨리로) 보였지만, 모든 게 너무 빨리 지나가고 있었고, 그녀는 그걸 알고 있었다. 다른 아이들이 없다는 사실 때문에 어렴풋이 다가오는 이 변화는 더 위험하게 느껴졌다. 헨리가 품에서 떠나면 다시 아이 없는 몸이 될 것이다.

물론 아이를 하나만 가지는 게 원래 계획은 아니었고, 이제 그녀는 헨리가 어렸을 때 (**만약**) 둘째를 가진다면 언제가 좋을까 괜히 걱정하면서 소중한 시간을 헛되이 낭비했다는 걸 깨달았다(암을 너무 많이 본 조너선은 그레이스가 불임 치료 시술을 끝까지 계속 받게 하려 하지 않았고, 클로미드 투약 6회차 후 중지시켰다. 그건 성공하지 못했다). 시간이 가면서 헨리 중심의 가족 형태에 익숙해졌지만, 뉴욕의 다른 가족 형태처럼 여기에도 마음의 짐이 있었다. 두 아이 가정이 온당한 수만큼 출산을 했고 세 아이 이상 가정이 자격을 과시하고 있다면 외동의 부모들은 자기들만의 전도된 오만을 가지고 있었다. 암묵적으로, 하나밖에 없는 완벽한 아이는 부모의 전폭적인 관심과 노력, 양육을 받을 가치가 있다고 말하는 듯이. 걸출한 외동이 있으면 계속해서 아이를 더 낳아야 할 필요가 없다. 그만 못한 아이들을 아무리 합친다

해도 이 아이만큼 세상에 큰 기여를 할 수가 없기 때문이다. 외동의 부모는 큰 시혜라도 베푸는 양 아이를 세상에 내놓는 짜증 나는 태도를 가지고 있다. 그건 그레이스가 오랫동안 익숙해져 있는 현상이었다. 그녀는 어린 시절부터 사귄 가장 친한 친구인 비타와 「바이 바이 버디」의 가락에 맞춰 이런 부모 유형을 묘사한 노래를 지은 적이 있었다.

한 아이, 특별한 한 아이
언제까지나 영원히 엄마의 유일한 아이
둘도 셋도 아닌 하나……
한 아이, 단 한 명의 완벽한 아이
날 언제까지나 영원히 사랑해 줄 한 아이
한 아이, 이게 바로 옳은 길……

물론 그레이스도 외동이었다. 어머니와 아버지가 구세주처럼 우쭐하게 떠받쳐 주지도 않았고, 외로울 때도 많았다. 아니 — 그녀는 표현을 고쳤다 — 딱히 외롭지는 않았지만, 혼자였다. 집에서 혼자이거나 여름 호숫가에서 혼자였다. 엄마와 혼자였다. 아빠와 혼자였다. 그래서 형제들 간의 권력 역학과 복잡하게 얽히고설킨 관계에 매혹됐다. 이스트 96번가에 있는 비타의 미궁 같은 아파트에서 그녀는 때로 복도에서서 비타의 오빠 셋이 움직이고 싸우는(주로 싸우는 소리였다) 소리를 고스란히 듣고 있곤 했다. 자신의 가족과 완전히 반대되는 그 가족이야말로 지향해야 할 가족의 그림이 되었다. 헨리를 위해 그런 가족을 바랐지만, 그건 줄 수 없었다.

비타는 이제 없다. 물론, 없어져 버린 건 아니다. 죽은 건 아니다. 하지만 그래도 없다. 비타는 그레이스가 결혼할 때까지 꿋꿋이 그녀의 옆을 지켰다 — 비밀을 다 털어놓는 친구로, 동무로, 그레이스가 하버드, 비타가 터프츠 4학년 시절에는 센트럴 스퀘어의 황폐한(실제로 기울어져 가는) 집에서 룸메이트로, 그러다 결국 신부 들러리로 우정의 정점을 찍었다. 그러고는 그냥…… 사라져 버렸다. 비타는 그레이스의 인생에서 나가 버렸다. 가짜 친구들만 남겨 놓고. 아니, 그마저도 별로 없었다. 이렇게 세월이 흐른 후에도 그레이스는 화조차 나지 않을 정도로 박탈감을 느꼈고 슬프지도 않을 만큼 화가 났다.

「그 여자가 오는 거 알고 있었어요?」 실비아가 잠시 후 물었다.

「누구요?」 그레이스가 말했다. 「늦게 온 그 사람이요?」

「네. 샐리가 무슨 말이라도 해줬어요?」

그레이스는 고개를 흔들었다. 「전 샐리 잘 몰라요. 그냥 학교에서나 아는 사이지.」

그러고 보면 실비아에 대해서도 거의 똑같은 말을 쉽게 할 수 있을 것 같았다. 물론 그레이스와 실비아는 사실 같은 시기에 리어든에 다녔고(그레이스가 두 학년 아래였다), 그때나 지금이나 실비아를 좋아하긴 했다. 분명 실비아는 대단한 사람이었다. 혼자 딸을 키우면서 전업으로 일하고(실비아는 노동 분쟁 전문 변호사였다) 지난 몇 년 사이 부모님이 차례차례 병들어 돌아가시는 동안 연거푸 간병을 했던 것이 쉬웠을 리 없었다. 실비아에게서 가장 존경하는 점은 간절히 원하던 아이를 가지겠다고 자신을 행복하게 해줄 수 없는 남자와 결혼하지 않았다는 사실이었다. 사실 그레이스는 고객들 — 여성 고객들 — 에게 잘못된 남자와 결혼하지 않는 게 아이를 가질 수 없다는 걸 의미하지 않는다고 설명할 때, 가끔은 실비아를 머릿속에 떠올렸다. 그리고 실비아가 중국에서 입양한 그 똑똑한 딸을 생각했다.

일전에 아침에 애들을 학교 앞에 내려 주다 마주친 엄마 하나가 데이지 스타인메츠의 놀라운 머리를 칭찬하자, 실비아는 어깨를 으쓱하며 대수롭지 않게 넘겼다. 「알아요.」 그레이스는 실비아가 하는 말을 들었다. 「하지만 저랑은 상관없어요. 제 유전자가 아니거든요. 데이지는 거의 한 살이 될 때까지 영어라곤 들어 본 적도 없었는데, 제가 뉴욕 집에 데려온 지 한두 달 만에 종알종알 말을 했고, 세 살도 되기 전에 글을 읽었어요. 물론 애가 똑똑한 건 아이를 생각해서 기뻐요. 인생이 좀 더 쉬워질 테니까. 전 좋은 엄마긴 하지만, 그건 제 덕은 아니에요.」

이런 말은 적어도 리어든 학교의 대리석 입구 로비에서는 좀처럼 들을 수 없는 말이었다.

「참 특이한 여자죠.」 실비아가 말했다.

「샐리요?」

「아뇨.」 실비아가 잠깐 웃음을 터뜨렸다. 「그 여자, 말라가 말이에요. 그 여잔 길 건너 공원 벤치에 앉아 있어요, 알아요? 아들을 데려다주고 나서요. 그냥 있다고요.」

「그 아기를 데리고요?」 그레이스가 눈살을 찌푸렸다.

「지금은 아기를 데리고 있죠. 아직 아기를 낳기 전 임신하고 있었을 때도요. 책조차 안 읽어요. 하루 종일 아무 할 일이 없는 건가?」

「그런 것 같네요.」 그레이스가 말했다. 그녀나, 실비아나, 아마 맨해튼 섬에서 그들이 아는 모든 사람들에게 있어 아무 할 일이 없다는 것 — 정말이지 항상 미칠 듯이 바쁘지 않다는 것 — 은 도무지 가늠할 수도 없는 상태였다. 그건 또한 그들 같은 여자들에게 있어서는 최악의 뉴욕식 혹평이었다. 「아마 미겔이 걱정돼서 그런 거 아닐까요?」 그레이스가 물었다.

「미겔, 그래요.」

「그러니까, 애가 필요로 할까 봐 근처에 있으려고요.」

「흠.」

그들은 둘 다 말없이 한 블록 정도를 걸어갔다.

「그냥 이상해요.」 실비아가 마침내 말했다. 「그렇게 앉아 있는 게요.」

그레이스는 아무 말도 하지 않았다. 동의하지 않아서가 아니었다. 공식적으로 동의하고 싶지 않았기 때문이다. 「문화적인 이유일 수도 있죠.」 마침내 그녀가 말을 꺼냈다.

「아, 제발요.」 중국인 딸의 유대교 성인식 준비를 하고 있는 실비아가 말했다.

「남편은 누구예요?」 그레이스가 물었다. 이제 학교에 다 와서 두 사람은 엄마들과 보모들 사이에 섞여 들고 있었다.

「한 번도 본 적 없어요.」 실비아가 말했다. 「봐요, 공식적으로 하는 말인데, 섈리가 당신한테 부부 상담을 경매에 내놓으라고 말했을 때 나도 똑같이 충격받았다고요.」

그레이스는 웃음을 터뜨렸다. 「그렇군요. 고마워요.」

「아이들을 키우려면 마을 하나가 다 힘을 합쳐야 한다는 건 나도 알아요. 하지만 우리 마을은 왜 이렇게 바보 천지인 거예요? 발가락 축소 수술, 그거 정말 내 귀로 들은 게 맞아요?」

「그러게 말이에요. 그런데 예전에, 몇 년 전 일인데, 발가락이 못생겼다고 남편이 떠나 버린 고객이 있었어요.」

「세상에.」 실비아가 걸음을 멈췄다. 한 걸음 더 가서 그레이스도 멈췄다. 「정말 나쁜 놈 아니에요? 뭐예요, 그런 인간은? 페티시라도 있나?」

그레이스는 어깨를 으쓱했다. 「어쩌면요. 그건 상관없어요. 요점은, 그 남편은 뭐가 중요한지 정확하게 말했다는 거예요. 늘 아내에게 발이 못생겼다고 말했대요. 첫날부터. 헤어질 때, 그녀의 발은 왜 더 이상 같이 살 수 없는지 남편이 적은 이유의 목록 맨 위에 있었대요. 물론 그 남자는 나쁜 놈이지만, 적어도 솔직한 나쁜 놈이죠. 그런데도 그 여자분은 어쨌거나 그 남자랑 결혼을 한 거예요. 그 남자가 적어도 자기를 경멸할 수 있는 사람이라는 게 대낮 천지처럼 명백한데도. 그런 남자에게서 기대할 수 있는 게 뭐겠어요? 변화?」

실비아는 한숨을 쉬었다. 그녀는 뒷주머니에 손을 넣어 진동하고 있는 휴대폰을 꺼냈다. 「사람들은 변한다고 하잖아요.」

「음, 그건 틀린 말이에요.」 그레이스가 말했다.

3
나의 도시가 아니다

리어든이 늘 헤지펀드 매니저들과 온 세상을 손에 쥐고 주물럭거리는 사람들의 영지였던 것은 아니었다. 노동자 자녀들의 교육을 위해 19세기에 세워진 이 학교는 한때는 무신론자 유대인 지식인들과 그들의 공산주의자 자녀들과 동일시되었고, 언론인과 예술가, 한때 블랙리스트에 올랐던 배우들, 의식 있는 포크 가수들의 자녀들이 다녔다. 그레이스 세대의 학생들은 자기 학교가 (다름 아닌 『사립 학교 공식 안내서』에서) 〈자유분방〉하다고 비난받는다는 사실에 삐딱한 자부심을 품고 있었지만, 수십 년이 흐르면서 리어든은 맨해튼의 거의 모든 (그리고 브루클린의 몇몇) 사립 학교들과 마찬가지로 — 정치적으로라기보다 돈의 일반적 방향에 있어서 — 대폭적 변화를 겪었다. 오늘날 리어든 학생들의 전형적인 아빠는 돈으로 돈을 벌 뿐이었다. 치열하게 살면서 늘 정신이 없었고 어마어마하게 부자인 데다 거의 항상 집에 없었다. 전형적인 엄마는 예전에는 변호사나 분석가 일을 하다가 지금은 집을 몇 채씩 굴리며 많이 낳은 아이들의 발달 상황을 감독하느라 정신이 없었다. 매우 날씬하고 매우 금발이었으며 주로 인생 전체를 흰색 스티치의 버레니아 버킨 백에 쑤셔 넣고 종종거리며 소울 사이클[25]에 다녔다. 학교는 절대 다수가 백인이었지만(이제 유대인의 영향력은 예전처럼 결정적이라고 하긴 힘들었다), 이제는 아시아와 인도 출신의 학생들도 상당했다. 리어든의 입학 홍보 문구에서는 이런 학생들과, 심지어 숫자도 더 적은 흑인이나 히스패닉 계열의 학생들이 두드러지게 강조되었지만, 사실은 — 훨씬 더 은밀하게 — 정말로 특혜를 받는 학생들은 아주 잘 보이는 곳에 숨어 있었다. 바로 리어든 졸업생의 2세들이었다. 리어든 동문은 남녀를 불문하고 현대 산업계의 거물이라거나 돈을 펑펑 벌어 주는 거부는 아니었고, 그저 그들의 선조들이 그러했듯 예술, 학문, 또는 — 그레이스처럼 — 소위 치유의 전문 직종에서 열심히 일해 온 부류였다. 돈의 홍수가 밀려들기 전에, 그러니까 돈이 중요하다는 생각 자체에 이토록 매몰되지 않았던 시대에 리어든에 다녔던 세대다.

그녀의 시대(1980년대)는 저 우주의 주인들이 이 도시의 독립적 학교들에 몰려들어 옛 문지기들을 성벽 너머로 던져 버리기 전, 학교가 순수했던 마지막 시절이었다. 그 낙원 같은 시절, 그레이스와 친구들은 자신들이 가난하지 않다는 건 알고 있었지만 딱히 **부자라고** 생각하지도 않았다(심지어 그때도 리어든에는 모자 쓴 남자들이 모는 기다란 차를 타고 학교에 오는 — 그 결과 적절하게 놀림받는 — 꽤 부유한 아이들이 있었다). 대부분의 학생들은 어퍼이스트사이드

25 뉴욕의 체인 헬스클럽.

와 어퍼웨스트사이드의 기본 〈클래식 식스〉 아파트[26]에 살았지만(그 당시에는 부모 중 한쪽만 전문직 — 의사, 회계사 — 이어도 대부분의 가족들이 그런 아파트를 살 수 있었다), 몇몇 인습 타파주의자들은 빌리지나 심지어 소호에서 살았다. 주말과 여름이면 학생들은 웨스트체스터나 퍼트넘 카운티의 조그만(그리고 그다지 관리가 잘 안 된) 집으로, 그레이스의 경우는 (그레이스가 이름을 물려받은) 할머니가 대공황이 정점에 달했던 시기에 4천 달러라는 말도 안 되는 가격에 기이하게 사들인 코네티컷 북서부의 소박한 호숫가 별장으로 떠났다.

오늘날 그레이스가 신학기 모임에서 만난 부모들은 그레이스가 심리 치료사이고 남편이 의사라는 걸 알고 나면 눈에 띄게 흥미를 잃었다. 그들은 그레이스의 집 같은 침실 세 개짜리의 비좁은 아파트에서 어떻게 살 수 있는지, 마구간과 테니스장, 손님용 오두막이 딸린 널찍한 영지가 아니라면 코네티컷까지 차를 몰고 가는 게 무슨 의미가 있는지 이해하지 못할 것이다. 이런 부모들이 사는 세상은 거인들과 그 거인들의 일을 돕는 고용인들의 세상이었다. 그들은 몇 개의 아파트를 사고 합쳐서 두세 층을 넘나드는 5번가나 파크 가에 있는 집에서 살았다. 거주하는 고용인들을 고려한 구조를 갖추고, 화려한 연회에 적합한 집들이었다. 이 새로운 리어든 가족들이 주말 동안 집을 비울 때면, 그건 마구간의 말들과 선양장의 보트들이 기다리고 있는 개인 소유의 섬이나 원대한 산속 영지, 햄프턴의 성들로 가는 것이었다.

26 침실 두 개, 거실, 식당, 부엌, 메이드 방 등 여섯 개 방으로 나눠진 아파트.

그레이스는 신경 쓰지 않으려 애썼다. 자기가 아니라 헨리의 학교생활이라고 애써 상기시켰다. 왜 부자와 역겨울 정도의 부자 사이의 불평등 문제에 이렇게 신경을 써야 한단 말인가? 어쨌거나 정작 헨리 본인은 너무나 상냥하고 욕심 없는 아이인데? 헨리의 친구들은 풍요로운 아파트에서 (남자는 집사로, 여자는 요리사로) 상주하는 부부의 시중과, 2인조 보모들, 그리고 2인조 개인 교사들과 개인 코치들의 보살핌을 받으며 자라고 있을지도 모른다. 유치원 때는 아이폰을, 3학년 때는 신용 카드를 받을지도 모르지만, 헨리는 그런 데 별 영향을 받는 것 같지 않았다. 그래서 그레이스는 자기도 흔들리지 않으려고 부단히 사투를 벌였다.

그러던 어느 토요일, 면전에서 문을 쾅 닫는 것 같은, 너무도 천진난만한 냉대를 경험했고, 낙천적이고자 했던 시도는 영원히 철저하게 무너져 버렸다. 파크 가에 있는 펜트하우스에서 열린 생일 파티에 막 헨리를 데려다주던 참이었다. 사방으로 난 창문을 통해 숨이 멎을 것 같은 장관이 펼쳐진 집이었다. 그녀가 서 있던 개인용 엘리베이터 바로 앞 입구의 모자이크 바닥에서 대리석 아치 너머로 중산모를 쓴 마법사를 좇아 드넓은 거실을 뛰어다니고 있는 아이들이 보였다. 방금 전 어떤 고용인(비서? 파티 운영자?)에게 선물 포장을 한 과학 키트를 건네준 참이었는데, 그때 집주인이 경쾌하게 지나갔다.

이 생일 파티 주인공의 어머니, 그 여주인에 대해서 그레이스는 이름이 린지이고 남부 어딘가에서 왔다는 것 외엔 별로 아는 게 없었다. 그녀는 나긋나긋하고 날씬한 몸매에 큰 키,

어울리지 않게 높고 의심스럽게 뾰족한 가슴을 가지고 있었고, 아침에 3학년 교실 입구에서 애들을 데려다주고 나올 때면 만능 대명사 **다들***y'all*을 능란하게 사용했다(그레이스도 인정할 수밖에 없었지만, **다들**은 누군가의 이름이 생각나지 않을 때 쓸 수 있는 절묘한 말이었다. 아들들이 같은 반에 배정된 지 3년이 지났는데도, 린지가 자기 이름을 아는지 그레이스는 전혀 알 수가 없었다). 헨리의 반 친구뿐만 아니라, 린지의 남편이 이전 결혼에서 낳은 아이들도 리어든에 다니고 있었다. 그 남편은 베어스턴스[27]에서 뭔가 한자리를 차지하고 있었다. 사람들은 린지가 언제나 상냥하다고 했지만 예의 바른 얄팍한 표면 너머에는 아무것도 없는 것 같았다.

린지에 대해 그레이스가 수집한 또 하나의 중요한 사실은 깜짝 놀랄 만큼 엄청난 에르메스 버킨 백 컬렉션이 있다는 것이었다. 타조 가죽, 악어 가죽, 아주 가끔 보통 가죽으로 만든 온갖 다채로운 색깔의 버킨 백들이. 그레이스는 버킨 백을 눈여겨봤고, 자신도 딱 하나 가지고 있었다. 기본적인 도톨도톨한 갈색 토고 가죽 가방으로, 서른 살 생일 선물로 조너선이 사준 가방이었다(가엾은 조너선은 매디슨 가 에르메스 매장에서 내놓는 별별 요구를 다 들어줘야 했다. 아무것도 모르는 그는 그냥 걸어 들어가서 버킨 백을 살 수 있을 거라고 생각했었다. 정말이지 사랑스러웠다). 그녀는 이 아름다운 물건을 헌신적으로 돌봤고, 어머니에게서 물려받은 숙모격 에르메스 켈리 백 두 개와 함께 바닥에 천을 대놓은 옷방 선반 위에 소중히 두었다. 그레이스는 린지의 가방들이

27 뉴욕에 본사를 둔 투자 은행.

보고 싶어 죽을 지경이었다. 그 가방들이 이 넓은 아파트 어디(어쩌면 가방들만을 위한 방, 아니면 심지어 지하 보관실!)에 존재하고 있는지는 알 수 없었지만, 제자리에 그대로 있는 광경을 보고 싶어 내심 좀이 쑤셨다.

「안녕하세요!」 린지는 헨리와 그레이스가 들어오는 걸 보고 말했다. 헨리는 안내도 필요 없이 거실의 아이들에게 달려가 합류했고, 그레이스는 혹시 이제 진짜 친교 같은 게 시작되는 건가 생각하며 여주인 앞에 서 있었다. 또 다른 아치 너머, 매우 길쭉한 식당을 지나 열린 문 너머로 키친 아일랜드[28] 주위에 서서 커피를 마시고 있는 다른 엄마 몇 명이 보였다. 사실 커피는 마실 수 있다, 그레이스는 생각했다. 토요일 아침이었다. 오후에 위기의 부부를 만나기로 한 특별 약속이 있었지만, 그 전까지는 아무 할 일이 없었다. 「다들 와줘서 너무 기뻐요!」 여주인이 평소처럼 따뜻한 목소리로 말했다. 파티는 4시에 끝날 것이었다. 그리고 그녀는 그레이스에게 필요하다면 경비원 중 하나가 기꺼이 택시를 불러 줄 거라고 말했다.

경비원이 기꺼이 택시를 불러 줄 거예요.

그레이스는 멍하니 문 쪽으로 걸어가 멍하니 엘리베이터를 타고 한참을 내려갔다. 그녀가 어린 시절부터 지금까지 살고 있는 건물의 경비원은 주로 아일랜드인이거나 불가리아인이거나 알바니아인으로, 자기들이 살고 있는 퀸스의 소방대에서 자원봉사를 하고 자기 애들 사진을 보여 주는 상냥한 사람들이다. 필요 없다고 손사래를 치지 않으면 문을

28 사방에서 접근할 수 있도록 주방 중앙에 설치한 식탁 겸 조리대.

잡아 주고 가방을 받아 준다. 물론 택시도 불러 준다. 물론 그렇게 해준다. 그렇게 해줄 거라고 굳이 말해 주지 않아도 된다.

그날 아침 파크 가 위로 발을 내딛고 있자니, 회오리바람에 휘말려 캔자스에서 비현실적인 총천연색 세상 속으로 떨어진 소녀처럼 속이 울렁거렸다. 이 아파트 건물, 린지의 건물은 유명했고, 예전에 수많은 악덕 기업가들이 살던 곳이었다. 아버지의 로펌 파트너도 몇 년 동안 여기 살아서, 그레이스도 어머니가 특별히 골라 준 드레스와 트루트레드에서 산 에나멜 가죽 구두 차림에 조그만 핸드백을 들고 린지의 집 몇 층 아래에서 열린 새해 파티에 여러 번 참석했었다. 물론 그 이후 — 아마도 여러 번 — 건물의 로비가 새로 꾸며졌고, 이제는 늘 이 건물을 생각하면 떠올랐던 재즈 시대풍의 화려함은 찾아볼 수가 없었다. 사방은 화강암과 대리석, 매끈한 첨단 기술이 둘러싸고 있었고, 딱 알아보기 적당할 정도로만 티가 나는 제복을 입은 관리인들과 수위들만 있었다. 접근을 허락하지 않는 이 차가운 부의 풍경을 뒤로 하고 거리로 나왔다. 계절은 봄이었고, 파크 가의 중앙로를 따라 풍성히 심겨진 구근들이 값비싼 흙더미에서 선명한 분홍색, 노란색 고개들을 빼곡히 내밀고 희미한 햇빛을 좇아 경쟁하고 있었다. 파크 가 중앙로에서 자라는 수많은 구근들을 봐 온 게 몇 해나 되었던가? 크리스마스트리와 보테로[29] 조각상들, 맨해튼을 상징한다고 하는 92번가의 루이즈 니벨슨[30]

29 Fernando Botero(1932~). 콜롬비아 출신의 화가, 조각가.
30 Louise Nevelson(1899~1988). 러시아 출신의 미국 조각가.

의 철제 조각상을 봐온 건 또 몇 해나 됐나? 심지어 밤에 사무실 불빛들로 만들어진 오래전의 크리스마스 십자가도 기억하고 있었다. 멧라이프 건물이 팬앰 건물이었던 시절, 파크 가 아래쪽을 밝히는 십자가의 모습에 분노하기는커녕 아무런 논평 없이도 지나갈 수도 있었던 시절 — 이 대로에 대해서라면 그 정도 옛날 일까지도 기억하고 있었다.

경비원이 기꺼이 택시를 불러 줄 거예요.

나의 도시가 아니다. 거리를 따라 북쪽으로 방향을 틀면서 그녀는 생각했다. 한때는 그랬지만 이젠 아니다. 대학 시절을 제외하고 한 번도 다른 곳에서 산 적이 없었고, 사실 다른 곳에서 산다는 **생각조차** 한 적이 없었다. 그렇지만 뉴욕은 얼마나 오래 살았느냐에 무게를 두지 않았다. 버스건, 비행기건, 혹은 다른 어떤 방식으로 도착했건, 이 도시는 사람들을 내리자마자 곧장 흡수해 버린다. 외국인, 외지인, 양키로 간주되다가 증손자 대에 와서 비로소 현지인이라는 특권을 물려받게 되는 기나긴 의무적인 오디션 기간도 없다. 이곳에서 사람들은 도착 즉시, 혹은 어딘가 갈 곳이 있고 거기 빨리 도착하고 싶어 하는 사람처럼 보이기만 하면 즉시 도시의 일부가 된다. 뉴욕은 말투가 어떻건, **메이플라워호를** 타고 온 조상이 있건 없건 상관하지 않는다. (다른 곳을 선택한다는 것 자체가 불가해한 일이긴 하지만) 다른 곳에 갈 수도 있었지만 여기 있기로 했다는 것만으로 충분하다. 77번가에서 태어나 81번가에서 자랐으며, 지금은 어린 시절 살던 아파트에서 살면서 자기가 다녔던 학교에 아들을 보내고, 어머니가 이용하던 세탁소를 이용하고, 한때 부모님이 자주 가던 몇몇 레스토랑에서 여전히 식사를 하고, 어린 시절 갔던 바로 그 가게, (한때 그레이스가 앉았던 바로 그 조그만 의자에 헨리가 앉아 옛날 엄마의 발을 쟀던 도구로 발 치수를 재는) 트루트레드에서 헨리의 신발을 사는 그레이스는…… 뉴요커였다. 조너선은 롱아일랜드에서 자랐지만, 역시나 메모리얼 병원 근처 이스트 65번가의 흰 벽돌 건물에 있던, 그들의 볼품없는 첫 뉴욕 아파트에 열쇠를 꽂은 순간 뉴요커로 변모했다. 최근 새 남편의 품에 안겨 이 도시의 전설적인 주소에 위치한 어마어마한 아파트로 곧장 입성한 린지, 맨해튼 생활이 일종의 빅 애플[31] 환영 패키지(이 가게, 이 학교, 이 안면 마사지사, 이 가정부 에이전시)로 제시되고, 비슷하게 와서 결혼하고 차려입은 친구들을 사귀고, 이 도시를 그녀가 오기 훨씬 전에 시작됐고 (바라건대) 떠난 후에도 오랫동안 지속될 이야기가 아니라, 예를 들어 애틀랜타나 오렌지 카운티나 시카고의 괜찮은 교외 같은 곳들 대신 어쩌다 보니 살게 된 곳으로 생각하는 린지 — 그녀 또한 뉴요커였다. 맙소사!

헨리를 바이올린 교습에 데려다주거나 데리러 갈 필요 없다는 샐리의 말은 물론 옳았다. 뉴욕 아이들은 보통 열 살 남짓 이후에는 시내를 마음대로 돌아다녔다. 다른 열두 살짜리 아이들은 3시 15분에 리어든 학교의 대리석 현관에 서 있는 엄마를 탐탁지 않게 여길 것이었다. 하지만 헨리는 교실

31 뉴욕 시의 별명. 1909년, 에드워드 S. 마틴이 편집한 책 『뉴욕의 여행자들』에서 〈뉴욕은 미시시피 계곡에 뿌리를 둔 거대한 나무에 열리는 열매들 중 하나에 불과하지만, 이 빅 애플(뉴욕)은 미국이라는 국가의 수액을 남보다 더 많이 빨아 먹고 있다〉고 언급한 데서 비롯됐다.

이 있는 위층에서 돌계단을 내려오면서 긴 속눈썹이 달린 눈으로 여전히 그녀를 찾았고, 그녀를 보면 여전히 살짝 안도하는 표정을 지었기 때문에 결국 데리러 오는 것이었다. 하루 중 그녀가 가장 좋아하는 순간이었다.

지금 헨리는 바이올린 케이스를 배낭처럼 메고 오고 있었다. 볼 때마다 우려되는 모습이었다(저렇게 비싼 악기를, 저렇게 무심하게 옮기다니). 아이가 엄마를 살짝 포옹했다. 〈**엄마가 와서 좋아요**〉라기보다 〈**여기서 빨리 나가요**〉를 담은 포옹이었다. 그레이스는 파카의 지퍼를 올리라는 평소의 훈계를 꾹 참으며 아이를 따라 밖으로 나갔다.

학교에서 한 블록쯤 멀어졌을 즈음 아이가 그녀의 손을 잡았다. 헨리는 아직도 이렇게 손을 잡았지만, 그녀는 마주 부여잡지 않으려고 애썼다. 「오늘 어땠어?」 대신 이렇게 물었다. 「조나는?」

조나 하트먼은 헨리랑 예전에 가장 친했던 친구였다. 작년 어느 날 조나는 오랜 친구 사이는 끝났다고 차갑게 선언했고, 그 후로 내내 아는 척도 하지 않았다. 이제 조나에게는 죽고 못 사는 것 같은 새 친구가 둘 있었다.

헨리는 어깨를 으쓱했다.

「너도 다른 친구들을 찾아도 돼.」 그녀는 말했다.

「알아요.」 헨리가 말했다. 「전에도 말했잖아요.」

하지만 아이는 조나를 원했다. 당연했다. 유치원 때부터 죽 함께였고 일요일마다 고정적으로 만났던 놀이 친구였다. 조나는 8월마다 코네티컷의 호숫가 별장에 와서 몇 주씩 있었고, 아이들은 근처의 통학 캠프에 참가했다. 하지만 조나의 가족은 작년에 해체됐다. 아버지는 집을 나가고 어머니는 아이들을 데리고 웨스트사이드의 아파트로 이사 갔다. 개인적으로 그레이스는 자신이 통제할 수 있다고 생각하는 몇 안 되는 것들에 통제권을 행사하려는 조나의 어긋난 태도가 전혀 놀랍지 않았다. 이 상황을 조나의 엄마 제니퍼와 논의해 보려고 했지만 그럴 수 없었다.

헨리의 바이올린 선생님은 모닝사이드 드라이브의 한 초라한 건물에 살고 있었다. 로비가 넓고 컴컴하고 늙은 유럽 난민들과 컬럼비아 교수들이 주로 사는 건물이었다. 경비원이 상시 근무한다고는 하지만 언제 가건 갈 때마다 휴식 중인 것 같았다. 그레이스는 바깥 문 바로 안에 있는 인터콤 버튼을 누르고는 로셴버움 씨가 레슨실에서 나와 자동문을 열어 주는 부엌의 전화기까지 유유자적 걸어오는 1~2분 정도의 시간 동안 기다렸다. 삐걱거리는 엘리베이터 안에서 헨리는 배낭처럼 멘 바이올린을 내려 제대로 손잡이를 잡았다. 아이는 이 마지막 몇 분 동안 엄격한 로셴버움 씨를 만날 준비를 하는 것 같았다. 지난 몇 년 동안 로셴버움 씨는 학생들에게 다른 — 암시적으로, 더 재능 있는 — 학생들이 애초에 생각했던 것보다 재능이 못하거나 연습에 매진하지 않는 학생들의 자리를 차지하려고 늘 대기하고 있다는 걸 종종 상기시켰다. 그레이스가 주지시킨 덕분에, 헨리는 자신의 능력과 장래성 덕에 비터이 로셴버움의 명부에 오를 수 있었다는 걸 잘 알고 있었고, 역설적으로 해가 갈수록 여기 더 많은 의미를 두는 것 같았다. 아이가 자리를 잃고 싶어 하지 않는다는 걸 그레이스는 알고 있었다. 헨리는 그런 결정이 내려지는 걸 원하지 않았다.

「오셨습니까?」 바이올린 선생님은 열린 문간에서 그들을 기다리고 있었고, 그 뒤로 어두컴컴한 아파트 복도가 펼쳐져 있었다. 부엌에서 의심할 여지 없는 양배추 냄새가 풍겨 왔다. 멀커 로센버움이 할 줄 아는 극히 한정된 유대 음식 목록 중 일부였다.

「안녕하세요.」 그레이스가 말했다.

「안녕하세요.」 헨리가 말했다.

「연습은 하고?」 비터이 로센버움이 즉각 말했다.

헨리는 고개를 끄덕였다. 「하지만 오늘 아침에 있었던 수학 시험 공부를 해야 했어요. 그래서 어젯밤에는 못 했어요.」

「인생은 끊임없는 시험이지.」 예상대로 꾸중이 떨어졌다. 「수학 때문에 연습을 그만둘 순 없다. 음악은 수학에 좋아.」

헨리가 고개를 끄덕였다. 지난 몇 년 동안 아이는 음악이 역사, 문학, 신체 건강, 정신 건강, 그리고 물론 수학에도 좋다는 이야기를 들어 왔다. 하지만 공부를 해야 한다는 것도 알고 있었다.

그레이스는 함께 레슨실로 가지 않았다. 그녀는 바깥 복도에 놓인 늘 앉던 자리, 가구에서 편안함이 크게 중시되지 않던 시절 만들어진 낮고 화려한 나무 의자에 앉아 휴대폰을 꺼내 문자들을 체크했다. 두 개가 와 있었다. 하나는 오늘 병원에 환자가 둘 들어와서 늦게까지 집에 못 들어오겠다는 조너선의 문자, 다른 하나는 아무런 설명도, 다시 약속을 잡자는 이야기도 없이 다음 날 약속을 취소하는 환자의 문자였다. 그레이스는 얼굴을 찌푸렸다. 그녀는 이 여자에 대해서 얼마나 걱정해야 할지 생각하고 있었다. 여자의 남편은 그 전 상담 시간을 택해 자칭 다른 남자들과의 〈대학 시절 실험〉이 대학 시절 끝난 게 아니라 사실 계속 진행 중이며 — 그레이스의 생각에 — 실험이 아니었다고 인정했다. 부부는 결혼 8년 차로 다섯 살짜리 쌍둥이 딸을 두고 있었다. 잠시 후 그레이스는 여자의 전화번호를 찾아서 다시 전화드리겠다는 문자를 남겼다.

복도 저쪽에서 음악 소리가 들렸다. 바흐의 바이올린 소나타 1번 G단조, 시칠리아나 악장이었다. 잠시 음악을 듣던 그녀는 음악에 홀려 잠잠해진 마음과 아들의 멜로디 라인을 로센버움의 목소리가 깨뜨리고 들어오자 다시 수첩을 펴고 취소된 상담 시간 위에 줄을 그었다. 이 부부와는 약 8개월 동안 상담을 해왔는데, 처음에 그레이스가 그 남편에 대해 가지게 된 신중한 경계심은 곧 성적 지향에 초점이 맞춰졌다. 하지만 이 문제를 남편에게 들이밀지 않기로 결정했고, 문제가 저절로 드러나는지 보려고 시간을 주었고, 결국 예상한 결과가 나타났다. 아내가 오트밀색 소파 위에서 슬픔에 잠긴 채 시들게 만들었던 남편의 소원함, 거리감, 양육 실패에 대한 에두른 대화가 몇 주 동안 계속해서 이어졌다. 그러다가 그레이스는 불쑥, 첫 번째 혹은 두 번째 상담 때 남편이 남학생 사교 클럽의 어느 친구와의 관계를 언급했던 어느 순간의 이야기를 넌지시 꺼냈다. 「그러니까, 제 말은,」 그는 말했다. 「제가 이 이야기는 했잖습니까. 왜 그 이야기를 지금 다시 꺼내는지 모르겠군요. 전 늘 호기심이 많았다고요.」

땡. 마치 방 안에 조그만 종소리가 울리는 것 같았다.

하지만 딱 한 사람하고만 그랬습니다. **심각한** 관계는 딱 한 사람뿐이었어요. 다른 사람들은…….

땡.

아, 제발. 방금 줄을 그어 지운 약속 주위로 앵무조개 그림을 끼적거리며 생각했다. 모닝사이드 하이츠에 있는 비터이로셴버움의 양배추 냄새 가득한 복도의 불편한 의자 위, 바로 지금, 여기서 또다시 그날 오후 사무실에서 겪은 가차 없는 좌절감이 몰려왔다. 너무나 익숙한 그 좌절감이.

그 사람에게 이렇게 말해 줄 수도 있었다. **당신이 게이라면 해야 할 일과 해서는 안 되는 일들을 몇 가지 알려 드려요? 할 일: 게이가 돼요. 하지 말아야 할 일: 게이라는 사실에 대해 거짓말하지 말아요. 하지 말아야 할 일: 게이가 아닌 척하지 말아요. 하지 말아야 할 일: 여자가 당신이 게이라는 걸 너무도 잘 알고 있지 않다면, 그리고 게이와의 결혼이 여자 <u>스스로의</u> 결정이 아니라면, 여자와 결혼해서 아이를 낳지 말아요.**

그리고 여자에게는 이렇게. **남자가 게이라고 말하면 그 사람과 결혼하지 말아요. 맞아요, 그 사람은 당신한테 말했어요. 자기만의 병신 같고 솔직하지 못하고 철저하게 무책임한 방식으로 말했다고요. 그러니까 몰랐다고 하지 마요. 당신은 알았어야 했다고요!**

그레이스는 눈을 감았다. 이 아파트에 오기 시작한 지 이제 8년째였다. 114번가에서 모퉁이를 돌 때마다 겨우 북쪽으로 두 블록 떨어진 곳의 모닝사이드 드라이브에 살던 대학원 시절 지도 교수가 생각났다. 에밀리 로즈 박사 — 모두들 마마 로즈라고 불렀고 실제로 본인도 모두에게 그렇게 부르라고 **권했는데** 참 지금 생각해도 놀라운 일이다 — 는

구시대의 심리 치료사였다. 치료실에 들어올 때 긴 포옹을 하고 떠날 때는 더 긴 포옹을 했으며 (문자 그대로, 몸으로) 손을 잡아 주었던, 말하자면 인간 잠재력 개발 운동 장비들이 수두룩하던 시대였다. 그런 가운데서 그녀는 〈초개인 심리학〉을 주제로 논문을 마쳤다. 마마 로즈는 환자들을 만나는 방, 모닝사이드 파크가 내려다보이는 햇살 잘 드는 방에서 학생들과 만났다. 방 안에는 접란이 주렁주렁 매달려 있고 커다란 터키 방석이 바닥에 놓여 있어서 모두가 가부좌를 하고 앉아 있어야 했으며, 수업과 지도 모임, 당연히 치료 시간까지 (적어도 그레이스에게는) 영혼을 으깨는 것 같은 포옹으로 시작됐다. 무시무시하게 사적 영역을 침범당하는 느낌이었다. 그레이스는 오랫동안 다른 지도 교수를 간절하게 바랐지만 결국은 남았다. 최악의 이유에서였다. 그녀가 아는 한 마마 로즈는 단 한 명의 학생에게도 A 이하의 학점을 준 적이 없었으니까.

아파트 저쪽 편에서 푹신한 발자국 소리가 들렸다. 멀커로센버움은 모습을 보이는 법도 거의 없었고, 보인다 해도 보통 말이 없었다. 전쟁 후 남편은 먼저 넘어왔지만 그녀는 철의 장막의 관료주의적 절차에 걸려서 몇 년 동안 꼼짝 못한 채 있었다. 아이를 가질 기회를 놓쳤으리라고 그레이스는 추측했지만, 어쩐지 불임 문제로 고군분투했고 고군분투하고 있는 많은 환자들에게 느낀 것만큼 동정심이 느껴지지는 않았다. 비터이는 자기 학생들에게는 아닐지라도 바이올린에 대해서는 기술과 열정이 있었지만 기쁨을 모르는 사람이었고, 멀커는 사람도 아니었다. 그들 잘못이 아니었다. 그들은 강탈당하고 깊은 상처를 입었으며 끔찍한 것들을 보았으니까. 그런 일을 겪고 나서도 여전히 삶의 원천과 세속의 즐거움을 발견할 수도 있겠지만, 대부분은 그러지 못한다. 로센버움 부부는 그러지 못했다. 그들이 유아를, 걸음마쟁이를, 어린아이를 돌보는 모습을 생각하면, 희미하게 사그라지는 빛의 느릿한 고통이 느껴졌다.

비티이의 다음 학생, 바너드 대학 티셔츠를 입고 긴 머리를 분홍색 곱창 끈으로 묶은 바짝 마른 한국인 소녀가 헨리의 레슨이 끝나기 몇 분 전에 도착해서 그레이스가 앉아 있는 의자 앞으로 눈을 마주치지 않고 휙 지나갔다. 소녀는 좁은 복도 벽에 기대서서 쌀쌀맞게 악보를 보고 있었다. 헨리가 나오자 세 사람은 림보라도 하듯 어색하게 서로 비켜 갔다. 그레이스와 헨리는 계단에 나와 코트를 입었다.

「괜찮았어?」 그레이스가 말했다.

「좋았어요.」

그들은 브로드웨이에서 택시를 타고 남쪽으로 내려가 공원을 가로질러 이스트사이드로 갔다.

「연주 좋더라.」 그레이스가 말했다. 아이가 뭐든 말을 했으면 하는 마음에 한 말이었다.

헨리는 어깨를 으쓱했다. 마른 어깨뼈가 스웨터 아래에서 도드라지게 솟아올랐다. 「로센버움 선생님은 안 그러셨어요.」

「안 그러셨다니?」 그레이스가 물었다.

또 한 번 으쓱. 예전에 그레이스의 환자 하나가 어깨를 으쓱하는 건 사춘기의 가장 정확한 지표라고 농담한 적이 있었다. 한 시간에 한 번 이상 하면 사춘기의 시작을 뜻한다.

한 시간에 두 번 이상 하면 사춘기가 만개한 것이다. 혹시라도 다시 말이 시작되면, 아이는 사춘기에서 빠져나오고 있는 것이다.

「선생님은 내가 선생님의 시간을 낭비하고 있다고 생각하시는 것 같아요. 그저 눈을 감고 앉아 계시기만 해요. 못한다고*doing bad* 그러시는 건 아닌데요…….」

「못한다고*badly*.」 그레이스가 부드럽게 아이의 문법을 고쳐 주었다. 자기도 어쩔 수 없었다.

「못한다고*badly*. 하지만 전에는 좋은 말도 더 많이 해주셨어요. 내가 그만두길 바라시는 걸까요?」

혈관에 주사한 방사선 색소가 다음 순간 심장에서 분출되어 나오는 것처럼 괴로움이 그레이스를 휩쓸고 지나갔다. 괴로움이 잦아들기를 기다렸다. 늙고 건강하지도 않은 비티이 로센버움으로서는 연주회를 하거나 심지어 예술 학교에 갈 레벨도 안 될 것 같은 학생들은 내보내고 싶어 할 수도 있겠지만, 직접 들은 말은 없었다.

「아니, 물론 아니야.」 최대한 명랑하게 말했다. 「얘, 넌 로센버움 선생님을 위해서 연주하는 게 아니야. 선생님을 존경하고 그 덕분에 열심히 하고 있긴 하지만, 너와 음악의 관계는 너와 음악 사이의 문제야.」

하지만 그런 말을 하면서도 지난 세월과 아들의 달콤한 연주 소리를, 그녀와 조너선이 느꼈던 자부심을, 그리고 그래, 돈 생각도 했다. 세상에, 그 많은 돈을. 그만둘 수 없다. 헨리가 음악을 사랑하잖아? 바이올린 연주하는 걸 좋아하잖아? 갑자기 그녀는 그에 대해 자기가 잘 모른다는 걸, 알고 싶지도 않다는 걸 깨달았다.

헨리는 — 이젠 예상한 대로 — 또 어깨를 으쓱했다. 「아빠는 그만둬도 된다고 했어요. 내가 원한다면.」

충격을 받은 그레이스는 소리 죽인 택시 TV 스크린만 물끄러미 바라봤다. 스크린에는 새 식당의 저갯[32] 리뷰가 나오고 있었다. **로를로주, 카사 홈, 더 그레이인지.** 「그래?」 가까스로 이렇게 말했다.

「저번 여름에요. 호수에 갔을 때, 바이올린을 안 가져갔잖아요. 기억나요?」

그레이스는 기억했다. 그래서 화를 냈었다. 코네티컷의 집에서 보낸 그 3주는 연습을 잃어버린 시간이었다. 「여전히 바이올린을 좋아하느냐고 아빠가 묻길래 잘 모르겠다고 말했어요. 아빠는 인생은 좋아하지 않는 일을 하느라 그렇게 많은 시간을 보내기엔 너무 짧다고 했어요. 내가 져야 할 가장 큰 책임은 나 자신에 대한 거라고, 많은 사람들이 그걸 모르고 평생을 보낸다고요.」

그레이스는 머리가 빙빙 돌았다. **내가 져야 할 가장 큰 책임은 나 자신에 대한 거라고?** 그게 무슨 소리야? 그런 식일 리가 없다. 조너선 같은 일을 하는 사람이 그런 식으로 생각할 수 없었다. 조너선은 환자들과 환자 가족들에게 모든 걸 주었다. 시도 때도 없이 전화를 받고 침대에서 일어나 병원으로 달려갔고, 사형 집행일 사형수 수감 건물의 변호사처럼 죽어가는 아이의 문제를 해결해 줄 미지의 방법을 미친 듯이 찾

32 저갯 서베이Zagat Survey. 세계적으로 유명한 레스토랑 가이드북. 일반인들을 대상으로 설문 조사를 실시하여 레스토랑을 평가한다.

으며 가슴 찢는 철야를 했다. 쾌락주의자와는 완전히 반대였다. 대부분의 즐거움과 모든 사치를 거부했다. 그의 인생과 그녀의 인생은 끔찍하게 불행한 사람들에게 봉사하는 삶이었고, 거기에 가족 사랑이라는 소중한 개인적 기쁨과 수수한 안락의 영위가 세심하게 균형을 이루고 있었다. **내가 져야 할 가장 큰 책임은 나 자신에 대한 거라고?** 헨리는 분명 잘못 이해했을 것이다. 마치 택시에서 내동댕이쳐진 후 먼저 어디로 발을 디뎌야 할지 모르겠는 기분이었다 — 최대한 빨리 이 생각을 바로잡아야 한다는 마음, 자신의 죄의식, 조너선에 대한 느닷없고 광폭한 분노, 아니면 그 낯섦? 무슨 생각에 사로잡혔기에 그이가 그런 말을 한 걸까?

「그만두고 싶니?」 그레이스가 애써 차분한 목소리로 물었다.

다시 한번 으쓱. 하지만 이번엔 마치 지친 것처럼 더 부드럽고 느릿느릿한 동작이었다.

「있지,」 택시가 5번가에서 남쪽으로 돌 때 그녀가 말했다. 「이 이야기는 몇 달 뒤에 다시 하자. 이건 중요한 결정이고, 넌 정말로 확신을 가져야 해. 어쩌면 우리가 생각해 봐야 할 다른 문제들이 있을지도 몰라. 다른 선생님이라거나. 아니면 다른 악기를 해보고 싶을 수도 있지.」

하지만 그녀에겐 그것도 타격이었다. 신랄하고 우울하지만 인기 많은 비터이 로셴버움은 평범한 바이올린 선생님이 아니었다. 매년 8월이면 그를 찾아올 정도로 뭘 좀 아는 집안의 소년 소녀 수십 명을 테스트하고 그중 몇 명만 학생으로 받아들였다. 헨리는 앞니도 나지 않은 네 살 때, 나이에 비해 큰 손과 분명 부모는 아닌 알 수 없는 유전자 출처에서 얻은 완벽한 음감을 갖추고 로센버움의 학생이 됐다. 다른 악기들이라니. 그레이스는 솔직히 악기들을 대부분 다 싫어했다. 아파트에 어린 시절 강제 레슨의 유물인 업라이트 피아노가 있었지만 피아노 음악은 좋아해 본 적이 없었고, 피아노를 기부하려 했던 두 번의 시도가 실망스럽게 끝나지 않았다면 이미 없애 버렸을 것이다(유명하지도 않은 브랜드에서 1965년경 만든 음도 안 맞는 피아노를 원하는 사람은 아무도 없었고 버리는 비용은 완전히 경악스러웠다. 정말 놀라 버렸다). 그녀는 관악기나 목관 악기, 다른 현악기 대다수를 좋아하지 않았다. 바이올린이 좋았고, 늘 집중하고 있으면서도 평온해 보이는, 또 똑똑해 보이는 바이올린 연주자가 좋았다. 리어든에 다니던 시절, 오후만 되면 대부분 일찍 사라져 버리고 운동 연습과 방과 후 클럽도 빼먹으면서도 학교와 연관된 사교 생활이 부족하다는 사실에 전혀 주눅 들지 않는 여자아이가 있었다. 그 아이가 풍기는 차분함과 자신감이 멋졌다. 그러다 열 살쯤 되던 어느 날, 그레이스는 어머니를 따라 카네기 홀 근처, 음악으로 연마된 어느 조그만 실내악실에 갔고, 거기서 몇몇 동기들, 그리고 그 어머니들과 한 시간 동안 앉아 이 여자아이가 굉장히 어른이고 굉장히 대머리고 굉장히 뚱뚱한 피아니스트와 함께 엄청나게 복잡한 음악을 연주하는 걸 들었다. 아이들은 대부분 가만히 있질 못했지만, 어머니들은 넋을 잃고 황홀해했다. 특히 그레이스의 어머니는 클래식한 샤넬을 입은 당당한 여인인 소녀의 어머니에게 가서 말을 걸었다. 그레이스는 자기 자리에 앉은 채 너무 당황해서 친구에게 축하한다는 인사조차 하지 못했다. 그 아이는 7학년 때 홈스쿨링과 훨씬 더 강도 높은 바이올린 공부를 위해 학교를 떠났고, 그 이후 그레이스는 그 아이 소식을 듣지 못했다. 하지만 나중에 자기 아이는 바이올린을 연주했으면 좋겠다는 생각을 했다.

「그러든지요.」 헨리의 말이 들렸다. 아니면 들었다고 생각했다.

4
치명적으로 여린

리어든 기금 모금 파티가 열리던 밤, 그레이스는 희생정신을 발휘하여 결국 스펜서가의 광활한 로비를 맡았고, 전용 엘리베이터 앞 테이블에서 손님들을 체크하고 경매 안내 책자를 나눠 줬다. 이름을 아는 학부모들이 너무 없어서 약간 놀랐다. 늘 3시 15분에 애를 데리러 오는 몇몇 엄마들은 낯이 익었다. 이 여자들은 그레이스를 곁눈질하면서 대리석 바닥을 또각또각 걸어갔다. 어쩌면 그레이스의 이름을 찾아 머릿속을 헤집고 있을지도 몰랐다. 혹은 그레이스가 자기들과 같은 학부모인지 행사에 고용된 일꾼에 불과한지조차 잘 모를 수도 있었다. 그들은 차라리 신중을 기하다가 실수하는 쪽을 선택했고 애매하게 인사를 건넸다. 「안녕하세요! 반가워요!」 남자들은 완전히 낯설었다. 한두 명은 사실 수년 전 리어든에 함께 다녔던 사람들이었지만, 어린 시절 얼굴은 세월과 부의 막에 가려 흐릿하기만 했다. 대부분은 본 적도 없는 사람들이었다. 간간이 열리는 학부모-선생 모임이나 징계 중재를 제외하면 (물론 그들이 늘 시간을 내서 참석하는) 첫 입학 인터뷰 이후 교문에 들어설 일이 없었을 테니, 이렇게 토요일 밤 학교 행사에 참석하고 있는 건 집에서 심각한 협박을 당했다는 뜻이었다.

「굉장한 경매예요.」 그레이스는 입술이 엄청나게 부풀어 오른 여자에게 말하면서, 그 옆에 정신을 딴 데 팔고 서 있는 순한 인상의 남자가 최근 이 여자의 얼굴을 때린 걸까 생각했다. 「전망이 엄청나요.」 얼른 위층으로 올라가고 싶어서 안절부절못하고 있는, 헨리 반의 한 엄마에게는 이렇게 말했다. 「잭슨 폴록의 그림들은 식당에 있어요. 절대 놓치지 마세요.」 그리고 물밀듯 쏟아져 들어오던 사람들이 7시 반이 넘어가면서 좀 뜸해지자, 광활한 대리석 로비에 혼자 남아 자기를 위해 갖다 둔 테이블 상판을 손톱으로 톡톡 치면서 언제까지 여기 있어야 할까 생각했다.

기금 모금 위원회는 그레이스가 리어든에서 유일하게 자원해서 맡은 일이었지만, 이런 노력이 얼마나 미친 짓이 되어 버렸는지 처음으로 인정하지 않을 수 없었다. 예전, 몇 년 전만 해도 이런 행사들은 명백한 싸구려 장식에 레트로풍 메뉴 — 작년에 조제된 독한 술과 함께 꿀꺽 삼키는 치즈 퐁듀와 소시지 베이컨말이 — 를 겸비한 화려하지 않은 매력이 특징이었다. 파티는 별로 심각하지 않고 꽤 즐거웠으며 경매는 굉장히 재미있었다. 알딸딸해진 사람들이 개인 트레이너와의 운동 1회권이나 「인생은 한 번뿐」[33]의 단역에 입찰하곤 했다. 다들 즐거운 시간을 보냈고, 2만 내지 3만 달러가 학교 장학금으로 가는 돈궤 속으로 들어갔다. 특혜받은 계층의

33 미국 ABC 방송에서 1968년부터 방영된 드라마.

아이들만 이 학교 학생이 되지 않도록, 그러니까, 미겔 알베스 같은 학생들이 학교를 더 다양하고 흥미로운 곳으로 만들 수 있도록 하기 위해서였다. 나쁜 일은 아니었어. 그녀는 생각했다. 칭찬할 만한 일이었지. 이 새로운 방식의 학교 기금 모금은, 그녀의 마음엔 들지 않아도, 그 칭찬할 일이 더 커지고 좋아져서 훌륭한 대의를 위한 돈을 더 많이(훨씬 더 많이, 어마어마하게 많이) 모으는 것에 불과했다. 그러니 당연히 기분이 좋아야 했다. 하지만 그렇지가 못했다.

그레이스는 로비의 조그만 테이블 앞에서 꾸물거렸다. 남은 이름표 몇 개를 스리카드 몬테[34] 딜러처럼 휘휘 돌리며 오른쪽보다 조금 더 아픈 왼쪽 귓불을 만지작거렸다. 하지만 오른쪽 귓불도 아프긴 마찬가지였다. 그녀는 예전엔 (그레이스처럼 귀를 뚫지 않은) 어머니가 가지고 있었던 커다란 클립형 다이아몬드 귀고리를 하고 있었다. 이 귀고리가 센트럴 파크의 일부인 잔디밭이 내려다보이는 어마어마한 크기의 복층 아파트에 어울린다고 판단해서, 옷차림도 어울리는 것으로 골랐다. (수많은 맨해튼 여자들과 마찬가지로 그녀가 신뢰하는 색깔인) 기본 검정 실크 셔츠, (신으면 조너선의 키와 똑같아지는) 제일 높은 힐, 지난가을 버그도프 굿맨 백화점에서 발견하고 사면서 다른 누구보다 본인 스스로가 더 놀란, 쨍한 분홍색 산둥 실크 바지를 입었다. 이 옷이야말로 잭슨 폴록의 그림 앞에 조아리고 서 있을 때나, 관심이라곤 털끝만큼도 안 보이는 대사업가에게 자기는 개업한 심리 치

34 퀸을 포함한 카드 세 장을 보인 다음 교묘한 솜씨로 뒤섞어 엎어 놓고는, 그 퀸을 맞히게 하는 도박 게임.

료사라고 설명할 때 입어야 할 바로 그런 옷이었다.

그 귀고리는 그레이스의 아버지 프레더릭이 수년에 걸쳐 마저리 라인하트에게 하나하나 선물한 과시적으로 화려한 컬렉션 중 하나였다. 한때는 부모님의 침실이었지만 이제는 그녀와 조너선의 침실이 된 방에 있는, 어머니가 쓰던 거울 달린 화장대 안에 여전히 그 보석들을 보관하고 있었다. 그 안에는 일그러진 황금 바탕 위에 작은 사람 손 모양으로 세공된 금받침이 굵직한 분홍빛 보석을 움켜쥐고 있는 브로치, 아버지가 어디서 저런 걸 찾아서 사 왔을까 싶은 굵은 옥목걸이, 검정색과 노란색 다이아몬드가 박힌 표범 무늬 팔찌, 사파이어 목걸이, 두껍고 균형이 잘 안 맞는 금사슬 목걸이 등이 들어 있었다. 그 모든 것들의 공통점은 매우 — 정말이지 이 단어를 어떻게 쓰지 않을 수 있겠는가? — 천박하다는 것이었다. 하나같이 필요 이상으로 커 보였다. 커다란 금사슬, 커다란 보석, 〈날 좀 봐라〉는 듯한 디자인. 아버지가 우아한 어머니를 위해 어떻게 이런 것들을 골라 왔을까 생각하면 좀 사랑스럽기까지 했다. 아버지는 이 분야에서는 저능아나 다름이 없어서 아내의 선물을 사러 보석상에 들어가면 분명 더 큰 게 더 좋다는 점원의 손쉬운 먹이가 되었을 것이다. 그 보석들은 최선을 다해 **사랑한다고** 말하는 표상이었고, **알고 있다고** 대답하는 최선의 방식이었다.

오늘을 위해 매니큐어를 바른 손톱이 탁, 탁, 탁 테이블을 쳤다. 그레이스는 클립형 귀고리를 빼서 이브닝 백 속에 넣었다. 아파서 더는 참을 수가 없었다. 아픈 귓불을 문지르며 텅 빈 로비를 둘러봤다. 그런다고 일이 빨리 진행될 것도 아닌데. 손님의 발길이 끊어진 지 20분째였고 이제 테이블 위에는 외로운 이름표 다섯 개가 남아 있었다. 조너선, 그리고 그레이스가 모르는 두 쌍의 부부였다. 위원회, 교장, (버킨백 린지한테 경비원이 택시를 불러 줄 거라는 말을 들었던 바로 그 아파트에서 열린 식전 행사인 〈교장 선생님과 함께하는 칵테일 파티〉에서) 교장과 함께 도착한 한 무리를 포함한 다른 사람들은 모두 위층에 있었다. 말라가 알베스도 발걸음을 멈추지도 않고 테이블을 지나쳐 안으로 들어갔다. 뭐 그래도 괜찮았다. 어차피 말라가 알베스를 기다리는 이름표는 없었으니까. 놀랍지도 않았다. 조너선이 아직 도착하지 않은 게 언짢지도 않았다. 조너선의 여덟 살짜리 환자가 이틀 전에 사망했던 것이다. 몇 번이고 반복되는 일이지만 그 끔찍함은 조금도 덜어지지 않는다. 아이의 부모는 정통파 유대인이어서 장례식은 그 즉시 열렸고, 조너선은 거기 참석했다가 오늘 오후에 윌리엄스버그의 가족 아파트에서 열리는 시바[35]에 참석하려고 브루클린으로 돌아갔다. 필요한 만큼 자리를 지켰다가 여기로 올 것이다. 그뿐이다.

그레이스는 아이의 이름을 몰랐다. 남자아이인지 여자아이인지조차 몰랐다. 조너선이 환자 이야기를 할 때마다 그레이스는 그가 집과 가족생활, 그리고 병원 생활 사이의 경계를 유지해 줘서, 혹은 유지하려고 애써 줘서 감사하다는 생각이 들었다. 그 얄팍한 경계 덕분에 죽은 아이는 그저 **그 환자, 그 여덟 살짜리**로 남을 수 있었지만, 그것만으로도 충분히 불편했다. 하지만 더 많이 안다면 얼마나 마음이 안 좋

35 가족과 사별한 유대인이 장례식 후 지키는 7일간의 복상 기간.

을까?

「안됐네.」 조너선이 시바 이야기를 하면서 아마 늦을 것 같다고 말했을 때 그레이스는 말했다.

조너선은 말했다. 「나도 그래. 암 정말 싫다.」

그 말에 그녀는 피식 웃음이 나올 뻔했다. 그건 조너선이 매우 자주 하는 말이었고, 몇 년 동안 계속 했던 말이었다. 딱 이렇게, 사실적으로, 담담한 의견으로. 처음 그 말을 했던 건 수년 전 보스턴의 의대 기숙사 방에서였는데, 그때는 그 말이 전장의 포효처럼 들렸다. **곧 인턴이 되고 언젠가는 고형종 전문 소아 종양학의가 될 조너선 색스가 암을 싫어한다. 그러니 뒤통수 조심하는 게 좋을 거야! 암이 활개 칠 날도 얼마 안 남았어! 암은 최후 통첩을 받았고, 응징은 처절할 거야!** 그러나 이제 허세는 다 사라지고 없었다. 그이는 여전히 암을 싫어한다. 학생 때보다 더, 환자를 하나 놓칠 때마다 더, 어제보다 오늘 더 싫어한다. 하지만 암은 그이의 기분 따위 손톱만큼도 신경 쓰지 않았다.

그레이스는 그에게 리어든을 위한 밤 행사를 상기시켜야 한다는 게 싫었다. 아이들의 고통과 부모들의 공포에서 눈을 돌려 그런 데 정신을 팔게 하기 싫었다. 하지만 그래야 했다. 기금 모금. 학교. 스펜서가. 아파트 세 호를 하나로 합친 집. 도심의 맥맨션.[36] 몇 주 전 남편에게 그 집을 처음 설명하면서 썼던 말이었다. 조너선은 별걸 다 기억했다. 다만 마음속에 너무 많은 것들이 있다 보니 항상 수월하게 찾아내지는 못할 뿐이었다. 조너선의 기억은 뉴욕 공립 도서관의 책

36 대규모로 지은 교외의 거대 저택들.

처럼 검색해야 했고, 시간이 좀 더 걸릴 때도 있었다.

「그레이스,」 남편은 말했다. 「이 일에 너무 에너지를 낭비하지 않았으면 좋겠어. 일 안 하는 여자들한테 맡길 수는 없어? 당신한테는 사립 학교 기금 모금보다 훨씬 더 중요한 일들이 있잖아.」

하지만 이건 참여의 문제야, 그레이스는 딱 잘라서 말했다. 그이도 알고 있었다.

참여하지 않으면 상응하는 대가를 치러야 하는데 그럴 돈이 없었다. 그이는 그것도 알고 있었다.

이런 이야기는 물론 전에도 나온 적이 있었다. 오래 결혼 생활을 하다 보면, 세상만사가 하나도 새롭지 않다. 따뜻하든 차갑든, 익숙한 기류가 돌고 도는 법이다. 모든 일에 다 마음이 맞을 수는 없지 않은가.

그냥…… 그이가 오면 오는 거다. 누가 왜 조너선은 없냐고 물으면 기꺼이 알려 줄 것이다. 남편은 너무 할 일이 많아서 자기가 하는 일에 온갖 사람들이 갖는 역겨운 흥미를 채워 줄 시간이 없노라고.

조너선에 대해 다른 누구도 이해하지 못하는 것 같은 사실은, 표면에 보이는 평범한 상냥함을 조금만 뚫고 들어가 보면 거기에는 인간의 고통에 영원히, 잔인하게 영향받은 남자가 있다는 것이다. 사람들은 소아암이나 아이들의 사망 같은 얘기가 나오면, 이런 일을 사무적으로 대하는 조너선의 태도에 발끈하면서 이 두려운 화제를 끄집어낼 때마다 거의 비난조로 말했다. **어떻게 그런 일을 하실 수 있어요? 어떻게 아픈 아이들을 보고 있을 수 있죠? 돌보던 환자가 병으로 죽으면 끔찍하**

지 않아요? 어쩌다 그런 전공을 택한 거죠?

때로 조너선은 실제로 이런 질문들에 대답을 하려 했지만 전혀 도움이 되지 않았다. 대다수 사람들은 자세한 내막을 캐내려 들면서도 막상 그이가 날마다 하루 종일 하는 일은 감당하지 못했고, 늘 더 가볍게 대화를 나눌 만한 직업을 가진 사람을 찾아 슬금슬금 가버렸다. 몇 년 동안 그레이스는 디너파티, 캠프 방문일, 예전의 리어든 기금 모집 행사에서 이 비슷비슷한 상황들을 보아 오면서 매번 낙심했다. 헨리가 2학년 때 같은 반이던 아이의 어느 명랑한 엄마가, 어느 여름 호숫가 근처의 별장을 빌린 멋진 부부가, (그녀가 사는 건물에서는 가장 유명인에 가까운 사람인) 두 층 위에 사는 라디오 토크 쇼 진행자가, 절대 그녀와 친구가 될 생각이 없다는 사실을 새삼스럽게 깨닫게 되곤 했다. 한때는 부부의 사교 생활이 조너선과 똑같이 죄어드는 심정을 안고 살아가는 종양학과 의사들과 그 배우자들로 구성될 거라고 단순하게 생각했었지만, 사실 그런 관계 역시 별로 진전이 없었다. 조너선의 동료들은 병원 문을 나서면 암을 잊고 지내자는 소박한 목표를 가지고 살고 있었고, 남편보다 더 목표를 잘 실천하고 있는지도 모르겠다고 그레이스는 생각했다. 몇 년 전에는 조너선이 이런저런 이유로 자리를 비울 때면 대신 일을 맡아 주던 종양학과 의사 스투 로즌펠드 부부와 좀 어울렸던 적이 있었는데, 꽤 좋았었다. 로즌펠드 부부는 열렬한 연극 애호가로, 일찌감치 매진될 공연 티켓이 뭔지 몇 달 전에 미리 아는 듯했고 『뉴욕 타임스』의 호평이 나오면 바로 다음 토요일의 제4열 일레인 스트리치[37] 옆자리를 어김없이 차지

했다. 트레이시 로즌펠드는 좋다기보다는 감탄스러웠다. 한국계 미국인 변호사이자 엄청난 달리기광이었다. 그렇게 부부 동반으로 외출해서 함께 뉴욕을 즐기는 게 좋았다. 여자들끼리 뭉쳐서 평상시의 화제(병원 사람들 이야기, 병원 내 정치학, 암 걸린 아이들)에서 남편들을 끌어내, 손드하임[38]이며, 와서스타인[39]이며, 뭐든 깎아내리기 바쁜 『뉴욕』 잡지의 공연 전문 비평가 존 사이먼이 얼마나 한심한가 그런 이야기를 나누며 실제보다 더 친한 척했다. 대체로 나쁠 것 없었고 지금까지 이어져도 좋을 만한 관계였다. 하지만 5년 전쯤 어느 날 조너선이 집에 돌아오더니, 몇 번 무산됐던 (대단한 게 아니라 그냥 일요일 밤 다들 좋아하는 웨스트사이드의 레스토랑에서 식사를 하기로 한) 저녁 약속에 대해 스투가 믿을 수 없는 이야기를 했다고 전했다. 스투는 미안하지만 지금으로선 그냥 동료 관계로만 지내자고 했다는 거다. 트레이시가 로펌의 파트너로 승진해서…… 그러니까…….

「그래서?」 그레이스는 뺨에 열기가 확 몰려오는 걸 느끼며 물었다. 「뭐가?」

「당신 트레이시랑…… 뭐 싸우거나 했어?」 조너선이 묻자, 그레이스는 아무것도 잘못한 게 없다고 확신할 때, 아니 적어도 거의 확신할 때 덮치는 갑작스러운 죄의식을 느꼈다. 사람이 어떻게 **확신할** 수 있겠는가? 사람들은 자신의 약한 곳을 감춘다. 때로 누군가의 신경을 건드리면서도 아무것도

37 Elaine Stritch(1925~2014). 브로드웨이에서 활약한 미국의 배우.
38 Stephen Sondheim(1930~). 미국의 뮤지컬 음악 작곡가, 작사가.
39 Wendy Wasserstein(1950~2006). 미국의 극작가.

모를 수 있는 것이다.

그래서 로즌펠드 부부와는 더 이상 만나지 않았다. 병원 관련 행사 때는 만났지만 극히 드물었고, 때로 극장에서 우연히 마주칠 때면 늘 다정하게 이야기를 나누고 언제 저녁이나 같이 하자고 이야기했지만 실제로 실행에 옮기는 일은 없었다. 숨겨진 의도가 뭐든 간에 일로 미친 듯이 바쁜, 수없이 많은 다른 부부들과 마찬가지로.

조너선은 이 일을 다시는 언급하지 않았다. 조너선은 상실에 익숙한 사람이었다. 끔찍하고 모질고 고통스럽고 무자비한 병으로 인한 — 죽음으로 이어지는 — 상실만이 아니었다. 다른 상실의 경험도 여러 번 있었다. 가볍게 치부할 만한 상실이 아니었다. 문제의 당사자들은 여전히, 기껏해야 롱아일랜드 정도의 거리에, 아직도 살아 있을 가능성이 있었다. 그레이스의 개인적이며 직업적인 의견으로 볼 때, 이건 전적으로 남편이 자라난 가정, 즉 폭력과 육체적 상해만 제외하고 거의 모든 면에서 실망만 준 부모와, 연을 끊으면 자기도 상처를 입는다는 걸 절대 이해하지 못하는 형제 때문이었다. 조너선은 살면서 많은 사람들을 필요로 하지 않았고, 적어도 그레이스가 아는 한, 자기 가족만 있으면 다른 사람들을 원하지도 않았다. 그레이스와 헨리가 함께 만든 그만의 가족만 있다면.

그리고 세월이 흐르면서 그레이스 역시 같은 마음을 갖게 되었고, 자기 사람들을 놓기 시작했다. 처음에는 더 힘들었지만 — 비타가 사라졌던 처음이 가장 힘들었다 — 대학원 친구들 한둘이, (이젠 어쨌거나 사방으로 흩어져서 결혼식 때만 모이는) 커클랜드 하우스[40] 친구들이, 어쩌다 보니 알게 된, 같이 있으면 즐거웠던 한두 명의 친구들이 점차 소원해지면서 그 아픔도 점점 덜해졌다. 물론 은둔 생활을 했다는 얘기는 아니다. 도시의 삶에 적극적으로 참여했고 수많은 사람들과 그네들의 문제들로 하루 일과가 빼곡했다. 그레이스는 스스로 딱히 상냥하다거나 부드러운 성격이라고 생각하지 않았지만, 그건 끔찍한 일이 아니었다. 환자들을 걱정했고, 그들이 진료실을 나가서 하는 일과 겪게 되는 경험을 많이 걱정했다. 수년 동안 한밤중에 수많은 전화들이 걸려 왔지만 반드시 받았고, 응급실에서 괴로움에 빠져 있는 남자들과 여자들을 만나는 일이건, 응급 의료 전화 상담원과 구급 요원, 전문 간병인, 전국의 재활 시설과의 통화건 해야 할 일들을 했다. 하지만 그레이스의 기본 설정은 〈켜짐〉이 아니라 〈꺼짐〉이었고, 환자들의 불안이나 우울, 환자들이 약속한 대로 매일 모임에 가는지, 그런 걱정들을 안 해도 될 때는 하지 않았다.

하지만 조너선은 굉장히 다른 부류였다. 치명적으로 여리고 심오하게 인간적이고 헌신적인 사람이었다. 그래서 죽어 가는 아이와 아이를 잃어 가는 부모들을 딱 맞는 말과 손길로 위로하고 희망을 주고, 더 이상 희망이 없을 때는 능숙하고 친절하게 희망을 거둬 갔다. 어떨 때는 병동이나 심지어 시체 보관소에 남겨 두고 온 것들에 대한 슬픔이 가슴을 저며서 집에 와서도 가족들과 말도 못 나누고, 한때는 둘째의 방으로 쓸까 생각했던 뒤편 서재로 들어가 그 생각을 떨쳐

40 하버드 대학의 학생 기숙사 중 하나.

버릴 때까지 가족들로부터 스스로를 격리시켜 버릴 때도 있었다.

남편과 처음 만났던 가을 어느 날, 그레이스는 그가 인턴을 하고 있던 병원에 갔다가 몸을 떨고 있는 아주머니를 안고 있고 있는 그의 모습을 본 적이 있었다. 옆에서는 아주머니의 아들인 중년의 다운 증후군 환자가 선천적 심장 결함으로 죽어 가고 있었다. 아들이 태어나는 순간부터 예상했을 법한 죽음인데도, 여인은 슬픔으로 울부짖고 있었다. 조너선의 36시간 교대 근무가 끝나기 몇 분 전 도착한 그레이스는 복도 끝에 서서 이 광경을 보면서, 자신이 구경을 하고 있다는 것이, 그리하여 순수하기 짝이 없는 이 인간적 상호작용을 오염시키고 있다는 것이 부끄러웠다.

그레이스는 그해 이미 행동 과학 전공 졸업반이었으며, 인간의 고통을 치유하는 기술 — 이 기술의 하위 범주로 심령술도 있다 — 을 실천하는 치료사가 되기로 굳게 결심한 상태였다. 하지만, 하지만…… 긴 병원 복도 끝에서 터져 나온 고통의 폭발음은 엄청난 충격이었다. 엄청난 힘…… 프로이트의 도라에 관한 4학년 세미나에서도, 3학년 때 들었던 흥미진진한 이상 심리 수업에서도 들어 본 적이 없는 얘기였다. 수업에서는 바퀴와 톱니바퀴, 미로 속을 달리는 생쥐들, 이론과 약물 투약과 다양한 치료법에 대해서 배웠다. 반감, 유아기에 억압된 감정의 해방, 예술과 음악, 그리고 따분하고 쓸모없는 대화가 있었다. 하지만 이건…… 고통에 가까이 있는 건 견디기 어려웠다. 사실 정말로 가까이서 접한 것도 아니었는데.

사실 조너선은 사방에서 고통을 발견했다. 아니, 더 정확히 말하자면, 고통이 그를 발견하는 것 같았다. 지나가는 사람에게 달라붙으려고 기다리면서 어디에 숨어 있거나 동면하고 있었든 간에 말이다. 그이는 온갖 타인의 슬픔과 죄인의 고백을 접수했다. 택시 운전사들은 사별 이야기를 했다. 아래층의 경비원 앞을 지나갈 때면 여지없이 붙들려 마비된 조카나 치매에 빠져들고 있는 부모 이야기를 들었다. 자주 가는 3번가 이탈리아 식당에서도 새 약이 딸의 낭성 섬유증에 잘 듣는지 주인에게 묻고 나서야 식사를 했고, 대화는 단 한 번의 예외도 없이 언제나 철저한 낙심으로 끝났다. 세 사람만 있을 때 조너선은 쾌활할 수 있었고, 그 때문에 그레이스는 가족 시간을 그렇게 효율적으로 보호하려고 했다. 하지만 바깥의 세상 사람들은 조너선의 선한 마음을 이용하려는 유혹을 뿌리치지 못하는 것 같았다.

어쩌면 이 모든 것의 결론은, 개인적 고통에도 불구하고 조너선은 다른 사람들처럼 고통을 두려워하지 않고 계속 싸워나가겠다는 결단으로 무장한 채, 소용돌이 속으로 곧장 뛰어들어간다는 것이었다. 마치 자기가 언젠가 — **언젠가는** — 거기에 조그만 타격이라도 입힐 수 있게 될 것처럼 말이다. 조너선의 그런 점을 사랑하고 존경한다고 생각하면서도 지치기도 했다. 때로는 걱정됐다. 종국에는 그이가 암에 패배할 것이다. 사람들이 감내하는 싸움, 그들이 품는 무한하고 다양한 슬픔들은 절대, 조금도 줄어들지 않을 것이다. 그 모든 것들에 그는 너무 취약했다. 조너선에게 몇 번 말해 보려고도 했다. 그다지 친절하지 않은 세상 사람들 사이에서 친절한 마음 때문에 해를 입을 수도 있다는 걸 이해시키려 해봤지만, 그이는 되도록 눈감는 쪽을 택했다. 절대 그레이스만큼 다른 사람들을 나쁘게 생각하지 못하는 눈치였다.

5
핵심에 대한 접근권

엘리베이터에서 내려 이젠 사람들이 북적거리는 스펜서가의 홀에 들어선 그레이스는 곧 그날 저녁의 화젯거리가 집주인의 부재라는 걸 알았다. 특히 샐리는 스펜서 부부가 파티 전에도 그들과 만나지 못했을 뿐 아니라 저녁 내내 손님들과 합류할 것 같지 않다는 예상 외의 소식에 티가 나게 충격에 빠져 있었다. 조나스는 중국 — 이건 덜 터무니없었다 — 에 있다고 했지만, 수키가 어디 있는지는 아무도 몰랐다. 시내 반대편에 있을 수도 있었고, 햄프턴 저택에 있을지도 몰랐다. 이 거대한 아파트 안 어딘가에 있을지도 몰랐지만, 간절한 자선 위원회가 뭘 알고 있든 그건 사실 중요하지 않았다. 수키는 다들 있을 거라고 예상했던 스펜서가 저택에서 다른 학부모들과 함께 있지 않았다. 샐리는 분을 참지 못했고 한편으로는 스펜서가의 고용인들 앞에서 안간힘을 써서 쾌활한 가면을 유지하느라 거의 우스꽝스러운 몰골이 되었다.

로비의 조그만 테이블에서 그레이스에게 스펜서 부부가 위층 파티장에 있느냐고 터놓고 물어본 손님은 단 하나뿐이었다. 「아시아에 가신 것 같아요.」 샐리가 원하는 바일 거라고 생각하고 모호하게 대답했다. 하지만 샐리는 다른 뜻이 있는 게 분명했다. 빠른 진행을 위해 모두 올라오게 해야 한다고 결정한 눈치였다. 지금 손에 샴페인 — 실비아가 샴페인을 갖다 줘서 감사히 받았다 — 을 들고 입구에서 바라보자니, 낭패의 냄새를 흘려 가며 이 무리에서 저 무리로 휙휙 옮겨 다니면서 주위를 둘러보고 있는 샐리가 보였다. 불행한 벌새처럼 파티에 꽃가루를 옮기면서 돌아다니고 있었다. 그레이스와 실비아는 샴페인을 마시며 샐리가 돌아다니는 것을 지켜봤다. 둘 다 아까부터 샐리를 진정시키느라 애를 썼다. 아파트가 숨이 막힐 정도로 멋지지 않느냐며 샐리를 달랬다. 이런 넓은 방들과 모마[41]급 예술품들이 있는 마당에 사과할 일은 전혀 없으며, 혹시라도 손님들이 세계적인 언론 거물인 이 집 주인이 참석하지 않았다고 실망하더라도 최소한 이 멋진 집 안의 장관은 즐길 것이다. 세계적인 언론 거물은 당연히 학교 기금 모금보다 더 중요한 어딘가에 있을 테고(작정하고 파헤쳐 보면, 대부분 다른 학부모들도 학교 기금 모금보다 더 중요한 어딘가에 당연히 있을지 모른다), 아내도 참석하지 않았다는 사실엔 남자들은 신경은커녕 눈치조차 채지 못할 것이다. 여자들은 다르겠지만. 스펜서 부부 모두가 파티에 오지 않았다는 걸 깨달으면 여자들은 이를 갈 것이다. 하지만 경매가 끝나고 수표를 쓴 다음 일, 나중 일이다. 그게 중요한 것 아닌가?

실제로 스펜서 부부의 집에는 수행원들이 죽 늘어서 있었

41 MoMA. 뉴욕 현대 미술관The Museum of Modern Art의 애칭.

다. 책임을 맡은 비서가 있었고, 적어도 열 명은 되는 제복 차림의 경비들이 주위에 배치되어 보다 사적인 공간들의 문 앞을 지키며 비서에게 보고했다(그레이스가 아까 본, 부엌에서 음식 쟁반들을 들고 나와서 어딘지 모를 곳으로 이어지는 봉쇄된 문들로 들어가던 메이드들과 서버들, 카리브해 출신 여자 두 명을 제외한 인원들이었다). 그게 자아내는 효과, 그 피할 수 없는 효과는, 학부모가 아이들의 학교 친구 부모들에게 집을 공개한 것이 아니라, 화려하지만 알고 보면 대관 가능한 공공장소 — 뉴포트 맨션이라거나 덴두르 사원 — 에서 열린 행사에 온 것 같은 느낌을 주었다. 낙심했어도 일찌감치 실망감을 다스린 그레이스는 샐리가 대놓고 기대하진 않았다 해도 무엇을 바랐는지 정확하게 알고 있었다. 예술품에 대한 위트 있는 개인적 일화들과, 거실 커튼용으로 딱 좋은 다마스크 천을 찾느라 얼마나 고생했는지에 대한 이야기를 듣고, 어쩌면 심지어 그 유명한 옷장(수키 스펜서는 늘 〈베스트 드레서〉로 꼽혔다)을 슬쩍 구경할 기회도 있기를 바랐을 것이다. (인정할 수밖에 없지만 그레이스 자신과 마찬가지로) 샐리는 조목조목 철저하게 정리된 그 거대한 식료품실도 보고 싶어 했다. 홋카이도에서 태어난 수키가 일본 식재료 — 『배니티 페어』에서 그레이스는 스펜서가 아이들은 엄격한 장수 식품으로 구성된 식생활을 한다고 읽었다 — 란 식재료는 다 진열해 놓은 그 거대한 식료품실, 그게 안 되면 『아키텍처럴 다이제스트』에 실린 뉴욕 저택의 궁극적 포르노의 현현과도 같은 거대한 세탁실, 제복 입은 세탁사 세 명이 헤아릴 수 없이 많은 침대 시트를 다리고 있는 세탁실이라도 구경하고 싶어 했다. 하지만 연회실 이외의 공간에 대한 접근이 단호히 차단된 이 분위기에서 그런 사적인 일은 절대 일어나지 않을 터였다. 샐리는 상황에 적응하기가 정말 힘든 모양이었다. 〈리어든의 밤〉 행사가 공식적으로 시작되기 전 한 시간 동안, 샐리는 실비아와 그레이스를 대동하고 (제복 입은 경비 둘이 바싹 뒤따르는 가운데) 공공 공간을 휘젓고 다니며 경매 테이블을 정리하고 (장엄한 계단 아래 입구에 차려 놓은) 임시 바를 체크했다. 어쩌면 자기가 이 도심 장원의 여주인이라는 판타지를 즐기면서 실망감을 상쇄하고 있는지도 몰랐다. 옷차림만 보면 딱 그런 역할이었다. 그러니까 커다란(하지만 적어도 자연 그대로인) 가슴을 꽤 노출시키는, 무시무시한 호랑이 패턴의 로베르토 카발리[42]를 입고 휘청거릴 정도로 높은 힐을 신고 있었다. 문자 그대로 다이아몬드를 주렁주렁 걸고 있었는데, 플라스틱 목걸이와 귀고리, 팔찌, 반지가 든 여자아이들 장난감 세트의 실사판이라는 생각이 절로 들었다.

「말라가 좀 봐요.」 실비아가 불쑥 말해서 그레이스도 고개를 돌려 바라보았다. 말라가 알베스가 한 손에 레드 와인을 들고 다른 한 손은 불편하게 등 뒤에 끼워 넣은 채 커다란 창문 앞에 서 있었다. 어색하고 매우 외로워 보였지만 혼자 있던 시간은 잠시에 불과했다. 그레이스와 실비아가 보고 있는 와중에 흥미로운 광경이 펼쳐지기 시작했다. 먼저 디너 재킷을 입은 남자 하나가, 또 두 번째 남자 — 이 남자는 2만 5천 달러짜리 캠프의 주인공 네이선 프리드버그였다 — 가 옆에

42 이탈리아의 명품 브랜드.

와서 섰다. 말라가는 고개를 들고 쳐다보더니 미소를 지었고, 순간 그레이스는 변화 — 아니, **변신** — 가 일어나는 걸 목격했다. 처음에는 자기가 뭘 보고 있는 건지 제대로 깨닫지 못했다. 말라가는 — 하나는 잘생기고, 하나는 그렇지 않은 — 키 큰 두 남자 사이에 서서, (피츠제럴드가 표현한다면) 뭐랄까 매혹적으로 화려해지면서 꽃처럼 피어나는 것 같았다. 말라가는 출산 후인 몸매에 너무 딱 달라붙지는 않지만 붙는 재단의, 예쁘게 생긴 무릎 바로 위까지 오는 길이의 단순한 장미색 드레스를 입고 있었다. 목에는 금십자가 목걸이 하나뿐 아무 보석도 걸치지 않았다. 말라가는 예쁜 목을 처음에 한 사람, 다음에 다른 사람에게 살짝 숙이며 주저주저 미소 지었고, 그레이스는 그 매끈한 피부와, (진짜 윤곽을 전달하기 충분할 정도로 드러난) 분명 자연 그대로인 가슴과, 현저하게 색이 다른 아주 약간 통통한 팔뚝을 처음으로 의식하게 됐다. 그러니까…… 그레이스는 적절한 단어를 찾아 헤맸다…… **여성스러워.**

이제 말라가 옆에는 풍채 좋은 세 번째 남자가 와 있었다. 그레이스가 어렴풋이 기억하는 바에 따르면 헨리 반 여자아이의 아버지이고 모건 스탠리에서 뭔가 중책을 맡고 있는 남자였다. 굉장한, 굉장한 부자였다. 그레이스가 보고 있는 동안, 세 남자 모두 말라가 알베스에게, 혹은 그녀의 머리 위로 자기들끼리 이야기를 하고 있었다. 말라가 본인은 그 사람들이 무슨 말을 하건 이야기를 나누거나 심지어 그다지 맞장구를 치고 있는 것 같지도 않았다. 세 남자는 주위에서 맴돌며 날개를 퍼덕거리고 고개를 까닥거렸다. 그녀와 실비아가 뚫어져라 보고 있는 동안 네 번째 남자가 전임자 셋 중 하나에게 인사하는 척하면서 오더니 말라가 알베스에게 온전히 관심을 집중했다.

인간들의 사교적 상호 작용에 문외한이 아닌 그레이스에게, 그건 날것 그대로의 매력이 놀랍게 전시되는 광경이었다. 말라가 알베스는 그 자체로는 두드러지지 않는 특징(게다가 그녀는 통통했다! 뺨과 목, 팔에 살집이 있었다!)들을 갖고 있었지만 어쩐지 그 부분들이 한데 모이면 전혀 다른 동물이 됐다. 그레이스는 남자들을 지켜보면서 흥미롭기도 하고 좀 역겹기도 하고 그 위선에 소름이 끼쳤다. 예를 들어, 십중팔구 이 네 남자는 말라가 알베스를 닮은 직원들을 데리고 있을 것이다. 두드러지지 않는 이목구비에 크림색 피부, 고전적인 수수한 제복 아래 살집 있는 허리와 가슴, 허벅지를 가진 여자들을. 십중팔구 업무 중에 또는 자기 집에서 말라가 알베스 같은 여자를 여럿 마주칠 것이다. 말라가 알베스 같은 여자들은 바로 지금 이 순간에도 그들의 아이들을 돌보거나 그들의 빨래를 하고 있을 것이다. 하지만 그 익숙한 여자들 주위에서도 이 낯선 여자 주위에서 행동하는 것처럼 행동할까? 결혼 생활을 유지하고 싶다면 그러지 않을 거라고, 그런 생각이 들었다.

장엄한 방에는 한껏 꾸미고 있는 여자들, 에어로빅과 마사지, 화장, 헤어, 매니패디큐어, 브라질리언 왁싱을 하고 잡지에 오르내리는 옷을 입은 인정받는(심지어 칭송받는) 미인들이 가득했지만, 군중 속에서 가장 강렬한 매혹의 향기는 말라가 알베스가 차지한 자리에서 풍겨 나왔다. 놀라울 정도로 순수하고 강력해서 거물들도 거꾸러뜨릴 수 있는 힘을 가지고 있었지만, 번쩍거리고 화려한 여자들은 아무도 눈치채지 못하는 것 같았다. 이 세이렌의 노래는 — 그레이스는 금박 벽에서부터 반짝거리는 창문에 이르기까지 사람들을 살펴보며 생각했다 — 분명 Y 염색체를 가진 사람들에게만 감지되는 것이었다.

그레이스는 웨이터에게 잔을 넘겨주고, 경매가 시작될 수 있도록 입구에서 거대한 거실로 사람들을 반쯤 몰고 반쯤 끌고 가는 샐리를 도와주러 갔다. 실비아가 예전에는 삼각법 때문에 고생하던 학생이었지만 지금은 소더비에서 미국 가구 쪽을 총괄하는 친구를 데려왔다. 대머리에 매우 마른 남자로, 사려 깊게도 (리어든의 상징색인) 초록색과 파란색이 들어간 실크 나비 넥타이를 하고 온 사람이었다. 실비아가 그를 방 한쪽 구석에 놓인 지휘대로 데려갔다. 「안녕하세요!」 샐리가 마이크에 대고 떨리는 목소리로 말한 뒤, 사람들이 하던 얘기를 멈추고 귀를 막을 때까지 기다란 손톱으로 마이크를 톡톡 두드렸다.

「이거 켜져 있나요?」 그녀가 물었다.

이에 반향하듯 사람들이 손짓했다.

「안녕하세요!」 샐리가 말했다. 「시작하기 전에 먼저 이 자리를 마련해 주신 조나스와 수키 스펜서 부부께 박수를 드리자고 하고 싶네요. 이런 굉장한 곳을 친절하게 제공해 주시다니.」 그다지 진심이 담기지 않은 어조로 말했다. 「너무나 감사드려요.」

학부모들이 박수를 쳤다. 그레이스도 박수를 쳤다.

「열심히 일해 주신 위원회 여러분께도 감사드리고 싶어요.」 샐리가 말했다. 「그분들이 힘써서 여러분을 여기로 모셔 왔고, 여러분이 드실 좋은 음식과 여러분께서 돈을 쓰실 좋은 품목들을 준비해 뒀답니다. 어맨다 에머리? 어디 있어요, 어맨다?」

어맨다가 방 뒤쪽에서 날카롭게 〈안녕하세요!〉 하고 외치면서 밝은 금발 위로 반짝이는 소맷부리를 흔들었다.

「실비아 스타인메츠? 그레이스 색스?」

그레이스는 자동적으로 밀려오는 짜증을 누르며 손을 올렸다. 그녀는 〈그레이스 색스〉가 아니었다. 그 이름이 왠지 〈아워 크라우드〉[43]와 관련이 있어 보이는 게(하지만 조너선의 집안은 워버그, 로엡, 쉬프 가문과는 아무 상관이 없었다. 그 집안은 동부 폴란드의 유대인 부락에서 보스턴을 거쳐서 왔다) 싫어서가 아니라, 자기 이름이 아니었기 때문이다. 그레이스는 언제나 라인하트였다. 직장에서도 라인하트, 출판이 임박한 책 표지에서도 라인하트, 경매 프로그램에 적힌 이름을 포함한 리어든 학교와 연관된 모든 서류에서도 라인하트였다. 이상한 일이지만, 그녀를 그레이스 색스라고 부른 단 한 사람은 바로 그녀의 아버지였다.

「그리고 전 샐리 모리슨골든이에요.」 샐리는 화답할 시간을 좀 두고 말했다. 「오늘 이렇게 다 함께 모여서 이 멋진 학교를 기리고 우리 아이들이 경험하는 교육을 가능한 최고로 만들기 위해 할 수 있는 일들을 하게 되어 너무나 기쁘네요. 이 시점에서,」 그녀는 쾌활한 미소를 지으며 말했다. 「몇몇

43 이민자 가문이 이룬 유명한 투자 금융 회사.

분들은 이렇게 생각하고 계실지도 모르겠네요. 〈이미 학비를 충분히 낸 거 아닌가?〉」

예상한 대로 불편한 웃음소리가 어색하게 군중들 속으로 퍼져 나갔다.

「물론 그래요. 하지만 리어든이 받고 싶은 학생들을 받을 수 있도록 하고, 그 학생들이 경제적 환경에도 불구하고 학교를 다닐 수 있도록 하는 게 우리의 책임이에요.」

정말? 그레이스는 생각했다. **언제부터?** 군중들이 열의 없는 박수를 보냈다.

「그리고 물론,」 샐리는 말했다. 「걸출하신 우리 선생님들께서 월급을 넉넉히 받으셔서 다른 학교에 뺏기는 일이 없도록 하는 것 또한 우리가 할 일입니다. 우린 선생님들을 사랑한답니다!」

「**옳소!**」 잭슨 폴록 그림 옆에서 누군가 외치는 바람에 웃음소리가 터져 나왔다. 그 정서 때문이 아니라 촌스러운 표현이 웃겨서였다. 물론 리어든이 선생님들을 소중히 여기는 건 사실이지. 그레이스는 생각했다. 다만 오늘 밤 행사에 초대할 정도로는 아닐 뿐이지. 하지만 얼마나 많은 사람들이 티켓 값으로 3백 달러를 던질 수 있겠는가?

「그러니 모두 수표책을 가져오셨길 바랍니다. 왜냐하면 우린 분명 맛있는 와인을 마시고 환상적인 음식을 맛보고 전망을 바라보기 위해 여기 왔지만, 핵심은 핵심이니까요!」 샐리는 자기의 위트에 흡족해져서 군중들에게 미소를 지었다. 「비자, 마스터카드, 아메리칸 익스프레스 블랙 카드 다 받습니다! 주식과 채권도요!」

「미술품도요!」 어맨다 에머리가 옥구슬 같은 목소리로 말했다. 「부동산도!」

사람들이 어색한 웃음을 터뜨렸다.

「자 이제,」 샐리가 말했다. 「소매를 걷어붙이고 돈 쓰는 진지한 작업을 시작하기 전에, 우리의 칩스 선생님,[44] 로버트 코노버 선생님께서 공식 환영 인사를 해주시겠습니다. 로버트?」

교장이 기다란 방 저쪽 구석에서 손을 흔들더니, 사람들을 헤치고 샐리 쪽으로 나오기 시작했다.

교장이 예상했던 뻔한 말들을, 그러니까 (또) 감사를 표하고 (또) 왜 돈이 필요한지, 아이들이 받고 있는 최상의 교육에 경의를 표할 수 있는 게 얼마나 멋진 일인지, 선생님들에게 얼마나 큰 의미가 있는지를 늘어놓기 시작하자 그레이스는 딴생각으로 빠져들었다. 그러다 시선까지 딴 곳으로 샜다. 옆자리에 앉은 실비아는 조그만 테이블 위에 노트북을 올려놓고 경매를 기록할 준비를 갖추고 있었다. 노트북 모니터에 보이는 시간은 8시 36분이었는데, 그건 이제 조너선이 그저 늦은 정도가 아니라 심각하게 늦었다는 뜻이었다. 그녀는 먼저 방 가장자리 쪽에 있는 사람들을 쳐다보고는, 그 무리들을 격자로 나눠 왼쪽에서 오른쪽, 뒤쪽에서 앞쪽으로 살폈다. 조너선은 거기 없었다. 어느 문간에도 없었다. 그 순간 홀 안으로 쏟아져 들어온 조그만 무리 속에도 없었다. 그 사람들은 유치원 반의 학부모들 중 아직 오지 않았던 부부들로, 분명 자기들끼리 따로 축하연을 하고 온 것 같았

44 영국 작가 제임스 힐턴의 유명한 소설 『굿바이 미스터 칩스』에 등장하는 인정 많은 영국 노교사.

고, 이미 너무 취해 있어서 로비에 있는 코트 걸이도 보지 못한 것 같았다. 짙은 색 캐시미어와 모피로 몸을 감싼 채 〈리어든의 밤〉과는 분명 전혀 상관없는 어떤 일로 웃어 댔고, 그 중 한 사람이 자기들의 등장이 얼마나 소란스러운지 깨닫고는 나머지 셋을 조용히 시켰다. 조너선은 그런 홍청망청한 무리의 일부가 아니었다. 그 사람들 뒤, 그들을 아파트에 내려놓고 내려간 전용 엘리베이터 안에도 없었다.

그렇군. 시바 방문이 생각보다 길어졌고, 그 사람들이 음식을 자꾸 권했을 수도 있고, 어머니가 그를 붙들고 늘어졌을지도 모른다. 아이의 의사가 가버리면 아이도 가버릴 테니까. 혹은 카디시[45]를 하기 위한 예배 정족수가 있어서 예배를 드리기 위해 혹은 적어도 고개라도 끄덕거리기 위해 남아 있어야 했을 수도 있다 — 수년 동안 장례식에 갔지만 조너선이 기도문을 외우는 것 같지는 않았다. 조너선이 시바를, 망연자실한 가족을, 카디시를, 한 번 더 참을 수 있다는 게 그녀는 놀라웠다. 조너선이 지고 가는 짐, 그 아이들과 두려움에 떠는 부모들 — 그것은 둔감하고 특권 의식에 가득 찬 이 방의 세계와는 완전히 다른 세상이라고, 그녀는 다른 사람들을 둘러보며 생각했다. 건강하고 잘 자란 그들의 아이들이 새로 시행된 뉴욕 사립 학교 분석에서 상위권에 올랐다거나, 자기네 학교가 트리니티나 리버데일보다 아이비리그 진학률이 더 좋다는 등 교장이 들려주는 든든한 소리에 약간 상기된 표정으로 행복하게 고개를 끄덕이고 있는 사람들의 얼굴을. 다들 연단에서 지휘라도 받고 있는 것처럼 조화

45 죽은 이를 위해 드리는 유대인들의 기도.

를 이루어 미소 짓고 웃고 있었다. 안 그럴 이유가 뭐가 있나? 도시 저 위에 있는 그들의 세상에서는 모든 것이 다 좋았다. 돈에서 돈을 자아내는 이 남자들과 그 실로 둥지를 만드는 여자들, 그리고 (놀라운 우연의 일치로!) 자기 자식들의 학교에 〈자비로운 기부〉를 하려는, 곧 시작될 공동의 노력까지. 어떻게 이런 일이 그녀의 남편이 바로 지금 하고 있는 일과 심지어 같은 행성을 차지하고 있을 수 있을까? 크라운 하이츠의 조그만 아파트에서 코트에 사각형 헝겊을 핀으로 달고 다른 사람들과 발을 맞댄 채 악수를 하고 — 그녀가 너무도 잘 알듯이 — 마치 철저히 자신의 실패인 것 같은 기분으로 고개를 숙이고 기도를 하는 조너선의 모습을 상상했다.

언제 도착할지 누가 알겠어. 오기는 할지 누가 알겠어. 그녀는 인정했다. 아주 잠깐 동안 자기도 모르게 살짝 원망스러운 마음이 밀려왔다. 하지만 다음 순간 그 마음은 사라지고 끔찍한 죄의식이 밀려왔다.

그녀는 때로 정말 자기 자신이 싫었다.

시작하자마자 소더비의 경매인은 대본에서 벗어났다.

「보십시오.」 경매인은 물이 반쯤 든 평범한 잔을 들고 있었다. 상황이 어떻게 돌아가고 있는지 거의 짐작한 그레이스는 감히 샐리를 쳐다보지조차 못했다. 「이건 제가 리어든 학교에 기부하는 겁니다. 우리 모두가 여기 모인 이유죠. 전 부엌 싱크대에서 가져온 수돗물 한 잔을 경매에 붙이겠습니다. 평범한 뉴욕 시 수돗물이죠. 여기 계신 누구라도 부엌에 가서 직접 따르실 수도 있었죠.」

아니, 저 사람들은 그러지 못했을걸. 그레이스는 생각했다.

「하나 여쭤 보죠. 이 물 한 잔의 가치는 뭘까요? 여러분께는 정말 어느 정도의 가치가 있습니까?」 그는 사람들을 둘러봤다. 이걸, 아니면 이 비슷한 것을 몇 번이나 했지만, 명백히 여전히 즐기고 있었다. 그것도 명백히 보였다.

「그 잔은 반이 찬 겁니까, 반이 빈 겁니까?」 뒤쪽에서 한 남자가 말했다.

경매인은 미소를 지었다. 「얼마를 부르시겠습니까?」 그러더니 잔을 머리위로 들어 올렸다.

「천.」 방 한가운데서 누가 말했다. 네이선 프리드버그였다.

「아!」 경매인이 말했다. 「이제 이 물 한 잔은 천 달러의 가치가 있습니다. 그건 신사분께서 이 물 한 잔을 소유하는 대신 리어든 학부모회에 천 달러를 기꺼이 기부하겠다는 말씀이신가요?」

네이선 프리드버그가 웃음을 터뜨렸다. 그 아내는 보석으로 뒤덮인 한 손으론 마찬가지로 평범한 와인 잔을 들고 다른 한 손으로는 남편의 팔꿈치를 잡은 채 그 옆에 서 있었다.

「아니요.」 그는 싱긋 웃으며 말했다. 「기꺼이 2천 달러를 기부하죠.」

사람들의 움직임과 숨소리에서 긴장이 풀리는 게 느껴졌다.

「이제 이 물 한 잔은 2천 달러의 가치가 있습니다.」 경매인은 만족스럽게 고개를 끄덕였다. 「이 시점에서 잠시 우리가 왜 여기 있는지 생각해 봅시다. 굳이 우리가 브로드웨이 공연을 공짜로 봐야 합니까? 아마 아닐 겁니다. 파리에 있는 아파트를 각자 알아서 렌트할 수 없는 사람들인가요? 당연히 할 수 있죠. 하지만 그건 우리가 모인 이유가 아닙니다. 우리가 여기 모인 건 우리 돈을 우리 아이들이 다니는 학교에 주는 것이 **가치 있기** 때문입니다. 우리가 경매에 붙이려는 이 물품들은 우리의 돈을 지불할 **가치가** 있습니다. 하지만 이 말씀은 드려야겠습니다.」 그는 싱긋 웃었다. 「이제껏 많은 경매를 봤지만, 여러분은 굉장한 경매를 만드는 법을 제대로 아시는 분들입니다.」

「3천.」 사이먼 골든이 손을 들며 말했다.

「감사합니다!」 경매인이 이제는 매우 값진 물을 찬동의 뜻으로 들어 올리며 말했다. 「제가 말씀드리지 않았나요? 제가 이 물품을 수집할 의사가 충분히 있다고?」

이제 모두 웃음을 터뜨렸다. 또 한 남편이 소동에 참여했고, 또 하나가 더 들어왔다. 숫자는 한 번에 천 달러씩 올라갔다. 경매인은 입찰가가 1만 1천 달러에 이르자 잔을 다시 들어 올렸다. 심지어 그마저 이 이상 올라가는 건 잘못이라고 생각하는 것 같았다. 「더 이상 없습니까? 미리 알려 드립니다.」

더 이상 입찰은 없었다.

「판매되었습니다! 뉴욕 시 수돗물 한 잔, **줄리아니수(水)**[46]는 매력적인 파란 넥타이를 매신 신사분께 1만 1천 달러에 낙찰되었습니다. 선생님? 선생님 물입니다.」

우레 같은 박수 속에서 네이선 프리드버그는 방 앞으로 걸어 나와 경매인이 내민 손에서 잔을 받아 전리품을 죽 들이켰다. 「맛있군요!」 그는 소감을 말했다. 「한 푼도 아깝지

46 뉴욕 시장 줄리아니의 이름을 이용한 위트.

않습니다.」

그리고 이 테스트로테론 스로다운[47]과 함께 본 경매가 시작됐다. 여행과 보석, 블루 힐 셰프의 요리, 토니상 시상식 티켓, 캐니언 랜치 호텔에서의 일주일…… 헬륨 쿠션 위에 놓인 경매품들이 연속해서 나왔고, 경매인의 망치가 지휘대를 경쾌하게 칠 때마다 단체로 황홀한 한숨을 내쉬었다. 샐리가 흥분으로 제정신이 아닌 게 보였다. 목록에 적힌 경매품 중 반밖에 안 나왔는데 이미 행사 전체의 예상 가액을 넘어섰다.

터무니없지만 이상한 일은 아니었다. 심지어 그레이스조차 그건 알았다. 돌턴에서는 누군가가 낙찰자의 아이에게 대통령 집무실을 방문하게 해주겠다는 걸 경매로 걸었다. 스펜스에서는 누군가가 패션 위크 중 어느 한 쇼에서 애나 윈투어[48] 바로 옆자리에 앉을 권리를 샀다(아마 그 위대한 유행 창조자와의 대화는 포함되지 않았을 것이다). 컬레지엇에서는 예일과 애머스트의 입학처장과의 단독 인터뷰가 나왔다는 소문이 돌았다. 다시 말해서 접근권이다. 가든[49] 백스테이지처럼 별것 아닌 것에 대한 접근권이 아니다. 물론 그 품목 또한 사방의 사립 학교 자선 행사에서 등장하긴 했지만 말이다. 정보 접근권. 핵심에 대한 접근권.

그레이스는 몬톡에서의 일주일을 놓고 열띤 입찰이 벌어지고 있는 방에서 살짝 빠져나와 입구에 있는 화장실로 갔

47 심판이 공을 양 팀 사이에 던져 경기를 재개시키는 것.
48 잡지 『보그』의 편집장.
49 뉴욕에 있는 실내 종합 경기장인 매디슨 스퀘어 가든을 의미함.

지만 누군가 이미 안에 있었다. 「다른 화장실이 있나요?」 그녀는 피할 길 없이 따라붙는 경비에게 속삭이며 물었고, 경비는 한 시간 전 두 카리브 해 출신 여자들이 사라진 문을 향해 고갯짓했다. 「저 안에 들어가도 돼요?」 그녀가 물었다.

그 문 뒤에는 바삭바삭한 사이잘삼 같은 재질의 카펫이 깔린 별로 넓지 않은 복도가 있었다. 희미한 미니 샹들리에들이 3미터 정도의 간격으로 걸려 있었지만, 벽에 걸린 옛 거장의 그림들에는 따로 조명이, 그림들을 은은하게 비춰 주는 완벽한 조그만 각광들이 밝혀져 있었다. 그레이스는 자기도 모르게 렘브란트 누드화 앞에서 걸음을 멈췄다. 여기가 박물관이 아니라 누군가의 집이고, 게다가 뒤편 복도라는 게 놀라울 뿐이었다. 뒤의 문을 닫자 아파트의 나머지 공간과 거대한 파티는 완전히 흔적도 없이 사라져 버리는 것 같았다.

복도 한쪽 벽을 따라 기숙사나 대저택의 하인들 숙소처럼 방들이 이어지고 있었는데, 그레이스가 보기에 이곳은 분명 하인들 숙소였다. (아마도) 임무에서 해방되어 저녁 식사 접시를 들고 바로 저 문 뒤로 사라졌던 제복 입은 카리브 해 출신 여자들이 생각났다. 그들의 임무인 아이들은 여기 있을 수도 있고 없을 수도 있었지만, 없을 경우에는 분명 다른 스펜서가 저택에서 다른 보모들과 함께 있을 것이었다. 문들은 전부 닫혀 있었다. 흐르는 강물을 따라 이 연잎에서 다음 연잎으로 폴짝폴짝 뛰는 것처럼 그녀는 이 그림에서 다음 그림, 그다음 그림을 보면서 앞으로 나아갔다. 복도 끝에서 화장실이 마침내 모습을 드러냈다. 문틀을 따라 불빛이 새어 나오고 있었고 눈부시게 하얀 타일이 흘낏 보였다. 이 문 역시 단호히 닫혀 있었고 안에서는 팬이 윙윙 돌아가고 있었다. 그리고 또 다른 소리. 그레이스는 얼굴을 찌푸렸다. 모든 심리 치료사와 마찬가지로 그녀 역시 너무도 잘 알고 있는 익숙한 소리였다. 소리를 감추려고 손으로 입을 틀어막고 있는, 가장 순수하고 가장 처절한 울음소리였다. 수년에 걸쳐 사람들이 우는 모습을 보고 울음소리를 들었는데도, 이 소리에는 어쩐지 가슴을 에는 처절함이 있었다. 그레이스는 문에서 몇 걸음 떨어진 채 숨조차 쉬지 못하고 있었다. 저 여자한테 낯선 사람이 울음소리를 엿듣고 있다는 고통까지 더해 주고 싶지 않았다.

저 안에 누가 있는지, 무슨 일로 울고 있는지 상상하기란 어렵지 않았다. 최소한의 의식을 가진 뉴욕 엄마들과 마찬가지로, 그레이스는 특권층 아이들을 돌보는 대부분의 여자들에게 자기 아이들이 있다는 걸 알고 있었지만, 그 아이들은 멀리 다른 섬이나 다른 나라에 있었다. 이 사회 계약의 이면에는 얼마나 큰 후회와 쓰라림이 있겠는가? 그 화제가 엄마들 모임이나 학교 로비에서 거론되는 일은 절대 없었다. 진짜 엄마들과 보모들 사이의 혈액 뇌장벽을 넘는 일은 절대 없었다. 물론 비밀은 아니었지만 비밀 같았다. 잔인하고 끝도 없고 기괴한 아이러니였다. 우는 게 당연하지. 그레이스는 몇 발자국 떨어진 사이잘삼 융단 위에서 여전히 꼼짝도 못 한 채 닫힌 문을 쳐다보며 생각했다. 어쩌면 저 여자는 이 헤아릴 수도 없이 비싼 도시 위에서 군림하는 조나스와 수키 스펜서의 아이들에게 관심을, 심지어 사랑을 주기 위해, 모든 면에서 이 펜트하우스와는 거리가 먼 어느 누추한 집에 아이들을 두고 왔을 것이다. 어쩌면 온 집 안이 낯선 사람들로 가득하고 가족들은 집을 비운 이 혼자만의 시간을 이용해 아이들을 빼앗긴 어미의 슬픔을 토해 내고 있을지도 모른다.

그레이스는 발바닥이 스치는 소리를 내지 않도록 주의하면서 한 걸음 뒤로 물러났다. 소리는 나지 않았다. 그녀는 한 걸음 더 뒷걸음질 친 다음 돌아서서 왔던 길로 나갔다.

다시 입구로 나가는데 이브닝 백을 들고 있던 손에 진동이 느껴져 휴대폰을 꺼내 보니 조너선에게 문자가 와 있었다. 조너선은 물론 파티장에 있지 않았지만 — 그건 이미 아는 사실이다 — 놀라운 건 조너선이 사실 스펜서 아파트에 와서 적어도 잠깐은 경매를 지켜봤다는 사실이었다.「시바 때문에 늦게 갔어.」그는 썼다.「방금 병원에서 환자 상태가 안 좋다는 문자가 왔어. 나중에 다시 가려고 애써 볼게. 미안.」

조너선의 인생에서 〈환자〉는 늘 밤에 상태가 안 좋았다. 늘 막 진단을 받았거나 갑자기 문제가 생겼거나 느닷없이 위중해진 어린 소년이나 소녀가 생기곤 했다. 똑똑한 다섯 살배기 아이가 순식간에 쓰러져서 빙빙 도는 에스겔의 바퀴처럼 머리 위에서 흔들리는 단두대를 보고 미치기 일보 직전인 엄마의 전화가 늘 걸려 온다. 아무것도 할 수 없다는 데 분노해서 금세라도 폭발해 버릴 것 같은 부모들이 늘 있다. 수년 동안 조너선은 그를 때리고, 수없이 울고, 끝없이 설득하려 드는 부모들을 봐왔다. 고백을 듣기 위해 불려 갔다. **그 매춘부 때문에 이런 일이 생긴 겁니까? 아내가 지난 4년 동안, 심지어 임신 기간에도 몰래 담배를 피웠기 때문에 그런 겁니까?** 조너선의 나날들은 일상적 위기를 끝없이 가져다주는 컨베이어 벨트와도 같았고 그 위기들은 하나같이 치명적이고 인생을 뒤흔들고 사람을 기진맥진하게 만드는 것들이었다. 심지어 평범하게 시작했다가 궤도를 벗어나면서 망각의 벽돌담이나 블랙홀로 빠지는 진료를 수없이 경험한 그녀조차 남편이 매일매일 어떤 일촉즉발의 상황을 마주하는지 짐작조차 할 수 없었다.

〈당신 못 봤어.〉 그녀는 엄지손가락으로 문자를 쳤다. 슬프게도 익숙해진 기술이었다.

〈바보 천치처럼 당신한테 손을 흔들었는데!〉 답이 왔다.

그레이스는 한숨을 쉬었다. 계속해 봤자 소용없다. 적어도 어떻게든 오긴 한 것이다.

〈집에서 봐.〉 그녀가 문자를 보냈다. 〈XX.〉[50]

〈XX.〉 답문이 왔다. 그들이 보통 하는 전자 작별 인사다.

제니퍼 하트먼이 화장실에서 나오자 그레이스는 상냥하게 목례를 하고 안으로 들어갔다. 여기에는 커다랗고 거친 유리 조각들로 반짝이는 샹들리에가 왁스칠한 벽에 영롱한 빛 그림자를 드리우고 있었다. 변기 위에 워홀의 자화상이 걸려 있었는데, 딱 남자들의 오줌 줄기를 방해할 듯한 물건이었다(그렇게 느끼지 않을 수가 없었다). 그녀는 라벤더 비누로 손을 씻었다.

경매는 끝을 향해 가고 있었다. 남은 건 (그레이스가 네이선 프리드버그의 역작 사업에 몰래 이름 붙인) 백만장자 꼬맹이 캠프뿐이었다. 그것은 네 사람, 다음에는 세 사람, 그리

50 〈안녕〉, 〈가벼운 키스〉를 의미하는 통신어.

고 두 사람 간의 경쟁 끝에 3만 달러에 낙찰됐고, 프리드버그는 세금에다 비영리 기부라고 신고하면 정말 싸게 산 거라고 커다란 목소리로 선언했다. 캠프를 낙찰받은 말쑥한 유럽인 부부는 그레이스가 모르는 사람들이었다.

그걸 끝으로 경매는 종료됐고 안도와 자찬의 한숨이 한꺼번에 터져 나왔다. 샐리가 교장 로버트와 어맨다에게 포옹을 받으면서 한껏 행복에 취해 있는 게 보였다. 어맨다는 점잖지 못하게 〈우후!〉 하고 소리 지르면서 자기보다 키가 큰 친구를 붙들고는 어색하게 위아래로 펄쩍펄쩍 뛰었다. 마치 민주당 전당 대회 때의 힐러리와 티퍼 같았다. 남자들은 서로 굳센 악수를 나누며 축하 분위기가 방 전체에 넘쳐 나게 했다. 그리고 탈출이 시작됐다. 몇몇 부부들은 벌써 문 앞에서 조심조심 빠져나가고 있었고, 경매 안내 책자로 눈 가리개나 부채처럼 얼굴을 가린 말라가 알베스도 거기 있었다. 아래층에서 잠깐 인사한 것 말고는 그녀와 아무 이야기도 나누지 않은 그레이스는 고개를 숙인 채 재빨리 움직였다.

조금 뒤 로버트 코노버가 옆에 나타나 커다란 손을 그녀의 어깨에 올리더니 거칠게 뺨을 비볐다. 정말 대단한 일을 하셨다고, 그는 그레이스에게 말했다. 「거의 샐리가 한걸요.」 그레이스가 말했다. 「그리고 물론 스펜서 부부도요. 공은 그분들께 다 돌려야 해요.」

「물론입니다. 부재중이시지만.」

「우리가 이유를 따져서야 되나요.」 그녀는 어깨를 으쓱했다. 「개인적으로 전 이 집의 전망만으로도 충분히 감사해요. 게다가 인정하실 수밖에 없겠지만, 그분들 없이 여기 있는 것도 뭔가 쿨하지 않나요. 『글로스터의 재봉사』[51] 같달까.」

「그보다는 고양이 없는 곳에서 생쥐가 주인 노릇한다에 더 가깝지 않을까요.」 교장이 말했다. 「제가 장담하는데요, 여기 남자들 중 몇은 위층에 있는 스펜서 씨의 밀실들에 들어갈 음모를 꾸미고 있을걸요.」

「그리고 여자들은 옷방에 들어가고 싶을 테고요!」 그레이스가 말했다.

로버트가 웃음을 터뜨렸다. 「세상에, 거긴 저도 들어가고 싶네요.」

「줄리언은 못 왔나요?」 그레이스가 물었다. 그녀는 그의 극장에서 최근 공연 중인 연극을 봤다. 카프카의 『심판』을 아주 치밀하고 과감하게 실험적으로 해석한 연극이어서, 그 이야기를 하고 싶었다.

「안타깝게도.」 로버트가 말했다. 「LA의 테이퍼에서 회의가 있어서요. 남편분은 어디 계시죠? 경매 도중에 봤었는데.」

「아, 병원에서 연락이 와서요. 다시 들어가야 했어요.」

늘 보는 경련이 로버트의 얼굴을 스쳐 지나갔다. **병원**이라는 말을 남편과 연관시켜 사용하면 종종 일어나는 일이었다.

「맙소사.」 로버트가 신호라도 받은 듯 말했다. 「어떻게 그런 일을 하시는 거죠?」

그녀는 한숨을 쉬었다. 「그게 아이들을 위해 할 수 있는 최선이니까요. 전진해 나가는 것.」

51 동화 작가 비어트릭스 포터의 이야기책으로, 목숨을 구해 준 어느 재단사에게 은혜를 갚기 위해 그가 없는 사이 쥐들이 실을 짜서 코트를 만들어 주었다는 이야기다.

「그러니까, 전진이 있긴 하단 말이죠?」

「아, 물론이죠.」 그레이스가 말했다. 「다들 바라는 것처럼 빨리는 아니에요. 하지만 있어요.」

「매일 그 문들 안으로 어떻게 들어갈 수 있는지 이해할 수가 없어요. 줄리언의 어머님이 거기 계셨을 때…… 대장암이셨죠…….」

「저런.」 그레이스가 자동적으로 말했다.

「그래요. 4년 전쯤 한 달 동안 거기 계셨고, 마지막에 몇 주 더 계셨어요. 모든 게 끝나고 마지막에 밖으로 나왔을 때, 생각했죠. **남은 평생 동안 이 건물 안에 다시는 들어올 일이 없었으면 좋겠다고.** 그러니까 제 말은, 사방 어디를 봐도 오로지 고통, 고통, 고통뿐이잖아요.」

네, 네. 그녀는 직업적 동정심을 최대치로 보이며 생각했다. 조너선이 여기 있다면, 로버트 코노버에게 이렇게 말하고 있겠지. 네, 아주 힘든 일이죠, 네, 감정들도 격하고요. 하지만 그는 바로 그런 힘들고 격앙된 순간, 이제껏 겪어 보지 못한 최악의 상황, 상상조차 할 수 없는 최악의 일이 바로 지금 아들이나 딸에게 벌어지고 있기 때문에 사람들이 본능적으로 방어 태세를 취하며 다른 사람들에게 제발 좀 가버리라고 하는 그 순간에 그들의 삶 속으로 들어갈 수 있다는 걸 특전으로 여겼다. 조너선은 자기가 맡은 환자인 아이를 고칠 수는 없을지 몰라도 거의 늘 조금은 더 좋아지게 할 수 있다고 말할 것이다. 고통을 덜어 주는 것도 거기에 포함됐고, 그건 조너선에게도, 아이의 가족들에게도 중요한 일이었다. 그는 〈어떻게 그런 일을 하시는 거죠?〉의 변형 질문을 수백 번 — 그레이스가 옆에서 같이 들은 것만 해도 수백 번 — 들었고, 그때마다 짜증스러운 기색 하나 없이 늘 환한 미소를 지으며 대답해 주곤 했다.

하지만 그는 여기 없었다. 그녀는 조너선이 할 말을 대신 할 권한이 자기에게 있는 것 같지는 않았다.

「굉장히 어려운 일이죠.」 그녀는 로버트에게 말했다.

「세상에. 저라면 그런 상황에서는 기본 작동도 못할 걸요.」 로버트는 엘리베이터 쪽으로 가면서 그의 어깨에 팔을 척 걸친 어떤 남자를 돌아보며 따뜻하면서도 불특정적인 인사를 건넸다. 그리고 다시 고개를 돌렸다. 「전 아무한테도 도움이 안 될 거예요. 그저 줄곧 고함이나 지르겠죠. 애들이 1지망 대학에서 떨어졌을 때도 제정신을 못 차리는걸요.」

「뭐,」 그레이스는 무덤덤하게 말했다. 「세상이 무너지는 것 같은 비극이니까요.」

「아니, 정말로요.」 로버트는 말했다. 분명 더 심각한 반응을 원하고 있었다.

「정말 힘든 일이지만 조너선은 사람들을 도와주고 있고, 그러니까 그건 가치 있는 일이죠.」

로버트는 고개를 끄덕였지만 만족스러워 보이지는 않았다. 그레이스는 뒤늦게야 왜 이런 일은 무례의 범주에 들어가지 않는 걸까 궁금했다. 정화조를 푸는 사람에게 〈**어떻게 그런 일을 하세요?**〉라고 묻겠는가? 하지만 그녀는 선의를 갖고 한 말이라고 믿어 주고 싶었다. 그녀는 로버트를 정말로 좋아했다.

「똑똑한 아드님에 대해 좋은 소식이 있어요. 너무너무 잘

하고 있답니다.」

그레이스는 어색한 미소를 지었다. 헨리가 잘하고 있다는 건 물론 놀라운 소식도 아니었다. 헨리는 몹시 똑똑했지만 — 그건 장점이 아니라 그저 우연히 그런 유전자를 받은 것뿐이다 — 지성이라는 복권 당첨에 시샘하는 마음이 들지 못할 정도로 열심히 노력했다. 자기의 잠재력을 혐오하거나 주위 사람들이 그걸 중히 여긴다는 데 반발해서 능력을 제대로 발휘하지 않고 설렁대거나 심지어는 아예 드러내지 않는 아이들과는 달랐다. 그렇다 하더라도, 마치 여기가 사람들이 자기 자식들이 학교에서 얼마나 잘하고 있는지 알아보려 한껏 차려입고 오는 대규모 학부모-선생님 모임이나 되는 것처럼 지금 이 문제를 거론하는 건 이상했다.

「올해 수학 선생님을 참 좋아하더라고요.」 그레이스는 사실대로 말했다.

그 순간, 샐리 모리슨골든이 휙 다가와 로버트의 어깨를 그러잡았다. 애정 표현이라기보다 자기가 균형을 잡기 위해 하는 행동 같았다. 그레이스가 보니, 샐리는 상당히 취해 있었다. 그녀는 엄청나게 높은 하이힐 위에서 살짝 비틀거렸고, 왼쪽 광대뼈 위에는 분홍 립스틱을 바른 입술 모양이 반쯤 연하게 찍혀 있었다. 그날 저녁 모은 기금 계산을 끝내고 나서 조금 있다가 — 아니면 끝내자마자 — 마셔 대기 시작한 게 분명했다. 이제는 보기 드물게 흐트러져 있었다.

「정말 근사한 밤이에요.」 로버트가 말했다.

「그렇요.」 그녀는 혀 꼬인 발음으로 냉소적으로 중얼거렸다. 「집주인분들께서 이렇게 다 같이 자리를 빛내 주시니 차

암 좋네요. 안 그래요?」

아직도 그 얘기야? 그레이스는 생각했다. 「상관없어요.」 그녀가 샐리에게 말했다. 「다들 즐거웠고, 대단히 잘 해냈잖아요. 이 아파트 정말 엄청나지 않아요, 로버트?」 그녀가 말했다.

「여기가 우리 집이라면, 전 지금 집에 있을 거예요.」 로버트가 상냥하게 말했다. 「그럼 저 소파 위의 프랜시스 베이컨 그림도 제 거겠죠. 정말 좋겠네.」 그는 두 여자 모두의 뺨에 키스를 하고 자리에서 떠났다. 섭섭하지는 않았다.

「말라가 만났어요?」 샐리가 물었다. 「자기를 찾고 있던데.」

「저를요?」 그레이스가 인상을 찌푸렸다. 「무슨 일로?」

「세상에, 말라가한테 침을 질질 흘리던 그 남자들이라니! 파블로프의 개 같더라니까요. 어맨다랑 전 그랬죠. 〈나도 저 여자가 가진 걸 가지겠어.〉 질리 프리드버그는 그냥 못 참았어요. 문자 그대로 가서 남편을 질질 끌고 갔다니까요.」

그레이스는 그 순간을 놓친 게 좀 아까웠지만 어물쩍 미소를 지었다. 「정말로 굉장히 예쁘더라고요.」 그녀는 말했다.

샐리가 약간 비틀거리는 것 같았다. 발끝으로 서기라도 할 것처럼 발을 움직였지만, 굽 높이를 생각하면 그 정도도 장했다. 그러더니 비틀거리며 식당 쪽으로 걸어갔다. 정말 이 자리를 떠나고 싶었던 그레이스는 실비아를 찾으러 갔다.

「우리 가도 될까요?」 그녀는 실비아에게 물었다. 「그래도 괜찮을 것 같아요?」

「괜찮다마다요. 그래야 한다고 생각해요.」 실비아가 말했다. 「저 경비들이 우릴 보는 시선 봤어요? 우리가 나가길 원한다고요.」

「좋아요, 그럼.」 그레이스는 안심하며 말했다. 고용인들은 사람들이 꾸물거리며 남아 있는 걸 좋아하지 않을 거라고 확신했지만, 샐리는 최대한 오랫동안 있고 싶어 할 것 같아 걱정이 됐다. 어쩌면 심지어 잭슨 폴록 아래에서 사후 평가회를 소집할지도 모른다. 「전 갈래요. 정말이지 녹초가 됐어요.」

「조너선은 어디 있어요?」 실비아가 물었다. 「아까 본 것 같았는데.」

「네, 오긴 했어요.」 그레이스가 말했다. 「하지만 병원에서 환자 문제로 연락이 와서요. 다시 들어가야 했어요.」

「슬론케터링으로요?」 실비아는 마치 조너선이 다른 곳에서 일한 적 있기라도 한 것처럼 물었다.

그녀는 또 한 번 〈어떻게 그런 일을 하시는 거죠?〉 류의 대화를 해야 하나 생각했지만, 다행히도 실비아는 자제하는 것 같았다. 실비아는 아무 말도 하지 않았고, 그레이스는 다른 사람에게 붙들리기 전에 빠져나올 수 있었다. 조너선이 집에 왔을 때 집에 있고 싶었다. 자기를 필요로 할 경우를 위해 조너선을 기다려 주고 싶었다. 이제까지의 경험으로 볼 때, 조너선에게는 그녀가 필요할 것이다. 방금 브루클린에서 여덟 살짜리 아이의 장례를 돕고 와서, 이제 병원에서 위기에 처한 또 한 명의 환자를 돌보고 있다. 집에 돌아오는 시간이야 몇 시가 되든 형편없는 몰골일 것이다. 그런 일들을 진심으로 마음 아파 하는 사람이니까.

그때는

6
그리 오래가지는 않았다

종말은 쾅 하는 폭음으로 찾아온 것도, 작은 신음 소리로 찾아온 것도 아니었다. 그레이스의 휴대폰 화면에 있는 봉투 모양 아이콘의 조용한 반짝거림으로 찾아왔다. 예전에 설정된 그 아이콘은 메시지가 하나 들어왔을 때 한 번, 두 개 들어왔을 때 두 번 반짝이는 식으로 반짝임이 늘어났는데, 시스템상 위태로운 수준으로 다량의 메시지가 쌓이면 보는 각도에 따라 색이 변하는 초록색 날개처럼 휴대폰 화면 구석에서 끊임없이 반짝거렸다. 그레이스는 나중에 그 아이콘의 반짝임을 떠올리기는 했지만, 워낙 익숙한 표시라서 오전 중 첫 환자들(결혼을 유지하려면 숙명적으로 벌어지는 다툼이 한창인 부부)을 만나는 동안에는 무시했고, 점심시간에는 「투데이」 프로듀서와의 사전 인터뷰에 시간을 쏟아부었다.

기금 모금 행사, 〈리어든의 밤〉으로부터 4일이 지났다.

그레이스의 「투데이」 출연은 새해 이후가 되겠지만 다가오는 휴일 때문에 미리 준비하는 거라고 프로듀서가 설명했다. 「긴급 뉴스가 들어오면 인터뷰가 중단될 수도 있는데, 설명드렸던가요?」

그레이스는 못 들었다고 대답했다. 그렇지만, 그건 당연한 것 아닌가?

「네, 이런 얘기는 갑자기 일이 생기면 의견 조율을 좀 하는 경우가 있어요.」

프로듀서의 이름은 신디 엘더였다. 그레이스는 수년간 잠재적인 고객과 대화하면서 붙은 오래된 습관대로 메모장에 이름을 적었다. 엘더[52]라는 성과는 다르게 목소리가 어려서 거의 대학생처럼 들렸다. 「관심 있는 사람을 볼 때 꼼꼼히 살펴봐야 하는 가장 중요한 부분은 뭘까요?」

「저라면 그 사람이 당신에게 말하려는 것이 무엇인지 듣는 것이 중요하다고 답하겠어요. 특정한 배경 정보나 사람들이 때때로 데이트를 하면서 중요하게 생각하는 돈, 종교 같은, 소위 관계의 쟁점이나 걸림돌에 관한 질문을 던지는 것보다요. 물론 그런 것도 중요하지만, 저는 어떤 사람이 자기 생각에 대해서나 다른 사람에 대해 말할 때 취하는 행동이나 어조를 통해 이미 태도가 전달되기 때문에 듣는 것이 더 중요하다고 생각해요.」

신디 엘더가 〈아하……〉 하고 간헐적으로 맞장구치는 소리 뒤로 키보드를 두드리는 소리가 들렸다.

그레이스는 여러 인터뷰를 하면서 일이 어떻게 전개될 것인지 충분히 파악할 수 있었다. 좋든 싫든 『진작 알았어야 할 일』은 세간에 데이트 안내서로 분류되어 소개될 것이고, 상당한 확률로 『데이트의 규칙』, 『멍청이를 위한 연애 안내

52 *Elder*. 영어로 〈손위〉, 〈나이가 들었다〉는 의미.

서』 류의 끔찍한 책들 바로 옆에 꽂히게 될 것이다. 자신의 책이 베스트셀러가 되든 말든 상관없는 게 아니라면 어떻게 할 수 없는 일이라고 그레이스는 생각했다.

「그러면 선생님이 남자의 행동이나 어조에서 주의하시는 부분은 어떤 게 있을까요?」

「전에 사귀었던 사람들, 동료, 부모님이나 형제자매를 무시하는 발언을 들어 본 적이 있을 거예요. 우리는 누구나 살면서 만나는 몇몇 사람들한테는 부정적인 감정을 품게 되는데, 이 적대감이 양식화되면 문제예요. 그리고 남자들의 경우에 일반적인 여성을 향해 적대감을 품고 있는 경우가 가장 문제가 큰 빨간불이라고 할 수 있죠.」

「그렇군요.」 신디 엘더가 키보드를 딸깍거리며 말했다. 「또 뭐가 있을까요?」

「타인에 대한 관심 부족을 들 수 있겠네요. 다른 사람에 대해 얘기할 때 개별적인 인간이 아니라 오직 자신과의 관계에서만 존재하는 것처럼 말하는 거예요. 그런 부분은 아마 결혼을 하든 나아가 아이를 갖든 결코 변하지 않는 부분일 거예요. 명심해야 할 건, 이 사람은 그런 태도를 견지한 채 성인이 된 사람이고, 잘 알지 못하는 사람한테 그런 태도를 보이는 것도 불편해하지 않는다는 거예요. 나아가 이론적으로 상대를 납득시키려고 하죠.」

「그렇죠.」 신디의 대답이 들렸다.

「그러니까 특히 여성으로서 우리의 책임은 진지하게 주의를 기울이는 거예요. 우리 여자들은 가끔 터널 시야가 될 때가 있는데, 신체적으로 매력을 느낀 남자를 볼 때 심해요. 서로 이끌리는 화학 반응이 강하면 다른 감각 기능이 휩쓸려 버려요.」

키보드 치는 소리가 멈췄다. 「굉장히 의학적으로 말씀하시네요. 의도하시는 건가요?」

「뭐, 그렇다고도 아니라고도 할 수 있겠네요. 로맨틱한 동시에 지혜로울 수 있다고 저는 생각하거든요. 모든 끌리는 사람들이 장기적인 관계로 이어지는 건 아니에요. 문제가 생기는 건 우리가 잠재적인 반려자에게 너무 빠져서 그 사람이 정말로 우리한테 하고 있는 말을 듣지 않을 때예요.」

「예를 들면…….」

「예를 들면…… 〈나는 너한테 반려자로서 그렇게 관심이 없어〉, 〈나는 누구든 반려자로 볼 생각이 없어〉, 아니면 〈어떤 **여자도** 반려자로는 관심 없어〉는 어떨까요? 생각보다 이런 일이 자주 일어납니다. 아니면, 〈그래, 너한테 반려자로서 관심이 있기는 한데 내 조건들에 맞춰야 하고 이 조건들은 앞으로 네 삶을 비참하게 만들 거야〉도 있겠네요.」

「네! 이 정도면 충분한 것 같아요.」 신디가 말했다.

「그래요.」 서로 감사 인사를 나눈 후, 그레이스는 전화를 끊었다. 그러고 나서 다시 휴대폰을 쳐다봤다. 아까 예정되어 있던 인터뷰 전화가 사무실 번호로 걸려 오는 걸 기다리면서 그레이스는 메시지의 발신자들을 훑어본 후 무시하기로 했었다. 맨 위에 있는 건 샐리 모리슨골든의 이니셜인 〈M-G〉였다. 샐리는 기금 모금 행사 전에 날리던 메시지 공격에 비해 행사 후에는 훨씬 적은 수의 메시지를 보내왔다. 두 번째는 헨리의 학교에서 온 메시지였는데, 발신자는 헨리가 아프다거나 어떤 학습이나 행동 문제로 선생님과 면담을 잡아야 한다고 알리는 실제 사람이 아니었다. 말하자면 발신 전용인 리어든의 계정으로, 내일 학교에서 어떤 행사가 있습니다, 다음 주 월요일에 교직원 교육이 있어서 수업이 일찍 끝납니다, 유치원에서 머릿니가 발생했습니다 같은 내용이 담긴 단체 메일이었다. 그레이스는 종종 겨울 아침에 이 발신자 없는 메시지에 잠이 깨곤 했는데, 눈이 내린다거나 눈 때문에 수업을 늦게 시작한다는 등의 내용이 담겨 있었다. 사실 오늘 아침에도 조금이지만 눈이 내렸다. 겨울치고 이르기는 했지만 그렇게 별난 건 아니어서 딱히 대응을 요구하기에는 부족했다. 그레이스는 휴대폰 화면을 움직였다. 실비아 스타인메츠. M-G. M-G. M-G.

여성분들, 제발. 그레이스는 짜증이 났다.

이것이 나중에 돌이켜 봤을 때, 그레이스가 자신의 삶에서 〈이전〉이라고 생각했던 마지막 순간이었다.

그레이스는 메시지들을 확인했다.

첫 번째는 샐리에게서 온 것이었다. 〈여러분, 안녕. 아직도 행사가 좋았다고 하는 사람들이 있는 와중에, 뒤늦게 도착한 기부 물품들이 있어요. 살펴봐야 할 물건들이 좀 있는데 많지는 않아요. 한 시간, 최대 90분이면 해결할 수 있을 것 같아요. 어맨다가 친절하게도 집을 빌려주기로 했어요. 다음 주 목요일 아침 9시에 다들 괜찮나요? 주소는 파크 가 1195번지 10B 아파트. 가능한 빨리 답장 주세요.〉

다음은 학교. 〈슬프지만 학부모님들께 우리 학교 4학년 학생 중 한 명의 가족에게 비극이 일어났다는 점을 알려 드립니다. 상담 전문가들이 내일 4학년 전체 세 학급 교실에 방문하여 학생들과 대화를 나눌 예정입니다. 학교 공동체에 속한 모두에게 세심한 배려심이 요구되는 사안이라는 것을 유념해 주시기 바랍니다. 감사합니다. 교장 로버트 코노버.〉

이게 무슨 소리람? 그레이스는 생각했다. 이메일인지, 발표인지, 성명서인지 뭐가 됐든 글을 너무 조심스럽게 써놔서 무슨 소리인지 알 수가 없었다. 확실히 누군가가 죽긴 했는데 4학년 재학생이 죽은 건 아니었다. 그레이스는 재학생 본인이 죽었다면 〈가족에게 비극이 일어났다〉고 표현하지는 않았을 거라고 생각했다. 그리고 〈가족에게 일어난 비극〉은 이전에도 리어든이 아니라 어디서든 일어났던 일이다. 작년만 해도 중학생 아버지 둘이 사망했는데, 한 명은 암이었고 다른 한 명은 콜로라도에서 개인 비행기가 추락한 사고였다. 그런데도 두 건 다 이런 식으로 이메일이 오지는 않았다. 자살이 틀림없다고 그레이스는 생각했다. 부모 중 누군가가 자살했거나 리어든에 다니지 않는 형제자매가 죽었을 수도 있다. 리어든에 다녔다면 문구가 또 달라졌으리라. 사실 모든 사항이 굉장히 좌절감을 안겨 줬다. 왜 굳이 이런 이메일을 보내서 사람들의 수군거림에 불을 지피고, 자기들이 내세우는 그 섬세함을 위험에 빠뜨리는 걸까? 아무 내용도 전달하지 않을 거라면 공식 발표는 왜 내는 거야?

신경질이 나서 그레이스는 메시지를 삭제했다.

발신 실비아. 〈저 목요일 괜찮아요. 데이지의 의사 선생님한테 소변 샘플을 주고 가야 해서 몇 분 늦을 수는 있어요.〉

발신 샐리. 〈회신: 4학년 가족에 일어난 비극. 누구 뭐 아

는 거 있어요?〉

아, 또 시작이네. 그레이스는 메시지를 삭제하며 생각했다.

발신 샐리. 〈그레이스, 당장 전화 줘요.〉

다시 발신 샐리. 〈그레이스, 그거 말라가 알베스래요. 들었어요?〉

이 메시지는 삭제하지 않았다. 대신에 그레이스는 반복해서 읽으면 내용이 바뀌거나 이해가 가기라도 할 것처럼 메시지를 읽고 또 읽었다. 말라가 알베스가 〈그거〉? 〈그거〉가 뭐지?

손에 들고 있던 휴대폰에 실제로 전화가 와서 움찔한 그레이스는 휴대폰을 굳게 쥐었다가 떨리는 손으로 들어 올렸다. 실비아였다. 그레이스는 망설였지만 일순간이었다.

「네, 실비아.」

「맙소사, 말라가 얘기 들었어요?」

그레이스는 숨을 들이마셨다. 자신이 뭘 알고 뭘 모르는지 자세히 설명하기에는 시간이 부족한 것 같았다. 「무슨 일이에요?」

「죽었대요. 믿을 수가 없어요. 다 같이 토요일에 봤잖아요.」

그레이스는 고개를 끄덕였다. 어렴풋이 그녀는 자신이 일반적인 얘길 하고 넘어가길 바란다는 걸 깨달았다. 더 많은 걸 알고 싶지도, 신경 쓰고 싶지도 않았고, 4학년짜리 어린 소년이나 며칠 전 행사 사전 회의 때 요란하게 젖을 먹이던 아기를 생각하며 상처받고 싶지도 않았다. 「뭐 아는 거 있어요?」

「아들이…… 이름이 뭐였죠?」

「미겔이요.」 그레이스는 재빨리 대답한 스스로에게 놀랐다.

「엄마가 데리러 오지 않아서 미겔이 월요일에 혼자 집에 갔대요. 아파트에서 아기랑 같이 있는 엄마를 발견했다나 봐요. 너무 끔찍해요.」

「잠깐만요.」 그레이스는 아직 정보의 조각들을 정리하는 중이었고 여전히 더 깊이 알고 싶지 않았다. 「그…… 아기는 괜찮았대요?」

실비아는 진지하게 생각하는 것 같았다. 「그건 잘 모르겠어요. 괜찮았던 것 같아요. 아니었으면 우리도 뭔가 들은 게 있었겠죠.」

그레이스는 **아**, 하고 속으로 탄식했다. 이제 그레이스는 〈우리〉라고 불리는 이익 집단의 구성원이 되어 있었다.

「학교에서 보낸 안내문 봤어요?」 실비아가 말했다.

「네. 무슨 말인지 거의 알 수가 없더라고요. 당연히 꽤 안 좋은 일이겠구나 생각은 했지만.」

「그러게요, 실제로 **비극**이라는 단어도 썼고요.」 실비아가 상당히 빈정거리며 말했다.

「네, 근데…… 모르겠네요. 뭔가 불을 지르고 연료를 부어 버린 것 같아요. 왜 그랬을까요? 제 말은, 당연히 엄청나게 슬픈 일인데 왜 솔직하게 4학년 학부모가 돌아가셨다고 하지 않는 걸까요? 작년에 마크 스턴 씨가 죽었을 때는 그랬으면서. 심리 상담사도 안 불렀던 것 같은데요.」

「작년 일은 달랐으니까요.」 실비아가 딱 잘라 말했다.

「심장 마비였대요? 아니면 동맥류? 급환이었겠어요. 행사 날 밤에 봤을 때도 아주 건강해 보였잖아요.」

「그레이스…….」 실비아는 뭔가를 기다리는 듯했다. 나중에 그레이스는 실비아가 나쁜 소식을 말하지 않으면서 느끼는 기쁨을 만끽하고 있었다고 판단했다. 「몰랐나 봐요. 말라가는 살해당했어요.」

「말라가가…….」 그레이스의 머리는 퍼뜩 그 단어를 받아들일 수 없었다. 페이퍼백 미스터리 소설이나 『뉴욕 포스트』에나 나올 법한 단어였고 당연히 그레이스가 잘 보지 않는 것들이었다. 그레이스가 아는 사람들은, 말라가 알베스처럼 스쳐 아는 사람이라도 살해 따위는 당하지 않는다. 오래전 그레이스네 집에서 일하던 자메이카 출신의 가정부 루이즈의 아들이 갱단에 들어가 누군가를 살해한 적이 있었다. 아들이 종신형을 선고받고 주 북부 교도소에 수감되는 바람에 루이즈는 건강을 해치고 명을 단축하게 됐다. 「그건…….」 하지만 그레이스는 **그것**이 뭔지 말할 수 없었다. 그건……. 「하느님 맙소사. 어린 것이 불쌍하게. 애가 엄마를 발견했다고요?」

「경찰들이 오늘 학교에 왔었어요. 로버트 사무실에요. 상담사를 부르자고 로버트가 결정했대요. 전 잘 모르겠는데 맞는 일이라고 생각해요?」

「어, 상담사들이 와서 4학년 애들한테 반 친구 엄마가 살해됐다는 얘기는 안 하기를 바랄 뿐이에요.」 그레이스는 상담사들이 그런 얘기를 하는 끔찍한 상황을 잠깐 동안 상상했다. 「그리고 부모님들도 애들한테 얘기 안 했으면 좋겠고요.」

「직접적으로는 안 하겠죠. 하지만 알다시피 애들도 다 듣고 올 거예요.」

그레이스는 자신도 이 일에 대해 정말이지 더는 듣고 싶지 않았지만 어떻게 대화를 끝낼 수 있을지 알 수가 없었다.

「데이지한테 어떻게 말하게요?」 대신 그레이스는 마치 실비아가 인간 행동에 관한 전문가이고 자신은 조언을 얻으려고 전화한 것처럼 반대로 질문했다.

「데이지가 저한테 말해 줬어요. 리베카 바이스한테 들었다고. 리베카는 자기 엄마한테 들었고, 그 엄마는 우리 친구 샐리 모리슨골든한테 들었대요.」 실비아가 퉁명스럽게 말했다.

「젠장.」 그레이스가 반사적으로 말했다.

「그래서 결국 숨길 것도 없이 다 드러났다는 거죠, 이미.」

「실비아 생각에는…….」 그레이스가 입을 열었지만 달리 할 말이 없었다.

「뭐, 전 생각 안 해봤어요. 사실 샐리한테는 기대하는 것도 거의 없어요. 그렇지만 그건 논외고요. 샐리는 정신 연령이 중학생 수준일 수도 있고 못된 년일 수도 있지만 사람을 죽이지는 않았어요. 누가 누구한테 무슨 말을 하든 이 사건 자체가 충격적이에요. 그리고 우리 모두에게 개판이 되겠죠. 애들만이 아니라요. 언론에 대해서도 생각해 봤는데, 온통 〈사립 학교 엄마 살해당함〉으로 도배가 될 거예요. 말라가가 진짜 〈사립 학교 엄마〉가 아니었는데도 불구하고 말예요.」

그레이스는 인상을 찌푸렸다. 「무슨 뜻…… 잠깐만요, 무슨 뜻이에요?」

그레이스는 실비아가 좌절감에 날카롭게 한숨 쉬는 소리를 들었다. 「자기도 알잖아요, 그레이스. 학비를 전액 지불하는 사립 학교 엄마. 가격표에 붙은 그대로 3만 8천 달러를 매년 리어든에 전액 지불하는 엄마요. 네, 네, 물론 이게 얼마나 흉하게 들리는지 알지만 사실이잖아요. 언론에서는 학교를 맹비난하고 마지막 문단에 아이는 저소득층으로 장학금을 받고 있었다고 쓰겠지만, 우리는 계속해서 학부모 중의 하나가 살해당한 학교로 가야 된다고요.」

그레이스는 자신이 실비아의 이기심, 로버트의 과장된 조의, 사람들을 동요시키는 소식을 무작정 퍼뜨리고 있는 샐리 때문에 짜증을 내고 있다는 것, 그리고 그 짜증이 자신이 받은 충격을 눈에 띄게 밀어내고 있다는 것을 눈치챘다. 이것은 거리감을 뜻했고, 그 거리감이 그녀를 안심시켜 주고 있음을 의미했다.

「그렇게까지 되지는 않을 거예요. 이 사건의 발단이 뭐든 리어든하고 관련이 있지는 않을 거예요. 정말이지 우리, 진짜 정보가 나올 때까지 좀 기다려 봐요. 애들이 우리를 필요로 할 때 옆에 있어 주는 데 집중해야 할 때예요. 물론 애들 중 누구도 영향을 받을 일은 없겠지만요. 하지만 4학년들은…….」 폭력적인 건 둘째치고 같은 반 친구의 부모가 죽다니 4학년생들한테는 정말 심각하게 영향을 끼치는 일이 될 거라고 그레이스는 생각했다. 이 영향은 위 학년 아이들한테 전달될 것이고 아래 학년은 (짐작건대, 바라건대) 이 뉴스로부터 보호받아 큰 영향이 없을 것이다. 그레이스는 잠시 이런 일을 전혀 경험해 본 적이 없는 헨리를 떠올렸다(그레이스의 어머니는 헨리가 태어나기 전에 돌아가셨고 조너선의 부모는 헨리의 삶에서 완전히 배제되어 있기는 했으나 최소한 살아 있었다). 헨리가 오늘이든 내일이든, 아니면 다음 주든 학교에서 돌아와 〈4학년 애네 엄마가 살해당했다는데 알고 계셨어요?〉라고 물어보면 뭐라고 대응하는 게 최선일까.

「돌턴에 있는 엄마들이 지금쯤 서로 전화 돌리면서 〈우리 학교라면 절대 없을 일인데!〉라고 얘기하고 있을 게 분명해요.」
「그렇지만 여기선 일어났죠.」 그레이스가 실비아에게 상기시켰다. 「우리는 말라가가 어떤 삶을 살았는지 전혀 모르잖아요. 남편 얘기는 한 번도 못 들은 것 같아요. 모금 행사 때도 없지 않았어요?」
「농담해요? 남자들한테 어떻게 꼬리쳤는지 다 보고서?」
「남자들이 말라가를 꼬시려고 한 거죠.」 그레이스가 정정했다.
「퍽이나.」
실비아는 매우 독하게 말했다. 왜 그렇게 독하게 말할까? 남자들 중에 실비아의 남편은 없었다. 실비아는 아예 남편이라는 것 자체가 없다!
이 얘기를 더 하는 대신에 그레이스가 물었다. 「그래도 말라가가 결혼을 하기는 했죠?」
「네. 뭐, 학부모 명부상으로는요. 기예르모 알베스라는 사람이 남편이에요. 같은 주소고요. 아무도 본 적은 없지만.」
실비아가 〈아무도 본 적 없다〉고 단언하기까지 과연 몇 명한테 물어봤을까? 그레이스는 하릴없이 생각했다.
「남편 본 적 있어요?」 실비아가 말했다.
「아뇨.」 그레이스가 한숨처럼 답했다.
「그러니까요. 항상 말라가 혼자였어요. 매일 아침 아들을 학교에 데려다주는 것도, 공원에 아기랑 앉아 있는 것도, 오후에 돌아오는 것도.」
그 말과 함께 거리감이 전부 증발하고 살해된 어머니, 고아가 된 아이들, (명백히 상대적인) 가난, 비통함 같은 모든 끔찍한 것들이 그레이스의 발 앞에 다시 배열되었다. 이건 너무나 끔찍하고도 끔찍한 일이었다. 샐리나 실비아는 이게 얼마나 참혹한지 이해는 하고 있을까?

「아, 가봐야겠어요. 1시에 예약한 환자가 오는 소리가 들리네요. 소식 알려 줘서 고마워요, 실비아.」 그레이스는 속마음과 다르게 말했다. 「경찰이 실제 무슨 일이 있었는지 알려 줄 때까지 침착하게 있어 봐요, 우리.」

「물론이죠.」 실비아가 그레이스만큼, 혹은 그 이상으로 속마음을 숨기며 대답했다. 그러더니 마치 원점으로 돌아가듯 〈내일 얘기해요〉라고 했다.

그레이스는 전화를 끊고 휴대폰을 내려놨다. 1시에 올 환자는 사실 아직 도착하지 않았지만 곧 올 터였다. 기이하게도 그레이스는 그사이에 뭘 해야 할지 알 수가 없었다. 물론 조너선과 대화가 하고 싶었지만 그녀는 낮 시간에는 절대로 조너선에게 전화를 걸지 않았다. 조너선의 업무는 사소한 일들로 방해하기에는 너무나 정신이 없는 일이었고 뭔가 긴급상황이 있는 것처럼 그를 걱정시키는 것은 옳지 않았기 때문이다. 하지만 조너선은 오늘 병원에 있지 않았다. 클리블랜드에서 열리는 종양학 학회에 참석 중이었기에 아마도 휴대폰은 꺼져 있을 것이었다. 그레이스가 방해할 걱정 없이 전화를 걸어 메시지를 남길 수 있다는 뜻이었다. 하지만 실제로 할 말은 있나?

헨리가 그레이스의 휴대폰에 사진이 뜨도록 설정을 해놨는데, 헨리는 바이올린, 아빠 조너선은 청진기, 집 전화는 난롯가, 코네티컷에 있는 별장 전화는 보트 부두로 해놓았다.

그레이스의 아버지는 파이프 담배(몇 년간 한 대도 안 피우긴 했지만), 학교는 리어든의 문장(紋章)이었다. 다른 번호는 다 그냥 문자여서 분명히 그림으로 된 것들이 헨리의 존재를 지지하는 기둥이자 아마도 그레이스 자신의 기둥일 것이다. 그레이스는 청진기 그림을 누른 후 휴대폰을 귀에 가져다 댔다.

「조너선 색스입니다.」 바로 음성 사서함으로 넘어가 남편의 목소리가 들렸다. 「지금은 전화를 받을 수 없지만 돌아오는 대로 전화드리겠습니다. 긴급한 일은 212-903-1876으로 닥터 로즌펠드에게 전화하세요. 정말 의학적인 비상사태인 경우 911로 전화하시거나 응급실에 가시기 바랍니다. 감사합니다.」

삐 소리가 난 후 그레이스가 말했다. 「자기, 안녕. 별건 아니고 학교에서 일이 있었어.」 그녀는 재빨리 생각했다. 「헨리 일은 아니야. 괜찮으니까 걱정 마. 그냥, 시간이 되면 전화 좀 해줘. 학회 잘 됐으면 좋겠네. 내일 올 건지 금요일에 올 건지 얘기 안 했더라. 아빠랑 에바한테 자기가 내일 저녁 식사 갈 수 있을지 얘기해야 하니까 언제 올 건지 알려 줘. 사랑해.」

그러고 나서 그레이스는 마치 마법처럼 조너선이 음성 사서함 저편에서 나타나기를 기다렸다. 숲에서 나무가 쓰러지는데 아직 소리가 나지 않은 것처럼, 어디서 들리는지 알 수 없는 소리들이 주물로 된 공간에서 나와 누군가의 귀에 닿기를 기다리는 것처럼. 그레이스는 클리블랜드에 있는 평범하지만 편안한 원형 극장에 앉아 로비에서 열성적인 제약 회사 직원한테 받은 물 한 병을 따지 않고 컵 홀더에 둔 채로, 주

목받았던 신약이 최근 임상 실험에서 낸 실망스러운 통계 결과를 받아 적고 있는 남편을 상상했다. 자기가 죽어 간다는 것을 알거나 모르는 아이들과 그 부모들을 편안하게 해주기 위해 일상적으로 노력하는 사람에게, 생판 모르는 성인 여자, 자신도 아들도 본 적 없는 여자의 죽음은 어떤 의미일까? 악취가 풍기는 집에서 오물과 쓰레기를 퍼내는 일을 하는 〈극한 청소 전문가〉에게 땟자국 하나를 가리키는 것과 같지 않을까? 그레이스는 통화 종료 버튼을 누르고 휴대폰을 내려놨다.

이제 그레이스는 전화를 걸었던 게 후회됐다. 조너선이 마법 같은 말로 상황을 개선해 주길 바랐던 어린애 같은 충동이 후회됐다. 훨씬 더 중요한 일들을 수행하고 있는 조너선은 그레이스가 필요하다는 이유로 방해를 받아서는 안 됐다. 그리고 대체 왜 그런 게 필요하단 말인가? 그런 아무나 필요한 동정 말이다. 실비아처럼. 그레이스는 〈그런 일은 나한테 일어나지 않는다〉는 인간의 반응에 숙련된 사람이었다. 센트럴 파크에서 한 여자가 강간당했다? **물론 참혹한 일이지만 밤 10시에 조깅하러 나가다니 무슨 생각이냐고 질문해야 한다.** 촌충 때문에 한 아이가 실명했다? **미안한데 대체 어떤 부모가 예방 주사를 안 맞히지?** 케이프타운 거리에서 총을 들이댄 강도한테 여행자들이 털렸다? **놀랄 일인가? 케이프타운이라고!** 하지만 말라가 알베스의 죽음에는 눈에 띄는 본인의 과실이 없었다. 말라가가 히스패닉이고 아마도 가난하다는 것은 말라가의 잘못이 아니었다. 나아가 말라가가 시내에서 손꼽히는 학교에서 장학금을 받아 아이를 등록시키느라 들인 노력도 전혀 잘못이 아니었다. 장학금이 그런 것 아닌가! 대체 어디에 그들, 그레이스 자신과 이 불쌍한 여인을 구분할 벽을 쌓아야 하는가?

운. 순전히 운이다. 그리고 돈일 텐데, 그레이스의 경우에는 돈 역시 운이었다.

그레이스는 그녀가 어릴 때 살았던 아파트에서 살고 있었는데, 현재 그 아파트의 시장 가격은 그레이스가 도저히 감당할 수 없는 수준이었다. 또 동급생들보다 특별히 뛰어나지는 않겠지만 그래도 전혀 모자라지 않는 아들을 자신의 모교에 보낼 수 있었던 것도, 모교가 졸업생의 자녀에게 관대한 덕분이자 아버지가 때때로 학비를 지원해 주는 덕분이었다. 왜냐하면 리어든의 학비는 간단히 말하자면 눈이 돌아가게 비쌌고, 개업한 심리 치료사와 소아 종양학과 전문의는 월 스트리트가 있는 이 도시에서 큰 부를 쌓기에 효율적인 직업은 아니었다. 더럽게 운이 좋았던 거다. 그레이스처럼 졸업생이라는 지위의 혜택을 받으면서도 악착같이 일을 해서 똑똑한 딸을 리어든에 보내고 요크 가의 침실 하나짜리 집에 딸과 둘이서 살고 있는 실비아와도 달랐다. **실비아랑 더 가깝게 지내야겠어.** 그레이스는 마치 자기가 대저택의 귀부인이라도 된 것처럼 생각하고 있다는 걸 알았다. 아마도 말라가와 더 가까이 지냈어야 한다고 생각하려던 참이었다고 스스로를 설득했지만, 다시 생각하니 실비아와 가까워져야겠다는 생각이 안전할지도 몰랐다.

그리고 이제는 정말 현관에서 초인종을 누르는 소리가 들렸고, 그레이스는 문이 딸깍 소리를 내며 열릴 때까지 인터콤에 있는 버튼을 눌렀다. 대기실에서 부부가 대화를 나누며 자리에 앉는 소리가 들렸다. 웅얼거리는 소리였지만 그 부부의 편안하고 침착한 목소리가 들려왔다. 공격할 준비를 갖추고 나타나는 다른 환자들과는 다른 독특한 경우였다. 이 둘은 좋은 사람들이었고 열린 태도로 상담에 임했으며 진지하게 바라고 노력했기에, 그레이스는 비록 이들이 결혼 생활 초반에 깊이 상처받고 아이를 갖지 않겠다는 결심을 했지만 그 결심을 바꾸기를 개인적으로 바라고 있었다. 어떤 사람들은 낳아야 하는데 낳지 못하고, 또 어떤 사람들은 낳을 수 있지만 낳지 말아야 한다. 정말로 불공평하다. 이 부부는 서로를 발견한 것만으로도 다른 사람들보다 운이 좋았다.

그레이스는 책상 앞에 앉아서, 방금 일어난 사건을 현실적으로 받아들여 보려다 실패하면서 휴대폰을 노려보느라 아무 일도 못 하고 있었다. 무슨 일이 있어도 그레이스는 문 밖에 있는 여자와 남자를 몇 분 더 방치할 수밖에 없었다. 당장 자리에서 일어나 문을 열고 조금 일찍 부부를 맞이할 수도 있었다. 할 수 있고, 아마도 해야 할 텐데, 어떤 이유에서인지 그레이스는 하지 않았다. 초침은 아무것도 변하지 않은 것처럼 움직였고 그레이스도 아무것도 변하지 않은 것처럼 그저 앉아 있었다. 왜냐하면 그녀는 아무것도 변하지 않길 원했고, 그렇게 하는 척은 가능했으니까. 하지만 그리 오래가지는 않았다.

7
쓸모없는 사실 뭉치

헨리는 리어든 중학교 오케스트라의 수석 바이올리니스트였는데, 이건 자기 학생이 다른 선생의 영향을 받는 걸 금지하고 있는 비터이 로젠버움에게는 비밀로 하자고 두 모자가 공모한 일이었다. 오케스트라 연습은 매주 수요일 방과후였고, 연습이 끝나면 헨리는 혼자서, 혹은 적어도 휴대폰은 들고 혼자서 집으로 걸어왔다. 그레이스는 물론 걱정이 됐지만 크게 걱정하지는 않았다. 최근 이 도시는 안전했고, 아니더라도 어퍼이스트사이드는 안전했다. 게다가 휴대폰이 있었다.

그레이스는 마지막 상담을 마치고 집에 오는 길에 두 군데에 들렀다. 렉싱턴 가와 77번가의 교차로에 있는 듀에인리드 잡화점에 들러 선물용 봉투(그레이스 부부는 연말에 경비원과 관리자에게 팁을 줄 때 선물용 봉투를 썼다)를 사고, 그리스테드 슈퍼마켓에 들러 아들에게 안심하고 먹일 수 있는 양 갈비와 콜리플라워를 샀다. 이스트 81번가에 있는 건물의 모퉁이를 돌면서 그레이스는 물을 끓이고 오븐을 미리 데워 놓을 생각을 하다가, 문 밖에 있는 〈웨이크필드〉라고 적힌 천막 아래에 서서 덩치 큰 남자 두 명과 대화 중인 새로 온 경비원의 이름을 생각했다. 덩치 큰 남자 중 한 명은 담배를 피우고 있었다. 문득 그레이스는 1년 내내 일한 사람과 신참 경비원에게 같은 금액의 휴일 보너스를 줘도 될지 생각했다. 공평한가? 그 순간 이름을 알 수 없는 경비원이 그레이스를 보고 그녀가 있는 방향을 가리켰고, 두 덩치 큰 남자 역시 돌아봤다. 담배를 피우던 남자가 꽁초(아니면 시가였나? 황갈색 아니면 갈색처럼 보였는데 여자가 피울 법한 얇은 시가거나 한 번 피운 것인 듯했다)를 바닥으로 던졌기에 그레이스는 〈**그거 주워, 멍청아**〉라고 생각했다.

「저분입니다.」 그레이스는 경비원이 하는 말을 들었다.

그레이스는 등 뒤에 누가 있는지 고개를 돌릴 뻔했다.

「색스 부인?」

한 명은 말랐지만 다부진 대머리였는데 한쪽 귀에 금색 징을 박고 싸 보이는 갈색 재킷을 걸치고 있었다. 담배를 피우고 있던 다른 한 명은 키가 더 크고 고급 정장을 입고 있었다. 이탈리아 제품의 모조품이었지만 천은 좋았다. 조너선도 저런 정장이 있었다고 그레이스는 생각했다. 하지만 조너선의 것은 진품이었다.

그러자 불쑥 이런 생각이 들었다.

헨리한테 무슨 일이 생긴 거야. 뭔가…… 리어든이랑 집 사이에서? 몇 블록이었지? 사실 몇 블록이든 상관없었다. 단 한순간이면 됐다. 앞을 안 본 운전자. 강도. 미친 사람. 1990년대부터 있었던 미친 사람들은 거의 다 쫓겨났다. 빌

어먹을 줄리아니. 한 명만 있어도 문제가 생기지. 그레이스는 입을 뗄 수가 없었다.

「뭐죠?」 그레이스는 헨리 이름을 말하고 싶지 않았다. 자기가 미친 걸까? 「무슨 일이 있었나요?」

당연히 무슨 일이 있었겠지. 아니면 이 사람들이 왜 여기 있겠어?

「제 아들 일인가요?」 그레이스는 남자들에게 묻는 자신의 목소리를 들었다. 온전히 그녀다운 목소리는 아니었지만 침착하기는 했다.

잠깐 남자들이 자기들끼리 쳐다봤다.

「색스 부인? 저는 오루크 형사입니다.」

그러면 그렇지. 그레이스는 그렇게 생각할 수밖에 없었다. 이렇게 뻔하다니.

「아드님에 관한 게 아닙니다.」 다른 남자가 말했다. 「놀라게 해드려서 죄송합니다. 저희가 종종 그렇습니다. 의도한 건 아니지만요.」

그레이스가 다른 남자를 향해 돌아섰지만, 시선은 마치 마약에 의한 환각 체험처럼 스톱모션의 흔적을 뒤에 남기면서 천천히 따라오는 것 같았다. 마약을 해본 적은 없었지만.

「조 멘도사라고 합니다.」 헨리 때문에 온 게 아니라던 남자가 말했다. 멘도사가 손을 내밀었고 그레이스는 아마 악수를 한 것 같았다. 「멘도사 형사입니다. 죄송한데 잠깐 얘기 나눌 수 있을까요?」

헨리가 아니다. 그럼 조너선인가? 비행기 사고? 하지만 조너선은 오늘 비행기에 타지 않았다. 오늘은 학회에 있을 텐데. 클리블랜드에서 범죄가 있었나? 당연히 클리블랜드에도 범죄가 있겠지. 범죄는 아무 데서나 일어나잖아. 그러다가 생각했다. **아버지인가?**

「그냥 바로 말씀해 주세요.」 그레이스가 두 사람을 향해 말했다. 신참 경비원이 뚫어져라 보고 있는 게 느껴졌다. **나를 6B에 사는 미친 사람이라고 생각하겠지.** 그레이스는 마구잡이로 떠올렸다. **그래, 좋아. 엿이나 먹어라.**

「댁의 자녀분 학교에 다니는 아이 어머니가 살해당한 사건을 들어 보셨겠죠.」 멘도사가 말했다. 「학교에서 메시지를 보낸 걸로 알고 있는데요? 이름을 언급하지는 않았지만.」

오. 그레이스는 안도감을 느꼈다. 머리 위로 끝없이 계란이 깨지면서 달콤한 분출물이 흘러나와 모든 혈관을 따라 똑똑 떨어지는 것 같았다. 그레이스는 두 사람의 말을 받아들이면서 속으로 다그쳤다. **걱정으로 미칠 뻔했잖아! 그런 짓 하지 말라고!**

「네, 그럼요. 죄송해요. 그냥…… 어느 부모가 두려움을 안 느끼겠어요.」

둘 다 고개를 끄덕였으나 한 사람이 다른 사람보다 더 쾌활했다.

「그럼요. 저도 자식이 둘 있습니다.」 전통적인 아일랜드 경찰처럼 생긴 사람이 말했다. 귀고리를 하고 저렴한 재킷을 입은 남자였다. 어쩌면 그렇게 전통적인 건 아닐지도. 「사과하지 않으셔도 됩니다. 어디서 얘기 좀 나눌 수 있을까요? 좀 더 조용한 곳에서요.」

그레이스는 고개를 끄덕였다. 구세주였으니 감사를 표하

고 싶었다. 이제 와 어떻게 거절하겠는가? 그러나 막 흘러넘치려는 안도감을 다스리며 그레이스에게 경계를 요구하는 목소리가 마음속에서 들려왔다. **저들을 아파트에 들이면 안 돼.** 그레이스는 그 소리를 따르기로 했다.

「안쪽에 앉을 곳이 있어요.」 뉴욕에 있는 대부분의 아파트 로비에는 의자나 소파가, 또는 둘 다 놓여 있었다. 누가 쓰는 걸 본 적은 없다. 경비원은 자기 책상이나 의자가 따로 있었다. 잡상인은 현관에서 위로 올라갈 허가를 기다렸고, 택배업자도 같은 자리에서 누가 승강기로 내려와 금액을 지불하기를 기다렸다. 의자들은 딱히 오래된 건 아니었고 그냥 항상 공간에 어울리지 않는 디자인이었다. 그레이스가 어릴 때부터 성인이 되어 아이를 키우는 어머니가 되기까지 평생을 돌이켜 봐도 로비에 있는 (몇 년 전에 보기 흉한 호텔식의 꽃무늬 천으로 바뀐) 안락의자가 실제 대화에 쓰였던 장면을 단 하나도 떠올릴 수가 없었다. 두 남자를 안내하고 자리에 앉으면서 그레이스는 지갑과 그리스테드의 비닐 봉투를 내려놓았다.

「좀 전에 알베스 부인에 대해 들었어요.」 그레이스는 두 남자가 자리에 앉자마자 말을 꺼냈다. 「메시지를 읽었을 때는 무슨 뜻인지 전혀 알 수가 없었어요. 학교에서 보낸 메시지 말예요.」 그레이스는 구체적으로 덧붙였다. 「전혀 이해가 안 되더라고요. 그때 누가 전화를 해서 알베스 부인이 죽었다고 말해 줬죠. 끔찍하네요.」

「누구한테 들으셨나요?」 오루크가 보기 흉한 재킷의 가슴팍에 있는 주머니에서 작은 수첩을 꺼냈다.

「제 친구 실비아한테요.」 말하자마자 비논리적이게도 그레이스는 자발적으로 실비아의 이름을 꺼낸 게 아니기를 바랐다. 실비아가 소문에 휘말려 피해를 보게 될까? 그러다가 그레이스는 사실 실비아가 아니었다는 사실을 떠올렸다. 「하지만…… 다른 친구가 그 전에 제 휴대폰에 메시지를 남겨 놨었어요. 그러니까 정확히는 실비아가 아니네요.」

「실비아 다음은요?」 오루크가 말했다. 「성이 어떻게 되죠?」

「스타인메츠예요.」 그레이스가 죄책감을 느끼며 대답했다. 「메시지는 샐리 모리슨골든이라는 여자한테 받았어요. 샐리는 우리 모두가 속해 있는 학교 위원회를 맡고 있어요. 알베스 부인도요.」 사실 말라가 알베스는 실제로 위원회에 〈속해〉 있지는 않았다. 말라가는 회의에 단 한 번 참석했을 뿐 실제로는 한 게 없었다. 경매 책자 위원회 소개란에 말라가의 이름이 들어가 있기는 한가? 생각나지 않았다.

「그게 언제였나요?」

「네?」

「언제 알베스 부인의 사망 사실을 알게 되셨어요?」

지나치게 꼼꼼하다고 그레이스는 조금 짜증을 내며 생각했다. 만약 둘이 학교 공동체에 속한 모든 사람들을 찾아다니며 질문하고 답을 듣는다면 경찰 수사보다는 사회학 연구 과제처럼 보일 것이다. 「어…….」 그레이스가 기억을 돌이켰다. 「아, 잠시만요. 휴대폰 확인해 볼게요.」 가방에서 휴대폰을 건져 낸 그레이스는 통화 목록을 살폈다. 정확한 시간을 찾기는 어렵지 않았다. 「오후 12시 46분이네요.」 시간을 발표하자 마치 뭔가 확고한 근거를 대기라도 한 것처럼 헤아릴 수 없는 안도감이 들었다. 「8분 정도 얘기했네요. 그런데 이게 왜 중요한가요? 제 말은, 이런 걸 물어봐도 괜찮다면요.」

멘도사라고 칭한 남자가 묘하게 음악적으로 한숨을 쉬었다. 「뭐가 중요한지 더 이상은 생각하지 않기로 했습니다.」 멘도사는 약간 미소를 띠며 말했다. 「옛날 옛적에는 스스로 중요하다고 생각하는 것만 물어봤었는데요. 그 덕에 형사가 되기까지 엄청 오래 걸렸습니다. 이제는 뭐든지 물어보고 나중에 분류합니다. 정신과 의사시죠? 중요한 것만 물어보시나요?」

그레이스는 멘도사를 쳐다봤다. 그러고 다른 남자를 쳐다봤다. 둘 다 웃지 않았다.

「제가 정신과 의사라는 건 어떻게 아셨죠? 제 말은, 저는 정신과 의사는 아니고 심리 치료사예요.」

「비밀인가요? 책도 내셨던데요. 아닌가요?」

「제 환자가 아니었어요.」 그레이스는 완전히 비논리적인 결론으로 뛰어들었다. 「알베스 부인이요? 저는 그분 심리 치료사가 아니었다고요. 그저 학교 위원회에 같이 있었을 뿐이에요. 제대로 대화를 해본 적도 없는 것 같아요. 그냥 수다 정도죠.」

「어떤 수다였나요?」 멘도사가 물었다.

그레이스는 문득 바로 위층에 사는 이웃 여자가 로비를 가로질러 오고 있다는 걸 알아챘다. 이웃 여자는 목줄을 맨 약간 뚱뚱한 라사 압소[53]를 데리고 홀 푸드 마켓의 쇼핑백을 들고 있었다. 로비 의자에 실제로 사람들이 앉아 대화를 하

53 애완용의 작은 테리어종 개.

고 있다는 사실에 놀란 것 같았다. 이 남자들이 경찰이라는 걸 알아챘을까? 그레이스는 반사적으로 생각했다. 저 여자는 거의 10년 동안 위층에 살고 있었는데, 독신이고 개 한 마리를 키웠다. 그 개 전에는 다른 개가 있었다. 윌리, 아니면 조지핀. 여자가 아니라 개 이름이었다. 여자의 성은 브라운이었는데 이름은 몰랐다. 그게 맨해튼식 협동이라는 거지. 그레이스는 생각했다.

「잘 모르겠는데⋯⋯ 아. 알베스 부인의 딸이요. 아기. 아기 속눈썹이 길다고 다 같이 감탄했어요. 그건 기억이 나네요. 말했듯이 중요한 건 아니고요.」

「알베스 부인이 자기 딸 속눈썹 얘기를 했다고요?」 맨도사가 인상을 찌푸렸다. 「그게 이상하게 느껴졌나요?」

「우리는 그냥 아기를 칭찬하던 중이었어요. 아시겠지만.」 아니었을지도 모른다. 아마도 단순히 상냥하게 아기를 칭찬한 건 아니었을 수도 있다. 「〈아기가 참 귀엽네. 속눈썹이 이렇게 길까.〉 기억에 남는 순간은 아니었어요.」

오루크가 고개를 끄덕이며 이 지나치게 중요한 사실을 적어 내려갔다. 「이게 위원회 모임이 있었던 지난 목요일, 12월 5일에 있었던 일이군요.」

그레이스가 12월 5일이라고 했던가? 기억이 흐릿했다. 두 경찰은 쓸모없는 사실 뭉치를 들고 있는 것 같아 보였다. 「네, 그런 것 같네요. 그때가 제가 유일하게 알베스 부인과 대화를 한 때예요.」

「토요일 밤에 있었던 자선 파티를 제외하고요.」 멘도사가 말했다.

그제야 그레이스는 납득이 갔다. 그러면 그렇지, 이 둘은 이미 샐리와 대화를 마친 것이다. 샐리가 전화를 걸었겠지. 그레이스는 신경질적으로 생각했다. 샐리는 아마 이렇게 말했을 거다. **제가 알베스 부인을 알아요! 제가 위원회장을 맡았었거든요! 그레이스 색스가 확인해 줄 거예요!** 빌어먹을 샐리.

「토요일에 봤어요. 파티에서요. 하지만 말을 하진 않았어요.」 그레이스는 정정했다.

「왜 안 하셨죠?」 멘도사가 물었다.

왜 안 했냐고? 질문이 접수되지 않았다. 설령 말라가 알베스와 자선 파티에서 대화를 했더라도 〈왜 했는지〉 이유가 없는 것과 똑같이 〈왜 안 했는지〉 이유 같은 건 없었다.

그레이스는 어깨를 으쓱했다. 「특별한 이유는 없어요. 파티에 참석한 분들하고 거의 대화를 안 했는데요. 아래층에서 경매 안내 책자랑 이름표를 나눠 주느라 바빴어요. 위층에 올라왔을 때는 이미 사람들로 가득했고요. 바로 경매가 시작됐어요. 제가 대화를 나누지 않은 사람들이 엄청 많았죠.」

「알베스 부인이 파티 중에 대화를 나눈 다른 사람은 못 보셨나요? 직접 대화를 하진 않았더라도. 특별히 다른 사람들은 못 보셨나요?」

아하. 그레이스는 생각했다. 두 남자를 바라보는 그레이스의 심정이 양 갈래로 오락가락했다. 즉시 협조하고 싶은 마음과 샐리를 향한 비난, 페미니스트로서의 자아와 페미니스트가 되기 전의 자아가 서로 싸우고 있었다. 그레이스는 더 예쁜 여자애, 말하자면 남자 친구들을 유혹할 수 있는 잠재적인 페로몬을 가진 여자애가 나타나면 독설을 퍼붓는 샐리

같은 여자가 아니었다. 리어든 모금 행사에서 말라가 알베스 주변에 모여들던 그런 남자들, 육감적인 새로운 여자 때문에 부인을 저버리는 남자들에 대해서는 특별히 할 말이 없었다. 그레이스의 남편이 그런 남자가 아니었기 때문이다. 말라가가 눈에 띄게 관능적이라는 게 욕을 먹을 이유가 되진 않았다. 그렇게 유혹하기 좋은 환경이었는데도 말라가는 전혀 관능성을 과시하지 않는 것처럼 보였다. 말라가 주변에 냄새를 맡고 모여든 남자들이 자신의 양심과 아내에게 답해야 할 뿐이었다.

어쨌든 그레이스가 누군가를 지목해야 하는 상황이 아니었다.

「알베스 부인 주변에 있던 남자들을 눈치챘는지 물어보시는 것 같군요.」 그레이스는 자신만의 방식으로 형사가 던진 미끼를 물었다. 「물론 봤지요. 그런 장면을 놓치기가 쉽지 않을 거라고 생각해요. 알베스 부인은 정말 매력적인 여성이니……**이었으니까요**. 그렇지만 제가 본 한에서는 아주 적절하게 처신하고 있었어요.」

멘도사가 다 적을 때까지 기다렸다. 그레이스는 생각했다. **하지만 처신이 적절하지 않았다 해도 죽어 마땅하다는 뜻은 아니길 바라요. 그런 시대는 지났다고 생각하는데요.** 거의 입 밖에 낼 뻔했지만 멈췄다.

「알베스 부인하고 한마디도 안 했다고 하셨죠. 토요일에.」 멘도사가 필기를 마치며 물었다.

「네.」 그레이스가 동의했다. 헨리가 곧 아파트에 도착할 것이라는 생각이 퍼뜩 들었다. 그레이스는 헨리가 이 광경을 보는 걸 원하지 않았다.

「하지만 알베스 부인이 들어왔을 때는 인사를 하셨을 텐데요.」

누가 한 말이지? 그레이스는 목 근육에서 답을 읽어 내기라도 할 것처럼 두 사람을 쳐다봤다. 하지만 오루크의 목은 수염에, 멘도사의 목은 살집에 가려져 있었다. 턱살은 그레이스가 항상 조금 혐오하는 것이었다. 단 한 번도 진지하게 성형 수술을 생각해 본 적이 없었지만 그레이스는 만약 자신의 턱선이 살 때문에 흐릿해진다면 그 꼴로는 살 수 없을 거라는 건 알고 있었다. **나의 한계선은 턱선이네.** 그런 생각이 지금 들었다.

「네?」 그레이스가 인상을 썼다.

「아래층 로비에 있었다고 하셨잖아요. 파티 때.」

「자선 파티.」 턱이 없는 멘도사가 정정했다.

「네. 알베스 부인하고 반드시 대화를 하셨을 겁니다. 사람들한테 이름표를 나눠 줬다고 하셨으니까요.」

「안내 책자도.」 멘도사가 말했다. 「그렇죠?」

「아, 그럼요. 아마도요. 기억은 안 나네요. 사람들이 동시에 도착했거든요.」 그레이스는 심한 좌절감을 느꼈다. 말라가 알베스한테 거지 같은 경매 안내 책자와 이름표를 줬든 안 줬든 무슨 상관인가? 이름표는 아예 있지도 않았어! 말라가는 초대장도 없었다고!

「그러면 아까 하신 말씀을 수정하시겠어요?」 충분히 싹싹한 태도로 그가 물었다.

단어 하나가 머릿속에서 계속 울리고 있었다. 지금까지……

얼마나 됐지? 최대 5분. 하지만 5분은 긴 시간이었다. 그 단어는 〈**변호사**〉였다. 사실 변호사 말고도 몇 개 더 있었다. 〈**변호사**〉에 더해 그레이스는 계속 〈**잘못됐다**〉고 생각하고 있었다. 〈**이건 아니야, 뭔가 잘못됐어**〉 같은 맥락으로. 그리고 왜인지 모르겠지만 우습게도, 뜬금없이, 아마도 극도로 짜증이 난 탓에 〈**멍청한 새끼들**〉이라는 말도 떠올랐다.

「색스 부인?」 오루크가 말했다.

「저기, 당연히 도움을 드리고 싶어요. 하지만 이 이상 제가 어떤 관련이 있을 만한 얘기를 더 할 수 있을지 모르겠네요. 저는 이 여자에 대해 아무것도 몰라요. 딱 한 번 얘기해 봤고 그것도 중요한 건 아니었어요. 그 여자한테 일어난 일은, 무슨 일이 됐든 간에 끔찍하겠죠. 무슨 일이 있었는지도 모르겠지만!」 말하면서 그레이스의 목소리가 점점 올라갔다. 「하지만 무슨 일이 있었든 간에 학교랑 관계가 없는 건 확실해요. 그리고 저랑 관계가 없다는 것도요.」

두 사람은 마치 그레이스가 어떤 분노의 흔적이라도 흘리길 바란 것처럼, 이제야 그레이스가 도움이 되고 그레이스에 대해 옳은 판단을 했다는 걸 확인이라도 한 것처럼 기묘한 만족감을 띤 채로 쳐다봤다. 그레이스는 가볍게라도 화를 낸 것을 후회했다. 하지만 두 사람이 이제 가줬으면 했다. 헨리가 도착해서 두 사람을 보기 전에. 두 사람은 여전히 그 자리에 있었다.

「색스 부인.」 마침내 오루크가 입을 열었다. 「불편을 드려 죄송합니다. 더 이상 붙잡아 둘 생각은 없습니다. 남편분하고 대화하고 싶은데요, 개의치 않으신다면. 혹시 위에 계십니까?」

그레이스는 두 사람을 노려봤다. 다시 한번, 경고도 없이, 그녀의 생각은 이 남자들, 이 **남자들이** 자신을 혼자 두기 전에 Y 염색체를 가진 보증인을 필요로 하는 1950년대의 세상 속으로 날아갔다. 이 상상만으로도 그녀는 미칠 것 같았다. 하지만 그레이스가 간신히 할 수 있었던 말은 〈왜요?〉였다.

「문제가 있습니까?」 멘도사가 말했다.

「어, 남편이 여기 없거든요. 의학 학회에 갔어요. 그게 아니더라도 아마 남편은 두 분이 무슨 얘기를 하는지 감도 못 잡을 거예요. 그 여자를 전혀 모르거든요.」

「그렇습니까?」 아일랜드 경찰 같은 오루크가 말했다. 「부인처럼 학교 일에 관여하지는 않으시는군요?」

「네. 제가 아들을 학교에 데려다주고 데려오고 해요.」

둘 다 그레이스를 향해 미간을 찡그렸다.

멘도사가 말했다. 「매일이요? 남편분은 한 번도 안 하시고요?」

그레이스는 거의 웃을 뻔했다. 이상하게도 그녀는 전에 상담했던 부부가 떠올랐다. 남편과 아내가 함께 창업해서 사업을 하고 있었는데 호흡이 잘 맞고 성공적이었다. 그런데도 집에 오면 아내는 오롯이 혼자라는 생각이 들었다. 남편이 힘들었던 하루의 긴장을 푸는 사이 아내는 두 아이를 돌보고 학비를 내고 화장실 휴지를 확인하고 예방 접종을 맞추고 세금을 내고 여권을 갱신하고 저녁 식사를 준비하고 아이들 약속을 정리하고 주방을 청소하는 일을 혼자 다 하고 있었다. 아내의 좌절감은 속으로 끊임없이 곪고 있었다.

상담에서 남편의 가족 내력이 결혼 생활이 어떠해야 하는가에 대한 남편의 관념을 유발했다는 것과 아내는 아버지를 일찍 잃은 기억이 트라우마가 되었다는 것을 원만하게 드러낼 때까지 이 부부는 사람을 미치게 하는 사건들 속을 빙글빙글 돌았다. 불균형하게 맡은 책임을 조정하는 도표와 목록을 짜볼 것을 조심스럽게 제안했다. 각자 자신과 아이들을 위해 원하는 가정 생활을 시각화해 보기도 했다. 그리고 어느 날 아내가 남편에게 개학 행사의 밤이 있는 날에 **어째서** 〈남자들의 밤〉을 하면 안 되는지에 대해 설명하고 있는데, 남편이 갑자기 치료 과정에서 크게 고무적인, 벼락처럼 드물게 찾아오지만 몹시 충만한 내적 각성을 경험했다. 끓어오르는 순수한 분노와 함께 남편은 소파에서 벌떡 일어나 아내를 향해, 사업 파트너이자, 아이들의 어머니이자, 그의 말을 빌자면 그가 사랑했던 단 한 명의 여인을 향해 외쳤다. 「내가 집안일을 딱 절반 맡아서 할 때까지 당신은 절대 만족하지 않을 거야!」

그런 면에서 그레이스는 아주 조금은 위선자일지도 몰랐다. 혹은 스스로 아들을 리어든까지 데려다줬다가 기다려서 바이올린 수업에 데려가는 것을 원하고 있을 수도 있었다. 참고로 말하자면 헨리와 보내는 시간을 나눠 달라고 한 번도 말하지 않은 조너선과 그 어느 귀중한 한 조각도 나누고 싶지 않은 것이다. 어찌 됐든 두 경찰이 무슨 상관인가? 그리고 대체 그게 왜 중요한가?

「뭐 세상이 요즘은 달라졌다 하지만, 아마 두 분 자녀의 학교에 가도 별 차이는 없을 거라고 생각해요. 학부형이 참가하는 위원회나 추진회가 아빠들로 가득하던가요?」 그레이스는 스스로 생각해도 억지웃음으로 들리는 소리를 작게 냈다.

두 경찰은 짧게 시선을 교환했다. 그러더니 애가 둘 있다고 했던 경찰이 어깨를 으쓱했다. 「모르겠네요. 그런 건 아내가 다 하니까.」

내 말이. 그레이스는 생각했다.

「하지만 그래도 만났을 수도 있잖아요, 그렇죠? 남편분과 이 여성분. 알베스 부인?」

그때 헨리가 도착했다. 헨리는 바이올린을 등에 메고 무거운 가죽 가방이 매 걸음마다 엉덩이를 때리는 구부정한 자세로 로비에 들어왔다. 그러나 로비 의자에 사람들이 앉아 있는 익숙하지 않은 장면에 고개를 들었다. 그레이스는 정확한 이유는 설명할 수 없었지만 심장이 철렁 떨어지는 것 같았다.

헨리는 아름다운 소년이었고 아름다운 청년이 되는 도중이었다. 지금 이 순간에는 사춘기 직전의 좁은 통로에 멈춰 서 있었지만 윗입술 위에는 희미하게 어두운 체모가 나타날 조짐을 보이고 있었다. 조너선을 닮아 검은색 곱슬머리였다. 그레이스를 닮아 골격이 예쁘고 목이 길었다. 부모를 모두 닮아 말보다 생각이 많았다.

「엄마?」 헨리가 말했다.

「안녕, 아들.」 그레이스가 반사적으로 답했다.

헨리는 가방에서 꺼낸 열쇠를 손가락으로 만지작거리며 가만히 서 있었다. **현관 열쇠.** 집에 오면 아무도 없어서 열쇠로 현관문을 열고 들어오는 아이. 그레이스는 생각했다. 헨리는 그런 애는 아니었다, 정말 아니었다. 아마도 헨리는 엄마가 이미 집에서 자기를 기다리고 있을 거라고 믿었을 거다. 그리고 집에 아무도 없더라도 엄마가 오는 길일 거라고, 늘 그렇듯 믿었을 거다. 이 짜증 나는 남자들이 가는 길을 막기 전까지는 오늘도 그레이스는 헨리가 오기 전에 집에 가는 길이었다. 헨리가 계속 기다리고 서 있었다.

「올라가 있어. 엄마도 금방 갈게.」

헨리는 설명은 지금 당장 필요하다는 뜻을 전달할 정도로 충분히 긴 시간 동안 잠깐 멈춰 서 있다가 몸을 틀어 떠났고, 등에 매달린 바이올린이 작게 흔들렸다. 두 경찰은 헨리가 탄 엘리베이터 문이 닫힐 때까지 아무 말도 하지 않았다.

「아드님이 몇 살인가요?」

「헨리는 열두 살이에요.」

「웃기는 나이죠. 애들이 방으로 들어가 10년 정도는 안 나오는 나이예요.」

이 말이 둘 사이에서 어떤 신호가 된 것 같았다. 두 경찰은 연극적으로 빙긋 웃었고 오루크는 본인이 열두 살 때 했던 혐오스러운 행동들이 떠올랐는지 고개를 저으며 시선을 아래로 떨어뜨렸다. 그레이스는 실제로 몇 달 전부터 방에 들어가 안 나오기 시작한 아들(보통은 책을 읽거나 바이올린 연습을 했다)을 변호하고 싶은 마음과 그저 두 경찰을 외면하고 가버리고 싶은 마음 사이에서 갈등했다. 당연히 둘 다 하지 않았다.

「아드님이 알베스 집 아이를 아나요?」 멘도사가 무뚝뚝하게 물었다.

그레이스는 멘도사를 쳐다봤다.

「애 이름이 뭐였지?」 멘도사가 오루크에게 물었다.

「미겔.」

「미겔이라네요.」 불과 1미터 정도 거리에 있는데도 멘도사가 그레이스에게 보고하듯 말했다.

「아뇨, 당연히 모르죠.」

「왜 당연한가요?」 멘도사가 인상을 찌푸리면서 물었다. 「좁은 학교 아닌가요? 제 말은, 웹사이트에서 그렇게 봤는데요. 그래서 학비도 어마어마하고. 그런 개인적인 관심? 그런 것 때문에 비싼 거 아닌가, 그 학교?」 멘도사가 파트너 오루크에게 물었다.

가도 되는 건가? 그레이스는 궁금해졌다. 허락을 해주기는 하나? 아니면 무슨 왕족과 얘기하듯이 저들이 끝났다고 할 때만 대화가 끝나는 건가?

「3만 8천이라고 그 남자가 그랬지.」

그레이스는 생각했다. **그 남자?**

「우와!」 멘도사가 말했다.

「그 건물 봤잖아. 맨션 같아 보이던데.」 오루크가 말했다.

그 건물은 1880년대에 노동자와 이민자의 자녀를 교육하기 위해 설립되었다고 그레이스는 화가 난 채로 생각했다. 그 건물은 또한 뉴욕에서 흑인과 히스패닉 학생을 최초로 받아들인 사립 학교이기도 했다.

「알베스 부인이 어떻게 학비를 감당했다고 생각하시나요?」 그가 다시 진지하게 그레이스에게 물었다. 「떠오르는 게 있으신지?」

「제가…….」 그레이스는 인상을 썼다. 「알베스 부인 말씀하시는 건가요? 서로에 대해 아는 게 거의 없었어요, 얘기했다시피. 저한테 재정적인 상황을 털어놓을 리가 없었죠.」

「제 말은 알베스 부인이 부유한 마나님이 아니었다는 거죠. 남편이…… 뭘 하지?」 오루크를 향한 질문이었다.

「인쇄업. 시내에서 큰 인쇄소를 운영하고 있어. 월 스트리트 지역 같은 곳.」

그레이스는 자기도 모르게 놀랐다가 놀랐다는 사실이 부끄러웠다. 자신이 무슨 상상을 한 걸까? 말라가 알베스의 남편은 5번가에서 유명 브랜드의 점포 정리 세일을 광고하는 종이를 돌리고 있을 거라고? 그 집 아들이 장학금을 받는다고 아버지가 극빈자라는 법은 없지 않나? 알베스 가족에게는 아메리칸 드림의 자격도 없는가?

「가능할 수도 있어요. 미겔이 장학금을 받았다면요. 우리 학교는 오랫동안 장학금 제도를 운영해 왔어요. 아마 틀리지 않을 텐데 사실 리어든은 맨해튼에 있는 다른 어떤 정부 보조금을 받지 않는 사립 학교보다 높은 비율로 장학생을 받고 있어요.」

주여. 그레이스는 생각했다. **정확해야 할 텐데.** 어디서 읽었더라? 『뉴욕 타임스』였던 것 같은데 언제였지? 어쩌면 돌턴이나 트리니티가 그사이 리어든을 넘었을지도 모른다. 「어쨌거나 제가 아들이 알베스 댁 아들을 모를 거라고 한 건 7학년이 4학년과 관계할 일이 없기 때문이에요. 어떤 학교에서든. 복도 같은데서 그 애를 지나쳤을지는 모르지만 누구인지는 몰랐을 거예요. 이렇게 하시죠.」 그레이스는 이 행동이 위법은 아니길 바라면서 말을 덧붙이고 자리에서 일어났다.「애한테 물어볼게요. 만약 제가 잘못 알았다면 전화해서 말씀드릴게요. 명함 같은 거 있으세요?」그레이스는 손을 내밀었다.

오루크는 쳐다만 보고 멘도사가 일어나면서 지갑을 꺼냈다. 멘도사는 약간 더러운 명함을 꺼내더니 펜을 들고 줄을 그어 뭔가를 지웠다.「예전 명함이라서요.」멘도사가 그레이스에게 건네며 말했다.「뉴욕 시가 새 명함 주문을 안 해주네요. 이게 제 휴대폰 번호입니다.」멘도사가 파란색 볼펜 끝으로 가리키며 말했다.

「네, 감사합니다.」그레이스는 반사적으로 말하면서 손을 뻗었다. 이들에게서 벗어날 수 있다는 생각에 기분이 좋아졌는데 멘도사가 손을 붙잡았다.

「저기요. 보호하고 싶다는 마음은 알겠어요.」

멘도사가 고개를 젖히고 턱을 들더니 로비 천장을 향해 눈을 깜빡였다. 그레이스도 본능적으로 올려다봤다가 깨달았다. 헨리 얘기를 하는 거야. 그레이스가 헨리를 보호하려는 건 당연했다!

「그러고 싶다는 거 알아요.」멘도사의 표정은 괴상할 정도로 싹싹했다.「하지만 그러지 말아요. 사태를 악화시킬 뿐이니까.」

그레이스는 멘도사를 뚫어지게 쳐다봤다. 멘도사는 여전히 커다란 손으로 그레이스의 손을 잡고 있었고 그레이스는 그 상태로 움직일 수가 없었다. 그레이스는 생각했다. **확 떨쳐 내도 되나?** 또 생각했다. **대체 뭔 소리를 지껄이는 거야?**

8
방금 누가 당신 남편에게 이메일을 보냈습니다

그레이스는 너무 화가 났다. 너무 화가 나서 6층까지 올라가는 승강기 안에서 내내 진정하려고 애써야 했다. 최소한 그레이스는 자신이 실제로 물리적이고 의학적인 처치가 필요할 정도로 전신이 기능을 멈춘 상태는 아니라는 것은 알았지만 그냥 너무, 너무 화가 났다. 그레이스는 승강기 안에 있는 거울에 최고조로 열이 받은 자신이 비칠까 봐 쳐다보지도 않았다. 대신 부서지지 않는 단단한 무언가를 씹고 있는 것처럼 턱 운동을 하며 모조 목재 천장에 집중했다.

여전히 분노는 그레이스 주변에 만개하며 꽉 막힌 공간 안을 가능한 한 꽉 채우고 있었다. **그 인간들이 감히 어떻게?** 그레이스는 승강기를 타고 올라가는 동안 여러 번 이 생각을 했다. 그런데, 그 인간들이 감히…… 정확하게 **뭘?** 그레이스는 아들 학교의 동료 학부모이자 위원회 구성원으로 새롭게 합류한 덜 부유한 사람을 그렇게 환영하지 않았다는 도덕적인 부분만 비난당했을 뿐이다. 그런데 그 새로운 학부모가 어쩌다 보니 정말 예견할 수 없는 일련의 사건 속에서 살해되고 말았다. 하지만 왜 그레이스가 선택됐는가? 왜 일반적인 4학년 부모를 찾아가거나, 만약 모범을 보이기를 원했다면 그냥 파크 가 중앙에 사는 학급 엄마한테 보여 주듯이 가서 그녀에게 수갑을 채우지 않는 걸까? **대체 그 사람들 문제가 뭐지?**

현관에서 떨리는 손으로 열쇠를 꽂으며 생각하니, 최악인 건 이 분노를 해소할 마땅한 분출구가 없다는 것이었다. 혈압이 오르는 상황을 겪고 난 뒤에도 그레이스는 애매한 곳이 아니라 대개 확실한 보상이나 개선을 얻을 수 있는 쪽에 화풀이를 하는 편이었다. 주차 위반으로 차 바퀴에 잠금 장치를 설치당하거나 차가 견인되는 경우를 예로 들면 엄청나게 짜증은 나겠지만 최소한 어디 가서 누구한테 소리를 지르면 되는지는 알 수 있다. 헨리의 학교에 다니는 끔찍한 애들의 끔찍한 부모들에게는 더 이상 그레이스가 그들을 좋아하는 척하거나 학교 행사에서 그들과 잘 섞이려 할 필요가 없다는 뜻으로 쌀쌀맞게 굴 수도 있다. 무례한 가게 주인과 불쾌한 레스토랑은 앞으로 무시하고 발길을 끊으면 그만이다. 뉴욕에서는 누구에게도, 그 무엇에게도 독점적 권리라는 게 주어지지 않는다. 오늘 〈가고 싶어도 못 가는〉 장소로 뜬다 한들 그 리스트에서 사라지는 데 1~2주일밖에 걸리지 않는 일도 흔하다(그레이스가 본 이 규칙의 유일한 예외는 사립학교 입학이었다. 하지만 헨리는 세 살 때부터 교육에 관한 한 맨해튼에서 〈미래가 보장〉되는 것과 다름없는, 2019년 졸업 예정의 리어든 학급에 안정적으로 자리를 잡았다). 이건 다른 문제였다. 왜냐하면 그레이스는 다른 준법 시민이다 그렇듯이 특히 모든 사람들이 문자 그대로 화염에 휩싸였던 9·11 사태 이후로는 경찰을 지지하고 있었기 때문이다. 화가 나서 미칠 것만 같았다.

그리고 그레이스가 불만을 표출할 적절한 창구를 어떻게든 찾는다고 해도, 정확히 무엇에 대한 불만을 말해야 할까? 겉으로 보기에는 충분히 예의 바른 두 형사가 두 아이의 엄마가 살해된 끔찍하고 무시무시하게 슬픈 사건을 조사해서 범인(당연히 남자인)에게 법적인 책임을 지도록 하기 위해 그레이스의 집에 와서 질문을 몇 가지 한 것뿐인데? 그레이스가 드라마 「로 앤드 오더」에서도 본 적 없는, 아무것도 아닌 일이었다. 아무것도 아니었다.

그레이스는 복도 테이블에 가방을 내려놓고 부엌에서 나는 냉장고 문 닫히는 소리(헨리가 학교 끝나고 늘 마시는 오렌지 주스를 찾는 소리)를 들으며 조너선에게 전화를 해야 할지 말지를 고민했다. 조너선한테 투덜거리는 게 물론 가장 안전했지만 어쩌면 학회에 참석한 사람을 그런 이유로 방해하는 건 너무 제멋대로일지도 몰랐다. 게다가 아이들이 죽어가는 조너선의 세상에서 모르는 사람이 살해당한 일이 얼마나 공감을 살 수 있을까? 그레이스 자신도 불편할 정도로 거의 면식이 없는 사람이 살해당한 일로? 조너선은 두 형사가 명백하게 그레이스에게 열두 살짜리 아들을 보호하려 들지 말라고 훈계한 점에 대해서는 분명히 좀 짜증을 낼 것이다. 아니, 짜증 이상이겠지.

뭐로부터 보호한다고? 조너선은 그렇게 말할 거고, 그레이스는 조너선의 기분을 심전도 그래프로 그린다면 위로 훅 치솟았다가 아래위로 널뛸 거라고 상상했다.

헨리를 보호한다고 하면…… 헨리가 눈길 줘본 적도 없는, 적어도 이름을 들어 본 적 없을 4학년생의 어머니가 죽었다는 뉴스로부터? **보호하고 싶다는 마음은 알겠어요.** 아일랜드 경찰을 닮은 사람인지 다른 사람인지가 소리 내서 이 말을 했다는 사실을 빼면 웃고 넘길 수 있는 일이었다.

로버트 코노버한테 전화해서 소리를 지를 수도 있었지만, 그레이스는 로버트가 어처구니없는 이메일을 보낸 것 말고 무슨 짓을 했는지 정확히 알 수가 없었다. **그 이메일은** 상당히 형편없었다. 그래도 로버트는 뭔가 말하고 뭔가 행동해야 했을 거다. 사건을 앞지르려 했던 게 잘못이었을 수도 있다. 그리고 대부분의 사람들이 글재주가 없는데, 교장이라 하더라도 애초에 의도했던 것과 달리 실제로 말을 하면 도움이 안 되는(또는 멍청한) 소리만 하게 되는 거다. 아니면 샐리한테 소리를 질러야 할지도 모른다. 샐리가 위원회의 장으로서 경찰에게 그레이스의 이름을 말했기 때문이라거나 그냥 무례하기 때문이라고 이유를 댈 수 있겠다. 어쩌면 친정아버지한테 패악이라도 떨어야 할지도 모르겠다.

보통 그레이스는 아버지한테 악을 쓰기는커녕 근처에서 언성을 높이는 일도 없었다. 그레이스의 아버지는 그레이스가 가장 차분하고 지적인 자아, 그레이스의 아버지가 양육하고 교육비를 지불한 자아 상태가 아니면 관계를 맺지 않겠다고 오래전부터 확고한 태도를 취했다. 주변 모든 것에 대해 신랄하고 지적인 논평을 하는 것을 좋아했다. 그레이스는 다행히도 타고난 성품이 변덕이 심하거나 감성적이지 않았지만, 여성으로서 사춘기를 헤쳐 나가야 했고 과한 호르몬 때문에 일으킨 몇몇 사건들이라든가 음식점에서 한바탕 난리를 치다가 부모님의 오랜 친구 눈에 띄는 등의 몇몇 일들은 피하지 못했다. 이런 사건들은 그레이스도 잘 알고 있듯이 아버지의 감수성에 지울 수 없는 충격을 남겼다. 그레이스가 외동인 것이 오히려 다행이었다.

그래도 아버지는 자신만의 헌신하는 방식을 고수했다. 그레이스의 엄마가 죽은 후에도(그레이스가 — 엄밀히 따지자면 — 집을 떠난 후에 일어난 일이었다), 재혼하고 난 후에도, 아버지는 예전의 남자들이 그랬듯이 분만실에서 멀리 떨어진 상태로 아버지가 되면서부터 입기 시작한 가부장적인 권력이라는 옷을 결코 벗지 않았다. 그레이스는 아버지와 사이가 좋다고 생각했다. 부녀 간에 사이가 좋다는 것이 서로 자주 만나고 아버지가 좋아 보인다고 가끔 말해 주며 그레이스가 선택한 남편과 낳은 아이를 인정하고 아마도 그레이스가 일에서 성취한 것들을 자랑스러워하는 것을 의미한다면 말이다. 그리고 둘 다 서로 진심 어린 발언은 하지 않으니 모든 것이 괜찮았다. 그레이스와 아버지가 둘 다 중요하게 생각하는 행사가 있었는데, 아버지가 새로운 아내와 함께 사는 아파트에 매주 저녁을 먹으러 가는 것이었다 — 재혼한 지 거의 18년이 됐지만 그레이스는 여전히(악의적으로?) 그녀를 〈새로운〉 아내라고 생각했다(처음에는 에바의 강력한 유대교 성향을 따라 매주 금요일 저녁에 만났지만 나중에는 다른 날이 되었다. 그레이스와 조너선은 앞서 말한 유대교 성향의 계획들을 제대로 따라가지 못했고, 에바의 자녀들은 그런 그레이스와 조너선의 부족함을 못 견뎌 했다).

그레이스는 아버지에 대한 생각을 하다가 실제로 전화를 해야 한다는 것을 깨달았다. 어쨌든 아버지나 에바 중 누군가한테는 전화해서 다음 날 저녁 일을 확인해야 했다. 하지만 조너선이 내일 제시간에 클리블랜드에서 돌아올지 아직 알 수가 없어서 전화를 안 하고 있었다.

헨리가 그래놀라 바를 들고 왔다. 건강 식품이라고 광고하지만 사탕 코너에 있는 다른 제품들과 마찬가지로 설탕이 잔뜩 들어 있는 종류였다.「얘, 헨리.」 그레이스가 말했다.

헨리가 고개를 끄덕였다. 헨리는 자기 방문 쪽을 힐끔 쳐다봤고, 그레이스는 자기가 헨리가 가던 길을 막은 것처럼 됐다고 문득 생각했다.

「집에 오는 길은 괜찮았니?」

「아까 그 사람들은 누구예요?」 헨리가 단도직입적으로 물었다.

「경찰서에서 온 사람들이야. 아무것도 아니란다.」

헨리는 미국을 상징하는 문장의 독수리가 올리브 가지와 화살을 쥐고 있는 것처럼 그래놀라 바를 들고 꼿꼿하게 팔을 뻗은 채로 서 있었다. 너무 길어 버린 머리카락 아래로 헨리가 인상을 구겼다.

「아무것도 아니라니 무슨 뜻이에요?」

「너희 학교 다니는 남자애 얘기 들었니? 엄마가 돌아가신?」

「네.」 헨리가 고개를 끄덕였다.「근데 왜 경찰에서 엄마한테 그 일을 물어봐요?」

그레이스는 어깨를 으쓱했다. 거리를 두고 있는 것처럼 보이길 바랐다. 거리를 두고 싶었다. 「그 엄마가 나랑 자선 위원회에 같이 있었거든, 지난 주말에 했던 기금 모금 행사. 그래도 엄마는 그 사람에 대해 거의 아는 게 없어. 회의 때 한 번 대화한 정도인 것 같거든. 경찰들한테 도움이 될 게 없더라.」

「누가 그랬대요?」 그레이스는 헨리의 질문에 놀랐다. 그제야 그녀는 깨달았다. **헨리는 말라가 알베스한테 일어난 일이 뭐든 간에 자기 엄마한테도 일어날 수 있을 거라고 생각하는 게 틀림없다.** 헨리는 겁이 좀 있는 편이었다. 무서운 사진이나 심지어 만화를 보고도 겁에 질릴 때가 있어서, 그럴 땐 어린애 같았다. 여름 캠프의 상담사가 말하기를 다른 친구들이 화장실에 갈 때까지 뒤편에 숲이 있는 오두막 뒤에서 기다렸다가 따라간다고 했다. 요새도 헨리는 그레이스가 어디 있는지 알고 싶어 했다. 그레이스는 언젠가 변할 거라는 걸 알고 있었지만 헨리는 아직까지는 그런 식으로 긴장하는 것 같았다.

「아들. 경찰에서 알아보는 중이야. 아주 끔찍한 일이 일어났지만 경찰에서 해결할 거야. 걱정할 필요 없단다.」

보호하고 싶다는 마음은 알겠어요. 그레이스는 이 말이 떠올랐다.

당연하죠. 헨리를 보호하는 게 내 일이니까요. **그리고** 그게 내 의향이기도 해요. 감사드리니 이만 가보시죠. 그러고 나서 그레이스는 두 경찰 생각을 치워 버렸다. 뭔가 캐내려고 하는 끔찍한 남자들.

헨리는 고개를 끄덕였다. 헨리는 말라 보였다. 얼굴이 말랐다. 아니면 그냥 얼굴이 달라 보이는 걸 수도 있겠다고 그레이스는 생각했다. 아이는 자라면서 얼굴 모양이 바뀌는데,

턱, 광대뼈, 안와가 자리에서 들어가거나 튀어나온다. 헨리의 광대뼈는 앞으로 약간 튀어나온 것처럼 보였는데 피부에 가볍게 닿아 양쪽에 그늘을 만들었다. 헨리는 실제로 아빠를 많이 닮지는 않았지만 아빠처럼 잘생겨질 터였다. 헨리가 자기 아빠를 닮게 될 것이라는 사실을 그레이스는 갑자기 깨달았다.

「아빠는 어딨어요?」 헨리가 물었다.

「클리블랜드에. 내일이면 돌아올 거야. 아빠가 언제 온다고 너한테 얘기했니?」

그 순간 그레이스는 자기가 아들한테 자기 남편이 언제 돌아올지 아느냐고 질문했다는 놀라운 사실에 충격을 받았다. 하지만 되돌리기에는 이미 늦었다.

「아뇨. 아무 말도 안 하셨어요. 제 말은, 어디 가는지 얘기 안 해주셨어요.」

「할아버지랑 에바를 위해 제시간에 돌아왔으면 좋겠다.」

헨리는 아무 말도 하지 않았다. 헨리는 에바를 좋아했다. 에바는 조너선의 어머니의 삶과 정신 상태에 어마어마한 변혁이 일어나지 않는 이상 앞으로도 헨리에게 유일한 할머니가 될 것이다.

조너선의 부모는 공식적으로 진단받지는 않았지만 여러 가지 중독에 파묻혀 수십 년을 보냈고(조너선에 따르면 나오미는 알코올 중독자였고 데이비드는 1970년대부터 진정제 없이는 하루도 살 수 없었다) 그런 부모의 방종 속에서 조너선의 남동생은 대학도 못 마치고 직업 없이 부모 집의 지하에 살면서 부모의 관심과 경제적 지원을 독차지하는

〈잘하는 게 아무것도 없는〉 사람이었다. 가족들은 조너선의 야심에 당황스러워했고, 다른 사람들의 삶, 특히 시궁창 같은 힘겨운 상황에 빠진 사람들의 삶에 뛰어들고자 하는 조너선의 소망을 대놓고 싫어했다. 조너선의 가족은 아직 로즐린에 살았지만 달만큼 먼 곳에 살고 있는 것이나 다름없었다. 헨리는 갓난쟁이 이후로 그 사람들을 본 적이 없었다.

그레이스 역시 조너선의 가족과 보낸 시간이 아주 적었다. 형식적인 소개와 중국 음식점에서 어색하게 식사를 한 자리가 한 번 있었고, 그다음에는 강제로 행군하듯이 크리스마스트리를 보러 록펠러 센터 주변을 걸었는데, 굉장히 신경을 쓴 대화밖에 오가지 않았다. 조너선의 부모 둘 다 결혼식에 참석하지 않았다(남동생만 왔었는데, 코네티컷에 있는 호숫가 별장의 경사진 뒤뜰 맨 뒤 어딘가에 서 있다가, 피로연 중에 간다는 인사도 없이 가버렸다). 그 후로 그레이스가 조너선의 부모를 만난 건 손에 꼽았다. 한번은 헨리가 태어난 다음 날 레녹스 힐 병원으로 조너선의 부모가 찾아온 적이 있었다. 그레이스는 그날의 상황을 잊을 수가 없었다. 조너선의 부모는 오래된 두툼한 이불을 가져왔는데, 수제품인 건 확실하지만 최근에, 아니 최근 10년 안에 만든 건 아닌 것 같았다. 조너선의 부모에게는 의미가 있는 물건일 수도 있다고 그레이스는 생각했지만 그 이불의 둔감한 모양새가 너무 싫었다. 절대 그레이스는 오래 기다려 만난 사랑스러운 아기에게 조너선의 부모가 자선 바자나 중고 할인 상점에서 구했을지도 모를 저 낡아 빠지고 희미하게 악취마저 풍기는 담요를 덮어 주고 싶지 않았다. 조너선의 동의하에 그레이스는 그 담요를 병실 쓰레기통에 버리고 왔다.

조너선의 아버지, 어머니, 동생 중 누구도 그레이스 자체에 실제로 관심을 보인 적이 없었고(나중에 보니 전혀 문제될 건 없었지만) 태어난 헨리한테도 그랬다. 그레이스는 그제야 조너선이 매우 영리하고 스스로 동기 부여를 하는 아이였고 아주 이른 나이부터 계획대로 스스로를 만들어 왔다는 걸 알았다. 그레이스는 이 점에서 조너선이 완전히 영웅 같다고 생각했다. 그레이스가 해온 것들 이상이었다. 그레이스의 부모는 숨김없이 애정을 드러내는 편은 아니었지만 항상 그레이스가 환영받는 소중한 존재라고 느끼게 해줬으며, 그레이스가 사회로 나아가 교육받고 다른 사람들에게 관심을 가지며 성공하는 데 필요한 관념들을 아주 명확하게 알려 주었다. 조너선은 알려 주는 사람도, 지지해 주는 사람도, 심지어 지켜봐 주는 사람도 없는 가운데 이런 것들을 혼자서 알아내야 했다. 조너선이 스스로를 불쌍하다고 생각하지 않았기 때문에 그레이스 역시 그랬지만, 헨리를 볼 때는 속이 상했다. 적어도 진짜 할머니가 한 명은 있어야 한다는 생각이 들었다.

「숙제는 어땠어?」 그레이스가 헨리에게 물었다.

「나쁘지 않았어요. 자습실에서 좀 했어요. 시험이 있지만.」

「도와줄까?」

「나중에요. 먼저 공부하고요. 오늘 저녁에 피그 헤븐 가도 돼요?」

피그 헤븐은 헨리와 둘만 있을 때 가서 저녁을 테이크아웃해 오는 가게였다. 조너선은 종교를 중시하는 건 아니었지만[54] 중국 음식을 좋아하지 않았다. 그레이스와 헨리는 피그헤븐에 대해 그녀의 아버지와 에바에게 말하지 않았다.

「아니. 양 갈비 사왔어.」

「아. 네.」

그레이스는 저녁 식사 준비를 하러 부엌으로 갔다. 헨리는 공부하러 방으로 돌아간 듯했다. 그레이스는 로비에서 만난 두 남자에 대한 마지막 적대감을 냉장고에 있던 샤르도네 와인 반 잔으로 몰아내고 콜리플라워 요리에 쓸 삼발이를 뒤져서 꺼냈다. 냄비를 가스 불에 올리고 양 갈비에 양념을 하고 보스턴 상추의 윗부분 절반을 채소 탈수기에 담가 놓고 나서 그레이스는 조너선한테 다시 전화를 걸 정도로 회복이 됐으나, 조너선의 휴대폰은 또 곧바로 음성 사서함으로 연결됐다. 전화해 달라는 짧은 메시지를 남기고 아버지 번호를 눌렀다. 질질 끄는 듯한 연결음은 디지털 이전 자동 응답기에서나 들을 수 있는 구식으로 웅얼거리는 녹음 메시지와 삑 소리로 끝났다.

그때 에바가 전화를 받았다. 「여보세요오?」 질문하는 에바의 목소리에서 정말로 누구한테 전화가 왔는지 모른다는 것을 알 수 있었다. 아버지 집에는 발신자 번호가 뜨는 전화기가 없었고 DVD 플레이어도 컴퓨터도 없었다. 그레이스 아버지와 새어머니는 버튼식 전화기와 비디오카세트 이후 더는 신기술을 받아들이지 않았다(두 사람은 1980년대 명화 전집 외에 소장 영화를 더 늘리지 않아도 만족하고 있었다). 둘 다 자식들이 종용해서 휴대폰을 갖고 있기는 했으나

54 유대교도들은 돼지고기를 먹지 않기 때문에 하는 말이다.

두 휴대폰 모두 뒤에 사용법과 중요한 전화번호가 적힌 종이를 테이프로 붙여 놓은 상태였다. 그레이스는 아버지 휴대폰으로 전화를 해도 소용없다는 걸 알고 있었고 아버지 휴대폰에서 전화가 걸려 온 적도 없었다.

「에바, 안녕하세요. 그레이스예요.」

「오, 그레이스.」 에바는 옛날처럼 실망한 티를 역력하게 드러내지는 않았다. 「아버지는 집에 안 계셔.」

「잘 지내셨어요?」 그레이스는 그들 사이에 정해진 대사에 따라 질문했다. 에바는 전쟁 전 빈에서 부유하게 살았던 부모님의 삶의 형식을 몇 가지만 바꿔서 전후 뉴욕에서 부유하게 사는 자신의 삶에 그대로 도입했다. 에바가 직업을 갖겠다는 욕심이 있었다면 아주 훌륭한 훈련 담당 하사관이 되었을 것이다.

「응, 잘 지낸단다. 내일 저녁 먹으러 올 거지?」

「네, 기대하고 있어요. 조너선이 제시간에 올지는 잘 모르겠지만요.」

이것이, 이 사소하게 거슬리는 것이 모든 것을 뒤집었다.

「잘 모르겠다니 무슨 뜻이니?」

「조너선이 클리블랜드에서 열리는 의학 학회에 갔는데요.」

「그래서?」

「돌아오는 비행기가 언제 뉴욕에 도착하는지 잘 모르겠어요.」

에바는 이런 상황이 어처구니없을 것이다. **언제** 남편이 돌아오는지 확실히 모르겠다는 그레이스는 에바에게 이해 불능이었다. 기본적으로 에바는 아내의 삶은 전부 남편의 필요에 따라 움직이는 것이라고 생각하고 있었다. 온갖 할 일과 바쁜 스케줄에 얽매인 그레이스의 가족의 현실, 앞으로 전적으로 바쁘게 매달려야 할 그레이스의 일(물론 에바도 앞으로 나올 책이나 독자와의 만남, 매체 출연에 대해서 듣기는 했겠지만 뭐라도 정말로 이해하고 있을까?)은 물론이고 의사의 삶에 내재된 불확실성 같은 것도 에바의 입맛에는 도무지 맞지 않아서 에바는 아예 얘기를 듣기조차 싫어했다. 의사들은 정말 사람들이 갑자기, 눈에 띄게, 심하게 아파지면 모임 약속을 취소하기도 해야 하는 법인데 말이다.

「이해가 안 되는구나. 알아볼 수는 없니? 전화하기가 그렇게 힘든 거야?」

그레이스는 에바가 전형적인 이민자 어머니의 정반대라고 생각했다. 전형적인 이민자 어머니는 어떤 인종이든 간에, 저녁에 친구를 집에 데려온다고 하면 파스타든 굴라시[55]든 구이 요리든 친구 몫까지 음식을 준비한다. 에바는 언제나 아름답지만 굉장히 타인을 반기지 않는 가정을 꾸렸다. 그레이스의 어머니, 즉 친어머니는 직접 요리를 하지는 않았지만 최소한 도미니카 출신 요리사의 맛있는 수프를 나눠 주면서 그레이스의 친구에게 와줘서 기쁘다는 태도를 보였다. 반대로 에바는 아주 정확하고 훌륭하게 식사를 차렸지만 환영의 의미가 없는 좋은 음식에서는 그다지 호의를 느낄 수 없었다.

「전화는 해봤는데요.」 그레이스가 설득력 없이 말했다. 「일단 내일 셋 모두 가는 걸로 하고 혹시 다른 소식을 들으면 연락드릴게요. 음식이 부족한 것보다는 남는 게 낫지 않을까요?」

55 고기와 야채로 만든 헝가리의 전통 스튜 요리.

냉장고에 쓰레기를 추가적으로 저장하는 것도 좋은 생각 아니냐고 물어야 하는지도 몰랐다.

「헨리 학교에서 일어난 일은 정말 끔찍하더구나.」 에바가 갑자기 말했다. 논리의 흐름을 벗어난 말에 너무 놀란 그레이스는 새어머니가 뭐라고 하는지 곧바로 이해가 되지 않았다.

「애 학교요?」 그레이스의 목소리가 떨렸다. 내내 콜리플라워를 다듬고 있던 손이 멈추자 그레이스가 들고 있던 부엌칼이 도마 위로 늘어졌다.

「학부모 하나가 살해됐다면서. 경찰서에서 오늘 아침에 아버지한테 전화가 왔다.」

그레이스가 사건을 접하기 전에 아버지가 말라가 알베스의 죽음을 알았다는 사실 자체로 불안해졌다. 아버지는 개인적으로도 객관적으로도 이 일과 전혀 상관이 없었다.

「네, 그렇죠. 정말 끔찍해요.」

「그 여자를 알고 있었니?」

「아, 아니요. 음, 네. 아주 조금이요. 괜찮은 사람 같아 보였는데 말이에요.」

자연스럽게 죽은 사람 얘기는 좋게 하는 전형적인 대화가 되었다. 말라가가 특별히 사람이 좋아 보이지는 않았음에도 불구하고. 하지만 이제 와 무슨 상관인가?

그레이스는 콜리플라워의 머리 부분을 삼발이에 올리고 루[56]를 만들기 위해 버터를 덥히기 시작했다. 오래전 친구 비타가 알려 준 대로, 그레이스는 치즈 소스에 콜리플라워를

56 밀가루를 버터로 볶은 것으로, 소스나 수프를 걸쭉하게 하기 위해 쓰인다.

푹 담가서 헨리에게 먹이고 있었다. 슬프게도 치즈 소스는 여전히 그레이스의 삶에 남아 있는 비타의 몇 가지 안 되는 흔적들 중 하나였다.

「남편이 그랬다니?」 그레이스가 답을 알고 있기라도 한 것처럼 에바가 물었다. 「보통은 남편이잖니.」

「전혀 모르겠어요. 경찰이 수사 중일 거예요.」

사실 수사 중인 건 확실히 알고 있죠. 그레이스는 냉정하게 생각했다.

「대체 어떤 남자가 자기 자식의 어머니를 죽인다니?」 새어머니가 말했다. 그레이스는 체다 치즈를 강판에 갈다가 눈동자를 굴리며 생각했다. **글쎄요. 나쁜 사람?**

「무서운 일이에요.」 대신 이렇게 말했다. 「아빠 엉덩이는 어때요? 계속 힘들어하세요?」

그레이스는 이 질문도 에바가 생각하는 예의범절을 어겼다는 걸 알고 있었다. 에바는 여든한 살이 된 남편의 엉덩이에 관한 얘기도 자식과 나누기에는 너무 내밀한 주제라고 생각했다. 남편이 양쪽 엉덩이, 운이 좋다면 한쪽 엉덩이를 곧, 아니면 조금 나중에 수술해야 하는데도 에바는 그레이스와 이 화제로 대화하는 것을 싫어했다.

「괜찮단다. 별로 뭐라고 안 하셔.」

그레이스는 대화가 막다른 길에 이르렀다는 것을 느끼고 전화를 끊으면서 조너선한테 연락이 오는 대로 참석 여부를 알리겠다고 약속했다. 전화를 끊은 후 그레이스는 오븐 속 그릴에 양 갈비를 넣고 녹인 버터에 밀가루를 섞기 시작했다.

저녁 식사 후 헨리는 바이올린 연습을 하러 방에 돌아갔고, 그레이스는 뒷정리를 마친 후 방으로 가서 가죽 가방에 들어 있던 노트북을 꺼냈다. 그레이스와 조너선의 침실은 두 사람의 합의하에 보스 CD 플레이어를 제외하고는 전자 제품이 전혀 없었다(조너선은 침대 옆에 있는 수납장 안에 수백 장의 CD를 가죽 바인더로 분류해 놨는데, 장르별로 나눈 후 그 안에서 다시 아티스트의 이름순으로 꼼꼼하게 정리해 놨다. 모든 장르의 음악을 듣는다는 사람들이 실은 록, 재즈, 블루스만 듣는 반면 조너선은 정말 신기할 정도로 광범위한 음악적 취향을 가지고 있어서 오스트레일리아 원주민의 디제리두[57] 컬렉션이나 바로크 실내악 음반을 집에 들고 오는 경우도 있었다. 최근에는 앨리슨 크라우스[58]였다). 그레이스는 기술 자체에 반대하지는 않았다. 자신의 일상은 물론 남편의 삶(최소한 직업과 관련 없는 부분)과 아들의 일상을 아이폰으로 관리하고 있었고, 책은 노트북으로 썼다. 하지만 최소한 집에서는 정보에 공격당하고 싶지 않았다. 더 넓은 세상에서는 정보를 피할 수 없었다. 여러 제품이나 개념이 지속적으로 날아왔고 어디를 보든 무엇을 듣든 심지어 그레이스가 아끼는 라디오 채널 NPR도 댐 너머로 손가락을 뻗어 기업 협찬의 급류 속을 헤엄치고 있었다. 그레이스는 남편처럼 디제리두를 즐겨 듣지는 않았지만(그레이스와 같은 편인 헨리는 디제리두*didgeridoo*를 전에 디제리돈*didgeri-don't*이라고 불렀다) 적어도 디제리두는 음악 외에 뭔가 다른 물건을 끼워 팔려고 하지는 않았다.

57 긴 피리같이 생긴 오스트레일리아 원주민의 목관 악기.
58 Alison Krauss(1971~). 미국의 컨트리 뮤직 가수.

이끼 같은 초록색 벽과 붉은색의 얇은 리넨 커튼, 그녀의 부모님께 물려받은 장인이 만든 침대(물론 매트리스는 바꿨다!)가 있는 침실은 다른 종류의 소통이 이루어지는 안식처였다. 그레이스는 아침에 이 방에서 눈을 뜨는 게 좋았다. 특히 하루가 본격적으로 시작되기 전 아직 어두운 시간에 남편의 마른 어깨가 그리는 곡선을 보면서 잠에서 깨는 게 좋았다. 조너선이 밤 늦게 집에 왔을 때 잠에서 깨는 것도 좋았다. 잠에서 끌려나와 꿈인지 현실인지 애매한, 낯설고 영향을 받기 쉬운 불확실한 상태에서 남편의 온기에 빠져드는 게 좋았다. 렘 수면과 성욕, 부부 침실에 존재하는 성인의 사생활을 원동력으로 의식의 한계 안에서 사랑하는 것이 좋았다. 헨리가 아주 어렸을 때는 두 사람 사이에서 자기도 했다. 처음에는 갓 엄마가 되어 아이가 밤새 무사할까 걱정이 된 그레이스가 아주, 아주 조심스럽게 헨리를 데려다 재웠고, 나중에는 헨리가 혼자서 기어 올라왔다. 그러나 곧 조너선은 헨리가 복도 끝에 있는 자기 방에서 자야 한다고 주장했다. 그 방은 한때 그레이스가 성별과 무관한 달과 별 스텐실로 벽을 꾸몄었는데, 이제 다시 칠한 지 오래였다. 그때쯤 그레이스는 의식적으로 침실 환경을 바꾸려는 노력을 했다. 그레이스가 늘 아껴 온 침대, 그다지 맘에 들지는 않지만 어머니를 가깝게 느낄 수 있기 때문에 계속 쓰던 화장대를 제외하고, 나뭇조각을 이어 붙인 패턴 원목 마루(그레이스가 자라는 동안 깔려 있던 베이지색 카펫 덕분에 거의 오염이 되지 않았다)부터 강렬한 초록색 벽까지, 실내 장식이 부모님 때와는 딴판으로 바뀌어 있었다. 처음에 고용했던 실내 장식가가 커튼용으로 골라온 천에서 진정한 공포를 맛본 그레이스는 그 사람을 해고하고 따로 의견을 제시하지 않는 재봉사를 고용했다. 조너선은 그레이스가 행복하다면 자기는 신경 쓰지 않는다고 했다.

그래서 그레이스는 행복했다. 여기, 이 방에서의 삶이 아주 행복했다. 행복한 나머지 주제넘게 사람들한테 어떻게 하면 그들의 인생이 행복해질지 얘기하고 싶었다. 그레이스는 돈이 가장 많거나 가장 예쁜 애였던 적은 없었다. 운이 가장 좋은 사람인 적도 없었다. 아직도 그레이스는 자기에게 왔다가 끝내 태어나지 못한 아기들에 대해 때때로 생각했다. 긴 시간이 지난 지금도 떠올리면 날카로운 슬픔이 느껴지기 때문에 자주 생각하지는 않았다. 그리고 아직도 가끔씩 비타에게 전화를 하려고 휴대폰에 손을 뻗었다가 멈추곤 했다. 그러면 당황스러우면서도 거절당했다는 상처가 크게 느껴졌는데, 그녀는 아직도 왜 자신이 비타와 더 이상 친구가 아닌지 그 이유를 전혀 알 수 없었기 때문이다. 그녀는 아직도 어머니가 그리웠다. 하지만 대체로 그녀는 자신이 실제로 지금 이 삶을 살고 있다는 사실이 잘 믿기지 않았다. 그녀는 이 똑똑하고 동정심 넘치는 남자를 계속 바라보면서 생각했다. **이 남자를 갖고 말겠어.** 마치 아직 손에 넣지 못한 것처럼. 그리고 둘의 아름답고 영리한 아들이 있었다. 이 아파트는 그녀가 동시에 딸이고 아내이고 어머니인 곳이었다. 부부 침실로 쓰고 있는 방에서 부모님이 썼던 침대에 앉아 있고 아들은 복도 끝 방에서 안전하게 숙제를 하고 있는, 몹시 운이 좋은 그레이스와 지금 곱씹고 있는 말라가 알베스에 관한 잔혹한 진실은 완전히 정반대편에 있었다.

그레이스는 노트북을 켜고 이미 온 세상 사람들이 다 알고 있는 것 같은 정보를 검색하기 시작했다. 예상대로 『뉴욕 타임스』의 웹사이트에는 맨해튼에서 촉망받는 사립 학교에 어쩌다 보니 다니고 있는 한 아이의 엄마가 살해된 사건에 대해 아무것도 실려 있지 않았다. 하지만 『뉴스』지와 『포스트』지는 사용한 단어가 너무 비슷해서 아마 같은 사람이 쓴 게 아닌가 싶을 정도의 기사들이 작게 실려 있었다. 『포스트』지에 실린 내용은 이랬다.

> 우아한 어퍼이스트사이드의 리어든 학교……

물어뜯겠군! 그레이스는 생각했다.

> ……는 4학년생의 엄마가 사망하여 충격에 빠져 있다. 경찰에 따르면, 집에 돌아온 미겔 알베스(10세)가 피범벅이 된 아파트에서 죽어 있는 말라가 알베스(35세)를 발견했다.

〈**피범벅이 된**〉이라고? 그레이스가 생각했다. 이래서 『뉴욕 타임스』 외 다른 매체는 절대 보지 않았다.

> 아파트 안에는 갓난아이도 있었는데, 아이는 무사했다. 경찰은 콜롬비아 출신인 피해자의 남편 기예르모 알베스(42세)와 연락이 닿지 않고 있다. 기예르모 알베스는 브로

드웨이 가 110번지에서 금융가에 있는 인쇄 서비스 제공 업체 중에서는 가장 오래되고 성공한 암스테르담 프린팅이라는 가게를 운영 중이다. 리어든 학교는 뉴욕 시에서 최고 수준의 사립 학교로 졸업생들이 보통 아이비리그 대학들이나 스탠퍼드, MIT로 진학한다. 리어든 학교의 학비는 공식적으로 연간 3만 달러에서 4만 8천 달러 수준으로 학년에 따라 다르다. 언론 거물 조너스 마셜 스펜서와 이지스 펀드의 창립자 네이선 프리드버그의 자녀들이 현재 리어든에 재학 중이다.

이 사건 혹은 현재 수사가 진행 중인 다른 사건에 대한 제보는 방범대 1-888-692-7233.

이게 다구나. 그레이스는 생각했다. 더 쓸 것도 없었겠지. 스캔들로 키우기에는 부족한 거야. 그렇다 해도 그레이스는 『뉴욕』 잡지가 리어든의 학부모가, 그것도 〈피범벅이 된〉 아파트에서 살해된 사건을 가만히 두지 않을 거라는 것 정도는 알았다. 만약 범인이, 터놓고 말해서, 가능성이 가장 높은 콜롬비아 태생의 남편 기예르모 알베스로 밝혀진다고 하자. 마침 형편 좋게도 지금 연락이 되지 않는 남편이 전통적이고 유서 깊은 이유(질투, 중독, 경제적인 압박, 불륜)로 아내를 후려친 거다. 맨해튼 엘리트주의를 배경으로 한 그런 싸구려 통속 소설 같은 전개가 벌어질지도 모른다는 가능성에 매체들이 저항하기는 힘들 것이다.

그 외에는 별게 없었다. 인터넷 게시판에 의미 없는 글이 몇 개 있을 뿐이었다(〈리어든에서 살해된 애 엄마에 대해서 아는 거 있는 사람?〉). 구글에서 〈말라가 알베스〉를 검색하자 안심이 될 정도로 간결한 결과만 나왔다. 말라가는 분명 홍보 담당자 J. 콜턴의 표현에 따르자면 〈온라인 존재감이 없는〉 사람이었다(그레이스 역시 J. 콜턴이 가상의 손을 뻗어 오기 전까지는 〈온라인 존재감이 없는〉 사람이었다. 이제 그레이스는 웹사이트가 있고 처음으로 트위터 계정과 페이스북 페이지를 열었으며 홍보 팀에서 고용한 노스캐롤라이나에 사는 젊은 여자가 고맙게도 전부 관리해 주고 있었다). 구글 검색 결과 페이지를 훑어보니 〈말라가〉와 〈알베스〉라는 검색어가 금세 두 단어로 나눠져서(**말라가** 스페인, **말라가** 로드리게스, 셀레스테 **알베스**, 렌털 **말라가**/빌라 셀프케이터링 호세 **알베스** 대행사 등등) 그레이스는 검색 조건들과 그 조건들이 명목상 나타내는 사람과 자기 사이의 거리를 확인한 것 같아서 놀라웠다. 그레이스는 말라가 로드리게스라는 사람도, 셀레스테 알베스라는 사람도 몰랐다. 스페인의 말라가에 가본 적도 없고 간다고 하더라도 밥을 해 먹어야 하는 빌라를 빌리지는 않을 것이다.

당연히 말라가의 남편은 지금쯤 아주 멀리 가 있을 것이다. 가족들한테 군림하는 가장이라더니 역시나 애들은 남겨두고 콜롬비아에 돌아갔을 수도 있다. 경찰이 그를 찾아내더라도 아마 콜롬비아에서 내주지 않을 것이고 내준다 한들 오랜 시간이 걸릴 것이다. 정의 같은 건 없을 것이고 애들한테 일어날 일은 생각하는 것만으로도 힘들었다. 아기는 적당한 가족에게 입양되거나 위탁되어 괜찮을 수도 있지만 아들인 미겔은 직접 보고 당한 일에서 결코 회복하지 못할 것이다. 미겔은 길을 잃었다. 명백히 어떻게 손을 쓸 수 없을 정도로 길을 잃었다. 심리 치료사가 아니더라도 알 수 있다. 자식이 없더라도 알 수 있다.

이런 생각을 하자 그레이스는 형사들에 대한 기분이 누그러지는 것을 느꼈다. 피해자를 죽인 것이 틀림없는 사람은 벌써 손이 닿지 않는 곳으로 도망쳐서 돌아오지 않을 것이다. 경찰들이 할 수 있는 것이라곤 이미 지워진 그녀의 인생에서 남은 것들을 빙글빙글 돌며 의미 없이 주변을 건드리는 것뿐이라면, 분명 좌절감이 들 것이다. 물은 가득한데 마실 물이 한 방울도 없다! 이렇게 생각하자 그레이스는 자신이 경찰들에게 도움이 될 만한 걸 뭐라도 하나 얘기할 수 있기를 바랐다. 하지만 없었다.

그렇다 해도 그레이스는 조너선이 여기 있어 주길 바랐다. 조너선은 죽음의 미묘한 차이에 정통해서 그레이스에게 어떤 말을 해줘야 할지, 실비아와 대화한 이래로 그레이스가 품고 있는 설명할 수 없는 죄책감을 어떻게 달래면 될지 알려 줄 수 있을 것이다(하지만 왜 죄책감이 들까? 그레이스가 뭘 어떻게 했어야 할까? 생판 모르는 남의 인생에 끼어들어 〈혹시 당신을 살해할지도 모르는 사람하고 결혼한 거 아니에요? 그렇다면 그 사람을 떠나는 데 제 도움이 필요하세요?〉라고 물어야 했나?). 그레이스는 조너선이 이미 메시지를 확인했길 바랐다. 아니면 지금 전화를 주거나. 아니면 이런 원정을 떠날 때마다 그렇게 완전히 휴대폰을 끄고 있지 말거나. 연결이 안 된다면 그 수많은 의사소통 수단이 다 무는 소용인가?

그레이스는 전화를 좋아했다. 다른 수단에 비해 좋아했다. 조너선은 때에 따라 달랐는데 처음에는 이메일이었다가 문자로 바뀌었다. 이메일이나 문자라면 좀 더 운이 있을지도 모르겠다고 생각한 그레이스는 노트북으로 이메일 계정에 접속했다. 이메일은 주로 별로 중요하지 않은 것들, 가족생활에 큰 영향을 미치지 않는 실용적인 얘기들로, 어떤 일(〈오늘 밤 7시 전에 도착했으면 좋겠어. 늦으면 에바가 얼마나 질색하는지 알지……〉)을 알리거나 일정을 조정할 때(〈환자랑 상담이 길어지네. 내 대신 헨리 좀 바이올린 수업에 데려다 줄 수 있어?〉) 유용했다. 지금 상황을 보니 확실히 이메일을 활용할 때였다. 그레이스는 남편의 이메일 주소를 입력하고 제목란에 처량하게 〈아내가 남편을 찾습니다〉라고 적었다.

> 자기, 전화 좀 해줄 수 있어? 언제 돌아올지 알아야 에바한테 당신이 내일 올 수 있을지 연락할 수 있잖아. 그리고 리어든에서 일이 좀 있었어. 헨리한테 영향이 있는 일은 아닌데, 못 믿겠지만 진짜 경찰이 와서 나한테 그 일에 대해 묻고 갔어. 너무 이상하고 싫었어. 아 참, 나 오늘 투데이랑 인터뷰했다! 사랑해.

그레이스는 전송 버튼을 눌렀다.

그리고 그 순간, 그녀는 그 소리를 들었다. 딸깍거리는 기계음 같은 소리가 한 번 울리더니 다시 울리고 또다시 울렸다. 그 소리는 그레이스의 인생의, 적어도 결혼 후 인생의 배경음 같은 소리였다. 왜냐하면 병원에는 항상 아픈 환자들이 있었고 의사와 바로 연락하고 싶어 하는 환자의 부모들이 있었기 때문에 조너선과의 저녁 식사, 조너선과 함께 간 콘서트는 물론, 조너선과 산책하거나 잘 때, 심지어는 사랑을 나눌 때도 방해를 받았다. **딸깍/틱, 딸깍/틱, 딸각/틱**, 그리고 정적. 이 소리의 의미는 〈**방금 누가 당신 남편에게 이메일을 보냈습니다**〉였다.

소리를 따라가니 익숙한 조너선의 협탁 위에 흰색 도자기 조명(그레이스의 것과 똑같은 제품), 지난주 『뉴요커』지, 보비 쇼트 CD(「앳 타운 홀」은 조너선이 좋아하는 앨범 중 하나였다), 그레이스가 정기적으로 사다 주는 수많은 독서용 안경 중의 하나(잡화점에서 파는 저렴한 안경테인데, 비싼 걸로 하기에는 조너선이 너무 규칙적으로 잃어버리거나 망가뜨렸다)가 놓여 있을 뿐이었다. 놓여 있는 것들 중에는 그런 소리를 낼 만한 게 없었는데도 소리가 들렸다. 확실히 들렸다. 하지만 두려움을 느낄 만큼 충분한 정보가 없었다. 왜 익숙한 장소에서 익숙한 소리를 듣고, 심지어 그 소리가 들릴 리가 없는데 두려워해야 하나?

그레이스는 노트북을 옆에 내려놨다. 죄어드는 긴장감을 무시하면서 침대에서 내려와 무릎을 꿇었다. 갑자기 강렬한 힘으로 뇌가 모든 것에 마법을 걸어서 소리가 들리지 않게 됐다. 침대 옆에 있는 수납장의 문을 열자 눈에 익은 물건들이 보였다. 재즈, 록, 빈티지 브릴 빌딩 팝, 〈디제리돈〉 음반으로 빵빵한 가죽 바인더 세 개와 배달 메뉴판 몇 개, 비터이 로셴버움의 학생들이 했던 지난 공연의 프로그램이 접힌 채로 들어 있었다. 아마 남편이 너무 보고 싶어서, 그리고 — 이제 떠올랐는데 — 남편이 정확히 어디 있는지 모른다는 걸 받아들이기 힘들어서 기계적으로 착각을 일으킨 것이다. 그러나 그게 사실이라면, 그레이스가 자신의 상상 속에서 그 딸깍거리는 소리, 〈**방금 누가 당신 남편에게 이메일을 보냈습니다**〉라는 소리를 들은 거라고 납득했다면, 왜 그 뒤를 보기 위해 바인더 하나를 치우고, 또 하나를 치우고 생각도 못 했던 것을 발견하게 됐을까? 너무나 익숙한 조너선의 블랙베리가 있었다. 무음으로 반짝거리는 〈배터리 부족〉 표시와 초록색 메시지 아이콘이 마치 그레이스가 꼭 알아야 된다는 듯이 화면에 있었다. 방금 누가 당신 남편에게 이메일을 보냈습니다.

9
누가 들어요?

낮은 등급의 공포심을 구분하는 기준선이 덜컹거리면서, 세상의 종말이 오고 있었다. 그레이스는 혼란을 부르는 휴대폰을 수납장 안에 내버려 두고 문을 닫은 후 가둬 버리듯이 자물쇠를 잠갔다. 이어진 무참한 밤 내내 그레이스는 생각을 거듭했지만 발 앞에 생긴 수렁 자체는 보지 않았다. 수렁은 그 자체만으로 충분히 나쁘긴 했지만 다행히도 그 조각들이 아직 따로 떨어져 있었다. 일부는 조너선에 관한 것이었고 다른 부분은 살해당한 주위의 타인, 또 다른 부분은 경찰에 관한 것이었다. 헨리는 10시쯤 잠자리에 들기 전에 그레이스와 포옹을 하러 왔고 그레이스는 부디 헨리가 자신의 떨림을 느끼지 않길 바라며 무리하게 활기찬 인사를 건넸다. 몇 시간이 지나도록 그레이스는 계속 깨어 있었다.

물론 몇 가지 선택지가 있었다. 로버트슨 샤프 3세(조너선은 몇 년 동안 〈로버트슨 샤프 쓰레기〉,[59] 가끔은 그냥 〈쓰레기〉라고 불렀다)한테 전화해서 〈그렇게 얼빠진 짓을 할 때

59 〈3세*Third*〉와 〈쓰레기*Turd*〉는 발음이 비슷하다.

가 있네요!〉라면서 조너선이 집에 휴대폰을 두고 갔으니 메모리얼 병원에서 같은 학회에 참석한 사람이 있는지 물어볼 수도 있었다. 아니면 아예 학회로 전화하는 수도 있었는데 그러려면 먼저 정확한 학회 이름과 개최 장소를 알아야 했다. 〈클리블랜드의 소아 종양학 학회〉로는 특정이 어려웠다. 아니면 조너선이 자리를 비울 때 진료를 대신 봐주는 스투로즌펠드한테 전화를 할 수도 있었는데, 그건 조너선 색스의 아내가 남편이 어디 있는지 몰라서 정신이 나갔다는 이메일 폭탄을 보내는 것과 마찬가지였다.

그레이스는. 정신이. 나가지. 않았다.

아직은.

그레이스는 계속해서 월요일 아침의 상황을 돌이켜 보았다. 늘 그렇듯 커피를 마시고 (가족 중에 유일하게 아침을 먹는) 헨리에게 밥을 먹이고 그날 할 일을 휴대폰에 내려받았다. 그레이스가 간신히 떠올린 그녀의 일정에 따르면 오후 4시까지 쭉 상담이 차 있었고 그 뒤에 헨리의 바이올린 수업이 있었다. 조너선은 치과 약속이 있었는데, 작년에 병원 계단에서 발을 헛디뎌 넘어지는 바람에 부러졌던 아랫니에 결국은 영구적으로 치관을 씌우게 됐다. 그리고 집에 오는 길에 둘 중 하나가 저녁거리를 사 오자는 계획 비슷한 게 있지 않았던가? 지금 떠올리고 또 떠올려 봐도 클리블랜드는 그날 계획에 없었다. 아니면 그보다 나중에 떠날 생각이었던 건가? 그레이스와 헨리와 함께 저녁 식사를 한 후에? 그러다가 어느 시점에 이게 별로 좋지 않은 계획이라는 결론을 내리고, 모처럼 가족들과 함께 집에서 저녁을 먹는다고 다음 날 아침 일찍부터 학회가 있는데도 늦은 시간에 비행기를 타는 것은 좋지 않다는 생각을 했을 수도 있다. 아마 갑자기 결정해서 비행기 좌석을 확인하고, 집에 와서 물건을 챙긴 후 나중에 그레이스에게 전화해서 알릴 생각이었을 수도 있다. 그리고 그레이스가 못 받긴 했지만 정말로 월요일 오후에 전화가 왔었다. 그레이스는 조너선이 남긴 메시지를 헨리가 비터이 로센버움의 바이올린 수업을 받는 동안 어둑어둑한 복도에서 확인했고, 그래서 그날 헨리와 둘이 브로드웨이가에 있는 쿠바 레스토랑에서 저녁을 먹게 됐다. 메시지 자체는 평범했다. 〈**그 학회 때문에 공항으로 가는 중이야. 호텔 이름이 기억이 안 난다. 가방 안에 있는데. 이틀쯤 있다가 봐. 사랑해!**〉 그 메시지는 보관조차 안 했다. 보관할 이유가 없었다. 이틀 정도 가 있는 것뿐이었다. 조너선은 종종 학회에 참석했고 장소는 주요 병원들이 있는 중서부 도시였다. 클리블랜드 병원은 오하이오였고 메이요 클리닉은…… 미네소타였나? 그레이스는 그런 장소를 별로 기억해 두지 않았다. 기억할 필요가 있나? 어차피 뉴욕에 사는 사람은 치료를 받으러 다른 도시로 갈 필요가 없었다. 게다가 조너선한테서 전화가 오거나 그레이스가 걸 수도 있었다. 중국이든 세계 어느 곳이든 같은 번호에 전화를 걸면 같은 사람, 즉 당신의 남편이 받는다.

그런데 조너선이 휴대폰을 깜빡하고 갔다.

정확히는 깜빡한 게 아니었다. 지금 그레이스가 잔인할 정도로 확실하게 알 수 있는 건, 휴대폰을 그런 곳에 깜빡하는 것은 불가능하다는 사실이다. 조너선의 휴대폰은 침대 옆 수납장 안 가죽 바인더들 뒤에 처박혀 있었다. 그렇게 접근이 불편한 곳에다가 휴대폰처럼 중요한 물건을 두고 〈깜빡하는〉 사람은 없다.

이 이상한 지점으로 그레이스는 계속해서 돌아왔다.

그날 계획을 다운로드: 오케이.

계획 변경: 이것도 오케이.

서둘러서 계획이 바뀌었다는 소식을 전하고 의도치 않게 휴대폰을 두고 감: 큰 문제는 아님.

하지만 휴대폰을 둔 위치가 침대 옆 수납장 안 가죽 바인더들 뒤라고?

말이 안 됐다. 조너선은 확인하는 걸 **좋아하는** 사람이었다. 조너선은 설령 사무실 전화로 통화하느라 그레이스가 사무적인 목소리로 얘기하더라도 그녀의 목소리를 들으면 안정된다고 말한 적이 있었고, 그레이스는 이 말에 감동을 받았다. 그녀는 두 사람이 만났던 무렵부터 조너선이 자신을 그의 〈진짜〉 가족으로 여겨 왔다는 것을 알고 있었다. 그레이스는 조너선에게 그가 태어난 가정에서는 경험할 수 없었던, 어린이에게 아주 중요한 소속감과 안정감, 그 자체를 자신이 안겨 줬다는 것을 알았다. 조너선은 그런 미래가 보이지 않는 곳에서 시작하여 배려심 있고 사랑스럽고 일을 열심히 하는 사람이 되었다. 그 자체로 그레이스는 조너선의 본질을 충분히 알 수 있었다.

그러나 이런 생각을 하면서도 그레이스는 다른 생각이, 아니 다른 사람이 떠올랐다. 몇 년 전 사무실 소파에 앉아 있던 여자. 소파는 지금도 똑같지만 사무실은 달랐는데 80번가 위쪽의 요크 가에 있던 맨해튼에서의 첫 사무실이었다. 당시 그레이스는 연수 과정을 막 마친, 숨 막히던 마마 로즈의 밑을 떠난 지 얼마 안 된 신참 심리 치료사였고 이 여자, 이 환자는…… 그레이스는 여자의 이름은 기억나지 않았지만, 사실 좀 부러워했던 힘줄 있고 기다란 그녀의 목은 기억났다. 여자는 혼자 왔지만 자기 얘기를 하러 온 건 아니었다. 오로지 자기 남편 얘기를 하고 싶어 했다. 남편은 폴란드인 변호사로 이 나라에서 법률 보조원으로 일했는데 여자는 집 근처 헬스장에서 남편을 처음 만났고 그다음에는 즐겨 가던 카페에서 만났다. 남편은 가벼운 교제 중에 그 카페에서 세상에서 제일 확고한 염세주의자마저 동요할 만한, 결핍과 방치의 요소를 다 모아 놓은 목록 같은 자신의 힘든 어린 시절 이야기를 쏟아 냈다. 그는 완전히 문맹인 가족에서 태어나 대학에 갔고 미국에서는 쓸모가 없는 폴란드의 법학 학위를 가지고 혈혈단신 무일푼으로 이민을 왔다. 자신보다 재능 없고 어린 변호사들 밑에서 일했고 퀸스에 있는 실제로는 기숙사 같은 허름한 아파트에 살면서 끊임없이 추방 위협에 시달렸다. 아주 힘든 삶이었다. 여자가 사랑으로 그를 구원하고 결혼하기 전까지는 그랬다. 여자는 또 그가 합법적인 자격증을 딸 수 있도록 길잡이를 해주었다. 그레이스는 여자가 생각만큼 이 남자를 진짜로 잘 알고 있는 건 아닐 수도 있다고 한 번 빙 돌려서 얘기한 적이 있는데, 그때 여자가 한 말이 있었다. **그이가 살아온 과정과 지금 그이가 어떤 사람인지 보세요.** 그 말을 하는 여자의 아름다운 목은 분노로 근육이 팽팽해졌다. **저는 그것만 알면 된답니다.**

그레이스가 기억하는 한, 남편은 한 번도 상담에 오지 않았다. 여자는 남편이 폴란드인이라서 남편이 심리 치료를 믿지 않는다고 설명했다. 그러더니 여자도 오지 않게 됐다. 몇 년 뒤 그레이스는 3번가에 있는 엘리스 마켓의 치즈 코너에서 그녀를 본 후 조심스럽게 인사를 했다. 그녀는 여전히 예전의 작은 아파트에 살고 있었는데 혼자서 딸을 키우고 있었다. 폴란드인 남편은 딸이 태어난 지 얼마 안 돼서 떠나더니 이민 오기 전에 알던 여자와 결혼하고 이혼 변호사로는 자신이 새로 일하게 된 로펌의 동료를 고용했다. 그리고 당연하게도 그는 자신의 고통과 고난을 잘 다룰 수 있었다.

그레이스는 한 치의 움직임도 없이 앉아 있었다.

파크 가 아래쪽에서 사이렌 소리가 요란하게 울렸다. 그레이스는 담요를 꺼내 어깨에 둘렀다. 그녀는 노트북을 다시 켤 수가 없었다. 〈소아과〉, 〈클리블랜드〉, 〈종양학〉, 〈학회〉라는 검색어를 입력하는 자신을 상상했지만 실행할 수는 없었다. 게다가 이 모든 일은 어떻게든 저절로 해결될 터였다. 그레이스는 그저 스스로를 소용돌이치는 불안감에 떠밀고 있을 뿐이었다. 여태 해왔던 상담에서 백 번은 넘게 이런 상황을 보았다. 당연히 종종 뭔가가 있었다. 가끔 있었다. 하지만 항상은 아니었다. 항상 뭔가가 있는 건 아니었다.

그리고 사실 그레이스는 마음을 좀 놓을 만한 경험을 떠올렸는데, 전에도 한 번 이런 비슷한 일이 있었고 어떤 끔찍한 결과도 없었다는 것이었다. 몇 년 전 신혼 때였던 것 같았다. 똑같이 마구 퍼져 나가는 두려움을 느꼈던 그때의 경험이 물밀듯이 살아 돌아왔다. 얼마나 무의미했는지! 지금 상황과 비슷한 조그만 사건이 하나 있었는데, 조너선이 어딜 갔는지 알 수 없는 상태로 하루인가 그 이상 지났던 적이 있었다. 당시 조너선은 레지던트였고 당연히 모든 레지던트들은 정신 나간 36시간짜리 교대 근무를 했기 때문에 병원 안으로 흡수되듯 사라졌다가 한쪽 끝에서 지치고 정신이 혼미해서 대화가 불가능한 상태로 다시 나타났다. 또한 당시는 지금처럼 휴대폰이 어디에나 있던 때가 아니라 사라지고 싶으면 완전히 사라질 수 있는 시절이었다. 레이더망에 뜨는 점도, 숲속에 빵 부스러기로 남긴 흔적도 없었다. 그레이스는 역설적으로 연락을 할 수 없었던 그때가 모두에게 더 평화로웠다고 생각했다. 그녀는 헨리가 휴대폰 없이 바깥을 돌아다니는 걸 원치 않았다. 좀 더 솔직하게 말하자면(그리고 그런 게 가능하다면) 헨리에게 GPS 위치 추적기를 이식하고 싶었다. 하지만 15년 전 병원에, 응답기에 메시지를 남겨도 회신 없이 조너선이 이틀 정도 사라졌을 때는 지금처럼 두렵지 않았다. 결혼한 지 얼마 안 됐을 때였고 둘 다 말도 안 되는 시간 동안 일할 때였다. 조너선이 어디 있는지 모르는 상태인데도 자신이 그냥 지쳐 나가떨어져 있었다는 걸 깨닫게 될 때까지 시간이 좀 걸렸다. 그녀가 알고 있던 조너선의 교대 근무 일정에 따르자면 이제 그가 웨스트 65번가에 있던 살풍경한 그들의 아파트 문을 구르듯이 들어와서 아늑한 벽감 속의 침대에 쓰러질 때가 다 됐는데도 나타나지를 않았다. 그날의 대부분은 혼자 추측하다가 보냈고 나머지 몇 시간 동안은 메시지를 남겼다. 일이 다 끝났는데 다른 사람 근무를 대신 떠맡았나? 아니면 너무 힘들어서 집까지 못 오고

리비 시온법[60]에 따라 병원에 마련된 빈방에서 자고 있을 수도 있었다. 그것이 옳든 그르든 리비 시온이라는 한 10대의 죽음은 잠이 극도로 부족한 레지던트들에 의해 초래된 것이었다. 웃기게도 서로 연락할 방법이 적을수록 다 괜찮을 거라고 스스로를 설득하기가 훨씬 쉬웠다. 무디고 고집스러운 어떤 감각이 자꾸만 끌어당겨 생각의 방향을 돌리는 느낌이었다. 당시 그녀가 무슨 생각을 하고 있었는지는 잘 기억나지 않지만. (아이를 갖기 전이었던 당시에는 뭘 생각했을까? 그때 있었던 일? 저녁 메뉴?) 그때도 충분히 불쾌했지만 지금 같지는 않았다. 지금은 뭔가 거대하고 요란한 소리를 내는 것이 뚫고 들어오고 있는 것만 같아서, 그게 뭔지 이름 붙이기도 싫었다. 하지만 아주, 아주 기분이 나빴다.

그때는 얼마나 걸렸더라? 조너선은 하루, 또 하루, 그리고 아마 거의 사흘째가 되어서야 갑자기 집에 돌아왔는데, 다른 때보다 다소 기분이 좋아 보였다. 그레이스도 조너선이 너무나 반갑기만 했다. 어디 있었어? 그녀는 따져 물었다. 교대 근무를 더 했어?

응.

레지던트가 쪽잠 잘 수 있는 방에서 잤던 거야?

그래. 그가 그렇게 말했다. 거기서 잤어.

60 전공의는 일주일에 80시간 이상 근무할 수 없고 24시간 이상 연속 근무할 수 없는 뉴욕 주의 보건법. 1984년, 여대생 리비 시온이 고열로 야간에 병원 응급실에 내원했다가 인턴의 실수로 병용 처방 금기 약물을 복용해 사망하는 사건이 발생했다. 그러나 당시 인턴은 18시간 이상 근무한 상태로 정확한 판단을 하기 어려웠던 것으로 밝혀졌고, 그 후 전공의들의 근무 환경에 문제가 있다는 것이 공론화되어 이 법이 제정됐다.

내가 보낸 메시지는 못 받았어?

메시지? 알고 보니 못 받았다고 했다. 병원의 안내 데스크는 연결이 안 되기로 악명이 높았다. 따지고 보면 어떤 메시지든 전하는 것이 안내 데스크의 일이기는 했지만 커다란 암 전문 병원에서 전달 사항의 중요도로 위에서부터 분류하면 아래쪽에 있는 것들은 왕왕 누락되었다. 그리고 조너선은 그날 일찍 그레이스의 번호로 온 호출 메시지를 보기는 했지만 그때에는 이미 몇 시간 후에 집에 갈 예정이었고 그레이스를 깨우고 싶지 않았다고 했다.

하지만 **왜** 그 전에 그레이스에게 전화하지 않았을까? 무슨 일이 있었는지 왜 미리 알려 주지 않았을까? 그녀가 걱정할 거라고는 생각을 못 했던 걸까?

대체 걱정할 거리가 뭐가 있어? 조너선은 궁금해했다. 내가 암에 걸린 쪽도 아닌데. 눈물을 훌쩍이는 부모들이 지켜보는 동안 독극물을 투여받는 아이도 아니잖아.

물론 그건 끔찍한 일이지. 그레이스는 자기가 얼마나 과하게, 부적절하게 걱정하고 있었는지 부끄러웠다. 조너선이 매 순간 전화를 걸지 않는다고 해서 어쩔 건가? 그는 바빴다. 병원에는 아픈 애들이 있었다. 그의 삶은 몹시 중요한 것들로 가득했다. 그걸 알고도 그를 선택하지 않았나? 그리고 정확히 뭘 그렇게 무서워했나? 뭔가 심하게 안 좋은 일이 일어나면, 예를 들어 갑작스럽게 무서운 병(심장 마비! 뇌출혈! 뇌종양!)으로 쓰러지면 누군가가, 조너선의 동료나 죽도록 바쁜 안내 데스크의 직원이라도 그레이스에게 알리기 위해 애쓸 것이다. 그러므로 남편에게 아무 일도 일어나지 않았던 것이고, 그러므로 그녀가 비이성적으로 행동한 것이다.

그레이스는 이번에도 같은 논리에 의지할 수 있기를 바랐다. 지금 그녀는 단순히 이전에도 있었던 일이고 결국 아무 일도 아니었다는 생각에 너무 집중하는 바람에, 비슷한 일이 반복되었다는 사실 자체가 갖는 중요성은 아예 깨닫지 못하고 있었다. 만약 그녀 앞에서 그런 눈속임을 하려는 환자가 있었다면 분명히 지적했을 것이다.

그레이스는 조너선이 자신을 떠날 수도 있다는 생각을 한 번도 해보지 않았다. 지나온 모든 시간 동안, 그리고 자초했던 3일의 시련 동안에도 해보지 않았다. 이번에도 하지 않았다. 사실 하버드 의대 기숙사 지하실에서 깨달음, 욕망, 안도가 섞인 한숨을 내쉬었던 그 첫 순간부터 한 번도 조너선이 자신을 떠날 수도 있다는 생각은 해보지 않았다. 오래전에 한 환자가 장래에 남편이 될 남자를 처음 만났을 때 들었던 생각이 〈오, 좋아. 이제 남자들 그만 만나도 되겠다〉였다고 했다. 그레이스 역시 그런 순간이 있었다. **끝이다!** 현실적인 자아의 작은 목소리는 조너선을 향한 즉흥적인 갈망에 거의 익사당할 뻔했지만 그 순간에는 다른 남자를 더 만날 필요가 없다고 생각했다. 어떤 남자를 만나 사랑하고 결혼하고 아이를 낳고 함께 늙어 가야 할지 더는 예상하지 않아도 됐다. 물론 연애, 결혼, 육아 같은 것들은 낯설었다. 하지만 그를 처음 만났던 순간 이후부터 자신의 이야기가 진행될수록, 조너선과 함께하는 이야기가 펼쳐질수록, **어떤** 남자를 만나야 하느냐는 질문은 과연 자신이 **이** 사람과 여생을 함께할 자격이 있느냐고 묻는 질문으로 바뀌었다. 조너선 게이브리얼 색스. 스물네 살, 보조개, 말랐지만 강단 있는 체격, 헝클어진 머리, 똑똑하고 사랑스럽고 활기찬 성격. 그리고 그가 살아온 과정을 보라.

그녀의 밤은 육체적인 불편과 훨씬 더 심한 정신적 고난에 빠져 그런 식으로 지나갔다. 잠깐씩 상쾌하지 않은 얕은 잠에 들기는 했지만 그럴 때마다 다시 움찔거리면서 깼다. 그녀는 7시에 억지로 일어나 헨리 몫의 토스트를 굽고 자기 커피를 내리면서 평범한 날처럼 아들을 학교에 보낼 준비를 했다. 물건을 챙기는 헨리를 기다리는데 평소답지 않게 참을성을 잃고 조바심이 났다. 그게 그녀 스스로도 이해가 되지 않았다. 헨리가 학교 계단을 올라가는 모습을 지켜본 다음엔 다시 도돌이표처럼 이어지는 이런 생각들로 돌아와야 한다는 게 벌써부터 끔찍한데 이 마음은 뭘까.

그레이스와 헨리는 렉싱턴 가의 모퉁이를 돌자마자 대기 중인 뉴스 차량(NY1)과 종류가 다른 매체 몇 군데 때문에 학교 풍경이 딴판으로 달라졌다는 것을 알 수 있었다. 확실히 평소보다 많은 부모가, 더 정확히 말하자면 어머니들이 나와 있었는데, 누구도 이런 중대한 사건이 벌어진 학교에 아이들을 보모 손에 딸려서 보내고 싶어 하지 않았기 때문이다. 어머니들은 요가복이나 운동복 차림이었고 목줄을 맨 개를 데리고 있었으며 학교 보도나 정원 여기저기에 모여서 열정적으로 이야기를 나누고 있었다. 너무나 많은 여자들이 모여 있는 광경에 그레이스는 개인적인 괴로움에서 빠져나와, 죽은 어머니, 상처 입은 아이들, 자기 자식과 학교 전체를 향한 관심이 넘치는 현실 세계에서 무슨 일이 있었는지 다시 떠올려야만 했다. 그리고 한순간 기분이 좀 나아진 것 같았다. 남편 일은 저절로 해결이 될 테지만 말라가 알베스와 그녀의 자식들은 절대로 회복될 수 없을 것이다. 그레이스는 헨리의 양쪽 어깨를 조심스럽게 꾹 쥐었다가 들여보낸 후 샐리 모리슨골든의 그룹으로 자진해서 다가갔다.

「오, 맙소사.」 그레이스가 다가가자 샐리가 말했다. 「너무 참혹해요.」

샐리는 스타벅스의 특대형 컵을 든 채로 번갈아 고개를 젓고 음료수 표면을 후후 불었다.

「그 여자의 남편 본 적 있는 사람 있어요?」 그레이스가 모르는 여자가 물었다.

「한 번요.」 버킨 백 린지가 말했다. 그녀는 아들 생일 파티에서 그레이스에게 경비원이 택시를 불러 줄 거라는 유익한 정보를 주면서 내쫓았던 날보다 더 젊고 생기 있어 보였다. 「처음에는 학부모인 줄 몰랐어요. 있잖아요, 왜. 학교에서 일하는 사람인 줄 알았어요. 여자 화장실에 휴지가 떨어졌다고 그분한테 말했던 것 같아요.」

분명히 자의식이고 뭐고 없이 하는 말이었다. 실종된 알베스 씨가 자기 아내를 죽을 때까지 두들겨 팬 것이 분명 사실이라 하더라도, 그레이스는 그 사람 대신 기분이 상했다.

「학부모의 밤에요?」 누군가가 물었다.

「네. 그러고 나서 그 남자가 교실에 들어와서 앉아 있길래 〈오, 청소부 아들이 윌리네 반에 있구나!〉 이렇게 생각했죠.」

눈동자를 굴리고 있는 것을 보니 그녀는 여전히 그 일이 재미있는 모양이었다.

「아시죠, 저 남부 출신이라. 거기는 그런 식이거든요.」

〈그런〉이 무슨…… 뜻이지? 그레이스는 생각했다가 파고들 만한 가치가 없다고 판단했다. 대신에 그녀는 아무나 진짜 정보를 가진 사람이 있는지 물어야 할까 생각했다.

「애들은 어디에 있대요?」 그녀가 말하자 모두 그녀를 쳐다봤다.

「무슨 애들이요?」 유치원생 엄마가 물었다.

「말라가 알베스의 애들이요. 미겔이랑 아기.」

다들 멍하게 그레이스를 쳐다봤다.

「모르겠네요.」 누군가가 대답했다.

「위탁 기관 아닐까요?」 또 다른 누군가가 말했다.

「멕시코로 돌려보내졌을 수도 있죠.」 그레이스는 모르는 여자지만 샐리와 자주 있는 여자가 말했다.

「오늘 오후에 상담사가 온대요.」 어맨다가 말했다. 「4학년들한테요. 미겔에 대해서 얘기한다는데. 잘 모르겠지만 먼저 우리한테 물어봤어야 하는 거 아니에요?」

「물어봤잖아요.」 그레이스가 이름을 모르는 여자가 말했다. 「이메일 못 받았어요? 이의 있는 사람은 교장 선생님 사무실로 전화하라고 되어 있었어요.」

「아.」 어맨다가 어깨를 으쓱했다. 「이제 이메일은 거의 안 보거든요. 페이스북으로 다 해결되잖아요.」

「전체 학생을 대상으로 상담사를 데려오는 건가요?」 린지가 물었다. 「레드먼드가 그런 말은 안 한 것 같은데.」

린지의 큰아들 레드먼드는 7학년에서 군림하면서 온라인으로 남을 괴롭히는 아이로, 대부분의 사람들이 생각하는 기분 나쁜 청년이었다. 놀랍지 않은 일이었다.

「아뇨.」 어맨다가 다소 힘을 주어 말했다. 「4학년 대상이에요. 미겔이랑 같은 반인 애들한테요. 대프니처럼요.」 어맨다는 재차 확인하듯 말을 이었다. 「대프니가 그러는데 반에서 둥글게 앉아 미겔에 대해서 얘기했대요. 특히 미겔이 돌아오면 어떻게 잘해 줄 수 있을지를요.」

「돌아오면요.」 샐리가 당연한 말을 했다.

「에휴.」 린지가 지금 유행 중인 버킨 백(푸크시아 오스트리치)에서 선글라스를 꺼내더니 학교 계단을 올려다보며 말했다. 「저 사람들 봤어요?」

그레이스도 쳐다봤다. 어제 그녀를 찾아 왔던 두 친구, 아일랜드와 히스패닉계 2인조가 로비에서 나와 중앙 현관 바로 바깥에서 로버트 코노버의 비서인 헬렌 캔터와 대화 중이었다. 둘 다 받아 적지는 않았지만 열심히 고개를 끄덕였다.

멘도사. 그레이스가 크지 않은 소리로 말했다. 뚱뚱한 목멘도사.

「저 사람들이랑 얘기하셨어요?」 그레이스가 물었다.

「어제 아침에요.」 샐리가 말했다. 「자선 행사랑 위원회랑 그런 거 물어본다고 왔더라고요. 물론 저도 전화를 했겠지만 두 사람이 먼저 찾아왔어요.」

그레이스가 이름을 모르는 샐리의 친구가 물었다. 「뭐라고 했어요?」

「뭐, 확실히 말라가가 우리 집에서 했던 위원회 회의에 왔었다는 거랑, 토요일 자선 행사에서 어떤 일이 있었는지 정도요.」

어떤 일이 있었는데? 그레이스는 인상을 찌푸리며 생각했다.

「어떤 일이 있었다니 무슨 뜻이에요?」 다행히 어맨다가 물었다.

「그게, 스펜서가에서 말라가가 자기를 삼키고 싶어 하는 열 명쯤 되는 남자들을 내버려 둔 게 문제라고 생각하지 않으세요? 그게 사소한 일 같지는 않아서요. 말라가가 그 남자들을 불러들였다는 건 아니에요. 희생자에게 책임이 있다는 뜻도 아니고요.」 샐리가 방어적으로 말했다. 「하지만 경찰들이 누가 말라가한테 그런 짓을 했는지 알아내는 데 도움이 된다면 중요한 거 아니겠어요?」

「누가 그러다뇨?」 소름 끼친다는 듯 린지가 말했다. 「무슨 소리예요? 남편이 했겠죠! 사라졌잖아요, 안 그래요?」

「뭐,」 그레이스가 이름을 모르는 여자가 말했다. 「알겠지만 마약 문제일 수도 있어요. 어쩌면 어떤 마약 카르텔이 남편을 쫓다가 그녀를 발견했을지도요. 그래서 남편은 어딘가로 숨은 거예요. 멕시코에서 왔잖아요! 거기는 다 마약이 얽힌 폭력이 문제잖아요.」

멕시코가 아니라 콜롬비아야. 그레이스는 냉정하게 생각했다. 하지만 만약 마약 카르텔에 관련된 일이라면 모여 있는 사람들 중에 그 차이를 아는 사람이 없을 것 같았다.

충분히 머물렀다는 생각이 들어 그레이스는 탈출할 방법을 찾기 시작했다. 정원은 군데군데 뭉친 어머니들로 가득했고 아마 다들 정보가 아닌 비슷한 조각들을 교환하고 있을 것이었다. 평소의 들뜬 분위기와는 약간 달랐는데, 그건 다행이었다. 하지만 동시에 전체적인 분위기에 결정적으로 마음에 안 드는 뭔가가 있었다. 비극에 대한 확인도 끝났고 각자의 자녀가 필요로 하는 부분에 대한 걱정도 드러냈으니, 이제 그런 사전 공작을 뒤로 한 사람들 사이에서 풍기는 실제 흥분의 악취가 느껴졌다. 학교 밖 길가에는 뉴스 차량이 있었다. 뉴스 차량은 학교 부지 안에 들어올 수 없었지만 그들, 어머니들은 안에 있었다. 물론 그룹으로서 어머니들은 내부자가 되는 것에 익숙했다. 따로 테이블로 안내해 주고 전화를 걸면 정중하게 받아 주는 특별 대접에 익숙했다. 자녀들이 시내 최상급 학교에 입학하는 것, 개인적으로 사람을 고용해 기다리지 않고 물건을 주문하고 구입하는 것, 엄중하게 보안되는 주택 단지의 문을 그저 경비원에게 친근하게 손 한 번 흔들고 운전해서 들어가는 것에도 익숙했다. 하지만 그레이스는 이들 중에 범죄 수사에서 주요한 역할을 한 사람은 아주 적을 것이라고 추측했다. 그리고 이제 전율이 이는 관심을 받기 위해 행동할 마음은 충분한데 정작 본인들이 경찰의 흥미를 끌기에는 충분치 않았다. 이들에게는 드문 기회였고 드물게 얻은…… 조망이었다. 이들은 이 순간을 최대한 즐기고 있었다.

그때 누군가가 그레이스의 이름을 불렀다.

그레이스가 돌아봤다. 실비아가 가까이 와 있었다. 그레이스는 군중 속에 실비아가 있었는지 알아채지 못했다.

「로버트는 만났어요? 아까 자기 찾던데.」

「아?」 그녀가 둔하게 말했다. 「뭐 때문에요?」

하지만 뭐 때문인지 깨달았다. 당연하게도 로버트는 조언을 구하기 위해 학부모 중에 정신 건강 전문가를 찾는 중이었던 거다. 그레이스는 로버트가 암호 같은 이메일을 보내서 학교 공동체 전체를 동요시키고 상담사를 부르기 전에 조언을 구했다면 좋았을 것이라고 생각했다.

「모르겠어요.」 실비아가 말했다. 「**이 사태** 때문이 아닐까 싶네요.」

「그런 것 같아요.」 그레이스가 동의했다. 「뭐, 로버트가 원한다면 애들하고 얘기해 볼 수 있겠죠.」

「내일 뒷골목을 열어 놓을지도 모르겠다고 하던데요.」 실비아가 말했다.

뒷골목은 학교 뒤쪽의 놀이터와 도로를 잇는 길이었고 가끔씩 화재 훈련 때 사용하곤 했다. 그레이스는 그 골목을 보조 통로로 쓸 수 있는 줄은 몰랐다. **절박하네.**

「어, 상황이 지금보다 나빠지진 않을 거예요.」 그녀가 실비아에게 말했다. 「가라앉겠죠. 학교에 대한 일은 아니니까요.」

「그레이스 말이 맞으면 좋겠네요.」 실비아가 어깨를 으쓱했다.

그레이스는 어머니들의 대형을 떠나서 로비로 들어가 행정 층으로 올라갔다. 층계의 벽들은 학생들이 그린 그림과 사진 액자, 그레이스가 다니던 시절로 거슬러 올라가는 뮤지컬과 연극 포스터가 잔뜩 붙어 있었다. 하나를 지나치고 기계적으로 힐끗 본 곳에 그레이스가 7학년 때 참여한 작품 「곤돌라 사공들」(그녀는 코러스였다)의 의상을 입은 사춘기 전의 그녀가 있었다. 아마 백 번쯤은 유심히 본 것 같은데, 머리 중앙의 가르마가 얼마나 선명하게 눈에 띄는지 검게 땋은 머리카락과 비교해서 엄청 하얬다. 그녀는 언제 마지막으로 머리를 땋았는지 기억이 나지 않았다. 가운데 가르마를 탄 것도.

떡갈나무 재질의 무거운 교장실 문이 약간 열려 있었지만, 그레이스는 어쨌거나 문을 두드렸다. 「로버트?」

「아 ―」 그는 거의 책상에서 뛰어올랐다. 「그래요, 어, 좋아요. 실비아 만났어요?」

「아래층에서요.」

「아.」 로버트는 아직도 약간 정신이 없어 보였다. 「문 좀 닫아 줄래요?」

그레이스는 문을 닫고 책상에서 로버트 맞은편에 있는 의자 하나에 앉았다. 필연적으로 교장실에 호출당한 것 같다는 생각이 들었다. 학생으로서도 학부모로서도 그런 경험이 없기는 했다. 그녀는 언제나 순종적으로 규칙을 잘 지켰고 헨리 역시 그랬다.

이상하게도 로버트가 그레이스한테 하려던 말이 뭐였는지 잊어버린 것처럼 보이는 짧은 시간이 지나고, 그레이스는 무엇보다 로버트를 돕고 싶어서 입을 열었다. 「무서운 일이네요.」

「끔찍하죠.」 로버트는 앉은 채로 이상하게 그녀 쪽을 쳐다보지 않았다. 「그레이스는 어때요?」

그녀는 미간을 찡그렸다. 「아, 전 괜찮아요. 알베스 부인을 잘 알지는 못했지만 이 상황을 곧바로 처리하려고 한 건 옳은 판단이었어요.」

그레이스는 이메일은 언급하지 않았다. 로버트가 일을 다르게 처리해야 했을지 알고 싶었다면 그녀에게 물어봤을 것이다.

그는 묻지 않았다. 사실 그녀에게 어떤 것도 물어볼 것처럼 보이지가 않았다.

마침내 그녀가 말했다.「제가 애들이랑 얘기를 나눴으면 하세요? 전 보통 아동 상담은 안 하지만 일손이 더 필요하다면 기꺼이 도울게요.」

로버트가 처음으로 그레이스를 똑바로 쳐다봤다.「그레이스, 알겠지만 경찰이 다녀갔어요.」

그녀는 앉은 자세를 조금 바로 했다.「네, 그랬겠죠. 무슨 일이 있었는지 알려 주러 온 거려니 했어요.」그녀는 아주 조심스럽게 이 말을 했다. 일부러 했다. 하지만 로버트는 어떤 기본적인 의미를 파악하기라도 하는 것처럼 여전히 그녀를 바라보고 있었다. **정신이 나갔나?** 지난 토요일 밤 수다를 떨었던, 편안하고 당당하고 약간 술에 취한 로버트에서 너무나 달라져 있었다. 그게 며칠 전이었던가? 그레이스는 날짜를 셌다. 오래되지 않았다. 로버트는 정신적인 충격을 받은 것처럼 보였다. 그레이스는 물론 그랬을 거라고 다시 한번 생각했다.

「사실 꽤 많은 대화를 했어요.」

「아들에 대해서요?」그레이스가 인상을 썼다.「미겔?」

로버트가 고개를 주억거렸다. 아침 햇살이 우연히 로버트의 머리에서 딱 빈 곳을 비추어 두피가 반짝반짝 빛나고 있었다. **딱한 로버트.** 그런 생각을 안 할 수가 없었다. **탈모가 더 빨라질 텐데. 얼굴은 그렇게 귀여우면서.**

「경찰들은 학교가 미겔의 재정적인 부분을 어떻게 조정했는지 매우 궁금해하더군요.」 로버트가 말했다. 「장학금에 대해서요.」

「그거 참 이상하네요.」 **이 대화도 그렇고 말이야.** 「제 말은, 왜 경찰이 이런 장학금까지 신경을 써야 할까요?」

로버트가 그레이스를 쳐다보면서 입을 꾹 닫았다. 그는 완전히 당황한 것 같았다.

「그레이스.」 마침내 그가 입을 열었다. 「내가 경찰에 전면적으로 협조해야만 한다는 걸 이해해 줬으면 좋겠어요. 방식은 잘 모르겠지만 난 이 상황을 통제하는 사람이 아니에요.」

「알겠어요.」 그레이스가 당황하면서 답했다. 「저는…… 전 학교에서 장학생을 선발하는 시스템이 무슨 관련이 있는지 전혀 모르겠지만, 말씀하신 것처럼 담당이 있는 거니까요.」

「미겔의 장학금은 우리로서는 관례에 따른 게 아니었어요. 일반적인 경로로 정리된 게 아니었거든요.」

오, 맙소사. 그녀는 내면의 반항기 자아를 미친 듯이, 재빠르게 찾아내며 생각했다. **누가 신경이나 쓴대?** 그러고 나서 그녀는 이성적으로 답할 말이 없어서 그저 양손을 들어 보였다.

이제 로버트는 그저 그레이스를 쳐다만 보고 있었다. 그 역시 이 형언할 수 없이 이상한 대화 속에서 얄팍한 논리의 사슬을 잃어버리기라도 한 것처럼 보고 또 보고 있었다. 교장실에 들어온 지 이제 몇 분이 지났을까? 그런데 아직도 그레이스는 왜 로버트가 자기를 보자고 했는지 전혀 알 수가 없었다. 그리고 분위기는 매초마다 칙칙해지고 있었다. 솔직히 그녀는 맛이 간 다른 엄마들 틈에 있더라도 아래층에 있는 게 더 낫다고 생각했다.

「그러면…….」 마침내 그녀가 입을 뗐다. 「제가 학생들하고 얘기해 보길 원하세요? 오늘은 오전에 상담이 꽤 차 있는데 오후에는 올 수 있거든요.」

「아…….」 로버트가 똑바로 앉더니 매우 경직된 미소를 지었다. 「아니에요. 생각해 줘서 고마워요, 그레이스. 하지만 상담사는 충분해요.」

그녀는 어깨를 으쓱하고 생각했다. **뭐, 좋아, 그러면 나는 그냥…….**

그리고 그렇게 교장실을 나왔다. 그리고 지금 일어난 일이 몽땅 없던 일이 되면 좋겠다고 생각했다. 이제 그녀는 로버트의 상태를 낙관적으로 보기 어려웠고 로버트가 어떻게 그렇게 명백한 부담감을 견디고 있는지 처음으로 걱정이 되었다. 머리를 땋은 곤돌라 사공 차림새를 한 자기 사진 앞을 다시 지나다가 그레이스는 문득 로버트가 본인이 도움이 필요해서 불렀던 걸지도 모른다는 생각이 들었다. 그게 그렇게 눈에 띄게 말하기 힘들어했던 내용일지도 몰랐다. **전 지금 일어나는 일들에 짓눌리고 있어요. 얘기 좀 해도 될까요?** 갑자기 그녀는 로버트가 너무 걱정이 되었고 죄책감이 들어 계단 난간에 손을 올린 채로 멈춰 서서 자신이 지나온 길을 돌아봤다.

하지만 돌아갈 수는 없었다. 무엇보다 그녀는 여기서 벗어나고 싶었다. 공기. 공기가 필요했다.

그레이스는 정문으로 나와서 가로수가 줄 지어 있는 길을 따라 동쪽으로 돌고 다시 3번가에서 남쪽으로 돌아 76번가에 있는 그녀의 사무실로 향하려고 생각했다. 하지만 사실 그녀의 첫 환자 예약 시간은 한 시간 가까이 남아 있었고 사무실에 들어가서 고요한 가운데 혼자 앉아 있을 생각을 하니(아니면 컴퓨터를 다시 켤지도 몰랐다) 두려움이 앞섰다. 그녀가 거의 10분 간격으로 확인하고 있는 휴대폰은 여전히 아무 반응이 없었다. 혹은 죄다 짜증 나는 뉴스만 전해 줄 뿐이었다. 파키스탄 지진에 대한 CNN 뉴스 알림, 원하지 않는 상품을 권하는 이름도 들어 본 적 없는 상점, 유치원/초등학교 식당에서 오후 3시 이후에 학부모들이 상담사를 만나 〈자녀 복지에 관해 걱정되는 점을 논의〉할 수 있다는 〈업데이트〉가 와 있었다. **다들 얼마나 자기 자신이 소중한 거야!** 그레이스는 혼란스러운 동시에 격분하면서 생각했다. **대체 우리가 얼마나 어마어마하게 예민하고 무시무시하게 중요한 사람들이라고! 우리 애의 복지에 걱정되는 점이 있냐고? 내 걱정은 이 세상에 여자들을 죽이고 〈피범벅이 된〉 아파트에 버리고 가서 그 자식들이 발견하게 만드는 인간들이 있다는 거다. 이 사건 자체가 애들한테 나쁜 영향을 줄지도 몰라. 애들에게 〈문제〉가 될 수도 있고. 가족 안에 〈기능 장애〉가 발생할 수 있다는 신호를 주고 〈정신적인 외상〉을 줄 가능성도 없지 않아.**

그리고 난 내 남편이 어디 있는지도 모르겠네.

그레이스는 환자가 도착하기 10분 정도 전에 사무실에 도착해서 습관적으로 준비를 시작했다. 불을 켜고 화장실을 점검하고 휴지를 채운다. 마지막으로 그날 일정을 확인한다. 사무 관리 프로그램의 예약 페이지를 훑어보며, 뭔가 일관된 주제가 있는 것 같다고 생각했다. 곧 도착할 부부는 작년에 남편이 바람을 피워서 별거하게 됐는데 관계를 회복하기로 진지하게 굳은 결심을 했다. 그레이스는 (두 사람의 노력을 칭찬하는 한편) 각본가인 남편이 다른 여자들을 좇아 다니는 짓을 그만둘 수 있을 거라고 생각하지 않았다. 그 부부 다음에는 남편이 남자들과 했었던 〈대학 시절 실험〉이 이제 와 부부를 덮쳐 온 여자 환자였다. 그 남편의 실험이 상담의 주요 주제였다. 보통 부부가 함께 오도록 했는데, 오늘은 아내만 혼자 오는 날이었다. 그레이스는 공동 상담이 이제 완전히 끝났다고 거의 확신하고 있었고, 아내 쪽은 공식적으로 이혼한 후에는 혼자 오게 될 터였다. 그다음에는 비교적 새로 온 환자로, 같은 회사에 근무하는 약혼자가 횡령으로 체포되어 걱정으로 가득한 사람이었다.

그러고 나면 아버지 집에 저녁을 먹으러 가야 했다.

조너선이 어디 있는지는 몰랐다.

그레이스는 이메일에 접속해 조너선의 메일 주소를 입력했다. 남편에게 연락을 달라고 지시해야 하다니 그녀는 분노가 차올랐다. 그래, 그가 넋을 놓고 있을 수도 있었다. 지난 세월 동안 조너선은 수많은 약속, 저녁 예약, 바이올린 공연을 놓쳤고, 초콜릿과 축하 카드를 팔기 위해 만들어진 쓸데없는 어머니의 날이나 밸런타인데이 같은 상업적인 기념일을 흘려보냈다. 하지만 항상 이유가 있었고 그 이유는 이유를 대라고 조르는 사람이 오히려 부끄러워질 만한 것들이었다. 예를 들면 암으로 죽어 가는 어린아이라든지.

〈조너선, **지금 당장** 나한테 연락해 주겠어? **이거 읽는 바로 그 즉시** 말이야. 헨리는 괜찮아.〉 이메일을 적었다. 그녀는 이런 내용을 받는다면 분명히 깜짝 놀랄 거라는 생각이 들어 마음이 불편했다. 〈그냥 나한테 바로 전화 좀 해.〉

그리고 그녀는 남편의 소재를 파악하기 위해, 소아 종양학 학회가 실제로 열리고 있는 그 어느 중서부 도시를 향해 메시지를 공중으로 날려 보냈다. 그런데 정말로 소아 종양학 학회였나? 어쩌면 조너선은 그저 자기 관심 분야가 소아 종양학이기에 그렇게 불렀을 수도 있고 학회 자체는 소아과 전반이나 종양학 전반에 관한 것, 아니면 단순히 인접 분야에 관한 것일 수도 있었다. 새로운 항체 기반 약물이나 유전공학, 아니면 고통 완화 처치나 대체 의학에 초점을 맞춘 모임일 수도 있었다. 아, 대체 의학은 아니려나. 조너선이 대체 의학 학회에 참석하려 할 것 같지는 않았다. 여태까지 그가 함께 일해 온 거의 모든 의사들처럼 조너선은 서구 의학의 돛대에 단단하게 몸을 묶고 있었다. 조너선의 동료 중에 딱 한 명, 스스로 〈평행 치유 전략〉이라 부르는 대체 의학에 관심을 갖던 여자가 있었는데, 그레이스가 기억하기로는 오래전에 수련을 위해서 뉴욕을 떠나 남서부 어딘가로 갔다고 들었다.

아니, 하지만 초점은 이 모든 걸 그레이스가 잘못 알고 있을 수도 있다는 것이었다. 정신을 흐트러뜨리는…… 여러 가지 것들 때문에 생긴 오류. 전반적인 업무, 아들, 자선 행사, 책, 그리고 맙소사! 소아과…… 종양학…… 뉴욕과 로스앤젤레스를 잇는 비행기 노선이 경유하지 않고 지나치는 주…… 서로 전혀 상관이 없는 별개의 개념 몇 개를 꺼내 대충 마법을 걸었더니 클리블랜드의 소아 종양학 학회라는 개념이 쉽사리 완성되어 튀어나왔던 건지도 모른다. **정말 나다운 생각이야!** 그녀는 거의 유쾌하게 생각했다.

하지만 진짜로는 그녀다운 일이 아니었다. 한 번도 그랬던 적이 없었다.

예약했던 부부가 도착했다. 그레이스가 지난 한 주가 어땠는지 묻자, 남편은 작년에 자신의 대본을 사놓고 이제 와서 영화 촬영을 거절하려는 프로듀서에 대해 사납게 독백을 시작했다. 아내는 소파의 한쪽 끝에 냉정한 얼굴로 뻣뻣하게 굳은 채 앉아 있었다. 그동안 남편은 자신이 남들의 버팀목이 되는 동안 약이 오르고 화가 났던 일들을 점점 많이 끄집어냈다. 프로듀서의 비서는 아닌 척하면서 일을 방해하고 일에서 성공하려면 남에게 친절한 게 자신에게도 득이 된다는 걸 전혀 이해 못 하는 사람이었고, 자기 에이전트는 전화 회신에 4일이 걸리는데 이틀째 되는 날 마이클스에서 점심을 먹고 있었으니 죽어 가는 것도 아니었고 전화 버튼을 누를 줄 모르는 것도 아니라고 말했다.

얘기를 들으며, 사실은 듣고 있지 않았지만 약간씩 머리를 굴리고 있던 그레이스는, 남자가 숨을 쉬려고 얘기를 멈출 때마다 고개를 끄덕이기는 했지만 그를 멈출 방법이 떠오르지 않아 힘들었다. 박사 과정을 같이 하던 학생들 사이에서 하던 이야기가 있었는데, 당시에는 별로 재미있다고 생각하지 않았던 농담이다. 두 심리 치료사가 몇 년 동안 이웃한 각자의 사무실로 출퇴근하면서 같은 승강기를 탔다. 한 사람은 시무룩하고 우울하고 환자들의 부담에 짓눌려 있었다. 다른 사람은 한결같이 낙천적이었다. 이런 차이가 몇 년간 이어지던 어느 날 시무룩한 치료사가 다른 사람에게 이렇게 물었다.「이해가 안 되네요. 우리가 보는 환자들은 살면서 끔찍한 일을 많이 겪잖아요. 어떻게 당신은 하루 종일 그 얘기를 듣고도 그렇게 행복할 수 있나요?」

다른 치료사가 답했다. 「누가 들어요?」

그레이스는 언제나 들었다.

하지만 오늘, 지금 당장은 들어 줄 수가 없었다. 그냥 **안 들렸다.**

소파 한쪽에서 남편이 새로운 등장인물들을 저격하고 있는 동안 아내의 분노가 눈에 띄게 커지고 있었다. 한 역할에 후보로 오른 여배우가 있었는데 너무 나이가 많았다. 남편이 가르치는 각본 교실에 타란티노 감독에 열광하는 젊은 놈이 있는데 페이스북에 남편에 대해 그의 각본이 영화화된 적이 없으므로 수업을 할 자격이 없다고 불만을 적어 놨다. 아내의 여동생은 올해 크리스마스에 다 같이 빌어먹을 위스콘신에 가야 한다고 우기는데 자기네 부부를 전혀 좋아하지 않고 언니한테 항상 싸가지 없게 대하는 주제에 어처구니가 없었다. 그래서 아내는 자기가 얼마나 잘 속고 있는지 굳이 보여 주기 위해 연중 공항이 가장 붐비는 날에 거금을 들여 비행기 표를 사야 한다고 생각하고 있었다.

「그런가요?」 그레이스가 말했다.

아내는 아주 조심스럽게 숨을 내쉬었다.

「이게 다 장모님 때문이에요.」 남편이 계속했다. 「몇 달 전에 세라한테 전화하시더니 커린을 매디슨으로 데려와서 자기랑 같이 살자고 했어요. 내 가족 일이지 자기 일도 아닌데.」

「스티븐.」 아내가 경고하듯이 말했다.

「하지만 이 사람이 예의 바르게 거절했어요. 왜냐하면 이 사람은 내 아내고 커린은 내 딸이니까요. 우리한테 무슨 문제가 있든 우리가 해결할 거니까 장모님 참견은 사양이에요. 그런데 이제 와서 아무 일도 없었던 척, 무화과 푸딩이나 먹으러 거지 같은 어딘가로 날아가야 한단 말이죠.」

그레이스는 자기가 말할 차례라는 걸 알았다. 뭔가 말을 해야 한다는 건 알고 있었다. 하지만 아무 말도 하지 않았다.

「그냥 내 걱정을 하는 거야.」 아내인 세라가 말했다. 「커린 인생에, 결혼 생활에 문제가 생기면 당신도 애 걱정을 할 거 아냐.」

「난 가족을 위해 다시 이사해서 돌아왔다고.」 마치 지리적인 문제가 모든 수반되는 문제를 없앤다는 듯이 남편이 심술궂게 말했다.

「그래, 다들 이해해. 우리가 노력하고 있는 걸 안다고. 그냥 크리스마스답게 보내기 위해서 식구가 전부 모이기를 바라는 거야.」 남편을 흘끗 본 그레이스는, 아내는 〈전부〉라는 개념을 받아들였지만 남편은 설득이 안 되고 있다는 것을 알았다.

남편은 아내를 노려봤다. 그러더니 말했다. 「난 유대인이야, 세라.」

「우리 다 유대인이야. 초점은 그게 아니잖아.」

그는 폭발했다. 이건 남편이 민감한 몇 가지 주제 중에 하나였는데, 이전 상담에서 다룬 적은 없었지만 다른 것들(그의 직업, 그의 부모의 간섭, 이제 사춘기인 딸이 자신에게 노골적인 경배와 사랑을 보내지 않는 것)과 너무 비슷해서, 그레이스는 편안하게 안락의자에 앉은 채로도 남은 상담 시간

40분간 펼쳐질 우여곡절이 그려졌다. 그렇게 남편은 계속 화를 냈고 두 여자는 별다를 것 없이 침묵을 지켰다. 그레이스는 두 사람 뒤에 있는 블라인드가 내려진 창문을 넘겨다 봤다. 블라인드를 엮고 있는 경사진 판자들 사이로 뉴욕의 먼지로 더러워진 유리창이 보였다. 가끔 그레이스는 수위 아서에게 따로 돈을 주고 유리창을 바깥에서 닦아 달라고 했지만 깨끗한 건 잠깐뿐이었다. 그레이스는 지금 당장 빠져나가 직접 창문을 닦아도 되겠다고 생각했다. 누구도 눈치채지 못할 것이고 그러면 오늘 최소한 한 가지는 일을 한 셈이다. 햇빛도 들어올 것이다. 바깥에 해가 있다면. 그녀는 갑자기 오늘 해가 났는지 기억이 나지 않았다.

상담을 끝내면서 그레이스는 두 사람에게 사과하고 싶은 욕구를 남아 있던 모든 능력을 동원해서 참았다. 두 사람을 배웅하면서 그레이스는 다음 상담 때까지 크리스마스 여행 문제는 얘기하지 말고 부부 본인들과 딸을 대변할 수 있는 휴일 계획을 주의 깊게 생각해 오라고 했다. 그러고 나서 그녀는 다음 환자가 오기 전까지 5분간 휴대폰과 이메일을 확인했다.

아무것도 없었다. 적어도 조너선으로부터는 아무 소식도 없었다. NY1 채널의 수 크라우스라는 사람이 7백만 동료 뉴요커들과 함께 나누고 싶다며 리어든의 〈상황〉에 대해 한마디 해줄 수 있는지, 그리고 말라가 알베스에 대한 추억이 있는지 묻는 음성 메시지를 남겼다. 이런 불쾌한 요청이 그녀의 사무실 전화에 남아 있는 편이 개인 휴대폰이나 개인 이메일, 절대로 그런 일은 없어야 할 집 전화에 와 있는 것보다는 나았지만, 그렇다 하더라도 그레이스는 짜증이 치밀어 올랐다. 모든 사람들이 텔레비전 카메라 앞으로 몸을 디밀고 이 참된 비극에 대해 아무 도움도 안 되는 〈저도요!〉 같은 한마디를 지껄이고 싶은 건 아니었다. 그레이스는 메시지를 삭제했는데 그러는 동안에도 전화가 걸려 와 〈상담 중〉 불빛이 무음으로 깜빡였다. 모르는 뉴욕 시 번호였지만 그녀는 메시지가 녹음되자마자 재생했다.

「라인하트 색스 선생님, 『페이지 식스』의 로버타 시겔입니다.」

누군지 그레이스가 알고 있어야 하는 것처럼 말했다. 사실 그레이스는 적어도 『페이지 식스』가 뭔지는 알았다. 그레이스처럼 소위 유명인의 일상에 탐닉하는 것을 거부하는 사람들도 『페이지 식스』는 알았다. 그 『페이지 식스』가 현재 리어든에서 일어나고 있는 일에 관심을 보인다는 것은 징조가 좋지 않았다. 『페이지 식스』는 전국에 배포되는 잡지였다. 적어도 전국에 있는 지나치게 한가한 사람들의 손에 들어가는 것이었다.

「말라가 알베스와 좋은 친구 사이였다고 들었는데, 저랑 몇 분 정도 얘기가 가능할까 해서요.」

그레이스는 눈을 감았다. 대체 어쩌다가 같은 위원회에 소속된 동료에서 〈좋은 친구〉로 지위가 상승했는지는 수수께끼였지만 생각할 가치도 없었다. 이 메시지 역시 삭제했지만 다른 〈좋은 친구〉인 샐리 모리슨골든도 『페이지 식스』의 연락을 받았을까 궁금해졌다. 아니길 바랐다.

다음 환자가 도착해 상담이 시작되었는데, 별다른 조짐

없이 울기 시작했다. 이 환자가 지난주에 예약을 취소했던 여자이자 남편이 현재 주소도 알려 주지 않고 사무실을 통해서만 연락을 받으면서(그것도 메시지를 남긴 후 전화가 다시 걸려 오는 걸 기다려야 했다) 첼시 어딘가에 가 있는 여자였다. 남편이 다른 법률적인 부분 외에 상담에 더 이상 흥미를 보이지 않는다고 아내가 통곡하면서 말했다. 여자의 이름은 리사였고 30대였으며 근육질에 키가 작은 편이었고 그녀 자신의 정의에 따르면 〈일종의 얼간이〉였다. 그녀가 탁자 모서리의 같은 부분에 셀 수 없이 부딪혔기 때문에 그레이스도 어느 정도는 동의할 수 있었다. 리사는 이번 주에 결혼 생활을 끝내라는 조언을 받은 참이었다. 그래도 매너는 꽤 친절하더라고요, 하고 리사는 두둔하듯 그레이스에게 말했다. 남편은 자신의 변호사 이름과 함께 리사에게 자기 변호사가 추천한 몇몇 이혼 전문 변호사들의 이름도 알려 주었다. (터무니없는 친절인가? 그레이스는 궁금했다. 아니면 단순히 뭔가를 꾸미는 건가?)

리사는 긴 시간 휴지를 구기고 또 구기면서 얼굴을 가렸다가 안 가렸다가 반복하며 울었다. 그레이스는 울음을 그치라고 하지 않았다. 이런 식으로 울 수 있는 시간을 갖기가 어려울 것이라고 생각했다. 리사는 사면초가에 몰린 공공 기관에서 상근으로 일하고 있었고, 다섯 살배기 딸들은 이제 겨우 유치원에 들어갔다. 남편이 이미 집을 나갔기 때문에, 그레이스는 리사가 더 이상 아파트의 주거비와 내년에 딸들을 보내고 싶어 하는 사립 학교 학비를 감당할 수 없을까 봐 걱정이 되었다. 그렇게 생각하면 상담도 그랬다. 상담이 문제가 아니었다. 그레이스는 일을 하면서 한 번인가 두 번 정도 이런 상황을 겪었고, 그때마다 환자가 최소한의 위기는 벗어날 수 있도록 도왔다.

남편은 알고 보니, 놀라지 마시라! 남자 친구가 있었다. 그 남자 친구는 가로수가 있는 첼시 거리에 잘 꾸며진 복층 주택을 갖고 있었는데, 또 놀라지 마시라! 지금 남편은 거기서 살고 있었다. 리사는 남편을 쫓아 거기까지 갔었다고 흐느끼면서 말했다. 「어쩔 수 없었어요. 전화를 받지 않았거든요. 그리고 제가 사무실에 메시지를 남겨도 전화해 주지 않았어요. 거기다 새미는 계속 아빠가 왜 학교에 데려다주지 않느냐고 물어서 결국 이런 생각이 들더라고요. **내가 내 애들한테** 거짓말을 하고 있어. 그런데 이유를 **모르겠네.**」

「엄청 고통스러웠겠어요.」 그레이스가 말했다.

「제 말은, 그래요, 좋아요. 그는 우리 결혼 생활에서 빠져나갔어요. 그건 알겠어요. 그는 게이인 거죠. 하지만 애들이 있잖아요. 제가 애들한테 뭐라고 해야 돼요? 아빠는 한국 상점에 코티지치즈를 사러 갔다가 안 돌아온다고? 오, 그리고 엄마는 그런 잘생긴 남자가 엄마랑 사랑에 빠지고 결혼하고 가족을 갖고 싶다고 했을 때 홀랑 믿어 버린 등신이란다?」 리사가 괴로워하며 말했다.

그레이스는 한숨을 쉬었다. 전에도 들었던 얘기였다.

「저는 언제나 완전히 실용적이고 이성적인 사람이었어요, 아시겠어요? 저는, 아아, 전 마르지도 않았고 금발도 아니었어요. 섹시하지도 않았고요. 풋볼 팀 주장이랑 사귈 만한 여자가 아니에요. 알고 있어요! 그래도 괜찮았어요. 사실 저도

풋볼 팀 주장을 원하지 않았으니까요. 그리고 제 모든 착한 남자 친구들은 제가 〈더 잘난 사람을 만났어야 하는데〉라는 식으로 행동하지 않는다는 걸 높이 샀고요. 이런 남자들 중 하나랑 훌륭한 인생을 보낼 수 있었는데, 갑자기 이 엄청 잘생긴 남자가 나타나는 바람에 〈내가 이 남자를 가질 수 있다고?〉가 됐어요. 그리고 이 꼴이 났죠. 제가 볼 땐 남편이 제가 너무 뵈는 게 없고 한심해서, 결혼하자, 애 낳자고 할 때 남편이 쓰레기 덩어리라는 걸 눈치 못 챌 거라고 생각했나 봐요.」

「하지만 리사,」 그레이스가 훌쩍이고 있는 고객에게 말했다. 「저는 다니엘이 당신한테 한 말 중에 많은 부분이 진심이었다고 생각해요. 정말로 결혼해서 가정을 꾸리기를 원했을 거예요. 〈결혼이 엄청 하고 싶어. 그러니까…… 다른 걸 원하는 나의 나머지 부분은 잘라 내도록 노력하자〉라고 스스로를 타일렀을 수도 있어요. 하지만 안 된 거죠. 우리 대부분이 그런 건 할 수 없어요. 우리가 진정 갈망하는 것에 끌리는 힘은 그저 너무 강력한 거예요.」

「나라면 욕망에 지지 않을 거예요.」 리사가 약간 심술이 나서 말했다.

「남자한테 끌리지 않으려고 애써 본 적 없잖아요.」 그레이스가 말했다. 「알겠지만 예전에는 남자들이 자신의 동성애 성향에서 스스로를 보호하기 위해 사제가 되기도 했어요. 그 정도로 두려웠던 거죠. 밖에 나가 일생 동안 성적인 것들 없이 살 방법을 찾는다는 건 너무 큰 도전이잖아요. 사제가 되는 게 좋은 생각처럼 느껴질 정도면 어지간히 자기 성적

정체성을 싫어하거나 두려워했을 거예요. 그렇기 때문에 대니얼이 당신을 사랑했던 것, 사랑하는 것이 명백한 사실인 거죠. 그는 정말로 엄청나게 남편이자 아버지가 되고 싶었어요. 그걸 실현하려고 시도했고 실패했는데 그건 대니얼 자신의 문제지 리사의 문제가 아니에요. 리사의 문제는 좀 더 일찍 이 문제에 관여할 수 있는 기회가 있었는데 놓쳤다는 거죠. 언젠가 그 사실을 깨닫도록 도움이 될 날이 오겠지만 오늘은 아니에요. 오늘은 온전히 슬퍼할 권리가 있으니까 그냥 슬퍼하면 돼요.」

「선생님 말은 제가 알았어야 했다는 거죠.」 리사가 퉁명스럽게 말했다.

맞아요. 그레이스는 생각했다.

「아니에요. 제 말은 그를 향한 당신의 진실한 사랑과 신뢰 때문에, 또 그가 원한다고 했던 게 바로 당신의 소망과 일치했다는 사실 때문에, 상황이 좀 달랐다면 똑똑히 파악할 수 있었을 일도 제대로 알아볼 수 없었을 거라는 뜻이에요. 당신은 인간이에요. 실수를 할 수도 있는데 그게 죄는 아니죠. 지금 상황에서 제일 하지 말아야 할 행동이 왜 미리 눈치채지 못했나 본인을 탓하는 일이에요. 아무 의미도 없는 행동인데 에너지를 어마어마하게 빼앗아 갈 거예요. 지금은 있는 힘을 다해서 당신 자신과 딸들을 돌봐야 할 때잖아요. 게다가 대니얼은 당신에게 솔직하지 못했던 자신의 무능함을 스스로 탓하고 있을 거예요.」

「오, 정말이지.」 리사가 말하면서 휴지를 뽑았다.

두 사람은 잠깐 조용히 앉아 있었다. 그레이스는 자기 마음이 의지에 반해 또 멀어지기 시작하는 걸 느꼈다. 이런 상황에서는, 아무리 안 좋은 일이라 하더라도 차라리 다른 사람의 문제와 함께하고 싶었다. 자신의 문제는, 나중에 아무것도 아닌 걸로 아마 밝혀지겠지만, 생각만 해도 마음이 너무 아팠다.

「알고 계셨어요?」 리사가 말했다.

그레이스는 미간을 찌푸렸다. 「어떤 걸요?」

「대니얼에 대해서요. 알아채셨나요?」

「아뇨.」 하지만 그 대답은 사실이 아니었다. 그레이스는 처음부터 의심하고 있었고, 얼마 지나지 않아 알게 됐다. 리사 남편의 내면에서 벌어진 장대한 전쟁처럼 느껴지는 변화를 보았다. 정말로 리사와 결혼하고 싶어 했던 그 남자의 일부가 천천히, 냉혹하게, 대재앙과 같은 더욱 강력한 성 정체성의 힘에 굴복했다. 둘이 함께 상담을 왔던 8개월 동안 남편은 한 번도 리사를 만지지 않았다.

「로스코 그림을 갖고 있더라고요.」

「대니얼이요?」 다시 재정적인 문제들에 대해 얘기하는 건가 생각하면서 그레이스가 물었다.

「아뇨. 배리. 32번가의 그 남자요.」

그레이스는 리사가 차마 〈남자 친구〉라고 표현하지 못한다는 걸 알았다.

「그게 리사에게 중요한가요?」

「그 남자가. 빌어먹을. 로스코 그림을. 갖고 있었어요. 적갈색 사암으로 지어 올린 집의 난롯가 위에다가요. 모두가 살고 싶어 하는 첼시에서, 깜찍한 가로수가 있는 길가에 서서 창문으로 안을 들여다봤어요. 전 요크 가에 있는 방 한 칸에서 딸 둘과 함께 살아요. 제가 그 사람의 아이들을 낳아 줬으니 이제 주말에는 항상 원하던 아버지가 되고 나머지 시간에는 〈참된 자아〉로 살겠군요.」

〈참된 자아〉라는 건 대니얼이 상담 중에 꺼낸 말이었다. 이 말은 리사한테 〈로즈버드〉[61] 같은 지위를 획득했다.

「리사는 당연히 분노할 권리가 있어요.」

「아, 좋네요.」 리사가 씁쓸하게 말하더니 물었다. 「그래도 저한테 따로 하고 싶은 말이 있으시죠, 안 그래요?」

「제가 어떤 말을 하고 싶을 거라고 생각하는데요?」

그레이스는 착각일지도 모르겠지만 자신의 책상 구석에 놓인 가제본 책을 흘끗 보는 리사의 시선을 쫓아갔다. 그레이스는 환자들에게 책에 대해 따로 아무런 공지도 하지 않았다(마치 의사가 안내 데스크에서 자기 상품을 파는 것 같아 부적절하다고 생각했다). 하지만 몇몇은 『커커스 리뷰』를 보거나 소식을 들었고, 「굿모닝 아메리카」에서 일하고 있는 환자는 세 개 방송국의 아침 방송에서 경쟁적으로 그레이스를 데려가려 한다는 것을 비밀리에 알고 있었다.

「제가 이 모든 걸 피할 수 있었다고요. 제가 좀 더 주의해서 들을 수 있었는데 못 했다고요.」

「제가 그렇게 생각하고 있을 것 같나요?」

「아, 프로이트 같은 개소리는 집어치워요!」 리사가 몸을 앞으로 기울였다. 그녀는 격분해서 말했다. 그녀는 갑작스

61 영화 「시민 케인」에 등장하는 말로, 한 사람의 인생을 해명하는 신비로운 단서를 칭한다.

럽게 경고도 없이 모퉁이를 돌아 오랜 기간 숙성시킨 매우 응축된 분노로 돌아섰다. 그레이스는 그 초점이 뭔지 깨달았다. **당신 책 얘기가 바로 내 얘기잖아.**

「제 말은,」 리사가 이제는 알기 쉽게 빈정거리며 말을 이었다. 「만약에 거기 앉아서 그냥 모든 걸 저한테 다시 던져 버릴 사람을 제가 원했다면 그냥 분석을 받으러 갔을 거예요. 보니까 선생님은 내가 이걸 진작 알았어야 했는데 그냥 뭉갰다고 생각하고 있어요. 처음부터 그렇게 생각하고 있었다는 거 알아요. **어떻게 게이랑 결혼하면서 몰랐을 수가 있지?** 난 몇 달 동안 그런 생각을 하면서 선생님을 봐왔어요. 그러니까, 좋아요, 선생님이 내 마음을 달래 줄 따뜻하고 솜털이 보송보송한 사람으로 변하지 않을 거라는 걸 충분히 잘 알겠어요. 하지만 전 비판 없이도 잘 지낼 수 있답니다.」

숨을 쉬자. 그레이스는 생각했다. **아무 말도 하지 마. 더 쏟아질 거야.**

「난 선생님을 원하지 않았어요. 난 지난 1월에 만났던 다른 사람이 좋았어. 링컨 센터 근처에 있는 치료사요. 그 사람은 덩치가 컸어요. 구레나룻도 있었고. 큰 곰 같았어요. 전 생각했죠. **여기라면 안전해. 도움받는 기분이야.** 하지만 대니얼이 선생님을 원했어요. 그는 선생님이 냉정하다고 생각했죠. 우리한테 냉정이 필요하다고 했어요. 하지만 냉정한 일은 이미 충분히 겪었으니, 고맙지만 됐어요. 아니, 언제 한 번이라도 **감정을** 보인 적은 있어요?」

그레이스는 등과 꼬고 있는 다리에 흐르는 극도의 긴장을 느끼면서 대답하기 전에 아주 주의 깊게, **의도적으로** 잠깐 시간을 띄웠다. 「제 감정이 당신에게 도움이 될 것 같지 않아요, 리사. 치료의 관점에서요. 저는 당신에게 제 전문 지식과 적절한 경우에는 의견을 제시하기 위해 있는 거예요. 제 일은 당신이 여기에 가져온 문제들을 헤쳐 나갈 수 있도록 돕는 거죠. 저한테 위안을 얻어 가는 건 어떻게 하면 자신을 가장 잘 위로할 수 있는지 배우는 것보다 훨씬 더 쓸모가 없어요.」

「어쩌면요.」 리사가 고개를 끄덕였다. 「아니면 그냥 선생님이 냉정한 년인 걸 수도 있고요.」

그레이스는 반응하지 않으려고 애썼다. 괴로운 시간이 길어지는 와중에 바깥에서 자동차 경적 소리가 들렸다. 그러더니 리사가 앞으로 몸을 기울이고 휴지를 뽑았다.

「미안해요.」 그녀가 그레이스를 넘어 문 쪽을 쳐다보며 말했다. 「부적절한 발언이었어요.」

그레이스가 고개를 끄덕였다. 「상담은 친목 모임이 아니니까요. 저는 괜찮아요. 하지만 왜 계속 저한테 오셨던 건지 궁금해지네요. 특히 애초에 저를 선택한 게 리사가 아니라 대니얼이었다고 하니까요. 어쩌면 당신은 제가 온기가 부족하다고 느꼈던 대신에 당신을 도와줄 수 있을 거라는 믿음이 생겼던 걸지도 모르겠네요.」

리사는 비참하다는 듯 어깨를 으쓱했다. 그녀는 조금이지만 다시 울기 시작했다.

「그리고 전 정말로 당신을 도울 수 있다고 생각해요.」 그레이스가 말을 이었다. 「전 당신이 얼마나 강한지 안답니다. 항상 강하다는 게 보였어요. 지금은 대니얼이나 자기 자신, 그리고 분명히 저한테 화가 나겠지만, 저는 당신이 손에 넣었다고 생각했던 가족을 잃으면서 느끼는 슬픔에 비하면 분노는 아무것도 아니라는 걸 알아요. 그리고 이런 분노나 슬픔 같은 감정을 피할 길은 없어요. 맞서서 나아가야 이 감정들의 반대편에 닿을 수 있고 전 정말 당신이 해낼 수 있도록 돕고 싶어요. 그래서 당신이 자신과 딸아이들을 위해 평화를 가질 수 있도록. 대니얼에 관한 평화도요. 왜냐하면 어찌 되었든 그는 계속 당신의 삶 안에 있을 테니까요. 저를 믿어 주세요. 저는 수염도 없고, 안기고 싶은 다정한 성격도 아니고, 또 냉정하다는 얘기를 처음 들어 보는 것도 아니지만요…….」

리사가 울음 섞인 웃음을 토해 냈다.

「만약 제가 당신을 도울 수 없다고 생각했다면 진작 얘기했을 거예요. 그리고 당신이 정말로 원하는 게 그런 치료사였다면 훨씬 더 곰돌이 같은 분을 소개해 줬을 거고요.」

리사는 소파에 등과 머리를 기대며 눈을 감았다. 「아니에요.」 그녀는 진이 빠진 목소리로 답했다. 「선생님이 옳다는 걸 알아요. 하지만…… 그냥…… 가끔 선생님을 보고 생각했어요. **선생님이라면 이런 일을 당하지 않았겠지.** 전 인격적으로 재앙 그 자체인데 선생님은 침착하잖아요. 여기서 선생님에 대한 얘기를 하면 안 된다는 것도 알고, 정말로 얘기하고 싶지도 않은데 가끔 그냥 그래요. **침착함. 냉정한 년.** 저도 자랑스럽게 생각하진 않아요. 그리고…… 뭐, 당연히 봄에 상담 시작하기 전에 선생님에 대해 알아봤는데요. 기분 안 나쁘셨으면 좋겠는데, 아시다시피 요새는 정말 배관공 하나 부르면서도 사전 조사를 하는데 비밀을 다 털어놓으러 갈 사람은 오죽하겠어요.」

「기분 나쁘지 않아요.」 그레이스가 말했다. 그리고 놀라지도 말아야 했다.

「그래서 선생님이 오랫동안 결혼 생활을 해왔다는 것도 알고, 사이코 같은 사람이랑 결혼하지 않는 법에 대한 책이 곧 나온다는 것도 알아요. 그런데 여기 제가 이렇게, 딱 선생님 책을 읽어야 마땅한 멍청한 사람들 대표처럼 앉아 있잖아요.」

「저런, 아니에요.」 그레이스가 차분하게 말했다. 「제가 예상한 독자층은 멍청이가 아니에요. 그저 아직 배움이 안 끝난 여성일 뿐입니다.」

리사는 마지막 휴지를 구겨서 가방 안에 대충 밀어 넣었다. 둘 다 알고 있듯이 상담 시간이 거의 끝나 가고 있었다. 「저도 읽어 보는 게 좋겠네요.」

그레이스는 그게 좋은 생각이라고 시사하는 어떤 행동도 하지 않았다. 「흥미로울 것 같아 보인다면요.」 그레이스는 책상으로 돌아가 리사의 영수증을 적기 시작했다.

「다음번에는 이 책이 제게 도움이 될지도요.」 리사가 하는 말이 들렸다.

그레이스는 자기도 모르게 미소를 짓고 말았다. **착한 아이네.** 그녀는 생각했다. 이렇게 현재의 고난에 깊이 빠져 있음에도 불구하고 다음을 생각할 수 있다는 것은 좋은 징조였다. 리사는 괜찮아질 거라고 그녀는 생각했다. 지금보다 더 가난하고 삶이 버거워지더라도, 설령 모욕을 당하더라도, 도시에서 손꼽히는 아름다운 거리에서 예술 작품 가득한 (그레이스가 완벽하게 잘 아는) 벽돌집에 사는 남편이 있더라도, 리사는 여전히 어렴풋이 미래를 볼 수 있었다.

그리고 다시 돌아오자면, 그레이스가 생각했다. **적어도 리사는 자기 남편이 어디 있는지 아니까.**

10
병원 지대

마지막 부부가 나간 후, 그레이스는 혼자서 뭘 해야 할지 알 수가 없었다. 그녀는 사무실에서 휴대폰이 울리지 않는 걸 보면서, 또 벨이 울리지 않는 걸 두려워하면서 버틸 자신이 없었다. 하지만 그렇다고 지금보다 현명하지도, 두려움이 덜하지도 않았던 오늘 아침의 발자취를 되짚으면서 리어든에 돌아갈 엄두도 나지 않았다. 뉴스 차량이 몇 대나 왔는지 세거나 정원에 있는 자의식 과잉에 제정신이 아닌 부모들을 보고 싶지도 않았고, 샐리 모리슨골든이 하는 얘기는 아무것도, 특히 말라가 알베스에 관해 하는 얘기는 절대 아무것도 듣고 싶지 않았다. 그레이스는 말라가 알베스에게 무슨 일이 일어났는지 전혀 아는 바가 없었고, 매 순간이 지날수록 신경이 덜 쓰였다. 말라가, 그 불쌍한 여자, 죽은 여자는 그레이스와는 아무 관련이 없었지만, 지평선에 보이는 소행성 하나가 시간이 지날수록 점점 더 커지고 단단해지고 끔찍해졌다.

조너선은 어디에 있는 걸까? 대체 어디에 있느라 그레이스에게 잘 있다는 연락을 하지 않는 걸까? 그리고 감히 어떻게 그렇게 생각 없이 사라질 수가 있을까? 그레이스가 헨리에게 아빠가 있는 장소를 어떻게 설명해야 하는지 조너선은 생각해 봤을까? 아버지한테는 뭐라고 하지? 그리고 식탁에 접시를 몇 개나 놔야 하는지 알고 싶어 하는 빌어먹을 에바한테는?

그레이스는 조너선한테 이렇게까지 화가 났던 적이 없었다. 이렇게 무서웠던 적도.

그녀는 2시에 사무실에서 나와 벽처럼 가로막는 악천후 사이로 걸어 들어갔다. 『뉴욕 타임스』도 오전에 본 하늘도 오늘 왔던 환자 누구도 날씨가 나쁘다는 귀띔을 해주지 않았다. 그녀는 코트를 여몄지만 여전히 몹시 춥고 몸이 꽤 축축하게 젖어 들었다. 바람을 맞으며 걷는데 신기하게도 얼얼한 찬 바람과 얼굴에 닿는 빗방울의 촉촉함이 싫지 않았다. 모든 사람들의 얼굴이 젖어 있었다. **다 같이 울 수 있겠네.** 문득 그렇게 생각하며 그녀는 갑작스레 얼어붙는 것 같은 손을 들어 뺨을 훑었다. 그녀는 울지 않았다. 그저…… 지금은 때가 아니었다. 우는 게 범죄도 아니었고, 솔직히 다른 사람이 참견할 일이 아닌 그녀 자신의 일이었다.

그레이스는 헨리의 학교에서 멀어져 렉싱턴 가를 향해 남쪽으로 걸었다. 잡지 판매점과 한국 식료품점, 그녀가 항상 좋아했던, 이제는 드물게 보이는 종류의 작은 식당들을 지나쳤다. 그런 작은 식당들은 바에 스툴이 놓인 우중충한 공간으로, 햄버거가 아주 맛있고 계산대에는 박하사탕이 담긴 작은 그릇이 놓여 있었다. 사람들이 다 바람 때문에 고생하는 것 같았다. 카페 닐스에서 나온 나이 든 여자 둘은 놀랐는지 꺅 하고 비명을 지르더니 다시 실내로 몸을 피했고 재빨리 코트 단추를 채웠다. 닐스는 조너선이 메모리얼 병원 레지던트 시절 그레이스와 함께 자주 갔던 곳이었다. 병원에 서둘러 돌아갈 수 있을 정도로 가까운 동시에 동료와 마주치지 않을 수 있을 정도로 떨어져 있었다. 그레이스는 메뉴에 있던 러시안 버거를 아주 좋아했다. 시간이 좀 지난 후에는 그레이스가 임신하기 위해 노력했던 시기가 있었고, 그 당시 몸의 사소한 변화나 요구를 꼼꼼하게 맞추려 했다. 그런 난데없는 갈망을 만족시키면 실제로 임신이 되거나 수정란이 사람으로 성장하기라도 하는 것처럼 문자 그대로 닐스에 햄버거를 먹으러 뛰어간 적도 있었다. 안전을 위해 바짝 익힌 고기에, 치즈는 완전히 안심할 수가 없으므로 뺐다. 그리고 왜 그렇게 많은 실망을 겪은 후에, 그렇게 많은 생명의 가느다란 끈이 그녀에게서 떨어져 나가 사라진 다음에야 기회가 찾아왔을까?

그녀는 헨리가 태어난 뒤에는 그런 생각조차 예의에 어긋나는 것 같아 오랫동안 생각하지 않았다. 그러고 나서 스스로를 설득했다. 그 모든 잃어버린 끈들은, 그 고통스러웠던 가능성들은 뭔가를 예고하는 것이었다고. 마치 진짜 영화배우가 도착하기 전에 미리 깔린 레드 카펫처럼. 그 순간 헨리가 왔고, 그 이후로는 모든 것이 항상 헨리에 관한 것이었다. 헨리를 원했다. 헨리를 기다렸다. 헨리를 위해 준비했다.

그레이스는 몇 년 동안 조너선하고든 다른 사람하고든 닐스에 가지 않았다. 한번은 닐스에서 두 블록 떨어진 지금 사무실에서 배달을 시켰는데, 한 시간짜리 점심 휴식이 시작될 때 전화를 했음에도 불구하고 햄버거가 50분이나 지난 후 차게 식어서 도착해서 그 길로 끝이었다.

휴대폰이 코트 주머니 깊은 곳 허벅지 부근에서 진동했을 때, 그레이스는 69번가와 렉싱턴 가의 모퉁이에 서서 신호를 기다리고 있었다. 주머니가 깊어 한 번 놓친 휴대폰을 움켜잡고 거칠게 밖으로 꺼냈다.

발신자로 뜬 번호가 백색 섬광처럼 그녀를 치고 지나갔다. 그레이스는 빗물이 흐르는 길거리에 휴대폰을 던져 버리고 싶었지만 그럴 수 없었다. 걸려 온 전화 역시 무시할 수 없었다. 축축하게 젖은 손가락으로 전화를 받았다.

「모드, 안녕하세요.」

「그레이스!」 모드가 말했다. 「잠깐만요, J. 콜턴? 연결됐어요?」

「여기 있어요!」 홍보 담당자 J. 콜턴이 밝은 목소리로 답했다. 「LA에 있지만 이렇게 함께할 수 있네요!」

「저희 둘이 같이 그레이스랑 통화가 하고 싶었어요.」 모드가 말했다. 「사무실이에요?」

그레이스는 마음을 다잡았다. 주변에 천막이 있나 둘러봤지만 체이스 은행에 작은 돌출부가 있을 뿐이었다. 초라하게 가게 유리문을 등지고 섰다. 「아뇨, 길이에요.」 그녀는 두 사람에게 말했다. 휴대폰을 귀에 바짝 댔다.

「캘리포니아는 어때요?」 모드가 말했다.

「아이고. 해가 쨍쨍해요.」

「그럼 우리 영화배우님은?」

「돈을 충분히 안 줬잖아요.」

모드가 즐겁다는 듯이 웃었다. 그레이스에게 그 웃음소리는 완전히 이상하게 들려서 이해 불가였다. 비가 퍼붓는 데다 다른 모든 생각을 끊임없이 방해하는 끔찍한 일들이 그녀를 끌어당기고 있는 이 렉싱턴 가에서 웃음소리라니.

「다음으로 이름이 불릴 이 여배우는,」 모드가 분명히 그레이스를 향해 말했다. 「겸손으로 널리 알려진 사람은 아니라고 말해야 할까요?」

「그래요.」 그레이스가 말했다. 눈을 감았다.

「그래도 들어 봐요. 당신한테 전화 온 게 있었어요. 준비됐어요?」

그레이스는 길 건너편에서 덩치 큰 남자가 우산과 씨름하고 있는 것을 암울하게 바라보았다. 「네!」 비참한 목소리가 튀어나왔지만 둘 다 눈치채지 못한 것 같았다.

「더 뷰!」

그러자 아무 소리도 안 들리는 것 같았다. 「뭘…… 보라고요?」 그레이스가 물었다.

「TV 프로그램 〈더 뷰〉요. 소파에 앉아 있는 여자 다섯 명 몰라요? 그거 안 봐요? 우피 골드버그가 진행해요.」

「아, 네, 들어는 봤어요. 저 그거 나가요?」

「행운을 빌어요!」 모드가 환성을 질렀다.

「엄청나네요.」 그레이스가 아래를 내려다보며 말했다. 습기 때문에 양쪽 부츠에 선이 생겼다. **버렸네.** 심사가 꼬였다. 대체 왜 이 부츠를 신고 나왔는지 이해가 안 됐다. 무슨 생각을 했지? 다른 일 생각하기도 불편한 와중에?

「〈더 뷰〉에 책 소개를 내보내기가 얼마나 어려운지는 얘기 안 할게요.」 J. 콜턴이 말했다. 그레이스는 LA 호텔의 수영장 옆에 있는 J. 콜턴을 상상했다. 그러나 J. 콜턴의 생김새가 떠오르지 않았다. 「제 말은요, 당연히 모든 책을 거기 보내긴 하죠. 그런데 그 사람들이 읽을까요? 누가 알겠어요? 그래서 바버라 월터스[62]의 프로듀서한테서 이 전화를 받고 그녀가 〈여자들이 이 책을 꼭 읽어야겠네요〉라고 했을 때 제가 〈**바로 그렇죠!**〉라고 했답니다.」

「바로 그렇죠.」 모드가 동의했다. 「이건 완전 큰 건이에요, 그레이스. 아, 마이애미 쪽은 어때요?」

마이애미 쪽은 어떠냐니? 하지만 보아하니 그 질문은 그녀에게 한 것이 아니었다.

「마이애미 진행해요.」 캘리포니아에서 J. 콜턴이 대답했다.

「마이애미 도서전에서 당신을 원해요.」 즐거운 목소리로 모드가 말했다. 「전반적으로 플로리다는 어떻게 생각해요?」

그레이스는 인상을 썼다. 얼굴은 여전히 젖어 있었고 발도 엄청 시렸다. 대화에 알 수 없는 요소가 너무 많이 포함되어 있었다. 두 사람이 또 다른 업계 용어들을 사용했다고 생각했다. 그레이스는 플로리다 전반에 대해 특별한 감상이 없었다. 아마 날씨에 관한 한은 지금 이 순간 플로리다만큼 쾌적한 곳이 없겠지만 거기 가서 살고 싶지 않다는 건 알았다. 플로리다로 이사하라는 얘기를 하는 건가? 「잘 모르겠네요.」 대답을 쥐어짰다.

62 Barbara Walters(1929~). 미국 ABC 방송의 유명한 앵커로, 〈인터뷰의 여왕〉으로 불린다.

모드가 말하기를 유대인 도서 위원회가 그레이스의 책 『진작 알았어야 할 일』을 올 겨울 대표 도서로 하겠다고 연락이 왔다고 했다. 「이게 무슨 뜻인지 알아요?」 J. 콜턴이 말했다.

그레이스는 모른다고 했다.

독자로 가득 찬 커다란 유대교 센터로 더 많은 여행을 가게 될 거라는 뜻이고 플로리다에 센터가 많다고 했다.

그레이스는 인상을 찌푸렸다. 「하지만 사실 유대 서적은 아닌데요.」

「아니지만 저자인 당신이 유대인이잖아요.」

그렇지도 않은데요. 소리 내서 말할 뻔했다. 그녀가 자란 집은 유대 풍습을 거의 따르지 않았고 유대교에 대한 믿음은 아예 없었다. 그녀의 어머니는 유대인으로서 가능한 범위 내에서 반유대주의자에 가까웠고, 친구들의 자녀의 유대교 성년식이나 결혼식에 필요한 의복을 갖추고 가기는 했지만 내면적인 삶을 클래식 음악이나 다른 아름다운 것들로 채우는 것을 더 좋아했다. 그레이스의 아버지는 유대인촌을 일반적으로 업신여기는 독일 유대인 특유의 습관을 갖고 있었지만, 신기할 정도로 두 번째 아내의 유대 의식의 관례를 받아들였다. 그레이스는 아무것도 안 믿었고 관습을 따르는 일은 더 적었다.

「그리고 이 사람들 이런 책은 안 해봤대요.」 모드가 말했다. 「소설이나 회고록, 다른 논픽션은 있었지만요. 하지만 『진작』 같은 책은 ―」

『진작』은 모드가 개인적으로 『진작 알았어야 할 일』을 축

약한 것이었다. 책 제목에는 별명이 필요한 모양인데, 그레이스는 자기 책을 『진작』이라고 부를 기분이 들지는 않았다.

「제가 기억하는 한에는 없었어요. J. 콜턴? 거기서 이런 책을 다룬 적이 있던가요?」

「『데이트의 규칙』을 했던 것 같아요.」 J. 콜턴이 말했다.

그레이스는 반사적으로 눈을 굴렸다. 두 사람이 그녀를 보지 못한다는 게 안심이었다.

「닥터 로라 책도 했었고요.」

「오, 맙소사.」 그레이스가 말했다. 단순한 혐오가 완전한 공포로 발전하고 있었다. 「그 사람은 형편없어요.」

「형편없는데 엄청난 수의 청취자가 있죠, 그레이스.」 모드가 웃으면서 말했다. 「닥터 로라 라디오 프로그램에 당신을 출연시키려고 해요.」

그레이스는 아무 말도 하지 않았다.

「그리고 투어 말인데요.」 모드가 말을 이었다. 「2월 초로 하려고 해요. 당신을 내보내기 전에 사람들이 책에 대해 들을 기회를 주는 거죠. 사람들이 새로운 책을 사려면 그 책 제목을 세 번은 들어야 한다는 거 알고 있었어요?」

그레이스는 아는 바가 없었다. 그런 것에 대해 생각해 본 적이 없었다.

「그러니까 잡지에 인터뷰가 나가고 뛰어난 서평이 나온 다음에 당신이 토크 쇼에 출연하면 사람들은 〈잠깐, 나 저 책 들어 봤어!〉가 되는 거예요. 아니면 서점에서 눈에 잘 띄는 앞쪽 매대에 진열하는 수도 있는데, 그건 부동산 값이 들긴 해요. 아시죠?」

문맥상으로 〈부동산 값이 든다〉는 게 무슨 뜻인지 그레이스가 알아들었다고 여기는 것 같았지만, 사실은 그조차 무슨 소린지 잘 들어오지 않았다. 모르는 것만 쌓여 갔다. 빗방울이 포장도로에서 튀어 올랐다가 떨어졌다가 다시 솟구쳤다. 도로 저 아래 쪽에서 약간 뚱뚱한 닥스훈트가 걷기를 거부하고 있었다. 짤막한 갈색 다리를 한 그 닥스훈트는 몸을 움츠리고 떨었다. 주인은 짜증이 나서 개를 내려다보고 있었다. 그레이스는 이 대화를 끝내려면 어떻게 해야 할까 고민하기 시작했다.

「하지만 우리는 꽉 채워 한 달 동안 반스 앤드 노블에서 앞쪽 테이블을 쓸 거예요. 있죠, 난 우리 가치가 올라가서 너무 기뻐요. 당신도 기쁘죠, 그레이스?」

그레이스는 멍청히 끄덕였다. 「네!」 대답을 짜냈다.

『진작 알았어야 할 일』은 처음에 2월 14일에 출간 예정이었다. 밸런타인데이에 그런 책을 출간하다니 다소 냉소적인 전략 아닌가 생각했었는데, 같은 회사 내의 다른 출판사에서 섹스 칼럼니스트가 내는 연애에 대한 책과 경쟁을 피하겠다고 모드가 일정을 1월 초로 앞당겼다. 모드는 1월에 나오는 책들은 평가가 좋지 않다고 그레이스한테 설명했었는데(마치 그레이스가 어떤 책이 몇 월에 나왔는지 주목해 본 적이 있기라도 한 것처럼), 그래서 실제로는 득이 된다고 했다. 왜냐하면 1월은 책이 더디게 나오는 때라 서평 에디터들이 걸러낼 책이 적어서 서평이나 특집 기사가 나올 가능성이 더 높기 때문이다. 게다가 연휴가 끝나고 나면 사람들은 자아 성찰, 조금 냉정한 자기 사랑을 하려는 분위기가 된다고 했다.

모드가 이렇게 얘기했으니 사실일 것이다.

「1월에 순위에 오르는 게 훨씬 더 쉬워요. 예를 들면 가을보다.」

「어디 보자…… 우리가 했던 그 회고록 알아요?」 J. 콜턴이 수영장 옆에서 질문했다. 「광견병 걸린 개한테 물린 소녀 얘기? 그게 1월에 나온 책이었어요. 2만 부밖에 안 팔렸는데 순위에 올랐죠.」

그레이스는 소녀, 물렸다, 광견병 걸린 개, 순위에 대해 열심히 생각했지만, 당연하게도 J. 콜턴은 그녀에게 얘기한 게 아니었다.

둘이서 또 책에 대한 얘기를 시작했다. 이 사람들은 책에 관해서라면 끝도 없이 떠들었다. 읽고 싶은 책, 읽었더라면 좋았을 책, 아주 훌륭하더라는 얘기를 들은 책, 그레이스가 읽어 볼 만한 책, 그레이스가 **반드시** 읽어야 하는 책, 그레이스가 아마도 **안** 읽었을 리가 없는 책. **그 책은 진작 읽었어야 했어요!** 두 사람 때문에 항상 독서를 즐기는 그레이스는 완전히 문맹이 된 느낌이었다.

그녀는 생각했다. **난 양모 코트랑 젖은 부츠 차림에 덜덜 떨리는 시린 손으로 남들 다 보게 휴대폰을 들고 렉싱턴 가에서 돌출된 구조물 아래에 서 있지. 휴대폰도 떨리고 있어. 나는 서른아홉 살이고 결혼한 지 18년 됐고 열두 살짜리 아들이 있어. 나는 단독으로 개업한 심리 치료사야. 나는 책도 한 권 썼어. 나는 올 겨울 플로리다 유대인 도서 위원회 대표 작가야. 플로리다에 가야만 해. 이 모든 게 사실이지. 아주 잘 알고 있어.**

「그레이스?」 모드가 불렀다. 「안 끊겼죠?」

「아, 미안해요.」 그레이스가 말했다. 「전부 다 환상적인 뉴스네요.」

그레이스의 말이 설득력이 있었는지 두 사람이 그녀를 놔주었다.

그레이스는 목을 움츠리고 길거리로 나가서 거리 남쪽으로 내려가다가 처음에 조너선이랑 살았던 익숙한 거리가 있는 동쪽으로 향했다. 그녀는 1번가에 있는 구질구질한 전후 기념 동상을 지날 때까지 어디로 가고 있는지 몰랐다. 그녀와 조너선은 전에 1번가에 있는 어두침침한 베이지색 복도 끝의 매력 없는 침실 하나짜리 집에서 살았던 적이 있었다. 그 집은 심지어 로비 탁자에 있던 조화와 천장부터 늘어져 있는 스태튼 섬의 등대 모양 장식품까지 전혀 변하지 않은 것 같았다. 그녀는 제복을 입은 수위를 알아보진 못했지만 그래도 자동적으로 반쯤 미소를 지어 보였는데, 자신의 지난날을 향한 인사였다. 그 아파트의 정문에서 나와 차양 밑에 멈춰 선 것은 그녀 자신과 남편의 어린 모습이었다. 막 전문직이 된 두 사람은 서류 가방과 요가 매트를 들고 어깨에는 각자 드라이클리닝 봉지를 둘러매고 에코백을 손목에 건 채 다고스티노 피자로 향한다. 그레이스는 지금 여기 사는 건 싫다고 생각했다. 그때도 싫어했지만 그래도 마사 스튜어트[63]의 1950년대 색깔 팔레트(〈1950년대〉는 그녀가 그토록 구제할 길 없이 밋밋한 방에서 고를 수 있는 최선이었다)에서 고른 색으로 벽을 칠하고, 쉽게 구할 수 있는 저렴한 물건으로 둘

63 Martha Stewart(1941~). 미국의 기업인. 가정 주부들의 살림과 관련된 잡지와 방송 등을 통해 큰 인기를 끌었다.

이 갖고 있는 몇 점 안 되는 좋은 가구 옆에 보조 가구를 들이지 않으면서 최선을 다해 꾸미려 했다(그래서 방들이 휑했다). 그때 당시에는 실내 장식에 고집이 없었다. 둘 다 그런 것에는 별로 관심이 없었고, 그때부터 정말로 관심이 있는 것은 몇 가지 없었다. 경력, 그리고 다른 무엇보다도 아이를 갖는 것이 중요했다. 그녀는 빗속에 멈춰 서서 다시 휴대폰을 꺼내고 짜증을 내며 쳐다봤다. 그러고 나서 휴대폰을 주머니에 처박고 다시 걷기 시작했다.

이제 그레이스의 목적지는 명확했다. 그녀는 걸음을 더 서둘러서 다시 남쪽 요크 가로 향했다. 그녀는 병원 지대에 들어섰다. 이 근처를 조너선이 그렇게 불렀고 이제는 그녀도 그렇게 불렀다. 단순히 코넬대 부속 특별 수술 병원과 모선(母船) 역할을 하는 메모리얼 병원 같은 병원들이 위치한 뉴욕 시의 일부가 아니라, 점차적으로 병원을 둘러싸고 시중을 들고 병원 종사자를 위한 숙소를 제공하고 그들의 필요를 예상하고 만족시키는 중세 장원으로 탈바꿈했다.

병원은 물론 다른 직장들과는 다르게 단절되어 있지 않았다. 상점과 음식점은 밤이 되면 사람이 없고 문이 잠긴다. 사무실은 서서히 불이 꺼지는데, 불 켜진 곳이 줄어들고 또 줄어들어서 마지막 근무자가 마지막 조명을 끈다. 하지만 병원은 비는 경우가 없고 확실히 절대 문을 닫지 않는다. 병원은 영원히 반복되는 위기에 안절부절못하면서 안에서 일어나고 있는 일들의 순수한 명령을 단조롭게 되풀이한다. 예술, 과학, 질병 산업으로부터 정보를 받는 병원은 그 자체로 독립된 세계이다. 헤아릴 수 없는 양의 위대한 이야기들(대부분은 비극)이 영원히 끝나지 않는 고리처럼 펼쳐지는 극적인 무대이다. 인식과 좌절, 종교적인 열정, 구원과 화해, 재앙과 같은 상실의 장면들이 반복된다. 병원 지대에서는 사건과 사건 사이에서 휘청거리게 된다. 병원 지대에서는 인간이 경험한 바로 그것들이 끊임없이 소리 내며 벌어져 불빛 아래 놓인다. 일반적인 긴급 상황과 고귀한 목표에 대한 감각이 이 지역에서는 모든 것에 침투한다.

조너선은 앞서 학부와 의대에서 잘해 나갔던 것처럼 병원 지대에서도 잘해 나갔다. 그는 무슨 수를 쓰는 건지 모든 사람들의 이름을 외우고 그 사람들의 인생에서 중요한 이벤트를 잘 알고 있는 그런 종류의 사람이었다. 그런 능력이 전혀 없는(솔직히 열렬히 원하지 않는) 그레이스는 그가 정말 병원 행정 직원들, 의사들, 간호사들, 잡역부들, 더러워진 리넨 제품을 수레에 실어 지하에 있는 거대한 세탁소로 옮기는 남자 등 아무하고나 깊은 대화를 나누는 것을 보았다. 또 그레이스는 조너선이 가끔 병원 식당에서 헤어네트를 쓴 식당 아줌마들과 수다를 떠느라 줄을 막기도 했다는 걸 알았다. 그는 이 땅의 왕이든 평민이든, 열렬한 관심을 보여 주든 단순히 인맥을 원하는 사람이든, 그 어떤 사람과도 정확히 똑같은 강도로 대화할 수 있었다. 그를 다른 인간 옆에 두면 자연스럽게 몇 가지 현상이 일어났다. 그가 천천히, 꾸준히 열렬한 관심의 광선을 비추면, 그 사람은 반응해서 이 놀라운 새로운 에너지원을 중심으로 돌고 또 돌게 된다. 그레이스는 이런 현상을 보면 봉오리가 천천히 태양을 향해서 꽃잎을 피우는 저속 촬영 영상이 떠올랐다. 그녀는 거의 20년간 이런 일이 일어나는 것을 봐왔고 여전히 조금은 흥미롭게 생각했다.

조너선은 다른 사람을 숨 쉬듯 흡수했다. 그 사람이 어떤 사람인지, 무엇을 중요하게 생각하는지, 그리고 어쩌면 그들의 삶과 성격이 주변에 어떤 상처를 형성했는지 알고 싶어 했다. 거의 예외 없이 사람들에게서 돌아가신 아버지나 약물에 중독된 아들 얘기 같은 것을 끌어냈다. 이것 때문에 택시 기사와의 대화를 정리하는 남편을 보도 가장자리에 서서 기다린다거나 웨이터 같은 사람들에게 책 제목이나 레스보스 섬의 호텔 이름을 적어 주는 남편 옆에서 두 사람분의 코트를 불만스럽게 들고 있다거나 하는 에피소드가 잔뜩 있었다. 아마 남편은 언제나 이랬을 거라고 생각했다. 그날 밤 지하 복도에서 처음 만났던 날에도 그랬다. 그레이스는 남편이 그냥 그런 식으로 태어난 게 틀림없다고 생각했다. 성격 면에서 의사들한테 항상 최선을 기대할 수는 없다. 어느 정도 정당한 이유를 붙여서 의사들은 다 냉정하거나 허풍을 떨거나 신(神) 콤플렉스에 시달린다는 얘기를 하곤 하는데, 그레이스도 동의했다. 하지만 당신의 아이가 매우 아픈데 의사가 본인과 본인의 필요보다도 아픈 아이를 우선으로 하는 사람이라면 얼마나 위안이 될지 생각해 보라. 아이의 고통을 줄여 주기 위해 애쓰는 그 순간에도 그는 아이뿐만 아니라 당신에게도 공손하며 질병을 앓는 자식으로 인한 인간적인 경험에 대해 깊이 생각하는 사람이다.

그레이스는 69번가에서 동쪽으로 걷고 있었는데, 마치 투명 인간이 된 것 같았다. 각양각색의 수술복을 입은 남녀가 그녀를 지나쳐 앞질러 가도록 내버려 두었다. 평범한 흡연자들도 보였는데, (빗속에서도, 암 병동이 뒤에 버티고 있는데도) 유일하게 바삐 서두르지 않는 무리들이었다. 그레이스는 자기 주위에 후광이 둘러쳐져 눈부시게 빛을 내면서 바로 여기, 이 사람이 수상하다고 표시라도 하고 있는 게 아닌가, 그런 기분마저 들었다. 나쁜 짓을 한 것도 아닌데. 지금은 여기서 빠져나가고 싶다는 마음뿐이었다. 모퉁이에 다 와갔다. 저 모퉁이를 돌면, 요크 가에서 북쪽으로 가면, 메모리얼 병원 출입구에서 멀어진다. 그러면 그녀 인생 전체가, 적어도 오늘 오후에는 아주, 아주 잘못되었다는 생각 따위를 하는 사람은 없어지겠지. 하지만 깊이 생각지도 않고 불쑥, 그녀는 방금 걸어 내려온 길로 되돌아가기 위해 방향을 틀었다. 마치 스퀘어 댄스[64]나 행진 대열을 무심결에 따라가는 사람처럼 말이다. 그러자 뒤를 따르던 무방비한 사람들을 향해 돌진한 모양새가 됐다. 이 병원 지대의 바쁜 시민 중 몇 명이 불쾌하다는 표정을 지었는데, 문득 한 명이 그레이스의 이름을 불렀다.

「그레이스?」 남자가 말했다.

그레이스가 올려다보니 시야에 내리는 비와 스투 로즌펠드의 얼굴이 있었다.

「당신일 줄 알았어요.」 스투가 상냥하게 얘기했다. 「헤어스타일 바꿨네요.」

그녀는 아주 약간 머리를 염색했다. 머리에 회색 줄이 가

64 미국의 대표적인 포크 댄스로, 네 쌍의 남녀가 마주 서서 정사각형을 이루며 추는 춤.

기 시작한 것을 발견했기 때문이었다. 새치가 속상하다 못해 부끄럽기까지 했다. 조너선은 확실히 눈치채지 못했는데 이런 상황에서 스투 로즌펠드는 기가 막히게 알아보았다.

「안녕하세요, 스투.」 그레이스가 말했다. 「날씨 좋죠.」

그가 웃었다. 「그래요. 트레이시가 우산 가져가라고 했었는데. 물론 전 잊어버렸지만.」 트레이시는 스투의 아내였고, 그레이스가 아무리 생각해도 자기와 말다툼을 한 기억이 나지 않는 옛 친구였다.

「트레이시는 잘 있어요?」 비가 내리는 길모퉁이에 서 있는 게 아닌 것처럼 그레이스가 물었다.

「아주 좋아요!」 그가 활짝 웃었다. 「임신 중기예요! 우리 아이 가졌거든요.」

「아…….」 놀라움을 감추려고 노력하며 말했다. 「끝내주는 소식이네요. 몰랐어요.」

당연히 알 턱이 없었다. 그레이스가 쭉 기억하고 있었던 것 중의 하나는 자기네 부부는 자식을 가질 생각이 없다고 쾌활하게 확언하는 트레이시 로즌펠드였다. 「그냥 그것을 원하지 않는 사람도 있는 거죠.」 트레이시가 말했었다. 사회 전체가 합심해 〈그것〉을 한물간 유행이라고 규정지은 지 이미 오래되었다는 말투였다. 그때 막 유산(세 번째? 아니면 네 번째?)으로 힘들어하고 있던 그레이스는 하마터면 눈물이 날 뻔했다. 그때는 뭘 봐도 눈물이 나려고 했던 때이긴 했지만 만약 조금은 불편하게 느껴졌던 로즌펠드 부인이 경쾌하게 사실은 〈그것〉을 원한다고 선언했으면 아마도 더욱 비참했을 것이다.

성격이 매우 좋은 스투는 이 오래전의 공언을 확실히 잊은 것 같았다. 기분 좋게 활짝 웃으면서 모든 일이 얼마나 이상할 정도로 쉬웠는지를 (비와 그들의 이상한 조우에도 불구하고) 설명하기 시작했다. 입덧이 없어요! 피로감도요! 트레이시는 담당 산부인과 의사가 기겁을 하는데도 불구하고 아침마다 늘 하던 저수지 주변을 두 바퀴 도는 3마일 달리기를 아직도 하고 있었고, 일터에서 그녀가 다루는 사건들은 악몽이었다. 트레이시가 몇 살이더라? 그레이스는 기억을 떠올리려 해봤다.

「트레이시가 몇 살이죠?」 그레이스가 물었다. 말하고 보니 무례하게 들렸다. 예의 없이 굴려던 건 아니었지만 자신을 어떻게 할 수가 없었다.

「마흔하나예요.」 스투가 상냥하게 답했다.

마흔하나. 그녀는 마음을 가다듬었고 밀려오는 분노의 파도를 느꼈다. 마흔하나에 마음을 바꿔서 임신하고, 그렇게 걱정 없이 부주의할 정도로 행동하다니, 개인적으로 모욕을 당한 기분이었다. 어떻게 감히 마흔한 살의 임산부가 조깅을 하지? 하지만 왜? 그게 자신과 무슨 상관이 있다고?

「놀랍네요.」 대신 그녀는 이렇게 말했다. 「정말 멋져요.」

「그레이스도 나올 아이가 하나 있다고 들었어요.」

그녀는 스투를 뚫어지게 쳐다봤다. 너무 당황해서 대답은 커녕 어떻게 반응해야 할지도 감이 안 잡혔다.

「트레이시가 당신이 책 쓴 거 봤다고 했어요. 『데일리 비스트』였나. 〈올 겨울 열렬히 기대되는 책〉 같은 데 소개됐다던데요. 어떤 종류의 책이에요? 소설?」

아뇨, 전 트루먼 커포티[65]거든요. 책은 논픽션 소설이고요. 자칫 큰 소리로 말해 버릴 뻔했다. 하지만 왜 스투에게 화풀이를 한단 말인가?

「아니에요.」 그레이스가 미소 지었다. 「그렇게 골치 아픈 책은 아니에요. 그냥 진료 보면서 배운 것들, 배우자를 찾는 사람한테 도움이 될 것 같다고 생각한 것들을 모은 책이에요.」

「오, 『데이트의 규칙』 같은 책인가요? 여동생이 몇 년 전에 읽던데요.」

「효과가 있었나요?」 그레이스가 물었다. 그녀는 항상 궁금했다. 그게 효과가 **있어서는 안 된다는** 것을 알고 있었다. 어쨌거나 효과가 있는 건가?

「에이, 아뇨. 제 말은, 여동생이 진지하게 안 받아들인 것 같아요. 남자가 처음 건 전화에는 답하지 마라? 밸런타인데이에 당신에게 선물을 주지 않는 남자와는 헤어져라? 여동생한테 대부분의 남자들은 밸런타인데이가 언제인지도 모른다고 말해 줬죠. 아버지는 어머니한테 밸런타인 선물을 한 번도 주신 적이 없지만 두 분이 30년은 결혼 생활을 했으니까요.」

그레이스가 고개를 끄덕였다. 빗속에서 가만히 서 있으려니 이제 얼어 죽을 것 같았다.

「근데 책을 쓰다니 정말 대단해요. 서점에 들어오면 살게요. 언제더라…… 대학 때인가? 그때 이후로 제가 읽은 것들

65 Truman Capote(1924~1984). 미국의 소설가, 각본가. 대표작 『인 콜드 블러드』를 비롯해 〈논픽션 소설〉이라는 새로운 장르를 개척했다고 알려져 있다.

중에 의학 논문이 아닌 첫 번째 책이 될 거예요.」

「아이고, 아니에요.」 그레이스가 과감하게 말했지만 그녀는 사실 그를 나쁘게 생각할 수가 없었다. 스투는 만약 애가 아프면 옆에 있어 줬으면 하는 바로 그런 의사였으며, 똑똑하고 인정이 많은 남자였다. 조너선과는 짧게 잡아도 8년째 서로 자리를 비울 때 진료를 대신 봐주는 사이였다. 조너선은 적어도 스투가 처리한 일에 대해서는 절대 비판한 적이 없었는데, 관련된 처치의 복잡성과 암에 걸린 어린이를 둘러싼 개인적인 관계들을 고려하면 솔직히 놀라운 일이다. 다른 많은 동료들에 대해서는 조너선이 그렇게 호의적인 말을 하지 않을 때가 있었다. 로스 웨이캐스터는 그의 직속 상관으로, 감정적으로 고립되어 있고 과민 반응하며 창조력이 부족한 의사라고 했다. 부모한테 복잡하지 않고 명확한 언어로 지금 아이에게 어떤 일이 일어나고 있는지 설명하는 능력이 전혀 없어서, 덕분에 가끔 쓸데없는 좌절감으로 복도에서 훌쩍이며 심란스러워하는 부모들을 보게 된다고 했다. 샌타페이인지 세도나인지로 옮긴 전문의는 이름이 뭐였지? 로나? 레나? 아무튼 이 여자는 〈평행 치유 전략〉에 빠졌는데, 멍청해서 애초에 의사가 되지 말았어야 할 사람이라고 했고. 스머지 스틱[66]을 휘두르고 드루이드교의 주문을 외울 거면 뭣하러 의대에 가나? 그리고 가끔 완벽하게 상냥한 태도로 뭔가를 요청하는 조너선의 말을 못 듣는 척하는 간호사들이 있었는데, 의사 집단과의 끊임없는 권력 투쟁에 이들이 너무 깊이 관련되어 있기 때문이라고 했다. 그리고 언론 홍보 담

66 주로 제사 의식에 쓰이는, 말린 허브를 엮어 만든 막대기.

당 부서에서는, 분명히 병원이 관심과 호의를 받을 수 있는 기회가 될 텐데도 『뉴욕』 잡지 〈최고의 의사들〉 호에 실리는 자기 프로필을 승인해 주지도 않았다고 했고. 또 로버트슨 샤프라는 쓰레기가 있는데 — 쓰레기 그 자체였다 — 사람을 지치게 하고 뒤가 구리고 근시안적이며 규칙에 집착하는 행정가라는 것이었다.

그렇지만 스투 로즌펠드는 달랐다. 점점 벗겨지는 이마와 큰 코를 가졌지만 진심 어린 순진한 미소를 지었다. 그레이스는 스투의 어린 아들을 상상했다. 행복하고 아마도 몹시 영리할 그 아이는 트레이시의 통통한 볼과 아버지의 미소를 닮았고 스투의 든든한 어깨에 목마를 타고 있었다. 그레이스는 스투 덕분에 행복했다. 찰나의 순간이지만 평범하게 행복했다. 밖에서 비를 맞고 있지도 않았고, 그레이스 주변으로 고정된 어떤 궤적을 따라 쫓아오는(기회를 보면서 더 가까워지지는 않는) 이름 붙일 수 없는 무언가 때문에 겁에 질려 있지도 않았다. 그리고 언제부턴가 동행이 된 나쁜 속삭임을 듣지 않으려고 힘들게 노력하지 않아도 되었다. 이 찰나의 순간에는 속삭임도 주변의 궤적도 하늘에서 서서히 내려오는 유리 덮개도 없었다. 공포감으로 경직되지 않은 척 그저 비가 오는 인도에 서서 남편의 가장 가까운 동료와 수다를 떠는 여자였다. 책, 〈세스 진호 로즌펠드〉라는 이름이 붙을 아기, 밸런타인데이까지 주제는 상관 없는 수다. 조너선은 언제나 밸런타인데이에 뭔가를 가져다주었다. 장미가 아닌 꽃. 그레이스는 장미가 싫었다. 라눙쿨루스를 좋아했다. 질은 꽃이었지만 한편으로 매우 섬세해서 좋아했다. 얼마든지 하염없이 바라볼 수 있었다. 아내가 임신하고 만사가 썩 괜찮은 스투 로즌펠드는 활짝 웃고 있었고 그레이스도 행복했다. 그에게 마음을 놓기 직전이었기 때문이다. 정말 너무나 그렇게 하고 싶었다. 고지가 코앞이었다.

그런데 그때 로즌펠드가 그 말을 하는 바람에, 유독한 공기를 안에 밀봉하고 있던 유리 덮개는 떨어져 산산조각이 났다. 여섯 단어였다. 나중에 세어 봤다. 그 단어들을 따로 떼어 보고, 다시 조합해 보고, 그 단어들이 파괴를 일으키지 않고, 삶을 뒤집어엎지도 않고, 삶을 끝내지 않게 만들려고 애썼다. 그리고 실패했다. 그 말은 다음과 같았다.

「그럼. 조너선은 요새 뭐 하고 지내요?」

11
일어난 일들은 반드시 수렴한다

거기서 어떻게 빠져나왔는지, 요크 가와 이스트 69번가 보도의 그 무시무시한 지점을 어떻게 빠져나왔는지, 이스트사이드의 거리에서 리어든까지의 그 멀고 축축하고 끔찍한 거리를 어떻게 돌아왔는지 전부 다 확실히 기억나지는 않았다. 무엇이 두 다리를 움직였을까? 상점 유리창을 들여다보고, 그녀를 마주 응시하는 얼어붙은 여자의 모습을 보지 않도록 막아 준 힘은 무엇이었을까? 뇌는 질주하며 덜컹거리는 상태와 고요한 상태를 튕기듯이 왔다 갔다 하고 있었는데, 그 과정이 매번 견디기 힘들었다. 당연히 수치스럽기도 했는데, 이는 익숙하지 않은 감정이었다. 그레이스는 몇 년 전에 수치심을 내려놨다. 성인이 되면서 모든 사람이 자신을 좋아할 필요가 없다는 깨달음을 얻었고, 더 나아가 그녀가 원하든 원치 않든, 모든 사람이 자신을 좋아할 의향도 없다는 사실도 받아들였다. 수치심에서 자유로워진 이 통찰 이후에, 그레이스 자신이나 가장 가까운 가족 구성원들만이 그녀의 행동을 인정하거나 부정할 권리가 있었기 때문에 어떤 것에든 수치심을 느낄 가능성이 적어졌고, 실제로도 그랬다.

하지만 그 길모퉁이에 스투가 서 있던 광경. 맙소사, 그가 그레이스를 뚫어져라 쳐다보던 그 표정이라니. 그리고 그레이스 자신도 그를 뚫어져라 바라봤던 것 같다. 둘 다 그 단순하고 부주의한 질문에 놀라서 입이 딱 붙어 버렸다. 섬광이 스치는 짧은 순간, 그레이스의 얼굴에 드러나 버린 표정에서, 스투 로즌펠드는 모든 것을, 혹은 적어도 상황 파악을 할 정도는 알아 버렸을 것이다. 그녀, 그레이스 라인하트 색스가, 뭔가 본질적인 걸 놓치고 있었다는 사실, 그리고 모르는 사이에 엄청난 일이 벌어지고 말았다는 사실도. 이제 한순간 전만 해도 커다란 문제였던 일이 — 그러니까 그녀가 남편의 행방을, 대체 남편이 어디 있는지 모른다는 사실이 — 갑자기 새롭게 나타난 문제로 인해 까맣게 잊히고 말았다. 하지만 새로운 문제가 훨씬, 훨씬 더 나빴다.

그레이스는 보도에 서 있는 스투로부터 물러섰다. 붙어 있던 벨크로[67]를 떼어 내는 것처럼 고통과 고통스러운 소리가 이어지고 인도의 기울어진 부분이 제멋대로 위치를 바꾸는 것 같았다.

「그레이스?」 스투가 부르는 걸 들었지만 이미 그 목소리는 다른 지역의 방언처럼 들려서 애를 써야 간신히 해독이 가능했다. 그 말을 해독하는 동시에 멀리 사라질 기력은 없었다. 어서 스투 앞에서 사라져야 했다.

「그레이스?」 그녀가 발걸음을 옮기기 시작하고 나서도 스

67 천 같은 것을 한쪽은 꺼끌꺼끌하게 만들고 다른 한쪽은 부드럽게 만들어 이 두 부분을 딱 붙여 떨어지지 않게 하는 옷 등의 여밈 장치.

투는 계속 불렀다. 그레이스는 잘 보이지 않는 틈을 비집고 들어가는 미식축구 선수처럼 몸을 움츠린 채 그를 지나쳤다. 지나치면서 쳐다보지도 않았다. 확실히 돌아보지도 않았다.

69번가와 1번가.

71번가와 2번가.

76번가와 3번가. 어떻게든 그 거리를 걸어왔지만 제정신이 아니었다. 지나치는 것들을 보고 생각하면서 걷는 것이 아니었다. 쉬지 못하고 발작하며 밤을 지새는 것처럼 밤중에 깨서 시계의 숫자를 적고 다시 간헐적인 어둠으로 빠져드는 것과 비슷했다. 날뛰는 머릿속이 참기가 힘들었지만 진정하려 할 때마다 그저 시간만 버렸다.

두 블록을 더 지나 있었다.

덜컹거리는 머릿속. 그리고 몰아치는 고통.

또 두 블록을 더 지나 있었다.

무슨 병에 걸린 것 같았다. 이렇게 아파 본 적이 없었다.

그레이스가 원하는 건 헨리를 찾는 것뿐이었다. 설령 그게 학교로 쳐들어가 복도에서 애 이름을 외치다가 실험실이든 홈룸이든 들이닥쳐서 애의 풍성한 검은 머리를 잡아채는, 지금 금방이라도 미칠 것 같은 그녀가 완전히 미친 사람처럼 난리를 치는 꼴이 된다 하더라도 헨리가 보고 싶었다. **내 아들 어딨어?** 비명을 지르는 자신을 상상했다. 그 상상의 가장 기이한 점은 다른 사람들이 자신을 어떻게 보든지 전혀 신경이 안 쓰인다는 것이었다. 그러고 나서 아들을 질질 끌고 복도를 지나 정원으로 나온 후 아파트로 돌아가는 거다.

그런데 그러고 나면?

그 후가 아무것도 없었다. 단순히 한 발자국 더 내디딜 수가 없어서였다. 마치 맹목적으로 돌진하고 또 돌진하다 보니 절벽 끝에 서 있는 것과 같았다. 그리고 거기서 멈춘다. 더 나아갈 길은 차단되고 숨은 가빠지고 완전히 바위 표면 같은 불가능을 마주한다.

리어든은 더더욱 외부인들로 가득한 거리가 됐다. 방송국 로고를 달고 지붕에 위성 안테나를 설치한 트럭이 적어도 세 대는 늘어났고 모르는 사람들이 보행자 도로를 빽빽이 메우고 있었다. 물론 딱한 말라가 알베스의 대한 찌꺼기 정보를 얻으려고 쓰레기통이라도 뒤질 사람들이었다. 하지만 말라가 알베스는 이 몇 시간 동안 그레이스의 사고에서 멀어져 있었다. 그리고 명백히 의뭉스러운 미소를 띤 젊고 잘 빠진 여자가 〈안녕하세요, 잠깐 대화 괜찮으세요?〉라고 말하며 그레이스의 옆으로 다가오려고 했을 때는 하마터면 후려쳐서 쫓아낼 뻔했다. 또 다른 삶에선 그레이스는 딱 한 번 대화를 해본 여자의 죽음에 신경을 쓸 테지만, 오늘의 문제는 바로 지척에 생긴 깊은 수렁에 관한 것이었다. 지금 그녀에게 일어난 일은 — 그녀도 무슨 일이 일어났다는 걸 더는 부정할 수가 없었다 — 타인이 아니라 바로 그녀 자신, 남편, 아이에 관한 일이었다.

엄마들하고도 얘기하고 싶지 않았는데, 리어든의 정원에 섞여 서 있다 보니(학교의 아치형으로 된 통로가 진짜 내부자들의 통행만 허락하는 일종의 통제선 역할을 했다) 그레이스는 침울한 연대의 분위기가 나타나기 시작했다는 점에 어렴풋한 안도감을 느낄 수 있었다. 이제 아침에 아이들을 바래다줬을 때와는 대조적으로 엄마들 사이에 대화가 거의 없었다. 다들 냉정하게 혼자 서 있거나 모여 있더라도 혼자와 다름없었고, 별로 중요하지 않은 비언어적인 의사소통 외에는 아무런 상호 작용도 일어나지 않았다. 그레이스는 마치 모든 사람들이 몇 시간 전에 이 자리를 떠난 후 다들 삶을 뒤바꿀 만한 위기를 겪기라도 한 것 같다고 생각했다. 어쩌면 계층과 돈의 단계적 차이를 인지하니 말라가 알베스와 자신들이 동떨어져 있는 것처럼 느껴져서 죽은 여자와 관련된 냉철한 현실이 부상했을지도 모른다. 아니면 아침에 몰랐던 것을 지금도 아무도 모른다는 사실을 보고, 말라가의 죽음을 둘러싼 문제가 그들이 애당초 예상했던 것보다 빨리 해결될 것 같지 않으므로 장기전으로 돌입할 생각을 했을 수도 있다. 결과적으로 점잖아지려는 노력을 하고 있는 것이다.

정원 안쪽에, 통제선을 지날 특권을 가진 이곳에, 그레이스는 보모들이 거의 눈에 띄지 않는다는 사실을 깨달았다. 걱정 많은 리어든의 어머니들이 일제히 아이의 인생의 몇몇 순간들, 예를 들면 〈맥스의 첫 교내 살인 사건〉[68]이나 〈클로이의 황색 언론 첫 경험〉[69] 같은 것은 대리인에게 맡기기에는 너무나 민감한 문제라고 판단한 것 같았다. 그래서 이 어

68 「맥스가 처음 학교에 간 날Max First Day at School」이라는 동화 제목의 패러디.

69 「클로이의 아메리칸 돌 채널Chloe’s American Girl Doll Channel」을 운영하는 클로이라는 어린 소녀가 유튜브에 올리는 각종 영상 제목의 패러디.

머니들은 모든 걸 제쳐 두고 애들이 로버트 코노버의 상담사한테서 풀려나기를 기다리면서 여기 있는 것이었다. 여기 와 있는 부모들은 실로 스스로를 자랑스러워했다. 지금은 자식들의 삶에서 중요한 순간이었고 오랫동안 기억에 남는 순간이 될 가능성이 높았다. 몇 년이 지나서 어쩌면 딸이나 아들이 학교 친구의 엄마가 죽은 이날을, 아니 잔인하게 살해된 날을 떠올릴 수도 있었다. 인간의 설명할 수 없는 잔인함을 처음 현실에서 맞닥뜨려 얼마나 혼란스럽고 무서웠는지, 그리고 수업이 끝났을 때 어떤 식으로 엄마가 데리러 와서 안심시켜 주고 특별한 간식으로 집이나 발레 교실이나 SSAT 선생님한테 가기 전에 기분 전환을 시켜 주려 했는지 기억할 것이다. 평소답지 않게 눈인사를 하는 사람도 없어 보였다.

전혀 충격을 받은 것 같지 않은 애들이 나왔다. 몇몇은 엄마를 보고 놀란 것 같았다. 헨리는 무리의 거의 끝에 뒤처져 있었는데 책가방은 몸을 가로질러 메고 코트는 가방끈에 아무렇게나 걸어서 바닥에 약간 끌렸다. 그레이스는 헨리를 보고 너무 기뻐서 코트를 바로 하라는 말도 하지 않았다. 「안녕.」 그녀가 말했다.

헨리가 인상적인 속눈썹 밑에서 엄마를 올려다봤다. 「바깥의 TV 트럭 봤어요?」

「응.」 그녀는 자기 코트를 다시 걸쳤다.

「그 사람들이 엄마한테 뭐라고 했어요?」

「아니. 뭐, 하려고는 했는데. 터무니없지.」

「엄마가 뭔가 알고 있는지, 그런 거요?」

아무것도 모르는데. 그녀는 생각했다. 어쩌면 그녀를 실제로 뭔가 아는 사람이라고 생각했을지도 몰랐다.

「아빠는 왔어요?」 헨리가 물었다.

정원으로 통하는 계단을 내려가는 중이었다. 보도에는 카메라를 들고 있는 사람들이 있었다. 최소 두 명은 학교를 배경으로 카메라를 향해 활발하게 말하고 있었다. 본능적으로 그레이스는 머리를 숙였다.

「뭐라고?」 그레이스가 말했다.

「아빠 왔냐고요.」

그녀는 고개를 저었다. 「아니.」 그러자 문득 생각나는 것이 있었다.

「아빠가 너한테 오늘 돌아온다고 얘기했었니?」

헨리는 곰곰이 생각하는 듯했다. 두 사람은 보도로 이어지는 철제 아치형 통로 두 개 중의 하나를 지나서 큰길을 향해 서쪽으로 성큼성큼 걸었다.

「별로요.」 헨리가 말했다. 모퉁이가 바로 앞이었다.

그레이스는 숨을 멈췄다. 끔찍한 한순간 눈물이 날 것 같았다. 바로 여기 인도 위에서.

「헨리.」 그녀가 말했다. 「혹시 〈별로〉가 무슨 뜻인지 알려 줄 수 있겠니? 굉장히 헷갈리는구나.」

「아…….」 헨리도 헷갈리는 것 같았다. 「아니에요. 제 말은, 언제 온다고는 안 했어요. 그냥 떠난다고 했어요.」

「뭘…… 떠나?」 그레이스가 말했다. 땅이 아까처럼 제멋대로 움직였다. 그녀는 똑바로 서 있을 수가 없었다.

헨리는 어깨를 으쓱했다. 멀미가 난 한순간 헨리가 여느 사춘기 소년처럼 부모한테 말하는(혹은 말을 안 하는) 것처럼 보였다. 특유의 어깨를 으쓱하는 동작. 만국 공통으로 쓰이는 **당신 문제에 날 끼워 넣지 말아 줄래요** 어깻짓. 그레이스는 당해 보지 않아서 항상 그게 좀 우습다고 생각했다. 부디 오늘 경험하게 하진 말아 주세요, 오늘은 아니에요.

「안 물어봤어요. 아빠가 그냥 전화해서 어디 간다고 하던데요.」

그레이스는 손을 뻗어 헨리의 어깨를 쥐었다. 스스로 생각하기에도 손이 갈고리 같았다.

「아빠가 정확히 뭐라고 했는지 기억할 수 있겠어? 단어까지 정확하게.」

헨리가 그녀를 똑바로 쳐다보더니 뭔가 마음에 들지 않은 것을 본 것처럼 시선을 돌렸다.

「헨리, 제발.」

「아니, 알겠어요. 떠올리려고 노력 중이에요. 〈이틀 정도 어디 가야 해〉라고 했어요. 제 휴대폰으로 전화해서요.」

「언제?」 그레이스는 머리가 빙빙 돌기 시작했다. 그녀는 자신의 가방이 구명줄이라도 되는 것처럼 붙잡았다.

또 그 어깻짓. 「그냥 어디 간다고만 했어요.」

「클리블랜드……겠지. 의학 학회 때문에.」

「어디라고 말 안 했어요. 제가 아빠한테 물어볼 걸 그랬나 봐요.」

이것이 죄책감의 시작인가? 여기서 일생 동안 계속될 정신적 상처가 시작되는가? 사소한 집착이 궁극적으로 〈**내가 부모님이 ……하는 걸 막을 수 있었는데**〉로 진화하는가?

아니다. **아니야.** 그레이스는 자기가 미친 것 같았다.

「헨리, 그건 네 책임이 아니야.」 그레이스가 조심스럽게, 지나치게 조심스럽게 말했다. 술 취한 사람이 자기 안 취했다고 설득하는 것처럼 들렸다. 「그냥 아빠가 자기 계획을 좀 더 확실하게 알려 줬다면 좋았겠다 싶어서.」

딱 적당한 말을! 그레이스는 아주 약간 우쭐했다. 적당히 짜증 나는 말처럼 들렸지만 어느 정도 무덤덤한 말이기도 했다. **아빠가 어떤지 알잖니!** 「내 말은, 아빠가 클리블랜드에 간다고는 했는데 휴대폰을 집에 두고 가서 엄청 귀찮아졌어. 그리고 이 상황을 완전히 언짢아하실 분이 누군지는 너도 알지? 그러니까 오늘은 좀 더 신경 써서 행동하자.」

헨리가 고개를 끄덕이기는 했지만 이제는 아예 그레이스를 보지 않고 있었다. 양쪽 엄지손가락을 가방끈의 넓은 부분에 끼우고 보도에 멈춰 선 헨리의 시선은 저 멀리 파크 가에 있는 흐릿한 뭔가에 고정되어 있었다. 처참하게 느껴진 한순간 그레이스는 헨리가 조너선에 대해 뭔가 중요한 것, 어디에 있는지 아니면 언제까지 거기 있을 계획인지 그녀가 모르는 것을 사실은 알고 있을 가능성을 고려해 봤다. 그러나 이런 생각만으로도 찾아오는 고통이 너무 극심해서 생각을 할 수가 없었다. 결국 그녀는 아무 말도 하지 않았다. 두 사람은 큰길을 따라 남쪽으로 함께 걷기 시작했고 헨리 역시 아무 말도 안 했다.

오늘 밤, 그레이스는 두려웠다. 보통 거리를 두는 아버지는 때때로 차라리 다행이었는데(지금 같은 경우에) 슬프게도 아내의 끈질긴 참견과 짝을 이뤘다. 에바가 예의범절에 어긋나거나 부족한 부분을 찾아내면 그레이스의 아버지는 일종의 해명을 내놓으라고 강요하는 패턴이었는데, 그 감각은 치과 의사가 치아 표면의 민감한 부분을 찌를 때 느껴지는 감각과 어딘가 닮은 데가 있었다. 대체 왜 그레이스는 파크 가와 70번가 교차로에 시에서 가장 좋은 유치원이 있는데도 웨스트빌리지에 있는 유치원으로 헨리를 매일같이 **지하철로** 통학시키는가? (에바가 오래전에 실제로 물어봤던 전형적인 예시다.) 그게, 첫 번째로는 — 그녀는 설명을 해야만 했다 — 사실상 에피스코펄에 지원하는 다른 모든 애들처럼 헨리가 입학 허가를 받지 못했기 때문이다. 다른 사람이라면, 최소한 조금이라도 뉴욕 유치원의 불합리한 운영 방식에 익숙한 사람이라면 그냥 어깨 한 번 으쓱하고 말겠지만, 새어머니, 결과적으로 친정아버지는 그렇지가 못했다. **그런데 왜 헨리가 거절당한 거냐?** 아버지는 그 특정한 건을 꼬치꼬치 캐물으셨다. 에바의 초자연적인 자식 두 명은 어릴 때부터 오페라와 자신들의 우월성을 이해할 수 있는 기본 소양을 훈련했고, 라마즈 학교와 예일대로 힘차게 떠났다가 각자의 약속된 땅으로 직행했다(예루살렘과 그리니치/월 스트리트). 그래서 에바는 충격받은 얼굴로 마치 그렇게 멍청한 얘기는 처음 들어 본다는 듯 그레이스를 바라봤다.

헨리는 실제로 에바와 할아버지에게 강한 애착을 갖고 있었는데, 두 사람이 봐주는 한계를 잘 알고 있는 것 같기는 했다. 부정할 수 없는 라인하트가의 즐거운 저녁 식사(맛있는 음식, 아주 맛있는 초콜릿, 알기 쉽게 자신을 인정해 주는 두 사람한테 받는 칭찬과 관심)는 형식상의 절차와 최상급 예의범절의 필요성을 단단하게 결합시켰다. 에바의 다이닝 룸에 있는 넓은 마호가니 테이블에 앉거나 길고 아름답게 생긴 소파에 불편하게 걸터앉으려면 집중과 노력이 필요했다. 그레이스는 물론 열두 살의 헨리도 그랬다. 하지만 오늘 밤은 어쩌면 그 모든 불편하고 정신을 산만하게 하는 것들이 나쁘지 않을지도 몰랐다.

파크 가 중앙에 있는 나무에는 크리스마스 전구가 장식되어 오늘같이 맑은 밤에 노랗고 파란 불빛이 깜빡거렸다. 그레이스와 헨리는 무겁게 발을 끌며 걸었고, 불과 몇 걸음밖에 떨어져 있지 않았지만 여전히 아무 말도 안 했다. 한두 번 정도 불쑥불쑥 어떤 생각이 떠올라 말을 하려고 입을 벌렸지만 도움이 안 되거나 사실이 아닌 것뿐이라 다시 입을 다물었다. 안 좋게 들리겠지만 그레이스는 지금 이 특정한 상황에서는 거짓말을 하는 것이 크게 꺼림칙하지 않았다. 아들에게 아까 했던 거짓말을 유지할 수 있다면 그 정도는 감수할 수 있었다. 불행하게도 그레이스는 거짓말이 뭐였는지 정확히 기억이 나지 않았고 어떤 부분부터 현실에서 갈라져 나가기 시작했는지도 헷갈렸다. 게다가 현실 자체도 무참하게 불분명했다. 아는 게 아무것도 없었다. 시시각각 모양과 차원이 바뀌는 어두침침한 균열이 입을 벌리고서 그녀의 귀에 대고 절규하는 느낌이었다.

그레이스는 코트를 더욱 단단하게 여몄다. 옷깃의 양모에 뒷덜미가 쓸렸다.

헨리는 아직 키가 클 준비가 안 됐다는 듯이 약간 어깨를 구부리고 걸었는데, 시선은 개를 산책시키는 남자나 여자가 지나갈 때를 제외하고는 내내 보도에 고정되어 있었다. 헨리는 간절하게 개를 키우고 싶어 했고, 한 마리 키우자고 늘 얘기했지만 몇 년째 소원을 이루지 못하고 있었다. 종류를 막론하고 애완동물을 키워 본 적 없는 그레이스는 개가 낯설었고, 조너선은 어릴 때 레이븐이라는 이름의 블랙 래브라도 리트리버를 키운 적이 있었는데(사실은 멋대로 구는 남동생의 애완동물이었다) 현재는 별로 키우고 싶어 하지 않았다. 오래전에 조너선이 그레이스에게 말해 준 적이 있었는데, 레이븐은 조너선이 9학년일 때 집에 가족이 아무도 없던 날 없어졌다. 개가 사라진 수수께끼(문이 열려 있었나? 개 도둑?)는 계속 가족들을 슬프게 했고 비난은 한 사람에게 향했다. 가족들이 자기를 탓했다고 조너선은 그레이스에게 설명했다. 가족들은 개가 도망을 갔다고, 혹은 개를 잃어버렸다고, 혹은 자기 개도 아닌데 조너선이 개에 대해 잘 알고 있었다고 그에게 뭐라고 했다. 엉망진창으로 망가진 가족의 전형적인 일화라고 그레이스는 납득했다. 그렇지만 그렇다 해도 너무 가혹한 일이었다.

게다가 조너선은 개 비듬에 알레르기가 있었다.

에바는 그레이스의 아버지와 만나기 시작했을 때 개를 키우고 있었다. 정확히는 두 마리였다. 너무 잘 먹인 닥스훈트 형제 자허와 지기는 서로가 최대의 관심사였고 헨리를 알아본 다음에는 만져 달라고 조르는 개들이었다. 이제는 죽은 지 오래됐고, 그다음에는 포메라니안(근친 교배를 너무 해서 털이 군데군데 빠지고 정신 박약도 있었다)을 길렀는데 순종 포메라니안만 걸리는 병에 걸려 죽었다. 최근은 또 다른 닥스훈트 칼이었는데 사람을 아주 조금 더 반기는 성격이었다. 그레이스의 아버지가 맡은 가장 중요한 책임이 칼의 산책인 듯했다(여전히 그레이스는 개랑 산책하는 아버지를 보면 놀라웠다). 아버지는 평생 취미로 격주마다 테니스를 쳤지만 무릎과 엉덩이가 약해져서 칠 수 없게 되자 다른 운동을 필요로 했다.

그레이스가 헨리와 함께 73번가에서 파크 가를 가로질렀을 때, 앞에 아버지와 닥스훈트가 있는 것을 보았다. 헨리는 달려가서 할아버지에게 인사했다. 아버지 옆에 선 헨리가 너무 커서 그레이스는 잔잔한 충격을 받았다. 한순간 아버지 키가 줄어든 게 아닐까 생각할 정도였고, 두 사람이 포옹했을 때 자신의 아버지가 손자에게 약간이지만 기대는 것을 보았다. 그레이스는 정반대 방향으로 성장을 계속할 두 사람의 기념비적인 순간을 보았다. 언젠가 한 사람은 땅속으로 사라질 것이고 다른 한쪽은 구름 너머로 날아올라 시야에서 사라질 것이다. 몸서리가 쳐졌다.

「안녕, 칼.」 그레이스가 다가갔을 때 헨리는 칼에게 인사를 하고 있었다. 헨리는 개 쪽으로 움직였고 살짝 꼬리를 흔드는 거라도 보기 위해 최선을 다해 만져 줬는데 너무 과하게 예뻐했다. 프레더릭 라인하트는 목줄을 헨리에게 건네줬고, 헨리는 아주 공을 들여 보도에 있는 모든 나무로 개를 이끌었다.

「그레이스.」 아버지가 그레이스를 짧게 포옹하며 말했다. 「이거 원 헨리 키가 많이 컸구나.」

「알아요. 어떨 때는 정말이지, 아침에 깨우러 가보면 더 길어져 있더라고요. 프로크루스테스[70]한테 붙잡히기라도 한 것처럼요.」

「그런 건 아니길 바란다.」 아버지가 말했다. 「조너선은 병원에서 바로 오냐?」

그레이스는 에바한테 전화해서 조너선이 못 온다고 말 하는 걸 잊고 있었다. 갑자기 기분이 가라앉았다. 「잘 모르겠어요.」 그녀가 간신히 말했다. 「아마도요.」

둘 다 거짓말은 아닌 거라고 그레이스는 스스로에게 말했다. 그가 올 수도 있다. 기적처럼.

「그래.」 아버지가 말했다. 「추워졌구나. 그렇지 않아?」

그랬나? 그레이스는 너무 더웠다. 깃에 달린 양모 때문에 뒷덜미가 따가웠다. 그녀는 반백이 된 아버지의 머리카락이 완벽한 일직선으로 정확하게 두꺼운 코트 목깃으로부터 반 인치 길이로 정리되어 있는 것을 알아챘다. 에바는 길고 날카로운 가위를 사용해 직접 머리를 잘랐다. 첫 결혼 생활 때 몸에 익힌 기술인데, 죽은 첫 번째 남편(두 사람의 공통된 절약 정신에서 비롯되었는데 이들이 공유했던 부를 생각하면 괴상한 일이었다)이 돈을 쓰지 않는 전략을 창안했을 때 배웠다. 사실 지난 세월 동안 그레이스는 한 번 이상 에바가 헨리의 머리를 자르도록 허락했다. 머리 길이가 적당한 범위를 넘어갈 때마다 에바가 먼저 눈치챘고(바로 반응해서), 남편의 하나뿐인 손자 머리카락을 싹둑싹둑 잘라 주는 것이 몹시 기쁜 듯했다. 에바의 솜씨는 상당히 좋아서, 가위가 바쁘

70 고대 그리스의 강도. 잡은 사람을 쇠침대에 눕혀, 키 큰 사람은 다리를 자르고, 작은 사람은 잡아 늘였다고 한다.

게 움직이는 소리를 내면서 헨리의 예쁜 머리통 주변을 움직이면 안방 화장실의 타일 바닥 위에 헨리의 (역시 고운) 머리카락이 자잘하게 쌓였다. 어디든 문제가 있는 것을 발견하면 지적하고 깨끗하게 만드는 것이 그녀의 기쁨이었다.

아버지를 따라 현관으로 들어서는데 일직선으로 잘린 그의 머리카락이 보이자 에바가 아버지를 잘 돌보고 있다는 생각이 들었다. 물론 전에도 같은 생각을 여러 번 했다. 하지만 그게 새어머니에 대한 애정으로 이어지기에는 부족했다. 그리고 **이 생각** 역시 여러 번 했다.

「카를로스.」 엘리베이터 맨이 문을 당겨서 닫을 때 아버지가 말했다. 「내 딸이랑 손자 기억하죠.」

「안녕하세요.」 그레이스는 아들 뒤에 딱 붙어서 인사했다.

「안녕하세요.」 카를로스가 눈은 위에 있는 숫자판에 고정한 채로 말했다. 구식 승강기여서 층에 딱 맞게 서려면 기술이 필요했다. 엘리베이터가 4층에 도착해서 그가 다시 문을 당겨 열고 좋은 저녁 보내라는 인사를 할 때까지 다들 습관적으로 침묵을 지켰다. 헨리가 몸을 숙여 칼의 목걸이에서 목줄을 분리하자 칼이 저 좋을 대로 느긋하게 좁은 층계참에 있는 한 쌍의 현관 중 한쪽을 향해 걸어갔다. 아버지가 칼의 출입을 허락하는 뜻으로 문을 열자마자 당근 냄새가 훅 끼쳐 왔다.

「할머니, 안녕하세요.」 헨리가 칼의 뒤를 쫓아 부엌으로 가면서 인사했다.

아버지는 본인의 코트를 벗고 그레이스의 코트를 받아서 걸었다. 「뭐 좀 마실 테냐?」 아버지가 물었다.

「아뇨, 괜찮아요. 아버지 드세요.」

아버지에게 허락이 필요하기라도 한 것처럼 그녀는 말했다.

아파트는 그레이스가 처음 왔을 때부터 전혀 변한 것이 없었다. 조너선과 결혼한 다음 해에 에바의 자식 부부들과 만나는 자리여서 약간 걱정이 되는 저녁 식사 시간이었다. 그레이스보다 약간 나이가 위인 리베카는 당시 둘째 아들을 낳은 지 얼마 안 됐었는데(한 침실에서 보모가 아기를 보고 있었다) 그 식사 때문에 그리니치에서부터 먼 길을 왔다. 이미 이스라엘로의 이민을 고려하고 있던 루번은 짜증 나는 아내 펠리스와 함께 67번가에서 왔다. 확실히 그날 저녁에 〈자식들〉 셋은 각자의 부모님이 결혼할 거라는 소식을 들었다. 사실 데이트를 한 지는 두 달밖에 안 됐지만 놀랍게도 그레이스의 아버지가 이탈리아, 프랑스, 독일을 돌아보는 긴 신혼여행을 가기 위해 전례 없이 회사에서 두 달 간의 휴가를 얻기로 결정했다.

이 소식에 제일 호응을 안 했던 〈자식〉이 셋 중 누구였는지는 가리기 어려웠다. 아버지를 생각하면 정말 기뻤다. 아버지가 동반자를 찾으셨다는 것이 기뻤고, 에바가 처음부터 중요시한 것이 프레더릭 라인하트를 잘 돌보고 정리정돈해 주는 일이었기에, 어머니가 죽은 이후 혼자서는 그런 것들을 스스로 잘 챙기지 못하는 아버지가 확실히 도움을 받을 수 있을 것이었다. 하지만 그레이스는 에바를 사랑하자고 자신을 설득하지 않았고 평생 못 할까 봐 걱정이 됐다. 또한 그레이스는 에바의 자식들도 좋아할 수 없을 거라는 걸 한눈에 알았다.

당연하게도 안식일 저녁이었고, 에바의 아들딸은 유대교 의식에 둔감한 그레이스와 조너선에 대한 거부감을 거의 숨기지 않았다. 그것은 믿음의 문제가 아니었다(그레이스와 조너선이 신앙을 가지고 있든 아니든, 에바의 자식들이 그렇든 아니든, 그게 문제가 아니었다). 그레이스와 조너선이 누구나 쉽게 알아볼 수 있도록 유대인의 특성을 명확히 드러내지 않는 것이 문제였다. 그날 저녁 그녀와 조너선은 어느 정도의 예의범절과 잘 모를 때는 다른 사람을 보고 따라 하자는 생각을 갖고 안식일 테이블에 접근했으나, 두 사람의 계략은 금방 들켜 버렸다.

「키뒤시 기도문을 몰라요?」 루번이 명백한 경멸을 띠고 조너선에게 묻는 바람에 이미 불안했던 식탁 분위기는 돌덩어리처럼 가라앉았다.

「죄송한데 모르겠어요.」 조너선이 가볍게 말했다. 「나쁜 유대인이죠. 저희 부모님은 제가 자라는 동안 크리스마스트리까지 만드셨죠.」

「크리스마스트리?」 리베카가 물었다. 그녀의 남편도 투자은행가였는데 실제로 입술을 말아 올리며 비웃고 있었다. 이런 상황이 펼쳐지는 것을 보면서 그레이스는 겁쟁이처럼 아무 말도 하지 않았다. 그녀도 아버지도 예전에 집에서 크리스마스를 챙겼다는 정보는 굳이 얘기하지 않았다. 어린 시절 내내 마지팬[71]을 먹고 헨델의 음악을 듣고 윌리엄 그린버그에서 파는 슈네켄 빵을 먹으며 크리스마스 연휴를 보냈다. 아주 즐거웠다.

71 아몬드 가루, 설탕, 달걀을 섞어 만든 과자. 주로 크리스마스에 먹는다.

「아.」 에바가 복도로 나오며 말했다. 등 뒤에 헨리와 칼이 꼬리처럼 붙어 있었다. 에바는 상냥하게 그레이스의 양 볼에 입을 맞추었다. 「헨리가 조너선이 못 올 거라고 그러더구나.」

그레이스는 흘끗 아들을 쳐다봤다. 헨리는 몸을 숙이고 완전히 그를 무시하고 있는 무관심한 닥스훈트를 쓰다듬고 있었다. 에바는 특유의 못마땅하다는 표정을 얼굴에 띄우고 있었고, 수많은 캐시미어 카디건 세트 중의 하나를 입고 있었다. 에바는 광범위한 종류의 베이지색 카디건 세트를 갖고 있었는데, 가장 연한 색상은 거의 흰색에 가까웠고 가장 진한 건 갈색에 가까웠지만 주로 오늘 밤 고른 것처럼 마닐라 종이 같은 색깔을 집중적으로 갖고 있었다. 이 카디건 세트들은 두 가지 점에서 그녀를 돋보이게 해줬다. 첫째는 그녀의 인상적인 쇄골을 드러내 준다는 것이고 둘째는 가슴을 돋보이게 해준다는 것인데 거의 기이할 정도로 젊고 다소 육감적으로 보였다.

「무슨 일이야?」 그레이스의 아버지가 물었다. 그는 막 거실에 있는 바에서 자기 스카치 텀블러를 가지고 돌아온 참이었다.

「조너선이 저녁 먹으러 못 온대요.」 에바가 활기차게 대답했다. 「그렇게 되면 나한테 전화하기로 약속한 줄 알았는데 말이야.」

그건 사실이었기에 그레이스도 납득했다. 그래, 그녀가 그렇게 말했다. 그래, 그녀가 확실히 다시 전화를 안 한 게 잘못이었다. 그런데 정말로? 이 정도로 못마땅할 일인가?

「오, 에바.」 그레이스가 의심스러운 자비의 재판정으로 스스로를 던지며 말했다. 「정말 죄송해요. 그냥 제 머리를 빠져나갔나 봐요. 그리고 저도 정말 조너선한테 연락을 받고 싶었고요.」

「연락을 받고 싶었다고?」 그녀의 아버지는 거의 모욕이라도 당한 것처럼 보였다. 「이해가 안 되는구나. 왜 네가 네 남편한테 〈연락을 받고 싶어〉 해야 하냐?」

그레이스는 두 사람에게 그녀가 느끼는 못마땅함의 아주 작은 파편만을 실어 경고의 표정을 지어 보였고, 헨리한테 숙제는 없냐고 물었다.

「과학이요.」 헨리가 별로 고마워하지도 않는 칼의 귀 뒤를 긁어 주고 있었기에 목소리가 바닥에서 들려왔다.

「서재에 가서 숙제 하는 게 어떨까, 아들?」

헨리가 갔다. 개는 남았다.

어쩌면 그녀는 이 모든 걸 좀 더 가볍게 해야 할지도 몰랐다. 어쩌면 기적이 일어나서 아버지와 에바가 이번 한 번만은 그냥 간단히 놓아줄지도 몰랐다.

「조너선이 연락이 안 돼요.」 그레이스가 억지로 작게 웃었다. 「사실대로 말씀드리면 조너선이 어디 있는지도 모르겠어요. 상당히 안 좋죠, 네?」

물론 그렇게 쉽게 넘어가 주진 않겠지.

아버지와 에바가 서로 눈을 마주쳤다. 그레이스가 진짜로 움찔할 만큼 에바가 냉랭한 표정을 짓고 몸을 돌려 주방으로 돌아가 버렸다. 이제 아버지가 남았는데 여전히 음료를 손에 든 채로 격노에 가까운 표정을 짓고 있었다.

「어떻게 그 지경이 됐는지 궁금하구나.」 아버지가 짧게 말했다. 「네가 환자들의 감정에 크게 지쳐 있다는 건 알겠다만 어떻게 그렇게 에바의 감정은 이상할 정도로 신경을 안 쓰는지 정말 충격이다.」

아버지가 걸음을 옮겨 자리에 앉았다. 그녀 역시 자리에 앉을 생각이었는데 지금 당장은 이 생각에 완전히 정신이 집중되어 움직일 수가 없었다.

환자들의 감정에 지쳐 있다. 아니, 새로울 것도 없었다. 그레이스의 아버지는 상담 치료에 전혀 공감을 못 하는 사람이었고 그레이스를 위해 그 직업을 직업이라고 따뜻하게 인정하는 사람도 확실히 아니었다. 하지만, 도대체 이해가 안 되는데, 그런 게 에바랑 무슨 상관이 있단 말인가?

「정말 죄송해요.」 그레이스가 신중하게 말했다. 「완전히 솔직하게 말씀드릴게요. 저 정말 생각도 못 하고 있었어요. 그리고 전 아직 조너선한테 연락이 와서 일정을 물어볼 수 있기를 바라고 있어요.」

「그런데 넌 네가 조너선한테 연락할 생각은 안 해본 거냐?」 그레이스가 마치 열 살인 것처럼 아버지가 말했다.

「당연히 했죠. 그런데…….」

그런데. **그런데 제 남편이 숨어 버리기로 계획을 세웠는지 연락이 닿질 않네요. 그리고 전 그 사실이 너무 무섭고, 이런 행동에 무슨 의미가 있는 걸지 두려워요. 왜냐하면 분명히 아무 의미가 없을 리 없으니까. 솔직히 전 지금 제대로 생각하기도 너무 어려워서 제 자신은 고사하고 아버지 아내가 테이블에 사람 수에 맞게 접시를 놓든 말든, 접시 하나를 진짜로 치울까 말까 고민하든 말든 제 알 바가 아니거든요. 어차피 저를 사랑하기는커녕 싫어하는 분이고요. 아버**

지의 아내니까 제 할 도리는 하겠지만 그 이상은 털끝만큼도 그분한테 절대로, 영원히 신경 안 쓸 거예요.

「그런데?」 그녀의 아버지가 변명은 듣기 싫다는 듯 말했다.

「드릴 변명이 없네요. 이 저녁 식사가 에바한테 얼마나 중요한지는 저도 알고 있으니까요.」

그랬더니 상황이 더 악화됐다. 차라리 이렇게 말해 버릴 걸 그랬나. **만약 저한테 결정권이 있었다면요, 여기서 이렇게 일주일에 한 번 에바의 형식적인 환대를 견디며 힘든 시간을 보내는 대신에 슌 리에 가서 돼지 갈비와 광동식 랍스터를 우적우적 처먹고 있을 거예요. 에바는 이미 오래전에 내가 자기 자식들처럼 착하지 않으니까 보통 수준의 선의는 물론이고 자기가 요리하는 최고급 가자미와 감자 크로켓마저 먹을 자격이 없다고 마음을 정해 버렸잖아요. 그나마도 감지덕지라고 생각하잖아요……. 성인 여성이 자신의 사랑하는 배우자의 외동딸, 친엄마를 잃은 자식한테 품을 수 있을 만한 감정, 그걸 뭐라고 하죠? 아, 그래요! 애정! 모성애! 아니면 아시죠, 그냥 남들 눈 생각하고 사랑하는 배우자를 생각해서 내키지 않더라도 모성애 흉내는 낼 수 있는 거 아니에요?**

큰일 날 소리.

그래서 그레이스는 가끔 이런 상황에 처하면 그랬듯이, 자기 대신 어떤 환자가 여기 서 있다고 상상해 보았다. **어머니가 보고 싶어요.** 환자 그레이스, 나이는 30대 아니면 40대, 기혼, 자녀가 있고 일은 어느 정도 성공함. 환자 그레이스는 그녀에게, 심리 치료사 그레이스에게 이런 말을 하겠지. **당연하죠, 아버지를 사랑해요. 어머니가 돌아가시고 아버지가 재혼하셨을 때도 행복을 빌어 드렸어요. 왜냐하면 아버지 혼자 사시는 건 걱정**

이 됐으니까요, 아시죠? 그래서 정말로 아버지의 아내와 좋은 사이로 지내고 싶었어요. 제게도 어머니가 다시 생기기를 바랐거든요. 솔직히 인정할게요. 그렇지만 제 어머니가 아니라는 사실도 당연히 알고 있었죠. 하지만 어쩐지 늘 내게 생색을 내면서 잘해 주는 느낌이 들었단 말이에요. 아니 그녀는 아버지한테 잘해 주고 싶어 했다고 말해야 더 정확하겠죠. 모든 조건이 동일하다면, 제가 아예 그림 안에 없는 편이 훨씬 좋았겠죠.

그러고 나면 환자 그레이스는 울기 시작할 것이다. 왜냐하면 그녀는 들어갈 자리가 있는 그림 자체가 사라지고 없다는 걸 잘 알고 있었으니까. 그것이 진실이었으니까.

심리 치료사 그레이스는 자신의 소파에 앉아 있는 이 몹시 상심한 사람을 보고 아버지가 그렇게 단호하게 외동딸의 사랑을 거절하다니 얼마나 슬펐느냐고 말할 것이다. 그리고 두 사람은, 심리 치료사 그레이스와 환자 그레이스는, 잠시 가만히 앉아 진짜로 그 일이 얼마나 슬펐는지를 생각할 것이다. 하지만 끝내 둘 다 단 하나의 가능한 결론에 도달할 것이다. 아버지는 성인이고 본인 뜻대로 선택한 것이다. 아버지가 마음을 바꿨더라도 딸의 설득 때문은 아니었을 것이다.

그리고 아버지의 새 아내에 대해서는.

그녀는 제 어머니가 아니에요. 그레이스는 생각했다. **어머니는 돌아가셨고, 그게 사실이에요. 지금 저는 남편이 저녁 식사에 못 온다는 얘기를 전하지 않아서 그녀의 감정을 어마어마하게 상하게 했어요. 〈누가 저녁 식사에 못 올까요? 어디 한번 맞춰 보세요.〉 이렇게 말했어야 했는데.** 여기서 그레이스는 무심코 미소를 지었다.

「뭐가 웃긴지 모르겠구나.」 아버지의 목소리에 그레이스가 쳐다보았다.

「웃겨서 웃은 게 아니에요.」 그녀가 말했다.

아니고말고. 그레이스는 생각했다. **가족은 선택할 수 없으니까 반드시, 정말로 반드시, 지금 있는 가족과 관계를 잘 구축해야 해. 그 가족만이 우리가 실제로 갖고 있는 가족인 거야.** 지금 바로 여기서 그녀가 하는 노력이, 그러기 위해서가 아니었나? 최소한 한 달에 몇 번씩 몇 년에 걸쳐서. 그녀의 아버지가 에바 샤인번을 데려와 진저맨에서 저녁을 먹고 「네 편의 마지막 노래」 공연을 봤던 그날부터 말이다. 하지만 부질없이 오랜 시간이 지났는데 그레이스는 에바에게서 어떤 온기도, 자신과 조너선을 향한 실질적인 관심마저 느껴 본 적이 없었다. **그런데도 나는 계속 이리로 돌아왔지.** 그녀가 생각했다. **언제나 희망을 품고 말도 고분고분 잘 들었어.**

정말 바보구나, 나.

그때 여전히 자신과 에바를 쏘아보고 있는 아버지를 보니, 아마 지금 실제로 에바는 그 무겁다는 여분의 접시를 들어서 옮기고 묵직한 냅킨과 은식기, 견딜 수 없게 무거운 와인 잔과 물 잔을 다시 부엌으로 가져가는 중인 모양이었다. 그레이스는 문득, 지금 당장 여기서 뛰쳐나가도 전혀 마음에 걸리지 않겠다는 생각이 들었다.

아니면 진짜인지 망상인지, 아마 입술이 빵빵한 최근의 모든 유명인들부터 해서 이별을 고할 때 아무나 다 쓴다는 유행어를 던질 수도 있었다. **난 이제 질렸어.**

하지만 이런 말은, 그레이스는 이런 말은 하지 않았다. 대신에 이렇게 말했다.

아빠, 뭔가 잘못됐어요. 저 정말 무서워요.

아니, 잠깐만. 어쩌면 그런 말을 하려고 마음만 먹었던 것이다. 아니 막 그 말을 하려는 참에 휴대폰에서 나는 감격적인 소리가 아주 희박했던 구원의 가능성을 그녀의 가죽 가방 깊은 곳에서 예고했다. 그레이스는 아버지나 자신의 존엄성 따위는 다 잊고 가방을 어깨에서 내리고 찢어발길 기세로 노트북, 지갑, 펜, 몇 달째 듣지도 않은 아이팟, 열쇠, 제출하는 것을 깜빡한 엘리스 섬으로 가는 학급 소풍 허가서, 비터이 로센버움이 최근 헨리에게 작아진 3/4 악기 때문에 추천해 준 바이올린 딜러의 명함을 해치면서 몸을 숙였다. 오로지 희망이라는 얄팍한 끈을 되찾기 위해서. 지금 그레이스는 마치 식량을 찾아 미친 듯이 땅을 파는 짐승이나 몇 초 안 남았는데 폭탄을 해체해야 하는 액션 영화 주인공 같아 보일 것이다. 하지만 멈추고 싶어도 도저히 멈출 수가 없었다. **끊지 마!** 그녀는 흥분에 차서 생각했다. **감히 끊을 생각 하지 마, 조너선!**

그때 마침내 휴대폰에 손이 닿아서 해저에서 진주를 꺼내 올리는 것처럼 휴대폰을 꺼냈다. 그리고 눈을 깜빡거리며 휴대폰 화면을 봤다. 그녀가 그렇게 이성을 놓으면서도 기대하고 있던 청진기 사진이 아니었고(하긴 어떻게 그럴 수가 있을까? 조너선이 집으로 돌아와 여전히 따로 숨겨 놓은 휴대폰을 수납장에서 꺼내어 전화하는 게 아닌 이상), 하다못해 중서부 지역의 모르는 번호도 아닌(「난 정말 멍청이야! 휴대폰 잃어버렸어!」), 읽기도 불편한 NYPDMENDOZAC (뉴욕 시경 멘도사 경장)이었다. 휴대폰 화면에 뜰 수 있는 모든 짜증 나고 쓸데없는 것들 중에서도 가장 짜증 나고 가장 쓸데없는 연락이었다.

그러고 나서 보니 조너선이 죽었고 경찰에서 시체를 발견해 생애 최악의 뉴스를 전해 주려는 건 아닐까 하는 생각이 들었다. 하지만 뉴욕 시경에 근무하는 수많은 경찰 중에 다른 사람도 아닌 바로 그 사람이 그런 전화를 걸어온다는 이상한 우연은 일어나지 않을 것 같았다. 아니면 멘도사는 그레이스를 담당하는 경찰관인 것일 수도 있었다. 그녀가 무단 횡단을 하든 살인 사건 피해자와 어쩌다가 면식이 있든 남편이 끔찍한 작은 사고를 당했든 항상 그가 전화하는 건 아닐까. 뉴욕 시민 몇 명당 경찰 몇 명이 붙는 걸까? 불과 며칠 사이에 두 번이나 같은 경찰관의 전화를 받아야 하다니 얼마나 괴상한 일인가.

뭐, 그냥 받지 말아야겠다. 그렇게 생각했다. 그러면 된다.

하지만 아버지가 그녀를 아직도 주시하고 있었다. 「조너선이냐?」

그레이스는 마치 휴대폰이 마음을 바꿔 마침내 조너선을 바꿔 주기라도 할 것처럼 휴대폰을 쥐었다. 그런 일은 일어나지 않았다.

「아빠?」 그레이스는 자신의 목소리를 들었다. 「제가 아까 확실하게 말씀을 드렸는지 잘 모르겠는데, 저는 조너선이 어디 있는지 몰라요. 중서부 어디에서 열리는 의학 학회에 있다고 생각했는데 이제는 잘 모르겠어요.」

「전화는 해봤어?」 그레이스가 바보라도 되는 것처럼 아버지가 말했다. 손에 들고 있던 휴대폰은 울림을 멈추었다. **정**

말 쉽네! 그레이스는 생각했다. **소망 충족!**

「네. 당연하죠.」

「그러면 병원은 어떠냐? 조너선하고 연락이 닿겠지.」

조너선은 요새 뭐하고 지내요?

그 말이 생각나 그레이스는 몸을 떨었다.

손에 쥔 휴대폰도 떨고 있었다. 전화가 또 왔다. 뉴욕 시경 멘도사 경장은 정말로 그레이스와 통화가 하고 싶은 모양이었다.

그때, 그레이스의 내면 깊고 깊은 곳에서, 어디 있는지는 고사하고 존재조차 몰랐던 무언가가, 묵직한 금속이 뭉친 듯한 무언가가 아주 미세하게 열린 틈새를 비틀기 위해 이 순간을 선택했다. 녹슨 금속이 끽끽거리는 소음 속에서 새로운, 무시무시한 생각이 풀려 나왔다. 주변에서 일어나는 모든 일들이 하나의 점으로 수렴되기 일보 직전이었다.

「받아야 되는 전화예요.」 명목상 아버지에게 말했다. 「정말로요.」

대답 대신 아버지는 방을 나갔다.

그때 그레이스는 정말이지 이상한 행동을 했다. 몸을 움직여서 아주 고의적으로, 에바의 길고 불편한 소파를 넘어가서 엉망진창이 된 자기 가방을 아주 조심스럽게 에바의 소름 끼치게 비싼 골동품 케르만 융단 위에 올려놓았다. 그러고는 만사가 금세 다 괜찮아질 거라고, 끔찍하게 상세하고 구체적으로 스스로에게 거짓말을 했다. 엄격하고도 훈련된 그 목소리가 너무 낯설어서 자기 목소리라는 걸 금세 알아차리기 힘들었다.

12
툭, 투두둑, 끊어진다

이번에는, 자기네가 로비에서 불러 놓고도 거기서 얘기를 하고 끝내게 해주지 않았다. 엘리베이터를 타고 내려가니 형사들도 바로 거기에 서 있었고, 그레이스네 아파트 로비보다 훨씬 커다란 에바네 아파트 로비에는 훨씬 더 세련된 가구들도 구비되어 있었는데 말이다. 그건 안 됩니다.

이번에는, 자기네들이 소위 〈사무실〉이라고 부르는 데로 가서 얘기를 하자고 따로 〈요청〉이 있었다. 그래야 프라이버시를 지키며 조용히 얘기를 나눌 수 있다면서.

무슨 프라이버시를 지켜요? 그녀가 물었다. 그러나 즉답이 돌아오지 않았다. 「이해가 안 되네요. 지금 저를 체포하시는 건가요?」

벌써 작은 무리를 이끌고 밖으로 나가던 멘도사가 발길을 멈췄다. 돌아서는 형사의 목살이 코트 옷깃 위로 넘쳐흐르는 모습이 눈에 들어왔다. 왠지 묘하게 뒤틀린 쾌감이 없지 않았다.

「제가 왜 부인을 체포하겠습니까?」 그가 물었다.

그러자 기운이 쭉 빠졌다. 어차피 마음 한구석으로는 포기하고 있었다. 형사들이 차 문을 열어 주자 그녀는 뒷좌석의 오루크 옆자리에 앉았다. 목까지 텁수룩하게 수염이 난 사람이었다. 꼭 범죄자처럼.

「이해가 안 돼요.」 한 번 더 말했지만 이젠 별로 설득력도 없는 말이었다. 아무도 이 말에 반응이 없어서 그녀는 좀 더 밀어붙였다.

「말씀드렸잖아요. 알베스 부인과는 별로 친하지도 않았다고요.」

운전을 하고 있던 멘도사가 말했다. 매정한 말투는 아니었다. 「거기 가서 말씀하시면 됩니다.」 그러더니 — 당시 상황을 생각하면, 이건 정말 이상하기 짝이 없게 느껴졌다 — 라디오를 틀었다. WQXR, 클래식 채널이었다. 그리고 아무도, 한마디도 더 하지 않았다.

〈거기〉는 102번가 23번지였다. 그녀가 태어나 자라서 이제는 아이를 키우고 있는 동네에서 불과 2마일 거리밖에 안 되었다. 사실 이보다 먼 거리도 얼마든지 기분 좋게 걸을 수 있었고, 마음먹고 80번가와 3번가의 교차로에 있는 헬스클럽에 가면 러닝머신에서 훨씬 더 먼 거리도 가뿐히 뛸 수 있었다. 하지만 그레이스는 102번가에는 평생 발도 들인 적이 없었다. 차는 센트럴 파크를 따라 올라가며 그녀와 헨리가 둘 다 태어난 레녹스 힐을 지나고 리어든 졸업 동기들이 둘이나 결혼한 브릭 교회를 지나서 한때 친구였던 비타가 성장기를 보낸 96번가의 아파트 — 말 그대로 그레이스의 부모님이 맨해튼이라고 인정해줄 만한 구역의 최후 경계선에 위치한 건물이었다 — 를 지나쳐 달렸다. 그레이스는 성장기의 랜드마크들이 하나하나 스쳐 멀어지는 모습을 바라보았다.

그레이스가 청춘을 보낸 도시는 96번가와 센트럴 파크를 기점으로 급작스럽게 끝이 났다(참 편리하게도 한참 올라오던 도로의 경사가 바로 그 지점에서 꺾여 스패니시 할렘 쪽으로 가파른 언덕길을 내려가게 되어 있었다. 그리고 지하철이 지상으로 올라왔다). 역시나 뉴욕 토박이인 어머니가 정한 규칙이 어찌나 엄격했는지, 96번가보다 북쪽으로 가면 〈이곳에 들어오는 자, 모든 희망을 버려라〉[72]처럼 고속도로 대형 광고판 같은 데 가끔 보이는 무서운 묵시록 말씀이라도 떡 붙어 있을 것만 같았다. 그레이스와 비타는 가끔 사소한 일탈을 하고 싶을 때면, 여전히 그 갈색 벽돌 저택들이 늘어선 풍광이 모두에게 우아함의 상징으로 여겨지던 5번가에서 시작해서 마저리 라인하트가 위험하다고 늘 두려워했던 이스트 강까지 96번가를 따라서 즐겨 걷곤 했지만, 그 위로 가본 적은 한 번도 없었다.

물론 어른이 된 후로는 할렘에 여러 번 갔었다. 요즘은 사실 그게 그렇게 대단한 일도 아니었다. 일단 컬럼비아에서 대학원을 다녔던 시절도 있었고(컬럼비아 대학과 주변 환경은 아이비리그라는 이유로 96번가 규칙에서 면제를 받긴 했지만 말이다) 상담 치료 인턴십도 128번가의 여성 보호소에서 마쳤다. 159번가에서 헨리 친구 엄마 하나가 그냥 〈여자〉라고 불리는 배역으로 나왔던 전위적이다 못해 끔찍한 연극을 봤던 적도 있었다. 헨리와 조나가 아직 친구로 지내던 때

72 단테의 『신곡』 지옥편에서 등장하는, 지옥 입구에 새겨져 있는 글귀.

라서 아이들 둘을 데리고 갔었다. 이해할 수 없지만 조너선도 실비아스 레스토랑을 몹시 좋아해서 그레이스와 헨리를 억지로 끌고 포크 찹과 마카로니를 가끔 먹으러 갔다. 그리고 알고 지내는 사람들 중 상당수가 과거에는 백인 거주 구역 밖이었던 이 동네에서 갈색 벽돌 저택을 샀다. 2차 대전 후에 지은 어퍼이스트사이드의 상자 같은 아파트 하나를 살 돈으로 뒷마당까지 딸린 3층짜리 화려한 저택을 살 수가 있었으니까. 지하철에서 10분 정도 약간 무서운 길을 걸어오기만 하면 된다. 요즘은 심지어 고급 부동산 체인인 브라운 해리스 스티븐스가 이 동네에 사무실을 열었다는 얘기도 어디서 읽은 기억이 났다.

그런데도 자동차가 언덕을 내려가기 시작하자 옛날 버릇대로, 본능적으로 바짝 긴장이 되었다.

이곳에 들어오는 자, 모든 희망을 버려라.

23번가의 경찰서는 특징 없는 베이지색 루빅스 큐브[73]를 뻥튀기해 놓은 것처럼 생긴 건물에 있었다. 형사들은 그녀를 데리고 들어가서 빠른 걸음으로 복도를 지나 작은 회의실로 안내했는데, 오루크 형사가 그레이스에게 카푸치노 한 잔 드시겠느냐고 묻는 바람에 안 그래도 현실 같지 않은 이 상황이 더 초현실적으로 느껴졌다. 하마터면 그레이스는 웃음을 지을 뻔했다.

「아니, 괜찮습니다.」 그녀가 말했다. 〈**위스키를 한 잔 주세요**〉라는 말이 턱까지 올라왔지만 사실 그것도 별로 마시고 싶

73 여러 가지 색깔이 칠해진 사각형들로 구성된 정육면체의 각 면을 동일한 색깔로 맞추는 퍼즐 장난감.

은 생각은 없었다.

오루크는 자기가 마실 커피를 가지러 갔다. 멘도사는 화장실에 다녀오시겠느냐고 물었다. 그레이스는 거절했다. 이 사람들 항상 이렇게 정중한가? 하지만 그때 시계를 보는 멘도사의 모습이 눈에 들어왔다. 벌써 지겨워진 걸까? 그는 시간을 기록하고 있었다.

「변호사가 필요할까요?」 그녀가 물었다.

형사들은 서로 쳐다보았다.

「그런 생각은 못 했네요.」 오루크가 말했다. 이제는 둘 다 뭔가 쓰고 있었다. 하나는 노란색 공책에 길게 줄을 긋고 다른 한 사람은 서류를 작성하고 있었다. 그레이스는 잠시 형사들의 종이컵에서 모락모락 올라오는 김을 바라보았다.

「색스 부인.」 멘도사가 불쑥 말했다. 「편안하십니까?」

미친 거 아니야? 아니, 당연히 편하지 않지. 따분하고 불만스러운 눈으로 바라보며 대답했다. 「그럼요. 하지만 좀 혼란스럽네요.」

「이해합니다.」 고개를 끄덕이며 형사가 말했다. 그레이스가 큰 착각을 하는 게 아니라면, 저 고갯짓과 그에 수반되는 무표정하고 중립적인 얼굴, 온화하고 살짝 노래하는 것 같은 저 말투까지, 전 세계 심리 치료사 기본 수련 매뉴얼에 그대로 나온 게 틀림없었다. 울컥 화가 났다. 「부인께는 이게 몹시 힘든 일일 겁니다.」 형사의 말이 이어지자 기분이 더 나빠졌다.

「〈이게〉 뭔지도 모르겠는데요.」 그레이스는 형사들의 얼굴을 한 사람씩 차례로 바라보며 대답했다. 「〈이게〉 대체 뭐죠? 말씀드렸잖아요. 말라가 알베스는 잘 몰라요. 이렇든 저렇든 별 감정 자체가 없다고요. 그렇게 된 건 정말 유감이지만…….」

뭐가 어떻게 됐다는 거야? 그레이스는 정신없이 생각했다. 어떻게 이따위로 멍청하게 문장을 시작할 수가 있지?

「피해를 입은 건…… 유감이지만. 끔찍한 일이에요. 하지만 저는 여기서 뭘 하고 있는 거죠?」

형사들은 서로 쳐다보았고, 그 순간 그레이스는 서로를 아주 잘 아는 사람들 특유의 응축된 침묵의 대화를 읽었다. 두 사람의 의견이 일치하지 않았다. 다음 순간 한쪽이 이겼다.

팔꿈치를 테이블에 괴고 앞으로 다가와서 말한 사람은 오루크였다. 「색스 부인, 남편께서는 어디 계십니까?」

그레이스는 숨이 턱 막혔다. 그들을 보며 고개를 흔들었다. 낯선 외계의 생물들 같았다. 도대체 말이 되는 소리를 해야지.

「무슨 말씀인지 이해가 안 되네요. 알베스 부인한테 일어난 사건 때문인 줄 알았는데요.」

「그렇습니다.」 멘도사가 매정하게 말했다. 「알베스 부인과 큰 관련이 있어요. 그러니까 다시 여쭙겠습니다. 남편은 어디 계십니까, 색스 부인?」

「우리 남편은 알베스 부인을 만난 적도 없을 거예요.」

「어디 있습니까? 81번가의 아파트에 있습니까?」

「뭐라고요?」 그레이스는 그들을 빤히 쳐다보았다. 「아니, 당연히 아니죠!」

「어째서 〈당연히 아니〉라고 하시는 거죠?」 오루크가 말했다. 진심으로 호기심이 동해서 묻는 질문처럼 들렸다.

「어, 왜냐하면……」 조너선이 아파트에 있다면, 속이 뒤틀릴 정도로 그렇게 두려움에 떨면서 지난 24시간을 보내지는 않아도 되었을 테니까. 그이의 행방을 알고 싶었다. 이해 못하는 한이 있어도 알고 싶었다. 하지만 그런 말을 할 수는 없었다. **그 일은** — 두 사람의 부부 관계에 무슨 일이 일어나고 있든 — 저 사람들이 상관할 바가 아니었다. 그래서 대신 이렇게 말했다. 「왜냐하면…… 애초에 의학 학회에 간 사람이 왜 우리 아파트에 있겠어요? 말씀드렸잖아요. 학회에 참석하러 갔다고. 그리고 여기 시내에 있다면 직장에 있겠죠. 하지만 여기에는 없어요.」

둘 다 얼굴을 찌푸렸다. 오루크는 입술을 앙다물고 살짝 고개를 숙였다. 벗겨진 머리가 천장의 형광등 불빛을 반사했다. 「그러면 직장이 **어디일까요?**」

그 말투가 문제였다. 결정적인 한마디를 하지 않으려고 너무나 조심하고, 너무나 초조해하는 그 말투. 한없이 잔인하면서도 연민이 배어 있었다. 핵반응을 일으키듯 강렬한 충격에 그레이스는 움찔했다. 형사들은 둘 다 그녀의 눈치를 살피며 기다려 주고 있었다. 그러고 보니 아무도 겉옷을 벗지 않고 있었다. 이제야 깨닫는 거지만 실내가 좀 더웠는데도 말이다. 의도가 있는 걸까? 아니면 시에서 일괄적으로 건물에 난방을 과하게 넣는 걸까? 하지만 이 방은 의심의 여지 없이 더웠다. 그레이스는 아까 코트를 벗어서 돌돌 말아 무릎에 걸쳐 놓았는데, 코트가 도망이라도 갈까 겁나는 사람처럼 꼭 붙잡고 있었다. 더웠었다. 덥지 않았으면 코트를 벗었을 리가 없다. 코트를 벗는다는 건 한참 머무를 생각이라는 의사 표시일 텐데, 그레이스는 〈요청〉에 적당히 부응해 주고 나면 단 한순간도 더 머물 의향이 없었다. 저 형사들은 안 더운가? 대머리 형사 오루크는 더워 보였다. 미간, 아니 민머리, 머리카락이 있었다면 헤어라인이 있을 만한 지점이 땀이 배어 번들거리고 있었다. 나머지 한 사람도 매한가지로 불편해 보였다. 아마 겉옷 때문에 그렇게 보이는지도 몰랐다. 둘 다 잘 맞지 않는 옷을 입고 있었다. 둘 다 겨드랑이 부분이 툭 튀어나와 있었다.

그런데 아무런 징조도 없이, 불현듯 눈앞에 벼랑 끝 로프에 매달려 있는 자기 모습이 보였다. 로프는 여러 줄이었다. 충분히 안전하게 느껴질 만큼. 로프들은 언제나 있었다. 그건 알고 있었다. 안정된 생활, 건강, 돈, 학벌. 그런 뒷받침에 감사할 정도의 영민함은 갖춘 그녀였다. 그러나 그 로프들은 끊어져 가고 있었다. 툭툭. 하나씩 하나씩. 그 소리가 들렸다. 조그맣게 탁탁, 찢어지는 소리. 그러나 아직 괜찮았다. 아직 로프들이 많이 남아 그녀를 떠받치고 있었다. 게다가 체중이 그렇게 많이 나가는 편은 아니었다. 로프가 많이 필요하지도 않았다.

「메모리얼 슬론케터링 종합 병원.」 어떤 권위라도 휘두를 수 있다면 기대 보려고, 이렇게 말했다. 혼자서 안 된다면, 병원 이름을 빌려서. 대체로 병원의 이름이 나오면 그걸로 충분했다. 그렇지만 그 말을 하면서도 마음 한구석에서 의혹이 고개를 쳐들었다. **이번이 마지막일까?**

「거기 닥터예요.」

「닥터라면?」

「의사요. 소아 종양학과. **암이요.**」 혹시나 바보일지도 모르니까 — 내심 그러길 **바라면서** — 말했다. 「**아이들한테** 생기는 암.」

멘도사는 의자에 뒤로 기대어 앉았다. 한참 동안 이 묵직한 사실을 허공에 걸어 두고 반응을 유보하고 있었다. 그녀를 스캔하면서 암호화된 정보라도 읽어 내려는 사람처럼 보였다. 그러다가 마음을 정한 눈치였다.

테이블에 상자 하나가 놓여 있었다. 서류 상자, 별로 특별할 것도 없었다. 세 명이 처음에 들어와서 앉았을 때부터 거기 놓여 있었다. 아마 그래서 그레이스가 크게 주목하지 않았을 거다. 하지만 지금 멘도사는 테이블 저쪽으로 손을 뻗어 상자를 자기 쪽으로 가져오고 있었다. 뚜껑을 벗기고는 자기 옆자리에 털썩 놓았다. 그리고 안에 손을 넣더니 파일 하나를 꺼냈다. 아주 두툼하지는 않았다. 좋은 징조다, 아닐까? 적어도 의료 차트의 경우에는 두꺼운 게 얇은 것보다 보통 더 나쁘다. 형사가 파일을 펼쳤을 때, 그레이스는 병원의 익숙한 로고를 보고 깜짝 놀랐다. 아스클레피오스의 지팡이 카두케우스를 재구성한 이미지로, 수직으로 서 있는 지팡이와 칭칭 휘감고 있는 뱀들이 포스트모던한 십자가로 변형된 형상이었다. 이 단순한 로고가 그레이스에게는 경악 그 자체였다.

「색스 부인.」 오루크가 말했다. 「남편분께서 더 이상 메모리얼에 재직하고 계시지 않다는 사실을 부인께서 모르실 가능성이 있습니다.」

투두둑.

한순간, 뭐가 더 충격인지 가늠조차 잘 되지 않았다. 조너선이 병원을 그만뒀다는 사실인지, 형사가 익숙한 병원의 줄임말을 썼다는 사실이 문제인지. 「아니에요.」 그레이스는 말했다. 「그럴 리가 없어요. 그러니까 전 모르는 일이라고요.」

형사가 서류를 들어 찬찬히 살펴보면서, 그레이스에게 종이에 비치는 익숙한 로고에 집중할 여유를 주었다.

「닥터 로버트슨 샤프…….」

3세, 하고 그녀는 자동적으로 문장을 완성했다. **쓰레기.**

「……에 따르면, 닥터 조너선 색스의 고용 계약은 올해 3월 1일자로 만료되었습니다.」

툭. **투두둑.**

페이지 너머로 형사가 그녀를 보았다. 「이 사실을 모르셨습니까?」

아무 말도 하지 마. 마음속에서 이성을 놓은 다급한 목소리가 경고했다. **저 사람들이 이용해서 사태를 악화시킬 만한 말을 해서는 안 돼.** 그래서 그냥 고개만 끄덕였다.

「그런 사실은 모르고 있었습니다, 하고 말씀하시는 건가요?」

기록은 후대를 위해서 해두는 거잖아요. 그런 생각이 들었다. 서류에 흔적을 남기는 거니까.

「몰랐습니다.」 간신히 그 말들을 입 밖으로 내뱉었다.

「계약 만료 이전에 두 번 경고성 문책을 당했던 사실도 알고 계십니까?」

고개를 흔들면서 기억을 되짚었다. 「몰랐습니다.」

「그리고 병원의 윤리 강령을 세 번 위반하면 병원의 법률

고문이 쓰는 말로 〈병원과의 항구적 결별〉이라는 조치에 따라야 하기 때문에 일어난 결과라는 것도 모르셨고요?」

네. 툭, **툭.**

그래서요. 최근에 조너선이 무슨 일을 했던 건데요?

「중단했으면 좋겠어요.」 그녀가 형사들에게 말했다. 「중단할 수 있나요?」

「아니요, 불행히도 중단하지는 않을 겁니다.」

「그러면 저한테 변호사가 필요하지는 않다는 말씀인가요?」

「색스 부인.」 오루크는 화를 내며 말했다. 「어째서 부인께 변호사가 필요하다는 거죠? 남편분을 숨겨 주고 계신 겁니까? 혹시 그렇다면, 예, 아주 훌륭한 변호사가 필요하실 겁니다.」

「하지만…… 아뇨, 아니에요!」 그레이스는 얼굴로, 목구멍으로 훅 치받쳐 올라오는 열기를 느꼈다. 울지는 않았다. 울 생각도 없었다. 「저는 그이가 학회에 간 줄 알았어요. 학회에 간다고 했단 말이에요.」 자기가 듣기에도 한심하고 딱하게 들렸다. 심리 치료사의 직업 의식이 동해 한편으로는 이런 자신을 붙잡고 큰 소리로 야단이라도 치고 싶었다. 「중서부에.」

「넓은 곳이죠. 중서부 어디요?」 멘도사가 물었다.

「제 생각에는…… 오하이오?」

「오하이오라.」

「아니면…… 일리노이?」

오루크가 콧방귀를 뀌었다. 「아니면 인디애나. 아이오와. 다 비슷비슷하게 들리잖아요, 안 그래요?」

뉴요커에게는, 그래, 다 똑같이 들리는 이름들이었다. 솔 스타인버그의 유명한 말처럼, 허드슨 강을 넘으면 다 〈저기 바깥〉이었다.

「그이가 뭐라고 했는지 기억이 안 나요. 의학 학회가 있었어요. 소아 종양학. 그이는…….」

하지만 그때 온몸이 부르르 떨렸다. 거기 없는 게 틀림없었으니까, 적어도 이제는. **맙소사, 조너선.**

「그리고 아파트에도 없고요.」

「그래요!」 두 형사를 보고 버럭 소리를 질렀다. 「말씀드렸잖아요. 없다고.」

「전화는 거기 있는 것 같던데요. 적어도 버라이즌 통신사 정보에 따르면 말입니다.」

「아. 뭐, 그래요. 전화기는 있어요.」

오루크는 앞으로 바짝 다가앉았다. 수염이 더 덥수룩해진 것 같았다. 한 시간밖에 되지 않았는데. **하루에 두 번 수염을 깎아야 되는 사람이구나.** 그레이스는 멍하니 생각했다. 조너선은 아침에 면도를 했지만 급히 출근을 해야 할 때는 하루씩 건너뛰기도 했다.

「남편분 전화기는 아파트에 있지만, 남편분은 안 계시다.」

그레이스는 고개를 끄덕였다. 이건, 적어도 이건, 큰일은 아닐 테니까. 아니, 아니어야 하니까. 「그래요.」

「이런 세세한 얘기는 말씀해 주셨을 수도 있었을 텐데요.」 오루크는 불만스럽게 말했다.

그레이스는 어깨를 으쓱했다. 저렇게 짜증스러워하는 모습이 내심 고소했다. 「전화가 어디 있는지 묻지 않으셨잖아요. 그이가 어디 있느냐고 물었죠. 깜박 잊고 집에 두고 갔어요. 전화 놓고 간 게 처음은 아니에요. 하지만 그게 뭐 어때서요? 어젯밤에 찾았는데, 그래서 그이가 어디 있는지 모르는 거예요. 전화기를 잊고 두고 가서 연락이 안 되니까요.」

구구절절한 연설일세. 끝맺는데 그런 생각이 들었다. 심리치료사 그레이스가 생각했다. **그런데 이게 말이 되는 소리야?**

「부인 생각에는 그게 말이 된다고요.」 멘도사가 말했다.

하마터면 웃음이 터질 뻔했다. 말이 될 리가 있어? 요새는 안 그래도 말이 되는 소리를 듣기 힘들다고.

「이보세요, 이건…….」 이게 뭐든 간에. 「지금 하시는 얘기, 조너선에 대한 얘기, 다 꾸며 낸 얘기라고 비난하진 않겠어요. 끔찍한 이야기라, 지금 제가 좀 받아들여야 할 큰일이 많아요. 하지만 이게 다 두 분하고 무슨 상관인지 모르겠어요. 내 말은, 그게 사실이라 그이가 직장에서 잘렸고 나한테 말하지 않았다면, 분명히…….」

그레이스는 잠시 말을 끊고 숨을 들이쉬었다. 그 정도 말을 하는 것도 버거웠다.

「그이하고 내가 둘이 할 얘기가 굉장히 많겠네요. 아주 끔찍한 얘기겠지만 사적인 얘기가 될 거예요. 그런데 우리가 왜 이 얘기를 경찰서에서 하고 있는 거냐고요?」

오루크는 테이블 아래로 손을 뻗어 폴더를 꺼냈다. 몇 페이지를 뒤적거리더니 작게 한숨을 쉬면서 폴더를 덮고 회색 표지를 손가락으로 두드렸다. 「제가 알다가도 모르겠는 게 있는데요.」 마침내 그가 입을 열어 말했다. 「왜 부인께서는 남편이 무슨 짓을 해서 직장에서 잘렸느냐고 묻지 않으시죠? 알고 싶지 않으십니까?」

그레이스는 생각에 잠겼다. 진짜 답은, 그래, 전혀 알고 싶지 않다는 것이었다. 정말로, 정말로 알고 싶지 않았다. 어차피 결국은 알게 될 일이었다. 남편은 상사와 사이가 좋지 않았다. 쓰레기라고 부르는데 서로 잘 지낼 리가 없다. 조너선이 예전부터 해준 얘기에 따르면 로버트슨 샤프는 환자를 보는 방식에 있어 최악의 구식 꼰대를 대표하는 인물이었다. 임상 결과에만 집착하고 환자나 가족과는 지극히 사무적인 일 아니면 아예 접촉을 꺼렸다. 그리고 병원 내부에서 다양한 지원 시스템이 발달하면서 그는 더욱 일선에서 물러났다. 무지개가 무색할 정도로 각양각색인 환자 보호자와 가정 의학 주치의와 보조 치료사들이 다정하고 인간적인 부분은 맡아 처리하면 되었다. 닥터 샤프는 진찰을 하고 진단을 내리고 검사를 지시하고 약을 처방하는 일만 하려 들었다. 1960년대에 의대를 다닌 그 세대에서는 그렇게 수련을 받았으니, 그걸 트집 잡을 일은 아니었지만. 그리고 성격도…… 뭐, 어떤 사람들은 남들이 좋아하든 말든 아예 관심도 없으니까.

「색스 부인?」

그레이스는 어깨를 으쓱했다.

「우리가 어제 메모리얼에서 확보한 기록이 있습니다.」

그녀는 똑바로 앉았다. 「확보하셨다고요. 그이의 비밀 기록을요.」

「네. 법원 영장을 받아서 집행했습니다.」

「직무 기록을요?」 도저히 믿기지 않아 다시 물었다.

「그래요. 비밀 직무 기록. 어제 아침 법원에서 발부한 영장을 집행했습니다. 여기 있어요. 정말로 여기에 대해서는 아무것도 모르십니까?」

고개를 저었다. 힘겹게 — 정말로 간신히 숨을 쉬고 있었다.

「좋아요. 2007년에서 2012년까지 병원 직원들을 여러 번에 걸쳐 괴롭혔다는 기록이 있습니다. 환자 가족에게 현금 뇌물을 수수한 내역이 2회 있고요. 환자의 가족과 부적절한 접촉 역시 2회에 걸쳐 있었습니다.」

「아, 잠깐만요.」 그레이스가 말했다. 「그러니까 지금…… 이건 정말 말도 안 되는 헛소리예요.」

「올해 1월만 해도…….」 오루크가 꿋꿋이 하던 말을 이었다. 「병원에 근무하는 의사와 물리적 충돌이 있어 그 결과 부상을 유발했습니다. 상대 의사가 기소하지 않기로 했습니다.」

「그렇군요.」 그레이스는 정말로 웃음을 터뜨렸다. 조너선이 부상을 유발했다니. 저 사람들 조너선을 **본 적이 있기나** 한 건가? 배가 째지게 웃기는 일이었다. 「왜 아니겠어요, **부상이라니 참나.**」

「손가락이 두 개 부러지고 열상이 생겨 두 바늘 꿰매야 했습니다. 상대 의사 쪽 말이지요.」

뚝, 뚝, 뚜둑. 그레이스는 팔을 뻗어 테이블을 꼭 붙잡았다. **아, 안 돼.** 머릿속으로 생각했다. **누군가 내 인생의 악몽을 맞춤 제작해서 괴담을 만들어 낸 건가.** 가족의 추억을 가져다가 금혼식 축하 노래로 만들어 주는 그런 사람들처럼 말이다. 그러나 이건 전혀 달랐다. 이 괴담은 계단에서 넘어져서 금이 갔다고 했던 그 이빨을 설명해 줄 수 있었다.

「이빨에 금이 간 건 그래서가 아니에요.」 그녀가 말했다.

「미안한데 뭐라고 하셨죠?」 멘도사가 물었다.

「그이 이빨이 부러진 이유가 그게 아니라고요. 계단에서 넘어졌단 말이에요. 발을 헛디뎠대요.」 **병원을 고소하지 않은 걸 다행으로 알아야 한단 말이에요!**

「상대 의사는 메모리얼 병원 응급실에서 치료를 받았습니다. 그 사건의 후폭풍을 목격한 사람들도 많이 있고, 피해자가 징계 위원회에 진술서를 제출했습니다.」

그 사건. 피해자. 징계 위원회. 나만 모르는 게 많기도 하다. 꼭 정말로 이런 일이 일어나고 있는 것 같잖아. 하지만 설마, 다 미친 소린데.

「그이는 계단에서 굴러떨어졌어요. 그래서 의치를 해 넣어야 했다고요. 금 간 이빨을 살릴 수가 없어서!」

나를 불쌍하게 여겨 줘. 미친 듯이 생각했다.

「자세히 보면 아직 색깔도 달라요.」

「그리고 마지막으로, 올해 2월에 또 다른 환자의 가족과 부적절한 접촉을 한 혐의로 징계 위원회가 열렸습니다.」

「제 말 좀 들으시라고요!」 자기 입에서 나오는 새된 비명 소리가 남의 소리처럼 들렸다. 「암 전공이라고요! 애들요, 암 걸린 애들 말이에요! 그이는 따뜻한 사람이에요. 쳐들어가서 당신 아이가 이제 죽게 생겼다고 선언하는 그런 나쁜 놈 아니라고요. 사람들 걱정을 많이 해요. 내 말은, 규칙대로 하는 의사들도 있겠죠. 하지만 평생 최악의 소식을 전해 주고 돌아서서 문 밖으로 쌩하니 나가 버리죠. 조너선은 그런 의사가 아니에요. 그래요…… 포옹 좀 하고 신체 접촉이 좀 있었을 수도 있어요, 하지만 그렇다고…….」 그레이스는 잠시 말을 끊고 숨을 골랐다. 「그렇다고 그렇게 끔찍한 죄목을 들어 비난을 하면 되나요.」

멘도사는 고개를 절레절레 젓고 있었다. 그 목, 두툼한 목살이 이쪽저쪽으로 흘러내리며 출렁거렸다. 그 목살이 끔찍하게 싫었다. 그가 끔찍스럽게 미웠다.

「환자 이름은 ─ 」

「**사생활이라고요!**」 그레이스는 그들에게 소리를 질렀다. 「환자 이름 말하지 말아요. 내가 알 바 아니니까.」

그리고 알고 싶지 않다고요. 그레이스는 생각했다. 왜냐하면 벌써 알고 있었으니까, 그게 너무너무 잘못된 일이었으니까, 로프가 이거 하나밖에 남지 않았으니까, 이 여리디여린 실크 필라멘트 한 줄이 벼랑 끝에 매달린 그녀를 지탱해 주고 있었고, 저 아래, 저 까마득한 밑바닥, 보이지도 않는 저 까마득한 밑바닥은 그녀가 한 번도 가보지 못한 미지의 장소였다. 어머니가 돌아가시고 난 후 인생의 암흑기에도, 남편과 그토록 갖고 싶어 했던 아이들이 끝내 와주지 않고, 아니 왔다가 그냥 가버렸던 그때에도, 거기까지 떨어져 본 적은 없었다. 심지어 그때도 견딜 만했었는데 이건 아니었다.

「남편분의 환자는 미겔 알베스라고 합니다. 진단받은 병명은 빌스…….」 그는 실눈을 뜨고 서류를 보았다. 그리고는 파트너를 보았다.

「빌름스.」 파트너는 몹시 따분하다는 말투로 대답했다.

「2012년 9월 빌름스 종양을 진단받았습니다. 미겔의 어머니가…… 어, 당연히 말라가 알베스겠지요.」

당연하다. 그렇구나. 떠오른 사실들이 당연히 연결되겠지.

「그러니까 죄송하지만 여쭤 봐야 하겠습니다, 색스 부인. 부인께서 계속 저한테 틀렸다, 잘못 알았다, 남편은 빌어먹을 암에 걸린 빌어먹을 애들을 위해서 빌어먹을 학회에 갔다, 휴대폰은 깜박 놓고 갔다, 이렇게 나오시면 제가 진짜로 화가 치민단 말입니다. 다음에 어떻게 나오실지 모르겠지만, 이미 말씀드렸죠. **남편분을 보호하지 마십시오.** 이건 — 부인 같은 정신과 의사들이 뭐라고 하죠? — 건강한 결정이 아닙니다. 그리고 부인이 얼마나 일을 잘하시는지 모르지만 저는 제 할 일을 정말로 아주 잘하는 사람입니다. 조너선이 어디 있건 제가 반드시 찾아낼 겁니다. 그러니까 뭐 아시는 게 있으면 지금 말씀을 해주셔야 할 겁니다.」

하지만 그레이스는 아무 말도 하지 않았다. 입안에 바람이 가득해서 말을 할 수가 없었다. 이제는 아무것도 그녀를 떠받쳐 주지 않았다. 그녀는 이미 추락했고, 추락하고 있었고, 추락은 영원히 끝나지 않을 것이다.

13
집들 사이의 공간

이게 끝일 리가 없었다. 거기 두 시간이나 더 있었으니까, 뭔가 더 얘기가 있었을 게 분명했다. 아니 세 시간이었던가. 아니…… 뭐, 어쨌든 많이 늦은 시각이었고, 경찰서를 나와 이스트 할렘 가로 나왔을 때는 벌써 밤중이었다. 보통 때 같으면 좀 걱정이 되었을 시각이었지만 그날은 그런 건 아무 의미도 없었다. 그날…… 그날 밤…… 그레이스가 느낄 수 있었던 건 달콤한 마취제 같은 12월의 추위와 저체온증으로 죽어 버리는 꿈뿐이었다. 하긴, 그것도 최악의 죽음은 아니었다. 그러고 보니 조너선이 그런 얘기를 했었다. 조너선은 추운 장소들, 극지의 감별사였다. 두 사람이 처음 만났던 밤에도 클론다이크에 대한 책을 읽고 있었고 그 후로도 수많은 책들을 더 읽었다. 바로 그날 밤늦게 그레이스가 방문했던 그이의 2층 기숙사 방 벽에는 그 유명한 이미지를 담은 엽서가 붙어 있었다. 골드러시를 꿈꾸는 기나긴 순례자들의 행렬이 천천히 칠쿠트 고개의 황금 계단을 따라 일렬로 걷고 있는 사진이었다.[74] 행운을 좇아 허리를 푹 숙이고 폭풍과 살이 엘 듯한 추위 속을 곧장 걸어 들어가고 있었다. 남편이 좋아하던 잭 런던의 단편, 남자와 개, 그리고 손에 잡힐 듯 잡히지 않는 남극의 불빛에 대한 이야기도 동사(凍死)하는 것으로 끝이 났었다. 지금 바로 여기서 멈춰 선다면, 그녀도 저체온증으로 죽을지 모른다.

집까지 태워다 주겠다는 제안은 없었고, 있었다 한들 어차피 거절했을 것이다. 형사들로부터, 그리고 불행에 찌든 사람들이 대기실에 그득한 그 더럽고 끔찍한 서에서 한시라도 빨리 도망치고 싶었다. 피로에 진이 빠진 여자들과 남자들. 가끔은 병원 응급실처럼 아예 온 가족이 와서 죽치고 있기도 했다. (여기서 대체 뭘 하고 있는 걸까? 연기가 가득 찬 집에서 뛰쳐나오듯 그 사람들을 지나쳐 문을 향해 전속력으로 달리면서 그레이스는 생각했다. 23번가 경찰서의 경관들이 이 시간에 대체 뭘 해줄 수 있다고?) 그 사람들은 뛰쳐나가는 그녀에게 눈길도 주지 않았지만, 그래도 어쩐지 자기도 모르는 무언가를 들켰을 것 같은 불안한 마음을 떨칠 수가 없었다. 그런 생각을 하니 속이 좋지 않았다. 밖으로 나온 그녀는 102번가 서쪽에서 렉싱턴 가를 향해 전속력으로 달렸다. 상점들은 모두 문을 닫고, 진열장에 팸퍼스 기저귀와

74 캐나다 서북부의 클론다이크 강 연안에서 1896년에 사금(砂金)이 발견되어 이 지방에 골드러시를 몰고 왔고, 금을 캐려는 꿈에 부푼 사람들이 전 세계에서 이곳을 향해 발길을 재촉했다. 그러나 그들이 가는 길은 너무나 험난했고, 특히 태평양 연안과 유콘 주의 내륙 사이에 놓여 있는 험준한 칠쿠트 고개를 넘어야 했다. 수많은 말들과 노새들이 이곳을 넘다 죽었기 때문에 이 고개는 〈말 무덤 고개〉라는 별명까지 붙을 정도로 악명이 높았으며, 수많은 노다지꾼들도 이곳에서 굶주림과 탈진으로 목숨을 잃었다.

멕시코 소다를 늘어놓고 문짝에 로또 광고가 덕지덕지 붙어 있는 식료품 잡화점 하나만 열려 있었다. 블록의 반도 못 가 숨이 달렸지만, 그건 달리기 때문이 아니라 흐느껴 울고 있기 때문이었다.

파크 가에 있는 교차로까지 왔을 때, 이제 평범한 삶의 평범한 일상을 결코 누릴 수 없으리라는 실감이 닥쳤다. 여기서 파크 가는 불과 6블록 거리에 있는 그 파크 가를 뜻하지 않았다. 지상철에 다다랐지만 한도 끝도 없이 뻗어 있는 그 철로로 올라갈 길이 딱히 보이지 않았다. 당연히 버스도 없었다. 파크 가에는 버스 노선이 없다. (평생 파크 가를 왔다 갔다 하며 살았으면서, 처음 해보는 생각이었다. 어째서 파크 가를 다니는 버스 노선이 하나도 없는 걸까?) 결국 그레이스는 남쪽으로 돌아서서 트랙을 따라 씩씩하게 걷기 시작했다. 차가운 바람에 뺨이 찢어질 듯 아팠고 시커먼 파멸이 발목을 잡고 늘어졌다.

헨리는 물론 아직도 아버지와 에바의 집에 있을 터였다. 에바가 대책도 없이 아이를 데려다주었을 리가 없으니까. 아까 전화가 왔을 때는 환자가 위급해서 병원에 가야 한다고 둘러댔었다. 그런 거짓말이 어찌나 말짱하게 금세 머릿속에 떠올라서 술술 자연스럽게 입에서 나오는지 스스로의 기만술에 감탄할 수밖에 없었다. 99번가를 건너가는데, 캐노피처럼 옥상에 장식이 달린 건물들이 즐비한 파크 가와 96번가의 교차로가 손에 잡힐 듯 저 앞에 나타나자 문득, **난 언제부터 이렇게 거짓말에 능한 사람이었을까?** 그런 생각이 들었다.

다시 조너선을 보게 되면 어떻게 사람이 이렇게 달라질 수가 있느냐고 따져 물어야지, 치미는 화를 억누르며 그녀는 생각했다. 우리는 둘 다 이음새 하나 없이 매끄럽게 재빨리 거짓말로 대꾸할 수 있는 사람들이 되어 버렸다고. 그레이스의 환자 한 사람한테 그런 재주가 있었는데, 볼 때마다 신기하게 생각했었다. 애초에 타협할 수 없는 사실 한 조각을 던져 주면 현란한 기술로 슬그머니 그 자리에서 손을 봐서 완전히 새로운 형태의 동물로 탈바꿈시켜 다시 휙 던져 주는 능력. 그렇게 해서 동료와의 싸움이 계단에서 낙상한 걸로 바뀐다. 그렇게 해서 로비에서 기다리는 형사들이 자살 충동으로 당장 심리 치료가 필요한 환자로 바뀐다.

그러나 똑같지 않다, 그레이스가 한 짓은. 그녀만 놓고 생각하면 에바나 아버지에게 뭐라고 말하든 아무 상관없었다. 이 괴로운 사실을 후련하게 털어놓고 이 끔찍한 혼자만의 짐을 내려놓아도 좋았다. 그러나 본능적으로 — 두 사람에게 했던 거짓말은 본능적인 반응이었다 — 이 독배는 혼자 간직하고 있어야겠다는 생각이 들었다.

그리고 또 생각했다. **하지만 조너선도 나처럼 하고 있는지도 모르잖아? 그이가 무언가로부터 우리를 보호하려고…… 하는지도 모르잖아? 어떤 위협, 어떤 정보 때문에 도저히 제대로 살 수가 없게 됐는지도 모르잖아?** 이 암울한 통찰로부터 희망이 뛰쳐나와 물컹한 토양에서 꽃을 피웠다. 그럴 수도 있었다. 가능한 일이었다. 뭔가 끔찍스럽게 슬프거나 무서운 일이 있어서 남편도 그들을, 그녀와 헨리를 보호하려 했던 것이다. 아까 그녀가 헨리와 아버지를 보호했던 것처럼 말이다. 행방은 묘연하지만 지금도 남편은 그들을 지켜 주고 있었다. 사랑하는 사람들로부터 이 끔찍한 걸 멀리 치워 주고 있는 것이다.

그만. 그녀는 스스로에게 말했다. 하지만 혼잣말이 큰 소리로 입 밖에 나오는 바람에 충격을 받고 말았다.

꼭 그 말에 대답이라도 하듯 차 한 대가 — 낡고 검은 차, 그녀는 차에 대해서는 아는 게 없다 — 바로 옆에서 속도를 늦추었다. 그녀는 전속력으로 달려 98번가를 건넜다. 그 차는 신호등에 걸려 대기해야 했다.

그레이스는 언덕을 뛰어올라 지하에서 열차가 나타나는 통로를 건넜다. 미리 약속이라도 한 것처럼, 96번가와 파크가의 교차로에 다다른 순간 택시가 한 대 나타났다. 그녀는 택시 안으로 뛰어 들어갔다.

「81번가와 파크 가 교차로 부탁합니다.」

기사가 있는지 확인도 안 했지만 — 아무튼 있었다면 — 그 역시 뒤를 돌아보지 않았다. 칸막이에 달린 비디오 스크린이 파크 슬로프에서 열리는 주말 동네 벼룩시장에 대해 어쩌고저쩌고 정신없는 얘기를 수다스럽게 떠들어 대고 있었다. 그녀는 음소거하는 방법을 고민하느라 1분쯤 쓸데없는 시간 낭비를 했지만 결국 실패하고는 짜증을 내며 귀를 막았다.

동네 벼룩시장 좋아하네. 다 죽여 버리고 싶었다. 머릿속으로 날아드는 온갖 사람들을 다 죽여 버리고 싶었다.

86번가에서 빨간 불에 걸렸고, 그레이스는 기사가 운전대를 손가락으로 톡톡 치는 걸 보았다. 여전히 기사는 뒤를 돌아보지 않았고 — 퍼뜩 든 생각이었는데 — 백미러도 보지 않았다. 엘리자베스 보엔의 소설 『악마의 연인』에서 겁에 질린 여자가 <인적 없는 도시의 후배지>를 통해 유괴되는 장면을 떠올리지 않을 수가 없었다. 평생을 보내다시피 한 거리인데 지금은 느낌이 전혀 달랐고 불안하기 이를 데 없었다. 한 번도 가보지 않은 길, 다시는 돌아올 수 없을 것만 같은 길.

신호등이 파란불로 바뀌었다.

현금으로 택시비를 지불하고 사거리에서 내려 조용한 거리를 반 블록쯤 걸었다. 태어난 후로 2천 번은 더 다녔던 길이다. 달라진 데가 없어. 그녀는 스스로에게 타일렀다. 어머니가 동네 반상회를 조직해서 시에 요청해 심었던 나무들이 이제는 어엿하게 자라 있었고, 여섯 살 때 넘어져서 팔꿈치 두 군데를 다쳤던 소화전 옆자리도, 비틀거리며 자전거를 타면서 뿌듯하게 페달을 밟던 헨리를 지켜보고 서 있던 심장내과 전문 병원 앞도 여전했다. 비타는 매디슨 가와 파크 가 사이의 81번가를 <레이더망에서 벗어난> 거리라고 했다. 특별히 화려한 건물도 없고 교회나 병원이나 사립 학교 같은 랜드마크도 없다는 의미에서 한 말이었다. 어퍼이스트사이드에는 대다수 곁길에 대재벌이나 신흥 부자가 혹할 만한 타운하우스들이 적어도 몇 채씩 있었지만 그녀가 사는 길에는 하나도 없었다. 대신 아파트 건물 네 채가 있을 뿐이었다(한 건물을 제외하면 전부 전쟁 이전 양식의 편안한 석회석 건물이었고, 마지막 한 채는 좀 유감스럽지만 그나마 눈에 띄지는 않는 전후 양식의 흰색 벽돌 건물이었다). 그리고 아파트 사이사이나 로비에는 개인 병원이 들어서 있었다. 딱 그녀의 출신 집안이나 지금의 가족 정도에 어울리는 조용하고 후미진 동네였다.

그래, 맞아. 그녀는 공포에 질린 자기 자신에게 확고하게 말했다. **지금의 가족.**

경비원이 문 앞에서 그녀를 반기며 평소대로 〈안녕하세요〉라고 인사했다. 경비원이 엘리베이터까지 바래다주었다. 그런데 어쩐지 로비의 팔걸이의자와 소파는 차마 똑바로 볼 수가 없었다. 이미 오루크와 멘도사가 찾아오기 전, 옷깃 위로 흘러내리는 목살이나 오루크의 얼굴에 퍼져 있는 빨간 뾰루지들을 그토록 가까이서 보기 전, 그 시절이 기억조차 잘 나지 않았다. 바로 어제만 해도 — 아니, 이제 자정이 지났다는 걸 고려하면 — 그저께만 해도 안 그랬는데, 그 두 사람은 이제 화인(火印)처럼 그녀에게 새겨져 있었다. 무슨 생각을 좀 해보려 해도 그 두 사람의 얼굴이 오버랩되곤 했다. 한두 번 괴로움을 무릅쓰고 애써 보긴 했지만 결국 포기하고 말았다.

경비원은 쓸데없이 그녀가 들어갈 때까지 엘리베이터 문을 잡아 주고 문이 닫힐 때까지 그대로 서 있었다.

아파트 문을 열고 들어서자마자 이 모든 일의 하중이 한꺼번에 덮쳐 오는 느낌이 들었다. 걷잡을 수 없는 현기증에 간신히 비틀거리며 들어가 바로 현관문 앞에 있는 작은 의자에 쓰러지다시피 주저앉았다. 가끔 환자들에게 통제가 안 될 것 같으면 무릎 사이에 머리를 묻고 있으라고 조언했는데, 지금 자기가 그렇게 하고 있었다. 하지만 계속 쿵쿵거리고, 쿵쿵거리고, 쿵쿵거리기만 했고, 그나마 다 게워 버리지 않고 있는 건 먹은 게 하나도 없다는 걸 너무나 잘 알기 때문이었다. 마지막으로 식사를 한 것이…… 돌이켜 생각해 보았는데, 구체적으로 해결할 수 있는 문제가 있다는 게 위로가 될 지경이었다…… 아침이었구나. 그날 아침. 이렇게 몸이 좋지 않은 게 당연한 일이었다. 뭘 좀 먹어야겠어. 그래야 — 완벽하게 말이 되는 얘기라고 생각했다 — 다 토해 버리고 기분이 좋아질 수 있을 테니까.

아파트는 어두웠다. 그레이스는 일어나서 불을 켜고, 환자를 보거나 헨리의 학교에서 자선 행사를 기획하고 돌아온 여느 저녁과 다를 바 없이 식당을 지나 부엌으로 걸어 들어가 냉장고 문을 열고 안을 들여다보았다. 별게 없었다. 쇼핑을 한 지가…… 기억도 잘 나지 않았다. 잠깐. 양 갈비와 콜리플라워가 있네. 로비에 형사들이 쳐들어오기 전에 그리스테드에서 샀던 거지. 그게 언제였더라? 그리고 늘 그렇듯 절반이 남은 우유와 주스 팩, 늘 갖춰 두는 양념과 뜯어 놓은 잉글리시 머핀 한 상자, 월요일 저녁에 쿠바 레스토랑에서 헨리와 저녁을 먹고 남은 걸 싸 온 테이크아웃 용기. 그게 남편이 떠났던 날 저녁이었다. 그걸 먹고 싶은 마음은 생기지 않았다. 끔찍하게 싫었다. 화가 치미는 바람에 그대로 음식물 쓰레기통 뚜껑을 열고 다 버려 버렸다. 딱 하나 치즈만 남기고.

치즈는 항상 갖춰 두고 있었다. 반짝거리는, 기름기 도는 셀로판 랩으로 싼 커다란 치즈 덩어리가 냉장고 선반을 넉넉히 반쯤 채우고 있었다. 조너선이 사둔 치즈였다. 일부러 부탁을 하거나 장 볼 목록을 주지 않는 한, 그가 알아서 사는 음식은 치즈뿐이었다. 혹시 떨어질까 봐 걱정이 되는 것처럼 커다란 덩어리나 통으로 사두곤 했다. 하지만 흔히 먹는 위스콘신이나 버몬트 치즈 말고 다른 걸 살 만큼 관심이 많은 건 아니었다. 크리스마스 선물로 조너선에게 1년치 〈이달의 치즈〉 구매권을 사준다는 생각을 했던 적이 있다. 그러면 달마다 이국적인 수제 치즈가 미국 전역에 흩어진 장인들에게서 배달된다. 조너선은 배달되는 치즈를 꾸역꾸역 적당히 맛있다며 먹었지만 다 먹고 나면 곧장 허옇고 특징 없는 저가 치즈로 돌아가곤 했다. 의대생 시절 무릎 높이의 냉장고에다 그 치즈들을 채워 넣고 날마다 먹고 살았다고 했다. 잠을 줄여야 하는 사람들의 필수품 아이스커피와 영양실조 환자들의 필수품 꼬투리 콩(그 당시만 해도 몹시 이국적인 음식이었다)과 함께, 치즈가 언제나 상비되어 있었다. **의대생들은 아주 원초적인 생물이야.** 그 무렵에 그런 얘기를 했었다. 워낙 정신없이 움직이고 열심히 일해야 하기 때문에 **단백질을 섭취하고 방광을 비우고** 무엇보다 **잠을 잔다는** 기초적인 명령을 수행하는 것 이상은 할 시간이 없다는 거다.

그레이스는 치즈를 그렇게 좋아하지 않았고 특히 체다는 별로였다. 하지만 지금의 상황은 특별한 정도가 아니었다. **이제는 내가 원초적인 생물이야.** 그녀는 생각했다. **단백질을 섭취하고. 방광을 비우고. 아들을 구하고. 나 자신을 구하고.** 냉장고에서 치즈를 꺼내 엄지 크기만큼 잘라서 억지로 꾸역꾸역 배 속에 쑤셔 넣었다. 그 즉시 메스꺼움이 밀려왔지만 간신히 참았다.

그리고 양손으로 체다 치즈를 들고 쓰레기통에 던져 버렸다.

잠시 후 그녀는 싱크대 위에서 토하고 있었다.

단백질 섭취를 못 하면 범죄도 못 저지르겠지. 그녀는 체념했다.

여전히 싱크대를 붙잡고 있는데 속절없이 웃음이 나왔다.

어둡고 조용한 아파트 어딘가에 있던 뭔가를, 아니 촘촘히 연결된 어떤 것들을 그녀는 파악하지 못했다. 시야 밖에서 작동하는 어떤 시스템이 인생을 산산조각으로 박살 내버린 마당에, 이제 와서 그 끔찍한 남자들 앞에서 풀어서 설명을 해줄 수 있을 것 같으냔 말이다. 뭘 알고 있기나 했던 것도 아닌데, 징계 위원회에서부터 살해당한 여자에 대한 것까지 백묵으로 선을 그어 가며 해석을 해줘야 하는 거냐고. 이 조각들은 기껏해야 지난 몇 시간 사이에, 당혹스러우리만큼 줄줄이 정신없이 그녀 앞에 모습을 드러냈다. ATM 카드? 들어 본 적도 없는 계좌, 그것도 에미그런트 은행에서? 그 사람들한테 뭐라고 말해야 했던 걸까? (게다가, 에미그런트 은행? 무슨 수백 년 전 유물 같은 이름이잖아. 어디 있는 거지, 로어이스트사이드에?) 그리고 코듀로이 바지 한 벌 — 형사들은 코듀로이 바지에 엄청난 관심을 갖고 있었다. 하지만 조너선에게 코듀로이 바지가 한두 벌인가. 편하다고 좋아했고 잘 어울리기도 했다. 어느 바지를 말하는 거지? 조너선은 원래 코듀로이 바지를 입지 않다가 옛날 보스턴 시절 그레이스가 처음 쇼핑에 데리고 갔을 때부터 입기 시작했다. 그러면 이 사태에 그녀도 책임이 있는 걸까?

그리고 싱크대에 처박고 있는 고개도 못 가누고 있는 판에 누구한테 뭘 설명할 수 있다는 거냐고?

일어나. 그레이스는 생각했다. 스틸로 된 싱크대의 대리석 테두리를 붙잡고 서 있었다. 그것, 그것들, 파악하지 못한 진실의 네트워크, 이제 더는 그 생각을 견딜 수가 없었다. 잠을 잘 수 있는 가능성이 조금이라도 있다면 하루든 하룻밤이든 더 기다렸겠지만 그럴 가능성은 아예 없었고, 그러니까 이걸 끝낼 때까지 다른 일은 아무것도 할 수가 없었다.

그녀는 먼저 헨리의 방에 갔다. 제일 가능성이 낮은 방이기도 하고, 그래서 제일 먼저 해치울 수 있을 것 같았다.

벽 위에, 서랍 속에, 책장을 따라 쭉 늘어서 있거나, 수납장에 꽉꽉 들어찬 물건들. 여기에 있는 건 모두 그녀가 직접 갖다 놓은 것들이었고, 아니면 아들이 만드는 걸 두 눈으로 똑똑히 본 것들뿐이었다. 그림, 옷, 캠프에서 받아 온 사인북, 로센버움 선생의 무뚝뚝한 코멘트(〈포르테! 포르테!〉)가 적혀 있는 바이올린 악보 폴더. 책장 위에 있는 아들이 읽은 책들, 작년 교과서, 친구 조나와 함께 찍은 어린 시절 행복한 아들의 사진. 하지만 조나는 이제 헨리와 말도 섞지 않는다(그레이스는 아무나 공격하고 싶은 마음이었고, 그래서 기꺼이 이 기회를 잡아 이 사진을 갈기갈기 찢어 버렸다). 그리고 6학년 졸업식 때 헨리와 조너선이 함께 찍은 액자 속 사진. 액자를 집어 들고 두 사람의 얼굴을 찬찬히 살폈다. 너무 닮은 얼굴, 너무나 똑같이 즐거워하는 표정, 둘 다 약간 땀을 흘린 상태였다(그날은 6월이었고, 학교 뒤편의 야외 구역은 더웠다). 하지만 그녀도 거기 있었다. 그녀가 찍은 사진이었다. 이것 역시 이미 알고 있는 일이었다.

헨리의 방에는 아무것도 없었다.

헨리의 방에는 헨리도 없었다. 헨리는 그녀가 두고 온 곳에, 친정아버지와 에바의 집에 있었고 그날 밤은 거기서 보낼 예정이었다. 이제 아버지와 새어머니도 그 정도는 분명히 알고 있었다. 아마 지금쯤은 테이블 세팅이나 전반적인 결례를 넘어서는 큰일이 났다는 걸 두 분도 이해하고 있을 테고. 헨리한테도 필요한 물건들이 있을 거다. 사실 필요한 게 한두 개가 아니겠지만, 일단 챙기기 쉬운 것부터 챙겨 줘야겠다.

책상 위 스탠드 불을 켰다. 『파리 대왕』이 거의 막바지에서 펼쳐진 채로 엎어져 있었다. 책을 뒤집어 들고 피기의 죽음을 묘사하는 것 같은 대목을 잠시 읽었지만 어찌나 난해한지 실제로 어떻게 죽었다는 건지 이해가 안 되어서 몇 번씩 다시 읽다가 이런 의문이 참 뜬금없구나 생각했다. 책을 다시 내려놓았다. 헨리가 내일 이 책이 필요할 텐데. 주위를 둘러보며 생각했다. 수학 폴더도. 라틴어 교과서도. 다음 날 오케스트라 일정도 있었는지 기억이 잘 나지 않았다.

헨리의 옷장으로 가서 긴팔 셔츠, 파란 스웨터, 청바지를 챙기고 서랍에서 새 속옷과 양말을 꺼내라고 스스로에게 말했다. 옷가지와 책과 종이를 장에 있던 낡은 퓨마 가방에 쑤셔 넣었다. 한때는 조너선이 헬스클럽 가방으로 썼는데, 바로 작년에 그녀가 조너선에게 새 가방, 더 좋은 가방을 — 기다란 끈이 달린 갈색 가죽 가방이었다 — 사주어서 이건 헨리에게 주었다. 헨리는 뭔가 알 수 없는 10대들의 이유로 사방에 널린 나이키보다는 퓨마가 더 쿨하다는 결론을 내리고 선뜻 받았다. 조너선의 가방, 기다란 끈이 달린 갈색 가죽 가방. 그레이스는 숨이 턱 막혔다. 그 가방을 본 지 한참 되었다.

짐을 다 챙기고 나서 가방을 현관문 앞에 갖다 둬야지. 끔찍한 하루를 시작하는 아침에 트라우마로 충격을 받은 뇌가 까맣게 잊어버

리지 않도록.

현관으로 가는 길에 그녀가 수집한 괴짜 예술 학교 인물화들을 지나쳤다. 주로 코네티컷의 엘리펀트 트렁크 벼룩시장에서 사 모은 것이었다. 1940년대에서 1950년대에 걸쳐 딱히 빛나는 재능을 가졌다고 말하기 힘든 미술 학도들이 떨떠름한 표정의 모델들을 그린 그림들이었다. 다 같이 모아 두니 예쁘지 않은 초상화들과 트집 잡기 좋아하는 관람객들로 이루어진 일종의 갤러리가 완성되었다.

아니, 그런 옷을 입고 있어?

나 같으면 안 그럴 텐데.

자기 외모에 너무 자신감을 갖지 않기를 바라.

복도에 걸린 그림은 그레이스 또래의 쌀쌀맞은 여자였다. 보브 스타일의 단발에, 얼굴에 비해 부자연스러우리만큼 작은 코, 표정은 그레이스가 늘 생각하는 것이지만 꼭 도착적인 인간 혐오주의자 같았다. 그 그림은 잉글랜드산인지 아일랜드산인지 아무튼 배로 수입한 외제 테이블 위에 위풍당당하게 걸려 있었다. 조너선과 함께 부둣가 축제에 갔다가 샀던 테이블이었다. 잘한 결정은 아니었다. 딜러가 장담한 대로의 오래된 고가구도 아니었거니와 값도 터무니없이 비싸게 주고 샀던 것이다. 하지만 큰돈을 주고 사서 버리지도 못하고 그냥 갖고 있었다. 테이블에 딱 하나 있는 서랍에는 테이프, 배터리, 헬스클럽 팸플릿이 들어 있었다. 남편은 헬스클럽을 바꿀 생각을 했던 걸까? 아니야, 팸플릿들은 내 것이었지, 이제야 기억이 났다. 1년 전 것들이다. 아무것도 아니었다.

복도의 옷장을 뒤지면서 호주머니마다 손을 깊이 찔러 넣어 봤지만 나오는 건 구겨진 휴지와 껌 포장지뿐이었다. 코트는 전부 그녀가 손수 산 것이었고, 다 눈에 익었다. 브룩스 브러더스,[75] 리지필드의 타운숍,[76] 헨리가 좋아하는 인조 퍼가 달린 올드 네이비 파카, 친정어머니 것이었던 붉은 여우 코트(그레이스는 모피를 입지 않기 때문에 못 입는 코트였지만 어머니의 유품이라서 버리지 못하고 있었다). 부츠와 장갑과 우산은 다 출처가 확실했고, 머리 위 선반에 있는 스카프들은 다 그녀가 산 것이었다. 그중에서 딱 하나만 조너선이 어느 날 집으로 갖고 들어온 것이었다. 2~3년 전의 일이었다.

그 스카프를 꺼냈다. 녹색 울이었는데, 썩 훌륭했다. 핸드메이드? 그레이스는 얼굴을 찌푸렸다. 상표와 태그가 없었다. 살짝 거친, 고급스러운 질감으로 아주 잘 짜인 스카프였다. 숍에서 그녀가 사준 머플러라 해도 이상하지 않았다. 하지만 그녀가 산 게 아니었다. 즉각적으로, 그녀는 그 물건이 수상쩍게 집 안으로 침투해 들어온 방식이 꺼림칙했고, 그 목적도 불투명해서 화가 났다. 엄지와 검지로 조심스럽게 들고 있던 스카프를 복도 마룻바닥에 툭 떨어뜨리고 다음 방으로 갔다.

거실 소파와 의자들은 몇 년 전의 처분 세일에서 산 것이었다(ABC 카펫 앤드 홈[77]의 4층 한구석에서 〈초저예산 신혼 가구〉 스타일을 다 내놓고 팔고 있었다). 조너선이 그날

75 뉴욕 맨해튼에 기반을 둔, 미국 최초의 기성복 브랜드.
76 브로드웨이에 있는 유서 깊은 속옷과 생필품 상점.
77 뉴욕에 있는 인테리어 상점.

같이 있었고 헨리는 책을 읽고 있었다. 헨리가 『나니아 연대기』를 읽는 사이 엄마 아빠는 그 애가 깔고 앉아 있던 팔걸이의자를 샀다. 구매 보증도 할 수 있었다. 여기 있는 그림들, 똑같은 청년을 그린 두 점의 인물화는 같은 예술 학교 수업에서 나온 것이지만 화가는 달랐다. 둘 다 엘리펀트 트렁크 벼룩시장에서 찾아냈는데, 똑같은 검은 나무 액자에 담겨 있어서 대조되는 화풍이 두드러져 보였다. 인물화 하나는 굉장히 뻣뻣한 선으로 묘사되어 입체파 작품처럼 보였고, 클래식한 흰색 버튼다운 셔츠와 카키 바지가 말도 못 하게 불편해 보이는 자세(꼬다 만 다리, 앞으로 숙인 몸통, 터무니없게도 허벅지에 괴고 있는 팔짱 낀 팔꿈치)로 배치되어 있었다. 반면 다른 그림에서는 같은 남자가 숨 막히게 관능적으로 표현되어 있어서, 그레이스는 이 수업에서 화가와 모델 사이에 지극히 상호적인(그러나 당연히 암묵적인) 추파가 오갔을 거라고 짐작했다. 같은 시간에, 하지만 완전히 다른 작업으로 창조된 두 그림이 어퍼이스트사이드로 들어오는 7번 국도의 벼룩시장에서 나란히 진열되어, 이런 미스매치의 조화를 이루게 된 운명의 장난을 어렴풋이 상상할 수 있을 뿐이었다.

그레이스는 수색을 계속했다. 침실로 들어가는 통로에 침구장이 있었다. 퀴퀴한 수건, 첩첩이 쌓인 침구(플랫 시트는 흡족하게 깔끔했지만 속을 넣어야 하는 커버들은 위태롭게 비틀거렸다), 대량 구매한 비누와 구강 청결제와 조너선의 비듬 방지 샴푸들이 맨 위 칸에 잔뜩 쌓여 있었다. 아무것도 없었다. 아무것도. 헨리가 갖고 놀다가 손목을 삐었던 고무

총. 마음의 상처로 남아 있는 불임 치료 약, 쳐다보지도 않은 지 몇 년도 더 되었지만 어쩐지 아직도 버리기가 아쉬워서 그냥 갖고 있었다(어디 다른 곳에는, 헨리의 잉태를 알려 준 임신 테스트기도 있을 터였다. 가끔 우연히 그 테스트기를 볼 때마다 그레이스는 멜레아그로스의 신화가 생각났다. 아궁이 속의 장작이 다 타면 아들이 죽을 운명이라는 예언을 듣고 어머니가 불길에서 장작을 꺼내 숨겼다는 이야기). 그러나 다른 건 없었다. 그이 건 하나도 없었다. 그러니까 정말로 — 세상 어떤 약이라도 마음만 먹으면 얼마든지 손에 넣을 수 있는 남자가 자기 집에 갖다 놨을 만한 수상한 물건 따위는 없었다. 있을 리가 없지 않은가.

이제 그레이스의 호흡도 차분해지고 있었다. 그녀는 침실로 들어가 한참 동안 멍하니 서서 어디서 어떻게 시작해야 할까 고민했다. 방 안에는 옷장이 하나뿐이었고 문이 살짝 열려 있었다. 문틈을 비집고 월요일 저녁에 걸어 둔 드라이클리닝 세탁물의 비닐봉지 일부가 살짝 튀어나와 있었다. 그레이스는 가서 옷장 문을 열어젖혔다.

옷장은 고르게 정리되어 분류되어 있었고 상당히 질서정연했다. 두 사람 다 재미로 쇼핑을 하는 사람이 아니었고 옷을 버려야 할 때만 새로 샀기 때문에 가능한 일이었다. 그레이스가 쓰는 쪽은 블라우스와 스웨터, 리넨과 울 스커트가 걸려 있었는데, 그녀에게는 이 옷들이 〈까다로운 어른 취향〉과 〈트렌드에 휘둘리지 않음〉을 표상했다. 좋은 소재. 훌륭한 재단. 부드러운 색깔. 차분한 보석. 시간이 흐를수록 더 좋아지는 것들. 야하거나 화려하거나 〈제발 날 좀 봐요〉식의 옷이나 장신구는 하나도 없었다. 그레이스는 사람들이 자신을 볼 때는 항상 〈**저 여자는 정말 정신이 똑바로 박혔구나**〉라는 생각만 하기를 바랐다. 그리고 나는 실제로도 그런 여자야! 클래식한 옷들을 노려보며, 그레이스는 그 순간 생각했다. 그리고 아주 잠깐, 자칫 눈물이 쏟아질 것 같은 위험천만한 순간을 넘겨야 했다. **정말 정신을 똑바로 차리고 산다고!** 하지만 여기 이러고 서 있는 건 자기 옷을 살피기 위해서가 아니었다.

조너선 역시 그레이스처럼 옷에 대한 큰 결정은 미리미리 내려 두는 편이었다. 처음 봤을 때야 트레이닝 바지에 차마 깨끗하다고는 말할 수 없는 존스 홉킨스 대학 티셔츠 차림이었을지 몰라도, 그녀가 금세 조너선이 갖고 있던 옷들을 싹 쓸어 처분했고(대학 시절, 심지어 고등학교 때까지 거슬러 올라간다는 의심이 강하게 들던 해묵은 옷들이었다) 쇼핑에 데리고 가서 코듀로이와 카키 바지, 스트라이프 버튼다운 셔츠들을 잔뜩 사주었고, 전부 다 조너선이 지금껏 즐겨 입는 옷들이었다. 남자들 상당수가 그렇듯 조너선도 옷차림에 신경을 쓰지 않았다. 어쨌든 의사가 될 사람이었으니까. 의사들이 하얀 가운 밑에 뭘 입든 누가 눈여겨보기나 한단 말인가? 이제 둘이 함께 쓰는 옷장의 오른편 절반에는 갈색 스트라이프 셔츠와 파란 스트라이프 셔츠와 녹색 스트라이프 셔츠, 온화한 색조의 단색 셔츠 몇 벌과 대여섯 장쯤 되는 흰색 셔츠가 걸려 있었다.

세탁소에서는 비닐 커버 하나에 여섯 장의 셔츠를 걸어 배달해 주었는데, 그중에는 그레이스가 제일 좋아하는 진한 빨간색 셔츠와 우연히 갭 매장에서 보고 사줬던, 녹색과 파란색이 어우러진 화려한 멀티 컬러 스트라이프 셔츠도 들어 있었다. 그런데 그게 다가 아니었다. 뭔가 다른 게 또 들어 있었다. 사흘 전 세탁물을 들고 갈 때 얼핏 봤지만, 환자들 상담과 바이올린 레슨과 헨리와 쿠바 레스토랑에서 식사를 마치고 기진맥진해 제대로 보지 못했던 뭔가 다른 게 있었다. 그때는 굳이 따지고 살피기도 귀찮았었다. 세탁소에서 배달 실수를 한 거라면 — 불편을 무릅쓰고 — 돌려줘야 했으니까. 안 그래도 할 일이 끝도 없는 마당에, 또 해야 할 일이 목록에 추가되는 셈이었다. 이번에는 그레이스도 자세히 살펴보았다. 다른 것과 마찬가지로 셔츠였는데, 스트라이프도 단색도 아니었다. 그레이스는 비닐 커버를 찢고 옷걸이들 사이를 벌려 신경 쓰이는 물건을 따로 놓고 보았다. **멋지네,** 하는 생각이 절로 들었다. 셔츠는 대량 생산된 나바호족 인디언 담요처럼 생긴 야한 붉은색과 오렌지색 패턴이었는데, 거기에 검은 옷깃이 달려 있었다. 보기에도 끔찍스러운 흉물이었다. 다른 옷들 사이에 있으니 게오르게 발란친의 현대 무용 팀에 끼어 있는 라스베이거스의 쇼걸처럼 튀었다. 혹시 이름이 쓰여 있는지 옷깃을 젖혀 보았지만 조너선의 다른 진짜 셔츠와 마찬가지로 〈색스〉라고만 쓰여 있었다. 그레이스는 옷걸이 채로 셔츠를 꺼내서 노려보다가 단추를 다 풀고 펼쳐 놓은 뒤 이 흉물스러운 물건을 샅샅이 살펴보았다. 그녀는 대체 뭘 찾고 있는 걸까? 옷깃에 묻은 립스틱 자국? (하지만 늘 생각하지만 어떻게 해야 옷깃에 립스틱이 묻는 건지 이해가 되지 않았다. 옷깃에 키스하는 사람이 어디 있담?) 물론 뭐가 나올 리가 없었다. 냄새도 맡아 봤지만, 방금 세탁소에서 찾아온 셔츠가 아닌가. 다른 사람의 것일 가능성이 높았다 — 형편없는 취향의 소유자! 클래식한 버튼다운 셔츠와 최고급 캐시미어 스웨터 사이에 어찌어찌 섞여 들어와 잘못 배달된 게 틀림없었다. 하지만 그래도 자비를 베풀 생각은 전혀 없었다. 출처를 보증할 수 없는 셔츠였으므로, 마룻바닥에 내동댕이쳐 버렸다(솔직히 쾌감을 느끼지 않을 수 없었다).

사실 이 셔츠는 셈에 넣으면 안 된다. 왜냐하면 처음에 그녀가 이…… 이…… 일종의 발굴을 시작할 때부터, 세탁소 비닐에 들어 있던 이 낯선 물건 생각을 하고 있었으니까. 이 발굴 작업은 보물 사냥꾼이나 도굴꾼보다는 고고학자의 작업에 조금 더 가까웠다. 입증하거나 — 아직도 그레이스는 희미한 희망을 버리지 않았다 — 반박해야 할 가설로 무장하고 시작한 거니까. 그렇게 제쳐 두었던, 아니 잠시 잊고 있었던 셔츠는 아까 통로에 있는 옷장 깊숙한 곳을 뒤지고 있을 때 새삼스럽게 다시 떠올랐었다. **이런 느낌을 어디서 받았었더라?** 아까 꽤 훌륭하지만 낯설기 짝이 없는 스카프를 들고 있을 때, 들었던 생각이다.

잠시 후 그녀는 조너선이 거의 입지도 않는 묵직한 재킷의 가슴 주머니 속에서 콘돔을 찾아냈다.

그레이스는 소스라친 손가락을 꺼내 보기도 전부터 이미 그게 뭔지 알고 있었다. 하지만 마치 혹시 도망이라도 칠까 봐 두려운 듯이 엄지와 검지로 꼬집어 잡고 바라보면서 어쩔 수 없이 입이 떡 벌어졌다. 상식과 당혹감이 어지럽게 교차했다. 콘돔. 그녀가 사는 세상에서는 아무 의미도 없는 콘돔. 콘돔. 처음 만나던 때에도, 두 사람이 학생이던 시절에도, 결혼 전에도, 아직 아기를 가지면 안 된다는 걸 둘 다 잘 알던 시절에도, 두 사람은 콘돔을 쓴 적이 없었다. 1년 정도는 그레이스가 피임약을 먹었고, 아직도 원망스러운 그 IUD(자궁 내 피임 장치)를 삽입했었다. 연구 결과를 다 읽었기 때문에 사실 비합리적인 원망이라는 건 알고 있었지만, 임신이 매달 실패할 때마다 속상한 건 어쩔 수 없었고 매번 유산할 때는 정말이지 쓰라리게 후회했었다. 콘돔은 한 번도 쓴 적이 없었다. 한 번도.

하지만 어떻게 된 영문인지 이 재킷의 가슴 주머니에서 콘돔이 나온 것이다. 이 재킷 역시 남편이 입는 옷들이 다 그렇듯 그레이스가 손수 샀다. 블루밍데일 백화점 대규모 세일 때였다. 하지만 재킷 두께가 애매했다. 여름에 입기에는 더웠고 겨울에 입기에도 또 너무 더웠다. 조너선이 그걸 마지막으로 입은 걸 본 게 언제인지 기억할 수가 없었고, 어째서 여분의 옷들을 처분할 때마다 이 옷은 남겨 뒀던 건지 그 이유도 기억나지 않았다.

콘돔의 포장은 빨간색이었다. 찢어서 개봉한 게 아니었다. 이해가 되지 않았다. 그냥, 완전히, 하나도 이해가 되지 않는 물건이었다.

멀찌감치 들고 있다가 이것도, 역시나, 마룻바닥에 툭 던져 버렸다.

「씨발.」 그러면서 또박또박 말했다.

이제 새벽 2시였다.

내가 뭘 알고 있지? 그리고 내가 모르는 건 뭐지? 그녀가 알고 있고 입증할 수 있고 이해할 수 있는 물건은 무조건 제자리에 일단 두기로 했다. 적어도 지금은. 전에 본 적도 보증도 없는 물건은 밖에 내놓기로 했다. 따로 모아 두었다가 기운을 좀 차리고 나서, 머리가 다시 맑아지고 나서 다시 살펴볼 생각이었다. 수수께끼의 스카프와 흉측한 셔츠와 포장을 뜯지 않은 콘돔. 이 수색에서 나온 세 가지. 사실, 뭐 그리 대단한 건 아니었다. 심지어 정상성의 범주 내에 들어가는 것들이었다. 스카프는 — 남편이 남의 걸 자기 것으로 착각하고, 어디서 우연히 주워 왔을 수도 있다. 그런 자질구레한 소지품에 크게 신경을 쓰는 타입은 아니었다. 그런 남자들은 한둘이 아니다. 어느 날 추워서 가게에 들어가서 직접 샀을 수도 있다. 그런 건 얼마든지 용납할 수 있다. 범죄가 아니다. 그녀에게 결재를 받아야 할 일도 아니다! 그리고 그 흉한 셔츠는 — 이미 마음속으로는 세탁소 잘못이라고 스스로를 설득한 뒤였다. 면과 폴리에스테르(이것도 참아 줄 수 없는 부분이었다)라는 소재가 표기된 딱지에 일종의 네임 펜 같은 걸로 쓴 〈색스〉라는 이름은…… 글쎄. 〈색스〉는 희귀한 성이라고 하기 어렵다. 특히 뉴욕에서는 흔했다. 정말 그렇게 단순한 일일 수도 있었다. 어퍼이스트사이드의 세탁소라니? 생각해 보란 말이다! 새처나 세이처나 사코위츠 같은 이름들이 얼마나 많이 살고 있는데, 바로 인접한 이웃에서만 해도 말이다! 게다가 얼마나 많은 가족이 〈색스〉라는 이름을 쓰겠는가? 오히려 이런 사고가 더 자주 일어나지 않는다는 게 놀라운 일 아닐까?

하지만 콘돔에 대한 생각이 아주 짤막했던 안도감을 강타했다.

꼼짝도 않고 서서 이제는 익숙한 느낌에 마구 휘둘리는 스스로를 그냥 내맡겼다. 타들어 가는 산(酸)이 바로 그녀의 두개골에 부어져 비명을 지르며 온몸을 따라 흘러서 손가락 끝으로, 발가락 끝으로 흘러나와 그녀를 둘러싸고 시커멓고 끈적끈적한 웅덩이로 흥건하게 고이는 느낌이 들었다. 이제 그런 느낌에도 익숙해져 가고 있었다. 그리고 그에 맞서 더 전략적인 반응을 취하게 되었다. **싸우지 마, 힘을 빼, 지나갈 때까지 견뎌.** 불과 몇 분 만에 몸을 다시 움직일 수 있게 되었다.

다른 물건들도 있을지 몰랐다. 숨어 있을지도 몰랐다. 다른 물건들인 척 위장하고 있을 수도 있었다. 그녀는 침실 책장에 꽂힌 책들을 꺼냈다. 공간이 별로 없어 책들이 빽빽하게 꽂혀 있었고 약간 먼지도 쌓여 있었다. 대부분은 그레이스의 책이었고, 대부분 소설이었다. 전기도 몇 권 있었고, 정치에 관한 책들도 있었다. 정치 서적은 두 사람이 같이 읽었다. 두 사람 다 워터게이트에 깊은 관심을 갖고 있어서 인접한 시대까지 섭렵했다. 베트남, 레이건, 매카시, 인권 운동, 이란-콘트라.[78] 어느 책을 누가 사서 이 아파트에 들였는지, 이제 그런 건 중요하지 않게 느껴졌다. 꽂혀 있는 책 중 한 권은 사실 책이 아니라, 두꺼운 책 안에 플라스틱 보관함을 설치하여 만든 책 모양 금고였다. 2~3년 전 인기 없는 책들

78 미국 레이건 행정부의 외교 정책에서 드러난 스캔들. 정부가 비밀리에 이란에 무기를 판매하고 그 대금의 일부를 니카라과의 콘트라 반군에 지원한 사건이다.

을 사서 이런 용도로 개조하는 회사를 운영하던 환자가 심리 치료 마지막 날에 그녀에게 준 선물이었다. 그레이스는 이 책 작가들 중에 누가 우연히 책장에 꽂혀 있는 자기 책을 꺼내 보고 그 속에 팔찌와 목걸이가 들어 있다는 걸 알게 되면 부끄러워하지 않을까요, 하고 물었었다. 환자는 큰 소리로 웃었다. 「아무도 그런 얘길 하려고 연락한 사람은 없었어요!」 아이디어는 기발하다고 그레이스는 인정하지 않을 수 없었다. 「도둑들은 책에 별로 관심이 없거든요.」 환자가 그런 말을 했는데 그레이스도 정말 그럴 거라고 생각했다. 강도가 스티븐 킹이나 존 그리셤에 푹 빠져 책을 읽다 갔다는 얘기는 들어 본 적이 없었다.

이건 진 아울의 소설이었는데, 선사 시대를 배경으로 한 대하소설 비슷한 것이었다. 그레이스로서는 전혀 취미가 없는 장르였다. 꺼내서 내부의 플라스틱 보관함을 열면서, 그날 밤, 그 남자가 그녀에게 이걸 주었던 날 밤, 이 안에 뭘 넣어 뒀더라 기억하려 애썼다. 하지만 이미 뭔가 잘못됐다는 걸 알고 있었다. 책이 너무 가벼웠다. 아주 조심스럽게 흔들어 봤지만 아무 소리도 나지 않았다. 책은…… 어, 이미 속이 훤히 드러난 셈이었다. 그 안에 있어야 할 게 무엇이든 이제는 큰 의미가 어차피 없었다. 커버를 열어 확인해 봤자 아무것도, 그 안에는 아무것도, 있을 리가 없었다. 이건 이미, 너무나, 확연한 사실이었다.

조너선의 값비싼 시계, 결혼할 때 그녀가 주었던 시계가 원래 안에 들어 있어야 했다. 파텍 필립의 금시계였는데, 보통 때는 조너선이 거의 차고 다니지 않았다. 하지만 아주 가끔씩 중요한 모임이 있을 때, 예를 들어 친정아버지와 에바의 결혼식처럼 그레이스가 꼭 집어 부탁을 하거나 에바의 손주들이 유대교 성인식을 할 때처럼 굳이 보통 때 차는 타이멕스나 스와치를 차고 가서 쓸데없는 논란을 일으킬 필요가 없을 때 가끔 꺼내서 차곤 했다. 그리고 친정아버지가 조너선에게 언젠가 생일 선물로 주었던 커프스 단추도 있어야 했다. 그레이스의 어머니가 아버지에게 드렸던 커프스 단추였다. 그런데 지금은…… 아, 아무튼 가보로 보관하면 좋을 물건들인데. 그리고 그레이스 소유의 몇 가지 물건들, 오래된 거울 화장대에 든 어머니의 보석과 섞이지 않았으면 해서 따로 넣어 둔 것들이 있었다. 옛날 남자 친구가 생일 선물로 준 빅토리아풍 카메오(그 남자를 사랑하지는 않았지만 그 카메오는 너무나 마음에 들었다), 역시나 빅토리아풍의 또 다른 목걸이, 그건 대학교 2학년 때 비타와 런던에 갔다가 샀던 것이었고 그 외에도 47번가에서 산 회색 진주 목걸이도 있었다. 그리고 또 — 이 생각이 떠오르자 아니나 다를까 또 한 번 칼로 찌르는 아픔이 느껴졌다 — 작년에 그녀의 책 판권이 팔렸던 때, 얼마나 벅차고 뿌듯했는지 자기 자신에게 주는 선물로 티파니에서 산 클래식한 엘사 페레티 팔찌도 있었다. 옛날부터 항상 갖고 싶어 했던 팔찌였다. 자신을 위해 처음으로 큰돈을 주고 산 물건이었다. 정신 나간 사치도 아니었지만 일상적인 구매도 아니었다. 하지만 몇 번 차보지도 못했다. 솔직히 별로 편하지가 않았다. 그래서 그 책 모양 금고에 들어 있었던 것이다.

그런데 이제 책 모양 금고는 텅 비어 있었다.

그레이스는 그것을 움켜쥐고 침대 끄트머리에 걸터앉아 있었다. 그 책은 책으로서 본연의 존재 목적을 잃었고 — 문학적 장점이 있었는지는 모르겠지만 어쨌든 이제 책이 아니니까 — 그저 몽환적이고 로맨틱한 표지가 있고 중간에 구멍이 뚫려 있는 멍청한 상자에 불과했다. 사물의 심장에 있는 무(無)는 여전히 무(無)이다. 믿기지 않지만, 껄껄 소리 내어 웃고 싶어졌다.

그러다 문득 섬뜩한 느낌에 방 건너편을 바라보았다.

설마 그럴 리가. 절대 그랬을 리가 없어.

어머니가 물려주신 화장대. 아파트에 남아 있는 어머니의 유품은 몇 개 되지도 않았다.

그레이스가 어린 시절을 보낸 〈클래식 식스〉, 고전적인 여섯 개 방은 이제 실내 장식을 다시 해서 어머니가 좋아했던 꽃무늬와 베이지색은 연하늘색과 갈색으로 바뀌었고, 카펫은 걷어 내어 오랫동안 가려져 있던 패턴 원목 마루를 드러냈다. 부엌 벽은 이제 헨리의 미술 작품과 세 식구가 같이 찍거나 조너선과 그레이스가 호수에서 찍은 사진들로 덮여 있었다. 나머지 방들에는 주로 벼룩시장이나 부둣가 축제에서 산 그림들이 걸려 있었다. 예외가 있다면 헨리가 태어나기 1년 전에 파리의 클리냥쿠르 벼룩시장에서 산 작품 두 점이었다.

헨리는 그레이스가 옛날에 쓰던 침실에서 잤다. 그 시절에는 노란색 방에 초록색 깔개가 깔려 있었다. 지금은 파란색, 로빈 에그 블루라고 하는 초록색 도는 파란색이었고, 광택이 도는 흰색 띠 장식이 대어져 있었다. 그리고 헨리는 까다로운 성격이라 자기 방을 기괴할 정도로 깔끔하게 관리했다.

그레이스 침대 위의 벽을 다 차지하다시피 했던 게시판은 잡지에서 오려 붙여 놓은 좋아하는 연예인 사진들, 좋아하는 옷 사진들, 친구들(주로 비타였다)의 스냅 사진, 리어든에서 탄 우등 상장, 피트니스와 체조 수업을 들었던 84번가의 뉴욕 체조 협회에서 받은 상장 등등이 어지럽게 다닥다닥 붙어 있던 미친 모자이크였다. **코르크판 위의 내 두뇌.** 마약 중독 예방 수업을 들은 후 그녀는 그 게시판을 생각했었다. 헨리는 침대 위에 딱 한 장의 사진만 붙여 두었다. 호숫가 부두에서 낚싯대를 들고 있는 헨리 자신과 조너선의 사진이었다. 조너선의 생일에 그레이스가 사준 낚싯대였다. 조너선과 헨리가 실제로 그 낚싯대를 썼던 것은 그때 딱 한 번뿐이었다.

화장대가 있는 방을 〈부모님 방〉이라고 부르는 버릇을 그레이스는 억지로 고쳐야 했다. 이제 간신히 그렇게 부르지 않게 된 방에 있는 화장대는 박제된 시간이 담긴 마술의 원 안에 존재하는 동작이 정지된 섬이었다. 화장대에는 여전히 테두리를 따라 황동 스터드로 장식되어 있는 클래식한 꽃무늬 앞치마가 덮여 있었다. 테이블 뒤편에 달린 거울 달린 서랍들 속에 여자들의 갑옷 — 반지, 귀걸이, 팔찌, 목걸이 — 이 소중하게 보관되어 있었다. 하지만 그레이스의 어머니가 날마다 화장대를 썼던 건 아니었다. 다만 그레이스의 아버지에게 선물을 받으면 — 금으로 된 아메바 형태에 진주와 에메랄드가 박힌 핀이라든가 루비와 다이아몬드가 박힌 팔찌 같은 것 — 화장대의 서늘한 대리석 상판에 진열해 두는 걸 좋아했다. 실제로는 이런 장신구를 절대 하고 다니지 않았기 때문에 더 그랬는지도 모른다(그레이스는 어머니가 진주 목걸이에 심플한 금귀걸이를 한 모습밖에 본 적이 없었다). 어쩌면 예술품으로 진열되어 있는 모습을 훨씬 더 좋아했기 때문에 그랬는지도 모른다. 얼마나 자기 취향에 맞지 않는지 그레이스의 아버지한테 속내를 들키고 싶지 않았기 때문에 그랬는지도 모르겠다. 아버지는 그 물건들에 항상 감상적인 애착을 갖고 있었고, 그레이스한테 꼭, 되도록 빨리 물려주기를 바랐는데, 아마 어머니도 같은 마음이었으리라. 어머니의 장례식을 치르고 일주일밖에 지나지 않았을 때, 보스턴으로 돌아가려고 짐을 꾸리고 있는데 아버지가 그레이스가 어렸을 때 쓰던 침실(지금 헨리의 방이다)에 들어와서 이 선물들을, 다이아몬드와 루비와 에메랄드와 진주들을, 지퍼 백에 담긴 채로 침대 위에다 내려놓았다. 「이제 이것들을 차마 볼 수가 없구나.」 아버지가 말했다. 그 일에 대해서는 딱 그 말 한마디만 했다.

방을 가로질러 화장대로 가서 낮은 의자에 앉아, 그레이스는 테이블의 거울 달린 서랍들을 셔츠 소맷자락으로 닦았다. 어쩐지 마음이 내키지 않아 망설였다. 어머니의 보석은 계속 여기 보관했지만 한 번도 테이블 상판 위 눈에 잘 띄는 곳에 놓아둔 적이 없었다. 어머니와 마찬가지로 그녀 역시 눈에 띄지 않고 차분한 류의 보석을 선호했다. 한 줄짜리 진주 목걸이라든가 결혼반지라든가. 커다랗고 야한 장신구, 거대하고 울퉁불퉁한 유색 원석들이 박힌 두툼한 목걸이, 이런 것들은 모두 화장대의 거울 달린 서랍에 넣어 두고 잘 꺼내 보지도 않았다. 하지만 그레이스는 사실 이 장신구들을 사랑했다. 이걸 선물하신 아버지에게, 그리고 선물을 받으신 어머니에게, 그것들이 어떤 의미였는지 잘 알고 있었다. 어머니는 한 번도 착용하지 않았지만 분명히 그 선물들을 러브레터라고 생각했고, 그래서 리본으로 장식한 편지 봉투 묶음처럼 특별한 상자에 보관해 두었다. 친정아버지보다 감정 표현을 훨씬 수월하게 하는 조너선은 굳이 보석을 대리로 내세울 필요를 느끼지 못했다. 사실, 함께했던 세월 동안 보석은 단 한 점밖에 주지 않았다. 뉴버리 가에서 산 심플한 다이아몬드 약혼반지였다. 누가 봐도 소박한 그 반지는 스퀘어컷 다이아몬드 한 알이 소위 〈티퍼니 스타일〉로 세팅되어 있는 백금 반지였고 대대손손 물려받은 반지라 해도 믿을 정도로 클래식했다. 하지만 그건 그거고. 조너선은 아내에게 출산 선물을 줘야 한다는 건 까맣게 몰랐다(솔직히 그레이스도 몰랐었다. 정말이지 천박한 〈힘주기 선물〉이라는 말을 처음 들은 건 잠깐 헨리와 함께 참여했던 아기 모임에서였다). 하지만 알고 있었다 해도 보석보다는 책이나 미술품이었을 공산이 훨씬 높았다.

물론 값어치의 문제도 있었다. 거울 화장대에 든 보석들은 어머니도 딸도 걸치지 않았고 그저 감상적인 애착을 갖고 있었을 뿐이지만, 실제로는 꽤 돈이 되었다. 조너선이 그녀를 대리해 보험 약관에 보석들을 추산해 넣었고, 그레이스는 막연히 나중에 대학 등록금이나 보증금을 낼 때 도움이 되겠지 생각하고만 있었다. 하지만 금고를 사서 보석들을 안전하게 넣어 둔다는 건 생각만 하고 끝내 실천에 옮기지 못했다. 그녀 곁에 가까이 — **그들** 가까이에 두고 싶었다. 본받고 싶었던 길고 멋진 결혼 생활에 바치는 일종의 성전으로서 말이다.

그이가 절대 그랬을 리가 없어. 다시 한 번 되뇌어 생각했다. 생각한다고 사실이 되는 것도 아닐 텐데. 그리고 서랍을 열었다.

없었다, 사라졌다. 흑색과 노란색 다이아몬드가 박힌 표범 무늬 팔찌, 〈리어든의 밤〉 파티에서 그레이스의 귓불을 아프게 만들었던 다이아몬드 클립온 귀걸이, 사파이어 목걸이와 커다랗고 두툼한 금사슬 목걸이, 작은 황금 손이 분홍색 원석을 잡고 있는 모양의 핀. 서랍을 하나씩 하나씩 다 열어 봤지만 나오는 건 바람뿐이었다. 뭐가 있었는지 기억해 내려고 안간힘을 썼다. 레드, 골드, 실버, 그린. 아버지가 오랜 세월에 걸쳐 집에 사 오고 또 사 왔던 그 미친 물건들, 어머니가 절대로 걸치지 않았고 그레이스 역시 한 번도 걸치지 않았지만 그래도 사랑했던 그 물건들.

서랍을 열었다 닫았다를 반복했다. 매번 이 새로운 현실의 가능성을 인정하려는 듯한 그 짓거리에 논리라고는 없었다. 똑같은 짓을 하고 또 하면서 다른 결과를 기대한다? 그레이스는 자칫 웃음이 나올 뻔했다. 그게 원래 광기의 정의 아니었어?

그렇다면 적어도 몇 가지는 설명이 되네. 그레이스는 생각했다.

책이 아닌 책에 들어 있던 그 물건들…… 뭐, 그건 없어도 살 만했다. 엘사 페레티 팔찌를 차면 손목이 아팠으니까. 진주…… 그건 사랑했지만, 뭐, 진주는 진주일 뿐이다. 대체 불가능한 물건은 아니었다. 이제 와서 새걸 사서 들여놓지도 않겠지만 말이다. 어차피 이제 다 김이 새버렸으니까. 그런 건 미친 듯이 휩쓸고 지나간 대화재에 수반된 소소한 상실일 뿐이었다. 그러나 텅 빈 서랍들은 달랐다. 어머니의 물건들이 있어야 할 자리에 남은 바람은 얘기가 달랐다. 도저히 그레이스의 머리로는 이해할 수가 없었다.

다급하게 벌떡 일어나는 바람에 갑작스러운 현기증이 덮쳐 와 손으로 거울 달린 상판을 잡고 몸을 가누어야 했다. 그리고 다시 통로로 나가 아파트의 세 번째, 가장 좁은 침실 문을 열었다. 한때 아버지가 고전적인 남자의 아지트로 쓰던 방이었다. 어머니가 아버지에게 파이프를 피워도 좋다고 허락했던 유일한 공간이었고, 여전히 — 적어도 그레이스의 상상 속에서는 — 파이프 담배 연기의 아련한 잔상이 남아 있었다. 한때 조너선과 그녀는 그 방을 둘째 아이가 쓰게 되길 바랐었지만 새로운 방 주인은 끝까지 정해지지 않았다. 부부간의 **정식 논의도** 없었고. 그레이스는 애초에 도저히 그런 얘기를 먼저 꺼낼 수가 없었고 조너선 역시 그녀의 감정을 존중해 가만히 있었다. 하지만 그 방은 서서히, 소리 없이, 정확히 이름을 붙이지는 않았지만 좀 다른 방향으로 변화되어 갔다. 조너선이 들어가서 책을 읽고 이메일을 하고 가끔은 병원에서 못 한 얘기가 있을 때 환자 가족들과 전화 통화를 하는 곳이 되었던 것이다. 딱히 실내 장식을 다시 한 건 아니었지만 벽 쪽으로 낮은 책장을 몇 점 들여와서 『미국 의학 학회지』와 『소아과 연구』, 조너선의 의대 교재들을 꽂아 두었다. 몇 년 전에는 그녀가 조너선을 위해 커다란 안락의자를 들여놓았고 어울리는 발받침과 책상도 뉴욕 주 허드슨에서 사서 들여놓았다(허드슨은 뉴욕에서 〈올라가기도 하면서〉 동시에 〈내려가기도 하는〉 희한한 동네라는 얘기를 조너선이 즐겨 했었다). 조너선은 또한 컴퓨터도 한 대 갖다 놓고 쓰고 있었다. 투박한 상자처럼 생긴 델 컴퓨터였는데 그가 쓰는 걸 본 기억이 가물가물했다(당연히 조너선은 노트북을 썼다. 지금은 종적이 묘연한 그 노트북 말이다). 컴퓨터 옆에는 환자 파일 상자가 하나 놓여 있었다. 직장에서 잘리고 마지막 날 소지품들을 넣어서 집으로 들고 들어올 때나 쓰는, 손잡이가 달린 튼튼한 상자였다.

예리한데, 그레이스. 그녀는 이제 마음속으로 그런 말을 거리낌 없이 하게 되었다.

하지만 상자 속을 들여다볼 배짱은 없었다. 컴퓨터도 켜 볼 수가(차마 켤 생각도) 없었다. 책상 서랍도 열 수 없었다. 아니 방 안으로 들어가 볼 수도 없었다. **여기까지만, 더는 말고.** 그레이스는 생각했다. 그래서 다시 뒷걸음질 쳐 복도로 나와서 자기 면전에서 문을 쾅 닫았다.

그때 휴대폰 생각이 났다.

그녀는 침실로 돌아가 침대 옆 수납장을 뒤졌다. 당연히, 남편이 놓고 간 자리에, 전화번호부 뒤에 그대로 있었다. 당연히 이제는 돌덩어리처럼 죽어 있었다. 지난번 보았던 희미한 배터리 불빛마저 완전히 꺼지고 없었다. 그래도 어쨌든 집어 들고 버튼에 집중하며 조너선이 보통 어떤 식으로 들고 뭘 했는지 기억을 가다듬었다. 별로 사용자 친화적이지 못한 종류로, 테크니컬하고 뭔가 우주 시대 최첨단 느낌이 나는 휴대폰이었다. 그레이스는 급속히 변이를 거듭하는 휴대폰의 세계(와 관련 기술 분야)에서 적어도 3세대는 뒤처져 있었고, 휴대폰을 다시 켜려면 어떻게 해야 하는지도 잘 몰랐다. 그러나 그런 시도만으로도 이제까지 넘지 않았던 선을 넘게 된다는 건 똑똑히 알았다. 집 안을 샅샅이 뒤지며 그녀 소유의 서랍과 옷장을 수색하는 것과는 차원이 다른 얘기였다. 왜 그런지는 스스로도 이해가 가지 않았지만, 그 선만큼은 정말이지 결코 넘고 싶지 않다는 마음이 간절했다. 하지만 다른 한편으로 이것이 그녀에게는…… 그러니까…… 그녀가 원한다면, 그를 도울 수 있는 마지막 기회라는 것도 잘 알고 있었다. 그리고 조너선을 돕는다는 건 수년에 걸쳐 지극히 기본적인 본능으로 작동했다. 의사 자격증을 따게 도와주고, 기숙사를 벗어날 수 있게 도와주고, 멀쩡한 양복을 사도록 도와주고, 자동차의 새 번호판을 사는 걸 도와주고, 로스트 치킨을 만드는 걸 도와주고, 부러진 손가락에 부목을 대는 걸 도와주고, 기분이 좋아지도록 도와주고, 결혼반지 고르는 걸 도와주고, 초라한 자기 집안에 대한 열등감을 극복하게 도와주고, 아버지 노릇을 도와주고, 행복하도록 도와주었다. 평생을 함께 보내겠다고 마음먹고 반려자를 선택하면 원래 그렇게들 하는 법이다. 결혼 생활은 그렇게 꾸려 나가는 것이다.

돕는 걸 그만두기는 그리 쉽지 않았다.

그렇지만 저들도, 경찰도 휴대폰에 대해 알고 있다는 걸 명심하자고 그레이스는 스스로에게 일렀다. 여기, 아파트에 있다는 걸 경찰이 알고 있었다. 그래서 조너선 본인이 여기 있을지도 모른다고 생각했던 거다. 그 말은 경찰도 휴대폰을 보길 원할 거라는 얘기다. 휴대폰을 내놓으라고 요구할 테고, 그러면 하는 수 없이 건네줘야 한다. 안 그러면…… 아무튼, 협조하지 않으면 무슨 범죄에 걸린다고 들었는데, 그렇지 않은가? 그리고 경찰이 요구해서 휴대폰을 내놓으면 — 어떻게든 알아내는 법이 있을 거다 — 그녀가 휴대폰에 무슨 짓을 했는지, 뭘 읽고 바꾸고 삭제했는지 알아낼 것이다. 그렇게 되면 그녀에게, 또 헨리에게, 아주, 아주 나쁜 일이 생긴다. 헨리를 위해서, 지금 당장 모든 일을 처리해야 했다.

그래서 휴대폰은 원래 있던 이상한 자리에 그냥 넣어 두었다. 그냥 경찰이 찾으러 올 때를 대비해서 있던 자리에 놓아두자고 결정을 내렸다. 하지만 그때 처음, 경찰이 그녀의 아파트에 들어온다는 상상을 하게 되었다. 그들은 방금 그녀가 그랬듯 서랍과 옷장과 수납장을 샅샅이 뒤질 것이다. 이런 상상이 떠오르자마자 이제는 피할 수 없는 현실이 되었다는 걸 깨달았다. 그래서 다시 수납장을 열고 휴대폰을 꺼내, 수납장 위 훤히 보이는 곳에, 보기에 그렇게…… **수상쩍지 않은** 곳에, 꼭 일부러 숨겨 놓은 것 같지 않은 데 올려 두었다. 그레이스는 경찰에게 휴대폰이 여기 아파트에 있다고만 말했다. 어디 꼭꼭 숨겨져 있다고 말하지는 않았다. 그런데 왜 그레이스가 그래서는 안 되는 걸까?

보호하고 싶다는 마음은 알겠어요. 그때 경찰이 말했었다. 둘 중 어느 쪽이 한 말인지는 기억나지 않았다.

그레이스는 침대 커버 위에 누워 눈을 감았다. 기운이 없었다. 힘이 쭉 빠져서 마치 몸 안이 텅 빈 것 같았다. 그 물건들 생각을 떨칠 수가 없었다. 그녀가 발견한 물건들 — 스카프와 셔츠와 콘돔 — 은 아무것도 해명해 주지 않았다. 이해할 수 없는 룬 문자나 상형 문자의 일부 같았다. 마룻바닥에 찔끔찔끔 던져 놓아둔 단서들, 어디서 어떻게 나타난 건지 도저히 설명이 되지 않는 스카프와 셔츠와 콘돔 — 그건 제대로 된 길을 안내하고 있지 않았다. 문득 진짜 길잡이는 더 이상 여기에 없는 물건들 중 하나일 거라는 생각이 들었다.

그 사라진 운동 가방, 조너선에게 선물로 준 훌륭한 가죽 가방. 보통 그 가방은 옷장 바닥에 놓여 있었다. 지금은 거기 없었다. 조너선이 그걸 들고 방 안을 돌아다니면서 이것저것 물건을 챙겨 넣었다면 어떨까. 어떤 물건들을 가져갔을까? 속옷. 셔츠. 세면도구. 바지. 형사들이 그렇게 집착하는 코듀로이 바지? 그게 어느 바지를 말하는 건지 어떻게 알지? 조너선에게는 코듀로이 바지가 적어도 여섯 벌은 있는데. 하지만 알아야 한다. 전부 그녀가 직접 사준 거니까. 그리고 바지들은 이제 옷장 옷걸이 위 선반에 한 벌도 남아 있지 않았다. 고아가 된 옷걸이와 텅 빈 서랍, 그리고 원래는 조너선의 칫솔과 면도기가 있던 화장실 수납장의 텅 빈 공간이 남아 있을 뿐이었다. 지금까지 알아채지 못했던 게 어쩌면 당연하다. 이제야 **간신히** 조금 실감이 나려고 하고 있으니. 어디를 봐도 하루 이틀 출장을, 예를 들어 클리블랜드 학회 같은 데 갔다가 속옷이 더러워지기 전에 돌아올 사람의 거동이 아니었다.

어울리지 않는데 여기 있는 것들이 아니라, 하고 그녀는 혼잣말처럼 말했다. **여기 없는 그의 것들.** 그러자 왠지 제임스 펜턴이 전쟁에 대해서 — 어느 전쟁인지는 기억나지 않았다 — 쓴 시가 떠올랐다.

집들이 아니다. 집들 사이의 공간이다.

존재하는 거리들이 아니다. 더 이상 존재하지 않는 거리들이다.

더해지고 없어지고, 플러스와 마이너스. 아무리 간절히 기도를 해도 든 자리가 난 자리를 메울 리 없다. 그녀의 삶에 들어온 새로운 사람들 — 형사들과 살인 사건 피해자들 — 은 불가해하게 사라진 사람을 보완해 주지 못한다. **그리고 또 다른 전쟁이 아니라 나만의 전쟁.** 그녀는 이해했다. 그리고 눈을 꼭 감았다. **오로지 나만의 전쟁.**

14
끝으로 치닫다

어쨌든, 잠이 들었다. 다음 날 아침에 일어나 보니 어느새 늘 자던 자리가 아니라 조너선이 자던 쪽으로 옮겨와 있었다. 잠들어 있던 불편하고 무자비한 시간 동안, 그이가 사라졌다는 사실을 의심하고 아무도 없다는 걸 꼭 확인해야 직성이 풀렸던 걸까. 아무도 없었다. 부드러운 베개에 자국을 남기던 머리도(검은 고수머리, 검은 턱수염), 이불 위로 나와 숨을 쉴 때마다 들썩이던 어깨도, 그 어떤 존재도 없었다. 그레이스는 24시간 전에 갈아입고는 충격적인 일들을 겪는 내내 계속 입고 있었던 옷차림 그대로였다. 처음엔 그저 걱정되고, 그저 짜증스러울 뿐이었는데. 이제는 그저 그런 감정들이 얼마나 멋진 것이었나 싶었다.

6시가 좀 넘은 시각이었지만 아직 별로 밝지 않았다. 무거운 몸을 끌고 일어나 해야 할 일들을 억지로 했다. 옷을 입고, 할 수 있는 한 몸을 씻고. 방 안은 추레해 보였다. 시트와 이불이 뒤엉켜 있었고 바닥에 그녀의 구두가 널브러져 있었다. 이상한 셔츠와 빨간 포장의 콘돔이 옷장 앞에 놓아둔 그 자리에서 사악하게 빛을 발하고 있는 것 같았다. 시신의 둘레에 윤곽선을 그리듯 테두리에 네온이 둘러쳐져 있는 것 같았다. 그녀는 옷장으로 가는 길에 그것들을 발로 차서 치워 버리고 스스로 보지 못하게 숨겨 놓으려는 듯 입고 있던 옷을 벗어 던져서 덮어 버렸다. 새 스웨터, 새 치마를 입었는데 둘 다 전날 입었던 것과 비슷한 스타일이었다(옷 생각을 하기도 괴로웠다). 그리고 괴롭지만 해야 한다고 생각하며 잠들었던 일들, 깨어나서도 해야만 한다고 생각했던 일들 한두 가지를 더 처리해야 했다.

그래서 침대에 앉아 노트북을 열고 그날의 진료 예약을 모조리 취소하고 다음 날인 토요일 아침의 진료 예약도 모조리 취소했다. 지금은 그 이상은 미리 생각하기 힘들었다. 취소 사유로는 그냥 〈가족의 우환〉이라고만 쓰고 다시 연락해서 일정을 잡겠다고 했다. 그리고 불쾌해도 마음을 다잡고 J. 콜턴에게 전화를 걸어 그날 오후에는 『코스모폴리턴』의 필자와 얘기를 나눌 수 없을 것 같다고, 그리고 현재 집안에 중요한 일이 생겼으니 다음 주에도 일정을 잡지 말아 달라고, 최대한 빨리 연락하겠다고 말했다. 「고마워요!」 그녀는 자동 응답 테이프 녹음기의 죽은 듯한 고요에 대고 말했다. 아니 테이프 녹음기가 아니지. 이제 테이프 녹음기 같은 건 세상에 없으니까.

이 두 가지 일을 다 마치자 몇 시간 노동을 한 것처럼 삭신이 쑤셨다.

그녀는 헨리의 퓨마 가방을 들고 로비로 내려가서 아직 동도 트지 않은 차가운 아침 바람 속으로 나갔다. 아직도 지쳐 있었지만 정신은 잔인하리만큼 맑았다. 아주 불편한 조합이 아닐 수 없었다. 그녀의 아파트에서 아버지 집까지는 여덟 블록 거리였고, 그 길에서 폐로 들이마시는 차가운 공기는 끔찍했지만, 오로지 정말로 끔찍한 느낌만이 줄 수 있는 치유 효과 같은 게 있긴 했다. 거리는 대체로 한산했지만 가공할 위력의 〈E.A.T.〉[79]는 배달 트럭과 준비하는 일꾼들로 북적북적 활기가 넘쳤다. 지나치면서 부러운 눈길로 안을 들여다보았다. 이제는 뉴욕의 평범한 즐거움도 과분한 호사처럼 느껴졌다. 79번가에서 신호등을 기다리면서, 그녀는 파란 금속 통에 든 신문 1면에 기억도 가물가물한 말라가 알베스의 얼굴이 실려 있는 것을 자기도 모르게 물끄러미 쳐다보고 있었다. 헤드라인은 뭔지 몰라도 보이지 않았는데 마침 신호등이 바뀌어 그냥 계속 걸었다.

2층으로 올라갔더니 말도 짧고 늘 그렇듯 쌀쌀맞은 에바가 그녀를 맞아 주방으로 데리고 들어갔다. 그녀의 어머니의 도자기 그릇에 시리얼을 담아 먹는 헨리의 모습에 또 한 번 작은 상처를 받았다. 에바가(꼭 이럴 때? 그레이스는 궁금했다. 아니면 — 이게 더 나빴다 — 그냥 날마다?) 1955년경 제작된 부모님의 혼수 도자기를 헨리한테 콘플레이크와 저지방 우유를 담아 주는 데 썼다는 사실은 그녀에게 조준해 날린 화살이나 다름없었고, 이런 상황에서도 도발에 발끈하지 않으려면 애써 마음을 다잡아야 했다.

에바는 그레이스의 아버지와 결혼하면서 그 도자기에 애착을 보였지만 유월절 같은 정찬은커녕 안식일 저녁 만찬에

79 뉴욕의 뮤지엄 마일 지역에 있는 식당 겸 베이커리.

내놓을 만큼 아끼지는 않았다. 섬세하고 클래식한 하빌랜드 리모주 아르데코 도자기는 아침 토스트나 아버지가 밤에 늘 먹고 자는 데니시 빵이나 에바의 손주들이 먹을 깡통 수프(이게 특히나 속 쓰리는 대목이었다)를 담을 때, 그리고 물론 일주일에 한 번씩 그레이스네 식구들이 놀러 왔을 때나 끌려 나와서 오랜 세월 동안 진짜 주인의 마음을 아프게 했다. 두말할 필요도 없었지만 에바는 그릇이 궁한 사람도 아니었다. 아들과 딸의 아버지인 첫 남편(어마어마한 거부 은행가였는데 메인 해안에 있는 섬에서 맹장 파열로 죽었다. 사실 끔찍한 얘기다)과의 결혼 때 샀던 어마어마한 그릇 세트가 둘이나 있었던 것이다. 하나는 역시 하빌랜드(사실 좀 덜 포멀한 세트)였고 다른 건 티퍼니였는데 당연히 아주 격식을 차려야 할 때만 썼다. 찬장에는 콘란에서 나온 썩 괜찮은 하얀 도자기 세트도 있었고 표면상으로는 좋은 도자기를 쓰지 않아도 되는 일상적 용도로 쓰게 되어 있었다. 그렇지만 뭔가 자기 나름의 사악한 논리로 에바는 그레이스가 찾아올 때마다 일부러 그러는 것처럼 꼭 전 부인의 유산을 꺼내 상을 차리곤 했다.

당연히 그레이스도 그 그릇들이 탐났다. 너무 부당하다고 조너선에게 불평도 했었다. 전통(적어도 에밀리 포스트[80]의 전통 말이다!)을 지켜 나가는 그토록 중요한 유품을 외동딸에게(딱 하나밖에 없는 자식인데) 주지 않다니 너무하다고.

80 Emily Post(1872~1960). 상류층의 에티켓에 대한 교재 『에티켓』의 저자로 결혼식과 생활 예절을 가르치는 기관을 설립했다. 현재 에밀리 포스트 인스티튜트는 후손들이 관리와 운영을 맞고 있다.

아버지가 에바와 결혼하자마자 물려줬어야 하는 게 아니냐고 했었다. 하지만 치졸하게 군 건 아니었다. 그리고 물론 아버지는 그녀에게 많은 걸 물려주었다. 무엇보다 아파트를, 그리고 어머니의 보석을 물려주었으니까(오늘 아침부로 그녀에게 남은 건 하나도 없지만). 하지만 그건 요점이 아니었다.

그레이스가 주방으로 들어가자 헨리가 고개를 들었다. 「라틴어 교과서를 깜박 잊고 왔어요.」 시리얼을 삼키며 헨리가 말했다.

「내가 가져왔어.」 퓨마 가방을 헨리 옆의 의자에 걸어 주었다. 「그리고 수학 교재도.」

「아, 맞다. 수학도 깜박했어요. 옷도 필요한데.」

「그래, 때마침 다행이구나!」 그녀가 헨리를 보며 웃었다. 「엄마가 옷도 가져왔거든. 어젯밤에는 미안했어.」

헨리가 얼굴을 찌푸렸다. 그럴 때면 검은 눈썹 사이로 주름이 생겼다. 조너선도 똑같은 주름이 있었다. 「어젯밤에 왜요?」

열두 살이라는 나이의 자연스러운 나르시시즘이 너무 고맙게 느껴졌다. 앞일도 뒷일도 주변도 별로 생각하지 않으니까 세상에 아무리 강력한 격변이 일어나도, 세계의 결이 아무리 무참하게 찢어져도 그리 직접적인 영향을 받지 않는다는 것, 너무나 좋은 일 아닐까? 두 사람이 무한한 허공을 걸어간다 해도, 그녀가 발 디딜 탄탄한 발판만 던져 주면 헨리는 괜찮을 거라는 상상을 했다. 세상이 뭔가 단단히, 단단히 잘못되었다는 걸 깨닫지 못한다는 건 얼마나 멋진 일인지. 적어도, 일단 지금은.

「할머니가 늦게까지 안 자도 된다고 하셨어?」 그녀가 헨리에게 물었다.

「아뇨. 같이 TV를 보기는 했는데 뉴스 때까지만.」

뭐, 그건 다행이네. 그레이스는 생각했다.

「칼이 나하고 침대에서 같이 잤어요.」

「아, 잘했네.」

「아빠는 어딨어요?」 헨리가 균형을 뒤엎으며 말했다. 짧은 시간이지만 좋았는데.

「엄마도 대답해 줄 수 있으면 좋겠다.」 최대한 솔직하게 말해 주었다. 「하지만 엄마도 몰라.」

「아빠가 가신다고 한 데 간 거 아니에요? 아이오와던가 어디.」

「오하이오.」 아이 말을 고쳐 주다가 오하이오라는 정보를 준 것도 아마 그녀 자신이었다는 기억이 났다. 등 뒤를 살폈지만 에바는 둘만 두고 이미 나가고 없었다. 「모르겠다. 아빠하고 연락이 안 돼.」

「그냥 문자하면 안 돼요?」 헨리가 아이폰 세대의 논리대로 말했다.

그레이스가 커피를 찾아 주위를 두리번거렸다. 커피포트의 주전자가 고맙게도 반쯤 차 있었다.

「그러고 싶은데 아빠가 집에 휴대폰을 두고 가셨어.」

일어나서 어머니의 찻잔을 꺼내(몹시 착잡한 심정으로) 커피를 한 잔 따랐다.

「나 겁이 나요.」 헨리가 등 뒤에서 말했다.

돌아가서 테이블에 찻잔을 놓고 아이를 안아 주었다. 아이가 품 안을 파고들었고, 그레이스는 어지러운 공포감이 아이에게 옮겨 가지 않도록 조심했다. 그리고 생각했다. **내가 네 두려움까지 가져갈게.** 그레이스는 부르르 떨면서 긴 한숨을 내쉬었다. 뭔가 아이에게 해줄 말을, 도움이 되면서도 진실한 말을 생각해 내려 애썼지만 하나도 조건에 맞는 게 없었다. 사실이지만 도움이 안 되는 말, 도움이 되지만 사실이 아닌 말, 둘 다 되는 건 거의 없었다. 솔직히 하나도 없었다. 우리 괜찮을까? 그녀가 해답을 찾을 수 있을까? 정말로 헨리를 잘 돌봐 줄 수 있을까? 자기 한 몸도 가눌 수 있을지 자신이 없었다.

하지만 이런 생각을 할 때도, 그레이스는 자기가 희미하고 금방이라도 깨질 것 같은 반항심을 붙잡고 있다는 걸 알고 있었다. 그 전날만 해도, 스투 로즌펠드와 병원 지대의 사거리에 서 있던 때나 23번지 경찰서 안의 난방이 과하던 취조실에서 오루크와 멘도사와 함께 있던 때만 해도 없었던 마음이다. 제정신이 아닌 상태로 집 안의 서랍과 옷장을 뒤지면서 찾아낸 것과 찾아내지 못한 것에 분노하던 때에도 이런 감정은 없었다. 하지만 어떤 영문인지 몰라도 그사이에 생기기 시작한 그 감정이 이제는 분명히 거기 있었다. 날카로운 결단이, 아직 유약하지만 뚜렷한 모습으로. 그래서 뭐랄까 기분이⋯⋯ 강해진 것 같다고는 말하기 힘들었다. 그녀는 강인하지 않았다, 전혀. 하지만 왠지 좀 마음이 가벼웠고 기분도 달랐다. **왜냐하면 말이야.** 아이의 어깨를 힘주어 움켜쥐고 아이 뺨에 그녀의 뺨을 꼭 맞대면서 사춘기에 들어서는 희미한 체취를 한껏 들이마시며, 그녀는 생각했다. **예전보다 지켜야 할 게 적어졌기 때문이야.** 그래서 오히려 더 편해졌을 수도 있다.

에바나 아버지의 얼굴을 다시 보지 않고 둘이서 아파트를 빠져나오는 데 성공해서, 별 말 없이 리어든까지 걸어갔다. 헨리는 격한 불안감은 이제 넘기고 다른 날과 다를 바 없이 침착했다. 학교 쪽 길로 접어들자, 헨리는 금세 더 많이 모여든 취재진들을 알아보았다. 어마어마하게 많았다.

「우와.」 헨리가 하는 말이 들렸다.

엄마가 우와야. 그레이스는 생각했다.

물론 언론사 밴 옆을 지나고 싶은 마음은 전혀 아니었다.

평상시에 잠겨 있는 법이 없는 정문이 잠겨 있었고 거리에 엄마들이 가득했다. 오늘 아침에는 보모나 베이비시터가 하나도 보이지 않았다. 엄마들은 학교 대리석 건물을 등지고 정문 앞 인도에 도열하고 서서 결연하게 무표정한 얼굴로 카메라를 못 본 척했다. 그들은 아름답고 사나웠다. 도망갈 태세를 갖추고 있지만 사실은 싸울 기회만 노리는 우아한 포유류 한 무리처럼 보였다. 물론, 이제는 하나도 재미있어 보이지 않았다.

「있잖아.」 그레이스가 손으로 가리키며 말했다. 「하트먼 부인 어디 계시는지 보이니?」

제니퍼 하트먼, 헨리와 한때 단짝이었던 조나의 엄마가 반 블록 거리에, 학교 뒤로 이어지는 골목 입구에 서서 뭔가 격식 있어 보이는 클립보드를 들고 있었다.

그러니까 로버트가 정말로 제2의 출입문을 열었다는 말이구나.

「어서.」 헨리의 팔꿈치를 잡아끌며 말했다.

두 사람은 다른 두세 사람과 함께 도착했고, 다들 — 전례 없는 일이라는 걸 생각하면 좀 이상하지만 — 어떻게 대처해야 할지 알고 있는 것 같았다. 「필립스.」 그레이스 앞에 있던 여자가 제니퍼 하트먼의 어깨 너머를 살피며 말했다. 「저기요. 리아나 필립스. 2학년이에요.」

「좋아요.」 제니퍼가 이름 옆에 체크를 하면서 말했다. 「다시 들어가요. 아시겠지만 지금 임시변통 중이라서요.」

「로건 데이비드슨?」 그레이스 앞에 있던 여자가 약간 자신 없는 목소리로 말했다. 「유치원인데요?」

「좋아요.」 제니퍼 하트먼이 말했다. 「들어가세요.」

「안녕하세요, 제니퍼.」 그레이스가 말했다. 「학교에서 도와 달라고 했나 보네요.」

제니퍼가 눈길을 들었고, 아주 짧은 찰나의 순간 일어난 일이 한두 가지가 아니었다. 그때 얼음처럼 시린 바람이 갑자기 거세게 불어닥치는 바람에 말조차 잘 나오지 않았다. 부적절한 미소가 그레이스의 얼굴에서 얼어붙어 버렸다. 자동적으로 헨리를 보았지만 헨리는 그저 잃어버린 옛 친구의 엄마인 하트먼 부인을 보고 있을 뿐이었다. 제니퍼 하트먼은 중키의 여자였지만 풍채가 당당했고 광대뼈가 높고 날카로웠으며 애시블론드의 머리색에 비해 눈썹이 몹시 짙은 색이었다. 8년 전 두 아이가 유치원에 같이 들어갔던 때부터 그녀는 헨리의 삶에 들어온 셈인데, 그 당시는 그레이스가 개업한 병원과 제니퍼의 개인 사업(셰프들과 레스토랑들을 홍보하는 일을 했다)이 정신없이 궤도에 오르고 있었다. 그레이스는 언제나 제니퍼를 신뢰하고 좋아했지만 하트먼 부부의 결혼 생활이 삐걱거리면서 거리를 두려고 노력했다. 그러면서도 늘 조나를 집에서 재우거나 외출할 때 데리고 가곤 했는데, 그때쯤부터 조나도 헨리와 멀어지기 시작했다.

이제 헨리는 제니퍼와 1미터도 못 되는 거리에 서서 돌처럼 굳은 얼굴을 들여다보고 있었다. 저 애는 이해할까? 제니퍼 하트먼은 헨리를 수십 번 실내 놀이터에 데리고 갔고 헤아릴 수도 없이 많은 만화 영화를 보러 갔었다. 아이들끼리 하는 밤샘 파티도 처음으로 체험하게 해주었고, 아이를 안심시켜 주려고 한밤중에 여러 번 전화 통화도 했었다. 8월에 두 번인가 케이프 코드에도 헨리를 데려가서 조나와 함께 감자 공장과 플리머스 플랜테이션[81] 견학도 시켜 주었다. 심지어 헨리가 센트럴 파크의 돌담에서 떨어져서 팔꿈치를 부러뜨리는 바람에 응급실까지 데리고 갔었다. 그런데 헤어지게 되고 — 그러니까 제니퍼의 이혼 말이다(이해할 만한 일이었다. 성인이었고 불행한 결혼 생활을 하고 있었으니까) — 아들이 한때 절친했던 친구를 저버리게 되면서(그건 이해가 가지 않았다. 하지만 두 엄마 모두 사태를 막을 힘이 없었다) — 그레이스와는 격식과 예의를 차린 관계를 이어 왔다. 한때 동맹이었고 언젠가 다시 동맹을 맺을 수도 있는 두 국가의 외교와 비슷한 관계였다. 하지만 이런 일이 생긴 거다.

「안녕하세요, 하트먼 부인.」 그레이스의 어여쁜 아들이 인사를 했다. 다정하고 아무것도 모르는 착한 우리 아들.

제니퍼 하트먼은 아이한테 눈길도 제대로 주지 않았다. 「들어가라.」 뻣뻣하게 말했을 뿐이다. 그러고는 다시 눈길을 내

81 청교도들이 미국에 정착했을 당시의 생활상을 재현한 역사 박물관.

리깔았다.

그레이스가 재빨리 아이를 데리고 발길을 재촉했다.

비둘기 똥 냄새가 심하게 나는 골목을 따라 아이 바로 뒤에서 걸었다. 바깥에서 나는 정신없는 소음이 서서히 희미해졌다. 그녀 앞에 가던 유치원생과 아이 엄마는 학교 뒷문에서 다시 제지당했다가 입장을 허락받았다. 이번에는 로버트와 그의 조수인 젊은 여자가 있었다. 여자는 존 레논 같은 안경에 프랑스 여자처럼 머리를 땋고 있었다. 「어서 오세요, 어서 와요!」 그레이스는 로버트가 유치원생 엄마에게 인사하는 소리를 들었다. 그저 평범한 날, 평범한 등원 첫날인 것처럼 아이의 엄마와 악수를 하는 것이었다. 여기가 언제나 묵직한 철문이 닫혀 있는 후문이 아니라 리어든의 대리석 홀로 진입하는 위풍당당한 정문인 것처럼 말이다. 리어든의 정문은 예비 학부모들에게 언제나 강렬한 인상을 남겼다. 아이와 엄마는 그를 지나쳐 어두운 화재 비상 통로 계단을 따라 올라갔다. 「헨리, 안녕.」 로버트가 헨리를 보고 말했다. 「그레이스.」 그녀를 보고 고개를 끄덕였다.

그레이스도 답으로 목례를 했다. 각본이 있다면 둘 다 숙지하고 있는 것 같았다. 하지만 아무 말도 하지 않으면서 로버트는 거의 눈치채기 어려울 정도로 살짝, 발을 내밀어 그녀의 앞을 막았다. 그레이스는 그 발을 빤히 보다가 로버트를 올려다보았다.

「교실로 올라가도 될까요?」 그녀는 경악해서 물었다.

그는 잠시 생각에 잠겼고, 그녀는 영문을 몰라 어리둥절한 채 가만히 보고 있었다. 그녀의 머리로는 이해가 되지 않았다.

「제 생각에는…….」 그가 뭐라고 말하려 했다.

「엄마?」 헨리가 돌아보며 말했다. 이미 첫 번째 층계를 절반쯤 올라가 서 있었다.

「잠깐만, 엄마 금방 갈게.」 그레이스가 말했다.

「그냥…….」 로버트가 다시 말했다. 「지금 정황으로 봐서 헨리 혼자 올라가는 게 좋겠습니다.」

「엄마, 괜찮아요.」 헨리가 말했다. 혼란과 짜증이 똑같은 비율로 뒤섞인 표정이었다. 「나 괜찮다고요.」

「로버트.」 그레이스가 말했다. 「대체 뭐 하시는 거예요?」

그는 길게, 아주 조심스럽게, 한숨을 내뱉었다. 「다 같이 위기를 넘기려고 하는 겁니다. 우리 모두 이 사태를 잘 넘기려고 애쓰는 겁니다.」 그레이스는 무슨 더러운 통유리라든가 그런 오염된 막을 사이에 두고 그를 보고 있는 기분이었다. 「그레이스…….」 로버트는 갑자기 전혀 다른 사람으로 싹 바뀌었다. 「그레이스, 아무래도 여기 안 계시는 게 좋을 것 같아요.」

그녀는 아래를 내려다보았다. 로버트가 그녀를 잡고 있었다. 손목과 팔꿈치 사이 앞팔뚝을 손으로 잡고 있었다. 권위적인 손길이라고 하기 힘들었다. 위로의 — 아니 위로를 주려 하는 — 손길이었다.

그때 이해했다 — 이제야, 이제야. 로버트는 알고 있었다. 당연히 알고 있었다. 형사들이, 멘도사와 오루크가 말해 줘서 알고 있었다. 심지어 그레이스 자신이 조너선과 말라가 알베스의 일을 알게 되기 전부터 다 알고 있었다. 그녀의 남편 조너선과 죽은 여자 말라가 알베스. 적어도 그녀가 아는 사실들 중 일부는 알고 있었다. 모르는 것도 있을지 모른다. 하지만 어쩌면, 깨달음이 공포로 덮쳐 왔다. 심지어 더 많이 알고 있을 수도 있었다. 얼마나 많이? 그레이스는 알지도 못하는 걸 셈하려 들지는 않기로 했다.

그레이스는 억지로 교장의 눈을 보았다. 「그 사람들한테서 무슨 말을 들었어요?」 단도직입적으로 물었다. 그때 퍼뜩 헨리 생각이 나서 아까 서 있던 계단을 재빨리 살폈지만 아이는 이미 들어가고 없었다. 엄마를 두고 그냥 가버린 거다.

로버트는 고개를 저었다. 확 때리고 싶은 마음이 들었다.

「제가 알고 싶은 건……」 그는 조용히 말했다. 「여기가 헨리에게 안전한 곳인지 여부입니다. 교장실에 찾아와야 할 일이 생기면, 언제든 교장실에 와 있어도 된다고 해주세요. 예를 들어서 쉬는 시간이나 방과 후에 말입니다. 그리고 누가 무슨 소리를 하면 당장 저를 찾아오라고 해주세요. 교사들도 헨리를 특별히 보살펴 줄 겁니다. 교사 전원에게 일러 뒀습니다.」

전원에게 일러 뒀습니다. 그레이스는 물끄러미 바라보았다.

「헨리는 리어든의 학생입니다. 그 사실을 저는 엄중하게 생각합니다.」 로버트는 그녀가 듣고 있지 않다는 걸 깨달은 듯, 말투를 누그러뜨렸다. 「하지만…… 상황을 악화시키지는 말아야지요. 이런 일을 전에도 본 적이 있습니다. 물론…… 이 정도로 큰일은 아니었습니다만. 하지만 학교 사회 내부에 문제들이 많았어요. 일단 번지기 시작하면 막을 수가 없습니다. 그러니까…… 애들 머릿수를 생각하면, 무슨 뜻인지 아시잖아요.」

하마터면 큰 소리로 웃어 버릴 뻔했다. 정말로 무슨 뜻인지 아는 게 별로 없었다. 아주, 아주 나쁜 상황이라는 것과 어쨌든 그녀한테 일어났다는 것 말고는.

「그래서 저라면 근처에 얼쩡거리지 않겠어요. 그리고…… 오늘 오후에, 보통 학부모들이 애들을 데리러 오는 분주한 시간이 지난 다음에 좀 늦게 데리러 오고 싶으시다면, 헨리한테 교장실에서 기다려도 좋다고 하겠습니다. 그건 전혀 문제가 되지 않아요.」

그레이스는 아무 말도 하지 않았다. 기본적인 예의와 — 로버트가 그녀에게 잘해 주려고 한다는 걸 알고 있었다 — 끔찍스러운 수치심을 오가는 심정에 어쩔 줄 모르고 있었다. 수치심 때문에 사람들은 자기한테 하등 이로울 게 없는 자해 행위를 하곤 한다. 그레이스는 그걸 잘 알았다. 너무나 많이 봤으니까. 의식적으로 호흡을 했다. 이제 보니, 계단으로 올라가려고 그녀 뒤에 기다리고 서 있는 다른 학부모들이 여럿 있었다.

「알았어요.」 고개를 끄덕였다. 「그러면…… 그게 좋겠네요.」

「8교시가 끝나고 제가 직접 가서 교장실로 데리고 오겠습니다. 출발하실 때 연락을 주시겠습니까? 적어도 6시까지는 여기 있을 겁니다.」

「알았어요.」 그녀는 다시 말했지만, 여전히 차마 고맙다는 말은 나오지 않았다.

돌아서서 엄마와 아이들을 헤치고 왔던 길을 도로 지나 뒷골목으로 통하는 문으로 나갔더니 또 엄마와 아이들이 있었다. 대부분은 다정하게 작별 인사를 하고 헤어졌고, 아무도 특별히 그녀한테 신경을 쓰는 눈치가 아니었다. 하지만 그때 어떤 사람의 몸이 제자리에 얼어붙은 듯 서서 그레이스가 어느 쪽으로든 비키지 않으면 지나가지 못하게 앞을 막았다. 그레이스가 고개를 들어 보니 어맨다 에머리가 양옆에 딸 쌍둥이를 대동하고 서 있었다.

「아.」 그레이스가 말했다. 「안녕하세요, 어맨다.」

어맨다는 그저 빤히 쳐다볼 뿐이었다.

「안녕, 얘들아.」 그레이스는 에머리 집안 딸들을 잘 알지도 못하면서 인사했다. 동그란 얼굴에 땅딸막한 체구였고, 아마 염색하지 않은 엄마의 원래 머리를 닮아서인지 연한 갈색 머리였다. 눈앞에서 어맨다가 딸들의 어깨를 손가락이 살을 파고들 정도로 꽉 움켜쥐었다. 그레이스는 하마터면 한 발 물러설 뻔했다. 여전히 아무 말도 하지 않았지만 딸아이 하나가 짜증스럽게 고개를 들어 말했다. 「아야, 엄마!」 실리아였다. 덧니가 난 아이.

그레이스는 뒤에 밀린 인파를 보았다. 뒷골목 모퉁이까지 늘어서서 보이지 않는 데로 이어져 있었다. 그 광경을 보니 지독하게 강렬한 공포가 엄습해 왔다.

「안녕히.」 어맨다 에머리에게 바보처럼 인사를 던졌다. 방금 진부하기 짝이 없는 잡담을 나눈 사이처럼 말이다. 그녀는 곳곳에서 옆으로 몸을 돌려야 빠져나갈 수가 있었다. 늘 그런 건 아니었지만 보통은 다들 그녀한테 별 신경을 쓰지 않았다. 그런데 어맨다같이 행동하는 여자들이 또 있었다. 그레이스가 아는 여자들도 있었고 한 번도 본 적 없는 여자들도 있었다. 하지만 그녀가 지나간 뒷자리에는 작은 감탄사들이 내뱉어졌고, 또 그녀가 즉각 감지할 수 없는 어떤 여파도 남았다. 그건 침묵이었다. 감탄사들의 정반대였지만 그 나름대로 엄청나게 시끄러운 침묵이 소리에 이어 깔렸다. 그리고 무섭게 커져 가는 파도처럼 그녀의 뒤를 쫓아온 건 바로 그 침묵이었다.

제니퍼 하트먼 옆을 빠져나와 거리로 나오자, 기자들이 골목길 입구를 에워싸고 얼추 반달 대형을 이루고 있었다. 고개를 푹 숙이고 건물 가장자리로 가려 했지만 기자들은 그렇게 쉽게 보내 줄 생각이 없어 보였다. 기자들은 떼로 달려들었지만, 누가 소리를 지르고 누가 듣고, 누가 마이크를 들고 앞으로 나서고, 누가 뒤에 물러서서 기기의 음향 수준을 체크하거나 너무나 평범한 공책에 뭔가를 적고 서 있어야 하는지 각자의 역할을 너무나 잘 알고 있는 것 같았다. 그러면서도 한 몸처럼 서로 소통을 했고, 그 짐승 같은 무리는 그녀에게서 그녀가 절대 내놓을 수 없는 것, 제정신으로는 결코 내놓을 수 없는 걸 빼앗아 가길 원했다. 바로 여기 인도에서, 바로 지금 아침 8시 20분에. 아주, 아주 길고 아주, 아주 끔찍한 하루를 눈앞에 두고 있는 바로 지금.

「죄송합니다.」 그레이스는 거칠게 말했다. 「좀 지나가게 해 주세요.」 그러자 기자들이 순순히 비키는 바람에 도리어 그녀가 놀랐다. 무슨 기적인지는 몰라도 아직 기자들은 그녀가 누구인지 몰랐고, 골목에서 나오는 다른 엄마와 다를 바 없다고 생각했던 것이다. 기자들은 그녀 다음에 나오는 학부형도 에워싸고 소리를 질러 댔다.

하지만 이것도 시간이 얼마 안 남았어. 그녀는 알았다. 심지어 이번이 마지막일 수도 있었다. 일단 지금은 기자들이 순순히 그녀를 보내 주었지만.

그리고 누군가 불렀다. **그레이스.**

그레이스는 고개를 푹 숙이고 그 사람들을 등지고 길을 걸었다.

「그레이스, 잠깐만요.」

아담한 여자가 그녀 옆으로 달려와 팔꿈치를 잡았다. 실비아였다. 그녀는 계속 옆에 있기로 작정한 모양이었다.

「전 지금 ―」 그레이스가 뭔가 말하려 했다.

「잠깐만요.」 실비아가 말했다. 「저기 택시가 있네요.」

파크 가 교차로에서 신호등에 걸려 멈춰 섰던 택시는, 뉴욕 시에서 택시의 생존률을 높여 주는 전방위의 시야로 신속하게 자기 쪽으로 걸어오는 두 여자를 발견했고, 즉시 오른쪽 깜박이를 켰다. 바로 뒤에 쫓아오던 택시 기사야 당연히 낙심을 했겠지만 말이다. 실비아가 문을 열 때까지 뒤의 택시 기사는 두 번이나 빵빵거리며 경적을 울렸다.

「전 지금 안 돼요.」 그레이스는 택시에 타고 난 뒤 한 번 더 말했다. 「미안해요.」

「아니, 괜찮아요.」 실비아는 그 말만 했다. 그리고 기사에게 매디슨 가와 83번가의 교차로로 가달라고 말했다. 그레이스는 안개처럼 자욱한 짜증과 막막한 불안 속에서 매디슨 가와 83번가 교차로에 뭐가 있는지 생각하려 했지만 눈앞에 떠오르는 건 모퉁이의 커피숍밖에 없었다. 가게 이름을 기억해 내려 했다. 「크레이머 대 크레이머」에서 메릴 스트리프가 아들을 지켜봤던 그 카페였는데. 적어도 계산대 점원이 앉아 있는 자리 뒤에 그 장면이 액자에 담겨 걸려 있었는데, 실비아가 바로 그곳에서 기사에게 차를 세워 달라고 하는 바람에 그레이스는 약간 놀랐다.

실비아는 택시를 타고 가던 5분 동안 말을 아꼈고, 그레이스도 — 딱히 친하지도 않은 사람과 택시 뒷자리에 앉아서 알 수 없는 목적으로 불분명한 행선지를 향해 달려가는 동안 정신줄을 놓지 않으려고 마지막 힘까지 쥐어짜고 있었다 — 아무 말도 하지 않았다. 그런데 실비아가 택시비를 내는 걸 보고 있자니 혹시 무슨 사태가 벌어지고 있는 건지 저 여자도 아는 걸까 하는 생각이 들었다.

「자.」 실비아가 말했다. 「우리 둘 다 커피를 좀 마셔야 할 것 같아요. 술 생각이 간절하다면 또 얘기가 다르지만.」

그레이스는 큰 소리로 웃음을 터뜨렸다. 스스로도 놀랐다.

「뭐, 그나마 다행이네요.」 실비아가 말했다.

두 사람은 뒤편의 부스를 차지했다. 하임리히 처치법[82] 포스터 바로 밑의 자리였다. 실비아가 웨이터를 보고 짖다시피 외쳤다. 「**여기 커피요!**」 그러자 웨이터는 알아들었다는 뜻으로 뉴요커답게 몹시 경제적인 끙 소리를 냈다. 그레이스는 할 말도 없었고 눈을 어디 둬야 할지도 알 수 없었다. 실비아 스타인메츠와 이 자리에 있는 것만도 당황스러웠다. 왜 이 여자지? 그나마 애써 줘서 그런가?

그러나 그때 이 사람이 — 저 실비아 스타인메츠가 — 지금 그녀의 삶에서 소위 친구로 통하는 존재가 아닌가, 그런 생각이 퍼뜩 떠올랐다. 정말 말도 안 되는 일이 일어나고야

82 약물, 음식 등이 목에 걸려 질식 상태에 빠졌을 때 실시하는 응급 처치법.

말았다. 자기가 어떻게 이 지경이 되도록 방치했던 건지 이해가 되지 않았다.

실비아가 뭐라고 말했는데, 그레이스는 잘 알아듣지 못했다. 그래서 다시 한번 말해 달라고 부탁했다.

「뭐라고 말했냐면요. 이런 일을 겪고 있다는 걸 오늘 아침까지는 전혀 몰랐다고요. 샐리가 오늘 아침에 이메일을 보냈어요.」

「빌어먹을 샐리.」 그레이스는 이렇게 말하고 다시 웃음을 터뜨렸다. 아마 이번에는 썩 부적절한 웃음이었으리라.

「그래요. 하지만 오늘 일이랑은 상관이 없어요. 기자들은 샐리의 이메일 때문에 모여든 게 아니니까요.」

「하지만 ―」 그레이스는 웨이터가 하얀 머그 두 잔에 든 커피를 가져오는 바람에 말을 하다 말았다. 커피가 잔 테두리로 살짝 넘쳐흘렀다. 「하지만 나를 알아본 것 같지 않았어요. 다른 사람들보다 특별히 더 관심을 보이지 않더라고요.」

실비아가 고개를 끄덕였다. 「하지만 머지않아 알아볼 거예요. 몇 시간 말미가 남지 않은 것 같아요. 그 이상은 기대하기 힘들 거예요.」

그때 그레이스는 자신이 완전히 잘못된 방식으로 자기 삶을 생각하는 데 너무 익숙해져 있다는 것을 깨달았다. 뭐랄까, 일종의 공간적인 사고라고 해야 할 텐데, 이젠 더 이상 유효하지 않았다. 예를 들어, 그녀가 오랫동안 스스로를 부모와 동료, 지인, 나아가 언제나 그녀의 고향이었던 도시라는 원으로 에워싸인, 작은 가족의 일원이라고 생각해 왔다는 건 이제 별 의미가 없었다. 이런 공간성이 여전히 정확하다 해도, 그녀가 당면한 문제와 무관하기 때문에 아무 의미가 없었다. 오늘 아침부로, 이제 중요한 건, 공간적 현실이 아니라 시간적 현실이었다. 중요한 건 그토록 소중하게 가꿔 왔던 그녀의 삶이 끝으로 치닫고 있다는 사실이었다. 벽돌담으로 정면충돌할 때까지 정신없이 달리고 있는데도, 그걸 막기 위해 할 수 있는 일이 하나도 없었다.

「미안해요.」 실비아가 말했다. 「언젠가 저를 찾아온 고객하고 같은 문제를 겪은 적이 있어요. 그때는 좀 더 시간이 있었지요.」

그레이스의 머리는 아직도 핑핑 돌고 있었다. 보통 때라면 먼저 호기심부터 채우고 싶어 했을 것이다. 실비아는 부당하게 해고된 노동자들이나 다양한 추행을 당한 피해자들의 소송을 맡고 있었다. 어느 고객 말이지? 무슨 일을 했지, 아니면 무슨 일을 당한 거지? 그레이스가 어디서 — 『뉴욕 타임스』나 『뉴욕』 잡지 어디서 — 기사를 읽었을 만한 중요 인물인가? 예전에는 그레이스도 이런 얘기라면 사족을 못 쓰고 읽었다. 너무나 흥미진진했으니까. 사람들도, 사람들이 자기 삶을 엉망진창으로 망치는 이야기도 너무나 흥미진진했다.

하지만 지금은 쓸데없는 데 정신을 팔 때가 아니었다.

「무슨 일을 하셨는데요?」 대신 이렇게 물었다.

실비아가 인상을 썼다. 「그러니까, 우리는 그 여자분을 새 집으로 이사하게 했어요. 은행 계좌도 옮겼고요. 그게 원래 사업 파트너와 쓰는 공동 계좌였지만 그 사람이 거액을 들고 도망쳤거든요. 그리고 위기관리 담당자도 고용했지요.」 실비아가 고개를 들고 그레이스를 보았다. 「하지만 그녀는 이미 공적으로 잘 알려진 사람이었어요. 그 점이 달랐죠.」

그레이스는 실비아를 쳐다보았다. 한 번도 자기 일 얘기를 이렇게 구체적으로 하는 걸 들어 본 적이 없었다. 늘 막연한 일반론 정도만 들었을 뿐이었다. 부스 안 맞은편 자리에 앉아서 금속 주전자에 든 연한 우유를 커피 잔이 흘러넘치도록 따라서 휘젓고 있는 사람은 전혀 다른 실비아였다.

「그래서 어떻게 됐어요?」 그레이스가 물었다.

「긴 싸움이었죠.」 실비아가 짤막하게 말했다. 「하지만 그 얘기에 집중하지 않는 게 좋을 것 같네요. 당신이 지금 할 수 있는 일을 생각하는 쪽이 낫거든요.」

전율이 그레이스의 몸을 관통했다. 대학교 때 아주 잠시 여자 조정 팀 키잡이를 맡았던 그때와 같은 기분이었다. 실제로 키는 아주 잘 다뤘고, 팀원들의 성격 문제도 잘 조정했으며, 심지어 경기의 전략도 잘 짰지만, 대회 전의 긴장된 시간을 견딜 수가 없었다. 순전한 공포, 순전한 두려움, 그녀가 — 좁은 배 위에서 그녀를 마주 보고 있는 키가 훤칠하고 강인한 여성들이 아니라 바로 그녀가 — 모든 걸 망칠지도 모른다는 절대적 확신으로 가득 찬 한 시간.

커피를 마시려고 고개를 숙이는데, 그 순간 눈에, 뺨에, 확 끼쳐 온 커피의 열기 탓인지, 그레이스는 자기가 곧 울음을 터뜨리기 일보 직전인지 아니면 벌써 울고 있는지조차 잘 분간이 되지 않았다.

「알았어요.」 간신히 말했다. 그리고 숨을 들이마시고 마음을 가라앉힌 후 똑바로 앉았다. 실비아는 기다려 주는 것 같았다. 「그냥…… 먼저,」 겨우 말을 꺼냈다. 「먼저 한 가지 여쳐 봐야, 그다음에 뭐라도 할 수 있을 것 같아요. 어느 정도 알고 계시죠?」

실비아가 단호하게 고개를 저었다. 「아무것도 **아는 건** 없어요. 그 부분은 분명하게 하고 싶군요. 들었던 얘기도 있지만 어느 것도 사실이라고 확정하지 않았어요. 사실 입증의 규준이 좀 높은 편이라서요.」

「좋아요.」 그레이스가 말했다. 그리고 어쩐지 그게 맞는 것 같아서 덧붙여 말했다. 「감사해요.」

「하지만 내가 들은 얘기는 조너선이 말라가와 뭔가 연관이 있고, 경찰이 그와 얘기를 나눠 보려 하는데 종적을 감췄다는 정도예요. 그리고 또 그레이스가 남편의 행방을 알면서도 경찰에 말해 주지 않는다는 얘기도요. 그 점은 저로서는 전혀 믿을 수가 없었지만.」

「다행이네요.」 그레이스는 그게 무슨 위로라도 되는 것처럼 말했다.

「어느 부분이 **다행이라는** 거죠?」 실비아가 저칼로리 감미료 봉지를 뜯어서 내용물을 커피 잔에 털어 넣으며 물었다.

「내가 그이 행방을 아는데 은닉해 주고 있다는 것은 믿지 않는다는 부분이요. 그 정도로 용감한 사람이 아니에요, 내가. 그 정도로 미치지도 않았고요. 난 그이가 어디 있는지 몰라요. 난 그저…… 이건 정말…….」 하지만 말하다가 포기했다.

「조너선이 그 여자를 알았나요? 말라가?」

「어…… 그 남자애가 메모리얼의 환자였어요. 형사들이 해 준 얘기니까 믿어야겠죠. 나머지는 다…….」

하지만 말을 하다 멈췄다. 전부 다 뭐? 사악한 거짓말? 거짓말이 아니라는 건 그녀도 알았다. 그게 다가 아니라는 것도 알았다. 그저 최대한 천천히 받아들이고 있을 뿐이었다. 그리고 누구한테든 조너선이 무죄라고 주장할 생각도 없었다. 무죄면 자기가 알아서 주장하라지. 그러려면 일단 나타나야 할 텐데, 일단 그이가 모습을 드러내게 해주면 고맙겠지.

「뭐…….」 실비아가 놀랍게도 이렇게 말했다. 「그건 말이 되네요.」

「정말인가요.」

「네. 이미 아실 테지만 한 가지 해드릴 얘기가 있어요. 하지만 모르신다면, 이미 알고 계셨던 척해야 해요. 제 입장이 좀 애매해서요.」

그레이스는 실비아를 물끄러미 바라보았다. 「지금 하시는 말을 제가 알아들어야 하는 건가요?」

실비아가 한숨을 쉬었다. 「모르시겠죠. 알아들으시길 바랐지만 모를까 봐 걱정하고 있었어요.」

「굉장히 변호사처럼 굴고 있네요.」 그레이스가 쌀쌀맞게 대꾸했다. 매정한 말투였다. 뭐, 지금은 몹시 매정하게 굴고 싶은 기분이었으니까. 실비아가 알아서 적응해야 할 터였다.

실비아는 손바닥으로 감싼 하얀 머그잔을 돌리며 손잡이를 10시와 2시 방향 사이로 왔다 갔다 하게 했다. 「조너선이 나를 고용했어요. 지난 2월에.」

「**당신을** 고용했다고요.」 그레이스는 도저히 믿기지가 않았다. 그래서 말이 꼭 욕설처럼 나와 버렸다. 그래서 좀 미안했다.

「그래요. 전화해서 약속을 잡고 사무실에 와서 공식적으로 나를 변호사로 임명했어요.」

「맙소사.」 그레이스가 중얼거렸다. 「2월에요.」

「징계 심사가 있을 예정이었어요. 조언을 얻고 싶어 했죠.」 그녀는 커피를 한 모금 마시더니 불쾌하다는 듯 움찔하며 잔을 내려놓았다. 「징계 심사 얘기는 알고 계셨어요?」

그레이스는 고개를 저었다.

실비아는 머그를 다시 양 손바닥으로 감싸고 돌리기 시작했다. 「부인이 아시느냐고 단도직입적으로 묻지는 못했어요. 그 오랜 시간 동안, 우리가 서로 마주치거나 자선 행사를 같이 하던 그 시간 동안에, 항상 궁금했어요. 하지만 아무 말도 할 수가 없었어요. 직접 조너선이 당신을 데리고 사무실에 찾아오지 않는 한 그럴 수가 없었어요. 기밀 유지 조항이 있어서요. 이해하시죠.」

그레이스는 고개를 끄덕였다. 이해했다. 그녀 역시 고객의 비밀을 유지해 줘야 할 의무가 있었다. 그렇지만 고객의 삶과 관련 있는 사람들을 평소에 알고 지낸 경우는 없었다. 같이 학교에 걸어가거나 위원회 회의에 함께 앉아 있지는 않았다. 불공평했다.

「그리고 엄밀히 따지면 지금도 마찬가지죠.」 실비아가 말을 이었다. 「이런 대화를 하고 있으면 안 되는 거죠. 이제 조너선이 용의자가 됐다거나, 우리가 친구라는 사실은 의미가 없어요. 그리고 자격을 박탈당할 위험은 전 도저히 감당할 수 없고요.」 잠시 말을 끊었다. 그레이스로부터 뭔가 기다리고 있는 눈치였지만 그레이스는 그게 뭔지 알 수가 없었다.

「변호사 자격을 박탈당할 수는 없어요. 혼자 아이를 키우고 있으니까.」

그녀는 다시 기다렸다. 그레이스는 그냥 바라만 보고 있었다.

「그레이스, 내가 계속 말을 하길 바라요?」

「아.」 그레이스가 알아듣고 말했다. 「네. 이해해요. 그런 일은 없을 거예요.」

실비아가 한숨을 쉬었다. 「좋아요. 조너선은 딱 한 번 왔었어요. 내 조언을 마음에 들어 하지 않았죠. 병원 위원회에 사과하고 어떤 조치든지 달게 받으라고 했거든요. 대놓고 해고당하는 일은 피해야 하니까요. 하지만 조너선이 생각한 건 그런 게 아니었어요.」

「뭘…… 생각하고 있던가요?」

「상사들을 공격하고 싶어 했죠. 한 사람은 표절을 했고 또 하나는 소아 성애자라고 했어요. 심사를 강행하면 언론에 제보하겠다는 얘기를 대신 전해 달라고 했어요. 돈을 내고 그렇게 시키면 그냥 할 거라고 생각했던 모양이에요. 고객들은 그런 지레짐작을 하는 경우가 흔히 있죠.」 친절하게 말하려 애쓰는 눈치였다. 「하지만 증거가 있다 해도, 또 그게 어떤 식으로든 그가 처한 정황과 관계가 있다 해도, 물론 관계는 없었지만요, 아무튼 내 사무실에서는 그런 짓을 할 배짱이 없었어요. 아침에 이빨을 닦으면서 거울 속 내 얼굴을 똑바로 바라봐야 하잖아요, 아시죠?」

그레이스는 고개를 끄덕였지만 머릿속에서는 자꾸 딴생각이 떠올랐다. 어느 쪽이 표절이지? 로버트슨 샤프 쓰레기인가? 조너선이 로버트슨 샤프 쓰레기를 그렇게 욕했는데, 그 와중에 표절처럼 엄청나고 쉽게 입증할 수 있는 범죄를 한 번도 입에 올리지 않았다는 게 믿기지 않았다.

「가져다준 서류를 살펴보고 말했죠. 여기 너무 뭐가 많아요. 병원 측에서는 해고를 하고도 남을 만한 사유가 있어요. 가서 빌고, 치료도 받겠다고 하세요 —」

「치료라니!」 그레이스는 소리를 지르다시피 했다. 「무슨 치료죠?」

「병원에서 원하는 건 뭐든지요.」 실비아는 긴장해서 말했다. 「하지만 병원 측에서는 장애라는 측면으로 포장해 주길 원했고, 그랬다면 최선이었을 겁니다. 그리고 실제로 그런 제안을 했지만 조너선 쪽에선 고려조차 하지 않았어요. 내게 말하기를…….」

하지만 실비아는 말을 하다 말았다. 심호흡을 하고 다시 머그를 들더니 기억을 가다듬고 다시 내려놓았다.

「사실은…….」 냉소적으로, 그렇게 끔찍스럽지는 않은 일인 것처럼 들리게 하려고 애쓰는 말투였다. 「나한테 가서 엿이나 먹으라고 하더군요. 하지만 워낙 엄청난 압력을 받고 있던 상황이었어요. 행운을 빈다고 했고, 그게 제 진심이었죠.」

그레이스는 눈을 꽉 감았다. 죄송하다는 사과가 입 밖으로 나오려는 걸 꾹 참았다.

「심사가 어떻게 됐는지도 몰라요.」 실비아가 말했다.

그레이스는 숨을 훅 들이쉬었다. 「경찰 말로는 해고를 당했대요.」 그 말은 신기하게도 낡은 뉴스처럼 들렸다. 「어젯밤까지만 해도 전혀 모르고 있었어요. 그렇게 몇 달이나 지났는데…….」 그녀는 숨을 몰아쉬었다. 「나한테 일하는 중이라고 말할 때도, 그게 아니었나 봐요.」 지독하게 한심하게 들리는구나. 그레이스는 생각했다. 아마 지금까지 태어나서 해본 말 중에 가장 한심한 소리일 거야. 「전 아무것도 몰라요. 이걸 어떻게 해야 할지도 모르겠어요.」

「어, 제가 도와 드릴게요.」 실비아가 진심으로 말했다. 「아무튼, 애는 써볼게요. 그러니까 내 말 잘 들어요. 두 가지 얘기를 해줄 거예요. 먼저, 남편의 행방을 알고 있다면 경찰한테 말을 하세요.」

그레이스는 힘차게 고개를 흔들었다. 「몰라요. 전혀 몰라요. 이미 경찰한테도 그렇게 말했어요.」

웨이터가 돌아왔다. 뭐 주문할 것 더 없으십니까? 실비아가 계산서를 요구했다.

웨이터가 돌아가자 실비아가 말했다. 「경찰한테 협조하는 게 굉장히 중요해요. 당신이 연루되지 않았다는 점을 경찰에서 확신할 수 있어야 언론에서도 호의적으로 다뤄 줄 거예요.」

「알았어요.」 그레이스는 멘도사나 오루크에게 〈협조〉한다는 생각만 해도 역겨웠지만 그렇게 말했다.

「그리고 또 한 가지, 사실 지금 당장 할 수 있는 가장 중요한 일은 아이를 데리고 이 일에서 빠지는 거예요.」 실비아는 커피가 가득 찬 머그를 옆으로 치우며 몸을 바짝 앞으로 기울였다. 「조너선은, 이유야 뭐든 여기 머물러 있지 않아요. 그러니까 서커스가 벌어질 때도 못 보겠지요. 오늘 밤. 아니면 늦어도 내일. 하지만 당신은 여기 있어요. 그리고 언론에서는 어딘가에 카메라를 들이대야 한단 말이에요. 헨리를 데리고 어디 가 있을 곳을 찾아요. 뉴욕 밖으로 나가요.」

「어째서 뉴욕 밖으로 가야 하죠?」 그레이스는 경악했다.

「지금 당장은 이게 뉴욕의 기사니까요. 그리고 이게 뉴욕의 기사인 한, 이 도시 밖의 뉴스 팀은 그렇게 열심히 다루지 않을 거예요. 그리고 뉴욕 쪽 언론은…… 모르겠네요, 애리조나나 조지아 같은 곳으로 특파원을 보내지는 않아요. 아내를 취재하러 보내지는 않겠죠. 조너선이 같이 있다면 얘기가 달라지겠지만, 지금은 당신이 남편 생각을 할 여유는 없죠.」

그레이스는 이 마지막 얘기만 빼고는 어찌어찌 이해를 했고, 그래서 다시 한번 마지막 얘기가 무슨 뜻인지 설명해 달라고 부탁했다.

「내 말은, 경찰이 남편분을 찾으면 — 결국은 찾겠죠 — 그러면 전국적인 스토리가 될 거라는 얘기예요. 그저…… 그런 일이 생길 때까지 어디 다른 데 가서 계시라는 말이에요. 그리고 그런 사태가 생기면 또 다른 데로 옮겨야 해요.」

실비아가 잠시 말을 멈췄다. 「깜박 잊었는데. 부모님이 여기 계세요?」

「우리 아버지요.」 그레이스가 말했다.

「형제나 자매는?」

「없어요.」

「친한 친구는?」

비타. 즉시 생각이 났다. 하지만 비타와 말을 섞지 않은 지 너무나 오래되었다. 그리고 다른 친구는 하나도 없었다. 어떻게 이런 지경까지 오게 됐을까?

「별로 없어요. 언제나…….」

나와 조너선뿐이었어요, 하고 말하려 했다. 조너선과 나. 두 사람은 거의 20년 동안 함께 살았다. 요즘 20년 같이 사는 사람들이 어디 있다고? 부모님 세대처럼 이렇게 길고 멋진 부부 생활을 하는 사람들이 어디 있다고? 여러 세대의 대가족이 아프리카로 사파리 여행을 가고, 어디 호숫가나 해변의 가족 별장에 가고, 중요한 결혼 기념일에 크고 떠들썩한 파티를 열고. **결혼 생활 상담사들이나 그렇게 살지.** 그녀는 서글프게 생각했다.

「하지만…….」 그녀는 말머리를 꺼냈다. **내 환자들은요.** 그런 생각이 들었다. 환자들을 버리고 떠날 수는 없다. 그러면 안 된다. 그건 비윤리적이다. 리사와 종적을 감춘 게이 남편과 영문을 모르는 아이들, 세라와 분노에 찬, 실패한 각본가 남편, 감히 다시 집으로 돌아오겠다고 우기는 그 남편은 어쩌고. 그레이스에게는 져야 할 책임이 있었다.

그리고 그녀의 책. 책은 어떻게 한담?

차마 책 생각은 도저히 할 수도 없었다.

그때 아주, 아주 깊은 마음속에 있는, 아주 오래된 단지의 아주 빡빡한 뚜껑을 잡고 있다는 느낌이 들었다. 단지 속에 든 내용물이 아주 작은 틈새로 흘러나왔고, 그것만으로도 쓰러질 것 같았다. 코를 찌르는, 유독한 수치심. 가장 강력하고, 가장 독한 인간의 본성. 찰나에 걷잡을 수 없이 온몸에 퍼져 버린다.

「미안해요.」 실비아가 말했다. 진짜로 동정심을 느꼈을지 모르지만, 적어도 겉으로 티를 내지 않을 정도로 친절한 여자였다. 「있잖아요.」 그녀는 아주 조심스럽게 말했다. 「우리가 친한 사이라고 할 수는 없다는 거 알아요. 하지만 적어도 내가 힘이 될 수 있게 해주면 좋겠어요.」 그리고 말을 멈췄다. 그러고는 그레이스를 보고 얼굴을 찌푸렸다. 「방금 한 말 다시 해야 할까요?」

그레이스는 고개를 젓고 괜찮다고 말했다. 하지만 진실을 말하자면 벌써 그녀의 말을 듣지 않고 있은 지 오래였고, 정말 뭐가 뭔지 알 수가 없었다.

15
수색과 압수

「그 사람들 위층에 와 있어요.」 경비원이 하지 않아도 될 말을 해주었다. 그레이스는 자동차들과 두 대의 밴을 이미 보았다. 밴 한 대에는 NYPD(뉴욕 시경) 표식이 있었고 또 다른 한 대에는 알아볼 수 없는 다른 문양이 있었다. 매디슨가에서 모퉁이를 돌자마자 그 차들을 본 그레이스는 한참 동안 그 자리에 서서, 체념했다가 다시 마음을 고쳐먹기를 반복했다. 어떻게 해야 할까 고민하는데, 이상하게 허리를 똑바로 펴고 서 있을 수가 없어서 왜일까 생각해 보았다(음식 때문이야. 퍼뜩 기억이 났다. 빨리 뭘 좀 먹어야 한다고 — 이 바보야 — 아니면 아예 포기하든지). 그리고 도살장에 끌려가는 어린 양처럼 발걸음을 옮기기 시작했다.

「알았어요.」 경비원에게 말했다. 그리고 웃기게도 고맙다는 인사를 덧붙였다.

「영장을 갖고 있었어요. 들여보내 줄 수밖에 없었습니다.」

「그렇겠죠.」 그레이스가 대답했다. 경비원의 이름은 프랭크였다. 지난여름 아기가 태어났다고 해서 선물을 준 적이 있었다. 줄리아나, 그게 아기 이름이었다. 「줄리아나는 어때요?」 황당하게도 그런 질문을 던지자 경비원은 미소만 짓고 아무 대답도 하지 않았다. 그리고 평범한 다른 날과 다를 바 없다는 듯 엘리베이터까지 그녀와 나란히 걸어가서 문이 닫힐 때까지 기다려 주었다.

엘리베이터 안에서 그레이스는 벽에 힘겹게 기대어 눈을 감았다. 이게 어디까지 내려가게 될까? 궁금했다. **오늘 하루를 어찌어찌 지내면, 내일을 어찌어찌 견뎌 낸다면.** 얼마나 오래 지속될까? 언제가 되어야 아침에 일어나 보면 그녀의 삶이 되찾아져 있을까?

하지만 서서 — 기대어서 — 그 삶에 대한 생각을 하는 그 순간에도, 그 삶은 흘러 나가고 해체되고 있었다. 조각조각 떨어져 나가 사방으로 흩어지고 있었다. 상실은 너무 크고 너무 빨랐다. 흘러 나가버린 삶이 얼마나 되는지 가늠조차 되지 않았다. 수요일, 말라가에 대한 소식부터 지금까지. 아니, 월요일, 조너선이 떠난 날부터. 말라가가 죽었던 그날부터(그 생각은 차마 아직 할 수가 없었다. 전혀 마음의 준비가 되지 않았다). 그러나 잠깐, 당연히 그보다 훨씬 전부터 시작된 일이었다 — 아주, 아주 오래전부터. 얼마나 오래? 몇 년 전부터? 얼마나 오래전으로 거슬러 올라가는 일일까?

하지만 그건 오늘, 지금 해야 할 계산이 아니었다. 엘리베이터가 그녀의 집이 있는 층에서 멈췄고, 엘리베이터 문이 스르르 열리자 집의 현관에 붙어 있는 공문이 보였다. 흐릿하게 복사된 종이가 테이프로 붙여져 있었는데, 아무리 봐도 나중에 뗄 때 페인트가 같이 떨어져 나올 것 같은 종류의 테이프였다. 하지만 그런 데 전혀 개의치 않는 자신을 보며 그레이스는 말도 못 하게 슬퍼져 버렸다. 이제 그녀는 여기 사는 사람이 아니었다.

그녀가 집을 떠난 게 몇 번이더라? 대학 갈 때 한 번. 그다음엔 남편과 신혼살림을 꾸리느라고 또 한 번 떠났었고. 그때마다 조금씩 어린 시절의 그 집에서 멀어져 갔었다. 이곳에서 처음 기었고, 걸었고, 뛰었고, 친구들과 숨바꼭질 놀이를 했고, 요리를 배웠고, 키스하는 법과 거의 모든 수업에서 A를 받는 법을 배웠다. 그렇지만 언제나 결국은, 그 당시 어디에 살고 있든 상관없이, 바로 이 방들과 복도가 언제나 그녀에게는 고향을 의미했고, 언제 봐도 아름다웠다. 더 넓은 공간이나 더 좋은 주소나 심지어 더 좋은 전망을 바랐던 기억조차 없었다. 그레이스 부부는 별로 예쁘지 않은 1번가의 전후 양식 주택을 빌려 살고 있었는데, 그 무렵 아버지가 에바를 만났다. 에바는 당시 73번가의 천장 높은 방 여덟 개짜리 아파트를 차지하고 살고 있었고, 그곳을 떠날 생각이 전혀 없었다. 아버지가 당신 집 명의를 그레이스에게 넘겨주겠다는 얘기를 — 점심을 먹으며 아무렇지도 않게, 그 말씀을 던지시던 기억이 있다 — 슬쩍 꺼냈을 때, 그레이스는 집에 가서 안도감에 눈물을 흘렸다. 그녀와 조너선이 — 월 스트리트급의 연봉을 받는 것도 아니고 헤지펀드도 없는 마당에 — 헨리에게 그토록 주고 싶었던 뉴욕의 유년기를 선물해 줄 다른 방법이 또 어디 있었겠는가? 그 하얀 벽돌 상자 같은 집에, 아니면 딱 그 비슷하게 생긴 다른 집에서, 헨리가 집을 떠나 대학에 갈 때까지 살아야 했을 것이다.

그러나 이제 그녀의 집 현관문에는 NYPD의 공문이 붙어 있었다. 현관문은 살짝 열려 있었고, 틈새로 사람의 말소리와 패턴 원목 마루를 밟고 돌아다니는 구둣발 소리가 들려왔고, 뭔가 몹시 재미없을 것 같은 파티가 진행되고 있는 듯, 하얀 유니폼이 슬쩍슬쩍 보였다. 노크를 하고 싶은 마음이 불쑥 들어, 잠시 정신을 차리고 참아야 했다.

「여기 들어오시면 안 됩니다.」 안에 발도 들여놓지 않았는데 한 여자가 말했다.

「아, 안 돼요?」 그레이스가 말했다. 이제 싸울 기운도 별로 없었다. 하지만 그렇다고 나가고 싶지도 않았다. 어디로 가야 한단 말인가?

「누구세요?」 여자가 상당히 퉁명스럽게 말했다. 아니, 보면 모른단 말인가?

「여기 살아요.」 그레이스가 말했다.

「신분증 있습니까?」

그레이스는 운전면허증을 꺼냈고, 여자는 — 경관이라고 짐작했다 — 받았다. 덩치가 컸고 피부가 아주 창백했다. 도저히 아무한테도 어울릴 수 없는 색깔로 형편없이 염색한 머리였는데, 그레이스는 안됐다는 마음이 하나도 들지 않았다. 「여기 기다려요.」 여자는 이렇게 말하고 그레이스를 자기 집 문간에 세워 두고서 그레이스의 복도를 지나 그레이스의 침실로 통하는 문으로 들어갔다.

하얀 점프수트 차림의 두 남자가 헨리의 방에서 나와 그녀 주위를 빙 돌아 피해서 식당으로 들어갔다. 남자들은 그레이스에게도, 또 서로에게도 아무 말을 하지 않았다. 그레이스는 목을 빼고 그들 뒤를 보려고 애썼고, 그러다 어떤 테이블의 한쪽 모서리를 간신히 보았다. 이동식 테이블이었는데, 그녀의 것이 아니었다. 하지만 있으라고 한 그 자리에서 움직이고 싶지가 않았다. 이 상황은 이제 일종의 도전이 되었다. 그런데 사실, 여기서 벌어지는 일을 보고 있자니 점점 더 알고 싶은 마음이 없어졌다.

멘도사가 와서 운전면허증을 돌려주었다. 「우리 일이 한참 걸릴 겁니다.」 그는 짤막하게 말했다.

그레이스는 고개를 끄덕였다. 「서류 좀 볼 수 있을까요?」

「물론이지요.」

멘도사가 여경을 식당으로 보냈고, 얼마 후 그녀가 현관문에 붙어 있는 것보다 좀 장황해진 공문을 들고 돌아왔다. 「이걸 읽어야겠어요.」 그녀의 말은 굉장히 바보 같았지만 멘도사는 친절하게도 웃지 않았다.

「물론이죠.」 그가 말했다. 「자리에 좀 앉지 그러세요?」

그러더니 멘도사가 그녀의 거실 쪽을 손으로 가리켰다. 괴상한 기분이었다.

그레이스는 한 손에 핸드백을, 다른 손에는 스테이플러로 찍은 서류를 들고 복도를 걸어가 팔걸이의자를 하나 차지하고 앉았다. 아버지가 이 방에서 제일 좋아하던 그 의자는 아니었지만 같은 자리를 차지하고 있었다. 81번가를 내려다보는 창문 두 개 사이에, 복도 쪽을 바라보고 놓여 있는 의자. 아버지가 여기 두고 앉던 의자는 위풍당당하지만 별로 편하다고 할 수 없는 왕좌 같은 의자였는데, 에바네 집으로 이사갈 때 가지고 갔다. 아버지는 긴 다리를 다른 쪽 다리 위에 포개고 앉아서, 보통 저 구석 바에 아직 보관하고 있는 묵직한 크리스털 잔에 스카치위스키를 담아서 들고 있었다(술잔이 의자만큼 아끼는 물건은 아니었던 모양이다). 이 자리를 지키고 앉아 있다가 다른 사람한테 술을 따라 줄 때나 한 잔 더 마실 때 일어나곤 했다. 두 분은 — 어머니와 아버지 두 분은 — 당신 세대의 스타일로 사셨다. 두 분 사이에 잘 정립된 역할 분담을 따라 매끄럽게 조정해 가며 손님 접대도 흠잡을 데 없이 고상하게 하셨다. 그 시절에는 모두 술을 많이 마셨지만 아무도(아니면 모두가) 소위 〈문제〉에 봉착하지 않았다. 그때보다 지금이 더 낫다고 누가 말할 수 있을까? 심지어 사이드테이블에는 담배가 가득 든 은상자들도 놓여 있었다. 그레이스는 가끔 그 상자들을 열어 깊이 숨을 들이마시면서 도로시 파커[83]가 되어 담배 연기를 내뿜으며 근사한 위트와 통찰로 가득 찬 말을 하는 상상을 하곤 했다. 당연히 그 은상자들도 사라진 지 오래였지만, 바는 남아 있었다. 뭔가 영국에서 왔다는 가구의 일부로 만든 바였는데, 원래는 시트나 잘 갠 옷을 넣어 두는 용도로 제작한 것이었다. 바는 여전히 부모님 시대로부터 내려온 술병들로 가득 차 있었다. 라이 위스키와 크렘 드 망트 칵테일과 비터스,[84] 요즘은 쓸데가 없는 술들. 그레이스와 조너선은 저녁 만찬에 손님을 초대하면 와인을 대접했고, 기껏해야 진토닉이나 스카치를 내놓았을 뿐이었다. 그나마 어찌나 천천히 마셨는지 가끔 환자 가족이 선물로 준 술병들을 다 마셔 없애기가

83 Dorothy Parker(1893~1967). 미국의 시인, 시나리오 작가.
84 칵테일에 쓴맛을 내는 데 쓰는 향료를 섞은 술.

버거웠다. 이제 생각해 보니 마지막으로 저녁 식사에 손님을 초대한 것이 언제였는지 기억조차 나지 않았다.

손에 든 수색 영장으로 눈을 돌려 해독을 해보려 했지만, 곧 법률 문서의 과도한 구체성에 발목이 잡히고 말았다. **뉴욕 시 형사 법원. 조지프 V. 드빈센트 판사. 다음 구역을 수색할 권한을 부여함.**

그 아래에 그녀의 집 주소, 태어나서 지금까지 평생 보금자리로 삼아 왔던 그 주소가 적혀 있었다. **이스트 81번가 35번지 6B 아파트.**

그리고 그 밑에.

다음 항목을 수색하고 압수할 권한을 위임함…….

이 대목에서 활자가 작아졌다. 좁은 공간에 최대한 많은 내용을 쑤셔 넣으려고 한 것 같았다. 그런데 이게 이상했다. 압수하고 수색할 항목이 딱 하나밖에 없었던 것이다.

제조사와 모델 미상의 휴대폰.

그러나 그건 그녀가 줄 수 있었을 텐데, 아니 적어도 어디 있는지 말해 줄 수 있었을 텐데! 그냥 부탁만 하면 되었을 것이다. 전화가 여기 있다고 확인해 준 장본인이 바로 그레이스 그녀가 아니었던가!

그때 깨달았다. 그게 요점이 아니었다. 조너선을 찾거나, 아니면 적어도 그와 말라가를, 그녀의 삶 또는 죽음을, 연결하는 게 목적이었다. 휴대폰을 수색하는 과정에서 나오는 어떤 정보라도 이 두 가지 목적에 도움이 된다면 괜찮은 게임이었다. 그레이스는 눈을 감고 소리를 들었다. 오래된 건물들은 요즘 건물들처럼 소리가 새어 나오지 않았지만, 그레이스는 이 아파트에 워낙 오래 살아서 인기척이 어디서 나는지 파악할 수 있었다. 거실에서 조용한 말소리가 들렸고 통로의 옷장 쪽에서 바스락거리는 소리가 들렸다. 헨리의 옷장 문이 닫히는 소리와 부엌의 서브제로 냉장고가 내는 쾅 소리도 들렸다. 다 합쳐서 몇 명이지?

일어나서 다시 거실 입구로 걸어간 그레이스는 복도 끝의 침실을 바라보았다. 오늘 아침에 열어 두고 나왔다고 확신하는 방문이 꼭 닫혀 있었다. 저들은 휴대폰이 저 안에 있다는 걸 알고 있어. 그레이스는 깨달았다. 이미 방 안을 들여다보고 휴대폰을 봤지만 너무 빨리 〈찾아내지〉 않기 위해서 문을 닫고 다른 곳들을 다 수색하고 있는 것이다. 치밀어 오르는 분노에 잠깐 온몸이 마비되는 것만 같았다. 그 감각이 지나가고 난 뒤 다시 돌아가서 자리에 앉았다.

경관 두 명이 지나치더니 입구 쪽으로 돌아갔다. 한 사람은 조너선의 방에서 나온 데스크탑 컴퓨터를 들고 있었다. 다른 사람은 서류 상자를 들고 있었다.

뭐, 예상한 바였다.

그리고 낡은 수표책이 잔뜩 들어 있는 그 방의 서랍들은? 메모장은? 조너선이 그런 것들을 어딘가에 보관해 두고 있다는 걸 알고 있었다. 그것들도 찾아내겠지. 그레이스는 생각했다. 그녀와 달리 경찰은 어디를 봐야 하는지 알고 있으니까.

컴퓨터를 들고 앞서서 갔던 경관이 다시 그녀 옆을 지나쳐, 같은 방으로 다시 들어갔다. 이번에는 그녀가 전날 밤 찾아보지 않았던 파일 상자를 들고 나왔다.

또 다른 경관이 돌아와서 복도로 들어갔다. 이번에는 멘도사의 말소리가 들렸다. 뭐라고 얘기를 하고 있었다. 그녀의 침실 문간에 서 있었다. 그레이스는 문이 열리는 소리를 들었다. 두 사람 중 누가 열었는지 알 수가 없었다.

그녀의 주방에서 한 여자가 웃음을 터뜨렸다.

그레이스는 깊은 소파에 몸을 묻고 기대어 앉았다. 두 경관이 들어가서 주위를 둘러보고 침대 옆 선반에 그녀가 놓아둔 휴대폰을 〈보면서도〉 〈못 본 척하는〉 상상을 했다. 법률적으로 정당하게 〈못 본 척할〉 수 있는 시간이 얼마나 될까? 〈찾아보는 과정에서〉 뭘 또 보게 될까?

마룻바닥에 옷가지가 몇 점 널려 있었다. 바닥에 있으면 안 되는 건데 멘도사는 설마 그걸 모르겠지, 안 그런가? 〈색스〉라고 표시되어 있는 흉측한 셔츠가 단순히 흉한 셔츠가 아니라는 걸 알 리가 없다. 흉물이라고 생각조차 못 할지 모른다. 그 한 개의 콘돔이 그녀의 삶을 어떻게 찢어 놓았는지 절대 이해하지 못할 것이다. 멘도사는 스카프를 어디서 샀는지, 회색 진주 목걸이가 어떻게 됐는지, 그런 데에도 전혀 관심이 없을 것이다. 애초에 회색 진주 목걸이가 있는 줄도 몰랐을 테고, 어머니의 유물인 사파이어 목걸이나 가죽 운동가방은 생각도 하지 않을 것이다. 하지만 다른 것들에 대해서는 알지도 모른다. 멘도사는 그녀가 묻지 않은 질문들에 대한 답을 찾고 있었다. 그레이스는 숨을 들이쉬어 억지로 폐 깊숙한 곳까지, 가슴이 아플 정도로 바람을 밀어 넣었다. 수년 만에 처음으로 담배가 있으면 좋겠다는 생각이 들었다.

멘도사가 복도로 걸어와서 현관문 쪽으로 방향을 틀었다.

그녀의 존재 자체를 잊은 것 같았다. 그레이스는 그가 조너선의 헤어브러시를 비닐봉지에 넣어 들고 가는 것을 보면서 눈을 의심했다.

아무리 봐도 틀림없이 조너선의 헤어브러시였다. 렉싱턴가와 81번가 교차로에 있는, 리모델링을 하다 만 것같이 생긴 그 멋진 약국에서 산 값비싼 나무 브러시였다. 무슨 동물털이라고 했는데 기억나지 않았다. 절대 망가지지 않을 거라고 했었다. 그 단순한 사실이 백 퍼센트의 아드레날린을 담은 주사기 같았다. 9·11과 그 후유증을 겪은 뉴요커라면 절대 비닐봉지에 담긴 헤어브러시를 무시할 수 없다. 정상성에서 찢어발겨져 괴로움의 아이콘이 즐비한 박물관에 던져진, 그런 물건이었다. 추락하는 몸뚱어리, 비행기, 〈실종〉 포스터, 높은 빌딩, 비닐봉지에 담긴 헤어브러시. 그 말은…… 아, 여러 가지 의미가 있을 수 있었는데, 하나같이 끔찍한 뜻이었다.

아주 짧은 순간이지만, 이미 끔찍한 상황에 처해 있다는 걸 까맣게 잊었다.

「이봐요.」 소리를 버럭 질렀는데, 아무도 놀라지 않고 그녀 자신만 소스라쳤다. 「잠깐만요.」

그녀는 이미 일어나서 방을 가로질러 걸어가고 있었다. 현관 복도로 가서 멘도사를 붙잡아 세웠다. 손으로는 헤어브러시를 가리키고 있었다.

「그이가 죽었나요?」 목이 메어 말이 잘 나오지 않았다.

멘도사가 그녀를 바라보았다.

「내. 남편이. 죽었냐고요.」 그레이스가 다시 말했다.

형사는 인상을 쓰고 있었다. 확실히 어리둥절한 얼굴이었다.

「부인은 죽었다고 생각하십니까?」 그가 마침내 말했다.

「나한테 프로이트 같은 개소리는 집어치워요.」 그녀는 씩씩거리며 덤볐다.

정확히 — 하지만 정확히 — 그녀의 환자 리사가 했던 말이다. 불과…… 언제더라? 하루 전?

멘도사는 그녀보다 훨씬 더 차분해 보였다. 그레이스의 말에 화를 내는 것 같지도 않았다.

「색스 부인, 저는 모릅니다. 왜 그런 걸 물으세요?」

「왜냐하면!」 답답해서 속이 터질 것 같았다. 「왜 그이 헤어브러시를 가져가는 거냐고요?」

멘도사가 봉지를 내려다보았다. 그러더니 깊은 생각에 잠기는 눈치였다. 「수사에 도움이 될 만한 물건을 여러 가지 가져가고 있습니다. 수색 영장의 법적 구속력이 걱정되시는 겁니까? 왜냐하면 그러면 제가 설명을 드릴 수가 있어서요.」

「아니, 아니에요.」 고개를 저었다. 「그저…… 그이 헤어브러시가 이 일과 무슨 상관인지만 설명해 주세요.」

그는 잠시 이 문제를 생각했다. 그러더니 가서 다시 거실에 앉으라고 했다. 자기도 1~2분 후에 오겠다면서. 그때 모든 걸 설명해 주겠다고 했다.

그래서 그냥 그렇게 시키는 대로 했다. 그레이스는 너무나 순순하고 고분고분해진 느낌이었다. 투지가 있었던 게 언제였나 싶었다. 거실 의자로 다시 돌아가서 다리를 꼬고 팔짱을 끼고 앉아서 기다렸다. 그는 아주 오래 기다리게 하지는 않았다.

「색스 부인,」 멘도사가 와서 그녀의 소파에, 그녀 옆자리에 앉으며 말했다. 「제 생각엔 부인께서 우릴 돕고 싶어 하시는 것 같은데요.」

「대체 왜 그런 생각을 하시죠?」 쌀쌀맞게 대꾸하면서도 그의 말이 완전히 헛짚은 게 아니라는 걸 알고 있었다. 이젠 아니었다. 뭔가 달라졌다. 그녀 마음속 깊은 곳에 버려져 녹이 슨 장소가 어쩔 수 없이 새로운 위치로 옮겨졌다. 정확히, 언제였을까?

멘도사가 어깨를 으쓱했다. 지난번처럼 머리를 약간 옆으로 기울이고 있었다. 불과 이틀 전에 알게 된 사람인데 벌써 목을 트는 각도까지 알고 있었다. 목살이 옷깃 위로 흘러넘치는 것도 알았다. 셔츠 옷깃 사이즈를 좀 큰 걸로 사라고 조언할 만큼 친한 사이는 아니었고, 앞으로도 절대 그런 일은 없기를 바랐다.

「글쎄요, 지금은 우리보다 남편분한테 더 화가 나 계시는 것처럼 보여서요. 그리고 우리끼리니까 솔직히 말씀드리자면, 그게 사실 옳습니다.」

「딱하다고 괜히 잘해 주고 생색내지 마세요.」 무뚝뚝하게 말하긴 했지만, 역시나 그 말이 입 밖으로 나오기도 전에, 형사는 그저 친절하게 대해 주고 싶어서 그러는 거라는 걸 알고 있었다.

「죄송합니다. 그럴 생각은 없었어요. 이런 상황을 여러 번 다뤄 봤습니다. 뭐, 정확히 이런 상황은 아니었지만요. 남편들이 아주 많은 것을 아내로부터 철저히 숨기고 있는 걸 많이 봤죠. 그리고 제가 개입할 때쯤에는 사기나 강도, 피습 사건이 벌어져 있고요. 이런 경우는, 그러니까 지금 부인이 겪고 계시는 이 특별한 정황 말입니다, 이건 굉장히 극단적이지만 저는 지금 부인께서 겪고 있는 일을 똑같이 겪었던 수많은 똑똑한 여자들을 알고 있어요. 그리고 이런 일이 생겨서 정말 유감이라고 말씀드리고 싶습니다. 그리고 하필 제가 이런 일을 겪게 해드려 더 그렇습니다.」

나를 당신 마음대로 주무르려고 하지 마세요, 하고 덧붙여 말하고 싶었다. 지금 그가 바로 그렇게 하고 있었으니까. 하지만 이제는 전혀 싸울 의지도 힘도 없었다.

「헤어브러시는 DNA 때문에 필요한 겁니다.」 멘도사가 말했다. 「DNA가 필요한 것은…… 몇 가지 이유가 있는데요.」

왜 그냥 대놓고 말하지 않지? 그녀가 완전히 이성을 잃을까 봐?

「그러니까, 범죄 현장 때문에 그런가요.」 마침내 대신 말을 해줬지만 형사는 별로 큰 감흥이 없는 눈치였다.

「네, 하지만 그것 말고도 친자 확인 때문에도 필요합니다. 친부가 누구인지 문제가 있어서요. 아마 알베스 부인이 사망 당시 임신 중이었다는 걸 아실 겁니다. 참 고맙게도 『포스트』지 기사에 났었거든요. 아무튼 병리 쪽은 정보가 줄줄 샌다니까요. 아무리 버럭버럭 잔소리를 해도 아무 소용이 없어요. 『포스트』 같은 쓰레기에서 읽으셨다면 유감입니다.」

그레이스는 자기도 모르게 입을 헤벌리고 있다는 걸 느꼈다. 자기 입이 벌어지는 게 느껴졌지만, 아무것도 나오지 않았고, 또 아무것도, 심지어 숨결조차 들어가지 않았다.

「색스 부인?」 멘도사가 말했다.

「웃기는 소리 마세요.」 그녀의 머리가 몸에서 떨어져 나가 방 안을 쿵쿵 뛰며 돌아다니고 있었다. 그 머리가 돌아오면, 돌아오기나 할지 모르겠지만, 아무튼 그러면 너털웃음을 웃고, 웃고, 또 웃을 것이다. 미쳤어, 그런 생각 자체가, 그냥 부적절하게 미친 게 아니라 논리적으로 미쳤어. 이런 얘기를 그녀가 꾹 참고 〈이제 우리는 친구니까요〉 따위의 망상을 받아 줄 거라 생각한다면 멘도사는 가서 엿이나 먹으라지. 대체 그녀를 얼마나 말도 안 되게 병신처럼 생각한 걸까?

역시나, 복도 저편, 그녀의 주방에서, 도저히 잘못 들을 수 없는 웃음소리가 터져 나왔다. 문간에 서 있던 여자일 거라고, 그레이스는 짐작했다. 컴퓨터를 들고 있던 남자. 그녀의 집 안에 사람이 몇 명이나 있는 걸까?

「뭐, 아직 결론은 안 났습니다만…….」 멘도사가 말했다. 「왜냐하면 어쨌든 검사는 해봐야 하니까요. 알베스 씨는…… 아내를 최대한 빨리 콜롬비아로 데려가고 싶어 하는 것도 이해가 가지요. 거기서 장례식이 열릴 거고, 그러면 일을 마무리할 수 있으니까요. 그 후로는, 아마 돌아올 생각이 없을 겁니다. 그리고 유해는 이제 방출됐는데, 그 아기, 딸은 받을 수 없다고 거부하고 있습니다. 제 말뜻 아시겠지요.」

그레이스는 몰랐다. 정말로, 정말로 무슨 말인지 몰랐고, 그래서 고개를 저었다.

「친부 확인 검사를 요구하고 있습니다. 자기가 아버지가 아니랍니다. 그리고 당연히 우리가 억지로 아이를 데려가라고 할 수도 없지요. 하지만 이 문제는 해결을 해야 합니다. 그쪽 변호사가 완강해서요. 복지 공무원 쪽에서도 그렇고요. 그저 우리 쪽에서 이 문제를 속전속결해야죠.」 그는 흘끔 그녀 쪽을 보았다. 뭔가 본 눈치였고, 그녀는 그런 그를 지켜보았다. 그리고 그런 식으로 그녀 역시 사태를 파악했다.

그레이스는 어느새 울고 있었다. 형사가 손수건을 건네주자 비로소 깨달았다. 진짜 손수건. 휴지도 아니었다. 그래서 손으로 자기 얼굴을 만져 봤지만, 그 표면에는 감각이 하나도 없었다.

「죄송합니다.」 멘도사가 말했다. 그녀의 어깨를 토닥거리고 있었다. 「정말 죄송합니다. 전 그냥…… 아시는 줄 알았습니다.」

그 후에

16
축연의 창시자

어딘가에 위치한 직장까지 가서 일하는 이웃들이 거의 없던 시절인 1936년 그레이스의 외할아버지 토머스 피어스는 매일 아침 5시경 일어나서 뉴욕행 스탬퍼드 기차를 탔다. 그는 광고 일을 했다. 젊은 시절에 품었던 꿈은 아니었지만 회사는 봉급을 넉넉하게 주었고 사장도 능력을 인정해 준다는 느낌이 들었다. 솔직히 말해 그랜드 센트럴 역에서 나올 때면 사람들을 밟지 않도록 피해 다녀야 하고 사무실 건너편 대로에는 무료 배식 줄이 길게 늘어서 있고 코네티컷의 집에는 배가 남산만 한 아내가 있는 형편이라면, 그냥 운이 좋다고 생각하며 앞으로의 일을 생각지 않으려 애쓰게 된다.

그들에게는 이미 어린 아들 아서가 있었다. 그는 내심 이번에도 아들이기를 바랐지만 그레이시는 딸일 거라고 확신하며 마저리 웰스라고 이름 붙이고 싶어 했다. 웰스는 아내의 처녀 시절 이름이었다.

보통 토머스 피어스는 6시 반경에는 스탬퍼드 근처 강가에 있는 특이한 모양의 석조 주택(그 집에는 꼭대기에 가짜 목재 조형물이 붙은 둥그스름한 탑이 있었다)으로 돌아와서, 아내가 아기를 돌보고 두 사람의 저녁을 차리는 동안 술을 한잔했다. 하인들이 있는 집에서 자랐고 아무에게도 뭘 배운 적이 없다는 사실을 감안하면, 아내 그레이시는 꽤나 요리를 잘했다. 보통 『윌슨 부인의 요리책』을 보고 요리를 했는데, 그 책에 실린 대부분의 음식들은 어릴 때부터 익숙한 요리들이었지만, 간혹 돼지고기와 양배추, 양파, 진한 갈색 소스가 들어간 동양의 진미 〈찹 수이〉 같은 꽤 대담한 조합도 있었다. 그러다가 최근 들어 그레이시가 『이민자 요리책』을 발견하는 바람에, 번트 케이크[85]와 〈마초 팬케이크〉[86]가 식탁에 오르자 그는 흥분과 죄의식을 동시에 느꼈다. 토머스 피어스는 어머니가 유대인이라는 이야기를 아내에게 절대 하지 않았던 것이다.

어느 날 밤 그는 어쩌다 보니 새로 온 동료와 나란히 퇴근했다. 회사에서 라디오 대본을 쓰라고 고용한 조지라는 남자였다. 알고 보니 조지는 자리를 잡는 동안 대리엔에 있는 누나네 집에서 살고 있었다. 분명 썩 훌륭하다고는 할 수 없는 상황이었다. 기차가 그리니치에 도착할 무렵, 토머스 피어스는 이미 동료를 저녁 식사에 초대했다. 그레이시에게 그 사실을 알릴 기회는 없었다. 기차역의 전화는 고장이었고, 잡화상에 갔을 때는 하나밖에 없는 공중전화 박스에 이미 두 사람이 기다리고 있어서 결국 그는 그냥 집으로 차를 몰

85 동그랗고 안이 도넛처럼 비어 있는 〈번트〉 틀에 구운 케이크.

86 〈마초〉는 유대인들이 전통적으로 유월절을 기념하여 먹는, 발효시키지 않고 만든 빵을 말한다.

았고, 석양이 질 무렵 집에 도착했다.

그녀는 분명 화가 났지만, 두 사람에게 마실 걸 건네고 뭘 해야 할지 궁리하기 위해 부엌으로 들어갔다. 안됐지만 찹 수이를 내놓을 수 있는 날은 아니었고 훨씬 응용의 폭이 좁은 재료 — 그날 아침 정육점에서 양 갈비 조각을 네 개, 단지 네 개 샀다 — 밖에 없었는데, 머리에 떠오르는 거라곤 감자를 더 깎아서 삶는 것뿐이었다. 아기가 잠들자마자, 그녀는 셰리주를 들고 다시 안으로 들어갔다.

남자들은 적어도 일 이야기는 하고 있지 않았다. 조지의 누나 이야기를 하고 있었는데, 그 누나는 꽤 거친 스타일의 남자와 결혼했고 대학 다니는 남자들은 다 계집애 같다고 생각한다고 했다. 그레이시는 속으로 이미 조지가 계집애 같은 스타일이라고 규정했지만, 중요한 건 그게 아니었다.

「안타깝네요, 누나분.」 그녀가 말했다.

「네. 똑똑한 사람인데. 왜 그랬는지 도무지 모르겠어요.」

그들은 술을 더 마셨고, 그레이시는 고기를 불에 올렸다. 그리고 식탁을 3인용으로 세팅했다. 미리 알았더라면, 몇 시간만이라도 더 있었다면, 스튜를 만들어서 세 사람이 먹기 충분한 음식이 있었을 것이다. 『이민자 요리책』에 실린 요리 중 소고기 대신 닭고기를 쓰는 브런즈윅 스튜를 꼭 해보리라 생각하고 있었기 때문이다. 더 적은 재료를 써서 요리를 하는 게 그녀의 특기였다. 4년의 결혼 생활을 불황기 속에서 보내면서 그녀는 생활비 일부 — 일주일에 4~5달러 정도— 를 반드시 남겼다. 뭔가 — 집이나 아기, 심지어 토머스를 위해 뭔가 — 필요할 때마다, 그녀가 실제로 생각하는 비용보다 물건값이 더 들 거라고 말하면서 그 차액을 모았다. 일종의 직업이나 마찬가지의 일이었다. 지난봄에는 심지어 퍼스트 스탬퍼드 은행에 계좌도 만들었다. 물론 공동 계좌였지만, 토머스는 아무것도 몰랐다.

「그럴 수 있으면 좋으련만.」 양 갈비 요리를 가지고 돌아왔을 때 손님은 이렇게 말하고 있었다. 그들은 둘 다 예의 발랐지만 — 조지는 정신없이 먹었지만 충분히 감사하고 있는 것 같았다 — 두 사람 모두 매시드 포테이토뿐인 그녀의 식사에 대해서는 아무런 언급도 하지 않았다. 조지는 음식을 씹는 와중에도 장광설을 멈추지 않아서, 그레이시는 그녀가 기대해 마지않았던 양 갈비 요리를 남이 씹어 먹는 모습을 지나치게 자세하게 지켜볼 수밖에 없었지만, 자신의 매시드 포테이토에 집중하며 속도를 맞추려고 애썼다.

이스트사이드 40번대 거리 쪽, 사무실에서 걸어가기 좋은 거리에 자리한 튜더시티라는 동네에 아파트가 하나 있었다. 조지는 그 집을 보러 간 적이 있고 〈여자인 친구〉 — 그레이시는 예의를 지켜 질문하지 않았다 — 를 데려갔는데, 아파트는 아담하고 좋았고 두말할 필요 없이 헐값으로 얻을 수 있었다. 현재 시내의 형편이 형편인지라, 건물의 반은 비어 있기 때문이다. 하지만 그게 다였다. 그에겐 그 헐값이 없었다. 그저 월급과 저 위 코네티컷 북서쪽에 누구도 사고 싶어 하지 않는 집 한 채가 있을 뿐이었다.

「동네가 어딘데요?」 토머스가 물었다. 그저 예의상 묻는 것이었다.

가장 가까운 동네는 폴스빌리지라는 곳이고, 케이넌에서

그다지 멀지 않다고 조지는 말했다. 호수를 끼고 있고, 예전에는 어머니 집이었는데 지금은 그의 집이다. 최근 몇 년 동안 가본 적이 없지만, 레이크빌의 중개업자를 끼고 시장에 내놓았다. 타이밍이 끝내주죠, 안 그래요? 보러 온 사람조차 없어요.

어떤 집이죠? 그레이시는 알고 싶었다. 양 갈비는 더 없다고 말해야 했지만, 감자 접시를 건넸다.

오래된 집이라고, 아마 1880년대에 지어졌을 거라고 조지는 추측했다. 그리고 1905년쯤 그의 부모님이 아래층에는 부엌이, 그 위에는 침실이 있는 건물을 L자 형으로 덧붙여서 위층에는 침실이 세 개가 됐다. 부지는 예전엔 4에이커 정도로 제법 넓었지만, 적어도 그 땅들은 공황 직전에 가까스로 팔아 치워서 지금은 반 에이커 정도만 남았는데 조그만 호수로 이어져 있었다. 호수 이름은 차일드라고 했다. 그의 성이 차일드였다.

「왜 파시려는 거예요?」 그레이시가 말했다. 그녀는 식사를 멈췄다.

그가 이유를 말하자, 그녀는 식탁에서 일어나 위층으로 올라갔다. 수표책은 옷장 맨 윗 서랍에 넣어 뒀다. 수표책은 가죽 커버로 싸여 있었는데, 뻣뻣해서 잘 열리지가 않았다. 그녀는 한 번도 수표를 써본 적이 없었다.

두 남자 중 누가 더 대경실색했는지는 말하기 쉽지 않았다.

나의 아내, 축연의 창시자여. 토머스 피어스는 그 문제의 밤 이후 수년이 지난 후에도 가끔 장엄한 자세로 팔을 들고 찬양하곤 했다. 그는 자산가이자 지주였고, 자신의 영지를 바라보길 좋아했다. 그는 손님들과 함께 베란다에 앉아 찰싹 찰싹 파도가 밀려오는 호숫가까지 이어진 비탈진 잔디밭을, 두 아이 아서와 마저리가 물고기 흉내를 내며 조그만 부두에서 노는 모습을 보는 걸 즐겼다. 여름이면 8월 내내 그 별장에 머물렀다. 그곳에서 그는 가장 행복해했다. 전쟁이 끝난 후(그는 가까스로 남태평양에서 귀환했지만, 동료 조지 차일드는 그렇게 운이 좋지 못했다) 그는 아내에게 집에서 멀리멀리 떨어진 야외에서 잠들려고 애쓰고 있을 때면 호수에 내리는 빗소리가 그리워 귀를 기울였다고 말했다.

가짜 나무 탑이 달린 스탬퍼드의 석조 주택은 아서에게 갔고, 아서는 그 집을 팔고는 하고 많은 곳 중 휴스턴으로 이사 갔다. 조카인 그레이스 라인하트 색스는 한 번도 삼촌을 만나 본 적 없었다.

호숫가 별장은 마저리가 물려받았고, 마저리는 그레이스의 엄마가 됐는데, 아이러니하게도 딸을 낳던 그 해만 제외하고 매해 여름마다 적어도 일주일은 꼭 그 별장에서 보냈다. 그녀가 죽은 후 그 집은 그레이스의 소유가 됐다. 그레이스도 엄마처럼, 할아버지처럼, 같은 이름을 가진 알뜰하고 똑똑한 할머니처럼 그 집을 좋아했다. 하지만 그 누구도 지금의 그녀처럼 그 집을 절실하게 원하는 사람은 없었다.

그날 오후 그레이스가 81번가의 자기 집에서 달아나 달리 어디에 갈 수 있었겠는가? 아들의 옷들을 넣은 배낭과 책과 노트북이 든 여행 가방, 속옷과 스웨터, 세면도구들을 쑤셔 넣은, 벌써 찢어지기 시작한 쓰레기 봉지, 그리고 고가의 바이올린 한 대를 들고? 이미 아파트 앞에는 뉴스 차량 두 대와 뒤엉킨 전선들, 잡담을 나누고 소리를 질러 대며 대기 중인 총살 부대가 영화 개봉일처럼 불을 환히 밝히고 있었다. 늑대가 이미 집을 발견해서 진을 친 채 그녀가 나오기만을 기다리고 있었지만, 경비원 하나가 예상치 않은 친절을 베풀어 배낭을 들쳐 매고 여행 가방을 들고는 그녀를 지하층으로 데려가 이스트 85번가 35번지 뒤쪽으로 난 뒷골목으로 내보내 줬다. 경비원은 매디슨 가에서 택시에 짐을 싣는 것을 도와주고는 팁도 받지 않으려 했다. 그러나 그는 더 이상 그녀와 눈도 마주치지 못하는 것 같았다.

불과 3시간 후 그녀와 헨리는 렌터카를 타고 소밀 도로를 따라 북쪽으로 달리고 있었고, (쌀쌀하고 흐린) 바깥 날씨는 차 안의 고요한 냉기와 완벽하게 조응하고 있었다. 그녀는 아들에게 그저 할아버지는 괜찮다고, 에바는 괜찮다고, 무슨 일이 생겼다고밖에는 말할 수 없었다. 그렇다, 물론 그 일에 대해서는 설명할 테고 거짓말은 하지 않겠지만(**많이는** 하지 않을 거라고, 그녀는 속으로 덧붙였다), 지금은 아니었다. 지금은 운전에 집중해야 하니까. 그리고 이건 전적으로 사실이었다. 최적의 상황에서도 꼬불꼬불한 소밀 도로는 지금 미끄럽기까지 해서, 한두 번은 바닥에 얼어 있는 얼음판을 보았고(상상이 아니었다), 한두 번은 심지어 자신과 아들과 차가 빙빙 돌며 산산조각 나서 망각 속으로 사라지는 상상까지 했다. 그래서 그녀는 등이 뻐근해질 지경으로 운전대를 더 힘주어 꽉 쥐고 생각했다 — 이 생각은 처음 하는 것이었고, 여전히 너무나 끔찍하고 새로웠다 — **이런 짓을 한 당신이 미워 죽겠어.**

그는 그녀의 인생의 사랑이자 동반자, 파트너, 배우자였다. 남자 고객들에게 되어야 한다고 촉구한 모든 것이었고 가상의 독자들이 마땅히 누려야 한다고 말한 모든 것이었는데, 이제 영원히 그를 미워하지 않을 수 없을 것이다. 아무리 오래 산다 하더라도 단 하루도 미워하지 않고는 살지 못할 것이다. 그건 마치 조너선을 선택하고 존경하고 그에게로 향했던 몸속 세포 하나하나를 다 그를 거부하고 경멸하는 세포로 바꾸며, 그녀를 발가벗겨 정화시키는 끔찍한 투석(透析) 장치 속에 그 세포들을 통과시키는 느낌이었다. 하지만 막상 깨끗하게 정화된 새 그레이스는 원래 인간의 몸이 작동해야 하는 방식으로 제대로 작동하지 못하는 것 같았다. 새 그레이스는 제대로 서지도, 말하지도, 느끼지도, 헨리를 돌보지도, 얼어 있을지 모를 꼬불꼬불한 길에서 아이를 옆에 태우고 적정 속도로 달리지도 못했다. 그레이스는 어디로 가는지에 너무 골몰해서 거기 도착하면 무엇을 할지 아무 생각이 없었다.

적어도 길은 잘 알고 있었다. 이 길은 너무 많이 다녀서 거의 신화적인 느낌이 들었다. 처음에는 그녀와 어머니가 여름 내내 쓸 물건들을 가득 채운, 무늬목 패널을 붙인 스테이션 왜건을 타고 다녔다(매주 금요일 밤에는 피크스킬 기차에서 내리는 아버지를 태웠고 매주 일요일 오후에는 다시 역까지 태워 주었다). 고등학교 시절에는 비타와 몰래 올라와 (때로는 남자 친구들과 함께) 갖가지 불법 행위를 했고, 대학 시절에 한번은 재학 중 집에 돌아온 리어든 동창들을 불러 모아 롤링록을 들이키고 졸업 앨범을 들여다보며 소란스럽고 향수에 찬 주말을 보내기도 했다. 조너선을 만난 다음 해 봄에는 전염병동 순환 근무와 브리검 앤드 위민스 병원에서 진찰 업무를 맡은 조너선을 두고 졸업 논문을 쓰러 왔지만, 그가 너무 보고 싶어서 어머니가 숨겨 놓은, 누렇게 바래 가는 오래된 소설들만 줄곧 읽어 댔고 스키너에 대해서는 거의 한 자도 제대로 쓰지 못했다.

그리고 결혼식이 있었다. 그로부터 겨우 몇 달 뒤, 바로 그 경사진 잔디밭에서. 좀 너무 이른 거 아니냐고 어머니는 말했을지도 모르겠지만, 원래 그런 구식 사고방식을 가진 분이었고(어머니의 사고방식으로는 이디스 워튼[87]급의 약혼 기간이 모든 커플들에게 강제되어야 했다), 게다가 돌아가셨으니 반대할 수도 없었다. 그리고 아버지는…… 뭐, 그레이스가 대단한 난리법석을 요구한 것도 아니지 않은가. 그들은 동거가 아니라 결혼을 원했다 — 그게 두 사람 모두에게 중요했다. 아니면 적어도 그녀에게는 중요했고, 조너선은 그녀가 원하는 것이라면 뭐든지 원했다. 그들은 종교적인 의식도, 부의 과시도 원하지 않았다. 그들은 그저 경력의 출발선상에 서서 — 안락하고 품위 있고 자식이 있는 — 별다를 것 없는 삶을 갈망하고, 수많은 형태의 인간 고통 중 적어도 몇 가지는 없애는 데 도움을 주고 싶어 하는, 서로를 발견할 정도로 운이 좋은 두 사람에 불과했다. 안정감을 느낄 수 있을 정도의 돈과 몇몇 근사한 것들 정도는 원했지만, 현란하

87 Edith Wharton(1862~1937). 미국의 소설가로, 엄격한 도덕률이 지배한 19세기 뉴욕 상류 사회를 배경으로 한 남녀의 사랑을 묘사한 작품들을 많이 발표했다.

거나 품위 없는 것들은 원하지 않았다. 그들은 만족감, 마땅한 성취감, 동료들의 존경, 환자들의 감사를 분명히 원했으며, 자신들의 재능과 노고, 이타주의가 다른 사람들을 위해 잘 쓰이고 있다는 사실에서 보람을 찾고 싶어 했다. 그건 대단히 굉장한 계획 같은 것도 아니었다. 그건…… 이제 그녀는 일찍 찾아드는 겨울의 어둠 속으로 북쪽을 향해 소밀 도로를 달리며 적당한 단어를 찾아 헤맸다. ……대단한 오만도 아니었다.

조너선의 가족들에 대해 말하자면, 음, 그들에 대해선 충분히 이야기를 나눴다. 보람이라곤 전혀 없었던 그 긴장된 중국집 식사 자리에서, 그리고 록펠러 센터 주위를 산책하며 그녀는 그의 가족들과의 만남을 가졌다. 조너선은 홉킨스로 떠난 이래 가족들을 거의 만난 적도 없었고, 말할 필요도 없지만 그 가족들은 대학 이후 재정적으로든 다른 어떤 식으로든 그에 대한 지원을 끊었다. 그의 교육은 대학 이사회와 아르바이트, 그리고 자기 자식이 없고 그에게 관심을 가지고 있던, 볼티모어의 한 중년 여인이 떠맡았다. 조너선은 파티에 의자들을 배달하다가 그 여자를 만났고, 어쩌다 보니 대학 마지막 해에는 그 집 손님방에서 살게 됐다. 그는 그의 가족을 궁금해하는 그레이스의 자연스러운 호기심에 대해, 그 사람들은 그를 사랑하기를 거부한 사람들이라고, 의사가 되려는 그의 결심을 이해하지 못한, 그의 욕구를 지지해 줄 어떤 책임감도 받아들이지 않은 사람들이라고 일깨우며 그 문제를 피했다. 하지만 그럼에도 불구하고 이건 결혼식이었고, 어떤 정의를 들이대도 새로운 출발이었고, 그러니 명백한 불편을 감수할 가치가 있었다. 그들은 정식 초대를 받았지만 아무 반응도 보이지 않았고, 나중에 사진관에서 돌아와 사진들을 들여다보던 중에야 어느 — 키가 크고 약간 통통하고 조너선처럼 짙은 곱슬머리를 가졌지만, 조너선처럼 느긋한 분위기에 금방이라도 싱긋 웃을 것 같은 표정은 갖지 못한 — 젊은이가 사실은 조너선의 동생 미첼이라는 걸 알게 됐다. 동생은 와서 결혼식을 보고 떠났던 것이다. 그녀에게는 말 한마디조차 하지 않고.

뭐 이런 가족이 다 있어. 그녀는 생각했다.

도대체 어떻게 이런 사람들이 조너선 같은 사람을 만들 수 있었단 말인가?

그녀는 하버드 스퀘어의 한 빈티지 옷가게에서 발견한 오래된 드레스 — 점원은 에드워드 7세 시대 드레스라고 생각했다 — 를 입고 그리니치 빌리지의 피터 폭스에서 산 신발을 신고 거울 달린 어머니 화장대에서 꺼낸 목걸이를 했다. 결혼식 파티에는 비타만 불렀다. 대학 친구들 — 커클랜드 하우스 룸메이트였던 친구 셋, 비니어드에서 케이터링 업무와 서빙 일을 동시에 하면서 여름 한 철을 함께 보냈던 친구 둘, 3학년 때 버지니아 울프 세미나에서 만나 너무 친해진 나머지 이후 18개월 동안 매달 티(그리고 마리화나) 파티를 했던 여자들 — 의 서열을 매기기 시작할 생각이 없었기 때문이다. 대학에 가면서 집을 떠난 이후 그레이스가 만든 모든 인간관계를 이기는 우선권을 가진 비타만 불렀다.

물론 조너선은 제외하고.

조너선이 비타를 이겼다.

그날 밤, 바로 그 첫 번째 밤, 의과 대학에서 — 더 정확히 말하자면, 의과 대학 지하에서 — 화장실을 찾으러 갔다가 대신 빨래 바구니와 클론다이크에 관한 책을 든 채 덥수룩한 머리를 하고 미소 짓고 있던 열혈 의학도를 발견한 그레이스를 비타가 찾으러 왔을 때, 그 문제는 이미 논쟁점이었다.

오, 좋아. 이제 남자들 그만 만나도 되겠다.

조너선이 빨래 바구니를 내려놓고 그레이스가 바로 모퉁이 너머에 있는 가까운 화장실에 다녀온 것 말고는 둘이서 그 복도에서 거의 움직이지도 않았지만, 그 자리에서 두 사람은 놀랍도록 폭넓은 이야기를 나눌 수 있었다. 30분 후, 아니 아마 30분도 지나지 않아, 그녀는 그의 핵심 요소들 — 성장 환경, 가족 형태, 학창 시절과 장학금 이야기 — 뿐만 아니라, 그의 세계의 훨씬 더 자세한 지형과 그 속에서 그가 만들고 싶어 하는 자기 자리까지 다 알게 됐다. 거기까지 도달하는 게 너무나 쉬웠다. 까치발을 하고 우회할 필요도, 괜히 무관심을 가장할 필요도 없었다. 그는 그녀가 어떤 사람이고 무엇을 원하는지 서슴없이 대놓고 물었다. 그리고 그녀가 대답해 주면, 그게 바로 자기도 원하는 것이라며 서슴없이 알려 줬다.

약 30분 후 나타난 비타는 걱정 — 분명히 걱정하는 눈치였다 — 하고 있었지만, 그레이스는 친구에게 기쁨에 차 환히 빛나는 얼굴을 보이며 말했다. 「비타! 여긴 조너선 색스야.」 굳이 〈**여기 누가 있는지 봐. 바로 이 남자야**〉라고 말하지 않았다. 말할 필요도 없었다. 비타에게는, 조너선보다 훨씬 못한 남자들 몇 명을 그레이스가 필요에 따라 선택해 사귀는 과정을 지켜봐 온 절친한 친구 비타에게는, 그런 말을 할 필요가 없었다.

이 남자를 보라고.

당연히 — 머리는 덥수룩하지만 사랑스럽고, 날카롭게 명석하고, 포부가 크고, 온정적이고, 이미 소아과로 마음을 굳힌(종양학은 나중에 등장한다) — 조너선 색스를 소개받은 비타는 최고로 예의 바르게 행동했다. 그레이스는 이런 태도를 잘 알고 이해하고 있었다. 그건 비타가 예전에 리어든에서 가장 혐오하던 선생님들에게, 거의 참을 수 없는 아버지에게, 작년 겨울부터 사귀고 있는 — 지금 위층에서 열리고 있는 파티에서 그녀가 돌아오기를 기다리고 있는 — 남자의 부모님, 눈에 빤히 보이는 반유대주의를 대놓고 말로 하지 않는다고 무슨 시혜라도 베푸는 것처럼 생각하던 그 부모님에게 보였던 것과 똑같은 태도였다. 정중한, 정중한, 정중한…… **진저리를 치는** 태도. 걱정되긴 했지만 나아질 거라고, 그레이스는 생각했다. 그래야 하고, 그럴 것이다. 그녀는 가장 오랜 친구, 가장 친한 친구를 포기하지 않을 테고, 또 이 아름답고 친절하고 똑똑하고 매혹적인 남자도 포기하지 않을 테니까. 이 당연한 일이 일어날 때까지 참고 기다리려고 애썼지만, 기다림은 점점 더 힘들어졌고 약간 짜증이 나기 시작했다. 게다가 분명, 연애 초기 — 그녀가 경험이 너무 많아서 그런 게 **일상**이라거나 하는 건 아니다 — 란, 음, 사람들이랑 어울리고 다니는 시기는 아니지 않은가. 그레이스는 벌써 조너선의 수업 스케줄과 순환 근무, 그녀 자신의 학교 수업 과제 — 4학년 과정은 절대 누워서 떡 먹기가 아니다 — 와 씨름하느라 둘이서 함께 하는 활동(그 활동이란 대체로 더 사적이었고 더 사적인 공간에서 일어났다)에 비타까지 아울러 끼워 주기가 어려웠다. 그나마 간신히 스케줄을 맞춰 다 함께 모인 몇 안 되는 저녁 모임들에서는 팽팽한 긴장감이 흘렀다. 그것도 아주 많이. 조너선은 애써 — 얼마나 애쓰고 있는지 그레이스에게는 너무 잘 보였다 — 비타에게 관심거리가 뭔지, 인생에서 하고 싶은 일은 뭔지, 이런저런 질문을 했고, 사랑에 빠진 여자의 친한 친구(이자 룸메이트)에게만 보일 수 있는 관심을 보이며 열심히 비타를 쳐다봤지만, 비타는 절대 조너선에게 마음을 열지 않았다.

「질투하는 거라는 생각은 해봤어?」 그해 가을 한번은 조너선이 물었다.

「말도 안 되는 소리 하지 마.」 그레이스는 말했다. 비타는 7학년 때부터 지금까지 그레이스가 데이트한 모든 남자에 대해 호불호를 표했다. 몇 명은 열광적으로 지지했고, 몇 명은 어떤 면에서(혹은 모든 면에서) 그레이스에겐 모자라다고 생각했다. 하지만 의과 대학 기숙사 지하실에서의 첫 번째 밤부터 이후 채 1년이 지나지 않아 치른 결혼식 다음 날 — 비타가 완전히 동떨어진 세상으로 사라져 버린 그날 — 까지 비타가 보인 냉대는 절대적이었다. 그리고 영영 변하지 않을 태도라는 게 너무나 확실했다.

차는 혼다, 혹은 그 비슷하게 들리는 이름의 차였다. 그레이스는 신경 쓰지 않았다. 그저 코팅된 노란 차트를 가리키며 생각했다. **차구나.** 그녀는 차에 대해선 잘 몰랐고 별로 관심도 없었다. 잠시 동안은 차를 한 대 — 조너선이 한 환자의 아버지에게서 산, 하고 많은 브랜드 중 사브 — 소유한 적도 있었지만, 차고가 너무나 말도 안 되게 비싼 데다가 사실 그들이 차를 쓰는 건 여름뿐이었다. 지난 몇 년 동안 그녀는 웨스트사이드의 한 에이전시에서 오랫동안 렌트를 했지만, 오늘은 웨스트사이드가 너무 멀기도 하고 어쩐지 그곳으로 돌아가는 건 견딜 수가 없었다. 누구든 자기를 아는 사람, 심지어 매년 7월 1일부터 8월 31일까지의 렌트 동의서에 적힌 이름만 아는 사람이라고 해도, 아는 사람에게 가는 건 견딜 수가 없었다.

그녀는 조작 버튼들을 더듬더듬 찾아 아무거나 눌렀고, 마침내 창문이 내려가자 차가운 공기를 크게 들이마셨다.

브루스터에서 684번 국도가 끝나면서 시작되는 22번 국도에 들어섰을 무렵에는 사방이 완전히 깜깜해져 있었다. 더 빠른 길들도 있었다. 수년에 걸쳐 온갖 노선들을 다 달려 봤지만, 결국 이 길에는 뭔가 마음을 차분하게 해주는 게 있었고, 띄엄띄엄 등장하는 마을들 — 윙데일, 어니언타운, 도버 플레인스 — 은 너무나 익숙했다. 어메니아를 지나 그녀는 코네티컷으로 들어섰다. 독서를 하려다가 잠이 들었던 헨리가 일어나 앉더니 안전벨트를 고쳐 맸다.

「배고프니?」 그녀가 물었다.

헨리는 아니라고 했지만, 그녀는 도착하면 아무것도 없다는 걸 알고 있었고 그 이후에는 집에서 나오고 싶지 않을 거라는 것도 알고 있었기 때문에 레이크빌의 피자 가게에서 차를 멈추고는 호치키스[88] 학생들이 차지하지 않은 유일한 자

88 코네티컷에 있는 명문 사립 학교.

리에 앉았다. 피자는 기름이 번들거렸고, 그녀가 자기 걸로 주문한 샐러드는 드레싱을 어찌나 흠뻑 뒤집어쓰고 있었는지 눈앞에서 녹아내릴 것만 같았다. 두 사람은 아무 할 말도 없는 것처럼 먹었다. 그리고 다시 차를 몰고 떠나기 전에 잡화점에 들러 우유와 사과를 샀다. 가게 안을 돌아다니며 그녀는 먹는 걸 상상할 수 있는 음식을 하나 더 찾아보려고 애썼지만, 아무것도 없었다. 우유와 사과마저도 무리라고, 그레이스는 생각했다. 그녀는 헨리에게 이렇게 말하는 자신을 상상했다. **이제 우린 우유와 사과를 먹고 살 거야.** 헨리가 벤 앤드 제리 한 통과 히스 바 크런치를 사달라고 했지만, 있는 거라곤 그냥 평범한 초콜릿뿐이었다.

「얼마나 있을 거예요?」 헨리가 물었다.

「현 한 줄의 길이는 얼마나 되지?」 이건 대답할 수 없는 질문에 그녀가 대처하는 방식이었다.

도로에서 가파른 경사를 이루며 내려가는 진입로가 있었지만, 12월에 차를 몰고 내려가서는 안 된다는 것 정도는 알고 있었다. 가방들을 뒷 베란다로 나르며 예상대로의 추위를 실감한 그녀는 아이를 빨리 집 안으로 데려가고 싶었지만 집 안도 마찬가지로 얼음장 같았다. 헨리는 천장등을 켜고 방 한가운데 어리둥절하게 서 있었다.

「알아.」 그레이스가 말했다. 「불 피우자.」

하지만 땔감이 없었다. 남은 땔감은 별장을 폐쇄했던 9월 초에 다 써버렸다. 위층 침대의 담요들은 서늘한 여름밤이나 폭풍우 때를 위한 것들이지, 종잇장 같은 틈새라도 비집고 들어오는 듯한, 뼛속까지 얼 것 같은 추위에는 어림도 없었다. 방한 장치라곤 없는 집이었다. 지금까지 생각하지 않고 외면하려고 애써 온 문제였다.

「내일.」 그녀는 말했다. 「히터를 몇 개 사자. 그리고 땔감도.」 그녀는 말을 멈췄다. 그녀는 막 이게 꼭 모험 같지 않냐고, 대단한 실험 같다고 말하려던 참이었지만, 겨우 지난 몇 시간 사이에 그런 말을 믿을 수도 있었던 소년은 더 이상 존재하지 않게 됐다. 이제 헨리는 아무 말도 없이 어수선하게 꾸려진 짐들이 가득 찬 렌터카 뒷좌석에 올라가 앉아 예상치 못한 곳으로 떠나는 소년이었다. 이제 헨리는 다른 사람의 범죄로부터 달아나는 도망자였다. 사실 두 사람 다 그랬다. 「헨리?」

「네?」 그는 움직이지 않았다. 그저 파카 주머니에 손을 쑤셔 넣은 채 시험 삼아 조그만 입김을 내뿜으며 서 있었다.

「내가 알아서 할게.」 그녀는 말했다. 그 목소리가 너무 자신만만하게 들려서 그녀는 깜짝 놀랐다. 그녀는 **떠나는** 것을 넘어서는 문제에 대해서는 별로 생각하지 않았고, 다음 날 아침이나 다음 주에 대해선 아무런 생각도 없었다. 방학까지 리어든에는 아직 7일간의 수업이 남아 있었다. 환자들이 있었다. 언제까지나 가지고 있을 수는 없는 렌터카가 있었다. 아마도 곧 출판될 책도 있었다. 그녀의 이름 — 세상에, 그녀의 **얼굴** — 이 바로 지금 이 순간에도 지역 방송 뉴스나 웹사이트에 등장하고 있을 가능성이 농후했고, 온갖 동료나 환자, 리어든 학부모, 그녀보다 더 남편을 잘 아는 사람들이 그걸 볼 수 있을 것이었다. 하지만 지금 이 순간에는 그런 끔찍한 일들조차도 그나마 남은 제정신과 의지를 낭비하게 하기엔 너무나 추상적인 문제들 같았다. 지금 그녀의 세상은 몹시 작았고 사람들도 거의 없었다. 어느 방향으로든 입김이 닿는 곳까지가 끝이었다.「우린 괜찮을 거야.」그녀는 이렇게 말하고, 적어도 아이가 그 말을 믿으리라는 가냘픈 희망에서 다시 한번 똑같은 말을 되풀이했다.

17
불신의 유보

나중에, 그녀에게 가장 놀라웠던 것은 삶을 해체하기가 한없이 쉽더라는 사실이었다. 몇 번 배회했던 적은 있어도 태어나서 지금까지 주소 한 번 바뀌지 않은 일관되고 안정적이었던 삶 — 그랬다는 사실을 그녀도 애써 상기해야 했지만 말이다 — 이 얼마나 쉽게 흩어졌는지. 처음에는 그녀가, 나중에는 그녀의 아들이 다니곤 했던 소아과, 매디슨 가를 따라 이어지는 위안을 주던 길, 달라지는 것이라곤 가게 상호와 어마어마하게 값비싼 상품들뿐이었던 상가, 커피숍, 버스 정류장, 골목골목에서 나와 아이들을 85번가의 놀이터로 몰던 보모들…… 이 모든 게 그 후로 불과 며칠 만에 다 흩어져 사라질 것이었다. 그리고 그녀는 집요하게 불신을 유보하며 온기를 찾아 헤매고 하루하루 살아가려 사투를 벌였다.

다음 날, 그녀는 주 경계선을 넘어 피츠필드로 갔다. 놀라우리만큼 별로 헤매지도 않았고 렌터카 회사에서 중고차도 한 대 샀다. 완벽하게 평범한 혼다였다. 그리고 헨리와 함께 그레이트배링턴 근처의 아웃렛 몰에 가서 이불과 따뜻한 장화, 그리고 스키를 타는 사람들이 입을 만한 내복을 샀다. 홈디포에 가서는 세일즈맨이 안전하다고 보증한 히터와 코킹건[89]도 샀는데, 사실 사용법을 터득할 수 있을지 자신도 없었거니와 과연 쓸데가 있기나 할까 싶은 마음도 들었다. 그리고 두 사람은 슈퍼마켓에 갔다. 돌아오는 길에 표지판을 따라 자동차 전용 도로를 타고 숲이 우거진 공터에 있는 A형 목조 주택으로 가서 지저분한 파카 차림의 어리둥절한 남자한테 땔감용 장작을 1코드[90]어치 대량으로 주문했다. 예전에는 푸드 엠포리엄에서 비닐로 소포장된 장작을 사곤 해서 1코드가 실제로 얼마만큼이나 되는지 확실히 몰랐다. 아무튼 남자는 다음 날 아침까지 배달해 주겠다고 했으니, 그것만 해도 대단한 일이다. 보통은 욕심이 별로 없는 헨리는 하루 종일 딱 한 가지 요구만 했는데(할인 매장에서 히스 바 크런치를 사달라고 했던 건 예외로 치고 말이다), 그건 — 기이하게도 — 슈퍼마켓에서 발견한 스포츠 관련 글 모음이었다. 그녀는 두 번 생각해 보지도 않고 그 책을 사주었다.

다시 집에 돌아온 두 사람은 침대에 이불을 덮고 그 속으로 기어 들어갔다. 헨리는 돌아오는 길에 차 안에서부터 벌써 읽기 시작한 스포츠 책을 들고서, 그레이스는 고객 명단을 재구성하기 위해 공책을 들고서. 예약 환자들의 우선순위를 정리해야 했고, 최소한 모두에게 이메일을 보내야 했다. 그다음에는 대부분의 환자들에게 전화를 돌려야 했다. 하지만 아직 거기까지는 생각하고 싶지 않았다. 희미한 겨울 빛

89 갈라진 곳이나 접합부에 실리콘 등의 실링재를 주입하는 시공 기구.
90 목재나 장작의 용적 단위로 약 3.6세제곱미터 정도 된다.

이 비치는 방 안이 낯설고 따분해 보였다. 어린 시절 여름날에 그녀가 자던 방이 아니라 어쩐지 지금도 부모님의 방 같았다. 벽체의 옹이 진 소나무는 뭔가 싹 빠져나가고 없는 것처럼 빛바래 보였다. 따뜻한 날씨에서만 가동되는 그 무엇인가가 결여되어 재충전할 때까지 대기라도 하고 있다는 듯이. 오래된 그림들 — 몇 점은 할아버지 때부터 내려온 것이었고, 또 몇 점은 그녀가 직접 7번 국도에 있는 엘리펀트 트렁크에 가서 사 온 것이었다 — 은 피막 같은 걸 덮어쓴 것처럼 색채가 죽어 보였다. 처음에는 별생각 없이 실내 풍경을 보고 있던 그녀는, 갈수록 새삼스러운 상실감에 젖을 수밖에 없었다. 그때 퍼뜩 뇌리를 스친 생각이 있었다. 이 방 안에는 그녀 자신의 삶이라는 개념과 진짜로 관련이 있는 물건이 단 하나도 없다는 사실이었다. 하나도 없었다. 보기만 해도 줄줄 읊조릴 수 있는 뉴욕 아파트의 물건들 생각이 밀물처럼 덮쳐 왔고, 그래서 눈앞에 보이는 물건들을 자기도 모르게 꼬치꼬치 따져 보게 되는 것이었다. 어떤 내력이 있는 물건인지, 참 웃기지만 지금 그녀의 현실이라고 불러야 할 이 지경에 포함시켜도 될 물건인지. 오래된 사진들, 4세대에 걸친 그녀 가문의 유명무실한 재산들은 아무 의미도 없어 보였다. 특히 조너선과 함께 찍은 사진들은 폐부를 찌르는 것 같았다. 어린 시절의 미술 작품들(그녀가 만든 것도 있고 헨리 작품도 있었다), 숲이나 호숫가에서 주워 온 희한한 사물들, 읽으려고 시내에서 사 와서 다 읽고 책장에 꽂아 두고 갔던 책들, 『뉴요커』에서 찢어 낸 기사들, 구독하는 학회지 서너 가지의 과월호 — 이런 게 지금의 그녀와 무슨 상관이란 말인가? 부모님이 쓰시던 방에서 새 이불을 덮고 열두 살짜리 아들과 함께 웅크리고 있는 꼬락서니인데. 하지만 대체 언제까지? 이 밤이 끝날 때까지? 아니면 뉴스가 가라앉을 때까지? 아니면 올해가 다 갈 때까지?

핵전쟁 후의 겨울이 끝나고 누군가(하지만 누가?) 상황 종료를 알릴 때까지?

이 모든 사태의 육중한 무게는 차마 가늠할 수 없었기에 아예 시도조차 하지 않기로 했다. 그래서 평범한 월요일에 직장에 다니는 엄마가 처리해야 할 일 목록처럼 어마어마하게 많은 할 일을 씩씩하게 처리하고 환자들에게 보낼 메시지나 열심히 쓰기로 했다. 〈예기치 못한 중대 사태로 인해 잠시 휴원합니다. 우리가 함께하는 치료 작업을 잠시 유보해야 된다는 사실을 얼마나 유감스럽게 생각하는지 형용할 수가 없는 심정입니다. 저도 언제까지 병원을 비울지 말씀드릴 수 있으면 좋겠습니다. 물론 그때까지 다른 치료사에게서 진료를 받으실 수 있도록 도움을 드릴 수는 있으니, 추천이 필요하시거나 대안을 논의하고 싶으신 분들은 언제든지 이메일로 연락을……〉

빈말은 아니었지만 사실 지금 현재는, 딱히 이메일이 된다고 할 수는 없었다. 지난여름 그 지역 통신사에 의뢰한 와이파이 시스템이 그 당시에는 속도가 느려도 작동이 되긴 했는데, 그녀는 물론이고 헨리까지 나섰지만 고칠 수가 없었고 여전히 먹통이었다. 그래서 — 어쩔 수 없이, 임시변통으로, 생각만 해도 끔찍하게 겁이 났지만 — 마을에 있는 데이비드 M. 헌트 도서관으로 가서 신청서에 쓴 대로 30분의 사용

시간 동안, 훌륭한 상담 치료를 받기 위해 자신에게 돈을 낸 모든 남녀들과 자신 사이에 단두대를 떨어뜨렸다. 대담무쌍한 인상의 앤 여왕 시대풍 도서관 건물은 바로 이런 무거운 목적에 완벽하게 부합하는 느낌이었다. 어차피 이제 내 조언 따위는 아무도 원하지 않을 거야. 그녀는 마음속으로 생각했다. 〈보내기〉를 거듭, 거듭 클릭하면서, 현명하지 못하게도 하필 그녀에게 준 환자의 신뢰를 싹둑싹뚝 잘라 버리고, 한때 그녀가 베풀었던 의술도 모조리 부정했다(그럴 때마다, 똑같은 메시지를 작성하고 전송할 때마다, 멍이 든 자리에 또 타박상을 입는 느낌이었다. 매번 새롭게 메일을 작성했던 건, 그녀의 치료사 경력 전체를 단체 메일로 지워 버리고 싶지는 않았기 때문이었다). 그러고 나서 그녀는 의자에 뒤로 기대어 앉아서 카펫이 깔린 조용한 도서관 선반에 놓인 무기력한 컴퓨터 스크린을 바라보았고, 이 일이 얼마나 조용하게 끝났는지 생각하며 놀라워했다. 절대 고요에 휩싸인 동굴에 대고 속삭인 소리가 귀가 멀 정도로 메아리쳐 돌아왔다가 사라진 느낌이었다. 현실에서는, 사실 다시 돌아온 메일은 거의 없었다. 대다수 환자들로부터는 정적이 흘렀을 뿐이었다. 급성으로 증상이 도질 때만 찾아오는 한 여자 환자는 추천을 부탁한다는 메일을 보내왔다. 남편이 그녀를 버리고 첼시에 사는 남자와 로스코 그림이 있는 집에서 동거를 하고 있는 리사는 〈모든 게〉 그레이스를 위해 잘 풀리기를 바란다는 친절하고 아름다운 답장을 보내왔다(그레이스는 리사가 지금쯤 알게 되었을 〈모든 게〉 얼마나 될지 생각하는 것조차 견딜 수 없었다). 더구나 한시도 분노를 삭이지 못하는 각본가 스티븐은 그 바쁜 삶 속에서도 짬을 내어 그녀에게 〈한심한 개년〉이라고 욕하는 수고를 무릅써 주셨다.

그 답장을 읽고 하마터면 입가에 미소가 번질 뻔했다. 정말이지 하마터면.

이상하게도, 뉴욕을 떠나온 그녀에게 실제로 유일하게 항의한 사람은 환자가 아니었고, 아들의 교사도 아니었으며(로버트는 그녀가 제출한 휴학 신청서에 언제든 헨리가 다시 온다면 환영이라는 짤막한 메시지로 답했다. 그레이스는 그게 진심이기를 바라는 수밖에 없었다), 심지어 친정아버지도 아니었다(그 이야기를 딸에게서 직접 듣게 되어 다행이라고 생각했지만, 겁에 질린 나머지 질문 공세를 퍼부어서 그레이스는 휴대폰 소리가 잘 들리지 않는 척 끊어야 했다). 다름 아닌 비터이 로센버움이었다. 그는 자기가 언제까지 학생의 돌연한 레슨 불참으로 불편을 겪어야 하는지 모르겠다며 생색을 내고 헨리의 음악 교육에 공백기가 얼마나 해로운지 모르느냐고 그녀를 닦달했던 것이다. 그레이스는 로센버움의 이메일을 읽으며 다른 사람들도 이렇게 시야가 좁으면 얼마나 좋을까 살짝 아련한 고마움마저 느꼈다. 이 바이올린 교사는 원래 이메일이라는 낯선 세계의 이상한 법칙에 익숙한 사람이 아니었다. 학생 하나가 낡은 데스크탑 컴퓨터 하나를 들고 와서 직접 설치해 주고 글을 작성해서 전송하고 이메일을 받는 방법을 찬찬히 설명해 주었을 때에야(그리고 사용법을 출력해 주었을 때에야) 체념하고 이메일을 쓰기 시작했으며, 지금도 좀 더 편한 의사소통 방식이 다 막혔을 때에만 이메일을 썼다. 그렇지만 어쨌든 그는 (무려 세

번에 걸친 짧고 부정확한 단어들로 이루어진 메시지로) 헨리의 결석에 얼마나 불쾌감을 느끼고 있는지 확실히 전달하는 데 성공했다. 그리고 심지어 무슨 이기적인 이유로 아들을 레슨에 보내지 않는지 모르지만 엄마로서의 의무를 방기하는 거라고 그레이스를 비방하기까지 했다.

비터이 로센버움은 적어도 뉴스 소비자는 아닌 게 분명했다. 『뉴욕 포스트』나 『뉴욕 타임스』나 『뉴욕』 잡지를 읽지도 않았다. 6시 뉴스를 보지도 않았다. NY1.com을 팔로하고 있지도 않았다. 자기만의 불행한 폐쇄적 세계 안에 문을 꼭 닫고 처박혀 헨리 색스의 부재가 무슨 뜻인지 전혀 짐작조차 하지 못했다.

세상이 다 비터이 로센버움 같다면 얼마나 좋을까.

매번, 컴퓨터에서 할당된 시간을 끝내고 또다시, 아직도 가느다랗게 머리 위에서 달랑거리고 있는 풍선을 — 사람을, 약속을, 가느다란 정상성의 끈을 — 놓아 버리려 준비할 때마다, 너무나 가까이에 있는, 손가락만 살짝 움직이면 무섭게 밀어닥칠 폭풍 같은 정보를, 포효하는 울음소리를 뿌리치려고 안간힘을 썼다. 코네티컷 시골 도서관의 속삭임 소리와 몇 시간 거리의 남쪽에서 벌어지고 있는 대혼란을 갈라놓고 있는 것은 클릭 한 번뿐이었다. 그레이스는 회전의자에 앉아 키보드 위에 손을 올린 채 알고 싶기도 하고 알고 싶지 않기도 한 자신과 싸우고 있었다. 매번 새로운 갈등이었다. 근저를 흔들고 씁쓸한 끝으로 치닫는 투쟁이었다. 그리고 언제나 의지력으로 무지를 선택하는 쪽이 승리를 거두었다.

그래서 그레이스는 조심스럽게 로그아웃을 하고 컴퓨터

에서 일어나 헨리를 찾으러 갔다. 스포츠에 대한 글 모음을 다 읽고 이제 루 게릭[91]의 전기를 읽고 있는 헨리를 얼어붙은 호숫가의 춥고 추운 집으로 데리고 가서 아무것도 알지 못하는 하루를 또 보내게 될 것이다. 벽난로에 불을 피우고(당연히 이 일에는 아주 능숙해졌다) 소파에 앉은 아들을 담요로 꽁꽁 감싸 주고 책을 읽는 아들 쪽으로 불을 켜주고 두 사람이 함께 나누어 먹을 따뜻한 요리를 해야지. 그리고 오후의 싸늘한 공기가 차츰 더 잔혹한 밤의 냉기로 바뀔 때면, 아주 조심스럽게 최대한 꼬치꼬치 따지고 들지 않으려 애쓰면서 그레이스는 자기가 처한 상황을 분석해 보기도 했다.

기본적으로, 조너선이 아직은 — 어디에 있건 — 멘도사와 오루크와 뉴욕 시경과, FBI나 인터폴이 힘을 합쳐도 찾을 수 없는 어딘가에 있다는 건 분명했다. 틀림없었다. 그렇지 않다면 멘도사가 휴대폰으로 전화를 걸었을 것이다. 사실 멘도사는 지금도 몇 시간에 한 번씩 전화했다. 조너선 소식을 들었는지 알아보려는 생각도 있겠지만 그보다는 헨리와 잘 지내고 있는지 궁금해서 거는 안부 전화에 가까웠다(그레이스가 그 전화를 받는 건 멘도사가 뉴욕을 떠날 수 있게, 아니 적어도 떠나는 일이 어려운 일이 되지는 않게 해주었기 때문이었다. 최소한 그 점에선 신세를 진 셈이었다). 멘도사나 아버지 전화가 아니면 절대 받지 않았지만, 휴대폰은 도저히 잠가지지 않는 틀어 놓은 수도꼭지 같은 물건이 되어 버렸다. 뉴욕 치료사들의 전화번호부에 올라가 있는 그녀

91 Lou Gehrig(1903~1941). 뉴욕 양키스에서 활약했던 미국의 전설적인 프로 야구 선수.

의 상담실 회선(전문 영역: 부부 상담)이 휴대폰으로 연동되어 계속 울리는 바람에 하는 수 없이 묵음으로 돌려놓아야 했다. 그러면 또 계속해서 깜박거리고 진동했다. 발신인을 볼 수 없는 메시지는 절대 듣지 않았다. 혹시 발신인이 누구인지 미리 보지 못한 경우에는 인사말이 지나가기도 전에 삭제 버튼을 눌렀다. 그러던 어느 날 오후, 부엌의 오래된 벽걸이 전화기가 울리기 시작했다. 고색창연한 벨 소리가 20세기 중반의 텔레비전 드라마에서 나오는 소리처럼 불쑥 울려 퍼지는 것이었다. 벨 소리는 연거푸 반복해서 울렸다. 크리스마스 며칠 전 2시쯤에 처음 울린 벨 소리는 저녁때까지 울리고 다시 울렸다. 물론 발신인 표시 따위는 없었다. 그레이스는 금이 간 베이클라이트 전화기가 발신인을 미리 알려 줄 리가 없다는 건 확실히 알고 있었다. 하지만 아마도 지난 여름 이후로 처음 울리는 것이 틀림없었다. 그레이스는 손을 수화기에 올려놓고 마음을 정하지 못했다.

수화기를 들고 아무 말도 하지 않자, 저편에서도 잠시 말이 없다가 긴장된 여자의 목소리가 말했다. 「그레이스인가요?」

그레이스는 수화기를 내려놓았다. 반대편의 여자를 놀라게 하지 않으려고 조심하는 것처럼, 부드럽다고 해야 할 정도로 차분하게. 그리고 어쩐지 위험해 보이는 전화선에 손을 뻗어 형편없이 시대에 뒤떨어진 마룻바닥 잭에서 뽑아 버렸다.

그러니까 적어도 그녀가 어디 있는지 아는 사람이 하나는 있다는 얘기였다. 하지만 아직 실제로 찾아온 사람은 없었다. 그나마 다행이었다. 그게 떠나온 보람 아닌가? 따라올 생각이 없어질 만큼 멀리 도망치는 게? 그리고 확실히 코네티컷 시골까지는 따라올 생각이 없는 것 같았다. 겨우 주 경계 하나를 넘었을 뿐인데, 기자들이 쫓아올 만큼 중요하진 않은 기삿거리가 되다니. 그런 생각만으로도 어쩐지 희망이 생기는 기분이었다.

하지만 그때 실제로 죽은 사람이 있고, 아이 두 명이 고아가 되었다는 사실이 기억났다. 그 순간 희망은 사그라졌다.

평생을 산산이 해체하는 게 너무도 쉬웠다. 하지만 그 역시 분에 넘치는 특권이었다. 〈피범벅이 된〉 아파트와 미겔 알베스가 발견한 광경에 비한다면 말이다. 그레이스는(모건 스탠리 은행에서 전혀 모르는 사람과 수치스럽기 짝이 없는 통화를 했었다) 자기 소유라고 믿은 돈 대부분은 아직 가지고 있었지만, 현금 계좌에서 2만 달러가 12월 16일 월요일 오후, 말라가 알베스가 살해당한 당일 출금되었다는 사실을 알고 있었다.

거기에 보석 한 보따리면 웬만한 데는 다 갈 수 있겠지. 그레이스는 씁쓸하게 생각했다.

(얼어 죽을 듯 추운 집이긴 했지만) 원한다면 얼마든지 오래 머물 수 있는 집 — 그녀의 집이었으니까 — 으로 헨리와 함께 도피해서 넉넉한 돈으로 음식을 먹고 땔감을 때고 있는 것도, 맨해튼 부동산의 사다리에서 꽤 높은 수준의 큰 집을 물려받은 특혜로 얻은 수많은 불로 소득 중 하나였다. 그렇다고…… 엄밀히 말해, **죄책감을** 느끼는 건 아니었다. **죄가 있는 건** 아니었다. 사실은 항상 돈에 큰 관심이 없고 사치스러운 물건을 탐내지 않는다는 것에 비뚤어진 자존심 같은 걸 품고 있었다. 하지만 어쨌든, 크게 돈 걱정을 하지 않을

만한 여유는 있었다. 그녀도 알고 있었다.

그리고 이제, 4세대에 걸쳐 그녀 가문이 (적어도 따뜻한 여름철 동안은) 집이라고 불렀던 곳에서, 부모님의 침대 위에서 추위로 꽁꽁 언 채로 아들 곁에(아이는 철저히 루 게릭의 인생에 몰두해 있었다) 누워 있는 지금도, 신용 카드로 별 생각 없이 산 음식으로 냉장고는 가득 차 있고 (사치스럽지는 않더라도) 역시나 똑같은 신용 카드로 새로 산 차가 밖에 있는 지금도, 그녀는 치열하게 생각했다. **나는 사과할 일이 하나도 없어.**

하지만 그것도 오래가지 않았다. 그런 반항심은.

가끔 밤에 헨리가 잠들고 나면, 그녀는 파카를 걸쳐 입고 주방 서랍에서 발견한 담배 한 갑을 들고 밖으로 나갔다. 담배가 누구 것인지 어떻게 거기 있는 건지 전혀 알 수 없었지만, 호숫가로 통하는 경사로로 걸어 내려가 차가운 부두에 드러누워 한 개비에 불을 붙이곤 했다. 그러면 그 순도 높은 나쁜 쾌감이 짜릿하게 덮쳐 와 축축한 동굴 같은 폐 속으로 흘러들어가 혈류를 타고 확 퍼졌다. 하얀 연기가 피어올라 밤 속으로 사라지는 걸 지켜보았다. 적어도 이 순간은, 그게 그녀가 아직 여기 있다는, 아직 지각력을 유지하며 기능을 하고 있다는, 눈에 보이는 증거였다. 이것 자체가, 이 대담한 존재의 증거 자체가 마약 같다는 생각이 들었다. 중독적이었다. 꼭 필요하고, 무자비한 위안이었다.

18년 동안 담배를 피우지 않았다. 하버드 의대 지하실에서 미래의 종양학 전문의를 만났던 그날 밤 이후로 처음이었다. 흡연이라는 행위가 이토록 의미심장했던 적이 있었는지, 그녀 기억으로는 없었다. 지금, 숨을 들이마시고 눈앞에 피어오르는 하얀 연기를 바라보고 있는 지금은 그런 기분이 들었다. 조너선이 그녀의 인생으로 들어온 순간 거대한 일시 정지 버튼이 눌러졌다가, 이 순간에야 그 버튼을 눌렀던 손가락이 사라지고 그녀가 풀려나 동작할 수 있게 되었다는 느낌. 갑자기 다시 대학생이 되어 그 옛날 그 순간으로 돌아가 있었다. 인생의 커다란 결정들과 주요 사건들이 아직 일어나지 않았던 그때로. 이번에는 아이도 있고 명목상이지만 전문직도 있는 상태라는 게 다르지만.

그리고 출간될 책도 있었다. 아니, 뉴욕을 떠나올 때까지는 출간 예정이었다고 해야 할까. 그 이름들은 여전히 계속해서 그녀의 휴대폰 액정에 떴다. 새러베스와 모드와 홍보 담당 J. 콜턴. 하지만 한 번도 그들에게 전화를 다시 걸지 않았다. 심지어 메시지도 듣지 않았다. 그 사람들이 할 가치가 있는 말이 뭐가 있을까, 그런 헛된 생각도 했다. 『보그』의 기사는 나오지 않을 것이다. 「투데이 쇼」에서도 인터뷰를 하고 싶지 않다고 하겠지. 말라가 알베스의 죽음과 관련해서라면 모르겠지만. 그리고 그 책도…… 세상에 **그 누가**(그리고 그녀는 일부러, 이 생각을, 끝까지 따라갔다) **남편이 다른 여자와 불륜을 저지른 결혼 상담 전문가한테 다 알면서 상담을 받으려 할까? 아니 남편이 외도로 모자라 아이까지 가졌는데? 아니 심지어 그 여자를 죽였는데? 혹은 아내한테서 도둑질을 하고, 거짓말을 하고, 차마 가늠도 할 수 없는 끔찍한 상황 속에 버려두고…….**

글쎄, 딱히 고통은 아니었다. 그레이스가 지금 느끼는 것은, 추위로 얼얼한데 하늘을 보고 누워 냉혹한 밤공기 속으로 연기를 뿜고 있는 바로 이 순간 느끼는 것은, 고통은 아니었다. 그렇다고 고통이 근처에 없다는 얘기도 아니었다. 아주, 아주 가까이 있었다. 그저 벽 저 너머에 있다는 뜻이었다. 하지만 그 벽이 언제까지 버텨 줄지는 아무도 모를 일이었다.

또 한 번 허파 가득 연기를 들이마시고 내뿜고는, 피어오르는 하얀 구름을 지켜보았다. 한때는 흡연을 정말 좋아했었다. 그 치명적인 부작용을 몰라서, 죽고 싶어서 그랬던 건 아니다. 그녀는 무식하지도 않았고 자학을 즐기지도 않았다. 의대에서 파티가 열렸던 밤, 그녀는 비타와 함께 살던 센트럴 스퀘어 근처의 아파트로 돌아가서 소방 계단에 앉아 조너선에 대해, 그리고 그가 앞으로 자기 인생을 어떻게 살아갈까에 대해 생각하면서 마지막 담배 한 갑을 다 피웠다. 조너선에게는 담배를 피운다는 말조차 하지 않았다. 그날 밤 이후로 그녀에게 정말로 중요했던 단 한 가지와 무관한 일이었으니까. 그녀의 삶에서 중요한 모든 일은 그날 이후 일어났으니까. 그러면 그녀 역시 거짓말쟁이가 되는 걸까?

끝도 없는 기숙사 지하실에서 갈라져 나간 길이 과연 몇 개나 있었을까? 그녀가 선택한 그 하나의 길을 선택하는 게 왜 그렇게 쉬웠을까? 남들이 덜 밟은 길인지 아닌지 그게 중요했던 걸까? 아마 아니었을 거야. 그녀는 이제 와서 생각했다. 그런 문제는 이제 하나도 중요하지 않았다. 중요한 건 실수를 했다는 것, 그리고 너무 오랫동안 맹목적으로 터벅터벅 걸어왔다는 것, 그리고 이제 여기 차가운 겨울밤 인생의 부두 끝에 다다라서 공포에 질리고 마비된 채 10대처럼 굴고 있다는 사실이었다. 갑자기 아빠가 없어진 아이를 난방도 안 되는 집에 웅크려 덜덜 떨게 두고서. 자기 삶에서 갑자기 단절되어 버린 아이에게는 진지한 계도가 절실히 필요했다. 여러 가지 문제에 확실한 해명을 해줘야 한다는 건 굳이 말할 필요도 없었다.

당장 그 문제부터 해결해야겠다. 그레이스는 연기를 뿜으며 생각했다.

잉크처럼 새까맣고 별들이 찬란하게 빛나는, 견고한 하늘로 연기가 올라갔다. 별과 달을 빼면 빛이라고는 그녀 집 거실에 켜놓은 스탠드 하나와 현관 등뿐이었다. 오래된 등이었고, 그나마 전구 세 개 중에 하나밖에 불이 들어오지 않았다. 다른 집들에는 사람이 하나도 없었고, 호수의 뾰족한 끄트머리에 있는 석조 주택 한 채의 굴뚝에서 가느다란 연기가 피어오르고 있을 뿐이었다. 아주, 아주 고요했다. 가끔씩 어딘가에서 바람을 타고 살짝살짝 음악 소리가 들리기는 했다. 특이한 음악이었다. 바이올린 같은 악기가 켜는 음악 같았지만, 비터이 로센버움이 알아듣거나, 최소한 음악이라고 인정해줄 만한 소리는 아니었다. 소리를 들으니 남부의 고산 지대 생각이 났다. 사람들이 베란다에 함께 어울려 앉아 나무들을 바라보고 있는 곳. 어떤 날 밤에는 그 악기 소리만 났고, 또 어떤 때는 다른 악기 소리가 더 들려오기도 했다. 제2바이올린과 어쩌면 기타 소리. 한번은 사람의 목소리, 사람의 웃음소리가 들리는 것 같아서 집중해서 열심히 들었다. 사람 소리가 어떤 건지 기억이 잘 안 나는 사람처럼 말이다.

그렇지만 대체로는 직접 피운 난롯불이 타닥거리는 소리

나 두 식구 중 한 사람이 책장을 넘기는 소리뿐, 귀 기울여 들을 만한 소리는 없었다.

그리고 크리스마스가 코앞으로 다가왔다. 그레이스는 그 날에 특별한 의미를 전혀 부여하지 않았고, 크리스마스이브에 눈을 떴을 때도 전형적인 아무 대책이 없는 남편 같은 상태였다. 처음으로 헨리를 집 안에 혼자 두고 북쪽의 그레이트배링턴으로 차를 몰고 가서 아이에게 줄 선물을 찾았다. 하지만 간신히 쇼핑몰에 닿았을 때는 벌써 문 닫을 시간이 가까워 미친 듯이 돌아다니면서 쓸데없고 비논리적이고 무의미하고 갖고 싶지도 않은 물건들을 절망적으로 뒤져야 했다. 결국은 서점에 가서 늘 얼쩡거리던 그 책장들 앞에서 아이가 관심을 가질 만한 게 있는지 구경까지 했지만, 그녀가 허락하는 비좁은 주제의 한계 안에서는 아이가 정말로 흥미를 가질 만한 책이 한 권도 없었다. 헨리에게 줄 게 하나도 없었다. 예의상 친절을 베풀면 늘 고맙다고 하라고 듣고 자란 아이니까 그저 예의상의 감사 인사는 해주겠지만, 진심으로 좋아할 만한 선물이 없었다. 올해는 틀렸다.

그래서 스포츠 코너로 가서 억지로 한 권 한 권씩 집어 들고 살펴보았다. 양키스의 역사. 좋아. 흑인 리그에 대한 책. 적어도 이건 역사잖아. 그리고 아무 책장이나 펴봤는데 꽤 괜찮은 문장이 나와서 고른 프로 미식축구 리그에 대한 책 한 권. 그리고 또 다른 야구에 대한 책, 이건 그레이스가 자기 자신의 속물성에 이미 질려 버린 나머지 아예 펼쳐 보지도 않고 고른 책이었다. 그리고 켄 번스와 린 노빅의 「베이스볼」 DVD 시리즈 세트, 이거라면 둘이 같이 볼 수도 있었다.

물건들을 전부 카운터에서 포장해 달라고 했다.

출구로 나가려면 결혼과 가족에 대한 책들이 꽂혀 있는 코너를 지나쳐야 했다. 그레이스는 자기도 모르게 발걸음이 느려지는 자신을 의식하고 억지로 그쪽을 쳐다보았다. 몇 년 전 어퍼웨스트사이드에서 그녀의 환자들과 다른 사람들이 읽을 만한 책들이 뭐가 있나 보려고 들렀던 코너도 딱 이렇게 생겼었다. 당신이 원하는 남자의 사랑을 얻는 법. 그 남자가 데이트를 신청하고 당신만 사랑하고 당신과 결혼하게 만드는 법. 당신이 자초한 삶을 누리기 위해 스스로 만들어 낸 수많은 걸림돌들을 인정하고 받아들이는 법. 그 많은 망상. 그 많은 양보. 예를 들어 정말로 딱 맞는 브래지어를 찾는다든가 라이프스타일에 맞는 개의 종류를 찾을 때 발휘할 만한 냉철한 이성은 어디에 두고? 인생의 동반자를 찾는 일이라면 적어도 그 정도는 중요하지 않은가? 적어도 그 정도 분별과 터프함을 갖고 해야 하는 일 아니었던가? 어째서 젊은 여자가 표지판을 보고 무지개 같은 해석이 아니라 실제 의미를 읽으면 안 된다는 말인가?

한두 번이 아니었다. 결혼을 하고 결혼 생활을 유지하는 법에 관한 이런 책들을 읽는 독자들이 그녀의 상담소를 찾아와, 만신창이가 된 자기 인생과 자기 자신의 결함을 고백했다. 제대로 결혼을 하지도, 결혼 생활을 유지하지도 못한 게 자신들이라고 생각했다. 남편이 다른 여자들에게 추파를 던진 것도 자기 체중이 늘어서라고 생각했다. 아기한테(그리고 친정 식구들과 아내의 친구들과, 우연찮게도 아내 본인에게도) 남자가 차갑게 대하면, 그게 다 자기가 직장에서의 출세 길을 포기했기 때문이며, 둘째 아이가 생길 경우 회사의 중역으로 승진하지도 못하기 때문이라고 생각했다. 모든 일이 다 여자 탓이었다. 사실이든 착각이든, 범죄도 다 여자 책임이었다. 더 치열하게 생각지 못해서, 더 열심히 노력하지 않아서, 자기 자신에 대한 기대가 낮아서. 여자들이 팔을 더 열심히 퍼덕거리지 않아서 비행기가 떨어졌다는 거나 다를 바가 없었다.

그리고 최악은, 여자들이 실제로 죄가 **있다는** 사실, 실제로 **실패했다는** 사실이라고, 여기 브로드웨이 반스 앤드 노블의 〈결혼과 연애〉 코너에 서서 그레이스는 생각했다. 여기 열거한 그런 죄가 아니라, 그들이 생각한 그런 실패가 아니라. 결혼 생활을 **유지하는** 일에 여자들이 실패한 것이 아니었다. 애초에 선택을 잘못한 것이다. 그게 전부였다. 그런데 그런 말을 하는 책이 어디 있단 말인가?

그녀는 시험적으로 조심스럽게 일을 시작했었다. 어느 날 오후 고객이 약속을 지키지 않아서 뜻밖에 한 시간을 혼자 보냈던 적이 있었다. 방금 나간 부부는 둘 다 격분한 상태였고, 온 방 안이 여전히 그 스트레스와 그 무용함으로 쿵쿵 울리고 있었다. 갑자기 생긴 그 한 시간 동안 그녀는 책상에 앉아 그녀의 직업의 현실에 대해 일종의 선언문 같은 걸 썼었다. 치료사들은 눈앞에 빤히 보이는, 혹은 빤히 보아야만 하는 사실에 탄식하면서. 남편 또는 아내의 뒤늦은 한탄들을 들으면서 몇 번이나 그런 생각을 했던가. **하지만 이미 다 알고 있었잖아요.** 그 남자를 만났을 때, 그 남자와 데이트를 했을 때 이미 다 알고 있었잖아요. 적어도 약혼을 했을 무렵에는 알았을 거잖아요. 그 사람이 빚을 졌다는 걸 알고 있었잖아요. 비자 카드 빚을 갚아 준 게 당신이잖아요! 밤에 나갔다 하면 떡이 되어 들어온다는 것도 알고 있었잖아요. 자기는 예일에 다녔고 당신은 매사추세츠 대학에 다녔다고 지적으로 동등한 취급을 해주지 않는 남자라는 것도 알고 있었잖아요. 그리고 몰랐다면 알았어야 했던 거예요. 아주 처음부터, 이보다 더 선명할 수는 없는 일이었으니까.

그녀의 환자들에게는, 아니 그 누구의 환자라도, 이미 늦어 버렸을 때가 대부분이었다. 상담실에서 눈앞에 펼쳐지는 관계들은, 체념하고 받아들이거나 너덜너덜해지거나 둘 중 하나뿐이었다. 그러나 일찌감치 책을 읽는 독자들에게는 — 이미, 처음 한 시간의 상담이 끝나기도 전부터 그녀는 이런 사람을 잠재적 독자라고 상정했다 — 신중을 기할 시간이 있었다. 주의를 기울이기만 하면, 눈과 귀와 마음을 열어 두기만 하면, 아주 처음부터 이런 것들을 알아볼 수가 있다. 알 수 있고, 결정적으로, 그 앎에 의지하고 매달릴 수 있다. 그가 당신을 사랑하더라도(사랑하는 것처럼 보이더라도), 그가 당신을 선택하더라도(아니면 그렇게 보이더라도), 그가 당신을 행복하게 해주겠다고 약속하더라도(아무도, 이 지구상의 그 누구도, 도저히 해줄 수 없는 일인데도).

그리고 그녀의 일부는, 아주 커다란 일부는, 확실히 그 환자들에게 이런 말을 해주고 있었다.

내가 참 유능하고 뭘 잘 아는 사람이라서 말이지. 그녀는 스스로를 책망했다.

다른 모든 동료 작가들과 마찬가지로, 그녀는 평범한 인간 군상들 위로 올라가 감사하는 대중에게 자기 아이디어를 기꺼이 얼마든지 전파해 주겠다고 난리였다. **잘난 우리 만세! 잘난 나 만세!** 그레이스는 생각했다.

뭐, 그것도 이제 끝이었다.

축제 분위기가 나는 장 본 음식들과 헨리 선물을 하나 더 사서 집으로 차를 몰고 오는 길에, 그레이스는 운전대를 하도 세게 잡아서 등이 욱신욱신 쑤셔 오기 시작했다. 기온이 또 떨어져서 치명적인 블랙아이스[92]를 피하려고 정신을 똑바로 차리고 있었다. 호숫가 대부분의 집들을 연결하는 도로인 차일드 리지로 들어서자마자 길 위에 블랙아이스가 끼어 있는 것이 보였다. 그래서 달팽이처럼 느리게 우회한 후 고개를 들어 봤더니, 우체통 앞에 한 남자가 서 있었다. 여기가 그 석조 주택, 지금 유일하게 사람이 살고 있는 호숫가의 집이었다. 철저히 혼자 있고 싶다는 그녀의 소망마저 현실적인 필요성에 고개를 숙일 수밖에 없었다. 이런 한겨울에, 이런 깡촌에서, 이웃에 단 하나밖에 없는 인간과 호의적인 관계로 지내는 건 십중팔구 나쁘지 않은 생각일 터였다.

그는 팔을 치켜들었고, 그녀는 천천히 속도를 늦추고 정차했다.

「안녕하세요!」 그가 외쳤다. 「그쪽일 거라고 생각했습니다.」

그레이스는 조수석 차창을 내렸다. 「안녕하세요.」 그녀의 목소리가 부자연스럽게 밝았다. 「그레이스라고 해요.」

「아, 압니다.」 그가 말했다. 몹시 낡아 여기저기 깃털이 삐져나온 다운 파카를 입고 있었다. 그녀 또래로, 아니 약간 더

92 도로에 보이지 않게 살짝 끼는 살얼음.

나이가 들어 보였고 회색 머리를 아주 짧게 깎고 있었다. 그는 우편물을 들고 있었다. 신문, 홍보물, 진짜 편지들. 「레오 홀랜드예요. 혹시 기억하나요? 우리 때문에 그쪽 어머님께서 미칠 것 같다고 하셨었는데.」

그레이스는 웃음을 터뜨렸다. 자기 스스로도 깜짝 놀랐다. 「아, 이런 세상에, 정말 그랬지. 정말 미안해.」

그렇게 그레이스는 수십 년도 더 지난 일을 엄마 대신 사과하고 있었다. 마저리 라인하트는 부모님의 작은 집이 호숫가에 단 한 채밖에 없는 집이던 시절을 끝내 잊지 못했다. 길 끝의 남자애들이 모터보트와 워터 스키를 타면 극심하게 불안해하고 짜증을 내면서 주기적으로 좀 조용히 해달라는 쪽지를 남기곤 했었다. 바로 이 우편함에다가, 그레이스는 생각했다.

「제발 부탁입니다.」 그는 서글서글하게 말했다. 「다리 밑에서 워터 스키를 타요. 호수 저 밑에서 타라고요!」

「그랬지.」 그녀는 고개를 끄덕였다. 「여기 사는 거야?」

「아니, 그런 건 아니야.」 그는 우편물을 다른 팔로 옮기고 드러난 손을 코트 호주머니로 쑤셔 넣었다. 「안식년 중이라서. 책을 마무리하려고 고향에 왔지. 그런데 계속 불러 대네. 학과 회의다, 논문 리뷰를 해달라. 심지어 훈육 문제로도 연락을 해. 그래서 남은 휴가 기간 동안은 도망쳐야겠다고 생각한 거야. 겨울을 날 준비는 된 집이니? 미안해, 사적인 질문이었나?」

그는 미소를 짓고 있었다. 비뚤어진 미소의 소유자였다.

「방한이 안 되어 있어. 너는?」

「그럭저럭. 사실 꼭 따뜻하지는 않지만 다운 파카는 벗고 살 만해. 하지만 넌 어떻게 지내고 있어?」

「아.」 그녀는 어깨를 으쓱했다. 「그렇지 뭐. 히터 켜고. 담요 여러 장 덮고. 우리는 괜찮아.」

레오 홀랜드가 얼굴을 찌푸렸다. 「우리?」

「우리 아들. 열두 살이야. 이제 가봐야겠다. 처음 혼자 두고 나왔거든.」

「뭐, 지금 거기 있다면 혼자 있는 건 아닐 거야.」 레오가 말했다. 「길가에 주차하고 있는 차가 있던데. 방금 지나쳐 오는 길이야.」

그레이스는 숨을 쉬려고 애썼다. 몇 시간이나 집을 비웠나 계산하고 있었다. 두 시간도 되지 않았다. 아니 세 시간. 그녀는 공포에 질렸다.

주 경계 하나를 넘어선 건 그리 먼 거리가 아니었다. 아니 어쩌면 그녀는 — 그 기삿거리는 — 그녀 생각만큼 하찮은 게 아니었는지도 몰랐다.

「도와줄 일 있어?」 레오 홀랜드가 물었다. 갑자기 굉장히 진지해 보였다.

「아니, 나…… 가봐야겠다.」

「물론이지. 하지만 저녁 먹으러 와. 둘 다. 새해 지나고?」

고개를 끄덕였을지도 모른다. 확실하지 않았다. 무성한 숲을 지나, 우측의 나무들 사이로 반짝이는 얼어붙은 호수를 지나, 다닥다닥 붙어 있는 두 번째 세 번째 네 번째와 다섯 번째 집을 지나 차를 몰았다. 생각나는 건 헨리가 혹시나 — 누군가, 다른 사람과 있을지도 모른다는 — 아니 **있다는** 사실뿐이었다. 기자. 다른 사람의 악몽을 마음대로 침범해도 좋다고 생각하는, 『피플』 잡지와 법원 TV가 만들어 낸, 엄청나게 정보가 많고 관심도 많은 구경꾼들, 남의 치욕을 즐기는 사람들. 그녀는 생각했고, 생각하지 않으려 했지만 실패했고, 다시 생각했다. 아들과 함께 소파에 앉아 그들과 전혀 상관이 없는 질문을 하고, 헨리의 기분을 상하게 하고, 어쩌면 — 바로 그때 그녀는 정말로 그녀를 분노하게 하는 게 이 대목이라는 사실을 깨달았다 — 아이가 들을 준비가 되어 있지 않은데 아버지에 대한 이야기를 하고 있을지도 모르는 그 누군가에 대한 생각을 했다.

하지만 무엇보다 — 그리고 이 생각이 너무나 빨리 떠올랐던 걸로 보아, 아마 내내 그 생각을 해왔는지도 모른다 — 그 사람이 조너선일까 봐 무서웠다. 조너선일 리는 없었다. 돌아올 리가 없었다. 그이가 자기 식구들에게, 적어도, 이런 짓을 할 리는 없었다. 이런 짓까지 할 정도로 부주의할 리가 없었다.

길이 오른쪽으로 꺾였고, 미친 듯 눈앞의 어둠 속을 바라보는데, 집과 그 앞에 선 차가 보였다. 놀라움만큼이나 안도감도 컸다. 불과 두 시간 전에(혹은 기껏해야 세 시간 전에) 그녀의 차가 나온 자리에, 분별 있는 유대인이라면 결코 몰지 않을 메이커의 최신 독일 세단이 한 대 서 있었다. 하지만 자동차 선택을 좌우한 에바는 과도한 감상주의 따위는 취미가 없는 사람이었다. 그레이스의 아버지가, 뜻밖에도, 모든 논리적 사유를 거스르고, 크리스마스에 맞춰 찾아오신 것이다.

18
유대인 마을의 크리스마스

안에서 두 사람이 모닥불 곁의 울퉁불퉁한 초록색 소파에 같이 앉아 낡은 트렁크에 발을 올리고 있었다. 홍차가 담긴 커다란 머그잔이 그들의 얼굴로 김을 뿜고 있었다. 심지어 집 안이 시리게 춥지도 않았다. 그래서 그레이스는 혹시 보일러나 난방 시스템에 대해 기본적인 사항을 자기가 이해 못 한 걸까 생각했다. 하지만 그냥 모닥불이었다. 아버지가 모닥불을 정말 잘 피워 두었을 뿐이었다. 아버지는 언제나 — 도시 사람치고는 이상하리만큼 — 불을 잘 피웠다.

「어이, 안녕!」 아버지가 호탕하게 인사를 했다.

헨리는 낯선 물건을 들고 있었다. 휴대용 DVD 플레이어였다. 그걸로 두 사람이 뭘 보고 있었는데, 금세 봐서는 뭔지 잘 알 수가 없었다. 아주 잠깐, 지독한 짜증이 확 밀려왔다.

「아빠.」 그레이스의 귀에 자기 말소리가 들렸다. 「언제 오셨어요?」

아버지가 헨리를 보았다. 이미 작은 스크린에 한눈을 팔고 있는 헨리가 어깨를 으쓱했다. 「아마 한 시간 전쯤? 내가 불은 피워 놨다.」

「그러네요. 그런데 그건 때 이른 성탄 선물 같은 건가요?」

아버지는 손자의 손에 들려 있는 물건을 보았다. 그러더니 얼굴을 찌푸렸다. 「글쎄다, 뭐 그런 건 아니고. 사실 내 거야. 헨리가 여기 있는 동안 쓰면 좋을 것 같아서.」 그러더니 다시 그녀를 보았다. 「괜찮니?」

「아.」 그레이스는 고개를 끄덕였다. 「네, 그럼요. 고마워요.」 불만스럽게 덧붙여 말했다. 「헨리.」 (꼭 매정하게 군 게 자기가 아니라 아이인 것처럼) 괜스레 못되게 물었다. 「감사하다고 인사드렸니?」

「당연히 인사했지.」 아버지가 말했다. 「이 아이는 예의가 기가 막히거든.」

「2001 스페이스 오디세이예요.」 헨리가 덧붙여 말했다. 「방금 달에서 도미노 같은 걸 발견했어요.」

그녀는 복받치는 짜증을 잠깐 잊은 채, 아이를 보며 얼굴을 찌푸렸다. 「도미노?」

「비석이라고 해야지.」 프레더릭 라인하트가 고쳐 주었다. 그리고 다시 그레이스를 보았다. 「그냥 집에 있는 거 아무거나 가져왔다. 애들 중 하나가 이 컬렉션을 선물로 줬어. 역사상 가장 위대한 사이언스 픽션 세트.」

애들 중 하나. 바꿔 말해 에바의 자식들 중 하나.

아빠 자식은 하나밖에 없잖아요. 하마터면 이 말이 나올 뻔했다.

「있잖아요, 열 개나 돼요.」 헨리의 목소리가 높았다. 신이 난 눈치였다.

스포츠에 열광하는 남자애보다 더 싫은 게 세상에 또 있다면 — **딱 하나를 꼽는다면** — 그건 사이언스 픽션에 열광하는 남자애였다. 이제 교양 있고 예민하고 바이올린을 연주하는 그녀의 아들은 야구에 대한 책을 읽고 우주선에 대한 비디오를 보고 있었다. 게다가 여기 온 후로 바이올린 근처에도 가지 않았다. 그리고 — 심지어 더 이해가 안 가는 건 — 그녀 역시 그 문제로 잔소리를 한마디도 하지 않고 있었다.

「뭐…….」 그레이스는 자기가 하는 말을 들었다. 「정말 친절하세요.」

「이 녀석이 그리웠지 뭐냐.」 아버지가 말했다. 그리고 헨리의 목에 팔을 두르고 바짝 끌어당겼다. 아버지는 부드러운 회색의 골지 터틀넥을 입고 있었다. 예전에는 어머니가 그런 옷들을 아버지에게 사주었었다. 지금은 에바가 사주지만. 「너희 둘 다.」 아버지가 덧붙여 말했다. 「너희 둘 다 괜찮은지 와서 보고 싶었다.」

그레이스는 돌아서서 주방으로 들어갔다. 자동차를 알아보고 그 끔찍하고 형체 없는 공포감이 사라진 뒤, 그레이스는 천천히 트렁크의 짐들을 모두 부려 들고 들어왔다. 이 추운 날씨에 불필요하게 차까지 또 한 번 왔다 갔다 할 필요는 없었으니까. 이제 짐을 풀기 시작한 그녀는 퍼커션처럼 쾅쾅 두드리며 깡통 하나하나를 원목 조리대에 내려놓았다.

보고 싶었다…….

당연하지!

너희 둘 다…….

그래요!

그녀가 갔을 때는 이미 버크셔 협동조합이 문을 닫아서

전부 다 프라이스 초퍼[93]에서 사야 했다. 그래서 마사 스튜어트가 만찬에 올릴 만한 식재료는 아니었다. 크랜베리 젤리 두 통을 샀는데, 흐물흐물한 내용물을 통째로 꺼내 칼로 잘라야 하는 그런 종류였다. 튀긴 양파 한 통, 버섯 크림 수프도 한 통 있었다. 이번 크리스마스는 복고로 치르기로 한 게 틀림없는 장보기였다. 애초에 크리스마스를 기념한다는 생각 자체가 없었으니까. 아버지가 멋진 대접을 기대하고 있지 않기를 바랐다.

「그레이스?」 아버지의 목소리가 들렸다. 어느새 문간에 서 있었다.

칠면조는 장 본 거리 맨 밑바닥에, 냉동 꼬투리 콩 밑에 깔려 있어서 깊숙이 손을 집어넣어야 했다. 사실 칠면조의 일부라고 해야 옳았다. 그냥 가슴살뿐이었으니까. 게다가 이미 다 구워져 있었다.

「왜요?」 그레이스는 쌀쌀맞게 말했다.

「너한테 먼저 물어보고 올 걸 그랬구나. 미안하다.」

「네.」 그레이스는 재차 쐐기를 박았다. 「저 위 길가에 사는 사람이 여기 차가 한 대 서 있다고 말해 줬어요. 너무 무서웠어요. 전화하고 오셨으면 좋았을 텐데.」

「아, 그래, 그 부분은…… 전화를 했다. 전화를 하려고 애를 썼다고 해야겠지. 저기로.」 주방의 전화기를 손으로 가리키며 말했다. 「네가 없을 때 걸었을지도 모르겠네.」

그레이스는 한숨을 쉬었다. 전화선을 뽑아 놓은 이유를 설명할 길이 없었다. 「아니에요. 제가 죄송해요. 우리가 은둔

93 미국의 슈퍼마켓 체인점.

자처럼 살고 있어서요. 문명을 거부하는 사람들 같죠. 하지만 다 이유가 있어서 그래요.」

「그러니까 넌 뭐가 어떻게 돌아가고 있는지 모르는구나.」 아버지의 말은 질문이 아니었다. 그리고 말투에 아주 조금, 날선 불만이 배어 있었다. 어쩌면 아버지는 그런 생각을 하고 계실지도 몰랐다. **그게 이 문제에서 상당 부분을 차지하는 거 아니니?** 아니, 그저 그녀만의 상상일 것이다.

「자세히요? 네, 몰라요. 하지만 요점은 알아요. 우리가 여기 있는 게 낫다고 생각해요.」

아버지는 고개를 끄덕였다. 초췌해 보이시네. 그레이스는 생각했다. 눈 밑 피부가 버석거렸고, 방 건너편에서 봐도 붉은 핏줄이 희미하게 비쳐 보였다. 몇 주일 안 됐는데 10년은 더 늙으신 것 같아. **이것도 참 고맙네, 조너선.** 그레이스는 생각했다.

「도움이 되고 싶어.」 프레더릭 라인하트가 말했다. 「혹시 그럴 길이 있는지 알고 싶어서 온 거다.」

그레이스의 몸이 부르르 떨렸다. 두 사람이 서 있는 이 자리가 낯설기 짝이 없었다. 비좁은 등산로를 걷다가 마주친 외로운 여행객 두 사람. 문제는 둘 중에 누가 비켜야 하느냐는 것이 아니라, 누가 다른 사람의 양보를 받아야 하는냐는 것이었다. 참 황당하기 짝이 없는 문제네, 그레이스는 생각했다.

불편한 마음을 감추기 위해서 칠면조를 냉장고에 갖다 넣었지만, 냉장고를 열어 보니 그 안에 오렌지색과 흰색의 봉지들이 가득 차 있었다. 머리보다 먼저 마음이 반응해 자기도 모르게 신이 났다.

「제이바스[94]에 갔었다.」 아버지가 안 해도 되는 말씀을 했다. 「고향 느낌을 좀 내주고 싶어서.」

그레이스는 여전히 냉장고 문을 열어 둔 채로 고개를 끄덕였다. 진짜로 울음을 터뜨릴 위기에 처했다는 사실이 전혀 놀랍지 않았다. 「고마워요.」 그레이스가 말했다.

「헨리가 다진 간 요리를 좋아하잖니.」 아버지가 말했다. 「냉동해 두고 먹으라고 좀 많이 사 왔어. 슈트루델[95]도 냉동해도 맛이 변하지 않고 괜찮을 거다.」

「언제 살림의 왕이 되셨어요?」 그레이스가 웃음을 터뜨렸지만 아버지는 그 문제에 진지하게 대답했다.

「에바는 워낙 요리를 잘해서 제이바스 같은 데가 왜 필요한지 잘 모르지. 그래서 살면서 계속해서 오이 샐러드와 고급 훈제 연어 같은 요리를 먹고 싶으면 직접 사야 된다는 걸 깨달은 지 꽤 오래다. 네가 좋아하던 쿠키들도 기억하고 있었어.」 아버지가 손가락으로 가리켰다. 초록색과 오렌지색과 흰색 줄무늬가 있는 촉촉한 케이크로, 초콜릿 코팅이 되어 있었다. 두말할 것 없이 그녀가 제일 좋아하던 과자였다. 바라보기만 해도 아주 조금 행복해졌다. 「이런저런 걸 조금씩 다 사 왔지.」 아버지가 말했다. 「심지어 마초볼 수프도 사 왔다니까.」

「아주 유대인다운 크리스마스이브를 보내겠네요.」[96] 그레이스

94 뉴욕 맨해튼의 어퍼이스트사이드에 있는 식료품점.

95 얇게 늘여 편 반죽에 과일을 얹어 말아 구운 오스트리아 전통 명과.

96 마초볼 수프에 유대인에게 금기시되는 돼지고기가 들어갔기 때문에 한 농담.

이스는 미소를 지으며 말했다.

「그럴 것 같네.」 슈퍼마켓에서 그녀가 사 온 칠면조를 넣을 자리를 만들며 아버지가 동의했다.

「유대인 마을의 크리스마스.」

「오 부코프스코의 작은 별.」 아버지가 웃음을 터뜨렸다. 부코프스코는 아버지의 할아버지가 살던 갈리치아의 유대인 거주 지역이었다.

「아이고, 이런.」

「할아버지는 신경 안 쓰실 거다. 당신 여동생이 나한테 처음 돼지고기를 먹인 장본인이니까. 기가 막히게 맛있는 소시지였던 걸로 기억하는데 말이야.」

「그래서 우리가 지금 여기 있는 거네요.」 그레이스가 쓸데없는 소리를 했다. 「지옥에.」

「아니다. 지금 당장만 그렇게 느껴질 뿐이야.」 아버지는 냉장고에서 물러서서 그레이스가 음식을 넣도록 문을 붙잡아 주었다. 「여기서 빠져나올 거다, 그레이스. 너는 강인하니까.」

「그렇겠죠.」

「그리고 헨리도 강인해. 타격이 크겠지. 그걸 함부로 우습게 보는 건 아니다. 하지만 헨리는 어떤 식으로든 사랑을 아주 많이 받고 자란 아이이고 영특해. 우리 모두 그 애한테 정직하기만 하다면 괜찮을 거다.」

뭔가 아주 방어적인 말을(그리고 아마도 매정한 소리를) 하려고 했는데, 그 순간 헨리에게 전혀 정직하지 않았다는 깨달음이 스쳤다. 〈보호〉를 내세워 가족에게 일어난 — 일어나고 있는 — 일을 아이에게 거의 말해 주지 않았던 것이다. 하지만 방금 전까지 포함해서 그런 대화를 상상할 때마다, 마음이 너무 아파서 추스를 수 없을 지경이 되곤 했다. 그리고 〈함께〉가 지금 당장은 그녀 삶의 원칙이었다. 〈함께〉가 만병통치의 주문이었다.

「우린 정직할 거예요.」 아버지에게 말했다. 「다만 지금 이 순간은 안 돼요. 나 스스로도 이해가 안 되는 일이 너무 많은걸요. 일단 여기서 자리를 잡아야 해요. 우리 삶의 경계를 좀 만들어야 해요.」

「경계는 아주 중요하지.」 아버지도 조심스럽게 동의했다. 「아이한테 안정감을 주고 안전하다는 느낌을 주는 게 중요하고 말고, 암. 그러면 여기 계속 있을 생각이구나?」

그레이스는 어깨를 으쓱했다.

「상담 일은 어떻게 하고?」

「일단 휴원했어요.」 입 밖에 내어 말하면서도 실감이 나지 않았다. 「그럴 수밖에 없었어요.」

「그리고 헨리의 학교는?」

「코네티컷에도 학교들은 있으니까요.」

「코네티컷에 리어든은 없잖니.」

「아무렴 그렇겠지요.」 그레이스는 홱 토라졌다. 「호치키스 정도면 될까요?」

아버지는 냉장고 문을 닫고 돌아보았다. 「너 정말 생각나는 대로 아무 말이나 하는구나.」

「네. 정말로 그래요.」 그렇지 않았다. 지금 이 순간까지는 그러지 않았다. 그 호치키스 얘기는 정말 뜬금없이 나온 말이었다.

「네 친구들은?」

그레이스는 서랍을 열었다. 이제는 반으로 줄어든 담배갑을 넣어 둔 그 서랍을 열고 코르크 따개를 들었다. 그리고 맨 위 선반에 보관하는 레드 와인 한 병을 꺼내려고 손을 뻗었다.

그녀가 무슨 말을 해야 할까? 이제 헛웃음이 나지만 아무튼 〈과거〉라고 부르는 그 세상으로부터 수고스럽게 여기까지 따라와 준 친구나 지인이 한 사람도 없다고? 그게 사실이라는 걸 그레이스는 알고 있었다. 묵음으로 돌린 전화번호 명단을 쭉쭉 내리며 살펴봤을 때, 친구라는 게 거기 없다는 걸 깨달았다. 언론들의 괴롭힘과 형사들과 새러베스와 모드의 무자비한 전화들 사이로, 무조건 묵살하려 애썼던 그 전화들 사이에, 친구는 없었다.

그 생각 — 그 생각의 위력 — 은 숨이 쉬어지지 않을 정도였다.

「아무래도 다 어디 다른 데 숨었나 봐요.」 간신히 아버지에게 그 말만 했다.

아버지는 서글프게 고개를 끄덕였다. 그리고 그레이스는 그 모습을 보면서 아마 스캔들이 일어나면서 모두에게 버림받은 줄 아시겠지, 하는 생각을 했다. 그렇지만 애초에 친구 같은 건 없었다는 게, 그게 요점이었다. 그게 이제 와서 그녀가 알게 된 사실이었다.

「어, 비타가 전화를 했었다.」 아버지는 아무렇지도 않게, 놀라 자빠질 만한 말을 툭 던졌다. 「네가 여기 와 있다고 말해 줬어. 버크셔 어디 살고 있다고 하던데. 어딘지 말해 준 것 같기도 한데 확실히는 모르겠다. 비타가 연락 안 했니?」

그레이스는 숨이 턱 막혀서 오래된 벽 전화기로 고개를 돌렸다. 몇 번이나 울리고 나서 전화선을 뽑았더라? 그리고 딱 한 번 수화기를 들어 전화를 받았을 때. 그 여자 목소리, 그 기자 목소리…… 정말로 기자였던가? 코르크 따개 끝을 고무 같은 코르크에 박아 넣는 그레이스의 손이 약간 떨렸다.

「내가 할게.」 아버지의 말에 술병을 넘겼다. 「연락 못 받았니?」

어깨를 으쓱했다. 여전히 믿을 수가 없었다.

「목소리를 들으니 정말 기쁘다고 그 애에게 말했다. 네 걱정을 아주 많이 하는 것 같더라.」

뭐, 걱정하는 사람이 한두 명이라야 말이죠. 그레이스는 아버지가 따르는 와인을 바라보며 생각했다. 하지만 실제로는 정말 한두 명밖에 없다는 사실을 새삼스럽게 기억해 냈다. 그녀를 걱정하는 사람들로는 동아리 하나도 만들기 힘들었다. 게다가 비타가 그녀를 두고 떠나 버린 것도 끔찍한데, 이제 와서 돌아온다니 그건 더 끔찍스러웠다.

「알았어요, 알았어.」 잔을 받으며 그녀가 말했다. 와인은 약간 썼지만 술기운은 금세 올라왔다.

「뭐라더라…… 재활 센터라고 하던데. 그런 일을 한다더라. 자세한 내용은 안 물어봤어. 그 애도 치료사였지?」

내가 어떻게 알겠어요. 그레이스는 이렇게 생각했지만 말은 달리 했다. 「수련은 받고 있었어요. 워낙 오래전의 일이라서요. 정말이지 저는 아는 게 없어요.」

「뭐, 어쩌면 다시 연락이 닿을지도 모르지. 가끔 그렇게 되기도 하니까. 네 엄마가 세상을 떴을 때, 몇 년 동안 생각도 안 해본 사람들 연락을 많이 받았단다. 로런스 다비도프도 그렇고. 그 사람 기억나니?」

그레이스는 고개를 끄덕였다. 와인을 한 모금 더 삼키고 위장에 퍼져 나가는 온기와 아른거리는 취기를 보상으로 받았다.

「그리고 도널드 뉴먼도. 우린 한국에서 같이 지냈지. 몇 년 동안 다섯 블록 거리밖에 안 되는 데 살면서 한 번도 길에서 못 만났지 뭐냐. 그 친구가 나한테 에바를 소개해 준 거잖아.」

그녀는 아버지를 쳐다보았다. 「정말로요?」

「그 친구 아내가 부동산 중개업자야. 에바하고 레스터가 거기를 통해서 73번가의 아파트를 샀고. 그래서 엄마가 세상을 뜬 뒤에 우리를 엮어 주기로 한 거지.」

그레이스는 물어보고 싶었다. **얼마나 뒤에요?** 자세한 내용에 대해서는 한 번도 속 시원한 대답을 들어 본 적이 없었다.

「남자 엮어 줄 옛 친구는 고맙지만 필요 없어요.」

「그런 생각인 것 같지는 않더라. 아까도 말했지만 걱정을 많이 하는 것 같았어. 만의 하나…… 너라도…… 그 애 인생에 이런 일이 생겼다는 걸 알게 되면, 연락을 하고 싶어 하지 않겠니.」

그레이스는 확신이 서지 않아 아무 말도 하지 않았다. 찬장으로 가서 접시들을 꺼내기 시작했다. 은식기와 냅킨도 챙겼다. 그리고 냉장고로 다시 돌아와 저녁 식사로 뭘 먹을까 생각하기 시작했다.

아버지는 정말로 별별 음식을 다 조금씩 사 왔다. 각양각색의 스프레드[97]와 치즈를 비롯해 제이바스의 조리된 음식들이 길게 늘어서 있는 진열장을 다 섭렵하여 플라스틱 용기에 담아 왔다. 얇은 바게트와 베이글이 가득 든 봉지, 썰어 온 호밀 식빵 한 덩어리. 그리고 냉장고 옆의 상판에는 계산대 옆에 쌓아 두는 고급 초콜릿 바들이 한 무더기 쌓여 있었다.「와우.」그레이스는 반투명 종이 사이에 끼워져 있는, 속이 비칠 정도로 얇게 썬 2인치 두께의 연어 살 포장을 풀며 감탄했다.「정말 멋진데요. 너무 고마워요.」

「천만의 말씀.」아버지는 손을 그레이스의 어깨에 얹고 등 뒤에 서서 냉장고 속을 들여다보았다.「이 정도면 충분하니?」

「호숫가 인구 전체를 먹여 살릴 수 있냐고요? 이만하면 될 것 같은데요. 사실 지금은 우리밖에 없지만요. 석조 주택에 한 사람이 있고.」

「저 길 끝에 있는 집?」

「네.」

아버지가 미소를 지었다.「그 집 아들들이 워터스키를 탔지? 그 집 말이냐?」

「네. 그 아들 하나가 자라서 대학 교수가 됐어요. 안식년이라 여기서 책을 쓰고 있대요.」

「겨울을 날 준비는 되어 있는 집이라니?」아버지가 얼굴을 찌푸렸다.

「아뇨, 아닐 거예요. 나한테 똑같은 걸 물어보던데요. 하지만 이런 상태로 한도 끝도 없이 가지는 않을 거예요. 1월까지만 버티면 되죠. 그때가 최악이니까요. 상황이 너무 나빠

97 빵에 발라 먹는 소스.

지면 모텔에 체크인하고요.」

아버지의 걱정은 전혀 누그러지지 않은 눈치였다. 그는 그레이스가 치즈를 치즈 보드에 내놓는 모습을 서서 지켜보았다. 그녀는 수프를 스테인리스 스틸 냄비에 붓고 데우기 시작했다. 「정말이지 네가 이렇게 살지는 않았으면 좋겠다.」 이게 무슨 급진적 사유라도 되는 듯, 심각하게 하는 말이었다.

제기랄, 당연하죠. 하마터면 웃음을 터뜨릴 뻔했지만, 사실 그레이스는 자신의 집, 뉴욕에 두고 온 자신의 삶을 떠올리면 오히려 정신이 혼미해지고 미칠 것만 같았다. 이건…… 여기에는 고요함이 있고, 당연히 고립이 있고, 물론 지옥이 대순가 싶게 추웠지만, 두고 온 그곳을 생각할 때마다 덮치는 귀청이 떠나갈 만큼 시끄러운 혼돈의 지옥은 아니었다. 도저히 그리로 돌아갈 수는 없었다.

「게다가 책이 나오면 어떻게 할 거냐?」 아버지가 물었다. 「그때는 돌아가야 하지 않겠니. 그 많은 인터뷰들도 해야 하잖니? 텔레비전 쇼 얘기를 했던 기억이 나는데.」

그레이스는 하던 일을 멈추고 아버지를 쳐다보았다. 「아빠, 다 끝났어요. 그런 일은 없을 거예요.」

아버지는 충격을 받은 눈치였다. 똑바로 서서 훤칠하게 높은 데서 내려다보는 아버지의 얼굴은 주름지고 축 처져 있었다. 「그 사람들이 그렇게 말하든?」 아버지가 물었다.

「굳이 말할 필요도 없죠. 지금 사람들이 나한테 묻고 싶은 유일한 질문은 나 자신의 결혼 생활에 대한 것뿐일 텐데, 그 얘기는 제가 도저히 지금 못 하겠거든요. 그 누구와도 할 수 없는 얘긴데 텔레비전에서 어떻게 해요. 비웃음거리가 되고 있다는 건 나도 알아요 —」

아버지는 이 말을 부정하려 했지만 그레이스는 손사래를 쳤다. 어차피 아버지도 극구 부인하려 했던 건 아니었다.

「내 책이 누군가 다른 사람을 도울 수 있다고 생각했어요. 사람들한테 해줄 말이 있다고, 인생의 동반자를 어떻게 골라야 하는지에 대해 말할 수 있다고 생각했어요. 하지만 그게 아니었어요. 내가 할 말이 어디 있겠어요. 결혼 생활 상담사인 주제에 남편이 다른 여자와 바람을 피웠는걸요. 그 여자를 심지어 죽였을 수도 있고요.」

아버지의 눈이 조금 더 휘둥그레졌다. 「그레이스.」 아버지는 조심스럽게 말했다. 「〈그랬을 수도 있다〉고?」

그레이스는 고개를 흔들었다. 「까다롭게 굴려는 거 아니에요.」 의식적으로 말을 골랐다. 「그저…… 일단은 〈그랬을 수도 있다〉는 가능성에서 멈출 필요가 있어요. 그 이상 넘어갈 준비가 아직 안 됐어요.」 그녀는 주방을 둘러보았다. 이제 빛이 다 이울고 어두웠다. 바깥은 또다시 겨울밤이었다.

「그 여자하고 사이에 애가 있었어요.」 자기가 하는 말이 들렸다. 「얘기 들으셨어요?」

아버지는 원목 마루를 내려다보았다. 대답하지 않았다. 옆방에서 DVD 플레이어에서 흘러나오는 「아름답고 푸른 도나우 강」이 들려왔다.

「무슨 낌새를 내가 알아차렸어야 했는데.」 프레더릭 라인하트가 말했다. 「그놈이 나한테 돈을 달라고 왔었다.」

급작스러운 나쁜 소식을 들을 때 찾아오는 통증은 이제 익숙했다. 새로운, 몰랐던, 나쁜 소식.

「언제요?」

「아…….」 아버지는 생각에 잠겼다. 「5월인가, 그랬지 아마? 네가 올해 리어든 등록금을 걱정하고 있다고 하더라. 헨리를 빼내야 할지도 모르겠다고.」

「그렇지는 않았어요.」 놀라서 그레이스가 대답했다. 「한 번도 그런 문제는 없었어요.」

「그런 것 같구나, 이제 보니. 하지만 네가 돈 걱정이 이만저만이 아니라면서, 하지만 나한테는 절대 도움을 청하지 않을 거라고 하더라고. 물론 나야 너희 둘 다 걱정할 필요가 없다고 말해 줬지. 손주가 하나뿐인 데다 다행히 교육비를 도와줄 사정이 되니까 말이야. 하지만 그놈이 너한테는 아무 말도 하지 말라고 부탁해서 가만히 있었다.」

그레이스는 조리대를 붙들고 비틀거리지 않으려고 애썼다. 「아빠, 죄송해요. 저는 그런 부탁 절대 하지 않았을 텐데. 부탁할 필요가 없었어요! 우리는 아무 문제 없었단 말이에요!」

「안다. 하지만 그놈 말이 하도 그럴싸하게 들려서. 소아종양학과 전문의는 의사들 중에서 벌이가 그렇게 좋은 편이 아니라고 했다. 자기가 돈을 많이 못 벌어서 너하고 헨리가 현실과 타협해야 한다는 생각을 하기만 해도 참을 수가 없다고 하더구나. 너한테 못 할 짓이라면서.」

그레이스는 고개를 흔들었다. 「5월에는…… 그이는 심지어 병원에서 일하고 있지도 않았어요. 그 사람들한테서 들었어요 — 경찰한테서 — 지난 2월에 징계 심사가 있었대요. 그이는 해고당했어요. 저는 전혀 몰랐지만.」

아버지는 두 팔에 힘을 주고 눈을 꼭 감고서 테이블 위로 몸을 숙였다. 「그놈한테 10만 달러를 줬다. 다시 그런 부탁을 하게 만들고 싶지 않았어. 네가 찾아오게 만들고 싶지 않았다. 그게 등록금인 줄 알았지.」

「뭐…….」 그레이스가 어두운 말투로 말했다. 「등록금이었을 수도 있죠. 하지만 헨리의 등록금은 아니에요. 조너선은 또 다른 아이의 등록금을 대고 있었어요. 이제야 알겠어요.」

「어…… 이해가 안 되는구나. 아주 어린 아기 아니었니?」

「큰애요. 메모리얼에서 조너선의 환자였어요. 처음에 두 사람이 그렇게 만난 거죠. 그러다 남자애가 리어든에 입학했어요. 교장이…… 내 생각에는 조너선과 내가 미겔의 후원자라고 생각했던 모양이에요. 그 아이가 암 생존자고 조너선이 주치의였으니까요. 하지만 저는 그 애에 대해서 아무것도 몰랐어요. 그저 장학금을 받고 다니나 보다 생각했죠.」 그레이스는 한숨을 쉬었다. 「장학금을 받은 건 맞았어요. 하지만 조너선이 장학금을 낸 거예요. 그러니까 이제 보니, 아버지가 내셨네요. 정말 죄송해요.」

아버지가 고개를 저었다. 그레이스가 다시 아버지 쪽을 쳐다보았을 때, 그가 떨고 있다는 걸 처음엔 눈치채지 못했다. 「아빠?」

「아니, 괜찮다.」

「죄송해요.」 다시 말했다.

「아니다. 그러지 마. 나는 그냥…… 나 자신에게 너무 화가 나는구나. 그놈한테도 화가 나지만 무엇보다 나 자신에게 화가 나. 어떻게 너한테 그런 짓을 하게 됐을까?」

그제야 그레이스는 아버지가 이 일로 받은 상처가 얼마나 큰지 깨달았고, 어쩌면 이 일만이 아니었을지도 모르고, 어쩌면 〈이 일〉이 아주 오래전에 시작됐을지도 모른다는 생각을 했다. 그리고 그녀 자신도 그저 이 일의 구경꾼이 아니라 아버지에게 상처를 준 장본인이었다. 오랜 세월에 걸쳐 그레이스는 아버지가 자신을 아주 구체적인 허구로만 보도록 했다. 안정적인 배우자를 만나 직업적인 성공을 거두고 훌륭한 손자를 키우고 있는 아이로. 명목상으로는 아버지의 자식이었지만 한 번도 진심으로 따뜻하게 대한 적이 없었다. 어쩌면, 정말로 솔직해지자면, 아버지한테 별로 관심이 있었던 적이 없었다. 뭐가 걱정이신지, 아버지는 어떻게 살고 계신지 — 지금도 과거에도 관심이 없었다. 일주일에 한 번씩 저녁 식사를 같이 하고 엄격하게 통제된 대화를 나누었을 뿐, 친밀감을 느껴 본 적은 없었고 아버지와 가까운 사이가 될 수 있을 거라 믿지도 않았다. 하지만 다시 생각해 보면, 아버지가 정말로 그녀와 친밀한 사이가 되기를 원한다는 생각 자체를 해본 것이 이번이 처음이었다.

그녀의 생각이 틀렸었다면 어떻게 할까? 아버지는 그녀에게서 늘 원했던 것 — 꼭 **필요했던** 것 — 이 있었는데, 지금까지 그녀가 주지 않았고 그 욕구를 알아보는 것조차 거부해 왔다면? 아버지라는 존재가 필요하지도 않은 것처럼. 이제 어머니도 필요하지 않은 것처럼! 혼자서 다 잘해 내면 누가 가산 점수라도 주는 것처럼, 그 과정에서 커닝이라도 할까 봐 누가 채점표를 들고 서 있기라도 한 것처럼. 자기 혼자 규칙을 다 만들고, 그 규칙대로 게임을 할 시간이 한도 끝도 없이 있을 거라 믿었던 그녀는 얼마나 오만했던가.

「아버지가 그렇게 두신 거 아니에요.」 그녀가 말했다. 들고 있던 와인 잔을 내려놓았다. 「다 그 사람 혼자서 한 거예요.」

「난 너하고 헨리한테 도움이 되는 줄 알았다.」 아버지가 말했다. 「그래, 네가 얼마나 사생활을 중시하는지 알고 있지. 너는 절대 도와 달라고 나를 찾아올 아이가 아니잖니. 왜 그런지는 모르겠다. 하지만 사실 난 그놈한테 고마웠어. 고맙다고 인사도 했다. 기회를 줘서 고맙다고.」 아버지는 자신만의 쓰디쓴 불쾌감에 고개를 젓더니, 한숨을 내쉬었다. 「에바는 자식들한테 이것저것 주는 걸 좋아해.」 그게 사과할 거리라도 되는 것 같은 말투였다. 「하지만 너는 아무것도 원하지 않았지.」

「아, 전 원하는 게 너무 많았어요.」 그레이스가 아버지의 말을 고쳐 주었다. 「하지만 원하는 건 다 갖고 있었거든요. 아니면 그렇다고 생각했죠. 수중에 있는 걸 원하는 게 행복의 비결이라고들 하잖아요.」 미소를 지었다. 「누가 그런 말을 했어요. 누군지는 기억이 안 나지만.」 렌지 위에서 타닥거리는 소리가 났다. 그레이스가 서랍에서 나무 스푼을 꺼내 수프를 저었다.

「원하는 걸 갖는 게?」

「아니요, 이미 갖고 있는 걸 원하는 게요.」

「아! 정말 간단하구나.」 아버지가 말씀하셨다. 이제 훨씬 기분이 나아 보였다. 안심이 되었다. 그래서 스푼을 다시 내려놓고 아버지를 안아 주었다.

잠시 후 헨리가 절레절레 고개를 흔들며 문간에 나타났다. 「이 영화 너무 이상해요. 온갖 색채들이 난무하고요. 그

우주인은 방금 아기가 됐어요. 뭐가 어떻게 되는지 전혀 모르겠어요.」

「나도 아무리 봐도 모르겠더라.」그 애의 할아버지가 말했다.「아마 스탠리 큐브릭은 관객이 다 마약에 취해서 오길 기대했던 모양이지. 하지만 네 할머니와 나는 영화를 극장에서 보기 전에 마티니 한 잔을 마셨단다. 그 정도로는 턱도 없는 거 같더라만.」

두 사람한테 상을 차리라고 시켰다. 여기 온 후로 식당을 쓰는 건 처음이었다. 그녀와 헨리가 소파에 앉아 묵직한 담요를 어깨에 두른 채로 무릎에 음식을 놓고 먹지 않는 것도 처음이었다. 사실, 그때보다 더 따뜻한 것도 아니었다. 하지만 훨씬 따뜻하게 느껴졌다.

수프를 먹고 베이글에 연어를 곁들여 먹었다. 처음 연어와 베이글을 본 순간부터 미칠 듯 연어 베이글이 먹고 싶었다. 그리고 와인도 더 마시고 다크 초콜릿을 먹기 시작했는데, 놀랍게도 기분이 썩 나쁘지 않았다. 인생을 다 버리고 도망쳐서, 그녀가 인생을 걸고 사랑했던 조너선 색스에게 지울 수 없는 상처를 입은 두 사람, 그녀의 아버지와 아들 곁에 이렇게 피할 수 없이 가까이 앉아 얼음장 같은 집에서 맞는 크리스마스이브 치고는 놀라우리만큼 나쁘지 않았다. 그리고 그들은 하고 많은 얘기 중에서 야구 얘기를 했다. 아니 적어도 아버지와 헨리는 야구 얘기를 했다. 그리고 그레이스는 아버지가 한때 규칙적으로 야구 경기를 보러 갔고 몬트리올 엑스포스라는 팀을 응원하며 자랐으며 심지어 야구 점수를 기록하는 법도 알고 있다는 사실을 알고 또 깜짝 놀랐다. 야구 기록은 굉장히 단순해 보이지만 사실 심각하게 복잡하다. 그는 손자에게 이르면 내일이라도 그것을 가르쳐 주겠다고 약속했다. 헨리는 잠자리에 들고 그레이스는 아직 일어나 상을 치우지 않았을 때, 두 사람은 그리 불편하지 않은 침묵 속에서 잠시 앉아 있었다. 그러다가 프레더릭 라인하트가 그레이스에게 조너선이 어디로 갔는지, 어떻게 경찰에 발각되지 않고 살고 있는지 정말 아무것도 모르느냐고 물었다.

「맙소사, 몰라요.」 그레이스는 놀라서 대답했다. 「전혀 몰라요. 안다면 경찰한테 말해 줬겠죠.」

「솔직히 어떻게 그러고 사는지 놀랍구나. 그냥 내 생각에는, 그러니까 오늘도 말이다. 사람이 움직이거나 동전 한 푼을 써도 별별 사람들 눈에 다 띄잖니. 아무도 알아본 사람이 없다는 게 믿기지가 않아. 지금 그 얼굴이 사방에 다 붙어 있는데. 어딜 가도 그 얼굴이 보인단 말인다.」

그레이스는 숨을 헉 몰아쉬었다. 이 말의 의미를 다 받아들이지 않으려고 애썼다.

「미리 앞으로의 행적을 생각해 뒀을 거예요. 어떻게 종적을 감출 건지, 그런 방법들까지. 시간이 좀 있었잖아요.」

아버지가 인상을 썼다. 「미리 계획했다는 말이냐? 계획을 해서 그렇게……」 목소리가 흐려졌다. 어쩌면 그 여자의 이름을 잊어버렸는지도 모른다. 어쩌면 차마 입 밖에 내어 말할 수 없었는지도 모른다.

그것도 그레이스가 도저히 생각할 수 없는 일 중 하나였다. 그녀는 고개를 저었다. 「자제력을 잃고 있었다는 의미였어요. 그 사람이 떠나기 오래전부터 상황이 만신창이로 돌아가고 있었으니까요. 어떻게 숨어야 할지는 생각했을지도 모르지요. 이미 갈 곳을 정해 놨을지도 몰라요.」 조심스럽게 말했다. 그동안 줄곧 해왔던 생각이었다. 〈갈 곳〉이라고 말하긴 했지만 진짜 의미는 〈사람〉이었다. 어떤 사람이 있을지도 모른다. 아니 그 자신이 그 〈사람〉일지도 모른다. 오늘, 오늘 밤, 어딘가에서, 그녀의 남편이 다른 사람 안에 숨어 있을지도 모른다. 〈조너선 색스〉는 그가 둘러쓰고 숨었던 또 다른 사람에 불과할지도 모른다. 생각만 해도 너무 괴로워서 그녀는 눈을 감고 상념을 흘려보냈다.

「조너선은 아주 머리 좋은 사람이에요, 아시잖아요.」 그레이스가 마침내 말했다. 「그건 변하지 않았어요.」

변하지 않은 몇 안 되는 것 중 하나였다.

「그렇지만 그건 너도 그렇지.」 아버지가 주장했다. 「다른 사람들을 영민하게 관찰하는 게 네 일 아니냐. 책도 썼고…….」 아버지는 말을 하다 말았다. 이제 와서 책 같은 건 하나도 중요한 게 아니었지만 말이다. **말이 도망치고 나서 마구간 문을 잠그면 뭐 하나.**

「계속하세요.」 그레이스는 퉁명스럽게 말했다. 「걱정 마세요. 아버지 하시는 말씀 처음 듣는 거 아니니까요.」

아버지는 고개를 저었다. 긴 손으로 감싼 와인잔을 앞뒤로 돌리고 있었다. 얼굴은 슬픔으로 축 처져 있었고, 머리카락은 칼같이 단정하던 보통 때의 커트에서 살짝 흐트러져 있었다. 에바가 부주의해지고 있는 걸까? 그레이스는 온갖 삐딱한 감정을 수반한 그 질문이 떠오르는 순간에도 그건 아니라는 걸 알고 있었다. 오히려 그레이스 그녀 자신이 겪는 대격변이 워낙 거대하고 파괴적이어서, 에바조차 평상시의 의무와 일상의 의례를 좇아가기 벅찬 것이리라. 그런 일에 치졸하게 삐치는 건 예가 아니었다. 사실 새어머니에게는 사과를 해야 했다. 놀랍게도 진심으로 미안한 마음이 들었다. 그냥 전반적으로 에바에게 미안했다. 금슬이 좋았던 부부가 사별하면 남은 배우자는 보통 재혼하는 쪽을 택한다고, 그것도 아주 빨리 결혼하는 경우가 많다고, 그녀의 입으로 원망에 찬 환자들에게 얼마나 많이 말했던가? 금슬이 좋은 결혼 생활을 했던 사람들은 결혼하고 싶어 한다. 그렇게 간단한 문제였다. 그리고 아버지는 그레이스의 어머니와 행복하게 살았고, 다시 행복해지기를 원했고, 에바를 만나서 적어도 그녀와 함께 행복의 가능성을 보았다. 그게 애도하며 혼자 사는 것보다 낫지 않은가? 아버지가 계속 혼자 어머니만 생각하면서 사는 편을 원했던 걸까? 어째서 그렇게 피해를 입은 것 같은 느낌이 들었을까? **치료사들이여, 스스로를 치유하라!** 그녀는 비참한 심정으로 생각했다.

「내 생각에는요.」 그레이스가 말했다. 「제가 아빠와 엄마를 보면서 좋은 가족, 단단한 가족이란 어떤 것인지 배웠던 것 같아요. 그래서 우리 가족이 그렇게 보였으면 하고 바랐나 봐요. 나는 엄마가 하셨던 대로 했고, 조너선은 겉보기에는…….」 그레이스는 남편이 겉보기에 어땠을까 좋은 표현을 찾았지만 당장은 잘 생각이 나지 않았다. 「그리고 헨리는 행복하다고 생각했어요. 행복했기를 바라요.」 이제는 모두가 잔인하게도 과거 시제가 되어 버린 것 같았다. 「그저 두 분처럼 되고 싶었어요. 두 분처럼 행복하게 살고 싶었어요.」

한순간 그레이스는 자기가 울고 있다는 생각을 했다. 정신을 차려 보니 자기도 모르게 울고 있다 해도 전혀 놀랍지 않을 것 같았다. 그 정도는 이제 놀라운 일 축에도 끼지 못했다. 하지만 사실 우는 건 그녀가 아니었다. 소나무 식탁 맞은편에 앉아 있던 변호사 프레더릭 라인하트가 그 긴 손에 얼굴을 묻고 울고 있었다. 그녀의 아버지가. 울고 있었다. 한참이 지나도 이 단순한 사실을 뇌에서 처리할 수가 없었다. 그러다가 그레이스는 손을 내밀어 아버지의 얇은 손목을 잡았다.

「아빠?」

「아니다.」 그는 머리를 흔들었다. 「그러지 마.」

그러지 마? 그레이스는 어리둥절했다. 뭘 그러지 말라시는 거지?

끝까지 울어야 했던 것이다. 아주 오랜 시간이 걸렸다. 그리고 그레이스는 아무것도 못 하고 그저 기다릴 수밖에 없었다.

마침내 그는 일어나서 화장실에 갔다. 그레이스는 화장실의 물 내리는 소리를 들었다. 돌아왔을 때 아버지는 어느 정도 마음을 진정한 상태였다. 이제 그레이스의 아버지처럼 보였다. 그레이스가 아스라하게 기억하는, 피로에 찌든, 물기 어린 눈빛의 남자. 그녀의 생일 파티 때면 거실 한구석에 앉아 계시던 불편한 존재. 그녀의 아버지는 — 그레이스처럼, 헨리처럼 — 외동아들이었고, 당신의 친아버지와 관계가 그리 원만하지 못했다. 그레이스가 할아버지에 대해 아는 거라곤 뒤집힌 궤적 같은 주소들(로더데일 레이크스, 라이, 플러싱, 엘드리지 가, 몬트리올, 부코프스코)과 죽도록 가기 싫어

치열하게 반항했던 장례식뿐이었다. 그해 리어든 동기 하나가 화려한 유대교 성인식을 치렀는데, 그 행사에서 빠져야 했기 때문이다. 이제는 그게 누구의 성인식이었는지조차 기억나지 않았지만, 그녀의 관심으로 따지면 두 행사는 애초에 비교도 되지 않았었다.

「우리는 행복하지 못했단다.」 아버지가 불쑥 말했다. 한참 울고 나면 나오는, 특유의 꺽꺽거림과 밭은 숨으로. 「나는 행복하지 않았어. 마저리도 행복하지 않았다는 걸 안다. 나는 행복하려고 애썼지. 처음에는 마저리하고, 다음에는 마저리 없이 노력을 했어. 무엇이든 다 해봤을 거다.」

「하지만…….」 그레이스는 자기 목소리를 들었다. 「전혀 몰랐어요. 전혀.」 아버지가 자기 삶에 대해 잘못 생각한 거라고 우기기라도 하듯, 자식인 그녀가 더 잘 안다고 우기기라도 하는 듯이. 「어떻게…….」 아버지의 착오를 입증하는 증거를 찾아 미친 듯이 생각했다. 그리고 어머니의 거울 달린 화장대에 들어 있던 보석들을 기억해 냈다. 이런저런 장신구들, 화장대 상판에 진열되어 있던 그 보석들. 「아버지가 어머니한테 드린 그 모든 아름다운 물건들은요? 그 핀과 팔찌들. 아버지가 그 오랜 세월 동안 보석을 사서 드린 건 정말 애정이 넘쳐 보였어요.」

아버지는 재빨리 고개를 저었다. 「그렇지 않아. 그건 사랑에 대한 게 아니었어. 전혀. 나는 상습적으로 바람을 피웠고, 그러다 이런 식으로 살고 싶지 않다는 생각이 들면 돌아와서 사과를 하고 마저리에게 선물을 갖다 바치곤 했다.」 그레이스가 아직 듣고 있는지 확인하려고 잠시 말을 멈췄지만,

그녀는 이미 딴생각을 하고 있었다. 혼이 나가서 머리 위를 빙빙 돌고 방 안을 미친 듯 뛰어다니고 있었다.

「보석을 사주신 거예요? 그 대가로?」 너무 놀라서 제대로 대꾸조차 할 수 없었다. 거의 뜻도 없는 질문이었다

아버지가 어깨를 으쓱했다. 「한 번도 걸고 다니지 않았지. 네 엄마에게는 독극물 같은 거였으니까. 내가 물어봤는데 그렇게 대답했었어. 우리가 옷을 차려입고 있던 때였던가, 그랬지. 에메랄드 같은 게 박힌 핀이 하나 있었어. 그때 입고 있던 옷과 잘 어울릴 것 같다고 생각했지. 네 엄마는 그걸 달면 헤스터 프린의 주홍 글자 A[98]를 달고 있는 기분이 될 거라고 했어.」

그레이스는 눈을 감았다. 그 핀을 알았다. 그 핀은 조너선이 훔쳐서 어딘가 알지 못하는 곳으로 가져갔다. 다시는 보지 않게 되길 빌었다.

「그만뒀어야 했어.」 아버지는 고개를 살짝 흔들었다. 「여러 가지 일들을 다 그만뒀어야 했다. 그런다고 기분이 좋아지는 것도 아니었고, 네 엄마 기분이야 말할 것도 없었지. 어떻게, 그 물건들을 바라보고 그게 무슨 뜻이었는지 알면서, 어떻게 기분이 좋을 수 있겠니? 그때 내 동기조차 잘 기억이 안 나는 것 같아. 어느 시점에서는 그걸 친절이라고 생각조차 하지 않게 됐지. 가끔 집에 돌아와 보면 네 엄마가 화장대 위에 놓아둔 게 보였지. 이렇게 말하는 것 같았어. 〈당신 이거 기억해? 아니면 이건?〉 왜 그런 삶을 자처하고 살았을

98 미국 작가 너새니얼 호손의 소설 『주홍 글자』에서 주인공 헤스터 프린은 간통죄를 저질렀다는 표시로 가슴에 주홍 글자 A를 달고 다녀야 했다.

까? 나야 당연히 감당해야 할 일이었지만, 네 엄마는 왜 그랬을까?」

「아버지는 치료를 받으셨어야 해요.」 그레이스가 쌀쌀맞게 말했다. 「그런 생각은 해보셨어요?」

「솔직히 말할까? 아니. 우리 세대에는 그건 선택지에 없었어. 좋은 데 살고, 아니 함께 살기만 하면, 그냥 거기 처박혀 사는 거야. 그렇지 않으면 헤어지는 거지. 상황을 이해해 보려는 노력 같은 건 별로 없었단다. 이유는 잘 모르겠구나. 원하면 우리도 정신 분석 같은 건 받아 볼 수 있었지만 그건 그냥 미친 짓 같았어. 그 허비하는 시간들 하며 돈도 많이 들고, 소파에 누워서 기저귀를 차고 있던 시절의 키워드 하나를 찾아내면 모든 걸 해명해 줄 수 있다니 말이야. 사실 내 신경증을 별로 개의치 않았다는 거야. 그저 난 떠나고 싶었어.」

「왜 그러지 않으셨어요?」 그레이스는 따져 물었다. 결국 희미한 분노의 흔적을 발견한 것 같은 느낌이었다.

아버지는 고개를 들고 그녀의 시선을 똑바로 받았다. 그녀의 눈빛에 충격을 받았는지 금세 눈을 피하기는 했지만. 「이혼을 요구했지만 적어도 명목상의 동의 없이는 그런 식으로 갈라설 수 없다는 걸 알고 있었다.」

「어머니가 싫다고 하셨군요.」

「절대 안 된다고 했지. 난 도저히 이해가 되지 않았어. 내 행복을 지켜 주지 않으려는 건 알겠지만, 그녀 자신의 행복은? 그리고 정말로 그 사람에게 상처를 주고 싶지는 않았다. 이미 준 상처만으로도 충분했으니까.」 그레이스는 자기가 테이블을 꽉 움켜쥐고 있다는 자각을 했다. 엄지와 검지로 나무를 꼬집어 대고 있었다.

「그래서 그냥 살았다. 네가 래드클리프로 진학한 뒤에 한 번 더 시도해 봤지. 그때는 네 엄마도 고려하는 것 같았지만, 그러다 중풍으로 쓰러진 거야.」

두 사람은 몇 분 더 앉아 있었다. 그레이스는 아직도 와인을 홀짝거리고 마실 수 있는 자신이 놀라웠다. 집이 아직 무너지지 않은 것도 신기했다. 모든 시스템이 명목상으로는 잘 돌아가고 있었다. **다음엔 또 무슨 일이 벌어질까?** 그녀는 생각했다.

「믿을 수 없이 슬퍼져요.」 그녀는 마침내 말했다.

「나도 그렇다. 몇 년 동안 어떻게 해야 더 잘했던 걸까 자문해 봤지. 아니 적어도 다르게 할 수는 없었을까. 사실 나는 아이를 더 많이 갖고 싶었단다.」

「와우.」 그레이스는 놀라서 멍해졌다. 「왜요?」

「아버지 노릇이 좋았거든. 네가 이것저것 배우는 걸 보는 게 좋았다. 넌 정말 호기심이 많은 아이였어. 학문적인 호기심 말고 — 물론 너는 좋은 학생이었다만.」 그는 고쳐 말했다. 「하지만 넌 그냥 뭔가를 보고 또 보고 있었어. 난 네 엄마에게 입버릇처럼 말했지. 〈저 속에 아주 생각이 많아. 저 애는 안 보는 게 없다니까〉라고.」

안 보는 게 없지만, 하고 그레이스는 생각했다. **아무것도 보지 못하죠.**

「어머니가 돌아가셨을 때 아버지도 새 출발을 할 수 있으셨잖아요.」 아직 그렇게 친절한 말투가 나오지 않았다. 「겨우 50대였잖아요. 새로운 가족을 꾸리실 수도 있었을 텐데.」

아버지는 어깨를 으쓱했다. 처음으로 해본 생각인 모양이었다. 「그럴 수도 있었겠지. 하지만 에바를 만나고 나서야 그녀와 함께 있으면서 크나큰 안도감을 느꼈다. 그리고 편안함이야말로 나한테 실제로 필요한 것이었지. 알고 보니 아주 기본적인 욕구였고, 그렇게 끔찍하게 복잡한 문제도 아니었어. 그러다 에바의 자식들과 손주들을 얻었고, 결국은 헨리까지 얻어서 정말 아주 행복했다.」 아버지는 허심탄회하게 그녀를 바라보았다. 「네가 어머니와 나를 보고 이상적인 결혼 생활을 꿈꿨다는 게 말도 못 하게 심란하구나, 그레이스. 아주 오래전에 이 얘기를 해줬어야 하는데.」

「그래도 제가 고집을 피우고 계속 그렇게 생각했을 거예요.」 그레이스가 대답했다. 「부모님을 웃음거리로 만드는 게 10대가 해야 할 일이었는데, 전 끝내 그러지 않았거든요. 반항을 때맞춰 하는 데는 다 이유가 있는 거예요. 나는 그런 짓을 하기엔 너무 잘났다고 생각했던 게 틀림없어요.」 그레이스는 술잔 바닥에 남아 있던 마지막 레드 와인을 흔들어 돌렸고, 잔의 손잡이를 중심으로 도는 침전물을 눈으로 좇았다. 「아, 뭐, 늦게라도 얘기해 주신 게 어디예요.」

「에바는 네가 정말 대단하고 멋지다고 생각한단다.」 아버지가 말했다. 「너는 그 사람을 마뜩잖게 생각한다는 것도 알고 있고. 사실 좀 마음이 아팠지.」

그레이스는 고개를 끄덕였다. 에바를 정이 많고 사랑이 넘치는 성격으로 받아들일 마음의 준비가 다 된 것은 아니었다. 하지만 노력해 볼 수는 있었다. 그때 대놓고 어머니의 도자기를 달라고 부탁하는 자기 말소리가 들리는 바람에,

그레이스는 화들짝 놀랐다. 지금 — 부모님의 행복한 결혼 생활이라는 신화가 박살이 나 주위에 파편이 널브러져 있는 마당에 — 아직도 그 결혼 생활의 상징에 대한 욕망을 품고 있다니 전혀 말이 되지 않았다. 하지만 그 상징은 손으로 만질 수 있는 것이었다. 이 세상에서 공간을 차지하고 있었다. 지금, 이런 게 가능하다고 생각조차 못 해봤지만, 자기 주위를 손으로 만질 수 있고 세상의 공간을 차지하고 있는 상징들로 채우고 싶은 바람이 간절하기만 했다.

「저 그거 갖고 싶어요.」 그녀는 아버지에게 애원했다. 「저한테는 중요한 의미를 갖고 있어요.」

「엄마의 뭐?」 아버지는 전혀 감을 잡지 못하는 얼굴이었다.

「엄마의 도자기요. 하빌랜드, 혼수로 하신 거요. 그걸 그렇게 아무렇게나 쓰는 걸 도저히 볼 수가 없어요. 바보 같다는 건 알지만…….」

「접시하고 컵들?」 아직도 확실하지 않은지 아버지가 재차 물었다.

「네. 아주 구식이잖아요, 알아요. 하지만 그 물건들, 두 분 결혼하실 때 마련하신 살림은 저한테 와야 한다고 생각해요. 이게 어떻게 들릴지는 알지만…….」 정말이지 처음으로 이 말을 자기 귀로 똑똑히 들었더니, 확실히 어떤 어조인지 알 수 있었다. 썩 좋게 들리지는 않았다. 「전 별로 물건 욕심이 없는데, 엄마는 우리 엄마였고 저는 엄마 딸이잖아요. 내가 아니라 아버지의 둘째 부인이 그걸 받았다는 게 늘 잘못됐다고 생각했어요. 그게 다예요.」 〈그게 다〉라는 게 무슨 뜻인지 자기가 말하고도 잘 알 수가 없었다.

「당연히 그릇들은 가져도 되지. 뭐든 네가 원하는 건 다 돼. 에바가 항상 말하는 게 물건들을 좀 버려야 된다는 건데. 다른 그릇 세트들도 있고. 내가 좀 애착이 있었던 거 같다. 그래서 네가 올 때마다 어렸을 때 먹던 똑같은 그릇을 쓰는 게 좋겠다고 생각했어. 하지만 당연하지. 얼마든지. 내가 여기로 가지고 오마.」

「아니, 그건 괜찮아요.」 그레이스는 바보가 된 기분이었다. 「하지만 이 일이 다 끝나면, 이 일이 끝나기나 할지 모르겠지만 아무튼 그때는, 헨리가 자기 아버지와 전혀 관련이 없는 물건들에 애착을 느끼게 되면 좋겠어요. 내 과거에서 물려받은 물건들을 헨리에게 주고 싶어요. 헨리에게 줄 과거를 **갖고** 싶어요. 완벽하지 않아도 돼요. 실체이기만 하면 돼요.」

그때 그녀는 문득, 큰 소리로 내뱉어진 이 말들을 들으면서, 그녀 자신이 그럴 수 있는 마음의 준비를 아주 조금은 더 갖춰 가고 있다는 생각이 들었다.

19
대실수

어린이집 첫날부터 주홍색 졸업장을 손에 받아 든 날 아침까지 받았던 사립 교육의 소산으로, 그레이스는 헨리가 후서토닉 밸리 공립 중학교 7학년에 입학하는 과정이 그렇게 수월할 줄 몰랐어서 얼떨떨했다. 공식 지원서도 없었고, 현재 입학 정원이 얼마나 남았는지, 혹시라도 학교 후원회나 입학 사정 담당 부서에 닿아 있는 연줄이 없는지 알아보는 맨해튼 특유의 무시무시한 통과 의례도 없었다. 사실 며칠 전 그레이스가 두려움에 덜덜 떨며 입학과에 전화를 했을 때도, 아주 명랑한 목소리가 지극히 당연하고 떼기도 어렵지 않은 서류를 제출해 달라고 말했을 뿐이었다. 헨리의 출생 증명서. 부모나 보호자 이름으로 호숫가 별장에서 낸 관리비 내역서. 그리고 이전 학교의 생활 기록부는 로버트 코노버가 신속하게 이메일로 보내 주었고, 가감 없는 칭찬으로 일관해서 마음이 놓였다.

그래도 새 학기의 처음 며칠 동안은 앞으로 헨리가 크나큰 시련을 겪게 될지도 모른다는 확신을 내심 품고 있었다.

맨해튼이라는 교육의 정점에서 하향 평준화된 공교육의 늪으로 급전직하 추락하게 될 것만 같았다. 이 지역 학교가 리어든보다 진도가 엄청나게 늦거나 — 예컨대 7학년에서 덧셈 뺄셈을 배우고 문학 수업에서는 『딕과 제인』을 읽는다든가 — 다른 아이들이 시골의 지진아들이거나 본드를 흡입하는 게임 중독자들이라 미학적인 지식인인 그녀의 아들을 손가락질하고 세상 어디서나 7학년생들이 다 그러듯 똘똘 뭉쳐 혐오하고 왕따를 시킬 것 같았다(물론 교직원들이 종류를 막론하고 학교 폭력을 예방하는 데 열정적으로 매진하고 있다고 주장하는 리어든 같은 학교는 예외지만 말이다).

그레이스는 이런 두려움을 아무에게도 말하지 않고 혼자만 품고 있었는데, 그건 잘한 일이었다. 헨리는 인적이 없다시피 한 호숫가 작은 집의 고립 생활에서 한시라도 빨리 벗어나 열두 살짜리들의 세상으로 돌아가고 싶어 몸이 달아 있었다. 등교 첫날 아침, 그레이스는 자동차로 아들을 직접 등교시키고 학교 안으로 들어가는 모습을 지켜보았다. 아들이 이제 공립 학교 학생이고 따라서 공공 스쿨버스로 통학할 수 있다는 사실을 전혀 몰랐던 것이다. 그레이스는 그 길로 곧장 집으로 돌아가 이불 밑으로 기어 들어가서 쓰러져 잤다.

정말로 완전히 기진맥진했다. 휴대폰에 처음 깜박이는 빛이 뜬 순간 그녀의 삶이 붕괴되고, 코네티컷으로 도망치고, 현실적으로 난방을 하고 먹는 일을 해결하려고 애쓰고, 크리스마스와 아버지에 정신을 팔았다가, 헨리를 다시 학교에 보내는 일에 매달리게 된 후로 이렇게 무방비로 뻗은 건 정말 처음이었다. 그 모든 일을 겪으면서 그녀는 남들이 아는 자기 모습을 지키고 있었다. 추진력이 강하고 합리적인, 아담하고 유능한 사람. 다른 게 다 사라졌어도 헨리에게는 자신을 돌봐 주고 아침 식사를 챙겨 주고 아침에 입을 깨끗한 옷을 마련해 주는 엄마가 있었다. 그건 틀림없는 사실이었다. 하지만 그레이스는 그저 일상생활을 잘해 내는 듯 보이려고 애쓰는 게 얼마나 엄청난 에너지를 앗아 가는 일인지 깨닫지 못하고 있었다. 헨리가 집을 떠나 몇 시간은 안전한 곳에 있게 되자 그제야 실감하게 되는 것이었다. 그리고 막상 실감이 덮치자 그녀를 똑바로 서 있게 지탱해 주었던 원심력이 속도를 늦추고 마침내 끽 소리를 내며 급정거했다. 그러자 땅 표면이 완전히 푹 꺼지는 느낌이 들었다.

침대에서는 아무것도 보지 않고 주로 옆으로 누워 있었다. 삭신이 쑤셔 올 때까지 몇 시간 동안을 그러고 있다가 서서히, 의식을 잃고 잠에 빠져들었다. 그러다가 돌아가서 아이를 데려와야 할 시간을 놓치기라도 할까 봐 두려워(역시나 스쿨버스가 헨리를 집에 데려다줄 거라는 생각을 전혀 못 하고) 억지로 잠시 일어나서 알람을 오후 2시 45분에 맞춰 놓았다. 그리고 다시 옆으로 누워 아무것도 보지 않았다.

며칠을 그런 식으로 보냈다. 마치 생업 같았다. 헨리를 학교에 데려다주고, 침대에 들어가 몇 시간 동안 누워 있다가, 다시 일어나서 학교에서 데리고 오고. 몹시 부지런히 의무를 수행했다. 스케줄도 정확하게 지켰다. 둔탁한 절망의 통증과 현기증 말고는 아무것도 느끼지 못했다. 기억을 하고 끼니를 챙겨야 했는데, 기억하지 못할 때가 다반사였다. 가끔은 그런 생각도 했다. **이게 언제까지 지속될까?** 하지만 주로 그녀는 생각을 하지 않았다. 한때 마음을 두고 살았던 곳의 공허감이 너무나 막막하고 허허로웠다. 유리창은 더럽고 바닥은 둔탁하고 미끄러운 커다란 방이었다. 이제 그녀는 거기 살았다. 적어도 헨리가 집 밖으로 나가 있는 동안에는. 그리고 2시 45분에 알람이 울리면 그레이스는 일어나서 옷을 갈아입고 냉장고 안을 확인하고 장 볼 거리 목록을 작성해서 아들을 데리러 나갔다. 이제 그게 그녀 삶의 전부였다. 참고 해낼 수 있는 게 거기까지였다. 그렇게 계속, 계속, 똑같은 나날이 흘렀다. 아니 적어도 학교에 가는 날은 그랬다.

그사이 예상과 달리 헨리의 시련은 끝내 현실이 되지 않았다. 첫날, 헨리는 7학년의 새 반으로 힘들지 않게 걸어 들어갔고, 심지어 아이들은 학기 중간에 코네티컷 깡촌으로 전학 온 이유가 뭔지 전혀 궁금해하지 않고 기분 좋게 그를 맞아주었다. 첫날 수업이 끝나고 나서 헨리는 한 명도 아니고 두 명이나 새 친구를 사귀어 같이 나왔다. 두 아이 다 헨리가 뭘 〈파고〉 있는지 궁금해했고 아니메를 〈파고〉 있다고 하자 아주 좋아했다.

「애니메이션?」 그레이스가 얼굴을 찌푸렸다. 그들은 레이크빌의 피자 가게 스미티에서 저녁을 먹고 있던 중이었다.

「아니메. 일본 만화 영화요. 있잖아요, 〈센과 치히로의 행방불명〉 같은 거.」

「아.」 말은 그렇게 했다. 하지만 무슨 뜻인지 전혀 알아듣지 못했다.

「미야자키 몰라요?」

「모르겠는데.」

「아, 영화 제작자예요. 일본의 월트 디즈니 같은 사람인데, 디즈니보다 훨씬 훌륭해요. 아무튼, 대니한테 〈천공의 성 라퓨타Castle in the Sky〉의 DVD가 있대요. 토요일 날 놀러 와서 같이 보자고 하는데, 가도 되죠?」

「그럼.」 주말에 눈에 띄지 않는 데로 아이를 보내는 게 그리 힘든 일이 아니라는 듯, 애써 즐거운 표정을 하며 말했다. 「지금…… 〈천국으로 가는 길Cabin in the Sky〉[99]이라고 했어?」 그 영화는 그레이스도 알았지만 10대 초반의 남자애들이 흥미를 가질 만한 영화는 아무리 생각해도 아니었다.

「아뇨, 〈천공의 성 라퓨타〉. 약간의 조너선 스위프트하고 약간의 힌두 전설을 기반으로 하면서 또 웨일스 배경 비슷한 요소가 들어 있기도 해요. 미야자키한테는 〈약간〉이 아주 많죠.」 헨리는 자기가 한 농담에 웃음을 터뜨렸다. 진짜로 농담인 모양이었다. 그레이스는 벌써 어안이 벙벙했다. 「하지만 대니한테는 영어 자막이 달린 일본어 버전이 있대요. 그게 항상 훨씬 더 좋거든요.」

「아, 잘됐네. 그래.」 그녀는 고개를 끄덕였다. 「그러니까 아니메를 좋아한다는 거지? 언제부터? 내 말은, 네가 그런 말 하는 거 못 들어 봐서.」

「아빠가 작년에 날 데리고 〈하울의 움직이는 성〉을 보러 갔었어요.」 아이는 명쾌하게 말했다.

「아…….」 그녀는 굉장히 신나는 척 시늉하면서 고개를 끄덕였다. 「좋네.」 그리고 두 사람은 다른 이야기로 넘어갔다.

99 〈하늘의 오두막〉이라고도 하며 1943년의 미국 뮤지컬 영화이다.

다음 날 아침, 헨리는 7학년 교실로 돌아갔고 그녀는 침대로 돌아갔다.

학교에 놀란 또 한 가지 사실은 학구열이 상당해 보인다는 것이었다. 사회는 〈마거릿 미드[100]가 사모아에서 했던 일〉에 대한 단원을 배우고 있었고, 역사는 남북 전쟁 집중 학습을 하고 있었다. 그리고 1차 자료를 굉장히 많이 쓰는 게 틀림없었다. 영어 과목에서도 그 해의 독서 목록에 뜻밖의 작품들이 굉장히 많이 올라와 있었다. 『주홍 글자』, 『앵무새 죽이기』, 『생쥐와 인간』이 있었고, 최근 몇 년 동안 뉴욕의 사립 학교들이 정치적 올바름을 과시하기 위해 추가한, 정전에 없는 대안적 작품들은 찾아볼 수 없었다. 그리고 수학 진도는 심지어 리어든보다 빨랐다. 헨리가 벌써 프랑스어 시험 준비를 하고 있으며, 다음주 금요일까지 젬 핀치[101]의 인물 연구 과제를 마쳐야 한다는 사실을 알고 그레이스는 내심 기분이 나쁘지 않았다.

그리고 헨리는 야구 팀 입단 테스트를 받기를 원했다.

바이올린은 어떻게 하고? 그레이스가 물었다. 두 사람 다 그 얘기는 처음 꺼내는 것이었다.

「글쎄요, 오케스트라하고 밴드 중에서 골라야 한대요. 아니면 합창을 하거나.」

그레이스는 한숨을 쉬었다. 방 한가득 별로 내키지 않아 하는 바이올린 주자들이 모여 앉아 「포레스트 검프」의 테마곡을 찍찍 긁어 대는 건, 비터이 로셴버움의 퀴퀴한 먼지 덮

100 Margaret Mead(1901~1978). 미국의 문화 인류학자.
101 미국 작가 하퍼 리의 소설 『앵무새 죽이기』의 등장인물.

인 거실과 엄청난 거리가 있었지만 지금으로서는…….

「오케스트라가 좋겠네. 그렇지?」

헨리는 우울하게 고개를 끄덕였다. 그리고 그렇게 어려운 대화는 끝이 났다.

아직도 아침에 헨리를 차로 데려다주고 오후에 데리러 갔지만, 헨리는 이상하게도 항의를 하지 않았다. 아침에 노란 버스에서 우루루 밀려 나왔다가 오후에 다시 쿵쾅거리며 버스에 올라타는 친구들을 봤을 텐데도. 어쩌면 아이는 차로 데려다주는 시간이 엄마에게 얼마나 필요한 일이 되었는지 알아 버렸는지 모르겠다고, 그레이스는 생각했다. 이 짧지만 지극히 정례적인 통학이 이불에 누워 침실 벽 너머의 허공만 바라보고 있는 그녀의 나날에 얼마나 결정적인 틀을 제공하는지 말이다.

훗날, 그레이스는 다시 돌아가서 이런 나날들이 얼마나 지속되었는지 확인해 보게 된다. 하지만 1월 말의 어느 아침에는 헨리를 학교에 데려다준 후 호수와 집과 침대와 알람 시계가 있는 남쪽으로 가지 않고, 북쪽의 폴스빌리지 도서관으로 가서 화려한 액자에 담긴 19세기 초상화와 꽃 스케치 아래 격식을 갖춘 등받이 높은 의자에 앉아 『버크셔 레코드』 신문을 읽고 있었다. 신문에는 지역 스포츠 팀에 대한 친절한 설명과 주민 참여 토지 구획 위원회에 대한 칼럼이 실려 있었다. 며칠 후에 그레이스는 또 도서관으로 갔다.

가끔은 도서관에서 레오 홀랜드를 보았고, 2월의 어느 이른 아침에는 메인 스트리트에서 조금 걸어가면 있는 토이 메이커스 카페로 그와 함께 커피를 마시러 갔다. 레오는 이제 그리 낯설게 느껴지지 않았다. 시끄러운 장난을 치고 그레이스의 엄마를 짜증 나게 했다는 것 외에는 딱히 기억에 남은 게 없는 어린 시절 여름에 만났던 인물에서 상당히 발전한 셈이었다. 우편함 앞에서 만난 뒤로 두 번인가 집에도 들렀었다. 한번은 소위 치킨 스튜라고 주장하는(〈코코뱅〉[102]이라고 부를 만큼 허세가 심한 사람은 아니었기 때문이리라 — 아니면 그녀한테 그런 인상을 주고 싶지 않았든가. 하지만 아무튼 그건 코코뱅이었다) 음식을 커다란 플라스틱 통에 담아 왔었고, 한번은 집에서 만든 아나다마 빵을 갖다 주러 왔었다. 둘 다 그의 〈그룹〉이 2~3주에 한 번씩 집에서 여는 만찬에서 나온 것이라고 했다. 〈그룹〉이라는 말을 너무 아무렇지도 않게 말해서, 그레이스는 무슨 뜻인지 잘 알 수가 없었다. 스터디 그룹? 치료 그룹? 그가 말해 준 바로는 뜨개질 그룹이나 앰네스티 인터내셔널 그룹이라고 해도 이상하지 않았다. 하지만 커피를 마시러 가서 두 번째로 그룹 얘기를 꺼냈을 때는 너무 궁금해서 무슨 그룹이냐고 물어보고 말았다.

「아, 밴드야.」 레오가 말했다. 「뭐, 우리는 〈그룹〉이라고 부르는 쪽을 선호하지만. 주로 중년의 현악 매니아들이거든. 〈밴드〉는 약간 지하실에 처박힌 10대들 같은 느낌이지만, 그치? 사실 피들[103] 주자가 하나 더 있는데, 그 친구는 진짜로 10대야. 내 친구 리릭의 아들이지. 리릭은 만돌린을 켜.」

102 닭고기와 야채에 포도주를 부어 조려 낸 프랑스 전통 요리.

103 바이올린의 속칭으로, 미국에서는 특히 컨트리 뮤직에 사용되는 바이올린을 일컫는다.

「리릭[104]이라.」 그레이스가 따라 말했다. 「뮤지션에게 정말 멋진 이름이네.」

「부모가 히피라서.」 레오가 말했다. 「하지만 걔한테 정말 어울려. 바드 대학의 만돌린 강사거든. 나도 바드에 있어. 그 얘기는 한 것 같지만.」

「아니, 사실 못 들었어.」 그레이스는 카푸치노에 설탕을 넣고 젓고 있었다. 「안식년이라고만 했지. 어느 학교라는 얘기는 안 했어.」

「아. 바드야. 강의하기엔 아주 좋은 학교지만 안식년에는 영 형편없어.」 그는 웃음을 터뜨렸다. 작은 카페 한구석에는 농장에서 쓰는 커다란 나무 식탁이 있었고, 무슨 엄마들 모임이(그레이스는 비슷한 나무 식탁에 앉아서 했었던 예전의 엄마들 모임을 기억하지 않을 수 없었다) 노란색 공책을 앞에 놓고 회의를 하고 있었다. 그런가 하면 한 무더기의 모터사이클 그림책들 위에 20년은 되어 보이는 라이자 미넬리[105]의 사인이 든 사진이 놓여 있었다.

「여기는 학교에서 한 시간도 안 걸리는데, 그래도 이 동네에 있으면 귀찮게 전화해서 불러 대진 않더라고. 그랬다간 아무 일도 못 할 거야. 게다가 그룹도 있고, 우리가 5년 넘게 같이 연주하고 있단 말이야. 처음에는 이 먼 데까지 차를 몰고 와야 되느냐고 싫어하다가 요즘은 다들 정이 들었어. 호숫가에 우리끼리만 있는 걸 좋아했지. 아니, 물론 또 몇 사람 있지만.」 그는 자기 말을 수정했다. 「지금은 특별한 저녁 행

104 〈*lyric*〉에 〈*s*〉가 붙으면 노랫말이라는 뜻이 된다.
105 Liza Minnelli(1946~). 미국의 영화배우.

사처럼 지내고 있어. 로리가 아침에 학교에 안 가는 날에는 밤을 새기도 하고. 로리는 우리 피들 주자야. 그럴 땐 식사를 거하게 차려 먹지.」

「그래서 우리가 고맙게도 덕을 보는구나.」 그녀는 친절하게 말했다.

「그래. 아, 다행이네.」

「아.」 그레이스가 문득 생각나서 말했다. 「그래서 음악 소리가 들리는구나. 어느 쪽에서 들리는지 가끔은 알 수가 없거든. 숲을 지나서 오는 소리처럼 들릴 때도 있어. 그게 밴드야? 그러니까 그룹 말이야.」

「애넌데일온허드슨에 지극히 소수의 팬들이 있지.」 레오는 호감 가는 자조를 섞어 말했다. 「있잖아, 배우자라든가 직장 동료라든가. 기말고사에서 성적을 잘 받고 싶어 하는 학생이라든가. 밴드 이름도 있어. 윈드하우스라고. 셰틀랜드 제도에 있는 폐가 이름이야. 콜럼 말로는 — 아, 콜럼도 밴드 멤버야 — 아주 을씨년스러운 곳이라더라고. 콜럼은 스코틀랜드에서 자라서 셰틀랜드 제도로 하이킹을 다니곤 했다나. 뭐, 다들 물어보기에.」 그는 약간 민망하게 말했다. 그레이스는 묻지 않았으니까. 하지만 그녀도 물어봤을 것이다.

「좋을 것 같네. 이 정도 말만 들어도.」

레오는 이제 자기 얘기는 그만하기로 마음먹은 눈치였다. 두 사람은 잠시 어색하게 앉아서 커피만 들여다보고 있었다. 저쪽에서는 아까 그 여자들이 — 그레이스는 그중 한 사람이 헨리네 학교 학부모라는 걸 알아보았다 — 모임을 슬슬 정리하고 있었다. 문이 열리고 거구의 남자 두 명이 들어

오자 긴 회색 머리를 땋아 틀어 올린 여자 요리사가 카운터로 달려가 몸을 내밀고 두 사람을 안아 주었다.

「책을 쓰고 있다고 했지?」 그레이스가 물었다.

「응. 6월까지는 끝내고 싶은데. 올해는 여름 계절 학기 강의를 해야 해서.」

「뭐에 대한 책인데?」

「애셔 레비.」[106] 레오가 말했다. 「들어 본 적 있어?」

그녀는 고개를 흔들려다가 말했다. 「잠깐, 애셔 레비하고 같은 사람이야?」

「그래!」 레오는 심지어 이 정도 아는 것만도 정말 기특하다는 듯, 굉장히 기쁜 표정을 지었다. 「애셔Asher, 가끔은 애서Asser라고도 하지. 네가 뉴욕의 유대인이라는 걸 깜박했구나. 당연히 애셔 레비를 알겠지.」

「하지만 잘 몰라. 이름만 알 뿐이야. 이스트빌리지에 그 사람 이름을 딴 학교가 하나 있는 것 같은데.」

「그리고 브루클린에 공원도 있어. 또 놀이공원도 있고. 거리도 있어! 뉴욕 최초의 유대인 지주이고 아마 미국 최초의 유대인일걸. 아무튼 그 문제를 어느 쪽으로든 결론을 내보려고 하고 있어.」

「전혀 몰랐네…….」 그레이스는 웃음을 터뜨렸다. 「뉴욕 최초의 유대인 지주? 하모니 클럽[107]이나 엠마누엘 사원[108]

106 Asher Levy(?~1680). 네덜란드 식민지였던 맨해튼 섬의 뉴암스테르담(현재의 뉴욕)에 정착한 최초의 유대인.

107 뉴욕의 회원제 사교 클럽으로, 유대인들에 의해 설립되었다.

108 뉴욕의 거대한 유대인 사원.

같은 걸 그 사람이 상상이나 했을 거 같아?」

「뭐, 〈엠마누엘 부인〉 말이야?」 레오가 말했다. 「우리 아버지가 늘 그렇게 부르셨거든. 한동안 거기 다니기도 하셨고. 그러다가 우리 어머니를 만나셔서 퀘이커교로 개종하셨지. 성인식 동기 절반이 퀘이커교도나 불교도가 됐다고 늘 말씀하셨어. 아버진 마룻바닥보다는 예배당 벤치에 앉아서 명상하는 게 더 낫겠다고 하셨지. 그래서 퀘이커교도가 되신 거야. 게다가 퀘이커교의 범퍼 스티커[109]가 더 멋지거든.」

「아버님 기억 나!」 그레이스는 말했다. 기억이 나는 것도 같았다. 「축 늘어진 스웨터를 입고 계셨잖아? 연녹색 비슷한?」

「아…….」 레오가 고개를 끄덕였다. 「우리 어머니가 정말로 꼴 보기 싫어하셨어. 혹시 아버지가 그 무릎까지 내려오는 스웨터를 잊고 다른 옷을 입으실까 해서 몇 년이나 감춰 두셨는데. 하지만 아버진 스웨터에 대해서는 일종의 초감각 같은 게 있으셨다니까. 언제든지 옷장으로 곧장 가서 어머니가 넣어 두신 데서 귀신같이 꺼내 가셨지. 하지만 어머니가 돌아가시고 난 다음에는 그냥 버려 버렸어. 어느 날 쓰레기통에 보니까 있더라고. 이유도 여쭤 보지 않았어.」

그레이스가 고개를 끄덕였다. 아버지와 보석, 지퍼 백에 들어 있던 보석을 생각하고 있었다. 너무 독해서 아버지가 똑바로 쳐다보지도 못했던 그 보석을.

「우리 어머니도 돌아가셨어.」 그게 사실 맥락에 맞는 얘긴지도 알 수 없었다. 레오가 고개를 끄덕였다.

109 자동차 앞뒤에 있는 안전장치에 붙이는 스티커로, 주로 광고나 유머, 특정한 철학적, 종교적, 정치적 입장을 지지하고 홍보하는 문구 등이 들어 있다.

「유감이야.」

「나도 그래. 너희 어머니 말이야.」

「고마워.」

두 사람은 또 1분쯤 침묵 속에 앉아 있었다. 그러나 생각만큼 그렇게 불편하지는 않았다.

「익숙해지지가 않지?」 레오가 말했다. 「어머니가 돌아가신 건.」

「그래. 아무리 시간이 가도.」

레오는 커피를 한 모금 마시고 무심하게 손등으로 입가를 훔쳤다. 「우리 어머니는 여기 호숫가에서 돌아가셨어. 아버지와 형이 떠나고 며칠 더 머무르시면서 집 정리를 하고 계셨지. 그게 11년 전 일이야. 뭐가 어떻게 된 건지 우리는 정확히 몰라. 아마 일산화탄소 중독인 것 같은데, 부검에서 결론이 정확히 나지 않았어. 아버지가 어쨌든 히터를 교체하셨지. 그래야 기분이 좀 나아질 것 같다고 하셔서.」

「저런, 세상에.」 그레이스는 레오의 어머니가 어떻게 생긴 분이었는지 기억이 나지 않았다.

「너희 어머니는?」

대학교 2학년 봄 방학이 끝나고 케임브리지로 돌아갔는데, 복도에서 열쇠를 더듬어 찾는 동안 전화가 계속해서 울렸던 기억이 있다고 말해 주었다. 그리고 — 휴대폰도 없던 미개한 시대였지만 — 그 전화벨 소리가 뭔가 어마어마하고 나쁜 의미를 담고 있다는 걸 직감했다는 얘기도. 정말 그랬다. 어머니는 그레이스가 기차역으로 떠나고 한 시간도 못 되어 뉴욕에서 뇌일혈을 일으켰던 것이다. 그레이스는 그대로 몸을 돌려 집으로 갔지만, 그 후 몇 주일 동안 어머니는 의식을 회복하지 못했고 삶의 가능성이 점점 희박해졌으며, 그레이스는 병원에 있는 부모님 근처를 파닥거리며 얼쩡거리다가 복학하지 않으면 학기를 접어야 할 시점이 되어 하는 수 없이 돌아갔다. 그런데 — 믿을 수 없게도, 끔찍하게도, 초현실적으로 — 똑같은 일이 벌어졌다. 커클랜드 하우스의 두꺼운 참나무 문을 통해 들려오던 벨 소리, 허둥지둥 열쇠를 찾던 일, 어마어마하고 나쁜 소식. 그녀는 다시 뉴욕으로 돌아가서 남은 학기를 그곳에서 보냈고, 학점은 여름 학기에 재수강으로 채웠다.

그해 가을에는 캠퍼스에서 나와 그녀는 비타와 함께 살게 되었고, 거의 비슷한 시기에 조너선을 만났다. 이제 와 드는 생각이지만, 그런 시기에 어머니가 살아 계셨더라면 좋았을 것이다. 마저리 웰스 피어스 라인하트 — 1961년 단 한 번의 소개팅으로 남편을 만나 사랑에 빠져 불행한 결혼 생활을 했던 어머니는, 딸이 하늘에 닿을 듯 기쁨에 차서 전화를 걸어서는 야심 차고 정이 많고 상냥하고 약간 추레하고 그녀에게 정신없이 빠져 있는 청년을 만났다고 말했다면 어떤 반응을 보였을까?

이렇게 말씀하셨겠지. **조심해라. 조금 천천히 가렴.**

이렇게 말씀하셨을 거다. **그레이스, 부탁이다. 엄마도 기쁘지만, 똑똑하게 생각해야 해.**

더 똑똑하게 생각해. 바꿔 말하면 그런 말.

「어른이 되어서는 뵙지 못해서 아쉽네.」 레오가 불쑥 말했다. 「내가 어른이 된 후에 말이야. 10대 때는 나를 별로 좋아하지 않으셨다는 건 알아.」

「아…….」 그레이스는 자기 말소리를 들었다. 「네 탓이 아니지. 어머니는 아주 행복한 분이 아니셨던 것 같아.」

이 비슷한 얘기도 해본 적이 없는 그녀였다. 한 번도. 자기가 내뱉은 말이 사라지고 난 뒤의 침묵에 귀를 기울이며 스스로 놀라 버렸다. 기분이 너무 나빴다. 뭔가 끔찍스러운 걸 세상에 내보낸 느낌이었다. 어머니가 **불행하셨다니.** 방금 자기가 **그렇게 말했다니.** 대체 무슨 끔찍한 짓을 한 건가.

「가끔 세상 일이…… 그렇게 깨끗하게 정리되지 않지.」 레오가 말했다. 「그래서 우리가 이야기의 빈칸을 메워야 하고. 죽음이 특히 더 그런 것 같아.」

「뭐라고?」 그레이스가 물었다.

「이야기. 너는 학교로 돌아갔고. 전화벨이 울렸지. 다시 학교로 돌아갔고. 또 전화벨이 울렸어. 네가 이야기를 하는 방식이, 꼭 어머니 죽음이 네 탓이라는 것 같아서.」

「내가 지금 자기도취에 빠졌다는 뜻이야?」 그레이스가 물었다. 기분이 상해야 하는 건지 아닌지 알 수가 없어서 물어본 거였다.

「아, 아니, 그런 뜻은 아니야. 뭐, 물론 우리 모두 자기도취는 조금씩 있지. 내 말은, 우리는 우리 삶의 주인공이니까, 당연히 운전대도 우리가 잡고 있다고 느끼는 거야. 하지만 우리는 운전대를 잡고 있지 않아. 그건 그냥 창문이 있는 데서만 어쩌다 그렇게 되는 거지.」

그녀는 웃음을 터뜨렸다. 그리고 실제로 이런 소리에 자기가 웃고 있다는 생각에 또 웃음이 났다.

「미안해.」 레오가 말했다. 「직업상 전형적인 만성 질환이야. **항상. 훈장질을. 하게 된단 말이지.** 매밋[110]의 말을 잘못 갖다 쓰자면.」

「괜찮아.」 그레이스가 말했다. 「난 그런 생각 못 해봤네. 치료사 노릇을 하긴 해야 하는데.」

그가 그녀를 보았다. 「무슨 뜻이야, 하긴 해야 한다는 게?」

하지만 그녀는 대답하지 않았다. 그녀도 몰랐기 때문이다. 그레이스가 환자 생각을 안 한 지 벌써 몇 주일째였다. 심지어 자기가 다른 인간에게 삶을 어떻게 살아야 한다고 훈계를 할 위치라고 느껴 본 지도 오래였다.

「내 직업이야.」 그녀는 대신 말했다. 「그 얘기는 별로 안 하고 싶어.」

「그러지 뭐.」 레오는 조심스럽게 말했다.

「나도 안식년인가 봐.」 그녀가 말했다.

「그래. 그 문제에 대해 토론한 건 아니지만.」

「그래.」 그레이스가 그 말을 하고, 두 사람은 다른 얘기로 넘어갔다. 레오의 아버지는 재혼하지 않았지만 이름이 하필 〈프루디〉라고 하는 여자 친구가 있다고 했다. 형 피터는 오클랜드에서 변호사 일을 하고 있단다. 레오는 딸이 하나 있었다.

「뭐, 있다고 해야지.」 그는 별로 설득력 없이 해명했다.

「딸이 있다고 해야 한다라.」

「이미 딸이 있는 여자와 연애를 했었어. 라모나라고. 여자 말고 딸 이름이. 우리는 가능한 최선의 이별을 하기로 했는

110 David Mamet(1947~). 미국의 극작가, 시나리오 작가.

데, 그 말은 라모나가 내 삶에 남는다는 뜻이었지. 난 그 애를 정말 사랑하기 때문에 얼마나 안심이 됐는지 몰라.」

「가능한 최선의 이별이라…….」 그레이스는 감탄하며 말했다. 「근사하게 들린다. 볼테르적인데!」

그는 어깨를 으쓱했다. 「물론 이상이지. 하지만 노력하는데 그보다 더 좋은 이유가 어디 있겠어. 자식이 있을 때는 더 그렇고. 아무리 있다고 해야 하는 자식이라도.」 그는 그레이스 쪽을 보았다. 물어봐야 하나 고민하는 눈치였다. 바꿔 말해, 그녀가 여기 호숫가에 있는 이유. 아들도 있고. 그녀는 자기 손에 결혼반지가 끼워져 있는지 확인하려고 왼손을 내려다봐야 했다. 아직도 반지를 끼고 있는 모양이었다. 몇 주나 지났는데 전혀 감흥이 없었다.

「그러면…… 딸은 자주 만나?」

「한 달에 한 번 주말에. 그 애 엄마가 보스턴에 살아서 좀 어렵지만 할만 해. 그리고 여름이 되면 몇 주일 여기 와서 지내지만 그것도 좀 복잡해지고 있네. 잘나신 **남자애들** 때문에 말이지.」 그는 냉소적인 말투로 덧붙였다.

그레이스가 미소를 지었다.

「그래, **남자애들**이라고 했어! 열네 살짜리 여자애한테는 엄청나게 중요한 문제인가 보더라고. 시골의 아름다운 작은 호수에 **남자애들**이 없다는 게 말이야. 그딴 건 아무 소용도 없다는 얘기를 해주려고 노력을 해봤지만, 어쨌든 그런 혐오스러운 생물들과 여름 캠프를 간다고 해서 나는 캠프 끝나고 버몬트에서 아이를 데려와서 일주일 동안 케이프 코드에 가는 정도로 만족해야 한다고.」

그레이스는 웃으면서 마지막 남은 커피를 마셨다.「그걸로 만족해야 신상에 좋을걸.」그에게 훈계를 했다.「열네 살짜리 여자애들은 아주 까다로운 생물이셔서. 만나 주기라도 한다니 행복한 거야.」

「그래, 행복하다.」그는 투덜거렸다.「행복해 보이지 않아?」

그는 저녁 먹으러 오라고 또 한 번 그레이스 가족을 초대했지만 이번에도 그녀는 답을 피했다. 하지만 지난번처럼 힘주어 거절하게 되지는 않았다. 그레이스는 나중에, 그건 헨리 때문이라고 생각했다. 헨리가 레오를 싫어하지 않을 것 같아서, 그리고 숲속 한가운데 호숫가에 함께 사는 이웃이니까 헨리가 알아 둬서 나쁠 게 없다고, 그렇게 생각했다. 레오는 헨리의 연주를 정말 듣고 싶다면서 혹시 헨리가 올 때 피들(바이올린이 아니라 피들이라고 불렀다)을 갖고 올 수 없겠느냐는 말도 했다. 언제 주말에 밴드와 함께 앉아서 맞춰 보면 좋겠다는 것이었다. 자칫하면 헨리는 같이 앉아서 〈한번 맞춰 보는〉 연주는 안 한다고, 그런 식으로 배우지 않았다는 말이 입 밖에 튀어나올 뻔했다. 비터이 로셴버움의 학생이 다른 뮤지션들과(물론 그 우울한 헝가리 선생은 레오와 다른 윈드하우스 멤버들을 뮤지션으로 아예 쳐주지도 않겠지만) 앉아서 〈한번 맞춰 보는〉 건 상상조차 잘 되지 않는 일이었다. 하지만 그런 말은 하지 않았다. 초대를 수락하지도 않았지만 말이다. 대신 그녀는 ― 레오가 방금 초대를 했다는 걸 까맣게 잊을 정도로 불손한 말투로 ― 그건 그렇고 바이올린과 피들의 차이가 뭐냐고 묻고 있었다. 그러자 레오는 한마디로 〈태도〉라고 대답했다.

「태도라.」 아주 회의적인 말투로 그레이스가 말했다. 「정말로.」

「그렇게 간단한 거야.」 뿌듯한 표정으로 레오가 말했다.

「하지만…… 무엇을 대하는 태도?」

「아, 말해 줄 수 있지만, 다음에 벌어질 일을 책임질 수가 없어. 일단 여기까지 하고 몇 주일 두고 볼까?」

그래, 그녀가 말똥말똥하게 고개를 끄덕이며 말했다. 몇 주일이라.

그리고 두 사람은 일어나서 함께 카페를 나섰고, 레오는 카운터 너머의 여자에게 손을 흔들었고, 적어도 한 시간은 앞으로 벌어질 일을 걱정하지 않고 보낼 수 있었던 그레이스는 다시 차를 타고 북쪽으로 달렸다.

며칠 전에 비타와 통화가 연결되어 잠시 이야기를 나누었다. 그레이스가 이럴 때를 대비해서 전화선을 다시 꽂아 두었던 것이다. 데이비드 M. 헌트 도서관에서 딱 30초 키보드를 두드렸더니 비타의 사무실 번호가 나왔지만, 그걸 사용할 용기는 훨씬 더 찾아내기가 힘들었다. 대화는…… 뭐, 정황상 약간 딱딱했지만 막상 초청을 받았을 때는 — 피츠필드에 있는 비타의 사무실에서 만나자는 말을 들었을 때는 — 그녀는 당장 좋다고 했다.

그건 딱히 그녀가 원했던 바는 아니었다.

뭐, 자기도 뭘 원하는지 알 수가 없었다.

그레이스는 앞으로 몸을 숙이고 찬찬히 7번 국도에 낀 살얼음을 살폈다. 특히 모퉁이를 돌 때를 조심해야 했다. 길은 이제 익숙했다. 그레이트배링턴은 그녀 마음대로 이 근처의

〈대도시〉로 정해 버린 곳이어서 케이넌이나 레이크빌로 해결되지 않는 게 있으면 — 거의 다라고 할 수 있었지만 — 거기 가는 게 버릇이 되었다(버크셔 협동조합만 해도 어찌나 정이 들었는지, 이제는 애착이 위험 수준이어서 예전에 어퍼이스트사이드의 엘리스 마켓에 가졌던 애정 정도는 상대적으로 우스워 — 그리고 아주 경제적으로 — 보였다). 또한 더 좋은 레스토랑이나 정육점 한두 군데에서 시간을 때울 수도 있었고, 특히 앤티크 도자기만 취급하는 가게에서 파는 온전한 하빌랜드 세트 한 벌은 공식적으로 그녀 것으로 점찍어 두었다.

예쁜 마을이었다. 언제나 그렇게 생각했었다. 메인 스트리트는 철저히 미국적인 분위기였지만, 마을 자체가 머리핀처럼 휘어지는 모양이라, 딱히 〈다운타운〉은 아니라도 한두 군데 차를 세워 놓고 걸어다니고 싶은 장소들이 있었다. 이곳에는 그녀만의 추억도 많았다. 이미 사라진 지 오래지만 어머니가 서비스와 구두가 좋다고 좋아하셨던 잡화점도 있었고, 스토크브리지 로드의 북로프트[111]도 있었다. 먼지 자욱한 오후면 그곳에서 초기 심리학 교재들을 찾아 헤매곤 했었다. 그리고 어마어마하게 큰 골동품 가게에서 조너선과 함께 건초를 만드는 남자들이 그려진 풍경화를 샀었다. 그 그림은 지금 81번가 그들 집의 식당에 걸려 있었다.

아직도 그 그림은 **그들의** 그림일까? 그곳은 **그들의** 식당인 걸까? 과거에 〈그녀의 결혼〉이라는 제목이 붙었던 작품이 설치되어 있는 그 박물관에 있는 모든 게 그랬지만, 이제 그

111 미국 그레이트배링턴에 있는 대형 서점.

그림도 다시 보고 싶은 건지 아닌지 잘 알 수가 없었다.

레녹스를 빠져나와 비타가 준 주소를 찾아 북쪽으로 차를 모는데, 머리 위 하늘은 이미 강철처럼 단단한 잿빛이었다. 도로는 탱글우드와 이디스 워튼의 버크셔 부촌을 뒤로 하고 여기저기 흩어져 있는 농장들과 피츠필드 주변의 공장 지대와(독성 물질 폐기 지역 — 어떻게 잊을 수가 있으랴?) 그레이스 유년기의 영역 최북단으로 들어섰다. 어렸을 때 한두 번 여기 콜로니얼 시어터까지 가족을 따라와 본 적이 있었고, 여름에 폭풍우가 치던 날 딱 한 번, 버크셔 뮤지엄까지 와본 적 있었다. 분명히 비타가 호숫가 별장에 놀러와 자던 날 이런 원정에 동행해 주었을 것이다. 한때 자기가 친구에게 소개해 준 곳이 이제 비타가 일하는 곳, 삶의 터전으로 삼은 곳이라고 생각하니 기분이 이상했다. 피츠필드는 차를 타고 어딘가로 가는 길에 지나치는 그런 오래된 마을이었다. 버스나 기차를 타면 사실 거기서 내려야 했기 때문이다. 그곳은 급격히 쇠락해 가는 소도시였다. 도시에 가득한 과거의 장엄했던 저택들은 이제 살짝 겁이 나는 동네로 변했고, 과거에 목가적이었던 공원들은 밤에 들어가는 걸 재고해야 하는 상황이 되었다.

포터 센터는 스탠리 일렉트릭 매뉴팩처링 컴퍼니라는 회사의 구사옥에 위치하고 있었다. 눈에 띄는 벽돌 건물은 일종의 캠퍼스를 형성하고 있었지만, 입구의 표지판(그리고 표지판을 읽으려고 속도를 낮추자 어디선가 나타난 경비원)은 그레이스를 사무실로 개조된 흰색과 녹색의 고전적 단독 주택 쪽으로 안내했다. 거기에는 또 〈관리실〉 간판이 따로 달려 있었다. 그레이스는 주차를 하고 잠시 마음을 가라앉혔다. 이메일의 직위를 보니 비타는 이곳의 관리 책임자였다. 포스트인더스트리얼리즘풍의 이곳 캠퍼스뿐 아니라 북부로는 윌리엄스타운과 남부로는 그레이트배링턴까지 아우르는 지역에서 실행되는 프로그램들의 기저 체제를 운영하는 모양이었다. 그레이스가 도서관에서 숙독한 웹사이트에 따르면 안 하는 일이 없는 조직이었다. 마약 중독 치료 중재, 10대 미혼모 프로그램, 개인 치료, 불안과 우울증 그룹 치료, 마약 중독자와 성범죄자 담당 법원 명령 과정. **정신 건강의 원스톱 쇼핑 센터네.** 그레이스는 자동차 앞좌석에서 긴 벽돌 건물을 바라보며 생각했다. 몇 년 전, 결혼식 당시, 그녀와 비타 모두 대학원(비타는 사회 복지학, 그레이스는 심리학 전공이었지만 둘 다 개인 치료 전문가가 되겠다는 꿈을 갖고 있었다) 입학을 앞두고 있던 그때, 친구의 미래가 이럴 줄은 예상하지 못했었다.

하긴 미래를 예상하는 데 내가 무슨 재능이 있다고. 그녀는 우울하게 생각했다.

그녀는 파카 지퍼를 올리고 가방을 들었다. 그리고 자동차 문을 잠갔다.

건물 안에 들어가 보니 리모델링한 로비가 따뜻했다 — 아주 따뜻했다. 심하게 적어지고 있는 머리숱 사이로 정수리가 번들번들한 그레이스 또래의 여자가 동글동글한 흰색 레이스로 장식된 딱딱한 소파에 앉으라고 했고, 그레이스는 순순히 자리에 앉아 고객용 읽을거리(『사이콜로지 투데이』, 『하이라이츠』)와 피츠필드의 역사에 대한 그림책을 살펴보았다. 그림책을 들고 페이지를 넘겼다. 스탠리 일렉트릭 공장의 색칠한 엽서, 우아한 빅토리아 저택들이 즐비한 대로, 그중 몇 채는 아마 여기 오는 길에 지나쳐 왔을 법도 했다. 풀밭에서 한가로이 즐기는 가족들과 야구 — 야구가 굉장히 많이 나왔다. 피츠필드는 예로부터 야구를 열렬히 사랑하는 도시였던 모양이었다. 헨리에게 그 말을 해주면 좋겠다는 생각을 했다.

「그레이시.」 비타의 목소리가 말했다. 의심의 여지없는, 비타의 목소리였다. 생각을 마무리하기에 반숨 모자라는 듯, 뚝뚝 끊기는 것 같은 말투. 자기도 모르게 미소를 짓고 그 목소리를 향해 돌아섰다.

「안녕.」 그레이스가 말했다. 그녀는 일어섰고 두 여자는 서로를 바라보았다.

비타는 항상 그레이스보다 키가 컸고 그레이스는 더 마른 편이었다. 그 두 가지는 변함이 없었지만 비타는 다른 모든 면에서 딴판으로 달라져 있었다. 예전에 (누구에게나 잘 어울린다고 비타의 어머니가 주장하셔서) 안으로 말아 넣었던 갈색의 머리는 이제 길었다. 거의 백발로 변한 아주 긴 머리를 치렁치렁하게 늘어뜨리고 있었다. 치장이라고는 전혀 하지 않은 머리였다. 비타의 가슴과 등으로 구불구불 제멋대로 흘러내리고 있었고, 그 모습이 너무 뜻밖이라 다른 데는 잠시 눈에 들어오지도 않았다. 비타는 청바지에 작업용 부츠를 신고 아주 캐주얼한 긴소매의 검은 셔츠 차림이었는데, 무엇보다, 목에 에르메스 스카프를 두르고 있었다. 그레이스는 자기도 모르게 그걸 뚫어져라 쳐다보았다.

「아.」 비타가 말했다. 「알아. 네 생각을 하고 맨 거야. 알아보겠니?」

그레이스는 고개를 끄덕였다. 아직도 할 말을 잃고 있었다. 「우리가 같이 사러 갔었지?」

「그랬지.」 비타가 미소를 지었다. 「우리 어머니 쉰 살 생신 때. 네가 해상 전투 문양이 그려진 스카프 말고 이걸 사라고 했잖아. 당연히 네가 옳았지.」 비타는 귀를 쫑긋 세우고 대화를 엿듣고 있던 안내 데스크의 여자를 보고 말했다. 「로라? 여기는 제 친구 그레이스예요. 어렸을 때 같이 자랐어요.」

「안녕하세요.」 그레이스가 말했다.

「안녕하세요.」 로라가 인사했다.

「우리 어머니 생신 선물로 이 스카프를 같이 골랐지요.」 비타가 말했다. 「어머니가 정말 좋아하셨어요. 그레이스의 충고를 따르면 잘못될 일이 없었죠.」

옷 문제에서는 아마 그렇겠지. 그레이스는 생각했다.

「여기 뒤쪽으로 들어올래?」 비타가 말했다. 그리고 돌아서더니 앞장서 걸었다. 그레이스가 집 뒤편으로 가서 좁은 계단을 올라 침실이었던 게 틀림없는 방으로 들어갔다.

「미리 경고를 해야겠어.」 그레이스가 들어갈 수 있게 문을 잡아 주며 비타가 말했다. 「네가 마음의 준비를 하게 하고 싶어서 그래. 이제 내가 너를 안아 줄 거야. 알았지?」

그레이스는 깔깔 웃음을 터뜨렸다. 울음을 터뜨리는 것보다는 훨씬 나았다.

「뭐, 좋아, 그럼.」 그레이스가 간신히 대답했다. 그리고 두 사람은 포옹을 했다. 포옹을 하자 울컥 또 감정이 복받쳐 올라왔다. 아무런 거리낌 없는 긴 포옹이었다. 아니, 처음에는 조금, 아니, 적어도 그레이스 그녀 쪽에서는 조금 거리낌이 있었을지 모르겠다.

사무실은 크지 않았다. 창밖으로는 긴 벽돌 건물들과 주차장이 보였지만, 원래 뒷마당이었을 곳에 심겨져 있는 나무 한 그루가 일부를 가리고 있었다. 아이 방이라고 해도 얼마든지 상상이 가는 실내였다. 벽에 붙어 있는 영화배우 사진들과 술 달린 끈으로 묶은 커튼이 있는 방. 비타의 의자 뒤편에 있는 책장 위에는 교과서와 일기들, 노란 공책들 사이로 액자에 든 아이들 사진이 있었다.

「차 마실래?」 비타가 말했다. 차를 가지러 간 비타는 몇 분 후 머그잔을 들고 나타났다.

「아직도 콘스턴트 코멘트 티를 마시는구나.」 그레이스가 말했다.

「내 인생의 붙박이야. 한동안 심각하게 녹차와 바람을 피웠는데 돌아왔지. 그런데 몇 년 전에 단종된다는 소문이 있었단 말이야. 인터넷을 다 샅샅이 뒤졌지 뭐야. 심지어 비글로사에 전화까지 걸었는데 절대 사실이 아니라고 장담하더라고. 하지만 그래도 혹시 몰라서 백 상자쯤 사뒀어.」

「홍차 만드는 대기업의 인간들을 못 믿는다 이거구나.」 그레이스는 코로 들이쉬며 말했다. 함께 살았던 케임브리지 아파트의 향내가 훅 끼쳐 와 울컥했다.

「그럼, 아니지. 무슨 회사가 〈슬리피타임〉이라는 물건으로 돈을 번대? 뭔가 음흉한 꿍꿍이가 있는 게 틀림없어. 네 어머니가 제일 아끼시던 향수가 단종됐을 때 기억나? 너희 아버지께서 누굴 고용해서 똑같이 만들라고 시켰던 일도? 난 정말 그게 잊히지 않더라. 요즘은 이베이[112]에 들어가서 보이는 대로 사두면 되는데 그때는 — 뭐야, 80년대 중반쯤이었던가? 생산이 중단되면 혼자 알아서 해결해야 했잖아. 그 일 정말 감동적이었어, 그렇지?」

그레이스는 고개를 끄덕였다. 다른 여자와 바람을 피울 때마다 사주던 보석만큼이나 감동적이지. 그것도 그 특유의 방식으로는, 역시나 감동적이었어. 그러고 보니 그 향수 생각을 해본 지 한참 오래되었다. 그해에는 몇 달 동안 전문가의 실험실에서 작은 호박색 테스터 샘플이 연이어 배달되어 오곤 했었다. 〈마저리 I〉, 〈마저리 II〉, 〈마저리 III〉 등등. 어머니가 돌아가신 후에 하수구에 버리기 전에 샘플 향수병 냄새를 다 맡아 보았는데 하나같이 끔찍하기 짝이 없었다. 하지만 그래, 감동적이긴 했다.

「아버지 소식은 들었어.」 그레이스가 말했다. 「정말 유감이야. 내가 연락을 하고 지냈어야 하는데.」

「아니, 아니야. 그건 패스야. 우리 둘 다 패스하자. 하지만 고마워. 나 아버지가 정말로 그리워. 사실, 이렇게 그리울 줄은 몰랐어. 마지막에는 아주 가까운 사이가 되었거든. 알아…….」 비타는 웃음을 띠었다. 「그래도 나보다 놀란 사람은 없을걸. 뭐, 우리 엄마는 더 놀라셨을지 모르겠다. 계속 입버릇처럼, 〈그 방 안에서 대체 무슨 얘기를 하니?〉 그러셨거든.」

「무슨 방?」 그레이스가 말했다.

「마지막 6개월 동안은 병상을 떠나지 못하셨어. 집에서 호

112 미국의 온라인 경매 및 쇼핑몰 사이트.

스피스 간호를 받으셨지. 우리는 그냥 같이 있으면서 이런 저런 이야기를 나누었어. 두 분이 이쪽으로 이사 오신 것 알아? 그래, 애머스트로. 어머니는 아직도 애머스트에 계셔. 아주 잘 살고 계셔.」

「아, 내 안부 좀 꼭 전해 드려.」

「정말 흥미진진한 삶을 살고 계신다니까. 드럼 동아리를 하고 계셔. 선불교도가 되셨고.」

그레이스가 웃음을 터뜨렸다. 「애머스트는 그래서 좋다니까.」

「말도 안 되게 엄청난 거액에 아파트를 파셨어. 그것도 시장 최고 가격으로. 우리 엄마가 그런 분이시지. 그냥 이렇게 말했어. 〈제리, 이 가격 좀 봐요. 지금 당장 팝시다.〉 그 평범한 작은 아파트를!」

「5번가에 있었잖아.」 그레이스가 상기시켰다.

「뭐, 그래. 하지만 특별할 거 하나도 없었잖아. 게다가 5번가에서 살짝 **비껴나** 있었지.」

「하지만 센트럴 파크 조망이 되잖아!」

「그래.」 비타가 끄덕거렸다. 「있잖아, 맨해튼 부동산 얘기는 진짜 얼마 만에 해보는지 모르겠다. 여기서는 별로 화제가 되지 않거든. 약간 그립기도 해.」

그레이스도 약간 그랬다. 최근에는 집을 팔까 하는 생각을 아주 조금 하고 있었고, 그러면 다시는 그 집에서 못 살 거라는 생각도 하게 되었다. 하지만 그럴 때마다 마음이 아파서 더 생각을 할 수가 없었다. 「여기 얼마나 오래 있었어?」 그녀가 비타에게 물었다.

「피츠필드에? 2000년 이후로 주욱, 하지만 그 전에는 노샘프턴에 있었어. 쿨리 디킨슨 병원의 거식증 클리닉을 맡아서 운영했거든. 그러다 여기 포터에서 전체 프로그램을 운영하는 자리를 맡게 됐는데, 엄청나게 힘들었지. 노샘프턴에 비해 여기선 지역 사회의 지원이 얼마나 적은지 상상이 갈 거야. 파이어니어 밸리는 꼭 정신 건강의 요정 나라 같았지 뭐야. 하지만 난 여기가 정말 좋아. 나머지 우리 가족을 설득해야 하긴 했는데, 결국 잘 됐어.」

그 말이 그레이스에게 직격타를 날렸다. 비타에게 그녀가 전혀 들어 본 적도 없는 가족이 있다니 이해가 가지 않았다 (하지만 있는 게 분명했다). 그레이스 역시 가족을 꾸리지 않았던가! 뭐, 한때는 말이다.

「네 가족 얘기 다 듣고 싶어.」 그레이스는 어른답게, 용기 내어 말했다.

「아, 만나게 될 거야. 당연하지! 너를 보고 싶었던 이유 중에는, 네가 여기 있는 동안 식사 초대를 꼭 하고 싶어서였는걸.」

「〈내가 여기 있는 동안〉이라는 게 좀 한참이 될 거 같아, 사실.」

「잘됐어. 너희 아버지는 잘 모르겠다고 하시더라. 불확실한 부분이 많다는 건 알고 있어.」 비타가 담담하게, 어쩐지 힘이 나는 — 좀 치료사답다고, 그레이스는 그런 생각을 하지 않을 수가 없었다 — 고갯짓을 곁들여 말했다. 두 사람은 문제의 핵심에 다다랐다. 삶에 닥친 압도적인 규모의 위기로 인해 망가져 버린 우정의 당사자들이 한데 모였고, 이제 (그런 압도적인 위기를 겪지 않았을 것으로 사료되는) 한 사람이 비켜서서 〈거 봐, 내가 뭐라고 그랬어〉라든가 〈내 충고를 무시하면 이렇게 되는 거야〉식의 말을 해야 할 상황이었다. 하지만 비타는 그런 말을 하기에는 너무 예의 바르거나 너무 심리적으로 안정된 사람이었다. 하지만 생각은 하고 있겠지. 그레이스라면 그러지 않았을까?

이 생각을 하니, 그레이스도 답이 나왔다. **그러지 않았을 거야.**

숨을 몰아쉬었다. 「그래. 불확실한 요인이 많지. 정리할 일도 많고. 아들이 있어. 나하고 같이 있어. 정말 멋진 아이야.」

「그런 것 같아.」 비타가 미소를 지었다. 「할아버지의 믿음이 대단하시더라.」

「이 지역 중학교에 다닐 거야. 후서토닉 밸리 공립 중학교가 리어든 7학년보다 수학 진도가 **빠르다는** 거 알아? 내가 얼마나 속물인지 전에는 몰랐어.」

비타가 웃음을 터뜨렸다. 「나도 깜짝 놀랐어. 우리 애 하나도 사립 학교를 찾긴 했는데, 진도가 늦어서 그런 건 아니었어. 다른 문제들이 있었는데, 그래서 좀 작은 학교가 필요했던 거지. 관찰할 눈이 몇 사람 더 필요했거든, 알겠니? 하지만 리어든에서 아들이 —」

「헨리라고 해.」 그레이스가 말했다.

「헨리. 헨리의 기초를 잘 다져 주었을 거야. 어딜 가든 잘할 수 있게. 내가 터프츠에 갔을 때, 교육을 잘 받았다고 생각한 게, 그냥 들어가서 공부를 바로 시작할 수 있었다는 거야. 리어든 같은 학교에서 도구를 제공한 거지. 거기 학부모 노릇은 어땠어?」 비타는 진심으로 호기심을 담아 물었다.

그레이스는 자기도 모르게 쓴웃음을 지었다. 「세상에서

제일 엽기적이야. 실비아 스타인메츠 기억나?」

비타가 고개를 끄덕였다.

「우리 동문 중에서 유일하게 우리 아들 학년에 아이가 있어. 방 안에서 제정신인 사람이 딱 하나 더 있는 느낌이었지 뭐야. 다른 사람들은 다 — 아, 맙소사, 정말 돈이 말도 못하게 많아. 그렇게 잘난 사람들은 한 번도 못 봤을걸. 그냥 상상이 안 가는 정도야.」

「아, 상상할 수 있어.」 비타가 한숨을 쉬었다. 「아직도 『뉴욕 타임스』를 받고 있거든. 뭐, 그 광경을 못 봐서 아쉽지는 않다. 하지만 솔직히 고백해야겠는데, 우리 애들은 절대 리어든에 못 갈 거라는 사실을 깨닫는 순간 좀 가슴이 시리더라. 정말 멋졌잖아. 우리 어렸을 때 겪었던 그 유토피아적인 경험들. 노동자 아이들도 그렇고. 기억나?」

그레이스는 미소를 띠고 노래를 불렀다.

> 여기서 열정에 찬 노동자는
> 사려 깊은 마음의 배움터를 찾으리!

기억하고말고.

그리고 조너선이 그것 역시 앗아 갔다는 기억도 떠올랐다. 그는 또 한 사람의 리어든 학부형을 살해했다. 헨리는 결코 다시 리어든으로 돌아갈 수 없을 것이다. 잔인하게 적나라한 현실이었다. 그리고 그레이스 역시 다시는 돌아갈 수 없을 것이다. 비교적 작은 상실이었지만 그 자체로는 어마어마하게 큰 상실이었다.

비타의 아이들에 대해 물었다. 그레이트배링턴의 사립 학교에 다니는 모나는 수영을 인생의 목표로 삼고 살고, 에번은 열네 살인데 로봇 공학에 강박적으로 매달리고 있었으며, 루이즈는 태어날 때부터 포동포동 껴안기 좋아서 가족끼리 부르는 별명이 곰순이라고 했다. 겨우 여섯 살밖에 되지 않은 루이즈는 이제 바깥 세계에 관심을 갖기 시작했는데, 특히 말을 굉장히 좋아했다. 비타는 환경 소송 전문 변호사와 결혼했다. 슈퍼펀드의 독성 물질 폐기장 사건 이후에도 피츠필드에는 여전히 사람들이 많이 남아 있었다.

「우리 가족 모두 만나게 될 거야.」 비타가 말했다. 「우리 모두에게 질리게 될걸.」

「나한테 화 안 났어?」 그레이스는 침묵을 깨고 나오는 자기 목소리를 들었다. 불편한 침묵이긴 했지만, 앞선 수많은 침묵들보다 나쁠 건 없었다. 「내 말은, 뻔한 얘기를 해서 미안해. 나는 화가 났었어. 우리 이제 서로 화 풀린 거야?」

비타는 한숨을 쉬었다. 그녀는 책상 건너편에 앉아 있었다. 과하게 크고 못생긴 가구 위에는 각양각색 폴더들이 산더미처럼 쌓여 있었다. 「정말로 그건 답을 못 하겠어.」 마침내 비타가 말했다. 「화가 나는 기분은 이제 아니야. 아니, 화가 난다면 나 자신한테 그렇겠지. 사실 나 스스로에게는 **정말로** 화가 나. 너무나 쉽게 포기해 버렸던 것 같아. 그 남자가 나를 시외로 쫓아 버리게 됐으니까. 네 기대를 저버렸다고 생각해.」

「네가…….」 그레이스는 어안이 벙벙해졌다. 「뭐라고?」

「네 남편이, 만나는 순간부터 마음 깊숙이 나를 불편하게 하고 걱정시켰던 네 남편이, 아주 가깝고 사랑해 마지않는 내 친구와 헤어지게 만들었는데, 제대로 싸워 보지도 않고, 아니 — 기억나는 한에는 — 내 근심이 얼마나 깊은지 네게 제대로 알리지도 않았단 말이야. 그래서 나 자신을 용서할 수가 없었어. 그래서 용서를 구하고 싶어, 너한테. 알겠니?」

그레이스는 물끄러미 쳐다보기만 했다.

「손가락을 딱 퉁겨서 네 용서를 얻을 수 있을 거라고는 생각지 않아. 걱정 마. 나한테는 굉장히 큰 문제였거든. 내가 매사추세츠 서부에 살아서 정말 다행이지 뭐니. 여기 고산지대는 치료사들이 차고 넘치거든! 너한테 연락을 해서 조금이라도 속내를 털어놓고 싶었던 게 몇 번인지 몰라. 물론 그러지 않았지만. 뭐, 치료사만큼 형편없는 환자가 없다고들 하더라만.」

비타는 짤막하게 웃음을 터뜨렸다. 그리고 다시 이야기를 꺼냈다.

「그냥 그 사람이 좋지 않다, 그런 정도를 훨씬 넘어섰었어. 네가 1학년 때 데이트했던 그 남자, 나는 그 사람이 진짜 한심하다고 생각했는데 전혀 거리낌 없이 너한테 그런 얘기를 했잖아.」

「그랬지.」 그레이스는 한숨을 쉬며 동의했다.

「그리고 네가 어째서 조너선한테 끌리는지도 이해할 수 있었어. 자석 같은 매력이 있었지, 한눈에 보이더라. 사랑스럽고 굉장한 수재였고. 그런데 그 사람이 나를 볼 때, 심지어 처음 만난 그날 밤에도, 기억나? 너를 찾으러 내가 아래층으로 갔더니 둘이 복도에 있었잖아? 나를 보는 눈길이 꼭 이렇게 말하는 것 같았어. 〈**조심해. 이 여자는 내 거야**〉라고.」

놀라서 말이 나오지 않아 그레이스는 고개만 끄덕였다.

「그래서, 처음부터, 아주, 아주 예민한 문제가 될 거라는 직감을 했지. 누가 봐도 적대 관계가 될 거라고. 처음에는 그와의 관계를 처음으로 되돌려 보려고 노력하기만 했어. 있잖아, 처음부터 다시 시작해서 호감을 가져보는 거, 아니 적어도 중립적인 입장을 취하는 거. 하지만 도움이 안 되더라. 그래서 그냥 기다리면서 네가 나와 같은 느낌을 조금이라도 받는지 기다려 보기로 했지. 너 혼자서 깨달으면 어떨까. 하지만 그런 일도 끝내 일어나지 않았어. 그러다 두 사람의 관계가 진행되는 양상에 당황해서 이성을 잃은 거야. 그리고 너와 얘기를 좀 해보려고 시도했어.」

「그런 적 없었어.」 그레이스가 말을 끊었다. 하지만 이 말을 하는 순간에도 이듬해 봄의 특정한 밤이 머릿속에 떠오르고 있었다. 비타와 둘이서 다른 데도 아니고 스콜피온 볼스에 외식을 하러 갔었다. 비타의 생일이었고 한 번도 가보지 않은 곳이기 때문이었다. 케임브리지에 살면서 적어도 한 번은 가봐야 할 것 같았다. 그날 밤 — 자세한 내용은 잘 생각나지 않았다. 기억이 그렇게 많이 나지도 않았다. 놀랍지도 않지만, 진, 럼과 보드카를 뒤섞어 꿀꺽꿀꺽 마셔 댔던 기억뿐.

「아냐, 얘기하려고 했어.」 비타가 말했지만 매정한 말투는 아니었다. 「**제대로 잘** 했다는 말은 아니야. 하지만 노력은 했어. 아마 그렇게 술에 취해서 할 만한 얘기는 아니었을 거야. 하지만 술에 취하지 않았다면 아예 시도도 못 했을 것 같아.

그 사람의 어떤 점을 사랑하느냐고 너한테 물어봤잖아. 그리고 그 모든 장점들이 진실인지 어떻게 아느냐고, 말해 달라고도 했었지. 그랬더니 네가 한 말이, 그냥 진실이니까 그렇다고 대답했어. 그래서 가족하고 왜 그렇게 거리를 두고 산다고 생각하느냐고 물었지. 왜 친구가 하나도 없어 보이는지도. 이렇게 급속도로 네 삶에서 가장 흥미진진한 사람이 되어 버렸는데 걱정되지 않느냐고도 했어. 그렇게 네게 완벽해 보이는 이유가, 네가 그 사람에게 〈완벽〉이 무엇을 의미하는지 또렷하게 알려 주었기 때문은 아니냐고, 그래서 그 남자가 네가 원하는 바를 정확하게 돌려주었기 때문은 아니냐고 물었더니, 네 대답이 ―」

「잠깐.」 그레이스가 말했다. 「그게 어떻게 잘못이야? 원하는 걸 돌려주는 사람을 찾는 게? 그게 우리가 찾았던 것 아니야? 그런 걸 해줄 사람을?」

「그래.」 비타가 말했다. 이제는 텅 빈 머그잔을 가슴 아픈 표정으로 내려다보면서. 「그게 그때 네가 했던 말이야. 정확히 그렇게 말했어. 하지만 그 사람의 경우에는 그렇게 간단하지 않았어. 그 사람한테 단순한 건 하나도 없었지. 아니 어쩌면 나중에 다시 돌이켜 볼 때에야 명확하게 눈에 보이는 건지도 몰라. 나는 계속 자문했어. **난 왜 그 사람이 좋지 않지? 그레이스가 좋다는데! 나보다 똑똑한 애잖아!**」

「비타, 그건 아니야.」 그레이스가 말했다. 그게 중요한 문제도 아닌데.

「뭐, 난 네가 더 똑똑하다고 생각했어. 당시에는 확실히 내가 너무 멍청한 것 같았거든. 뭐가 잘못인지 뚜렷하게 정리

할 수는 없었는데. 그때는 그렇더라. 조너선은 근사해 보였어. 뭐니 뭐니 해도 하버드 의대에 다녔잖아. 소아과 의사가 될 예정이었고. 기억나는지 모르겠지만 우리와 달리, 술도 안 하고 담배도 안 하고.」

「아, 기억나지.」

「게다가 완전히 너한테 목을 매고 있었어. 내 말은, 딱 출발, 하고 말이 떨어지자마자, 온통, 내내 그레이시뿐이었지. 그래서 나 스스로 따져 묻기 시작할 수밖에 없었어. **이게 질투 문제일까? 내가 질투를 하는 걸까?** 당시 나도 남자 친구가 있었잖아, 기억해? 그날 밤에 거기 있었고.」

「조.」 그레이스가 한마디로 말했다. 「당연히 기억하지.」

「뭐, 질투는 아니었어. 심지어 나는 혼자 북 치고 장구 치고 하면서 〈아이들의 시간〉[113]을 처음부터 끝까지 공연하다시피 했다니까. 그러다 생각하기 시작했지. **여기서 내가 봐야 하는데 못 보고 있는 게 있을까?** 하지만 그것도 아니었어.」

「오, 비타.」 그레이스는 이 말에 웃음을 띠지 않을 수가 없었다.

「그래. 그저…… 왜 이렇게 기분이 나쁜지 이해하고 싶어서 혈안이 되어 있었어. 심지어 터프츠 대학 상담 센터를 찾아가기도 했는데, 〈친구가 이제 내줄 시간이 적어지니까, 당연히 마음이 아프죠〉 이런 소리만 하는 거야. 하지만 그게 아니라는 걸 난 알았어. 조너선이 문제였어. 그 남자를 보면 심장이 쿵쾅거렸는데, 좋은 의미가 아니었거든. 그런데 도저

113 여학생 기숙 학교에서 두 친구에게 일어나는 일을 다룬, 미국 극작가 릴리언 헬먼의 연극.

히 콕 집어 파악할 수가 없는 거야. 그때는 그랬어.」 비타는 어두운 목소리로 말했다. 「이제는 알 것 같아.」

이제는 그레이스의 심장이 쿵쾅거리고 있었다. 이제 우리는 문 앞에 와서 서 있는 거라고, 그레이스는 생각했다. 문 앞에 서 있고, 그 문은 아직 닫혀 있지만 열릴 테고, 그 문 뒤에는 그녀가 오랫동안 저 멀리 의식 너머에 가둬 두었던 말 한마디가 있었다. 이 말을 들을 준비가 아직 되어 있지 않았다. 이건 원치 않았다. 미친 듯이 이 일이 일어나지 않게 막을 방법을 찾았다. 그 말이 가리키는 사실을 받아들일 각오가 전혀 되어 있지 않았다.

「뭐,」 그레이스는 부적절하게 경쾌한 말투로 말했다. 「다 지나가고 생각해 보면 백 퍼센트 명중이지. 살면서 배우는 거니까.」

「있잖아.」 비타가 신중하게 말했다. 「우리 환자만 그런 건 아닐 테고 네 환자들도 다 그렇겠지만 말이야. 가끔 치료받으러 오면서 단 한 번 자기가 〈대실수〉를 저질렀고 그 실수로 인해 현재의 위기에 봉착했다는 믿음에 철저히 사로잡힌 사람들이 있어. 내가 늘 〈대실수〉라고 분류하는 환자들이지. 대체로는 처음 마신 한 잔의 술, 아니면 첫 번째 마약 경험, 이런 거야. 가끔은 인간관계일 때도 있고. 아니면 다른 사람의 나쁜 조언을 들은 것일 수도 있고. 그리고 나중에 무슨 일이 일어나든 다 그 순간이나 그때의 결정으로 돌아가는 거지. 그때 딱 한 번 실수하지 않았다면 모든 게 괜찮았을 거라고 생각해. 그런데 늘 그 앞에 앉아서 난 이런 생각을 하고 있어. **있잖아요, 그런 건 소설이나 영화에서나 늘 그렇죠. 실제 삶은**

그런 식이 아니란 말이에요. 항상 노란 숲속에 난 두 개의 갈림길에 봉착하게 되는 건 아니란 말이야, 안 그래? 그리고 많은 경우에, 과거에 갈림길에서 어떤 선택을 했든, 똑같이 지금 이 자리에 와 있게 되곤 해. 그때 그게 실수가 아니었다는 얘기가 아니야. 그보다 좀 복잡하다는 얘기를 하는 거지. 삶에 멋진 일들을 가져다준 결정을 내렸다면 자기 자신에게 화를 내서는 안 되는 거야. 예를 들어서 네 아들처럼.」

하지만 그레이스는 미끼를 물지 않았다. 물론 아들은 멋지고 근사했다. 인생에서 내린 결정 역시 무엇 하나 후회하지 않았다. 그에 수반되어 대규모의 파괴 행위가 진행됐다 해도, 그것이 헨리를 이 세상으로, 그녀의 삶 속으로 보내 주었으니까. 하지만 방금 비타가 한 말에 정신이 산란해지지 않을 수 없었던 건, 치료사로서, 아니 오래전 치료사로 일할 때 자신의 관점과 전혀 달랐기 때문이다. 실제로 그레이스는 인간의 삶이란 모든 걸 바꿔 놓을 만큼 중요한 결단의 연속으로 보았고, 관대하게도 두 번째 기회를 베풀어 주는 것들도 있겠지만 대다수가 결코 돌이킬 수 없다고 여겼다. 그녀를 찾아오는 환자들은 이미 〈대실수〉를 움켜쥐고 있었으며, 대체로는 자기가 무슨 짓을 저질렀는지 정확히 알고 있었다. 가끔은 아주 살짝 빗나간 사람들도 있었고, 또 가끔은 환자가 바로 그 노란 숲의 잘못된 길 — 자신이 선택한 — 위에서 이미 속도를 내고 있기도 했지만, 대체로는, 그렇다, 대체로는 치료사로서 그녀가 할 일이 바로 그 인지한 실수의 순간으로 돌아가는 것이었다. 그리고 그 갈림길이 어디였는지 정확히 짚어 주고 보여 주는 것은, 그녀가 할 일에서 엄청나게 중요한 부분을 차지했다. 그것만 해주고 그 순간을 장악하면 앞으로 나아갈 수 있었기 때문이다.

그게 책임 소재를 밝혀 스스로를 원망하게 만드는 걸까? **원망이라**, 그건 어감이 과하게 강하다. 원망은 역효과를 낳는다. 하지만 어떤 결정을 후속 결정들과 엮어 선명한 서사로 짜낸다면, 삶을 살면서 그 삶의 스토리라인을 구성한다면 어떨까, 그레이스는 그 효과를 믿었던 걸까?

아, 그렇다. 전적으로 믿었다.

그래서 환자들에게 그토록 자주 말해 주고 싶었나 보다. 가능하다면, 애초에 그녀를 찾아와 치료받아야 할 필요성을 느끼기 전에 말해 줄 수 있었다면 얼마나 좋을까. 〈**애초에 엄청난 대실수를 저지르지 말아요**〉라고.

내가 저질렀던 것처럼. 이제 그레이스는 생각했다.

「나도 치료사가 필요할지 모르겠다.」 이런 생각을 비타가 다 따라왔다는 듯 그레이스가 말했다.

「그럴 수도 있지.」 비타는 유순하게 말했다. 「이 근처에 환상적인 치료사들을 내가 꽉 잡고 있어.」

「한 번도 치료받아 본 적 없어.」 그레이스는 솔직히 털어놓았다. 「물론 대학원 때 시켜서 해본 적은 있지. 하지만 그 후로는 한 번도 안 해봤어.」 잠시 그레이스는 이 생각을 곱씹었다. 「이게 이상한가?」

「이상하다고?」 비타가 입을 굳게 다물었다. 「치과 의사가 치실 안 하는 것보다 이상할 게 없지. 난 별로 크게 놀라지 않았어.」

「너는 치료를 받은 모양이구나.」

「아, 그럼, 엄청나게 많이 받았지. 일부 탁월하게 훌륭한 사람들도 있지만, 도움이 전혀 안 되는 상담은 하나도 없었어. 피트와 내가 정말 훌륭한 결혼 생활 상담 치료사를 때맞춰 만나지 못했더라면, 루이즈는 이 세상에 없었을 거야. 정말이지 그 점은 너무나 고맙지.」 비타는 책상 맞은편을 똑바로 바라보았다. 「그레이시?」

그레이스가 비타를 보았다. 비타는 그녀를 그레이시라고 불렀다. 아무도 그녀를 그렇게 부르지 않았다. 비타가 그녀의 삶에서 떠나가면서 그 별명도 함께 떠났고, 그건 슬픈 일이었다. 그레이스의 어머니는 언젠가 같은 이름의 외할머니 역시 별명이 그레이시였다는 말을 해주었다.

「나는 〈대실수〉를 저질렀어.」 그레이스는 슬프게 말했다. 「다른 사람한테 인생을 이래라저래라 할 주제가 아니야. 어떻게 그런 오만을 부릴 수가 있었는지 상상이 안 돼.」

「아, 그건 말도 안 되는 소리야.」 비타가 말했다. 「치료사의 친절이 필요할 때도 있고, 자기 자신에게 더 큰 친절을 베푸는 법을 배워야 할 때도 있지. 하지만 선명한 분석이 필요할 때도 있어. 너는 그 방면으로 정말 걸출해. 훌륭한 치료사야.」

그레이스는 날카로운 눈길로 올려다보았다. 「네가 그걸 어떻게 알아? 내가 대학원에 다닐 때는 우리가 서로 말도 잘 섞지 않았잖아. 내가 어떤 부류의 치료사인지 네가 알 수가 있어?」

비타는 묵직한 의자에서 빙글빙글 몸을 돌렸다. 그러더니 그레이스가 지켜보는 가운데 손을 뻗어 어떤 물체에 손을 얹었다. 그레이스는 그 물체를 즉시 알아보았지만, 너무 뜻밖이라 어째서 그게 여기, 이 방에 있는지 이해가 되지 않았다. 아니면 왜 지금까지 알아보지 못했던 건지도.

「이거.」 비타가 가제본 책을 책상 위로 툭 던졌다. 「이건 아주, 아주 훌륭한 저작이야.」

맙소사. 그레이스가 생각했다. 어쩌면 큰 소리로 입 밖에 나왔는지도 모른다. 가제본의 상태는 깨끗함과 거리가 멀었다. 이미 읽은 책이었다. 그것도 한 번 이상 읽었을 가능성이 높았다. 자기 책 가제본을 누군가 읽고 책장을 넘기고 귀퉁이를 접어 둔 것을 본 건 처음이었다. 대부분의 작가들이 그렇겠지만 그녀 역시 얼마나 자주 머릿속으로 그려 봤는지 모른다. 예를 들자면 지하철 같은 곳에서, 낯선 타인이 그녀가 쓴 책을 읽고 있는 광경을. 같은 직업에 종사하는 동료들이 그녀의 책을 읽으면서 자기도 이런 아이디어가 있었으면 좋겠다고 생각하는 상상도 해본 적이 있었다. 그녀를 가르쳤던 교수들이 책을 읽고 과거의 학생에게 한 수 배우는 상상도 했었다. 특히 마마 로즈가. 마마 로즈가 큼직한 꽃무늬 방석들을 깔고 정자에 앉아 무릎에 그녀의 책 가제본을 펼쳐 놓고 보면서, 고개를 끄덕이고 한때는 학생이었지만 이제는 동등한 위상, 아니 선생이나 다름없는 위치에 선 그레이스의 논거에 설득당하는 상상도 했었다! 하지만 그런 일은 일어나지 않았다. 앞으로도 절대 일어나지 않을 것이다. 「이해가 안 돼. 어떻게 네가 그걸 갖고 있어?」 비타에게 물었다.

「『데일리 햄프셔 가제트』에 심리학 책이 들어오면 가끔 리뷰를 쓰거든. 그런데 이번 책은, 아주 솔직하게 털어놓자면 내가 부탁해서 받았어. 궁금했거든. 그런데 완전히 홀딱 반해 버렸어, 그레이시. 네가 쓴 글에 구구절절 동감하는 거냐고 묻는다면, 물론 그렇지는 않아. 하지만 책 전체에서 환자들에 대한 네 진심 어린 애정이 드러나더라. 그리고 우리가 스스로를 망가뜨리는 방식들에 대해 네가 얼마나 영민하게 접근하는지도. 정말 값진 책이야.」

그레이스는 고개를 저었다. 「아니, 그렇지 않아. 그냥 너희가 알아서 망친 거라고 사람들한테 말하는 내가 있을 뿐이야. 내가 못돼 처먹은 년 노릇을 하는 거야.」

비타는 고개를 젖히고 웃음을 터뜨렸고, 그러자 그녀의 머리카락이 — 긴 백발의 머리카락이 — 검은 셔츠 위에서 흔들리며 은빛 물결을 일으켰다. 그 웃음소리는 아주 오랫동안 이어진 것 같았다. 솔직히 이 상황을 생각하면 좀 지나치다 싶을 정도로 길었다.

「이게 웃겨?」 그레이스가 참다못해 말했다.

「그래, 아주 웃겨. 무슨 생각이 들었냐 하면, 우리 같은 여자들한테는 못된 년이라는 소리보다 착하다는 말이 더 욕이라는 거.」

「우리 같은 여자들?」

「터프하고 못된 유대인 페미니스트 뉴욕 여자들. 우리처럼. 맞지?」

「아, 뭐……」 그레이스는 미소를 지었다. 「굳이 **그렇게** 말한다면야.」

「그리고 사실은 말이야. 세상에는 사람을 앉혀 놓고 돈을 받고 자존감을 적당히 주물러 준 다음에 알아서 하라고 내보내는 치료사들이 차고 넘치거든. 지금 여기까지 오게 만든 정황들을 만들어 내는 데 자기 자신이 어떻게 일조했는지 이해하는 데는 아무런 도움도 주지 않고 말이야.」

그레이스는 고개를 끄덕였다. 그건 분명한 사실이었다.

「그런 사람들은 〈누구 탓을 해야 할지 찾아보고, 그 사람을 탓하면 우리 일은 다 끝난 거예요〉 이런 식이지. 그런 치료사들이 우리한테 더 필요할까? 전혀. 그런 사람들이 누구한테 도움이 되기나 할까? 글쎄, 가끔은 그럴 수도 있지. 어떤 치료든 가끔은 환자한테 도움이 되니까 말이야. 그렇지만 가공하리만큼 강력한 중독과 씨름하는 환자들과 작업할 때는, 오로지 친절만 베푸는 건 마치 푹 퍼진 국수를 주고는 나가서 용을 잡아 오라고 보내는 거나 다를 바가 없단 말이지.」

비타는 회전의자에 뒤로 기대앉아 벽에 발을 대고 다리를 지탱했다. 벽에는 벌써 커다랗고 시커먼 얼룩이 져 있었다.

「사실은, 친절을 주는 게 제일 쉬운 부분인 것 같아. 대다수 사람들은 애초에 기본적으로 친절하니까 치료사들도 대체로는 기본적으로 친절하겠지, 일을 시작하면서부터. 하지만 정말로 환자들을 도울 수 있는 능력을 갖추는 데는 훨씬 더 많은 게 필요해. 어쩌면 너는 — 너 말이야, 그레이시 — 스펙트럼의 정반대 극에서 최고의 작업을 하는 걸지도 몰라. **정말 굉장해.** 치료사로 일하다 보면, 너도 좀 더 친절해지는 법을 배우게 되겠지. 그러면 얼마든지 너도 그렇게 할 수 있을 거야. 그렇지만 이미 네겐 환자들에게 내어 줄 것이 많잖아. 내 말은, 네가 준비가 된다면 말이야.」

「뭐라고?」 그레이스가 얼굴을 찌푸렸다.

「다시 시작할 준비가 된다면. 원한다면 내가 도와줄 수 있어. 사람들을 소개해 줄 수 있단 말이야. 예를 들어서 그레이트배링턴의 그룹 치료 쪽하고 같이 일하거든.」

어쩐지 이 말이 그레이스는 도무지 온전히 파악이 되지 않았다. 한참 지나서야 이해를 포기하고 다시 물었다. 「뭐라고?」

비타는 의자에서 몸을 똑바로 일으켜 세웠다. 「난 너를 도와주고 싶어. 괜찮겠니?」

「그레이트배링턴의 그룹 치료에 들어가는 걸 도와주려고?」 어안이 벙벙해진 그레이스가 물었다. 그 순간까지 자신이 치료사라는 자각과 얼마나 철저히 거리를 두고 살았는지 미처 깨닫지 못했다. 그런 생각은 이미 유빙(流氷)에 실어 버리고 떠내려가는 모습을 보며 손도 흔들지 않았었다.

그건 이제 무슨 극지 같은 데 조난된 신세라는 의미였다. 조너선이 그토록 매료되었던 표류하는 기나긴 쇠락의 길을 이미 걷기 시작했는지도 모른다. 예전에 조너선이 사랑했던, 남자와 개와 꺼져 버린 모닥불에 대한 그 이야기에서, 남자는 공황 상태로 딱 한 번 생존을 향해 전력을 다해 도망쳐 본다. 하지만 곧 포기하고, 달콤하게 감각을 마비시키는 추위에 생명이 서서히 빠져나가도록 투항한다. 그러나 개는 아무 생각이 없이 또 다른 남자와 또 다른 모닥불을 찾아 타박타박 나아간다. 크게 괴로워할 일이 없는 것이다. 그저 생존하도록 프로그램되어 있는 것이다. 그게 조너선이었던 모양이라고, 그레이스는 생각했다. 하나의 시나리오가 말을 듣지 않으면, 눈밭을 헤치고 다음 시나리오를 찾아 나서면 되는 거지.

그레이스는 비타 쪽을 쳐다보았다. 아까 무슨 질문을 했는지, 비타가 대답을 하긴 했는지 기억이 나지 않았다. 「모르겠어.」 간신히 그렇게 말했다. 「이제 알아보고 있는 중이야.」

비타가 미소를 지었다. 「괜히 힘들게 고민할 필요 없어. 기한 없는 제안이니까. 그저…… 너한테 오랜 친구가 필요한 시기일 텐데, 바로 주 경계선 너머에 있으면서 존재조차 알리지 못하고 있었던 게 속상했어. 말도 못 하게 힘들 텐데, 네가 지금 겪고 있는 일 말이야, 그레이스.」

또 잠시 시간을 두었다가 비타는 약간 어색하게 덧붙여 말했다. 「너한테 말을 한 것 같은데, 아직도 나 『뉴욕 타임스』를 보고 있어.」

그레이스는 비타를 보았다. 못마땅한 기색, 아니 적나라한 샤덴프로이데[114]마저 기대하고서. 그러나 비타의 얼굴에는 단 한 가지, 사람들의 비방과 중상을 한 몸에 받는, 친절이라는 이름의 인간적 결함밖에 떠올라 있지 않았다.

거기 대고 뭐라 말해야 할지 알 수가 없었다.

〈**고마워**〉는 어떨까?

「고마워.」 그레이스가 말했다.

「아니, 아니야, 나한테 고마워할 것 없어. 너하고 한 방에 같이 있게 되어서 씨발 얼마나 고마운지 몰라. 여기 붙잡아 둘 수 있다면 뭐든 하고 싶어. 물론 은유적인 표현이야. 너는 다른 데 가봐야 할 곳이 있겠지.」

그레이스는 고개를 끄덕였다. 정말로 다른 데 가볼 데가 있었다. 후서토닉 밸리 공립 중학교로 헨리를 데리러 가서 레이크빌에서 기름기 범벅인 피자를 먹어야 했다. 벌떡 일어

114 남의 불행에서 기쁨을 찾는 심리.

셨는데, 그 즉시 끔찍스럽게 민망한 느낌이 덮쳐 왔다. 「아, 정말 고마웠어.」

「입 좀 다물어.」 비타가 책상 뒤에서 돌아 나오며 말했다. 「이번에도 미리 경고를 해야 하나? 아니면 그냥 가서 안아도 될까?」

「안 돼.」 그레이스가 말했다. 소리 내어 웃고 싶어졌다. 「아직 경고가 필요해.」

20
없어진 손가락 한두 개

로버트슨 샤프 3세는 사무실에서 만나기 싫어했고, 그레이스는 그 이유를 꼬치꼬치 캐고 싶지 않았다. 하지만 그는 약속 시간에 늦게 온 주제에 자리에 앉자마자 거리낌 없이 불만을 토로하기 시작했다.

「알아 두셨으면 좋겠는데, 우리가 서로 얘기를 나누는 건 위원회가 바라는 바가 아닙니다.」 그는 퉁명스럽게 말하고는 할 말은 다 했다는 듯 메뉴를 보기 시작했다.

메뉴는 방대했다. 그가 고른 장소는 65번가와 2번가의 교차로에 있는 실버 스타였다. 영원토록 장사하고 있는 이 커피숍에는, 저 건너편에 그레이스가 옛날에 남자 친구와 사귀다가 헤어졌던 자리가 아직도 남아 있었다. 긴 카운터가 있어 케케묵고 유행에 뒤처지긴 했어도 제대로 된 (하이볼이나 김렛 같은) 술을 마실 수 있었고, 문을 열고 들어가면 바로 앞에 빙빙 돌아가는 케이크와 거대한 에클레르[115]와 밀푀유

115 프랑스의 과자로, 속은 크림으로 채우고 겉에는 초콜릿이나 설탕을 입힌 페스트리.

가 즐비한 유리 진열장이 있었다.

그레이스는 아무 대꾸도 하지 않았다. 별로 필요하다고 생각하지 않았고, 굳이 적대감을 조장하고 싶지도 않았다. 위원회의 반대는 차치하고라도, 어쨌든 그녀를 생각해서 나와 준 사람이었다. 만나 준다는 것만으로도 — 과거의 직원, 그것도 해고된 직원의 아내인데! — 감사할 일이었다. 테이블 밑으로 다리를 발로 차고 싶은 마음도 굴뚝같았지만 말이다.

샤프는 다리가 긴 거구의 사내였으며 옷도 상당히 잘 차려입고 있었다. 파란 보타이와 촘촘한 갈색과 흰색 스트라이프 셔츠 위에 아주 깨끗하고 깔끔하게 다려진 하얀 가운을 걸치고 있었던 것이다. 그의 이름 — 조너선이 부른 별명 말고 진짜 이름 — 이 자수로 수놓인 상의 호주머니에 펜 두 개와 휴대폰이 꽂혀 있었다. 그때, 아까 한 말은 전혀 상관없는 대화의 일부였다는 듯, 꽤나 싹싹한 말투로 그가 묻는 것이었다. 「뭐 드시겠습니까?」

「아, 참치 샌드위치 먹을까 해요. 선생님은요?」

「그거 좋아 보이네요.」 그는 라미네이트 코팅이 되어 묵직한 메뉴판을 탁 덮고 테이블에 툭 떨어뜨렸다.

그리고 두 사람은 서로를 바라보았다.

로버트슨 샤프, 수년 동안 그녀의 집 안에서는 〈쓰레기〉라는 이름으로 통했던 남자, 조너선이 메모리얼 병원에서 재직한 초반 4년간 그의 직속 내과 상사였고 나중에 소아과 과장이 된 남자, 그는 잠시 자기가 왜 여기 있는지 잊은 눈치였다. 그러다 다시 기억해 냈다.

「부인과 만나지 말라는 부탁을 받았습니다.」

「네.」 그레이스는 순순하게 말했다. 「그 말씀은 아까 하셨어요.」

「하지만 개인적으로 저한테 연락을 하셨으니, 저한테서 알고 싶으신 게 있다면 알려 드리는 게 도리라고 생각했습니다. 물론 부인께서는 차마 형용할 수 없이 힘든 일을 겪고 계시겠지요. 그리고…….」 그는 쓸 만한 정보가 있는지 두뇌의 데이터베이스를 샅샅이 뒤지는 눈치였지만 결국 아무것도 찾아내지 못했다. 「가족들도요.」

「감사합니다.」 그레이스가 말했다. 「그렇긴 하지만, 우리는 잘 지내고 있습니다.」

적어도 〈가족〉에 관한 한 진실에 더 가까운 대답이었다. 헨리는 정말 이상하게도, 이제 대놓고 학교를 사랑했고 작은 친구 패거리도 만들었다. 하나같이 일본 아니메와 팀 버튼 류의 영화들을 열렬하게 좋아하는 아이들이었다. 헨리는 자기가 알아서 지역 야구 리그에 연락을 했고 현재는 레이크빌 라이언스라든가 뭐라든가 하는 팀의 선발 테스트를 애타게 기다리고 있는 중이었다. 그리고 심지어 추위에도 적응한 눈치였다. 바로 그날 아침 차를 타고 시내로 들어오는 길에, 집에서 따뜻한 옷가지 몇 개를 더 갖다 달라는 부탁을 하긴 했지만 말이다. 그러나 맨해튼까지 도착하는 데 생각보다 시간이 훨씬 더 걸려서 헨리를 아버지와 에바의 집에 내려 주고 곧장 이리로 직행해야 했다.

웨이터가 왔다. 이 굵은 체형의 그리스 남자는 온기라고는 찾아볼 수가 없이 쌀쌀했다. 그레이스는 샌드위치에 곁들여

홍차까지 주문했는데, 잠시 후 도착한 홍차 티백은 종이 포장이 뜯기지도 않은 채 찻잔 받침 끄트머리에 걸쳐져 있었다.

그 몇 분 사이에 그레이스는 닥터 샤프가 아주 경미한 자폐증 환자일지도 모른다는 진단을 내렸다. 물론 천재겠지만 두드러지게 사회성이 결여되어 보였다. 꼭 필요할 때가 아니면 그녀의 시선을 똑바로 받지 않았으며, 가끔 시선을 맞추더라도 그녀의 말을 알아듣고 이해하기 위해서가 아니라 오로지 자기 요점을 강조하기 위해서일 뿐이었다. 솔직히 그레이스가 무슨 말을 많이 했던 건 아니지만 말이다. 샤프는 조너선이 늘 주장했듯이 자기 머릿속에 담긴 내용과 그 내용을 세상에 알리는 목소리에 대한 사랑이 대단했다. 그는 상대방의 기분에 대한 일말의 배려도 없이 곧장 소위 자기가 생각하는 닥터 조너선 색스의 〈문제〉를 논하기 시작했다. 그레이스로서는 그가 하는 말을 듣고 있으면서 — 알아듣기가 정말로 어려웠다 — 벌떡 일어나 조너선을 변호하고 싶은 마음을 꾹 눌러 참는 것만도 버거웠다.

이제는 변호해 줄 조너선도 남아 있지 않은걸. 그녀의 마음속에 떠오른 생각이었다. 하등 기분이 나아지지 않았다.

「전 그를 고용하고 싶지 않았습니다. 우리가 받는 지원자의 수준이 얼마나 높은지 상상이 가시겠지요.」

「물론이지요.」 그레이스가 말했다.

「치프 레지던트의 말을 묵살하고 싶었지요. 치프 레지던트는 닥터 색스를 원했거든요. 완전히 홀딱 반해 있더군요.」

그레이스는 눈살을 찌푸렸다. 「그렇군요.」 마지못해 그렇게 말했다.

「이해합니다. 정말로요. 섁스를 만나면 절로 〈**야, 이 친구 성격이 정말 끝내주는데**〉라고 감탄하게 되니까요. 그런데 한 가지 말씀드리죠. 어떤 의사든 의사라면 플라시보 효과[116]에 마음 깊이 진심으로 경의를 표하지 않을 수가 없어요. 온갖 것들이 다 플라시보가 될 수 있지요. 성격도 플라시보가 될 수 있습니다. 제가 외과의 수련을 받았던 지도 교수가 있어요. 오스틴에서 레지던트를 하던 때 일입니다. 그는 아주, 아주 까다로운 수술이 전문이었어요. 대동맥에 위치한 일종의 종양 수술이었습니다. 대동맥 아십니까?」

그때 샤프는 그녀를 똑바로 보았다. 자리에 앉고 나서 거의 처음 있는 일이었다. 이 요점은 그 정도로 중요한 내용인 게 틀림없었다.

「그럼요, 물론이죠.」

「좋습니다. 그러니까 사람들이 이 외과의한테 수술을 받으려고 전 세계에서 텍사스 주 오스틴으로 온단 말입니다. 이 수술에 관한 한 그가 지구상에서 가장 훌륭한 의사 중 하나니까 당연히 옳은 일이지요. 그런데 제 요점은 이겁니다. 이 외과의는 왼손 손가락 두 개가 없어요. 어렸을 때 바윗돌에 깔려 짓이겨졌답니다. 등산 중의 사고였죠.」

「그렇군요.」 그레이스는 그가 하는 말의 추이를 이해하려고 애쓰고 있었다. 그 말을 지금 두 사람이 만나서 논의하려 했던 주제와 연관지어 보려 노력하면서도, 한편으로는 지금이라도 말을 끊고 그만 들을 수는 없을까 하는 생각이 들었

116 약효가 없는 가짜 약을 복용해도, 복용자가 약의 효능을 믿는다면 실제로 증상이 호전되는 현상.

다. 정말이지 텍사스 주 오스틴의 외과의 따위에게는 일말의 관심도 없었다.

「자. 그런데 그 외과의의 손을 보고 〈**이거 어떡하지? 내 심장 속에 들어가서 종양을 제거할 손이라면 손가락은 다 갖추고 있는 게 좋지 않겠어?**〉라고 생각하고 다른 의사를 찾아간 사람이 몇이나 될 것 같습니까?」

그레이스는 기다렸다. 그러다가 샤프가 실제로 그녀의 대답을 기다리고 있다는 걸 깨달았다.

「모르겠어요. 아무도 없을까요?」 한숨이 나왔다.

「단 한 명도 없었습니다. 환자나 가족 중에 단 한 명도 없었어요. 조너선은 그런 성격의 소유자였던 거죠. 성격이 워낙 강렬해서 그 자체로 약 같은 효과를 냈던 겁니다. 플라시보죠! 제 논점을 이해하시겠습니까? 나로서는 한 번도 가져보지 못한 매력이었죠.」

씨발, 왜 아니겠어. 그레이스는 생각했다.

「과학이나 진단의 통찰을 갖췄느냐 여부와는 아무 관련이 없었죠. 한 세대 전 우리들은 과학이나 진단의 통찰력에만 관심을 가졌습니다. 하지만 부인의 남편은 아주 특정한 시기에 의사가 되었습니다. 환자들은 수년에 걸쳐 우리에게 그런 요구를 해왔는데, 이제, 처음으로, 우리가 그런 환자들의 말에 귀를 기울이게 된 겁니다. 제 말은」 그리고 그는 소리 내어 웃었다. 자기만 아는 웃음이었다. 「귀를 기울이려고 **노력은** 한다는 의미입니다. 질병 관리가 아니라 **환자** 관리를 생각하려고 애쓰고 있어요. 무슨 뜻인지 알아들으실지 모르겠습니다만.」

그랬나? 그레이스는 의문이 생겼다. 하지만 그녀를 보지도 않는 그에게 굳이 말할 필요는 없었다.

「1980년대, 1990년대 초반, 우리는 좋은 의사와 훌륭한 병원을 만드는 데 무엇이 필요한지 다방면으로 천착하기 시작했지요. 아시다시피 환자와 환자 가족은 의사가 할 말이 무엇인지, 그게 환자에게 어떤 의미가 있는 건지 묻기 위해 의사 꽁무니를 쫓아 복도를 뛰어다녀야 해서는 안 됩니다. 그리고 소아과는 그게 천 배로 더 중요하지요. 자기네 걱정만 하면 되는 게 아니라, 의사가 하는 말에 아이가 어떤 반응을 보일지, 의사의 몸짓이 어떤 말을 전하는지, 다 걱정해야 합니다. 까마득한 옛날부터 부모들로부터 그런 말을 들어오다가, 드디어 새로운 방식으로 사고하기 시작한 거죠. 그때 하버드에서 조너선 색스가 나타난 겁니다.」

당연히 이 말을 할 때 그는 그녀를 보지 않고 똑같은 접시 두 개를 들고 저쪽에서 오고 있는 웨이터를 보고 있었다. 웨이터에게서 눈길을 떼지 않던 그는 접시가 가까이 오자 몸을 뒤로 젖혔다. 그레이스는 고맙다고 인사했다.

「그래서 치프 레지던트의 설득을 받아들였습니다. 그리고 놀랍게도, 색스는 환자들에게 엄청나게 인기가 좋았지요. 환자들이 정말 좋아했습니다. 열렬한 감사 편지들이 날아왔습니다. 〈시간을 내어 우리 아이와 가족과 유대를 맺은 유일한 의사였습니다.〉 〈다른 의사들은 넉 달이나 입원해 있었는데 우리 이름조차 몰랐어요.〉 그런 내용이었죠. 어떤 남자는 색스가 자기 아들 생일에 봉제 동물 인형을 사줬다고 하더군요. 그래서 좋다, 내 생각이 틀렸더라도 괜찮다, 그랬습니다.

시시콜콜한 일에까지 권위를 세울 필요는 없었습니다. 훌륭한 의사가 되려면 단순히 자기가 해야 할 일을 안다는 것 이상의 자질이 필요하니까요.」 샤프는 정갈하다고 할 수 없는 모습으로 딜 피클을 씹고 있었다. 「아픈 애가 있으면 강력한 성격을 가진 사람이 주도권을 쥐고 이끌어 주는 게 마음이 편하죠. 진단 능력이 기가 막히게 뛰어난 의사들, 치료 계획을 짜는 일에 몹시, 몹시 능숙한 의사들은 수도 없이 많이 알고 있습니다. 그런데 그런 의사들은 환자와의 소통이 서툴렀습니다. 특히 소아 환자들과는 더 그랬습니다.」 이런 말을 할 때 샤프는 실제로 생각에 잠긴 표정을 지었고, 그레이스는 자기 자신의 허물은 아예 인식도 못 하는 그에게 경탄하지 않을 수 없었다. 그 자체로 생존 전략이 되겠다는 생각이 들었다. 「아픈 아이의 부모에게 눈길도 주지 않는 의사와, 앞에 앉혀 놓고 〈존스 씨, 존스 부인, 아이의 삶을 더 낫게 만들어 주려고 제가 여기 있는 겁니다〉 하고 말해 줄 의사를 대령하고 둘 중 하나를 선택하라고 한다면, 어느 쪽을 선택하시겠습니까? 아이 있으시죠?」

이제는 그녀를 보고 있었다. 이제는 그녀가 눈길을 피하고 싶어 어쩔 줄 몰랐지만.

「그래요. 아들이 있어요. 헨리라고 합니다.」

「좋아요.」 그는 한 손으로 샌드위치를 허공에 들고 입 왼편에 치켜들었다. 「그러니까 헨리가 병원에 입원했다고 칩시다. 어…… 종양이 있다고 쳐요. 뇌종양이라고 칩시다.」

그레이스는 기운이 쭉 빠지는 기분으로 그를 물끄러미 쳐다보고 있을 뿐이었다.

「어떤 류의 의사를 원하겠어요? 감정적으로 유대를 맺어 주는 의사가 좋겠죠?」

애를 낫게 해주는 의사를 원하지. 성격 따위는 엿이나 먹으라고 해. 그렇게 말하고 싶었다. 하지만 헨리가 뇌종양에 걸려 메모리얼 병원에 입원한다는 생각을 잠시 하는 것만으로도 몸이 덜덜 떨렸고, 샤프가 — 진짜로 샤프는 개쓰레기였다 — 장난처럼 자기한테 이런 일을 겪게 만들었다는 사실에 무섭게 분노가 치밀어 올랐다.

「글쎄요…….」 시간을 벌려고 노력하며 그레이스가 말했다.

「하지만 진실을 말하자면, 병원 팀의 전반적 수행 능력이라는 관점에서 생각할 때, 그러니까 개인의 재능을 합친 총합이 환자에게 제공하는 서비스라고 본다면, 스투 로즌펠드나 로스 웨이캐스터 같은 사람이 필요한 만큼 색스 같은 의사도 있어야 병원에 더 좋다는 겁니다. 로스 웨이캐스터도 같은 해에 들어왔어요. 스투도 마찬가지고. 스투는 조너선의 상사였습니다.」

「기억납니다.」 그레이스는 그 와중에 숨을 쉬려고 애쓰며 말했다. 시험 삼아 샌드위치를 한 입 깨물었다. 마요네즈가 잔뜩 발라져 있었지만 그건 예상한 바였다. 「그러니까 조너선이 일종의…… 결함이 있었다는 말씀이시군요. 손가락 몇 개가 짧은 것처럼 말이에요. 그런데 조너선의 성격이 워낙 좋아서 그 정도 결함은 사람들이 못 보고 지나쳤다는 말씀이신가요?」

「큰 결함이 있었습니다.」 샤프는 발끈해서 말했다. 「손가락 한두 개 없는 것보다는 훨씬 큰 단점이었지요. 제 얘기 중에 부인께서 모르시는 내용은 없을 겁니다. 이게 **부인의** 전문 분야 아닙니까. 맞죠?」

아뇨. 그레이스는 생각했다. 하지만 어쨌든 고개는 끄덕거렸다. 「그래서 그이에 대한 결정은 어떻게 내리셨나요?」

「아…….」 샤프는 이게 제일 중요하지 않은 대목이라는 듯 어깨를 으쓱했다. 「2년차 말이나 3년차쯤 되니까 이런저런 얘기가 내 귀에 들려왔어요. 환자나 가족에게서는 아니었고요. 아까 말한 대로 그 사람들은 아주 좋아 죽었으니까. 그런데 이 친구를 불편해했던 게 나 혼자만은 아니었더란 말이죠. 간호사들도 그를 좋아하지 않았어요. 레지던트 과정이 시작되기 전에 두세 사람이 나를 찾아왔는데, 어떤 조치를 취할 만한 근거가 될 사안은 아니었습니다. 심지어 인사 파일에 넣을 수 있을지도 잘 모르겠더군요. 그냥 나한테 보내는 메일에 메모를 해두고 다시는 찾아볼 일이 없기를 바랐습니다.」

「뭔데 ─」 매섭게 내뱉다 문득 멈추고, 그가 쳐다볼 때까지 가만히 있었다. 「불만 사항이 뭐였죠?」

「아, 뭐 그렇게 천지개벽할 일은 아니었습니다. 오만하다 어쩌고저쩌고. 간호사 입에서 의사에 대해 그런 불만을 들은 게 처음은 아니었지요.」

그레이스는 소리 내어 웃음을 터뜨린 자기 자신에게 놀라며 말았다. 「그래요, 처음은 아니시겠죠.」

「여자들 몇 사람한테 수작을 건다. 그런 것도 싫어하더군요. 뭐, 일부는 싫어하고 일부는 좋아했겠죠.」

그레이스는 샤프가 심지어 이 말을 하면서도 귀찮은 듯

그녀를 쳐다보지도 않는다는 걸 눈치챘다.

「하지만 내 사고방식에 구체적 근거가 없어서 그냥 방치했습니다. 게다가 우리 스태프 중에 성격이 강한 의사가 한두 사람이라야 말입니다. 시들시들한 꽃 같아서야 어디 종양학과 전문의가 되겠습니까? 적어도 여기선 안 된단 말입니다. 그래도 세대를 막론하고 신(神) 콤플렉스가 있다는 불만이 접수된 의사는 하나도 없었어요. 다들 병원 전역에 걸쳐 면죄부를 받는 겁니다. 분야가 그렇단 말입니다!」 그레이스가 자기 말에 반박이라도 한 듯 그가 우겼다.

하지만 그때, 도저히 참을 수가 없었던 그레이스가 불쑥 물었다.

「조너선이 신 콤플렉스가 있었던 것 같지는 않은데요. 지금 그런 말씀을 하시는 겁니까?」

「아니, 아닙니다…….」 샤프가 고개를 저었다. 「뭐, 처음에는 그런 생각을 했는지도 모르겠습니다만 워낙 오랫동안 그를 지켜봤단 말이지요. 워낙 이목을 끄는 인물이라서 그럴 수밖에 없었어요. 어쩐지 계속 관심을 끄는 사람이더란 말입니다. 그러다가 차츰 깨닫기 시작했죠. 여기 이 친구는 각기 다른 사람에게 다른 **행동을** 보여 주는 정도가 아니라 같이 있는 사람이 누구냐에 따라 아예 다른 사람이 **된다는** 사실을 말입니다. 스투 로즌펠드는 한 번도 조너선에 대해 나쁜 말을 하지 않았어요. 부인의 남편의 환자들을 몇 년 동안이나 대신 맡아 진료해 주었습니다.」

「서로 진료해 주었겠지요.」 그레이스가 고쳐 말했다.

「아니요. 로즌펠드의 환자는 따로 봐주는 의사가 있었습니다. 다른 사람들이죠. 색스는 어떻게든 요리조리 빠져나갔습니다. 몇 년이 지나도록 다른 의사 담당의 환자는 대신 봐주지 않았습니다. 하지만 로즌펠드는 나쁜 소리를 전혀 하지 않더군요. 다른 사람들도 많이 그랬지만, 스투 로즌펠드는 부인의 남편에 대해 심히 맹목적인 면이 있었습니다. 솔직히 나라도 홀릴 만했지요. 하마터면 좋아할 뻔도 했으니까.」

조너선은 그쪽을 전혀 좋아하지 않았어요. 그레이스는 생각했다. 접시의 포테이토칩을 하나 주워 쳐다보다가 다시 내려놓았다.

「하지만 내가 최종 결정을 내린 결정적인 계기가 된 건, 『뉴욕』 잡지의 〈최고의 의사들〉 호에 게재된 그 기사였지요. 그 친구가 뭐라고 했는지 아십니까?」

물론 그레이스는 조너선이 뭐라고 했는지 알았다. 그 짧은 기사를 여러 번 반복해서 읽었으니까. 하지만 그건 아무 상관도 없는 얘기였다.

「최악의 순간에 타인의 삶에 개입할 자격이 있다는 건 특권이라고 말했습니다. 그런 순간이 오면 당사자는 모두에게 다 꺼지라고 말하고 싶을 거라는 겁니다. 하지만 자식의 목숨을 구해 줄 수도 있는 사람들이니 그럴 수가 없다는 거죠. 대단한 영광이며, 겸손해지게 된다고 말했습니다. 그 글을 읽자마자 내 입에서 나온 소리는 〈하!〉였습니다. 그게 다였습니다. 그 친구는 절대 겸허한 마음 따위 품지 않을 거라는 것 정도는, 나도 알고 있었습니다. 대단한 인물이었지만 겸손하지는 않았어요.」

그레이스는 그냥 샤프를 바라보고만 있었다. 「무슨 뜻인지 모르겠어요.」 결국 말해 버렸다.

「제 말은, 그는 그런 상황을 부추기고 강렬한 감정의 중추에 있는 걸 즐겼다는 겁니다. 그렇게 해서 엄청난 힘을 충전하는 거죠. 환자를 도와줄 길이 없는 경우에도 마찬가지였습니다. 환자를 **구할** 수가 없을 때도 말입니다. 제가 무슨 말을 하는지 아시겠어요? 그 부분은 아예 신경도 쓰지 않았단 말입니다. 자기한테 쏟아지는 감정들만 중요했단 말입니다. 감정에 매혹되었다는 생각이 들어요. 뭐…….」 샤프는 정말로 전혀 개의치 않는 말투로 말했다. 「부인이야말로 심리학자시잖아요. 다 아시겠지요.」

집중하기가 힘들었다. 억지로 로버트슨 샤프 3세를 빤히 노려보았다. 눈썹 사이의 미간을 보게 되었다. 그 자체로 눈썹 같았다. 아름다운 부위는 아니었지만 보고 있자니 매우 흥미로웠다.

「어째서 사람들이 병원 환경엔 사이코패스가 없을 거라고 생각하는지 잘 모르겠단 말이에요. 왜 우리 중엔 그런 사람이 없어야 합니까? 의사들이 그렇게 성인인가요?」 샤프가 웃음을 터뜨렸다. 「그렇지는 않을 겁니다.」 샤프는 그녀를 보고 있지 않았다. 대동맥이 중요한 요점이었으니까 이런 건 중요한 대목이 아닌 거야. 그레이스는 미루어 짐작했다. 그리고 그녀를 보더라도 어차피 그녀가 힘들어하고 있다는 걸 알아봐 줄 위인이 아니었다. 무엇보다 그레이스는 숨이 잘 쉬어지지 않았다. 그렇게 명랑하게 내뱉은 말이 스파이크처럼 그녀를 쿡쿡 찔렀다. 그때 샤프가 또 그 말을 썼다. 「사이코패스는 사람이에요. 내과 의사도 사람입니다. 프레스토![117]」 샤프가 말했다. 그는 웨이터에게 신호를 주고 있었다. 뭔가 원하는 게 있는 모양이었다.

「우리는 치료를 하는 사람이라고 되어 있죠. 그러니까 위대한 박애주의자가 되어야 한다고들 생각하는데 — 이런 식으로 이런저런 전제들이 쌓여서 완전히 헛소리가 되어 버린단 말이에요. 병원에서 시간을 좀 보내 본 사람이면 의사들이 평생 만난 개새끼들 중에서도 제일 성질 더러운 놈들이라는 걸 안다 이겁니다!」 그러더니 그는 좀 웃었다. 이런 알짜배기 삶의 지혜가 볼 때마다 새로운 모양이었다. 「병든 몸을 낫게 해주는 일에는 능수능란할지 몰라도, 여전히 우리는 개새끼들이에요. 한번은 동료가 있었는데 — 누구라고는 말 못 해요. 지금은 메모리얼에 없거든요. 그러고 보니 이제 아예 내과 의사를 그만뒀을 수도 있겠는데, 그것도 뭐 그리 나쁜 건 아닐 거예요. 언젠가 우리가 소아과 자원봉사 관리 책임자하고 회의를 하고 있었는데, 놀이방과 놀이 도우미에 관한 정책을 수립하는 긴 회의였어요. 끝나고 그 친구한테 얼마나 긴 회의였는지 모르겠다고 한마디 했단 말입니다. 그 친구가 뭐라고 했는지 아세요? 〈아, 난 자원봉사자 아주 좋아해. 착한 일 하는 사람들은 나한테 늘 큰 도움이 되니까 말이야.〉 그 말밖에 안 했어요.」

자리에 앉고 나서 처음으로 그레이스는 그냥 일어나 가버려야겠다는 생각을 했다. 언제든 마음 내키면 휙 나가 버릴 수 있었다.

117 〈빨리〉라는 뜻의 이탈리아어. 웨이터를 다그치는 말이다.

「내 생각에는…… 조너선은 환자 걱정을 했던 것 같아요.」 조심스럽게 말해 보았다. 왜 그런 데 자기가 신경을 쓰는지 전혀 이해가 되지 않았지만.

「뭐, 그럴 수도 있고 아닐 수도 있죠. 색스 같은 사람한테 〈걱정〉이라는 게 무슨 의미인지 우리가 이해 못 하는 것일 수도 있고 말이지요.」 샤프는 샌드위치를 한 입에 턱없이 많이 베어 물고 반추 동물처럼 씹었다. 「한 가지만 말씀드리지요. 그 의미가 뭐가 됐든 간에, 동료 의사들 걱정은 전혀 하지 않았어요. 체스 말처럼 이리저리 조종했을 뿐입니다. 극적인 데 환장하는 사람이었거든요. 따분해지면 다른 사람이 한 뒷말을 옮기고 누가 누구와 잔다는 등 그런 소리를 퍼뜨리곤 했지요. 그중에 뭐가 사실인지, 그걸 누가 알겠습니까? 어떤 팀에도 소속되지 않고 공동의 목표에는 절대 참여하지 않았습니다. 특히 자기가 좋아하지 않는 사람이 관련되어 있으면 더했는데, 워낙 안 좋아하는 사람이 많았어야죠. 환자 치료에는 에너지를 쏟아부었는데, 거기서 얻는 게 있기 때문이었습니다. 그리고 환자 가족에게도 에너지를 퍼부었지요. 그것도 아주 많이. 그리고 자기 인생을 편하게 해주는 사람이 있으면 가끔 같이 일하기도 했어요. 그러나 이용 가치가 없는 사람들에게는 별로 관심도 주지 않았습니다. 아무리 날마다 마주치는 사람이라도 말입니다. 투자 대비 돌아오는 게 없다 이거죠. 그래서 조너선 눈에 들지도 못한 사람들이 굉장히 많습니다만, 그 사람들은 조너선을 눈여겨보았던 겁니다. 어떻게 행동하는지 지켜본 거죠. 아주 흥미진진하다고 생각하면서. 아시다시피 가면을 벗기려면 엄청난 노력이 필요하니까요.」 그는 잠시 생각에 잠기는 듯했다. 「가면은 과학적 용어가 아닌 것 같군요.」

과학적 용어는 아니었다. 그러나 무슨 뜻으로 쓰는 말인지는 알아들을 수 있었다.

「아무튼 지켜보던 사람들은 많은 걸 봤습니다. 고약한 속내까지 모조리 다 봤던 거지요. 꼬투리 잡는 것, 사람을 얼어붙게 만드는 특유의 태도. 회의에 들어가서 자기가 꼭 필요한 존재가 아니다 싶으면, 어떻게든 훼방을 놓을 길을 찾아서 결국 훨씬 더 오랜 시간이 걸리게 만들었어요. 대체 왜 저러나 나는 도저히 이해가 되지 않았습니다. 게다가 무시당한 동료들이 얼마나 많았는지, 그렇게 면박당한 느낌을 주지 않았더라면 그 사람들이 그렇게까지 자세히 관찰하지는 않았을 텐데 말입니다. 결국 그래서 그 친구가 자멸한 것 같아요.」

샤프는 잠시 말을 멈추고 콜슬로가 담긴 축축한 종이컵에 포크를 쑤셔 넣었다. 입으로 다시 올라가는 포크에서 뚝뚝 국물이 떨어졌다.

「방사선과 주치의가 그 일로 처음 나를 찾아왔습니다. 그래서 대면 회의를 하자고 색스를 불렀습니다. 내내 얼마나 사람 좋은 호인처럼 굴었는지 몰라요. 요즘 집에 좀 힘든 일이 있다면서, 병원에 말이 도는 걸 원치 않는다고 하더군요. 자기는 이미 그 여자와 헤어지기로 했다고 내게 말했습니다.」 그는 포크를 이미 내려놓은 뒤였다. 손가락 열 개가 다 테이블 상판에 올려져 있었다. 그레이스는 손가락들의 움직임이 마치, 꽤나 복잡한 피아노곡을 소리 없이 마음속으로만 연주하는 것 같다고 생각했다. 「그러다 또 간호 스태프 중 또 다른 사람과 같은 일이 벌어진 겁니다. 〈이봐, 나를 믿게. 난 자네 삶에 간섭하고 싶은 생각은 전혀 없어. 이건 내가 알 바 없는 일이야. 하지만 이런 일은 병원 바깥에서 하게.〉 그렇게 말했습니다. 아니, 그런 말에 이의를 제기할 수는 없잖아요? 그리고 조너선은 늘 변명을 늘어놓으며 왜 그렇게 됐는지 구구절절 설명을 하고 자기가 알아서 처리하겠다고 말했습니다. 한번은 불렀더니 누가 자기를 스토킹한다고 주장하더군요. 어떻게 대처해야 할지 내 조언이 필요하다면서. 그래서 면담 시간 내내 병원 프로토콜을 뒤지며 공식적으로 민원을 넣어야 할지 알아보았습니다. 그러고 나더니 내가 얼마나 훌륭한 롤모델인 줄 아느냐는 둥, 자기가 치프가 되면 나 같은 리더십을 보여 주고 싶다는 둥 어쩌고저쩌고 하더군요. 턱도 없는 헛소리지요. 하지만 그 친구가 말을 하면 왠지 모르게 가만히 앉아서 듣게 된단 말입니다. 결국 그 문제도 그가 알아서 처리했어요. 아니, 뭐 적어도 그 문제 관련해서 내 귀에 들어온 얘기는 더 없었습니다. 그러다가 또 레나 창하고 얽히게 된 거예요. 닥터 창이죠. 나도 그건 신경을 써야 했던 게, 닥터 창의 상사가 그 문제로 날 찾아왔더란 말입니다. 그랬는데 닥터 창이 떠나 버렸어요. 그래서 그 문제로는 조너선을 만날 필요가 없었던 겁니다. 남서부 어디로 갔다고 하던데. 샌타페이던가?」

세도나. 그레이스는 부르르 떨며 생각했다.

「그 닥터는 아이를 가졌다고 들었어요.」 로버트슨 샤프 3세가 말했다.

「실례합니다.」 그레이스가 예의 바르게 말했다. 귀에 말소리가 들리지 않았다면, 자기가 말을 한 줄도 몰랐을 것이다. 그리고 일어나서 비틀거리며 걸어갔다. 이윽고 그녀는 화장실 변기 위에서 무릎 사이에 머리를 묻고 있었다.

아, 하느님. 그녀는 생각했다. **아, 하느님, 하느님, 하느님.** 어째서 이런 일을 자초했을까? 어째서, 어째서 알고 싶어 했던 걸까? 입안에서 온통 끔찍한 참치 냄새가 났다. 머리가 쿵쿵 끝도 없이 울렸다.

레나 창. 스머지 스틱의 주인. 〈평행 치유 전략〉의 장본인. 조너선은 그녀를 비웃었다. 두 사람 다 그 여자를 놀림감으로 삼았다. 그게 얼마나 오래전 일이지? 집중을 하려 애썼다. 그러나 생각이 나지 않았다. 헨리가 태어나기 전인가? 아니, 그다음이 틀림없어. 헨리가 아기였던가? 학교에 다닐 때인가? 심지어 왜 그게 중요한지 그런 생각마저 할 여유가 없었다. 화장실에서 빠져나오는 데 얼마나 오래 걸렸는지도 전혀 기억나지 않았다.

돌아와 보니 웨이터가 두 사람 접시를 모두 치운 후였다. 그레이스는 다시 자리에 앉아 싸늘하게 식은 홍차를 홀짝거렸다. 샤프의 휴대폰이 테이블 위에 놓여 있었다. 아마 기다리면서 볼일을 좀 본 모양이었다.

「샤프 선생님.」 그레이스가 말했다. 「조너선이 2013년에 징계 위원회에 회부되었던 걸 압니다. 거기에 대해서 좀 더 알고 싶은데요.」

「징계 위원회에는 여러 번 회부됐었죠.」 샤프는 약간 심술을 부리는 말투였다. 이제 와서 나한테 심술을 부리기에는 좀 늦은 것 같은데. 그레이스는 생각했다. 「한번은 환자의 아버지에게서 금품을 받아서였고. 아니, 받은 걸로 추정되었습니다.」 그는 자기가 한 말을 수정했다. 「아버지가 병원 변호사와 논의하는 걸 거절했어요. 그래서 징계는 기각됐지요. 또 한번은 웨이캐스터와 있었던 일 때문입니다. 계단에서.」

바꿔 말해 조너선이 발을 헛디뎌 낙상을 했던 그때구나. 계단에서 발을 헛디뎌 앞니가 깨져 치료를 해야 했는데, 지금 어디 있는지 모르지만 그 이빨은 아직까지도 다른 이들과 약간 색깔이 달랐다. 하지만 발을 헛디뎌 넘어진 게 아니었지. 그건 이제 그레이스도 알고 있었다.

「웨이캐스터라고요.」

「로스 웨이캐스터. 처음에 색스의 직속 상사였습니다. 꽤 잘 지낸다고 생각했어요. 그 충돌에 대해서는 양측 누구에게서도 들은 얘기가 없습니다. 하지만 알베스 모친과 얽힌 상황 때문에 색스에게 단도직입적으로 따진 모양이에요. 완전히 대난리가 났죠. 네다섯 명이 목격을 했고, 웨이캐스터는 나중에 몇 바늘 꿰매야 했어요. 그때도 정식으로 항의 절차를 밟으라고 내가 우겨야 했습니다. 그 문제로 징계 위원회 청문회도 있었고요. 그리고 관계 자체에 대해서는 따로 징계가 진행됐지요.」

마침내, 여기서, 그는 말을 멈췄다. 그러더니 처음 그녀를 제대로 본다는 듯, 고개를 들어 그녀를 보았다.

「그 관계에 대해서는 알고 계시는 거죠?」

「알아요.」 그레이스는 차분하게 말했지만 내심 그에게 감탄했다. 그런 걸 굳이 물어보다니! 문제의 여인이 충격적인 죽음을 맞고, 용의자가 된 남자가 사라지고, 실종의 여파로 붙여진 별명(『뉴욕 포스트』가 붙여 준 별명이었다)이 타블로이드를 얼마나 부글부글 들끓게 했는데, 모른다고 한다면 그거야말로 아무도 못 믿을 소리일 텐데. 〈살인 의사〉라는 그 별명은 지난주 『버크셔 레코드』에 실린 연합 통신 기사를 통해 마침내 그레이스의 의식 속으로 스멀스멀 파고들어 오고야 말았다(난방비를 낮추는 법에 대한 죄 없는 지역 기사 옆에 인쇄되어 있었다). 그녀 — 닥터 그레이스 색스 — 가 말라가 알베스의 살인 사건 용의선상에서 제외되었다는 사실을 처음으로 알게 된 것 역시 이 기사에서였다. 조금은 위로가 되어야 마땅했지만, 이와 함께 한때 혐의를 받았다는 — 아무리 짧은 시간이라도 — 사실도 알게 된 덕에 일말의 위로조차 무위로 돌아갔다. 「경찰은 저한테 자세한 내용을 설명해 주지 않았어요.」 그레이스가 말했다.

샤프가 어깨를 으쓱했다. 그는 경찰이 무엇을 하고 무엇을 하지 않았는지 알지 못했다.

「그러니까 저한테 해주실 말씀이 있다면 기쁘게 듣겠습니다.」 그레이스는 샤프가 알아듣도록 또박또박 말했다.

샤프는 입을 꾹 다물고 있었다. 어차피 그에게는 별 의미가 없었다.

「환자는 빌름스 종양을 가진 여덟 살짜리 남자아이였습니다. 닥터 색스가 주치의였고요. 어머니가 날마다 여기 왔지요. 간호사 하나가 날 찾아왔습니다. 걱정되는 일이 있다면서요.」

잠시 후 그레이스가 부추겼다. 「걱정되는 일이라고요.」

「그들은 전혀 조심성이 없었습니다. 아예 노력도 하지 않았어요. 간호사들은 그 일로 굉장히 기분 나빠 했습니다. 그간 경고를 받은 전력이 있으니 더 그랬지요. 그래서 또 불러들였죠. 그만두지 않으면 내가 불만을 접수시킬 테고 본격적인 징계 심사가 시작될 거라고. 이건 지난가을쯤 얘깁니다. 2012년 가을이요. 아마…… 11월? 그런데 벌써 다 끝난 일이라고 장담을 하더라고요. 뭐라고 했느냐 하면 — 내 생각에 자기가 힘든 시기를 보내고 있다고 그랬던 것 같아요. 뭐 때문에 치료를 받는다나, 그래서 〈감정을 행동으로 풀어내야〉 한다고 했습니다. 〈**행동으로 풀다**〉라니.」 샤프는 불쾌감을 표했다. 「대체 그런 말은 어디서 나온 건지.」

막상 그레이스는 별로 놀랍지 않았다.

「아무튼 뭘 하겠다고 약속은 했는지 몰라도 전혀 지키지는 않았습니다. 다음에 내가 알게 된 건, 웨이캐스터와 계단에서 싸웠다는 얘기였지요. 하지만 목격자들이 있었지요, 아까 말씀드렸지만.」

「네.」 그레이스는 유순하게 말했다. 「그러셨어요.」

「그리고 부상도요. 부상을 입었어요.」

고개를 끄덕였다. 이제 굳이 더 추임새를 넣어 줄 가치도 없다는 생각이 들었다.

「그러니까 별도의 사건 두 건입니다. 두 번 별도로 심사가 열렸고요. 마지막 심사에서 해고의 근거가 마련되었습니다. 이건 알아주셨으면 하는데, 그때도 저는 대안을 제시했습니다. 〈이보게, 치료 프로그램에 들어갈 수도 있어. 입원 프로그램 말일세. 이런 상황에서는 외래 상담 치료 정도로 넘어갈 수가 없어.〉 그렇게 말했죠. 위원회가 병가를 수락하도록 내가 설득해 볼 수 있다고 생각했습니다. 해고까지 치닫지 않아도 될 길을 찾을 수도 있었어요. 그렇다고 그 친구 병이 치료될 수 있을 거라는 생각은 아니었습니다만.」 샤프가 말했다. 「제 말은, 원래 그런 건 불치병이라고들 하지 않습니까? **부인** 생각은 어떠세요?」 그는 고쳐 말했다. 그녀의 전문성을 인정해 주는 거라고, 그렇게 생각했다.

「선생님께서는 하실 일을 하신 거지요.」 그레이스는 말했다. 이 정도의 반응이 그녀로서 할 수 있는 최선이었다.

「말씀드렸듯이, 의사로서의 숙련도 문제가 아니었습니다. 유능한 친구였어요. 훌륭한 의사가 될 온갖 재료들을 다 갖추고 있었지요. 이곳에서의 자기 자리를 알아서 걷어찬 겁니다.」

그때 상의 호주머니에 넣어 두었던 그레이스의 휴대폰이 진동했다. 아버지였다. 아니 적어도 아버지 댁의 집 전화였다.

「여보세요?」 그레이스가 말했다. 누군지 몰라도 이 대화를 끊어 주어서 정말 고마웠다.

「엄마?」

「응, 엄마야.」

「우리 영화 보러 가도 돼요? 3시 반에 갈 수 있어요. 내가 보고 싶은 영화가 72번가하고 3번가 교차로에서 하는데.」

「아. 그러자. 할아버지가 데리고 가주신대?」

「할아버지하고 할머니요. 괜찮아요?」

「그럼, 당연하지.」 그녀가 말했다. 「몇 시에 끝나니?」

6시에 끝나는 영화였다. 오늘 밤은 아버지 댁에서 자기로 했었다. 12월의 그날 이후로 처음 도시로 돌아온 날이었다.

전화를 끊고 나서 보니 샤프가 웬일로 그녀 쪽을 보고 있었다. 그녀의 존재를 알리려면 애초에 딴청을 피워야 했던 모양이었다.

「딸입니까?」

「아들이에요. 헨리.」

〈**뇌종양 같은 건 없는 아이죠**〉라는 말이 나오다 말았다.

「할아버지 할머니를 모시고 영화를 보러 가겠대요.」

「조너선은 부모 얘기를 하지 않았습니다.」 샤프가 말했다. 시선이 또 다른 곳으로 표류하고 있었다. 「작년에서야 그 친구가 롱아일랜드 우리 마을에서 좀 떨어진 데서 자랐다는 걸 알았습니다. 로슬린 출신이더군요. 저는 올드웨스트버리에서 자랐습니다.」 의미심장한 말투였는데 대체 무슨 뜻으로 하는 말인지 그레이스는 도저히 알아들을 수가 없었다. 맨해튼 사람에게 롱아일랜드는 그냥 롱아일랜드라는 지역 전체로만 존재할 뿐이었다. 그 속에서 어떤 섬세한 구분도 할 수가 없었다.

「그 〈최고의 의사들〉 기사 말입니다. 보통은 병원을 통해서 들어오게 되어 있어요. 홍보 사무실에 연락해서 몇 사람 추천해 달라고 부탁하지요. 물론 시내 전역에 걸쳐 여론 조사를 하지만 언제나 홍보 사무실을 통해서 작업을 한단 말입니다. 이번에는 그렇지가 않았습니다. 처음에 기사를 받았을 때 병원 측에서는 전혀 아는 바가 없었습니다. 홍보 사무실 쪽에서 길길이 뛰고 난리가 났었죠. 여기에 대해 아는 게 없느냐고 전화가 왔었어요. 당연히 몰랐습니다. 『뉴욕』 잡지가 왜 조너선 색스를 최고의 의사로 꼽았을까요? 내 말은, 보통은 전국적으로, 혹은 국제적으로 업적이 있어야 선정되지 않습니까? 그래서 다른 사람들도 다 그랬지만 나도 당혹스러웠어요. 그런데 저희 병원 의사 한 사람이 찾아와서 문을 닫더니 인맥이 있다고 하더군요. 잡지의 누가 조너선 색스가 담당하는 여자애의 숙모라는 겁니다. 그러면서 말을 해야 할지 말아야 할지 오래 고민했다고 하더군요. 하지만 이제는 누가 알아야 할 것 같다면서, 그 관계가 선을 넘었다는 겁니다.」

「잠깐…….」 그레이스가 말했다. 「이해가…….」

「그 **관계** 말입니다.」 샤프가 조급증을 내며 말했다. 「색스와 그 환자의 가족 사이의 관계. 정확히 말해서 그 숙모 말이죠. 예?」

그레이스는 찻잔을 내려다보았다. 어지럼증에 머리가 물속을 헤엄치는 기분이었다. 이 만남을 요청한 게 자신이라는 게, 자기가 이런 꼴을 자초해서 당하고 있다는 사실이 기가 막혔다. 그게 무슨 의미가 있다고? 『뉴욕』 잡지 최고의 의사로 선정되는 것이 개쓰레기 로버트슨 샤프가 오래도록 간직해 온 꿈이었는데, 조너선 때문에 영영 물거품이 되기라도 했다는 말인가? 자기 부하 직원 — 그녀의 남편 — 이 에디터와 자고 자기 뒤통수를 쳤다고 그녀에게 대신 사과라도 하라는 말인가?

핸드백에서 지갑을 꺼내 테이블 위에 놓았다. 더 이상 남은 용건은 없었다.

「아니, 아닙니다.」 샤프가 말했다. 「제가 계산하겠습니다.」 그는 웨이터를 찾아 두리번거렸다. 「도움이 되었다면 좋겠군요.」 그는 격식을 차려 말했다.

이윽고 실버 스타 앞의 인도로 나온 그녀는 샤프의 악수를 받아들였다.

「물론 저도 증언을 하게 될 겁니다.」 샤프가 선언했다. 「경찰이 조너선을 찾으면 말입니다. 다시 데리고 오게 되면. 그게 옳은 일일 겁니다.」

「알겠습니다.」 그레이스가 말했다.

「내부 감사에서 어떤 부분이 형사 사건의 일부가 될지, 그건 검사들이 결정할 문제지요. 저는 그런 건 정말 모릅니다.」 그는 어깨를 으쓱했다.

나야 아무래도 상관없어요. 그레이스는 생각했다. 그리고 적어도, 그 순간에는, 정말로 개의치 않는다는 사실에 놀랐다. 두 사람은 헤어져 반대 방향으로 걸어갔다. 샤프는 북쪽의 병원으로 갔고, 그레이스는 처음에 어디로 가야 할지 알 수가 없었다. 도저히 지금은 아파트로 돌아가 그 모습을 볼 수가 없었다. 특별히 갈 데가 없었다. 특별히 가고 싶은 곳이 없었으니까. 그러나 차가 주차되어 있는 자리에 점점 가까워져 갈수록 시계를 보게 되는 것이었다. 헨리의 영화는 3시 반에 시작해서 6시에 끝난다. 토요일에는 시내에 통행량도 적고, 주차해 놓은 차도 있었다. 어디든, 말도 안 되는 곳이라도 갈 수 있었다. 그래서 마음을 바꾸기는커녕 생각을 재고해 볼 겨를도 없이, 그곳으로 가기로 결정을 내려 버렸다.

21
카부스

결혼하고 나서 딱 한 번, 조너선이 그녀를 〈집〉에 데려간 적이 있었다. 그때도 사실 경유지나 다름없었다. 어느 가을 주말에 햄프턴에서 돌아오던 길이었다. 그레이스는 임신 중이었고 조너선은 레지던트의 고된 일정에서 도피해 잠도 푹 자고 클램 차우더도 먹고 애머갠셋 해변의 소금기 섞인 바닷바람도 맞아 느긋하고 편안한 상태였다. 그레이스는 항상 조너선의 어머니, 아버지, 혹은 형제가 궁금했지만, 그 추억에 수반된 불행을 끄집어내게 될까 봐 조심스러웠다. 그레이스는 조너선이 성장기를 보내고 도망쳐 나온 집을 보고 싶었다. 조너선은 홉킨스로, 하버드로, 그레이스에게로, 그리고 두 사람이 일구는 새로운 가정으로 도피해 왔다. 「그러지 말고.」 그레이스는 애원했다. 「딱 한 번만 보여 줘.」

그래서 두 사람은 롱아일랜드 고속도로를 빠져나와 구도시의 좁은 길로 들어왔다. 1950년대와 1960년대의 전후 건설 열풍에 지어진 집들이 이후에 유행했던 별채가 딸린 고층 건물들과 달리 아담하고 촘촘하게 들어서 있었다. 가을에는 가장 어여쁜 지역으로 아직은 사방의 나무들에 단풍이 물들어 있었고, 누가 봐도 익숙해 보이는 인터체인지를 따라 운전하는 남편을 모습을 보면서 생각만큼 끔찍하지 않다고 생각했던 기억이 있다. 아무렇게나 방치된 흉물스러운 집들이 즐비한 황량한 동네를 상상했었다. 집집마다 외로운 아이나 혹독한 부모가 살고 있을 거라 생각했었다. 사랑하는 남편이 순전히 혼자서 아무 도움도 받지 않고 떨쳐 내고 도망쳐야 했던 강렬한 절망의 분위기를 상상했었다. 그러나 오히려 집 앞에는 국화꽃 화단이 있고 뒷마당엔 정글짐이 보이는 작고 깔끔한 주택들이 있는 쾌적한 동네에 와 있었다.

그러나 물론 그런 건 전혀 중요하지 않았다. 끔찍한 유년기는 사랑스러운 거리와 잘 정리된 집 안에서도 일어날 수 있었다. 적어도 조너선은 그랬으니까. 그는 그날 오후 동네가 얼마나 예쁜지 모르겠다든가, 차고에 스테이션 왜건이 서 있는 크래브트리 레인의 어떤 집 마당이 정말로 잘 관리된 것 같다는 소리를 들을 기분은 아니었다. 차에서 내려 어머니나 아버지(혹은 지하실에 사는 동생 미첼)가 집에 있는지 보거나 그레이스에게 자신이 기차를 타고 대학에서 의학을 전공하고 그녀를 만날 때까지 괴로웠던 18년의 인생 초년기를 견딘 방을 보여 주고 싶은 마음도 없어 보였다. 천천히 모퉁이를 돌고 차를 몰아 자기가 성장했던 집 앞 거리를 지나가면서, 자동차를 세우거나 그 집에 대해 뭐라 말을 하는 것조차 거부했다. 그리고 집으로 오는 길 내내 말도 없이 우울해했고, 그 덕에 햄프턴의 주말에 누린 자유와 평화는 완전히 빛바래고 말았다. 그의 가족은 그에게 그런 짓을 한 존재였다. 여전히 행복을 망쳐 놓고 내면의 평화를 흐트러뜨려 놓았다. 그러니 다시는 그렇게 길을 돌아가자는 말도 꺼낼 수가 없었다.

하지만 놀랍게도, 그때 딱 한 번 봤을 뿐인데 아주 간단하게 정확한 고속도로 출구를 찾을 수 있었다. 첫 번째 인터체인지와 두 번째 인터체인지를 지나자 드디어 크래브트리 표지판이 뚜렷하게 머리 위에 보였다. 4시 반밖에 되지 않았는데 오후의 빛이 벌써 사위어 가고 있었고, 이제야 그레이스의 뇌리에 이런 식으로 불쑥 나타나는 건 적대적인 행동이라는 생각이 떠올랐다. 아무리 그녀가 남편의 가족에게 적의를 가지고 있지 않더라도. 아니 혹시 그렇다 하더라도, 이제는 그 적의 중 어디까지가 진짜인지 또 정당하기나 한지 아무것도 확신할 수 없었다. 그녀는 아무것도 아는 게 없었다. 사랑에 빠져 18년을 함께 살고 아이를 낳은 남자에 대해 이제 아무것도 아는 게 없었다. 딱 하나, 그런 남자는 존재하지 않는다는 사실만 알고 있었다.

연석에서 차를 세우고 엔진을 공회전하며 집을 바라보았다. 하얀 집에 검은 셔터와 빨간 문, 차고를 지나 돌아 들어가는 좁은 보도. 이번에는 차고에 차 두 대가 서 있었다. 실내에 이미 불이 켜져 있었고, 이렇게 먼 거리에서 봐도 실내를 꾸민 색깔에서 온기가 느껴졌다. 초록색 커튼과 붉은 갈색 가구들. 부엌 창문을 지나 형체를 알아볼 수 없는 사람의 몸이 지나갔고, 지붕에 돌출된 유일한 창으로부터 파랗게 명멸하는 텔레비전 불빛이 비쳐 나왔다. 아들 둘을 키우기에는 아주 좁은 집이라고, 그레이스는 생각했다. 저 작은 2층의 침실이 아마 조너선의 방일 듯 싶었다. 아니면 미첼의 방일 수도 있었고. 지금도 미첼의 방인지도 모르겠다고, 그녀는 아무 악감정 없이 생각했다. 하기는 서른이 다 되어 가는 나이에 아직도 부모님 댁에 살고 있는 남자한테 그녀가 왜 나쁜 감정을 품어야 하는지도 알 수 없었지만.

그때 어떤 손이 그녀의 귓가 옆에 있는 창문을 두드리는 바람에 그레이스는 까무러치게 놀랐다.

손으로 차창 스위치를 찾으면서 동시에 발로는 액셀을 찾고 있었다. 예의와 도피 본능이 순간적으로 충돌했다.

그때 노크한 사람은 자기보다 훨씬 나이가 많은 여자라는 걸 깨달았다. 어마어마하게 큰 다운 코트를 목까지 꽉 채워 입고 있었다. 「안녕하세요?」 그 사람이 말했다. 그레이스가 스위치를 눌렀고, 창문이 내려갔다.

「무슨 일이세요? 제가 도와 드릴까요?」 여자가 말했다.

「아, 아니에요, 감사합니다. 그냥…….」

하지만 그냥 뭘 하고 있었는지 생각이 나지 않았다.

「그저 차를 몰고 가다가…….」

여자는 무섭게 그녀를 노려보았다. 뭔가 문제가 있는 모양이었다.

「아니, 왜들 다 썩 꺼져 버리지 않는 거예요?」 정확히 말해 화가 났다기보다 속이 터진다는 말투였다. 「정말이지, 여기 볼 게 뭐가 있다고? 진짜 말도 안 돼. 당신네들한테 무슨 득이 되는지 모르겠네요.」

그레이스는 눈살을 찌푸렸다. 아직도 이 상황이 잘 파악되지 않았다.

「그렇게 할 일이 없어요? 안 그래도 기분 나쁜 사람들 기분을 더 망치고 싶어요? 아무래도 자동차 번호를 적어 둬야겠어요.」

「아니, **그러지 마세요.**」 그레이스는 경악했다. 「갈게요. 죄송합니다. 가요.」

「캐럴?」 또 다른 목소리가 말했다. 한 남자가 조너선의 집에서 나왔다. 키가 컸다. 조너선보다 훨씬 훤칠했다. 그레이스는 즉시 그를 알아보았다.

「이 여자 번호를 적고 있었어.」 다운 코트 차림의 여자가 말했다.

하지만 그 남자가 이미 다가오고 있었다.

「간다고요!」 그레이스가 말했다. 「그냥…… 제발 손 좀 치워 주세요, 네? 문을 닫아야 된단 말이에요.」

「그레이스?」 남자가 말했다. 「그레이스 맞죠?」

「누구라고?」 캐럴이라는 여자가 말했다.

「죄송해요!」 그레이스가 말했다.

「아니, 가지 말아요!」 조너선의 동생 미첼이었다. 몇 년 동안 보지 못했다. 결혼식 당일, 아니 심지어 결혼식이 끝난 후 기념사진에서 말고는 본 적이 없었다. 그런데 지금 그가 옆에 서서 마치 알고 지낸 사이처럼 말을 걸고 있었다.

「괜찮아요.」 그가 여자에게 말했다. 「아는 사람이에요. 괜찮아요.」

「전혀 괜찮지 않아!」 여자가 이의를 제기했다. 미첼보다 더 사생활 침범을 심각하게 생각하는 것 같았다. 「처음에는 기자들이 밀어닥치다가 이젠 구경꾼들이라니. 아니 지하실에 그놈을 숨겨 주고 있다고 생각하는 건가? 이 사람들은 잘못한 게 하나도 없다고요.」 여자는 매몰차게 쏘아붙였다. 마지막 말은 그레이스를 향한 것이었다.

「맞아요.」 미첼이 말했다. 「하지만 이건 좀 달라요. 괜찮다고요. 저희 초대를 받고 온 사람이에요.」

아니잖아요. 그레이스는 생각했다. 그를 빤히 쳐다보았지만, 아직 그는 이웃을 달래느라 정신이 없었다. 「아니, 전 그냥…… 여기 나왔다가 잠깐 들러 봐야지 생각했던 거예요. 귀찮게 할 생각은 전혀 없었어요.」

「부탁이에요.」 미첼이 따뜻하게 말했다. 「제발 들어와요. 엄마한테 아주 뜻깊은 일이 될 거예요.」 그는 또 잠시 기다렸다. 그러더니 단호한 말투로 다시 말했다. 「부탁입니다.」

그래서 그레이스는 체념했다. 엔진을 끄고 마음을 가라앉히려 애썼다. 그리고 문을 열자 두 사람 다 한 발 물러서야 했다. 「그레이스라고 합니다.」 다운 코트 차림의 여자에게 말했다. 「심기를 불편하게 해드려서 죄송합니다.」

캐럴은 마지막으로 씁쓸한 불만의 눈길을 던지고는 돌아서서 가버렸다. 그레이스는 색스네 집 맞은편의 작은 벽돌집으로 들어가는 그녀를 지켜보았다.

「죄송합니다.」 미첼이 말했다. 「여기가 좀 많이 힘들었어요. 적어도 지난 1월 중순까지는요. 뉴스 차량들도 많이 오고, 자동차들이 진입로 앞에 제멋대로 주차를 했거든요. 엄마하고 아빠가 워낙 만사에 힘들어하셔서, 뭐가 어떻게 돌아가는지 이웃들에게 제대로 설명을 못 하셨어요. 마음이 편하자고 그러셨을 분들도 아니고, 우리끼리 얘기지만요.」

그냥 우리끼리 얘기라고? 명색이 가족이 된 이후로 그 오랜 세월 동안 단 한마디도 나눠 보지 못한 사이인데? 하지만 방금 그가 한 말은 완벽하게 이해가 되었다. 그래서 말했다. 「그래요. 물론이죠.」

「워낙 붙어 있는 거리라서요. 이모저모 불만이 많은 사람들이 태반이겠지만 우리 부모님이 입을 열지 않으면 그 얘기를 할 수가 없어서, 이런 식으로 시비를 붙여서 해소하는 거예요. 캐럴은 우리를 도와주려고 그런 거죠. 자, 어서 들어오세요.」

「폐 끼칠 생각은 없었어요.」 그레이스가 말했다. 「사실, 내가 뭘 원하고 왔는지도 모르겠어요. 하지만 폐 끼칠 생각은 아니었어요.」

「폐가 되는 일 없어요. 봐요, 여기 서 있기엔 너무 춥잖아요.」

「알았어요.」 그레이스는 고집을 꺾었다. 롱아일랜드의 주택가에 있다는 걸 잊고 자동차 문을 잠갔다. 그리고 미첼을 따라 보도를 걸어 올라갔다.

「엄마?」 그레이스를 위해 문을 붙잡고 선 채로 미첼이 불렀다.

조너선의 어머니가 주방으로 통하는 문간에 서 있었다. 아주 아담한 체구로 — 조너선이 왜소하고 깡마른 체구를 어머니한테서 물려받은 모양이었다 — 야윈 얼굴에 검은 눈 밑이 반달 모양으로 검푸르게 변해 있었다. 헨리가 태어났을 때 그레이스가 병원에서 마지막으로 뵈었을 당시보다 훨씬 더 나이 든 모습이었다. 그레이스가 아는 대로 예순한 살이라고 쳐도, 한참 늙어 보였다. 겁에 질린 얼굴을 하고 있었는데, 누구 사람이 와서 그런지 그레이스를 보게 되어서 그런지는 말하기 힘들었다.

「제가 누굴 찾았는지 보세요.」 미첼이 말했다. 그레이스는 미첼이 뭘 알고 이러는 것이기를 바랐다.

「아니,」 방 건너편에서 어떤 목소리가 들려왔다. 조너선의 아버지 데이비드가 계단 밑에 서 있었다. 「아니, 이게 누구야!」 그레이스가 심지어 그 말에도 반응을 보이지 못하자 그는 말했다. 「그레이스?」

「그래요.」 확인시켜 주려고 고개를 끄덕였다. 「불쑥 찾아와서 죄송합니다. 근처에 들르게 되어서요.」 그리고 말을 멈췄다. 이미 거짓말이라는 걸 모두에게 들키기라도 한 것처럼.

「헨리도 같이 왔니?」 조너선의 어머니가 말했다. 그녀의 이름은 나오미였지만 그레이스는 서로 이름을 부르는 관계가 될 기회가(솔직히 말해서 의향도) 없었다. 그 목소리에서는 본능적으로 실낱같은 통증이 느껴졌지만 그녀도 곧 마음을 가라앉혔다. 그 사람들이 누군지, 그레이스는 하나도 몰랐다. 그저 조너선을 만들어 내는 데 일조한 사람들이라는 사실뿐. 그러니 좋은 사람들일 리가 없었다. 아니 그것도 이제는 잘 모르겠다.

고개를 저었다. 「헨리는…… 우리 아버지와 시내에 있어요. 우리는…… 우리는 어디 다른 데 가서 살고 있어요.」 누구 하나라도 이 말을 알아듣고 있는 걸까 궁금했다. 자기도 자기가 무슨 말을 하는지 잘 모르겠는데. 「근처에 있지 않았어요.」 큰 소리로 말하는 자기 목소리가 들렸다. 「솔직히 말해서 저도 왜 왔는지 모르겠어요.」

「글쎄, 우리가 가르쳐 줄 수도 있지 않겠니!」 아버지, 데이비드가 말했다. 그리고 아무 경고도 없이 계단 발치에서 단 세 걸음 만에 성큼성큼 방을 가로질러 오더니 그녀를 포옹하는 것이었다. 긴 팔로 어깨를 감싸고 다른 팔로 등을 감싸고는 거친 뺨을 그레이스의 귀에 꼭 대었다. 너무 놀라서 뒤나 옆으로 물러설 수도 없었다. 비타와 달리 경고도 없었다.

「아버지…….」 미첼이 웃음을 터뜨렸다. 「형수 숨막혀 죽겠어요.」

「안 그래.」 아버지가 그레이스의 귀에 대고 말했다. 「잃어버린 시간을 보상하는 거다. 우리 손자의 엄마란 말이다.」

「태어나고 한 번도 못 본 당신 손자 말이에요.」 나오미가 뚜렷한 씁쓸함을 드러내며 말했다.

「그렇다고 노력을 안 한 건 아니잖아.」 데이비드가 마침내 그녀를 놓아주고 뒤로 물러섰다. 「중요한 건 말이다, 그레이스.」 그는 똑바로 그녀를 보고 말했다. 「어째서 왔는지 모르지만, 나는 너를 만나게 되어 아주, 아주 반갑구나. 그리고 나오미가 좀 정신을 차리면 진심으로 반가워할 게야. 그때까지는 좀 네가 여유를 갖고 봐주면 좋겠구나.」

「여유를 갖고 봐줘요?」 조너선의 어머니가 말했다. 「지난 18년보다 더? 우리 손자 일평생보다 더?」

데이비드가 어깨를 으쓱했다. 「내가 말했듯이 좀 회복할 시간이 필요하단다. 커피를 좀 마시자꾸나. 어서 이리 부엌으로 들어와.」 그는 손짓을 했다. 「나오미, 우리 엔텐먼스 과자 있지?」

「우리가 롱아일랜드에 있는 거예요?」 미첼이 씩 웃으며 말했다. 「롱아일랜드에 왔다는 걸 실감하는 순간이 이런 때예요. 누가 커피를 마시자고 하면서 엔텐먼스 과자를 내줄 때. 어서요, 그레이스. 커피 괜찮아요?」

「좋아요.」 그레이스가 말했다. 「고마워요.」

부엌은 개조를 하지 않은 1970년대 하비스트 골드[118]풍으로 꾸며져 있었고 평범한 내열 플라스틱 상판의 식탁이 놓여 있었다. 미첼이 의자를 빼주고 커피를 끓이러 갔다. 부모님은 뒤따라 들어왔다. 데이비드는 식탁 맞은편에 앉았고 아직도 의미심장한 침묵을 지키고 있는 나오미는 냉장고 문을 열고 커피와 파랗고 흰 상자를 꺼냈다. 실내는 아주 깨끗했다. 굉장히 깨끗하다, 하고 그레이스는 생각했다. 하지만 그러면서도 진짜로 쓰임새가 있는 부엌이었다. 스토브 위의 선반에는 작은 유리병에 담긴 향신료들이 들어 있었고 병 라벨에 손으로 쓴 날짜가 쓰여 있었다. 장식용 들보에 달린 냄비걸이에 걸려 있는 냄비들은 묵직한 스테인리스 스틸로 되어 있었고 많이 써서 닳아 있었다. 그레이스는 눈을 들어 상자를 테이블에 내려놓는 시어머니를 바라보았다. 나오미는 아무 반응도 없었다. 조너선은 늘 자기 어머니가 차갑다고 말했었다. 끔찍한 엄마라고. 적어도 그 부분에 대해서는 진실을 말한 모양이라고, 그레이스는 생각했다. 하지만 어머니의 요리에 대해서는 한마디도 하지 않았다.

미첼이 나이프를 꺼내 커피 케이크를 잘랐다. 하얗게 설탕을 입힌 아몬드 링 케이크였다. 그는 묻지도 않고 한 조각을

118 흰색 섞인 금색을 말하며, 1970년대 부엌과 가전제품에 유행했던 색이다. 혹은 그런 색깔로 꾸며진 분위기를 칭하기도 한다.

그녀에게 건넸고 그녀 역시 대답도 없이 그걸 받았다.
「너한테는 정말 괴로운 시간이었을 거야.」 데이비드가 자기 몫을 받으며 말했다. 「우리는 네 생각을 정말로, 정말로 많이 했단다. 그건 알아주었으면 좋겠다. 그리고 전화도 한두 번 했는데 뉴욕의 번호로는 아무도 받지 않더구나. 네가 다른 곳으로 갔을 거라고 생각했었다. 아주 현명한 일이지.」

그레이스는 고개를 끄덕였다. 이 사람들과 이야기를 하고 있다는 사실 자체가 황당하기 이를 데 없는데, 심지어 이런 이야기라니. 자기네 아들과, 그 아들이 한 짓거리를! 그 덕에 그녀와 헨리가 무슨 고생을 했는데. 그런데도 저 사람들은…… 너무나 책임이 없어 보였다. 그 모든 일에. 지금도, 이 사태에, 일부라도 책임이 있다는 자각을 못 한다니 그럴 수가 있을까? 조너선을 방치하고, 중독이 있는데도 진찰을 받지 않고(나오미는 알코올 중독이었고 데이비드는 처방약을 남용했다), 대놓고 미첼을 편애하고, 미첼은 대학도 나오지 않고 임시직과 비정규직을 전전하며 아직도 그 나이에 여기 부모님 댁에 얹혀살고 있지 않은가? 그런데 **이런 사실을** 조금이라도 직시하는 게 이 커피를 마시며 한담을 나누는 교외의 가족 모임에서 일어나기나 할까? 좀 더 가족답게 살았어야 했지만 그러지 못했던 가족과 한 상에 앉아 그 세 사람을 바라보면서, 그녀는 아주 잠시 조너선이 느꼈던 원망의 흔적과 출신에 대한 슬픔을 느낄 수 있었다. 이 사람들한테서 얼마나 큰 해를 입었던 걸까. 그리고 적어도 그건 그이의 잘못이 아니었다.

「헨리를 코네티컷으로 데리고 갔어요.」 잠시 후 그녀가 말했다. 「거기 집 한 채가 있거든요. 여름 별장이에요.」

「결혼식을 올렸던 곳이지요.」 미첼이 밝은 목소리로 말했다. 갈색 머그잔에 커피를 따르고 있었다.

「그래요. 거기 와보셨죠.」

「그럼요. 그때만 해도 아직 노력하고 있었으니까요.」

「노력이요?」 그레이스가 말했다. 「무슨 노력이요?」

「우리 형과 인간관계를 맺고 살려는 노력이죠.」 그가 말했다. 아직 웃음기가 가시지 않았다. 웃는 얼굴이 평소 기본으로 장착된 표정인 모양이었다. 「제가 이 가족에서 공식 낙관주의자거든요.」 그레이스의 생각을 확인이라도 해주듯 그가 말했다. 「어쩔 도리가 없어요. 그렇게 생겨 먹어서요. 형이 아주 똑똑한 여자분과 결혼한다는 건 알았죠. 그분이 좋은 사람이라는 것도 알았고. 심리학에 관심이 있고. 심리학자가 될 거라는 것도 알았어요. 설레고 좋더라고요.」

설렌다라. 그레이스는 그 개념을 시험이라도 하듯 마음속으로 되짚었다.

「그래서 생각했죠. **그레이스라면 형이 엄마 아빠와 다시 연을 이을 수 있도록 도와줄 거야.** 당연히 형은 우리에게 결혼식에 오지 말아 달라고 했어요.」

「초대를 받으셨잖아요.」 그녀는 놀라서 말했다. 초대장에 주소도 직접 썼었다.

「그래요, 알아요. 하지만 형이 전화해서 오지 말아 달라고 부탁했어요. 하지만 제가, 이 집안 공식 낙관주의자라서 그냥 간 거죠. 중간에 나오려니 기분이 좀 그렇더라고요. 그 마음은 알아주셨다면 좋겠는데.」

당연히 그녀는 몰랐다. 어떻게 그의 마음을 알 거라 기대

하는 걸까? 그래서 이도 저도 아닌 말을 대충 중얼거리고 커피를 한 모금 마셨다. 헤이즐넛 향이 났는데 약간 비위가 상했다.

「형이 가라고 했거든요.」

그레이스가 머그잔을 내려놓았다. 「누가요? 조너선이?」

미첼이 고개를 끄덕였다. 「그럼요. 예식이 끝나자마자요. 나한테 와서 말했어요. **잘났네, 아주. 네 속은 확실히 알았다. 이제 가.** 누구 마음도 불편하게 하고 싶지 않았어요. 그래서 슬쩍 나왔습니다.」 그는 자기 커피에 설탕을 때려 넣고 휘휘 저었다. 「어쨌든 예식은 아름답다고 생각했어요. 친구분이 형수 어머님에 대해 말씀하신 것도요. 약간 울었다니까요. 형수님도 잘 모르고 어머님은 만나 뵌 적도 없는데도요. 친구분 말씀에서, 얼마나 큰 사랑이 느껴졌는지 몰라요. 형수님과 어머님 사이뿐 아니라 형수님과 친구분 사이에서도요.」

「비타.」 그레이스가 말했다. 비타가 어머니에게 바친 축사를 잊고 산 지 오래되었다. 그건, 상을 당한 직후여서, 상실의 크나큰 통증이 또 다른 아픔으로 증폭되었다. 「그래요, 비타의 축사는 아름다웠죠.」

「그러면 거기 살고 계세요? 헨리와 함께? 학교는 어떻게 하고요?」

「그 지역의 공립 중학교에 다녀요.」 그레이스가 그들에게 말했다. 「사실, 그 부분은 아주 잘 해결되었어요. 심지어 새 학교에서 더 행복해하는 것 같거든요. 아주 좋은 친구들도 사귀었고요. 학교 오케스트라에도 들어갔어요.」

「악기를 연주하니?」 나오미가 말했다. 다 같이 자리에 앉은 뒤로 처음 한 말이었다.

「바이올린이에요. 우리가 떠나기 전에 뉴욕에서 배웠어요. 상당히 심도 있게 배웠죠.」 불필요하게 덧붙인 말이었다.

「아하!」 데이비드가 말했다. 「색스 가족에 피들 연주자가 하나 더 늘었구나. 우리 할아버지께서 크라쿠프에서 클레즈머[119] 음악을 연주하셨거든. 우리 삼촌은 아직도 연주를 하시지. 90대 연세이신데 말이야.」

「아니, 아니에요…….」 그레이스가 고개를 저었다. 「클래식 음악이에요. 아주 엄격한 선생님 밑에서 배웠어요. 그 선생님은 웬만한 제자는…….」 그때 자기가 무슨 말을 하는지 알아차리고 말을 멈췄다. 「글쎄요, 저는 계속 연주했으면 좋겠어요. 재능이 있거든요. 사실은, 코네티컷에 있는 이웃이 피들 음악을 가르쳐 주겠다고 하긴 했어요. 일종의 스코틀랜드 음악이라는데. 블루그래스[120]처럼요.」

「클레즈머의 친척뻘이지!」 데이비드가 신이 나서 말했다. 「바로 내가 하는 말이 그거야. 헨리는 성인식을 치를 거니?」

그녀는 그를 쳐다보았다. 이런 얘기를 하고 있는 게 어떻게 가능하지? **이런 얘기를?** 수십 년간 보지도 못한 자기 아들이 여자를 죽이고 도망가서, 남아 있는 식구들끼리 이 고통스러운 대화를 하고 있는 건데?

「아니요. 지금은 아니고요. 솔직히 말씀드리지만 그건 크게 신경 쓰지 못했어요. 특히 지금은 더욱더요.」

「아버지…….」 미첼이 고개를 흔들었다. 「자중하세요. 형

119 유대인의 전통 민속 음악.

120 미국 남부의 컨트리 뮤직 계열의 음악.

수님이 아마겟돈을 치르고 있는 와중에 시간을 내서 성인식 준비를 하겠어요? 그레이스, 헨리를 코네티컷으로 데려가길 잘하셨어요. 형수님도 떠나길 잘하셨고요. 그런데 일은 어떻게 하시고요?」

「진료는 일단 쉬고 있어요. 어쩌면…… 새로 개원을 할 수도 있을 것 같아요. 그 생각은 하고 있어요. 하지만 뉴욕에서는, 아니, 그건 끝난 일이에요.」

「그러면 여름 별장에서 살고 계시는군요.」

「네. 그리고 아주 추워요. 혹시 물어보실까 봐 말씀드리는 거예요.」 그들을 바라보며 대답했다. 어쩌면 그런 건 물어볼 생각이 없었는지도 모른다.

「단열이 안 되어 있니?」 나오미가 물었다. 「헨리한테는 안 전하니?」

「옷을 많이 껴입고 살아요. 그리고 담요를 몇 겹씩 덮고 자고요.」 한숨이 나왔다. 「우리 아들은 개를 키우고 싶어 해요. 에스키모들이 개하고 같이 자면서 체온을 유지했다면서.」

「뭐, 그럼 키우면 되지!」 데이비드가 말했다. 「개를 사주면 안 되니?」

하마터면 〈**조너선한테 알레르기가 있어요**〉라고 말할 뻔했다. 그게 이유였다. 하지만 또 다른 이유가 기억났다. 어린 시절 레이븐이라는 이름의 개를 키웠는데, 바로 이 집에서 그 개가 도망쳐 사라져 버렸고, 그런 일을 일어나게 뒀다면서 조너선을 호되게 질책했다는 것이었다. 심지어 자기 개도 아니고 미첼의 개였다면서. 그래서 조너선은 개한테서 정이 다 떨어졌다고 했다. 아들한테 그런 짓을 하다니 정말 나쁜 사람들이었다. 그런 나쁜 짓을 얼마나 더 많이 했을지 어떻게 안단 말인가?

「개를 키우셨다고 들었어요.」 그 말만 하면 된다는 듯 그레이스가 알려 주었다. 「조너선이 키우던 개한테 있었던 일을 들려줬어요.」

세 사람이 모두 그녀를 쳐다보았다. 조너선의 어머니가 조너선의 아버지를 보았다. 「방금 애가 뭐라고 했어요?」 나오미가 말했다.

「잠깐.」 미첼이 말했다. 그는 양팔을 쫙 뻗고 있었다. 차를 타고 가다가 갑자기 브레이크를 밟아 옆 사람이 앞으로 튀어나오는 걸 막으려고 자기도 모르게 팔을 뻗은 듯한 동작이었다. 「잠깐만 기다리세요. 제가 물어볼게요.」

「우리는 한 번도 개를 키운 적이 없어.」 조너선의 어머니는 말을 멈출 생각이 없었다. 「우리한테 개가 있었다고 그러든? 그런데 개한테 무슨 일이 생겼다고?」

「그건 모르는구나.」 데이비드가 말했다. 그레이스를 쳐다보면서. 「우리는 개를 키운 적이 없다. 그러고 싶었는데 애들이 알레르기가 있어서.」

그러니까 그 부분은 사실이었네. 이상한 안도감이 밀려왔다. 언제나 자기한테 알레르기가 있다고 했었다.

「그런데 뭐라고 했니?」 나오미가 따져 물었다. 「그 가상의 개가 어떻게 됐다고 하든?」

「그게…….」 자세한 내용을 생각해 내려 애썼다. 자세한 내용이 지금은 굉장히 중요해 보였다. 「레이븐이라는 이름의 개가 한 마리 있었는데, 미첼의 개였다고 했어요. 그런데 어느 날 조너선이 그 개와 단둘이 있을 때 개가 사라졌대요. 문 밖으로 뛰쳐나갔거나 그랬는데 아무도 개를 다시 보지 못했다고 했어요. 그런데 두 분이 자기를 원망했다고요. 거기 같이 있었던 당사자라서.」 잊고 말하지 않은 내용이 있나 잘 생각해 봤지만 그게 다였다. 「그게 전부였어요.」

길고 몹시 불편한 침묵이 잠시 흐르고 나오미가 말했다. 「그게 아니었다.」 갈라진 목소리로 말했다. 「전혀 사실과 달라.」

「여보.」 데이비드가 말했다. 「화내지 말아요. 그레이스는 그렇게 들은 걸 어떡해요.」

「제발 부탁이에요.」 그레이스의 심장이 쿵쿵 뛰었다. 너무 심하게 뛰어서 소리도 잘 들리지 않았다. 무슨 일이 일어나는지 잘 파악이 되지 않았지만 무서워서 죽을 것만 같았다. 「제발 말씀해 주세요.」

「개가 아니었다.」 나오미가 말했다. 언제인지 모르지만 이미 울고 있었고, 무거운 다크서클이 드리운 눈에 눈물이 그렁그렁 차올라 있었다. 「개가 아니었어. 동생이었어. 개를 키운 적은 없었지만 동생이 있었다. 자기한테 동생이 있었다는 얘기는 한 적이 없는 것 같구나.」

「당연히 들었죠. 미첼이 있잖아요!」 그레이스가 말했다. 도저히 참고 들을 수가 없었다.

「미첼이 아니야.」 나오미가 화를 내며 말했다.

「제가 아니에요.」 미첼이 거의 동시에 말했다. 이제 웃음기가 싹 가신 얼굴이 눈에 들어왔다. 자타 공인의 낙관주의도 이 문제 앞에서는 어쩔 수가 없었던 모양이다. 「또 다른 동생이 있었어요. 에런. 네 살이었어요.」

그레이스는 고개를 저었다. 왜 그러는지도 모르면서.

「정말로 그 얘기를 하지 않았니?」 데이비드가 말했다.

그레이스는 생각했다. **지금 나가 버릴 수도 있어. 지금 나가면 이 사실은 몰라도 돼. 하지만 머물러 있으면 알아야만 할 거야. 그러면 영원히 알고 살아야 할 거야. 그게 뭔지 몰라도, 영원히 아는 채로 살아야 할 거라고.**

그러나 사실 그건 그녀가 결정할 일이 아니었다. 그녀는 그 사실, 그 사람들의 손아귀에 이미 사로잡혀 있었다. 진실이 무엇이든, 나중에 스스로에게 말해 주어야 할 터였다. 그때쯤에는, 물론, 지금과 딴판으로 다른 사람이 되어 있겠지만.

조너선이 열다섯 살이었고 미첼이 열세 살이었던 해 겨울의 어느 토요일 아침, 네 살짜리 에런 루번 색스 — 어머니는 그를 〈부〉라고 부르고 아버지는 〈카부스〉라고 불렀으며 형들은(훨씬 나이도 많고 자기 일에 매몰되어 있었으니 당연히) 아예 이름을 잘 부르지도 않았다 — 는 심한 감기에 걸려 열이 나고 있었다. 하필이면 데이비드와 나오미의 제일 오래된 친구 부부의 딸이 성인식을 치르는 날이어서, 색스 가족 다섯 명 모두가 유대교 사원에 가서 리셉션에 참석하게 되어 있었다. 하지만 조너선은 가기 싫다고 했다. 데이비드와 나오미의 친구 부부에게 애착도 없고 두 학년 밑이었던 그 집 딸도 전혀 매력적이지 않아서 싫다고 했다. 집에 머물면서 방 안에서 문을 잠그고 뭔지 몰라도 하던 일이나 계속하겠다고 했다. 그 전날 그 문제로 싸움이 있었고, 데이비드는 조너선의 기분이 어떻든 상관없이 식구들과 함께 성인식에 참석해야 한다고 주장하는 것으로 싸움을 끝맺었다. 그러나 다음 날 아침에는 아예 그런 일은 일어나지도 않은 것 같았다. 조너선은 누가 뭐래도 가지 않겠다면서 자기 방에서 나오지 않았다.

하지만 에런은 열이 높았다. 그래서 사정이 완전히 바뀌었다. 그리고 나오미는 이처럼 문제가 겹친 상황에서 — 둘 다 상황이 나빴고, 도저히 그녀가 통제할 수 없는 것이었다 — 또 다른 가능성을 찾았다. 그녀의 체면도 살리고 또한(그녀는 마음속으로 이렇게 하면 잘될 거라고 믿었다) 조너선에게 실제로 동생과 약간 시간을 보내게 해줄 수도 있는 길이었다. 어쩌면 동생과 유대 관계를 맺기에 너무 늦은 나이가 아닐지도 몰랐다. 시차는 있더라도 같은 집에서 같은 부모를 두고 함께 자란 사이인데 정이 조금은 들어야 하지 않을까 생각했던 것이다. 조너선은 에런은 물론 겨우 두 살 어린 미첼에게도 형다운 애정을 전혀 보여 주지 않았지만, 나오미는 언제나 그렇게 되기를 바라고 있었다. 에런의 출생은 모두에게 놀라운 일이었지만, 누구보다도 큰아들을 식구들과 더욱 멀어지게 만들었다.

사원에 가려고 옷을 챙겨 입으며 어린 아들의 체온을 마지막으로 재고(38.3도였다) 〈동화의 숲〉 카세트를 틀어 주고 침대에 눕혔을 때, 나오미가 마음속으로 했던 생각은 그런 것이었다.

몇 시간 뒤 리셉션장에서 집에 전화를 했을 때, 조너선은 다 괜찮다고 했다.

「형은 에런이 밖에 나가 놀고 싶다고 했다고 말했어요.」 미첼이 말했다. 「우리한테 한참 그렇게 말하다가 이제 안 먹힌다는 걸 깨달았던 것 같아요. 네 살짜리 동생이 열이 나서 돌봐 줘야 하는 상황에서, 밖에 나가 놀게 둔다는 게, 잘한 짓이라는 생각을 할 수는 없잖아요. 그래서 동정을 살 수가 없는 거죠. 당연히 야단을 맞겠죠. 그래서인지 형은 에런이 밖에 나갔다는 걸 전혀 몰랐다고 말했어요. 그동안 내내 자기 방에 있는 줄 알았다는 거예요. 의사한테는 몇 번이나 동생이 어떤지 살펴봤다고 말했는데, 우리한테는 절대 그렇게 말하지 않았죠. 엄마와 아빠는 어차피 믿지 않을 거라고 생각해서 아예 말도 하지 않은 거예요.」

「잠깐만요.」 그레이스가 말했다. 말을 끊으려고 손까지 치켜들었다. 「잠깐, 그러니까 그 말은…… 조너선이 에런한테 일어난 일에 책임이 있다는 뜻인가요?」

「그랬지.」 데이비드가 슬프게 고개를 끄덕였다. 「나도 믿지 않으려고 애썼지만 나오미만큼은 아니었어. 나오미는 간절하게 사실이 아닐 거라 믿고 싶어 했지.」

나오미는 그레이스의 어깨 너머를 멍하니 보고 있었다. 얼굴에 통증이 서리다 못해 퉁퉁 부어 보였다.

미첼이 한숨을 쉬었다. 「확실히 에런은 바깥에 나가 있었어요. 확실해요. 얼마나 오래 나가 있었는지, 그러고 싶다고 해서 나갔는지, 나가라고 해서 나갔는지 그런 건 알 수가 없겠죠. 일련의 사건을 상상하기가 굉장히 힘들어서요. 그리고 물론, 인간의 뇌라는 게 견딜 수 없어지면 이야기를 꾸며내는 데 능하거든요. 그래서 나는 언제나 에런이 몸이 좀 나아서 밖에 나가 놀고 싶어 했다는 얘기를 지어내 믿곤 했어요. 뒷마당에 있는 그네를 굉장히 좋아했거든요. 사다리하고 밧줄로 만든 그네였어요. 그래서 그냥 밖에 나가서 신나게 그네를 타다가 집에 들어와서 전혀 아픔을 느낄 틈도 없었던 거예요. 그냥 자기 침대에 들어가서 잠이 들고 우리가 다 같이 파티에서 왔을 때 그 자리에 그대로 있었다는 상상을 했어요.」

「하지만 문제는 그때 열이 40도가 넘었다는 거였어. 우리는 당장 아이를 응급실로 데려갔어.」 나오미가 건조하게 말했다.「응급실로. 하지만 이미 아무 조치도 할 수 없었지. 이미 늦어서 아무 치료도 할 수가 없었어.」

「물론 그게 실제로 있었던 일도 아니었고요.」 미첼이 말했다.「그랬기를 바랐지만 그 얘기는 사실이 아니었어요. 그리고 경찰도 알고 있었지요. 경찰이 형을 계속 추궁했거든요. 그런데 계속 말을 바꾸는 거예요. 에런이 어디 있는지 알았다. 몰랐다. 알았을 수도 있다. 아는 줄 알았는데 자기 생각이 틀렸다. 전혀 동요하지 않았어요. 전혀 마음이 불편한 기색이 없었어요. 그렇지만 형 쪽에서 실제로 뭘 한 건 없었죠. 경찰이 적시할 수 있는 구체적인 위해 행위가 없었던 거예요. 게다가 경찰에서는 우리를 하나의 단위로 생각하려 애썼던 것 같아요. 우리가 한 가족으로 이 사태를 헤쳐 나가야 하는데, 형에게 법적으로 책임을 묻는 게 상황을 오히려 악화시킬 거라고 판단한 거죠. 어차피 죄책감으로 고통을 받을 거라고 생각하고, 기소를 하고 재판을 하는 건 형에게도 우리에게도 도움이 되지 않을 거라고 판단한 겁니다. 하지만 형이 고통을 받을 거라는 예상은 틀렸어요. 고통받을 수가 없는 사람이었거든요. 어떻게 가책을 받는 건지도 몰랐어요.」

그레이스는 숨을 쉬려 했지만 만물이 핑핑 도는 느낌이었다. 테이블도 움직이고 의자도 움직였다. 주방이 핑핑 돌다 못해 거대한 하비스트 골드 덩어리가 되어 분리된 느낌이었다. 그러나…… 주변이 빙글빙글 흐릿해지는 풍경을 지켜보며 한 가지 생각이 들었다. 그게 아니야. 주방이 아니라 그녀였다. 그레이스는 마침내 자신의 삶에서 뚝 떨어져 나온 것이다. 돌이킬 수 없이 분리되어 버렸다. 해명은 이제 끝이었다. 정상 참작도 더는 없었다. 더 이상 조너선을, 조너선이 겪은 일을 이해해 보려는 시도도 이제 끝이었다. 이 일 이후로는, 〈카부스〉라 불리던 에런 색스, 다섯 살이 되어 보지도 못한 꼬마, 이 일 이후로는 이제 다시 돌아갈 곳은 없었다. 오해할 건덕지도 없었다. 명명백백했고, 잔혹했고, 그녀와는 전혀, 일말의 관계도 없었다. 이건 열다섯 살의 조너선이었다. 성인식에 가고 싶어 하지도, 동생을 두고 싶어 하지도 않았던 아이다.

「미안하다는 말을 끝까지 하지 않았어.」 데이비드가 말했다. 「한 번도. 절대로 하지 않았지. 그 애가 말한 그대로, 그대로 일어난 일이라 해도 여전히 미안하다고 말할 수도 있지 않나. 하지만 그 애는 그러지 않았어.」

「미안하지가 않았으니까.」 나오미가 말했다. 그리고 손등으로 얼굴을 훔쳤다. 「왜 그런 말을 하겠어? 다시는 그 일을 입에 올리지도 않았는데. 도망칠 기회가 올 때까지 여기 그냥 살다가, 기회를 잡자마자 잽싸게 도망가 버렸고 다시는 돌아오지 않았지. 우리한테 전화도 하지 않고, 우리가 전화를 해도 사적인 얘기는 전혀 하지 않았어. 자기 등록금은 우리가 내게 하고 — 그나마 등록금이라도 내게 해주는 게 자랑이라고. 그러다가 자기보다 훨씬 연상인 다른 여자와 동거하기 시작하면서 그 여자가 등록금을 내주게 됐지. 자동차도 사줬어.」

「BMW였지.」 데이비드가 고개를 절레절레 흔들었다. 「마음이 너무 아팠어. 유대인은 절대 BMW를 몰지 않는다고. 내가 항상 입버릇처럼 했던 말인데.」

「자동차 종류는 아무 상관이 없어요.」 나오미가 말했다.

데이비드는 뭐라고 대꾸하려는 눈치였지만 꾹 참고 그냥 넘겼다.

「있잖아요.」 미첼이 말했다. 「형이 의대에 갔을 때 난 생각했어요. **자, 좋아, 형은 이런 식으로 에런에게 생긴 일에 대한 감정을 표출하려는 거구나. 조금만 더 시간을 주자. 그러면 언젠가 형이 우리에게 또 한 번 기회를 줄 거야.** 특히 저한테 말이지요.」 그는 다시 미소를 띠고 말했다. 「왜냐하면 어렸을 때 나는 형을 정말로 우러러보았거든요. 그래서 좀 더 희망을 버리지 않고 매달렸습니다. 우리 집 식구들 중에 제일 끝까지 포기하지 않았죠. 아버지는 오래전에 희망을 버리셨어요. 에런이 죽고 1~2년이 지났을 무렵이었죠. 어머니는 그 후로도 몇 년 동안 놓지 못하셨고요.」

미첼은 테이블 건너편의 어머니를 바라보았다. 나오미는 고개를 돌리고 있었다.

「그러다가 소아과 의사가 되더라고요. 그래서 생각했죠. **그동안 내내 죄책감에 시달리고 있었던 거야. 그래서 우리를 보지도 못하고 함께 있지도 못했던 거야. 너무 괴로웠던 거야. 하지만 가서**

죽어 가는 다른 아이들을 구해 주고 다른 형제자매와 부모들이 어린 아이를 잃는 걸 막아 줄 수 있어. 그래서 뭐랄까 여전히 우리와는 절연을 하고 살고, 형수님과 헨리도 만날 수 없었지만, 형이 정말로 존경스러웠어요. 그렇지만 이제는 그것도 그랬던 것 같지 않아요. 형이 이해가 안 돼요. 한 번도 이해해 본 적이 없는 것 같아요.」

「그럼요.」 그레이스가 말했다. 자기가 의견을 내고 있다는 게 스스로도 놀라워 멍해졌다. 하지만 곧 전문가로서 말하고 있는 거라고 결론을 내렸다. 「당연히 이해 못 하셨을 거예요. 아주 다른 뇌가 끼어 있는 문제니까요. 이 사태는 여러분 탓이 아니에요.」 그녀는 나오미를 보며 말했다. 「어머님이 고칠 수 있는 문제가 아니었어요. 아무도 이런 뇌가 어떻게 생겨나는지 모릅니다.」 이렇게 달래는 말투로, 전문가적인 말투로 말하는 순간에도 동시에 그녀는 생각했다. 정말로 경이로운 일은, 형편없고 부적절한 집안에서 자라나서 어린이의 치유자, 전문가, 세계 시민이 되었다는 게 아니야. 정말로 놀라운 건 그렇게 오랫동안 정신이 멀쩡한 척 살았다는 거야. 어려운 일이었을 것이다. 끔찍하게 피곤한 일이었을 것이다. 하지만 뭔가 이득이 있었을 것이다. 그 이득이 무엇이었는지 생각도 하고 싶지 않았다. 「그러니까, 그 문제를 연구하는 전문가들도 이해를 못 하는 거니까요.」 할 말을 하고 나서 마무리를 했다.

나오미는 놀랍게도 고개를 끄덕이고 있었다. 「알아. 다 안다. 그저 항상 거기 매달릴 수가 없을 뿐이지. 계속해서 내가 뭔가 잘못하지 않았을까, 우리 삶이 여기서 어떻게 되어서 그랬던 걸까, 아니면 내가 대체 어떤 어미였기에 그랬을까 계속 생각하게 되어서 그래. 하지만 나는 좋은 엄마였어. 정말이야. 그렇게 되려고 노력했었어.」 말소리가 또 갈라지더니 울음이 터지고 말았다. 미첼이 어머니의 어깨에 팔을 둘렀지만 굳이 말을 끊지는 않았다. 마침내 나오미가 울음을 그쳤다.「하지만 그런 말을 해줘서 고맙다.」

「아내는 형 같은 사람하고 얽히게 되면 절대 앞길을 막지 말라고, 그것밖에 할 수 있는 일이 없다고 하죠.」 미첼이 그레이스에게 말했다.「이 문제로 연구를 많이 했거든요. 물론, 아내 분야는 그게 아니지만요.」

「아내요?」 그레이스가 물었다.「결혼하셨어요?」

「왜 아니겠니!」 데이비드가 웃음을 터뜨렸다.「둘이 결혼하는 데 12년밖에 안 걸렸지 뭐냐. 그 정도면 두 사람이 마음을 정하는 데 차고도 남는 시간이라고 생각지 않니?」

「하지만…… 저는…….」 그레이스는 이번에도 자기가 했던 생각, 자기가 믿었던 바를 되짚어 볼 수밖에 없었다. 미성숙하고 자기만 아는 동생 미첼이 부모님 집 지하실에 빌붙어 살고 있다고 말해 준 사람이 누구였더라?「집이 어디세요?」 그녀가 미첼에게 물었다.

미첼은 야릇한 표정으로 그레이스를 보며 말했다.「멀지 않아요. 우리는 그레이트넥에 살고 있었는데, 헴프스테드의 단독 주책으로 옮기려고 해요. 아내는 세인트 프랜시스 종합병원의 물리 치료사인데, 그 병원이 여기서 아주 가깝거든요. 형수님도 아내와 한번 만나 봐야 해요. 서로 마음에 들어 할 것 같거든요. 아내도 외동이에요.」 그는 미소를 지었다.

그레이스는 고개를 끄덕거렸다. 아무 감각도 느껴지지 않았다. 「어…… 죄송해요, 미첼. 하지만 미첼의 직업이 뭔지 제가 잘 몰라요.」

그는 재미있다는 표정을 지었다. 「괜찮아요. 저는 헴프스테드에 있는 초등학교 교장이에요. 대체로 중등 교육에 종사하다가 작년에 초등 교육 쪽으로 옮겼어요. 저는 아주 좋아요. 아이들 근처에 있는 게 정말 좋거든요. 이게 말이 될지 모르겠지만, 그 사태로 제가 그나마 얻은 거라고 할 수 있어요. 에런이 살아 있을 때는 그 애에게 별로 신경을 쓰지 못했는데 — 죽고 나서 정말 그게 끔찍하게 괴로웠어요. 하지만 나중에는 아이들에게 굉장히 마음이 끌리게 됐지요. 아이들이 학습하는 방식도요.」 그는 손을 뻗어 나오미의 머그잔과 자기 머그잔을 챙겼다. 「한 잔 더 하시겠어요?」 일어서면서 그가 물었다.

그레이스는 고맙다고 말하면서 고개를 저었다.

「그레이스?」 나오미가 말하는 소리가 들렸다. 「우리는, 정말로, 우리 손자를 알고 지내고 싶어. 이제는, 그렇게 될 수 있을 것 같니?」 그녀는 아주 천천히, 아주 또박또박 말했다. 행여 잘못 말하거나 오해를 사게 될까 두려웠던 것이다.

「그럼요.」 그레이스가 말했다. 「당연하지요. 제가…… 제가 자리를 마련해 볼게요. 데리고 나올게요. 아니면…… 언제 우리가 뉴욕에서 만나도 좋고요. 정말 죄송해요. 이런 사정을 전혀 몰랐다는 게 정말 너무 죄송합니다. 전혀 몰랐어요.」

데이비드는 고개를 젓고 있었다. 「그런 말 할 필요 없다. 그 애가 너와 헨리의 삶에 우리가 끼어들지 않기를 바랐던 거니까. 그걸 인정하기가 어려웠단다. 특히 헨리가 태어났을 때는. 나는 그런 식으로 병원에 가보고 싶지 않았지만, 나오미는 그것만은 안 하고 못 배기겠다고 했어. 조너선이 혹시나 개과천선할지도 모른다고, 마지막으로 기대를 걸었던 것 같다. 이제 자기 자식이 태어났으니까 말이다. 나오미는 혹시라도 우리를 다시 받아 줄지도 모른다고, 희박한 가능성이라도 있을 거라 믿었어.」

그레이스는 눈을 꼭 감았다. 자기가 그런 똑같은 견딜 수 없는 상황에 놓였다는 상상을 하고 있었다. 똑같이 가냘픈 희망에 매달렸을 것이다.

「내가 들여보내 주지 않을 수 없게 만들었어.」 나오미가 말했다. 미소를 짓고 있었다. 아니 미소를 지으려 애쓰고 있었다. 그레이스가 오고 나서 처음이었다. 「강요를 했다. 〈우리 손자야. 우리는 만날 거니까 그건 그렇게 알아라.〉 그리고 헨리에게 퀼트 이불을 주고 싶었거든, 기억나니? 우리가 헨리에게 갖다 준 퀼트 이불?」

그레이스는 속이 메슥거리는 기분으로 고개를 끄덕였다. 「어머님께서 만드신 건가요?」

「어머, 아니야. 우리 어머니가 나를 위해 지어 주신 거란다. 우리 아들들을 키울 때 썼었지. 물론 특히 조너선을 키울 때. 헨리도 우리한테 그걸 물려받기를 바랐지. 나로서는 손자한테 줄 수 있는 게 그것뿐이었지만 말이야. 아직도 가지고 있니?」 그녀는 가슴 저미게 솔직하게 물어보았다.

「모르겠어요.」 그레이스는 간신히 말했다. 「솔직히 말씀드릴게요. 못 본 지 아주 한참 됐어요.」

나오미의 얼굴이 낙심으로 축 처졌다가 곧 회복됐다.「뭐, 지금은 상관없다. 낡은 퀼트를 보관하고 있는지 그런 것보다 헨리를 만나는 게 훨씬 더 중요한 일이란다. 뭐, 지금은 다른 퀼트를 하나 만들고 있어.」

그때 주방 한구석에서 작은 전자음이 삑 하고 들려왔다. 그레이스가 둘러보니 콘센트에 하얀 플라스틱 모니터가 끼워져 있었다. 헨리가 아기 때 썼던 것과 같은 종류였다.

「악마도 자기 얘기를 하면 온다더니.」 나오미의 말소리가 갑자기 환해졌다. 그녀는 벌떡 일어섰다.

「제가 가볼게요.」 미첼이 말했다.

「아니야, 내가 갈게.」 그러다 잠시 멈춰 섰다.「이 상황은 그레이스한테 설명을 하는 게 좋겠구나.」 이 말을 남기고 나오미는 허리를 굽혀 며느리의 뺨에 키스를 했다. 그레이스는 놀라서 말도 나오지 않았다. 그들은 모두 방을 나가는 나오미를 보고 있었다. 나오미는 복도로 나가 계단을 오르기 시작했다.

「그레이스?」 미첼이 말했다.

「그러니까 두 분이 아기를 낳으셨군요? 축하드려요.」

「고마워요. 사실, 우리 아이는 아직 배 속에 있어요. 로리의 출산 예정일은 6월이에요. 하지만 우리는 아기가 있어요. 지금으로서는 우리 모두에게 아기가 있다고 해야겠죠. 괴상한 얘기 같지만 그래요. 그리고 이제 우리 가족에게 있었던 일을 알게 되셨으니까 우리가 왜 그런 일을 하게 됐는지 이해하실 수 있을 거라고 생각합니다. 우리가 지금 하고 있는 일 말이에요.」

「어이!」 데이비드가 말했다. 그러더니 뻣뻣하게 일어섰다.

「도저히 못 봐주겠구나! 무슨 게티스버그 연설도 아니고!」

「아버지, 아이를 잃어 보지 않은 다른 가족과는 좀 다르다는 걸 이해하시도록 말씀드리는 거잖아요.」

「커피 케이크 좀 더 들겠니?」 데이비드가 말했다. 그레이스는 그나마 반 조각도 예의로 먹은 터라 고개를 흔들었다.

「우리는 — 지금도 **그렇지만** — 형이 한 짓에 굉장히 큰 충격을 받았어요. 물론 아직은 용의자지만요. 하지만 형이 한 짓이라고 생각이 되거든요. 그리고 죽은 여자에게 아이가 둘 있다는 것도 알게 됐지요. 대다수 사람들이 다 그랬지만 여자의 남편이 아이들을 다시 콜롬비아로 데려갈 거라고 생각했어요. 이 일과 우리가 어떤 식으로든 엮일 거라고 생각하지는 못했거든요. 물론 형에 대해서 경찰과 얘기를 나누고, 연락이 오면 알려 주겠다고 약속했죠. 뭐 그 자리에서 제가 형이 우리한테 연락할 일은 아마 끝까지 없을 거라고 말해 주기는 했지만요. 아무튼 그 이상 얽힐 일이 있을 줄은 몰랐죠. 그런데 경찰한테서 신년 전야에 안부 전화가 온 겁니다. 그 사람이 남자애는 콜롬비아로 아버지와 돌아갔는데, 갓난아이인 딸아이는 아버지한테서 버림받았다고 하더군요.」

「그 사람 딸이 아니지.」 데이비드가 말했다. 그는 엔텐먼스 상자를 냉장고에 툭 던져 넣고 미리 조제해 둔 분유를 꺼냈다. 그리고 열심히 흔들어 섞기 시작했다. 그러더니 수도꼭지로 가져가서 뜨거운 물을 틀고 젖병을 흐르는 물 아래서 이리저리 돌렸다.

「맨해튼의 임시 보육 가정에 맡겨질 예정인데, 먼저 혈육한테 연락을 해보고 양육 의향을 알아보고 배제하려 한다고 했습니다. 그래서 우리는 의논을 해봤지요.」

「오래 고민한 건 아니잖니.」 데이비드는 살짝 웃음을 터뜨렸다.

「그래요, 오래 걸리진 않았죠.」

「아, 맙소사.」 그레이스가 말했다.

「알아요. 죄송합니다. 형수님께는 정말 끔찍하고 차마 못 할 짓이라는 걸 알아요.」

남편이 애인을 살해하고 동생의 죽음을 방조했다는 걸 알게 되는 것보다 더 끔찍한 일이 있을까요. 그런 생각을 했지만 큰 도움은 되지 않았다.

「하지만…… 이게 그 아기의 잘못은 아니잖아요. 계속 그런 생각을 하게 되더라고요. 어여쁜 아기가 기막히고 불행한 출발을 하게 된 거죠. 커가면서 씨름해야 할 문제들도 많을 겁니다. 애비게일이 앞으로 겪게 될 불행이 한두 가지가 아닐 거예요. 그런데 하필 그게 우리 조카란 말이죠.」

「내 손녀야.」 데이비드가 서글서글하게 말했다.

「물 한 잔 마셔도 될까요?」 그레이스가 말했다. 그리고 손을 내밀었다. 양손을. 데이비드가 찬장을 열어 물잔을 찾았다. 뜨거운 물을 끄고 찬물을 틀어 손바닥을 대고 물이 차가워지는 걸 확인했다. 그레이스가 물을 꿀꺽꿀꺽 삼키는 동안 아무도 아무 말도 하지 않았다.

그리고 그레이스가 말했다. 「애비게일?」

「에런을 생각해서 지었어요. 사실 로리하고 내가 애비게일이라는 이름을 골랐어요. 엘레나는 미들 네임으로 그냥 두기로 했고요.」

「애비게일이라는 이름이 난 정말 마음에 들어.」 데이비드가 말했다. 다시 뜨거운 물에 젖병을 굴리고 있었다. 「성서에서는 다윗 왕의 아내지. 아무도 안 물어봤지만.」 그는 말을 이었다.

「하지만…….」 그레이스는 뭐라고 질문을 해야 할까 계속 생각하고 있었다. 「어…… 그러니까…… 두 분이……?」

잠시 시간이 걸렸지만 결국 미첼은 그레이스의 말뜻을 알아차렸다.

「로리와 제가 입양 절차를 밟으려 하고 있습니다. 지금은 새 집으로 이사 가기 전인 데다 로리가 임신 3개월차 입덧이 좀 심해서, 임시로 좀 여기 두고 키우고 있어요. 애비게일도 할아버지 할머니와 즐거운 시간을 많이 보내고 있고요. 두 분이 불평을 하시는 것도 아니고.」

「우리는 그 애를 사랑한다.」 데이비드가 소탈하게 말했다.

그레이스는 아직도 감정을 다스릴 수가 없어, 진료할 때처럼 고개를 끄덕거리는 게 최선이었다. 「당연하죠. 손녀딸이니까요.」

「내 손녀딸. 우리 아들의 딸이야. 그 애도 우리는 사랑했었다. 믿기 힘들지 모르지만.」

「아니요, 그렇지 않아요.」 그레이스는 고개를 저었다. 「저도 그이를 사랑했어요.」 하지만 문득 떠오르는 생각이 있었다. **아니, 적어도, 내가 생각했던 대로의 어떤 사람을 사랑했어요.** 작지만 결정적인 차이가 있는 말이었다.

그때 나오미가 카펫이 깔린 통로의 층계를 내려오는 소리가 들렸다. 한 발 한 발 다가설 때마다 그레이스의 가슴이 답답해졌다. 아무리 해도 이것만은 마음의 준비가 되어 있지 않았다. 처음 문을 열고 들어오던 순간부터, 심각하게 문 밖으로 뛰어나가 도망칠까 여러 번 생각했었다. 하지만 어른인 자기가 갓난아이한테 굴욕당해 도망친다는 생각을 하니 끔찍스러웠다. 의자를 꼭 잡고 우울하게 결연한 얼굴을 주방문 쪽으로 돌렸다.

아기를 안고 나타난 여인은 딴판으로 다른 인물이 되어 있었다. 검은 머리칼은 얼굴 주위로 늘어뜨려져 있었고, 전통적인 어머니들의 방식대로 골반에 걸쳐 아기를 — 엘레나를 — 애비게일을 — 안고 있음에도 불구하고 움직임마저 훨씬 빠르고 낭창낭창했다. 심지어 나오미 색스의 피부마저 색깔이 달라 보였다. 훨씬 환하고 정정해 보였다. 행복할 수 있는 능력을 지닌 여인의 모습이었다.

「미리 말은 해줬어야 할 텐데, 해줬지?」

그레이스가 벌떡 일어났다. 아무도 그녀에게 그러라고 하지 않았다. 아무도 청하지 않았고, 그건 너무나 당연했다. 그러나 그레이스는 아기에게 손을 뻗었다. 미리 생각했던 일도 아니었다. 자기가 뭘 원하는지도 확실치 않았다. 그러나 어쨌든 그렇게 했다.

「안아 봐도 될까요?」 나오미에게 물었다.

나오미는 대답하지 않았지만, 골반에 걸치고 있던 아기를 들어 올렸고 그레이스는 팔을 뻗어 받았다. 엘레나는 이제 자선 위원회 회의 때 말라가 알베스의 젖가슴(**양쪽** 가슴)에서 젖을 먹는 바람에 여자들을 다 불편하게 만들었던 그때의 까만 아기가 아니었다. 이제는 후광 같은 엷은 갈색 머리

칼에 아주 깊이 팬 보조개, 근육이 붙은 작은 다리를 지닌 튼튼한 아기였고, 그레이스의 귀에 열띤 관심을 보이고 있었다. 과거에도 또 앞으로도 영원히 비극의 아기일 것이다. 아버지가 어머니를 죽였고, 또 다른 아버지는 자기를 버렸으며, 오빠는 자기 삶에서 영영 자취를 감추었으니까. 그리고 아기는 겨우 6개월이었다. 그레이스와 처음 봤을 때와 똑같은 길고 아름다운 속눈썹은 여전했다.

헨리의 눈썹 같구나. 그 애도 길고, 아름다운 속눈썹을 가졌지.

「저 이제 가봐야겠어요.」 그레이스가 말했다.

나오미는 아기와 함께 집 안에 머물러 있었다. 데이비드와 미첼이 그레이스를 차까지 바래다주면서 굳이 포옹을 고집했다.

「이제는 네 맘대로 우릴 떼내기도 힘들 거다.」 데이비드가 말했다. 「철썩 들러붙어 있을 거야. 헨리한테도.」

「아버지…….」 미첼이 웃음을 터뜨렸다. 「그레이스, 어르신 말씀은 그냥 못 들은 척해요. 연락할 때까지 기다릴게요. 그리고 연락을 못 받으면 무자비하게 스토킹을 할 거예요. 아니, 이건 안 웃긴다. 진심으로 한 말 아니에요.」

「난 웃긴다고 생각했는데.」 데이비드가 말했다.

그녀는 두 사람에게 연락하겠다고 안심을 시킨 후 차에 타고 시동을 켰다. 몇 시간 만에 처음 앉아 보는 운전석처럼 느껴졌다. 지금이 대체 몇 시인지 전혀 모른다는 생각이 들었다.

다시 롱아일랜드 고속도로를 탔을 때 휴대폰을 꺼내 친정

아버지의 휴대폰에 전화를 했다. 아버지는 걱정스러운 목소리로 금세 전화를 받았다.

「괜찮니?」 그가 물었다. 「메시지 못 받았어?」

「네, 죄송해요. 식사하고 계세요?」

「그래. 뭐, 우리 중에 먹는 사람도 있기는 하지. 피그 헤븐에 왔다.」

그레이스는 깔깔 웃음을 터뜨리지 않을 수 없었다. 「에바한테 뭐라고 말했길래 피그 헤븐에 따라가셨어요?」

「헨리가 〈피그〉는 그냥 은유라고 말했다. 〈은유〉라는 말을 썼다니까.」

「인상적인데.」 그레이스가 말했다.

「그런데 여기 와서 에바가 메뉴를 봤지 뭐냐. 그래서 마이타이[121]를 시켜 줬어. 이제는 괜찮다. 그리고 네 아들은 〈아기 돼지〉라는 요리를 먹고 있는데 정말로 돼지고기 천국에 간 것 같구나.」

「애하고 통화 좀 해도 될까요?」 그레이스가 말했다. 그리고 아버지에게 오리 샐러드 1인분을 포장해서 갖다 달라고 부탁했다.

헨리가 신나는 목소리로 전화를 받았다. 제일 좋아하는 레스토랑과 재회한 열두 살짜리다운 목소리였다. 「어디 있어요?」 헨리가 물었다.

「우리 개 한 마리 키우자.」 그레이스가 말했다.

121 럼을 베이스로 하고 오렌지, 레몬, 파인애플 등의 과즙을 섞은 트로피컬 칵테일.

22

당신이 방을 나가고 나서 그들이 처음으로 하는 말

헨리는 똑똑한 개를 원했다. 열렬한 검색 작업에 따르면 월등하게 똑똑한 개라고 해서 보더콜리를 원했지만, 서부 코네티컷 유기견 센터에는 보더콜리가 한 마리도 없었다. 사실, 핏불이나 핏불 혼혈 외에 다른 개가 별로 없었다. 결국 선택한 개는 하운드 계열의 어떤 종으로 댄버리의 유기견 보호소에서 찾았다. 사실 그레이스와 헨리가 개를 키우려는 각오를 다진 후(그레이스의 경우에는 그 어느 때보다 마음의 준비가 되어 있었다) 7번 국도를 타고 갔던 날 보호소에 있던 개들 중에서 유일하게 핏불이 아닌 개였다. 운이 좋게도 쾌활하고 정이 많은 중간 크기의 한 살짜리 개였으며, 검은색과 갈색 얼룩무늬가 있었고 엉덩이에는 로르샤흐 테스트[122]처럼 소용돌이 무늬가 희한하게 거울상으로 찍혀 있었다. 집으로 돌아오는 길에 개는 곧장 헨리의 허벅지에 자리를 잡고 앉아서 온몸 구석구석을 흔드는 커다란 한숨을 내

122 좌우 대칭의 불규칙한 잉크 무늬를 보고 어떤 모양으로 보이는지를 말하게 하여 그 사람의 성격, 정신 상태 등을 판단하는 인격 진단 검사법.

쉰 후 그대로 잠이 들었다. 헨리는 바랐던 대로 개가 영특하다는 걸 확인하고 〈셜록〉이라는 이름을 붙여 주기로 마음을 정했다.

「정말로?」 그레이스가 앞자리에서 말했다. 「꼬마 개한테는 상당히 부담스러운 이름인데.」

「그 정도는 감당할 수 있어요.」 헨리가 말했다. 「이 개는 천재거든요.」

개는 또한 남부 출신이었다. 보호소 직원은 셜록의 서류를 확인하고 안락사 비율이 높은 남부의 보호소에 유기견이 너무 많아지면 가끔 입양할 만한 개와 고양이들을 북동부의 보호소로 보내기도 한다고 말했다. 셜록은 구체적으로 테네시에서 온 개였다. 어쩌면 짖을 때 쇳소리가 날지도 몰랐다.

「반려동물 사료 가게에 잠깐 들러도 될까요?」

「벌써 개 사료는 사놨잖니.」

「아니, 특별한 밥그릇을 사고 싶어요. 그리고 셜록은 특별한 목줄이 있어야 해요. 대니의 개 거하드는 〈거하드〉라는 이름이 새겨진 특별한 목줄을 하고 있거든요.」

거하드는 1년 내내 도그 쇼를 순회하는 쇼도그 슈나우저였다. 대니의 부모(엄마 머틸다는 그레이스와 헨리에게 자기를 〈틸〉이라고 부르라고 종용했다. 〈그게 제 호출 명칭이거든요〉라면서)는 알고 보니 사람들이 오는 것을 굉장히 반기는 사람들이었고, 말도 못 하게 시끄럽고 웃겼다. 어느 날 밤 헨리를 데리러 갔던 그레이스는 즉흥적인 저녁 식사 초대를 받아 백스테이지에서 개를 꾸미고 장식하는 일을 비롯해 도그 쇼에 대한 온갖 웃기는 정보들을 다 주워들었다. 그레이이스는 저녁 식사 내내 자기가 바보처럼 웃고 있었다는 걸 깨닫고 좀 놀랐다.

하지만 그녀는 지금은 헨리에게 거하드와 그 집 가족이 하는 걸 다 따라 할 수는 없다고 말하고 있었다.

「그게 무슨 뜻이에요?」 아들은 정말로 영문을 모르겠다는 듯 말했다.

그래서 그게 무슨 뜻인지 말해 주었다.

백미러로 아들을 바라보며, 아들의 얼굴에 쏟아진 긴 앞머리를 바라보며, 그레이스는 생각했다. 이건 어쩐지 기적 같아. 헨리가 아기였을 때, 소아과 의사가 아이들은 정말 한달음에 자란다는 말을 했었다. 다음 날 아침 들어가 보면 다리가 더 길어져 있고 머리가 더 커져 있다고. 정말로 그런 식이었다. 그리고 세월이 지나면서 그레이스는 이 말을 자꾸만 다시 생각하게 되는 것이었다. 2학년 때에는 어느 날 갑자기 아기 티를 확 벗어 버렸다. 끝! 하고 소리치는 것만 같았다. 2년 전 여름에는 그레이트배링턴으로 가서 운동화를 사줬는데, 넉넉한 사이즈로 샀는데도 불구하고 일주일도 못 되어 발가락이 끄트머리에 닿아서 아프다고 투덜거렸다. 결국 신발 가게로 돌아가서 두 사이즈나 큰 운동화를 사야 했다. 그런데 이제 그런 일이 또 일어나고 말았다. 키나 너비나 머리 크기 같은 게 아니었다. 그레이스가 다른 쪽을 보고 있는 사이, 가족에게 닥친 재난에 정신이 팔려 있던 사이, 어린아이 다움이 대거 사라져 버린 것이다. 이제 그 자리에는 희미한 10대의 자취가 남아 있었다. 아들은 10대의 땅으로 통하는 대기실에 앉아 있었다. 앞머리를 길게 기르고 위생 관리가 소홀한 남자아이들이 여자아이들은 자기와 다르다는 걸 알게 되고 어째서 그게 실제로 중요한 문제인가를 알게 될 때까지 기다리는 곳. 게다가 헨리는 좋아 보였다. 정말이지…… 그게 가능할까? 아주 좋아 보였다. 망가지거나 우울해 보이는 아이가 아니었다. 아무리 봐도 평범한 아이처럼 보였다. 학교에 친구들이 있고 월요일 아침에는 과학 퀴즈 시험을 보고 중학교 오케스트라에서 연주를 하기도 했으며 레이크빌 라이언스(팀 후원자가 다름 아닌 레이크빌의 스미티스 피자였다. 그레이스가 도주의 날로 기억하는 그날 밤, 기름기가 줄줄 흐르는 식사를 했던 그 식당이었다)에 갓 입단한 선수이기도 했다. 바꿔 말해, 비록 다른 주에서의 이야기이지만, 수백만의 사람들이 자기 아버지를 〈살인 의사〉라고 알고 있는 아이로는 전혀 보이지 않았다. 아니 심지어(그레이스는 그 생각도 시험해 보았다) 부모가 방금 각양각색의 이유들로 헤어지고 어머니가 어느 날 오후 자기를 데리고 떠나 완전히 다른 인생을 살게 만든 아이로 보이지도 않았다. 집도 학교도 친구들도 다 달라졌는데. **게다가 개도.** 그레이스는 생각했다. 헨리가 정말로…… 정말로 괜찮다는 게 과연 있을 수나 있는 일일까?

「그 사람들이 말한 그 개장을 사야 했는지도 모르겠다.」 그레이스가 헨리에게 말했다. 적어도 30년 만에 처음으로 호숫가 별장에 입성하는 개인 셜록이 어느 시점에 집 안에 똥을 쌀지도 모른다는 생각이 처음으로 뇌리를 스쳤던 것이다.

「아니. 내 침대에서 재우고 싶어요.」 헨리가 뒷좌석에서 말했다. 「그리고 혹시 싸면 내가 치울게요. 내 개니까. 내가 책임을 져야죠.」

그레이스는 숨을 헉, 몰아쉬었다. 한 번도 헨리가 그 말을 정확하게 하는 것을 들었던 적이 없었다. **내가 책임을 져야죠.** 그 말은 아이의 목소리로 들으니 어쩐지 더욱 놀랍게 느껴졌다. 새로운 목소리 — 좀 더 부드럽고 좀 더 깊어진, 더 이상 어린아이 헨리가 아닌 다른 목소리. 그게 잠시 다른 곳에 한눈을 팔고 있는 사이 벌어진 또 다른 사태라는 걸 그레이스는 깨달았고, 어질어질할 만큼 후회가 되었다.

왜냐하면 책임은 그녀에게 있었고, 또 그녀가 졌어야 하기 때문이었다. 몇 주일 전에 처음으로 조너선이 없어져서(조너선과 이루었던 가족이 — 그녀의 삶이, 그래도 자기변호가 될 만한 이유로 자기 삶이라고 간주했던 그 삶이 — **없어져서**) 막막한 분노와 막막한 슬픔과 막막하고 막막하다 못해 끝도 없는 아픔의 끄트머리를 걷어 올리고 나니, 광막한 넓이를 둘러싸고 있던 참담함의 천막 아래, 결연하게 그녀 쪽을 가리키고 있는 손가락 끝이 보였다. 이 모든 일은 — 일어나지 않아도 되었다. 일어나더라도 이런 식으로 일어나진 않아도 되었다. 사태가 이렇게까지 총체적인 파국이 되지는 않았을 것이다. 말라가 알베스가 살해되고 아이들은 엄마를 잃고 그레이스는 철저히 대중 앞에서 칼을 쓰고 모욕을 당하고 직업적 성공과 야망은 황망하게 사라져 버리고. 목록을 따라 읊어 내려가자면 한도 끝도 없었다. 비타와의 절교, 헨리와 친할아버지 할머니 사이의 단절, 안일한 그녀의 자아 인식과 적나라하고 무자비한 현실 사이의 괴리. 모두 조너선이 한 짓이라 해도, 그를 방관했다는 책임은 그녀에게 남았다. 그리고 침대에 드러누워 상심하다 허비한 지난 몇 주일, 인터넷을 뒤지며 (최선의 경우) 그녀가 범죄를 알면서도 방관했다든가 (최악의 경우) 공범이라는 기사들을 찾아 읽었던 시간, 부두에 나가 누워서 거기 해답이 있는 것도 아닌데 하늘의 별들을 바라보며 담배 연기를 불어 대던 시간들 — 지금도 그녀는 어쩌다 이런 일이 일어났는지 전혀 알지 못했다.

그레이스는 운전대를 쥔 손에 힘을 주었다. 흔들리는 마음을 다잡으려고, 갑자기 훌쩍 커버린 헨리 때문에 기운이 쭉 빠지고 허해진 마음을 추스르려고 애썼다.

그레이스는 조너선과의 삶에 대해 보이는 대로의 현실만, 검토하지 않고 따져 보지 않고 그대로 믿는 쪽을 선택했었다. 그렇다고 수치스러워해야 할 이유가 있을까? 진료실에 앉아 있다 보면 허구한 날 끔찍한 선택들이 줄줄이 들어와 그녀 사무실의 오트밀색 의자에 앉는다. 상처받은 사람들, 슬픔에 폐인이 되다시피 한 배우자들 — 그런 사람들을 줄줄이 보다가 밤에 집에 가면 그 누가 고마운 마음이 들지 않겠는가? 조너선은 터놓고 그녀를 우러러보고 귀하게 대해 주었고, 그녀를 격려하고 응원하고 중단 없는 애정을 베풀어 주었으며 헨리를 선사해 주었다. 조너선은 — 맙소사, 이 따위 클리셰라니 — 최고의 친구였다. 사실은, 유일한 벗이기도 했다고, 새삼스럽게 밀려드는 슬픔 속에서 그레이스는 생각했다. 비타와 헤어지게 만들고, 다가오는 모든 사람들을 못마땅하게 여기도록 부추겨서, 그런 상황을 조장한 것도 조너선이었다. 아무도 그레이스만큼 귀한 사람은 없다는 게 — 숨겨진 메시지였다. 자기 말고는 아무도 그레이스 곁에 있을 자격이 없다는 메시지.

남이었다면 그 사실을 꿰뚫어 보았을 거라고, 그레이스는 스스로에게 말했다. 진료실 소파에 앉은 사람들에게서는, 헤아릴 수도 없이 여러 번, 진상을 파악해 내곤 했었다. 배우자와 부모, 형제, 친구, 심지어 자식과의 관계를 조심스럽게, 혹은 무자비하게 끊어 내서, 여자들이 다시는 그 황무지를 건너가지 못하게 만드는 남편과 애인들은 여럿 있었다. 아예 사기를 꺾어 버려서 나중에는 시도조차 못 하게 만들어 버리는 것이었다. 마치 보더콜리 같은 남자들이었다. 사냥감으로 찜한 양을 무리에게서 떨어지게 만들고 퇴로를 차단해 버리는 수법을 썼다. 보더콜리는 그렇게 영특한 개다.

「셜록이 배가 고픈 것 같아요.」 헨리가 말했다. 셜록이 비틀비틀 일어나더니 기지개를 켜고 코를 창문에 대고 유리에 비비고 있었다.

「금방 집에 갈 거야.」

집에 도착한 그들은 개를 데리고 현관으로 들어가 목줄을 잡은 채로 안에서 걸어다니게 했다. 한번은 거실 소파에서 다리를 들락 말락 하는 바람에, 헨리가 질질 끌고 나가면서 훈계를 했다. 그런다고 개가 알아들을 것도 아닌데. 「안 돼, 안 돼, 셜록, 밖에 나가야 되는 거야. 뒷마당이 통째로 네 거라고.」

그레이스가 뒷문을 열었고 다 같이 계단을 내려와 호숫가로 갔다. 그곳에서 헨리가 특별한 목줄을 걸어 주고 꼭 맞게 길이를 조정해 주는 모습을 지켜보았다.

「이제 준비됐어?」 그녀가 물었다.

헨리가 고개를 끄덕였지만 준비가 된 것 같지는 않았다. 주초에 〈인비저블 펜스〉 회사의 직원이 와서 특별한 도구로 단단한 땅을 파서 전기 철조망 울타리를 설치해 주고 갔다. 경계선을 따라 작은 흰 깃발들을 꽂아 주고 갔는데, 이 깃발들은 집 양편을 따라 물가까지 이어져 있었다. 그 안에서 뛰어놀 자리는 충분했다. 일단 이쪽만 울타리를 쳐두어도 개는 안전할 것이다.

「하기 싫어요.」 헨리가 당연한 말을 했다. 개가 목줄을 잡아당기고 있었다. 주위를 탐색하고 싶어서 안달이 난 눈치였다.

「알아.」 그레이스가 말했다. 「하지만 해야 해. 선 밖으로 넘어가면 어떻게 되는지 알아야 한단 말이야. 한 번 쇼크를 받으면 절대 하지 않을 거야. 네 생각만큼 똑똑하다면 더 그렇겠지.」

「하지만 아프게 하는 거 싫단 말이에요.」

「도로로 달려 나가서 자동차에 치이면 훨씬 더 크게 다쳐, 헨리.」

아들은 울상이 되어서 어깨를 으쓱했다.

「그 아저씨가 했던 말 생각나?」

「나하고 같이 해줄래요?」

「당연하지.」

두 사람은 개를 철조망 가까이 데리고 갔다. 하얀 깃발에서 몇 피트 떨어진 거리로 다가가자 목줄에서 새된 경고음이 들렸다. 셜록은 고개를 갸웃했지만 크게 신경쓰지 않는 눈치였다.

「안 돼!」 그레이스가 날카롭게 말했다. 「안 돼! 안 돼! 안 돼!」

헨리는 좀 열없이 목줄을 잡아당겼다.「안 돼, 셜록. 그리 가지 마.」

셜록은 순하게 두 사람을 바라보더니 경계선 쪽으로 한 걸음 더 다가갔다.

「미안해, 얘야.」 그레이스가 말했다.「다른 길이 없겠다.」

헨리가 고개를 끄덕였다. 개가 가는 대로 줄을 잡고 따라가기 시작했다. 아주 용감하구나, 하고 그레이스는 생각했다. 또 한 걸음 다가가자 목줄에서 또 경고음이 울렸다. 그리고 두 발자국 더 가서 셜록이 깽, 소리를 내더니 펄쩍 뒤로 물러섰다. 울음소리는 날카로웠고, 그레이스의 마음마저 찢어지게 아파 오는 소리였다. 확실히 정말로 아팠던 게 틀림없었다.

「미안해.」 헨리가 무릎을 꿇고 앉아 말했다.「정말로 미안해. 다시는 이런 일 없을 거야.」

그랬으면 좋겠네. 그레이스가 생각했다. **정말 네가 그렇게 똑똑한 개라면 더욱더.**

「자, 이제 어떻게 되나 보자.」 헨리에게 말했다.「다시 선 쪽으로 데리고 가려고 해봐.」

헨리가 인도했지만 이번에는 셜록이 꼼짝도 하지 않았다. 경고음이 울리기도 전에 멀찌감치 물러서 있었다. 겁에 잔뜩 질린 표정이었다.

「착하네!」 그레이스가 말했다.

「잘했어!」 헨리가 말했다.

두 사람은 다른 곳을 데리고 다니면서 여기저기 다른 곳에서 경고음을 듣게 만들었고, 펄쩍 뛰어 피하면 토닥이며 칭찬해 주었다. 호숫가에 내려가자 셜록은 차가운 물에 발이 잠길 때까지 들어가서 표면을 물끄러미 쳐다보았다. 그리고 오후의 하늘을 올려다보며 사냥개처럼 커다랗게 포효했다. 아마 숲을 지나 사방 몇 마일까지는 울려 퍼졌을 것이다.
「어, 우와.」 헨리가 감탄했다.

「저런.」 그레이스가 웃어 대며 말했다. 「이제 편해진 모양이다.」

헨리가 셜록의 목줄을 풀어 주고 조심스럽게 한 발 물러섰다. 아무 일도 일어나지 않았다. 자유를 찾아 냅다 달리지도 않고 그냥 그 자리에 머물러 있었다. 발을 먹물처럼 새카만 물에 담그고 홀린 듯 호수 반대편을 바라보았다. 두 사람은 뒷문 앞 계단으로 돌아와 개를 바라보며 몇 분쯤 거기 앉아 있었다. 그레이스는 한 팔로 아들의 어깨를 감싸 안았다.

「착한 개구나.」 그레이스가 말했다.

헨리가 고개를 끄덕였다.

「이렇게 오래 걸려서 미안하다. 엄마도 개를 키우는 걸 좋아하게 될 것 같아.」

헨리는 즉답을 하지 않았다. 어깨를 으쓱했을 뿐이다. 왠지 자기만의 생각에 잠긴 것 같았다.

「뭔데?」 그레이스가 물었다.

「그 얘기를 하고 싶어요.」 헨리가 말했다. 「우리 얘기를 하긴 할 건가요?」

그녀는 조심스럽게 숨을 들이쉬었다. 「그럼, 물론이지.」

「하지만 언제요? 이런 거 마음에 들지 않아요. 그 얘기를 못 하고 있는 게 너무 싫어요. 엄마가 기분 나빠 하지 않으면 좋겠어요.」

「나를 보호하는 건 네 일이 아니야, 헨리. 그리고 지금이 좋은 때구나. 지금 괜찮아. 네가 얘기하고 싶다면. 지금 그 얘기를 하고 싶니?」

헨리는 작게 웃음을 터뜨렸지만, 즐거운 기색이라곤 하나도 없었다. 「지금이 좋다고요. 〈약속 잡기 전에 먼저 여자 친구한테 물어봐야 되는데, 그다음에 너도 네 여자 친구한테 괜찮은지 물어봐. 그래도 아무튼 내 생각엔 지금이 좋은 것 같아.〉 뭐 그런 건가요.」

그녀는 아들을 돌아보았다. 지난 몇 주일 사이 추위는 살짝 누그러지고 옷차림도 파카에서 좀 얇은 겉옷으로 바뀌었다. 헨리의 검은 머리가 짙은 후드 티 밖으로 곱슬곱슬하게 나와 있었다. 후드 티 위로 위층 옷장에서 꺼낸 데님 재킷을 걸치고 있었다. 한때 조너선이 입던 옷이었다.

「알고 있었어요.」 헨리가 말했다.

「뭐에 대해서……?」

「아빠요. 미겔의 어머니와 함께 있는 모습을 봤어요. 한 번. 9월에. 아니 10월인가. 엄마한테 말씀드렸어야 된다는 거 알아요. 그때 말했으면 그런 일이 일어나지 않았을지도 모르는데.」 그 모든 말이 한꺼번에 쏟아져 나왔고, 아이는 그녀를 보지 않았다.

조심하자. 그레이스는 즉시 그런 생각을 했다. **이제 아주, 아주 조심해야 해. 아주 중요한 일이 될 거야.**

「네게도 얼마나 끔찍한 일이었겠니.」 억지로 목소리를 차분하게 가라앉혔다. 「그런 걸 보게 하다니 정말, 정말 미안하다. 하지만 아니, 나한테 그런 얘기를 해주는 게 네 일은 아니야.」

「두 사람은 아무것도 하지 않고 있었어요.」 헨리는 걷잡을 수 없이 폭주했다. 「내 말은, 그러니까⋯⋯ 뭘 본 건 아니에요. 있잖아요. 키스라든가 뭐 그런 거. 하지만 모르겠어요. 그냥 두 사람을 보자마자 알았어요. 바깥 계단에 나와 서 있었거든요. 주위에 사람들이 있었어요. 하지만 보자마자 알았어요. 그건 꼭, 그냥 보면 알겠더라고요. 하지만 아빠는 나를 보고는, 그냥, 왜 있잖아요, 보통 때랑 하나도 다름없이 행동하셨어요. 그 여자와 서 있던 자리에서 쓱 물러섰고, 나를 소개시켜 주거나 그러지도 않으셨어요. 그래서 아무 말도 하지 않았어요.」

그레이스는 고개를 흔들었다. 「헨리, 그런 건 아들한테 절대 보여 주면 안 되는 거야.」

「아빠는, 꼭, 집까지 오는 길에도 너무나 평범한 보통 아빠처럼 굴었단 말이에요! 〈학교는 어땠니?〉 〈조나가 오늘은 너한테 말을 걸었니?〉 그랬어요. 하지만 내가 봤다는 걸 알았단 말이에요.」

헨리가 말을 멈췄다. 뭔가 아직 마음을 정하지 못한 문제가 더 있는 것 같았다.

「또 한 번 더 있었어요.」

「누구⋯⋯.」 그레이스는 혼란스러워서 아들을 보았다. 「그 부인⋯⋯ 미겔 어머니?」

「아니, 이건 오래전 일이에요. 다른 사람과 함께였어요.」

그레이스는 반응을 보이지 않으려고 안간힘을 썼다. 이건 이제 더 이상 그녀가 문제가 아니었다. 「그 얘기를 하고 싶니?」 아들에게 물었다. 「물론, 그럴 필요는 없어.」

「네, 알아요. 조나네 집 근처에서 조나하고 같이 있었어요. 조나네 엄마가 가게에 가셔서 인도에서 기다리고 있었어요. 그런데 아빠를 봤어요. 병원하고 가까웠어요.」

그레이스는 고개를 끄덕였다. 하트먼 가족은 이스트 육십몇 번가에 살았으니까, 메모리얼에서 몇 블록 되지 않았다. 애들이 6학년이 될 때까지 거기 살다가, 제니퍼와 게리가 헤어지고 나서는 제니퍼가 조나와 여동생을 데리고 나와서 웨스트사이드로 이사를 갔다. 그 무렵 아이들 우정도 심하게 금이 갔다. 하지만 그 전에는 몇 년 동안이나 헨리가 조나네 동네에 가서 놀곤 했었다. 메모리얼 병원 인근의 동네였다.

「그러니까 아빠가 우리가 기다리고 있는 데로 걸어오고 있었어요. 놀이터를 따라 걷고 있었어요. 우리가 옛날에 가던 67번가의 놀이터 아시죠?」

그레이스가 고개를 끄덕였다.

「그런데 누구 다른 사람이 있었어요. 다른 의사. 그런데 두 사람이…… 내 말은, 이번에도 별거 없었거든요. 무슨 짓을 한다거나, 그러지도 않았는데 보자마자 알았어요. 길을 건너오면서도 아빠는 나를 보지 못했어요. 곧장…… 그 여자랑 내 곁을 지나쳐 가고 있었어요. 그래서 내가 불렀어요. 〈아빠!〉 하고. 그랬더니 화들짝 놀라서 나를 보더니 그냥 있잖아요, 〈어이, 우리 아들!〉 그리고 〈안녕, 조나!〉 하더니 나를 안아 주고 또 아무렇지도 않게 수다를 떠는 거예요. 무슨 얘기를 했는지 기억나지는 않지만요. 그런데 같이 있던 의사가 그냥 계속 걸어가기에 돌아봤거든요. 그 여자는 멈춰 서지 않았고 아빠도 그 여자 쪽을 보지 않았어요. 진짜 이상하다고 그냥 그렇게 생각했어요. 그건⋯⋯ 뭐라고 설명할 수는 없지만, 미겔의 엄마 때도 그랬듯이, 그냥 알았어요. 뭐⋯⋯.」 아이는 고쳐 말했다. 「몰랐죠. 내 말은, 내가 정확히 뭘 보고 있는 건지는 몰랐지만, 내가 뭔가⋯⋯ 옳지 않은 걸 보고 있다는 건 알았어요. 무슨 뜻인지 알겠죠?」

그레이스가 슬프게 고개를 끄덕였다.

「그때도 엄마한테 말할 걸 그랬어요.」

「아니야, 얘야.」

「하지만 이혼을 하셨을 수도 있잖아요.」

「옳은 일도 그른 일도 없는 거야. 네 책임이 아니야.」

「뭐, 그럴 수도 있죠.」 헨리가 슬프게 말했다. 「그럼 누구 책임이었던 거예요?」

시린 물이 지겨워진 개가 기운 없이 경사를 올라와 집으로 돌아왔다.

「어른들.」 그레이스가 말했다. 「아빠와 나. 아빠하고 오랫동안 여러 가지 일이 있었던 것 같아. 하지만⋯⋯.」 그레이스가 마음을 가다듬었다. 이 말을 해야만 한다는 게 유감이었지만 꼭 말해야만 했다. 「아빠가 무슨 짓을 했든, 무슨 이유로 그랬든, 언제나 너를 사랑했다는 건 알았으면 좋겠다. 너하고는 아무 상관도 없던 거라고 생각한다. 엄마야 상관이 있었겠지. 하지만 너는 아니야.」

「하지만 **엄마도** 잘못한 게 아무것도 없잖아요.」 헨리가 말했고, 그레이스는 아이가 울고 있는 걸 보고 또 한 번 가슴이 죄어드는 아픔을 느꼈다. 울기 시작한 지 이미 한참 된 모양이었다.

그레이스가 팔을 뻗자 아들은 순순히 엄마에게 꼭 안겼다. 아직도 어린애구나. 그레이스는 생각했다. 이렇게 끔찍한 상황이 생기고서야 아들이 다시 어린아이가 되어 돌아와줬다는 건 정말 싫었지만. 그래도 아들을 꼭 안고 더러워진 아이 머리카락의 냄새를 맡았다.

「어쩌면 옳고 그른 걸 생각하는 게 최선이 아닌지도 모르겠다. 그것보다 좀 더 복잡한 일일 수도 있어.」 그녀는 심호흡을 했다. 「엄마도 분명히 완벽하지는 못했지. 그리고 아빠와도 실제로 어떻게 되고 있는지 몰랐는데, 미리 알았어야 했던 거야. 그게 엄마가 져야 할 책임인 거지.」

셜록은 계단 밑에 와서 애처로운 눈길로 그들을 바라보았다. 하지만 그레이스는 헨리가 가게 두지 않았다.

「이 문제를 생각하면서 며칠 밤을 보냈어.」 그녀가 말했다. 「몇 날 며칠을.」 헨리가 학교에 간 사이 2층의 침대에서 이불을 덮고 고통스럽게 몸을 웅크리고 있던 시간들을 생각하고 그레이스는 다시 고쳐 말했다. 「엄마는 아빠에 대해, 또 아빠가 어떻게 됐을지에 대해 생각하다 보면 몇 년을 보낼 수도 있을 것 같아. 알베스 부인에 대해서도. 불쌍한 미겔도. 그 불쌍한 아이 생각도. 하지만 엄마는…… 안 그러려고 해. 해야 할 다른 일들이 있거든. 그리고 엄마 삶이 이 한 가지 일에 얽매이는 것도 원치 않아. 네 삶이 이 한 가지 일에 얽매이는 건 정말로, 정말로 원치 않아. 그보다는 훨씬 더 나은 삶을 누릴 자격이 있어, 헨리.」

헨리는 물러섰다. 아이의 몸이 있던 자리에 싸늘한 공기가 파고들어 왔다. 기회가 생기자 개가 조심스럽게 계단을 올라왔다. 개가 헨리에게 가자, 아이는 개의 귀를 문질렀다.

「사람들이 아빠를 〈살인 의사〉라고 불러요.」 아들이 말해주었다. 「대니네 집에서 같이 구글로 검색해 봤어요.」

찢어질 듯 아픈 마음으로 고개를 끄덕였다. 「그랬구나.」

「엄마 사진들도 있어요. 엄마 책에서 나온 얘기도요. 엄마에 대한 기사들도 굉장히 많아요.」 헨리가 그레이스를 쳐다보았다. 「알고 계셨어요?」

알고 있었다. 그레이스가 고개를 끄덕였다. 알게 된 지 한두 주 되었다. 어느 날 아침 보통 때처럼 헨리를 학교에 데려다주고 보통 때처럼 도서관에 가서 보통 때처럼 컴퓨터 앞에 앉았다. 그러나 이번에는, 보통 때와 달리, 갑자기 보니 마음의 준비가 되어 있었다. 전 세계에 걸친 낯선 타인들의 커뮤니티라는 뒤틀린 베일을 통해 그녀 자신을 보게 되었다. 걷잡을 수 없는 급류였다. 한도 끝도 없었다. 기사들만 해도 끔찍했지만 그 아래 달려 있는 댓글은 엽기적이었다. 그녀는 자기 남편이 자신을 사랑한 여자를 이용하고 학대하고 저버리고 마침내 잔혹하게 살해하는 사이 방관하고 있던 얼음 여왕이었다. 감히 타인에 대한 판단을 내리고 타인의 관계에 대한 〈지도〉를 하겠다고 나서고 소위 자기 지혜를 전달하겠다고 — **책을 썼다는** 사실이 가장 큰 반감과 적의를 샀다 — **책을 쓴** 위선자였다. 그녀의 저자 사진이 사방에 퍼져 있었다. 그리고 그녀의 책에서 인용한 대목들도 돌아다녔다. 그녀가 전달하고자 하는 의미가 명백하게 전도되어 있었다.

두려워했던 대로, 바로 그만큼, 끔찍스러웠다. 그러나 적어도 상상보다 더 끔찍스럽지는 않았다.

「언제까지 이럴까요?」 헨리가 물었다.

현 한 줄의 길이는 어떻게 되지?

「우리는 괜찮을 거야. 그게 제일 중요한 문제야.」

「알았어요.」 헨리가 말했다. 용감한 말투였지만 전혀 확신이 없었다.

「옛날에 어떤 환자가 있었어.」 그녀가 말했다. 「정말로 끔찍한 일을 당한 여자였거든…….」

「어떤 일이었는데요?」 헨리는 당연히 알고 싶어 했다.

「글쎄, 아들이 아주 많이 아팠어. 조현병이었거든. 그게 뭔지 아니?」

셜록이 이 순간을 틈타 제일 마지막 계단을 올라 곧장 헨리의 무릎으로 뛰어오르려 했다. 헨리가 웃으면서 끌어안아 올려 주었다.

「어…… 〈심신 장애〉가 있었다는 건가요?」

「그래. 어, 〈심신 장애〉는 법률 용어지. 그 애는 아주 아팠어. 극심한 정신병을 앓고 있었지.」

「그게 그분이 겪은 끔찍한 일이었어요?」

「끔찍한 일 중 하나였지. 하지만 그 환자가 말한 끔찍한 일은 그게 아니었어. 실제로 벌어진 일은, 그 아들이 병 때문에 일찍 죽었다는 거야. 열아홉이나 스무 살밖에 안 됐는데.」

「심신 장애 때문에 죽을 수도 있다는 건 몰랐어요.」

그레이스는 한숨을 쉬었다. 자세한 내용까지 다 말해 주고 싶지는 않았지만, 피할 수 없다는 생각이 들었다.

「사실, 그 병 때문에 아들은 자살을 했단다. 그게 사건의 전모였어. 그리고 그의 어머니인 내 환자는 너도 상상이 가겠지만 아주 슬퍼했어. 그리고 이 끔찍한 일을 겪은 후 일말의 평화라도 얻을 길을 찾아야 했지. 그런데 어느 날 그 환자가 엄마한테 말했어. 〈앞으로 남은 평생, 내가 방을 나가자마자 사람들이 이 얘기를 하게 되겠지요.〉 그때 그런 생각을 했던 기억이 나. **그래, 사실이에요, 그럴 거예요.** 그랬어. 하지만 우리가 방에서 나가고 나서 사람들이 무슨 말을 하든 그건 우리 마음대로 되는 게 아니야. 절대로 그걸 우리 마음대로 어떻게 해볼 수는 없을 거야. 그러려고 노력해서도 안 돼. 우리 일은 그저…… 글쎄다, 방 안에 있을 때는 최선을 다해서 그 자리를 지키고, 방에서 나오고 나서는 너무 많이 생각하지 않는 것뿐이야. 우리가 어떤 방에 있게 되든, 되도록 자리를 지키는 거지.」 어설프게 마무리를 지었다.

헨리는 이 말의 의미를 온전히 알아들은 것 같지 않았지만, 굳이 그래야 할 이유도 없었다. 너무나 추상적인 얘기였으니까. 열두 살짜리 남자애가 듣기에는 약간 여성스럽고 약간 중년인 엄마의 잔소리처럼 들렸으리라. 그리고 솔직히 말하자면, 그레이스 본인 역시 그 자리에 있는 동안 그냥 그 자리를 지키는 게 무엇인지 잘 몰랐다. 바로 얼마 전까지만 해도, 자신이 그동안 생각하고 말하고 행한 것들에 대한 생각에 골머리를 썩였고, 그냥…… 지금의 그녀 모습대로 살아가려는 생각은 크게 하지 않았다. 자신이 아주 끔찍한 생각과 말과 행동을 했다는 생각은 아무 도움이 되지 않았다. 그러나 지금 바로 이 순간 그녀는 뒷문 앞 계단에 헨리와 나란히 앉아서 그녀가 평생 보아 온 호수를 내려다보며 테네시 출신의 별로 깨끗하지 못한 사냥개를 쓰다듬고 있었다. 그건 그렇게 끔찍하지 않았다. 그래서 적어도, 바로 지금 이 순간만은 끔찍하지 않았다. 그리고 헨리는…… 헨리도 끔찍하지 않아 보였던가? 그랬다. 엽기적이고 경악스러운 상황에서도, 그래, 정말로 헨리는 괜찮아 보였다. 그러니 영원히, 두 사람의 평생 동안 그들이 방을 나가면 사람들이 처음으로 할 얘기는 정해져 버렸고 그 얘기는 우울하기 짝이 없는 건 사실이었다. 그러나 한편으로, 어차피 노력해 봤자 절대 바뀌지 않을 테니 아예 애쓸 필요조차 없다는 사실이 차라리 위로가 되었다.

헨리는 개의 얼굴에 자기 얼굴을 바짝 대었다. 셜록이 헨리의 입을 열렬하게 핥았다. 그레이스는 반응을 보이지 않으려고 애썼다.

「아빠는 심신 장애가 있는 건가요?」 헨리가 불쑥 물었다.

「아니. 적어도 그런 식으로는 아니야. 자해를 하지는 않을 거야, 헨리. 그건 확실히 알아.」

다시 싸늘해졌고 빛이 완전히 사라졌다. 그레이스는 계단 위에서 헨리와 개 쪽으로 더 다가앉았다. 개가 따뜻했다.

그러자 헨리가 말했다. 「아빠가 어디 있을 것 같아요?」

그레이스는 고개를 저었다. 「몰라. 전혀 모르겠어. 가끔은 아빠한테 너무 화가 나서 경찰이 아빠를 찾았으면 좋겠다는 생각도 해. 그래야 벌을 받을 테니까. 그리고 가끔은 안 그랬으면 좋겠어. 경찰에 붙잡히지 않는 한 아빠가 정말로 저지른 짓인지 아닌지, 진실을 직면하지 않아도 될 테니까.」 그러다 이 말을, 아들 앞에서 입 밖에 내어 큰 소리로 말해 버렸다는 사실을 깨달았다. 그러자 덜컥 무서워졌다.

「아빠가 그랬다고 생각하세요?」 헨리가 물었다.

그레이스는 눈을 감았다. 최대한 오래 기다렸지만, 그것도 그리 오래 걸리지 않았다. 아들이 물었으니 그녀는 대답을 해야만 했다.

23
세상의 끝

비타는 포터 센터의 분원에서 열리는 직원 회의에 참석차 화요일마다 그레이트배링턴에 왔다. 갑자기 큰일이 생겨 거기 붙잡혀 있지 않을 때는, 그레이스와 둘이서 시내 어딘가에서 점심을 먹었다. 비타와 다시 친해지면서 그레이스는 마치 그녀의 삶의 거대한 덩어리들에 재입성하는 기분이 들었다. 비타가 없었을 땐 떠올리기만 해도 뭐라 말할 수도 없이 슬퍼져서 잊고 살거나 그냥 한 편에 제쳐 두고 있었던 추억들을 되찾은 느낌이었다. 이제는 아무 때나 불쑥불쑥 이런 기억들이 되살아났다. 차를 타고 7번 국도를 달리거나 야구팀이 겨울 훈련을 하는 운동장 밖에서 헨리를 기다리고 있을 때면 뜬금없이 툭툭 튀어나오는 것이었다. 같이 읽었던 책들, 같이 쇼핑을 하고 같이 입고 가끔은 서로 입겠다고 싸우기도 했던 옷들이 기억났다. 비타의 어머니와 이모도 기억났다. 비타의 이모는 이제 와 돌이켜 보니 경미한 조울증 환자였다. 가끔 비타의 집에서 그들을 돌봐 주곤 했는데, 비타의 부모님이 저녁에 외출하시면 캐러멜 사탕을 몰래 챙겨서 갖다 주기도 했다. 이 모든 일들, 또 수없이 많은 다른 일들이, 그 자체로는 소소하지만 다 합쳐 놓으면 정신없는 빅토리아풍 퀼트 같은 그녀의 삶을 만들어 냈다. 그레이스는 그 삶이 좋았다. 너무 감사했다.

점심을 먹고 나서 두 사람은 이탈리아 식당 귀도스에 함께 갔다. 비타가 피츠필드(비타는 〈미식의 황무지〉라고 불렀다)에서 찾지 못하는 음식을 쟁여 두어야 한다고 했던 것이다. 그곳에서 그레이스는 미식의 정점이라 할 수 있는 귀도스의 치킨 마르벨라를 발견했다. 그레이스는 집에서 치킨 마르벨라를 수도 없이 만들어 먹었고 그때마다 환상적이라고 생각했지만, 귀도스의 치킨은 더 맛있었다. 정말이지 말도 못 하게 맛있었다. 얼마 안 가 그레이스와 헨리는 화요일 밤마다 거의 항상 귀도스의 치킨 마르벨라를 먹게 되었고, 그레이스는 아직도 어째서 자기가 한 것보다 이 식당 음식이 탁월하게 맛있는지 비결을 알아내지 못해서 조금 짜증스러웠지만, 그렇다고 안 먹을 수는 없었다. 화요일은 그레이스가 가장 좋아하는 요일이 되었다.

2월 하순의 어느 금요일 밤, 그레이스는 마침내 헨리를 데리고 석조 주택에 가서, 그 그룹, 윈드하우스를 소개해 주었다. 그 무렵 그레이스는 레오와 2~3일에 한 번씩 만나고 있었다. 도서관에서 우연히 마주쳤다는 핑계를 내세우지 않고 만나는 날들도 꽤 있었다. 레오는 애셔 레비 책이 순조롭게 진행되고 있다면서 6월에 안식년이 끝나기 전까지 초고를 탈고할 거라고 낙관하고 있었다. 그러나 레비(와 그와 함께 헤시피[123]에서 배를 타고 온 난민들)가 실제로 아메리카 대

륙에 최초로 도착한 유대인이라는 사실을 입증하지는 못했다고 했다. 보스턴의 한 상인이 그보다 5년 빠른 1649년에 도착한 모양이었다. 「아주, 아주 쓰라린 사실이지.」 레오가 말했다. 하지만 그 말을 하면서도 웃고 있었다.

그레이스는 윈드하우스의 만찬을 위해 요리를 해서 가져가려 했지만, 막상 당일에 그레이트배링턴의 부동산 중개업자와 함께 사무실 공간을 보러 가게 되었다. 헛간을 전문직 사무실로 개조해서 변호사, 컨설턴트, 각양각색의 치료사들이 꽉꽉 들어찬 건물에 빈자리가 하나 생겼다고 했다. 사무실에선 겨울 들판(부동산 중개업자에 따르면 농부가 건초와 옥수수를 기른다고 했다)이 내려다보였으며 이런 혹한기에도 따뜻하고 해가 잘 들었다. 여기에 뉴욕 진료실에 있는 오트밀색 소파와 책상, 회전의자, 가죽 클리넥스 케이스, 패턴 깔개를 놓으면 어떨까 상상해 보았지만, 진짜 속내를 말하자면 이 예쁜 공간에 그런 것들은 전혀 들여놓고 싶지 않았다. 새 소파. 새 휴지 케이스. 헨리가 캠프에서 만들어 와서 그녀의 펜 통으로 쓰고 있는 하얀 머그잔 — 그건 버리지 말아야지. 정말 사랑하는 물건이었다. 마침내 그 엘리엇 포터는 버릴 수 있게 되었다. 하긴 그럴 때도 됐다.

중개업자의 사무실로 다시 돌아갔더니 집에 가서 요리를 할 시간이 없어져 버렸고, 어쩔 수 없이 귀도스에서 치킨 마르벨라를 큰 냄비로 하나 산 후, 오케스트라 연습을 하고 있는 헨리를 데리러 갔다. 헨리는 약간 피곤해 보였고 집에 가는 게 아니라는 걸 깜박 잊고 있었던 눈치였지만, 앞좌석에

123 브라질 동북부 페르남부쿠 주의 주도이며, 대서양 연안의 항구도시.

놓인 치킨 마르벨라 냄새를 맡고 기분이 좋아졌다. 「다른 애들도 있을까요?」 아이는 미심쩍은 말투로 말했다.

「아닐걸.」 레오의 양딸 생각이 나긴 했다. 지난주 초에 만났을 때 레오는 딸 얘기를 하지 않았다. 「하지만 아저씨한테 양딸이 하나 있어. 너와 비슷한 또래인데. 너보다는 몇 살 더 많을 거야.」

「거 참 잘됐네요.」 비꼬는 투가 역력했다. 열두 살짜리 남자애에게, 어른들밖에 없는 저녁 식사보다 더 나쁜 게 있다면, 어른들이 득시글한 와중에 연상의 여자애까지 끼어 있는 저녁일 것이다. 「아저씨들하고 같이 바이올린을 연주하지는 않아도 되죠?」

「그럼, 그럼.」 그건 계획에 없었다. 그렇지만 얘기를 듣고 생각해 보니, 언젠가 레오가 헨리랑 같이 한번 〈앉아〉 보자고 했던 것 같은데? 헨리는 바이올린을 차에 두고 내리겠다면서 그레이스의 확답을 받았다.

석조 주택에 유일하게 남아 있는 주차 공간은 가파른 진입로 끄트머리뿐이어서, 〈**바드 대학 퀴디치**〉 범퍼 스티커가 달린 스바루와 〈**늙은 밴조 연주자는 죽지 않는다…… 안달복달을 하지 않을 뿐이다**〉라는 범퍼 스티커가 붙은 또 한 대의 스바루 사이에 주차를 했다.

「책 가져가서 읽어도 돼요?」 헨리가 물었다.

그레이스는 약간 망설였다. 「좋아. 하지만 그분들한테도 기회를 좀 줘보겠니?」

「좋아요.」 헨리가 먼저 차에서 내렸다. 그레이스도 치킨 요리를 들고 따라 내렸다. 헨리가 그레이스를 따라 뒷문까지 왔다.

안에서는 연주를 하고 있었다. 연주가 시끄러워서 노크를 해도 아무도 문을 열어 주러 나오지 않았다. 다시 노크를 했다. 그리고 어깨를 으쓱하고 손잡이를 돌린 후 쟁반을 들고 들어갔다. 따라 들어오는 헨리가 문을 닫았다.

「오, 어이!」 레오가 말했다. 음악이 그쳤다. 그가 성큼성큼 부엌으로 뛰어왔다. 「그레이스! 멋져!」 그는 허리를 굽히고 그레이스의 뺨에 키스를 했다. 아주 순수하지만 아주 따뜻한 키스였다. 「그리고 너도 잘 왔다.」 레오가 헨리를 보고 말했다. 「네가 헨리구나. 우리가 기다리고 있던 새 피들 주자.」

「어…… 아니에요.」 헨리가 말했다. 「저, 저는 바이올린을 켜요. 피들이 아니고요.」

「그야 세세한 차이고.」 레오가 단언했다. 「들어와, 안에 벽난로 불 피워 놨단다. 뭐 마실 거 줄까?」

헨리가 소다를 부탁했다. 계산된 행동이었다. 집에서는 소다를 마시지 않았기 때문이다.

「아, 미안하다. 여기에서 소다가 인기가 없어서. 크랜베리 주스 좋아하니?」

「아뇨, 그건 됐어요.」

그레이스는 와인 한 잔을 받아 불안하게 홀짝거렸다. 와인을 받아 들 때까지도 자기가 불안하다는 걸 몰랐지만, 문득 레오와 가장 친한 친구 세 명이 옆방에서 기다리고 있다는 생각이 떠올랐다. 그리고 어쩐지 그 사람들이 자기를 어떻게 생각하는지 신경이 쓰인다는 생각도 들었다.

이 집에는 딱 한 번, 그것도 수년 전에 들어와 봤을 뿐이었다. 여름 폭풍으로 호수 주변 일대가 2~3일간 정전이 되어 근처에 살던 두 가족이 유례없이(그리고 유일하게) 호의적으로 이웃으로 어울려 지내며 석조 주택의 호숫가에서 냉장고 안에 있는 걸 닥치는 대로 꺼내 구워 먹었었다. 특별히 그날의 레오에 대한 기억은 없지만 그 집 자체는 기억이 났다. 아니 적어도 가장 인상적인 집 안의 설치물 하나는 확실히 기억났다. 강에서 주워 온 돌들을 쌓아 만든 거대한 벽난로가 벽 전체를 다 차지하고 있다시피 했다. 방 안에 들어서면서 보니, 그 사이즈나 전반적인 효과에 대한 그녀의 기억이 그리 과장되지 않았다는 걸 알 수 있었다. 재료로 쓸 수 있는 수석의 아름다움에 석공이 흥분해서 주체를 못 한 것처럼, 갈색, 회색, 희미한 분홍색이 도는 돌들이 벽난로 반경을 넘어 천정까지 닿을 기세였다. 그사이에 수평으로, 마치 깜박 잊고 있다가 나중에 박아 넣은 것처럼, 길게 쪼개진 통나무가 벽난로 선반 역할을 하고 있었다. 들어가면서, 그레이스는 곁에 서 있던 헨리의 눈길이 곧장 벽난로에 꽂혀 위아래로 움직이는 걸 알아챘다. 바로 그 아이 또래의 그레이스가 그랬던 것처럼 말이다. **알아.** 말없이 아들에게 말했다. **엄마도 딱 그랬어.**

벽난로 속의 불길도 그에 못지않은 위용이 있었다. 타닥거리고 너울거리며 방 안 전체에 온기를 내뿜었다. 아마 그래서 밴드 주자들이 멀찌감치 떨어져 서 있었을 것이다. 소파와 팔걸이의자에 세 사람이 앉아 있었다. 그들이 들어가자 한 사람, 이마가 훤히 벗겨진 덩치 큰 남자가 일어났다.

「이 친구가 콜럼이야.」 레오가 말했다.

스코틀랜드에서 자랐다는 사람. 그레이스는 악수를 하며 기억을 되짚었다.

「안녕하세요. 그레이스라고 합니다. 여기는 헨리예요.」

「안녕하세요.」 헨리도 콜럼과 악수를 했다.

다른 친구들은 건너편 소파에서 손을 흔들었다. 리릭(부모님이 히피)이라는 여자는 길고 검은 머리카락을 갖고 있었는데, 그렇게 자연스럽게 센 머리는 맨해튼에서는 절대 볼 수 없었다. 눈에 띄게 콧등이 둥글고 코가 긴 리릭은 무릎에 잔뜩 악보를 쌓아 두고 앉아 있었다(「아니에요. 일어나지 마세요.」 그레이스는 진심으로 말했다). 그녀 옆에 그녀의 10대의 아들이 앉아 있다가 피들을 쥐고 일어났다. 로리라는 이름의 소년이었다.

「방해해서 죄송합니다.」 그레이스가 말했다.

「아니에요.」 콜럼이 말했다. 그 한마디만 들어도 아직 스코틀랜드 억양이 남아 있다는 걸 알 수 있었다. 「저녁 식사를 가지고 오셨네요. 그건 아주 다른 얘기죠.」

「치킨이야.」 레오가 말했다. 「내가 오븐에 넣어 둘게.」

「저 정말 배고파요.」 로리가 말했다. 특징이 강한 코 — 그야말로 매부리코라고 할 만한 — 와 아주 검은 머리카락이 엄마와 좀 닮기는 했지만, 좀 더 선이 둥글고 부드러웠다. 누군지 몰라도 아빠가 동글동글한 사람인 모양이었다.

로리의 엄마가 웃음을 터뜨렸다. 「넌 항상 배가 고프잖아.」 그리고 그레이스를 보고 말했다. 「로리를 먹여 키우는 건 전업으로 해야 해요.」

로리는 다시 자리에 앉아 피들을 잡고 희미한 곡조를 연주하기 시작했다. 방해가 될 만큼 시끄럽지 않았다. 로리의 손은 아예 딴 사람 몸에 붙어 있는 것처럼 자기만의 세계에서 움직이는 것 같았다. 그레이스는 헨리가 열심히 지켜보고 있다는 걸 알아차렸다.

「음악 소리가 어디서 오는 건지 알게 되어 기뻐요.」 그녀가 말했다. 「가끔 부두에 나와 앉아서 듣곤 했어요.」

「청중이다!」 레오가 미소를 지었다. 「드디어!」

「아, 잠깐만. 열렬한 팬들이 있다고 했잖아. 〈소수의 팬들〉이라고 하지 않았어?」

「소수인 건 맞지요.」 콜럼이 말했다. 그는 어느새 팔걸이 의자에 걸쳐 두었던 기타를 들고 있었다. 「우리는…… 뭐, 두 자리 숫자에 달한다고 해두죠.」

「그거…….」 헨리가 인상을 썼다. 「그러니까 열 사람, 뭐 이런 거예요?」

「바로 그거야.」 콜럼이 기타를 허벅지에 올리며 말했다.

「아니, 정말 조금이잖아요.」

「그렇지.」 레오가 말했다. 「하지만 너와 네 어머니가 여기 왔으니까, 상황이 아주 낙관적이야. 다행히도 꺅꺅 소리를 질러 대는 대규모 청중은 우리 취향이 아니거든.」

「다행이다, 참.」 리릭이 살짝 웃음을 터뜨리며 말했다.

「우리는…… 음악 그 자체를 좋아해서 모인 거지.」

「여자들을 만나려고 모인 줄 알았는데.」 로리가 말했다.

이번에도 역시나, 헨리가 로리에게서 눈을 떼지 못한다는 사실을 못 본 척할 수가 없었다.

「네가 만나고 싶은 그런 여자애들은 말이야, 아들.」 로리의 어머니가 말했다. 「스트링 밴드 같은 걸 들으러 오지 않아.」

「잠깐.」 헨리가 말했다. 「그러니까 스트링 콰르텟, 현악 4중주단을 하시는 거예요?」

「스트링 **밴드**라니까.」 레오가 말했다. 「기술적으로 현악기만으로 구성된 밴드는 다 스트링 밴드지. 그러니까 스트링 콰르텟도 스트링 밴드긴 하겠다.」

「암요, 왜 안 그렇겠어.」 로리가 특유의 10대다운 조소를 담아 말했다.

「그렇지만 주로 블루그래스, 아일랜드 음악, 스코틀랜드 음악을 말해. 가끔은 루츠 뮤직[124] 이라고도 하고. 루츠 뮤직 혹시 아니, 헨리?」

헨리는 고개를 저었다. 그레이스는 루츠 뮤직에 대한 비터 이 로셴버움의 견해가 문득 떠올라, 하마터면 폭소를 터뜨릴 뻔했다.

「뉴욕에서는 별로 안 하더라고요.」 그레이스가 말했다. 모닥불 옆 빈자리에 앉아 열기를 피하는 방향으로 다리를 꼬고 있었다.

「아, 사실을 아시면 놀라실걸요.」 콜럼이 말했다. 「요즘은 뉴욕 시에도 대규모 공연장들이 있어요. 주로 브루클린인데, 맨해튼으로 진출하고 있죠. 29번가의 패디 레일리스에도 있고요. 브래스 몽키도 있죠. 일요일 밤에 시내에 가면 꼭 들르거든요. 누구든지 가서 연주할 수 있어요.」

「정말요?」 그레이스가 말했다. 「전혀 몰랐어요. 저만 몰랐던 것 같네요.」

124 블루스, 컨트리 뮤직, 포크 뮤직 등의 영향을 받은 미국 민속 음악.

주방으로 다시 가던 레오가 말했다. 「요즘 시대정신에 충실한 음악이지.」

「뭐, 그럼 내 무식이 설명이 되네. 난 시대정신과는 거리가 멀거든.」

「그게 뭐예요?」 헨리가 물었다. 그러자 로리가 귀엽게도 설명해 주려 애썼다.

그레이스는 주방에 들어가 상을 차리는 레오를 도와주었다. 치킨 마르벨라뿐 아니라 넉넉한 샐러드, 녹인 버터를 품은 구운 단호박, 그리고 레오의 아나다마 빵 두 덩어리가 있었다.

「좋은 아이네.」 레오가 말했다.

「아. 고마워. 사실이야.」

「관심이 있는 거 같아. 어떻게 생각해?」

「피들 주자를 하나 더 영입하려고 수단 방법을 가리지 않는구나.」

레오는 빵을 썰던 칼을 내려놓더니 그녀를 보고 씩 웃었다.

「있잖아, 그렇긴 한데. 내가 어둠의 편으로 포섭하는 데 실패하더라도 좋은 애라는 사실에는 변함이 없을 거야.」

「그래.」 그레이스도 동의했다. 「그건 그래.」

음식이 다 차려지자, 사람들이 들어와 접시를 가득 채운 뒤 다시 불가로 돌아가서 조심스럽게 악기 옆에 자리를 잡고 앉았다. 헨리가 단호박을 엎지르는 바람에 녹인 버터가 접시 밖으로 흘러넘쳤다. 그레이스는 종이 타월을 가지러 갔다.

「정말 맛있네요.」 그레이스가 돌아오자 콜럼이 말했다. 「직접 만드셨어요?」

「아니요. 그레이트배링턴의 귀도스가 만들었죠. 저도 집에서 하는 요리긴 해요. 그런데 귀도스에서 내가 안 넣는 뭔가를 넣거든요. 훨씬 더 맛있어요. 그게 뭔지 좀 알면 좋겠어요. 허브 같은 거 같은데.」

「오레가노?」 레오가 어림짐작했다.

「아니야. 나도 오레가노는 넣거든.」

「쌀 식초예요.」 리릭이 말했다. 「쌀 식초가 들었어요. 맛이 나네요.」

그레이스는 입안으로 들어가던 포크를 딱 멈추고 음식을 보았다.

「정말로요?」

「맛을 보세요.」 리릭이 말했다.

그레이스는 맛을 보았다. 그러면서 초밥, 배추 절임, 일본 피클 — 쌀 식초 하면 생각나는 음식들을 떠올려 보았다. 포크를 입안에 가져가는 순간 확실히 느껴졌다. 쌀 식초 향이 확 퍼졌다. 「어머나, 세상에.」 그녀가 말했다. 「그 말씀이 딱 맞네요.」

덕분에 그레이스는 거의 말도 안 되게 행복해져 버렸다. 신이 나서 주위 사람들을 둘러보았다.

「그레이트배링턴에 직장이 있으세요?」 콜럼이 물었다.

「저는 심리 치료사예요. 그레이트배링턴으로 상담 클리닉을 옮겨 오려고 해요.」

「포터에 계셨어요?」 리릭이 물었다. 「직장 동료의 딸이 포터의 식이 장애 클리닉에 다녔거든요. 덕분에 목숨을 구했어요.」

「아니에요. 개인 의원이에요.」 그레이스가 말했다. 「하지만 뉴욕에서 온 제 친구가 포터를 운영해요. 뉴욕에서 저와 함께 자란 친구예요. 지금은 피츠필드에 살아요. 비타 클라인이라고.」

「아, 비타 클라인 누군지 알아.」 레오가 말했다. 「몇 년 전에 바드에 강의하러 왔었어. 청소년과 소셜 미디어. 정말 훌륭했어.」

그레이스는 고개를 끄덕이며 자존감의 근거가 약간 달라졌다는 사실을 의식했다. 비타가 자랑스럽고 그 사실이 기분 좋았다.

「청소년과 소셜 미디어 같은 걸 뭐하러 들으러 가셨어요?」 로리가 몹시 회의적인 말투로 물었다.

레오가 어깨를 으쓱했다. 자기 빵 한 조각에 버터를 바르고 있었다. 「헤이, 나도 10대 딸이 있다고. 그 10대 딸이 방금 나한테 자기하고 소통하고 싶으면 담벼락에 글을 남기는 게 제일 빠른 길이라고 알려 오셨다고. 그러니까 소위 342명에 달하는 〈페친〉들이 훤히 다 보시도록 말이지. 요즘은 실제로 그게 친한 사이인 모양이야. 지난번에 보니까 라모나는 7백 몇 십 명이던데.」

「그런데 비타가 도움이 됐어?」 그레이스가 물었다.

「어, 상당히. 애들 생각은 어떨지 몰라도 소셜 미디어를 관계의 대체품으로 생각하지는 말라고 했어. 애들은 애들이고 우리는 어른이라고. 애들은 어려서 그렇게 생각할지 몰라도, 특히나 부모 관계에 있어서는, 그게 진짜 제대로 된 인간관계의 표상이 될 수는 없다는 거야. 그래서 아주 힘을 얻었지.

그리고 페이스북을 하지 않아도 된다는 사실에 굉장히 안심도 됐고 말이야. 난 정말 페이스북에 대해서는 극도의 반감이 있거든.」

「윈드하우스도 페이스북에 올라 있잖아요.」 로리가 지적했다.

「그럼. 그런 식으로는 아주 쓸모가 있지.」

「그러니까 열 명의 팬들과 소통하기 위해서 말이죠.」 헨리가 의뭉스럽게 말했다.

「**열두 명의** 팬이라니까, 헨리.」 레오가 말했다. 「지금 왜 이렇게 너하고 네 엄마한테 자꾸 먹을 걸 갖다 주고 있겠니? 당연히 애정을 사려고 하는 거지.」

헨리는 농담인지 아닌지 즉시 알아듣지 못하고 잠시 걱정스러운 얼굴이 되었다. 하지만 곧 미소를 띠었다.

「뭐, 일단 음악부터 들어 보고요.」

나중에 밴드는 연주를 했다. 콜럼이 스코틀랜드에서 듣고 자란 음악과 자작곡을 연주했다. 보아하니 로리가 독창적인 음악의 원천이었다. 로리는 비터이 로센버움이 보면 치를 떨 방식으로 활을 느슨하게 잡고 현 위에서 위아래로 누비면서 춤을 추었다. 그리고 헨리는 — 그레이스는 주의 깊게 살펴보지 않을 수 없었다 — 거의 눈을 떼지 못했다. 바이올린 두 대(아니 **피들**이지, 하고 그레이스는 마음속으로 고쳐 말했다)의 소리가 나란히 움직이다가 갑자기 떨어져서 지그재그로(틀림없이 이런 걸 표현하는 음악 용어가 있을 텐데) 왔다 갔다 누비는 사이 만돌린과 기타는 꾸준히 에워싸는 울타리가 되어 주었다. 노래의 제목은 〈이니시모어〉[125]라든가

〈로흐 오시안〉,[126] 또는 〈*leaks leap*〉처럼 소리가 나는 〈리크슬립*Leixlip*〉[127] 등이어서 일일이 설명이 필요했다(리크슬립은 〈연어의 도약〉이라는 뜻이고 아일랜드의 마을 이름이라고 했다). 그레이스는 와인을 홀짝이며 거기 앉아서, 낯설고, 따뜻하고, 시간이 흐를수록 점점 더 행복해지는 기분을 느꼈다. 가끔은 낯익은 곡조가 나오기도 했다. 몇 구절은 얼음장 같은 부둣가에 누워 겨울 밤하늘을 바라보던 때 호숫가를 건너 들려오던 곡조였다. 그러나 사실 그들은 다 같이 분위기를 타고 흘러가고 있었고, 썩 기분이 나쁘지 않았다. 헨리는 놀라우리만큼 오랫동안 조용히 있었다. 한 번도 책을 달라고 하지 않았다.

8시쯤 커피와 콜럼이 가져온 케이크를 먹기 위해 연주가 멈췄을 때, 로리가 갑자기 소파에서 돌아앉아 악기를 헨리에게 내밀었다. 헨리는 깜짝 놀란 얼굴이었다. 「한번 해볼래?」 10대 남자아이가 말했다.

헨리가 당장 싫다고 하지 않는 걸 보고 그레이스는 정말 많이 놀랐다. 결국 헨리는 이런 대답을 내놓았다. 「그런 곡은 어떻게 연주해야 하는지 몰라요.」

「아. 레오 아저씨가 너도 연주를 한다고 해서.」

「하긴 하는데 바이올린을 해요. 클래식이요. 아니, 뉴욕에서는 클래식 음악을 했어요. 지금은 그냥 학교 오케스트라만 해요.」 그러더니 그는 망설이다 말했다. 「사실 꽤 잘했어

125 아일랜드 서쪽 골웨이 만에 위치한 애런 제도의 세 섬 중 가장 큰 섬.
126 스코틀랜드에 있는 길고 좁은 호수.
127 아일랜드 동북 지방에 있는 마을.

요. 뭐, 그렇다고 컨서버토리에 진학할 정도는 아니었지만. 우리 선생님한테 배운 제자들은 적어도 컨서버토리에 있거나 전문으로 음악을 하거든요.」

로리가 어깨를 으쓱했다. 「좋아. 하지만 한번 해봐.」

헨리가 고개를 돌리고 그레이스를 보았다.

「해보지 그러니?」 그레이스가 말했다. 「로리만 괜찮다면.」

「괜찮아요.」 로리가 말했다. 「내 피들은 소중하지만 스트라디바리우스도 아닌데요, 뭐.」

헨리가 악기를 받아 들었다. 그러더니 잠시 바이올린을 처음 본 사람처럼 가만히 들고 있는 것이었다. 방금도 학교에서 오케스트라 겨울 콘서트를 준비하며 강도 높은 리허설을 한 시간이나 하고 온 참이면서. 그러더니 턱받침을 뒤집어 목에 대고 배운 대로 바이올린 자세를 잡았다.

「어, 그건 좀 불편해 보인다.」 로리가 말했다. 「네 맘대로 아무렇게나 잡아도 돼.」

헨리가 왼쪽 손에서 살짝 힘을 빼자 바이올린 앞머리가 좀 내려왔다. 그레이스는 비터이 로셴버움이 개처럼 짖어 대는 모습이 눈에 선했다. 헨리도 비슷한 상상을 하고 있을지 몰랐다.

「이제 활을 잡은 손을 흔들어. 막 흔들어.」 로리가 말하자 헨리가 따라했다. 「블루그래스 음악에서는 네가 활을 어떻게 잡든 아무도 신경 안 써. 주먹 쥐고 잡아도 돼.」

「하지만 제발 그러지는 마라.」 레오가 의자에서 말했다. 그 역시 주의 깊게 바라보고 있었다. 「허리가 나갈 거야.」

「중요한 건, 편하게 하는 거야.」 로리는 활을 헨리의 흔들린 손 위에 놓아 주었다. 「이제 곡조를 연주해.」

잠시 그레이스는 헨리가 「유 레이즈 미 업」을 연주할 줄 알았다. 코앞에 다가온 후서토닉 밸리 공립 중학교 오케스트라는 불행히도 그 곡을 주요 레퍼토리로 선정했다. 그러나 헨리는 (잠시 악기의 느낌을 살피려고 스케일 연습곡을 연주한 뒤) 바흐의 바이올린 소나타 1번 G단조, 시칠리아나를 연주하기 시작했다. 뉴욕에서 연습했던 마지막 곡이었고, 그때처럼 확신에 찬 연주는 아니어도 전혀 나쁘지 않게 들렸다. 아니 솔직히 말해서 다시 듣게 되니 가슴이 설레도록 좋았다.

「정말 예쁘네.」 1~2분 후 연주를 멈추자 리릭이 말했다.

「별로 연습을 못 했어요. 오케스트라 말고는요.」 헨리는 조심스럽게 바이올린을 내리고 로리에게 내밀었다.

「지그나 에어 같은 음악도 할 수 있어?」 로리가 말했다.

헨리가 웃음을 터뜨렸다. 「그게 무슨 뜻인지도 모르는데요.」

「피들이 하나 더 있으면 좋을텐데.」 로리가 말했다. 「같이 연주하면 배우기 쉽거든. 내 말은, 넌 이미 연주하는 법을 아니까 그게 제일 좋은 방법이라고.」

「내 바이올린이 있어요.」 헨리가 말했다. 「자동차에 두고 왔어요.」

레오가 그레이스를 보았다.

「대규모 콘서트가 열리겠네.」

「내가 같이 나갈게.」 레오가 말했다.

밖으로 나가자 호수 쪽에서 가볍게 바람이 불어왔지만 춥지는 않았다. 최악의 겨울은 한두 주 전에 지나갔고, 발밑의 땅은 서리를 털어 내며 갈라져 열리는 느낌이 들었다. 호숫가 별장에서 진흙탕의 계절을 지내 본 적은 없었기에 얼마나 빨리 다가올지 감이 잡히지 않았다. 하지만 레오네 집 마당은 벌써 그녀의 발을 빨아들이는 느낌이 들었다.

알루미늄 문이 레오의 등 뒤에서 닫히는 순간, 뭔가 달라졌다는 느낌이 들었다. 그리고 그레이스는 무엇이 달라졌는지 알고 있었다. 그 생각 자체가 너무 기가 차서, 당황해야 한다는 것조차 잊었다. 막상 당황스럽다는 사실을 상기해냈을 때는, 당황해야 할 이유가 없다는 깨달음도 찾아왔다. 그래서 그레이스는 저도 모르게 미소를 지었다.

「왜?」 레오가 말했다. 조수석을 열자 자동차 실내에 불이 들어왔다.

「당신한테 키스해 줄 수도 있겠다는 생각을 했어.」 그녀가 말했다.

「아.」 레오는 그녀가 재정상 말이 안 되는 호수 보존 계획 같은 걸 제안하기라도 한 것처럼 말했다. 그러더니 금세 다시 말했다. 「아! 맞아!」 그러더니 1초도 더 기다리지 않고 그녀에게 키스를 했다. 그녀보다 더 오래 기다려 왔던 것이다. 그레이스에게는 19년 만에 처음 하는 첫 키스였다.

「잠깐만.」 간신히 정신을 차리고 말했다. 「저 사람들한테는 알리고 싶지 않아.」

「아, 벌써 알아.」 레오가 말했다. 그리고 그녀를 내려다보았다. 「내 친구들은 알아. 한 번도 연습하는 밤에 누굴 데리고 온 적이 없거든. 자기가 여기 도착하기 전에 저 사람들이 낸 소리를 들었어야 해. 철딱서니라고는 찾아볼 수 없었지.」

레오가 웃었다.「그레이스.」그는 뻔한 이야기를 힘들게 꺼냈다.「나 정말로 정말로 자기가 좋아.」

「정말로 정말로?」그녀가 물었다.

「한 번도 말 안 했지만, 파란 비키니를 입고 부두에 서 있던 모습을 봤어.」

「최근은 아니겠지.」그레이스가 사실을 분명히 했다.

「응. 열세 살 때야. 남자는 그런 걸 잘 못 잊거든.」

「글쎄……」그레이스가 깔깔 웃어 댔다.「그 파란 비키니가 어디 갔는지 모르겠는데.」

「그건 괜찮아. 상상력을 발휘하지 뭐.」

그레이스는 웃었다. 그리고 손을 뻗어 헨리의 바이올린 케이스를 꺼냈다.

「잠깐 집에 갔다 와도 괜찮을까?」그레이스는 악기를 레오에게 건네며 말했다.「개를 좀 보고 먹이를 주고 오려고. 거의 하루 종일 혼자 있었어. 금방 다시 올게.」

당연하지, 하고 그가 말했다.「하지만 서두르지 않아도 돼. 우리가 새 피들 주자를 길들이고 있을 테니까. 자기가 다시 올 때쯤에는 헨리가 〈악마가 조지아로 내려갔네〉를 연주하고 있을걸.」

「그러니까…… 그러면 좋은 거겠지?」그레이스가 말하자 레오가 대답 대신 이마에 키스를 했다. 해명이 되는 건 아니었지만, 그레이스는 전혀 개의치 않았다.

운전석에 올라 곧장 진입로를 나가서 우회전 후 주도로를 타고 고요하고 어두운 집들을 지나쳐 달리며 차창을 내리고 축축한 공기를 들이마셨다. 그레이스는 방금 일어난 일에 대해 너무 깊이 생각하지 않으려 했다. 적어도 오늘 밤에는. 그 집에 갈 때는 이웃이었지만 — 일단은 — 〈정말로 정말로 좋아하는〉 사람이 되어 나왔다는 건, 어쨌든 어떤 루비콘 강을, 뭐 건너지는 않았다 해도, 강가에 다다랐다는 의미가 분명했다. 그리고 그건 너무나…… 뭐랄까, 그레이스의 머리엔 〈상냥하다〉라는 단어가 가장 먼저 떠올랐다. 그녀는 — 또 다시 — 조너선을 처음 만났던 날 밤 생각을 했고, 얼마나 즉각적으로 서로가 서로에게 〈**저 사람을 갖고 말 거야**〉라는 감정을 느꼈는지, 그래서 그것이야말로 천생연분의 증표라고 믿어 버렸던 일을 생각했다. 하지만 그게 아니었다. 어쩌면 이런 관계가 더 나을지도 모른다. 그렇게 엄격하지도, 그렇게 융통성이 없지도 않은 이런 관계. 〈**딱 맞다**〉기보다는 〈**좋은**〉 관계. 좋은 게 정말로 좋은 것일 수도 있다.

우편함에서 광고물들이 튀어나와 있어서, 잠깐 차를 세우고 서류와 카탈로그와 맥락 없는 서신들을 한 다발 가지고 들어왔다. 셜록이 마당에서 짖어 대더니 뒷문으로 달려 나와 흙 묻은 앞발을 그레이스의 다리에 척 얹었다(이 개의 완벽한 예의범절에 단 하나 흠이 있다면, 넘치는 기쁨이었다). 그레이스는 먹이를 주고 다시 안으로 들어와 청바지에 묻은 흙을 털어 내고 나서, 불을 켜고 편지 다발을 재활용 쓰레기통 앞으로 가져와 하나씩 살피기 시작했다. 운이 좋으면 여기 어디에, 지난주에 와서 주택 단열 처리와 진입로 미끄럼 방지 공사를 의논했던 업자에게서 견적서가 와 있을지도 몰랐다(겨울을 보내는 데 제일 힘든 일 중 하나가 길가에 주차한 후 위험천만한 경사로를 줄줄 미끄러져 내려가야 간신히 현관에 닿을 수 있다는 사실이었다). 견적서가 얼마 나올까 무섭기는 했지만 그래도 어쨌든 와 있기를 바랐다.

견적서는 없었지만 뭔가 다른 게 있었다. 무반사 백지 봉투, 완전히 평범한 봉투, 전혀 특별할 게 없는 성조기 스탬프와 주소(**그녀의** 집 주소, **코네티컷** 주소였다). 전형적인 의사처럼 글씨를 지독하게 못 쓰는 남편 조너선 색스의 글씨체였다. 그레이스는 숨 쉬는 것조차 잊고 편지 봉투를 물끄러미 바라보고 한참을 그렇게 서 있었다. 그리고 호흡을 관장하는 두뇌 부위가 통제력을 잃은 듯, 격렬하게 발작하듯 헐떡거리는 숨을 몰아쉬었다. 그리고 민첩하게 부엌 싱크대로 달려가 오레가노와 월계수 잎과 쌀 식초가 든 치킨 마르벨라를 다 토해내 버렸다.

때가 좋지 않아. 막연히 그런 생각이 들었다. 이런 일에 적합한 때라는 게 있기나 한 것처럼. 하지만 적어도 지금은 아니었다. 지금 이 순간은 아니었다. 지금은, 아니 적어도 지금보다 몇 분 전에 그레이스는 사실, 행복하고 헨리가 자랑스러웠다(**벅차게** 자랑스러웠다). 그리고 정말로(정말로 정말로) 그녀를 좋아하는 레오가 세상에 있어서 행복했다. 실제로 다른 사람을 도울 수 있을 일자리를 찾을 수 있다는 생각에 행복했고, 소중한 친구가 돌아와 줘서, 혹은 돌아오고 있어서 행복했고, 헨리가 할아버지 할머니들을 모두 알고 지낼 수 있다는 사실에 행복했고, 이제 끝나가고 있는 겨울과 달리 내년 겨울이 되면 집이 이렇게까지 춥지는 않을 거라서 행복했다. 물론 **대단한** 행복은 아니었다. 아직은 그레이스가 **대단한** 행복을 누릴 주제는 아닐 테고 — 그간 벌어졌던 수

많은 일들을 생각하면 — 앞으로도 그건 영영 그녀 몫이 아닐 가능성도 높았다. 하지만 어차피 바라지도 않았다. 소박한 행복에 불과했지만, 그건 그녀가 자기 몫으로 예상했던 어떤 미래보다도 훨씬 좋았다.

굳이 뜯어 볼 필요는 없어. 그레이스는 생각했다. 그리고 그 생각이 확실히 전해졌는지 확인이라도 하려는 듯 큰 소리로 입 밖에 내어 말해 보았다. 「굳이 뜯어 보지 않아도 돼.」

안에는 정확히 3등분으로 접힌 줄치지 않은 종이 두 장이 들어 있었는데, 조너선의 글씨가 빼곡하게 들어차 있었다. 그레이스는 편지를 펼쳐 멀찌감치 들고 바라보았다. 아무리 봐도 단어들이 로제타석의 상형 문자들처럼 죽어라 눈에 들어오지 않았다. 그나마 그게 얼마나 위로가 되는지. 그레이스는 생각했다. 그냥 그렇게 남아 있어 주었으면 싶었다. 해독 불가능한 상태로 남아 있어 준다면 얼마든지 이 편지를 참고 살아갈 수 있었다. 그러나 두 눈이 원망스럽게도 또렷해지더니 단어들이 선명하게 들어왔다. **좋아.** 그레이스는 생각했다. **꼭 그래야 한다면, 읽어 주지.**

그레이스,

살아오면서 이 편지를 쓰는 것만큼 힘든 일이 없었지만, 최소한 당신에게 말을 해보려는 시도조차 못 하고 하루하루 흘러가는 나날들은 당신이 상상조차 할 수 없으리만큼 힘겨웠어. 물론 이 일로 당신 속이야 차마 말도 못 하겠지. 얼마나 고통스러울지 차마 나로서는 헤아릴 생각도 못 하겠어. 하지만 나는 당신이 얼마나 강한 사람인지 알고, 또 이겨 낼 수 있다는 것도 알아.

결국 이 모든 일은 내가 당신에게, 그리고 우리가 일궜던 — 아니 지금도 일구고 있는 — 가족의 가치에 감사할 줄 몰랐다는 사실로 귀결된다는 생각이 들어. 지금 어떤 일이 일어나더라도, 우리가 가족이라는 사실만큼은 결코 변할 수 없어. 아니 적어도 나는 최악의 순간이 와도 마음속으로 그렇게 되뇌곤 해.

내가 끔찍하고 끔찍한 실수를 저질렀어. 내가 그런 짓을 했다는 걸 믿을 수가 없어. 마치 뭔가 병에라도 걸린 것처럼, 자제력을 잃어버린 거야. 누군가 나를 절박하게 필요로 한다는 말에 그만 넘어가 버렸어. 그 사람의 아이가 심하게 아픈데 아이의 회복을 도울 수 있었으니까. 그리고 그 사실만으로 내 든든한 인성을 상실하고 만 거야. 난 그냥 맞장구를 쳤을 뿐이야. 내가 시작하지는 않았어. 결과적으로는 큰 차이가 없다는 건 알지만, 나한테는 당신이 알아준다면 큰 의미가 될 거야. 난 그 여자가 정말 안쓰러웠는데, 돕고 싶다는 마음에 그만 휩쓸려 버렸나 봐. 임신을 했다는 말에 생각했어. 그냥 이 여자를 행복하게 두고 이런저런 일들을 처리해 주면 당신과 헨리에게서 이 여자를 떨어뜨려 놓을 수 있을 거라고, 그러면 내가 스트레스에 만신창이가 되더라도 이대로 계속 끌고 갈 수 있을 거라고, 그렇게 생각한 거야. 어떻게 그걸 다 들어주며 살았는지 모르겠어. 그런데 그렇게까지 해줬는데, 자기와 아들을 위해 그토록 애쓴 내 노력에 고마워하기는커녕, 또 임신을 했다는 말을 하는 거야. 내 덕분에 아들도 이제 말짱하게 건강해졌는데. 우리 가족을 무너뜨리기를 원했던 거지. 하지만 난 도저히 그 꼴을 두고 볼 수는 없었어. 필사적으로 당신을 보호하려고 했어. 단 한순간도 당신과 헨리가 최우선이 아니었던 적은 없어. 그건 믿어 줄 수 있었으면 좋겠어.

12월에 있었던 일은, 자세히 글로 쓸 수는 없지만, 내게 일어난 최악의 사태였다는 것만 적어 둘게. 무섭고 무서운 일이었고, 아직도 생각이 날 때마다 괴로움에 제정신이 아니야. 도저히 이 지면에는 적을 수가 없어. 그냥 못 하겠어. 하지만 어느 날 분에 과한 행운이 찾아오면, 그 무엇보다 당신한테 전말을 털어놓고 싶어. 당신이 참고 들어 주기만 한다면 말이야. 당신만큼 사람 말을 잘 들어 주는 이는 내 평생 만나 본 적이 없어. 얼마나 여러 번 생각했는지 몰라. 이렇게 말을 들어 주고 이렇게 사랑해 주는 사람이 있는 나는 얼마나 행운아인가 하고 말이야. 지금 생각해 보면 이 고난이 더욱 끔찍할 뿐이야.

우리가 처음 만났던 날 밤 생각나? 무슨 질문이 이따위지. 내 말은, 내가 읽고 있던 책하고 내가 가고 싶다고 했던 장소가 생각나는지, 그걸 묻는 거야. 옛날에 내가 한겨울에 거기 가자고 농담처럼 말하면, 당신이 제정신을 가진 인간이라면 절대 그런 데 가고 싶지 않을 거라고 했잖아. 세상의 끝이라고. 지금 내가 그곳에 와 있어. 그리고 딱 그런 기분이야. 당신이 예상한 대로 황량하기 이를 데 없어. 하지만 내게는 안전하기도 하지. 적어도 지금은. 하지만 아주 오래 여기 머물지는 않을 거야. 그럴 수 없다는 걸 아니까 — 세상 어느 곳도 내가 원하는 만큼 안전하지 않아. 하지만 떠나기 전에 당신에게 내게는 과분한 어떤 일을 해 줄 기회를 주고 싶었어. 당신이 올 거라고 생각하지는 않아. 그건 당신이 알아야만 해. 그렇지만 혹시 내가 틀렸다면, 그레이스, 난 정말로 행복할 거야. 당신이나, 아니면 헨리와 둘이 같이 여기 온다면, 어디선가 우리가 다시 시작할 수 있는 기회를 갖게 되겠지. 그 생각만 해도 눈물이 나. 그럴 수 있을 거라 생각해. 내가 그동안 생각해 봤어. 내가 생각하고 있는 나라가 있는데, 틀림없이 우리가 갈 수 있을 거라고 확신해. 그곳에 가면 우리가 다 괜찮을 거야. 그러면 거기서 내가 일도 할 수 있을 거고, 헨리에게도 나쁘지 않은 나라야. 물론 여기 자세한 내용을 적을 수는 없지만.

아무리 잠깐이라도 당신이 당신 인생을 버리고 그런 삶을 선택할 거라는 생각을 하다니 그 이유는 나도 모르겠지만, 이런 부탁을 할 만큼 당신을 사랑해. 당신이 오지 않는다 해도 그건 알게 될 테니까, 부탁할 가치가 있는 거지. 혹시라도 당신이 그냥 내게 와준다면, 내가 직접 당신에게 말하게 해줘. 그리고 오지도 않고 내 곁에 남아 줄 수도 없다면, 내가 이해할게. 하지만 적어도 당신과 헨리한테 작별 인사를 할 수 있을 테고, 내가 싸워 보지도 않고 두 사람을 버리고 떠난 게 아니라는 걸 둘 다 알게 될 거야.

여기로 비행기를 타고 오면 안 돼. 당신도 알 거라고 믿어. 몇 시간 거리에 이런저런 곳들이 있으니까, 거기서 차를 렌트하도록 해. 미행이 없는지 꼭 확인하고. 나는 도시

근교의 주택 한 채를 임대해 살고 있어. 뭐, 걸어갈 만한 거리야. 자동차는 없어. 다행히도 난 걷는 거 좋아하잖아. 오후에는 주로 강가를 걸어. 그래, 이런 계절에도 말이야. 어둡기는 해도 당신 생각보다는 온화한 기후야. 이제는 박물관이 된 배가 한 척 있어. 내가 당신을 보자마자 사랑에 빠졌던 그날 밤 읽고 있던 책과 똑같은 이름이야. 당신을 찾을게. 부탁인데 나를 위해서 해줘. 그리고 해주지 않겠다면, 아니 그럴 수 없다면, 내가 다른 사람을 한 번도 사랑한 적이 없고, 앞으로도 다른 사람을 사랑하지 않으리라는 걸 알아줘. 그러면 나는 괜찮을 거야.

서명이 없었다. 하긴 서명이 필요하지도 않았다.

얼마나 꽉 쥐고 있었는지 편지가 찢어질 지경이 되어서야 깨달았다. 그리고 그때서야 비로소 숨을 몰아쉬고 마룻바닥에 편지지를 툭 떨어뜨렸다. 다시 집어 들고 싶지 않았다. 독극물이었으니까. 그렇지만 1~2분이 지나자 그것이 마룻바닥에 떨어져 있다는 사실이 또 견딜 수가 없어졌다. 그래서 허리를 굽혀 편지를 주워 원목 테이블 상판에 올려놓았다. 그 편지는 겉으로 보이는 것처럼 생명이 없는 물체가 아니었다.

그러고 나서, 달리 어떻게 해야 할지를 몰라, 편지를 다시 읽었다.

그리고 파카를 얼굴까지 꼭 여미고 고개를 숙인 채 눈 위를 걷고 있는 조너선을 생각했다. 호주머니 깊이 손을 찔러 넣고 있었다. 생경한 옷차림을 하고 있었다. 머리카락도, 수염도 길게 자랐을 것이다. 꽁꽁 언 강을 따라 이제는 클론다이크라는 이름의 박물관이 된 배를 지나쳐서 걷고 있었다. 파카 모자의 동그란 인조털 속에서 밖을 내다보며, 주위와 하나도 어울리지 않고 아주 추워하는, 그러면서 누군가를 찾고 있는 듯 보이는 작은 여자를 찾고 있을 것이다. 그 두 사람이 서로를 알아보게 되면 어떤 기분일까? 그때 그 기숙사 지하실에서와 같은 느낌일까? 클론다이크에 대한 책을 바구니에 가득찬 빨래 위에 얹어 들고 있던, 또 다른 남자를 만났던 그때와 같은 느낌일까? 그녀가 그를 향해 걸어가자 그 남자는 그녀를 향해 걸어왔었지. 마치 서로를 찾고 있던 사람들 같았다. 안도에 찬 〈**아, 다행이야**〉라는 느낌이 또 찾아올까? 언젠가 그녀의 환자가 말했듯, 〈**이제 남자들 그만 만나도 되겠다**〉, 그런 기분이 들까? 진짜 사람이라면 결코 등을 돌릴 수 없는, 그런 인식, 열정, 깊은 사랑의 위안이 찾아올까? 이렇게 오랜 세월이 지났는데, 또 그렇게 찾아올까? 그 다음에는 어떻게 될까? 두 사람은 아들이 — 함께 낳은 아들이 — 기다리고 있는 호텔로 돌아갈까? 더 멀리 다른 나라로, 그이가 갈 수 있다고, 거기에서라면 안전할 수 있다고 믿어 의심치 않는 또 다른 나라로 가게 될까?

그레이스는 눈을 감았다. 그래. 예전이라면 그래야만 했어. 그렇게 멀리까지 따라가야만 했어.

하지만 이제, 그녀의 머리는 다른 쪽을 향하고 있었고, 스스로와 싸울 기운조차 남아 있지 않았기에, 그녀 역시 그 방향을 따라갔다. 따라가 보니 또다시 하버드 의대 기숙사 지하실이 나왔다. 처음으로 그와 사랑을 나누었던 2층의 더러운 방을 기억했고(**의대생들은 아주 원초적인 생물이다**) 차근차근 그 후로 사랑을 나누었던 모든 방들을 기억해 냈다. 그러나 너무 많은 방들이 있었고 너무 뿔뿔이 흩어져 있었다. 메인 주와 런던과 로스앤젤레스와 메모리얼 병원 근처의 아파트와 그녀가 어렸을 때 살았던 81번가의 아파트. 그리고 여기, 바로 이 집 2층의, 상상도 못 할 만큼 춥던 겨울도. 그리고 파리도. 지난 세월 동안 파리 여행은 세 번 다녀왔지만 호텔은 다 달랐다. 그걸 어떻게 다 헤아릴 수 있단 말인가?

헨리의 임신과 출생을 생각했고, 아이가 아무리 해도 잠을 자지 않아 깨어 있던 밤들을 기억했다. 그리고 조너선이 아기를 받아 들고 〈다시 자, 괜찮아〉라고 말하던 기억도 났다. 그리고 여름날 오후에 유모차에 헨리를 태우고 앉아서 조너선이 잠시 병원에서 빠져나와 30분 정도 함께 있다 들어가기를 기다리던 1번가의 놀이터, 나중에 헨리가 자기와 말도 섞지 않게 될 친구 조나와 함께 놀았던 그 놀이터, 헨리가 인도에서 지나가던 아빠와 마주쳤을 때 모르는 여자가 말없이 계속 지나쳐 걸어가던 그곳도 생각했다. 맨해튼 전역의 유치원 평가 담당자들과 면접을 보았던 일도 생각했다(그레이스는 리어든이 헨리를 받아 주지 않을까 봐 두려워했었다. 바보 같은 두려움이었다). 그럴 때마다 조너선은 아들이 받았으면 하는 교육에 대해 너무나 따뜻한 말씨로 설명해서 담당자들을 모조리 매료시키곤 했다. 헨리는 거의 모든 유치원에 합격했다. 그리고 흠잡을 데 없는 행실로 에바의 집에서 저녁 식사를 했던 일, 그녀의 집 식당과 부엌 테이블과 지금 이 순간 그녀가 서 있는 이 테이블에서 함께했던 수많은 식사들. 아, 그래, 딱 한 번 조너선이 닐스에서 러시

안 버거를 사서 그녀 진료실에 찾아왔던 일. 하지만 그 버거는 먹지 않았다. 적어도 당장 먹어 치우지는 않았다. 그보다 먼저 진료실 소파에서 사랑을 나누었던 것이다. 그때를 잊고 있었다.

81번가 아파트의 방 하나하나를 다 생각했다. 처음에는 아이였다가, 아내가 되고, 어머니가 되고, 아주 짧은 순간이지만 버림받고 겁에 질린 껍데기 인간이 되어 죽을 날만 기다리던 곳. 복도의 패턴 원목 마루, 그레이스의 어머니는 언제나 꼭 닫아 두었고 그레이스는 언제나 활짝 열어 두었던 식당의 셔터. 그리고 한때 그레이스 자신의 방이었던 헨리의 방. 그리고 한때 아버지의 소굴이었던 조너선의 사무실. 그리고 한때 어머니의 것이었다가 그녀의 것이 된 부엌과, 욕조와, 침대와, 하수구로 흘려 버린 향수병들, 마저리 I, 마저리 II, 마저리 III. 그리고 보석들, 여전히 아내를 사랑했지만 함께 행복할 수 없었던 불충한 남편이 불륜을 저지를 때마다 하나씩 사 온 보석들.

다시는 그곳에서 살고 싶지 않았다. 이 순간 마침내 그 사실이 선연히 실감났다. 그 아파트, 그 집은 이제 사라지고 없었다. 그녀의 결혼처럼. 그녀의 남편처럼. 이제는 수천 마일 떨어진 추운 곳에서 용서를 구하고 있는 그녀의 남편처럼.

잠깐. 하지만 그는 용서를 구하지 않았다. 다시 편지를 주워 들기 전에도 확신은 있었지만, 그래도 다시 한 번, 거의 임상적으로 검토해 보았다. 이 사실이 중요하게 느껴졌다. 아주 중요한 요점이었다. 조너선은 직접 쓴 편지에서, 그녀를 보호하고 싶다고, 자신이 통제력을 잃었다고 말했다. 자기 자신의 고난에 대해 말했다. 그녀는 이겨 낼 거라고 말했다. 하지만 용서를 구하진 않았다. 아마 용서를 받기 위해서는 너무 많은 게 필요하다고 생각했을지도 모른다. 이런 편지에도 담기에는 너무 많은 게 필요하다 여겼을 수도 있다. 아니면 아예 용서는 받을 필요도 없다고 생각했는지도 모른다.

그래서 다시 돌아가 보았다. 이번에는 더 멀리, 더 깊이 가 보았다. 조너선과 그녀의 이야기를 둘러친 경계선 너머로 나아가, 그 이야기 이전과 그 이야기 이외의 이야기를 생각했다. 그러자 서서히, 이야기는 변하기 시작했고, 불과 몇 분 전의 모습과도 크게 달라졌다. 이번에 그레이스는 아파서 성인식에 가지 못하고 집에 남아 있던 어린 동생을 보았다. 그가 버리고 떠난 아버지와 어머니를 보았고, 그가 아무렇지도 않게 실패자라고 이름 붙인 동생, 한 번도 일하지 않고 부모님 지하실에 빌붙어 산다고 말했던 동생도 보았다. 조너선이 대학 시절 동거했던 볼티모어의 미스터리한 여인도 보았다. 레지던트 시절 사흘 동안 종적을 감추었던 때도 생각났다. 그리고 그녀의 아버지에게서 받아 간 돈으로 자기 아들이 다니는 학교에 다른 남자애 등록금을 내준 것도 생각났다. 그리고 그가 때린 의사 로스 웨이캐스터도 생각났다. 그리고 그가 해고와 관련해 법률 상담을 하고 나서 엿이나 먹으라고 욕했던 변호사도. 그리고 그날 오후 그가 입원시킨다고 했지만 존재하지 **않았던** 환자들도. 그가 간다고 했지만 **없었던** 브루클린의 장례식과, 암으로 죽었다고 했지만 존재하지 **않았던** 여덟 살짜리 아이도. 그리고 조너선의 환자 숙모였던 『뉴욕』 잡지의 에디터도. 클리블랜드인지 신시내티인지, 어던가 중서부였지만 어느 곳도 아니었던, 그래서 아무 데도 없었던 학회 개최 장소도. 그리고 이제는 세도나에 살면서 그녀 남편의 아이일지도 모를 아기를 키우고 있을지 모르는 레나 창도. 그레이스는 그 아기에 대해서는 전혀 알고 싶지 않았다. 그러나 또 다른 아기 생각이 났다. 롱아일랜드에서 자라게 될 아기. 남은 평생 알고 지내야 할 그 아기.

그리고 그레이스는 죽은 말라가 알베스를 생각했다.

벌떡 일어나 뒷문으로 가서 베란다로 나가, 심호흡을 했다. 셜록이 호숫가 부두에 있었다. 쫑긋 귀를 세우고 서서 숲 속의 어떤 동물을 경계하고 있었다. 문이 열리는 소리가 나자 막연하게 꼬리를 흔들었지만 절대 집중을 흐트러뜨리지 않았다. 계단을 내려가 개가 있는 곳으로 가서, 개가 보고 냄새를 맡고 있는 게 대체 뭘까 궁금해하며 서 있었다. 숲속에 무슨 짐승이 있을 수도 있었다. 아직 좀 이르긴 하지만 있을 수 있는 일이라고 생각했다. 여름이 되면 숲속에는 동물들이 가득하고, 집 안에도 사람들이 가득 찬다. 호수 자체가 꿈틀거리고 있다고, 그녀는 생각했다. 저 물속 깊이 있는 모든 게 다시 올라올 테고, 새들이 돌아올 것이다. 새들은 봄이 되면 어김없이 돌아온다. 그레이스는 손을 내밀어 개의 머리를 쓰다듬어 주었다.

저 멀리 아득한 곳에서, 피들의 곡조가 들려왔다. 끊겼다 이어졌다 하며 호수 물을 건너, 레오의 집 쪽에서 그녀를 향해 바람을 타고 흘러오고 있었다. 무슨 소리인지 어디서 오는 소리인지 알게 된 지금은, 처음 왔을 때 몇 주일 동안 도크에 앉아 무슨 음악일까 누가 연주하는 음악일까 궁금해하던 때보다는 소리가 훨씬 더 맑고 선명했다. 하지만 지금은 연주에 조심스러움이 배어 있었다. 과거에 늘 그랬듯 자신감 넘치고 빠르지도 않았다. 스스로에 대한 확신이 없는 소리였다. 하지만 예뻤다. 그녀는 눈을 감았다. 이게 헨리 소리구나, 그녀는 깨달았다. 로리나 레오가 아니었다. 헨리가 바이올린을 연주하고 있었다. 아니 헨리가, 하고 그녀는 고쳐 말했다. 피들을 연주하고 있었다.

난 내 결혼 생활을 사랑했어. 불쑥 그런 생각이 들었다. 어째서 이 사실을 인정하는 게 그렇게 중요해 보이는지 알 수 없었다. 하지만 예전에도 지금도 그녀는 그 결혼을 사랑했고, 그건 끝이 났다.

이윽고 그녀는 집 안으로 들어가 아주 오래전에, 멘도사 형사가 준 명함을 찾았다.

24
전혀 다른 사람

「씨발 때가 됐지.」 새러베스가 말했다. 벨 소리가 울린 지 5초도 안 됐는데 전화를 받았다. 「내가 메시지를 몇 개나 남겼는지 알아요?」

「미안.」 그레이스가 말했다. 「미안해요.」 사과를 해봤자 잔소리를 끊을 수 없다는 건 알았지만, 그 말밖에 할 말이 없었다.

「아니, 농담 아니고. 몰라, 메시지를 스무 통은 남겼을걸요, 그레이스. 내가 당신을 위해서 애쓴다는 걸 좀 알아줬으면 해요.」

그레이스는 새러베스한테 자기가 보이기라도 하는 듯 고개를 끄덕였다.

「도망쳤어요.」 그녀는 간단하게 말했다. 「어디로 사라져 버리려고 했어요.」

「그 마음은 전부 다 알아요.」 새러베스가 말했다. 그 말과 함께 어조도 달라졌다. 「그저 말도 못 하게 걱정이 됐던 거예요. 일은 둘째고. **친구로서요.**」

「뭐…….」 그레이스는 한숨을 쉬었다. 「그건 고마워요. 그리고 사과할게요. 궁지에 몰아넣고 도망친 건 정말 미안해요. 그리고 앞으로는 절대 그런 일 없을 거라고 약속할게요.」

게다가 그런 일이 또 있을 리가 없지 않아? 하고 그레이스는 자문했다. 오늘 이후로, 이 전화 통화 이후로, 어차피 다시는 같이 할 얘기도 없을 텐데. 그리고 새러베스가 **친구로** 남을 일도 아마 없을 것이다.

「잠깐만요.」 새러베스가 말했다. 그레이스는 누군가 다른 사람한테 말하는 새러베스의 목소리를 들었다. 「**내가 다시 전화 건다고 말해 줘요…….**」

「그러니까 잘 들어요.」 새러베스가 말했다. 「이리 와서 우리와 얘기 좀 할 수 있어요? 제일 좋은 건 우리가 다 같이 앉아서 대책을 마련하는 거예요.」

그레이스는 원목 테이블을 보며 눈살을 찌푸렸다. 81번가 자기 집의 식탁에 앉아 있었다. 상판은 오래 닦지 않아서 더러웠다.

「솔직히 말해서 별로 그러고 싶지 않아요. 그쪽에서 할 말이 있으면, 물론 할 말도 엄청나게 많을 거고 다 마땅한 이유가 있겠지만요. 그냥 나한테 전해 주면 안 돼요? 재정적으로는 위약금을 상환해 줄 준비가 다 되어 있어요. 최근 들어 계약서를 다시 본 적은 없지만, 내가 지켜야 할 의무 조항은 알고 있으니까 그건 얼마든지 낼게요.」

새러베스로서는 흔치 않은 침묵이 한참 이어졌다. 그러더니 그녀가 말했다. 「글쎄요, 메시지 스무 통에 답장도 안 보내면 바로 이런 일이 생긴단 말이에요. 일어나지도 않은 일을 두고 자기네 마음대로 끼워 맞춰서 생각해 버린다니까. 게다가 그 생각은 절대로 옳을 리가 없다고요. 예를 들어서, 내가 장담하지만 모드 쪽에서는 위약금에 전혀 관심이 없어요. 1월 출간은 일단 보류했지요, 물론. 그렇지만 아직도 그 쪽 책을 내고 싶어 한다고요.」

그레이스는 빗소리를 들었다. 눈을 들어 주방 건너편 창문을 바라보았다. 빗방울이 에어컨을 두드리고 있었고, 갑자기 사위가 어두워져 있었다. 새러베스가 무슨 소리를 하는지 도통 알아들을 수가 없었다.

「이봐요, 나는 정말이지 이런 얘기를 이렇게 조잡하게 꺼내고 싶지가 않은데요. 하지만. 그레이스는 매력 있고 지적인 책을 쓴 무명의 데뷔 작가에서 아주 다른 종류의 작가가 된 거예요. 아주 많은 사람들이 흥미를 갖고 읽을 만한 책이죠. 이건 아주 중대한 변화니까 품위를 가지고 엄청나게 공을 들여야 해요. 출판사에서는 당신을 부당하게 이용할 의향이 전혀 없다는 건 내가 장담하죠, 그레이스.」

그레이스는 어쩔 수가 없었다. 폭소가 나와 버렸다.

「좋아요.」 그녀가 말했다. 「그건 믿어지네요.」

「그래요. 좋아요. 모드는 내가 10년 동안 알고 지낸 출판업자예요. 그녀와 같이 작업한 책이 적어도 20권은 될 거예요. 무섭게 똑똑하고 자기 일에 아주 유능하죠. 그러나 인간적으로 괜찮은 사람이 아니었다면 애초에 당신 책을 주지도 않았을 거예요. 이런 일이 일어나고 보니, 그 책이 모드한테 갔다는 사실이 더 고맙네요. 솔직히 지금 그 책을 들고 왔다 해도, 아마 제일 먼저 모드한테 보내는 게 좋겠다고 생각했을 거예요.」

그레이스는 여전히 아무 말도 하지 않았다. 하지만 이제는 적어도 생각을 하고 있었다.

「어디 있어요?」 새러베스가 말했다. 「어디서 거는 전화인지 내가 전혀 모른다는 거 알아요? 대체 지난 석 달 동안 어디 있었던 거예요?」

「아들을 데리고 코네티컷으로 갔었어요. 거기 우리 집이 있거든요. 여름 별장인데, 겨울에는 가서 살아 본 적이 없어요. 하지만 사실 좋았어요. 그래서 거기 눌러 살 생각이에요. 하지만 지금은 뉴욕에 있어요. 아파트에서 짐을 싸고 있죠.」

「상담 클리닉은 어떻게 하고요?」 새러베스가 말했다.

「매사추세츠 주 그레이트배링턴에서 개업해요.」 그레이스가 설명했다.

「잠깐, 지금 시내에 있어요?」 새러베스가 말했다. 「사무실에 잠깐 와줄 수 있어요?」

「안 돼요.」 그레이스가 말했다. 「그냥 짐을 싸고 있는 거예요. 아파트를 팔아서 사흘 뒤에 이삿짐 센터 사람들이 와요. 아무것도 할 수가 없어요. 게다가 이 일은 생각을 좀 해봐야 하겠어요. 솔직히…… 난 우리가 그 책은 끝낸 줄 알았어요. 아예 머릿속에서 지워 버렸다고요.」

「아, 우리는 절대 안 끝났어요.」 새러베스가 웃음을 터뜨렸다. 「사실 모드는 당신이 새 서문을 써주기를 원할 거예요. 그리고 다시 좀 봐야 할 내용들이 있기는 하죠. 이제는 더욱 뉘앙스도 섬세해지고 여운도 짙게 남는 책이 되었다고 생각해요. 아주 많은 독자들에게 다가갈 수 있는 잠재력이 있는 책이죠. 있잖아요, 이런 일을 당하게 된 건 정말 속상하죠, 그레이스, 정말 진심이에요. 그렇지만 적어도 덕분에 좋은 일이 하나 생길 수도 있어요. 언제 와서 의논을 할 수 있을까요?」

그레이스는 다음 주중을 말했다가 다시 생각해 보고 그로부터 2주일 후로 날짜를 제안했다. 그날 폐업을 하러 뉴욕으로 돌아올 예정이었다. 한 번 더 미안했다고 사과하자 새러베스가 또 괜찮다고 말하고 통화를 끊었다.

이제는 빗줄기가 더 거세지고 아파트 실내에 한기가 돌았다. 3월은 어디라도 우울한 달이지만, 뉴욕에서는 더 그랬다. 뉴욕의 사계절은 대체로 아름답지만 2월과 3월은 언제나 약간 예외였다. 뉴욕이 너무 좋아서 도저히 영영 떠날 수가 없는 그녀였지만, 이맘때는 좀 놓쳐도 아쉽지 않았다.

여기서 하루 종일 짐을 싼 지 이제 이틀째였다. 짐을 싸고 정리를 하고 수없이 많은 물건들을 버렸다. 당연히 내심 두려워하던 일이었지만, 막상 이사와 관련된 자질구레한 문제들을 처리하는 게 워낙 막중한 일이다 보니, 요란스럽게 빵빵거리던 마음속의 슬픔이 금세 놀랍도록 잠잠해졌다. 수천 개의 물건들이 있었는데, 하나도 빠짐없이 사연 하나씩을 매달고 있었다. 진부하거나 심오한 사연, 절박하게 행복하거나 절박하게 슬픈 사연들. 그러나 그 수천 개의 물건들은 또한 하나도 빠짐없이 목요일 〈모이시의 이삿짐 운반 업체〉가 도착하기 전 급속한 처리를 요했다.

운 좋게도 그레이스는 도시로 오는 길을 미리 몇 주일 전에 전략적으로 계산해 두었다. 코네티컷에 보낼 짐들도 많았다. 이미 작아진 옷가지를 제외하고 헨리의 소지품 전부가 해당되었다. 전부는 아니지만 그레이스 옷가지 대부분도 버렸다. 이제는 일하러 갈 때도 주로 청바지를 입고 가기 때문이었다. 뉴욕에서는 안 될 일이지만 그레이트배링턴의 환자들(지금까지 세 명이었다)은 전혀 개의치 않는 눈치였다. 그녀의 책들. 몇몇 가구와 그림은 차마 두고 갈 수 없었고, 부엌살림도 그동안 정말 그리웠었다.

이건 그나마 쉬운 일에 속했다.

두고 떠나야 할 것이 너무나 많았다. 상상의 방 안에 쌓아 놓으면 빽빽하게 가득 찬 산더미가 될 정도로 두 사람만의 물건이 엄청나게 많았다. 예를 들자면 조너선의 살림. 조너선 소유의 물건, 조너선이 사랑했던 물건. 또 결혼 생활의 부산물. 특별히 누구 한 사람의 것이 아니라 두 사람의 추억으로 얼룩진 사물들. 커피 머그, 전화기, 우산 꽂이. 이것들도 다 버리기로 했다. 다시는 보고 싶지 않았다.

사실, 이 일 역시 막상 해보니 놀랍도록 쉬웠다.

버킨 백, 아름다움의 상징, 그녀가 자기 자신을 위해 욕심을 부렸던 단 하나의 물건, 그토록 소중하게 옷장에 보관하고 자주 들지도 않았던 가방. 조너선이 그것을 그녀에게 주었지만, 이제 아무 감흥이 없었다. 하지만 그래도 이 백을 떠나 보내는 건 가슴 아픈 일이 될 터였다. 다칠세라 보드라운 오렌지색 천 가방에 넣고 매디슨 가의 앙코르 중고 매장으로 갔다. 원래 가치에 비해 푼돈을 받더라도 어쩔 수 없다고 체념하고 있었다. 그러나 그들은 아예 받아 줄 수 없다고 했다.

「위조품입니다.」 루이뷔통과 클로에와 에르메스 상자들을 지키는 프랑스 여자가 말했다. 손을 대기도 싫다는 듯 쯧,

하고 혀차는 소리를 냈다. 「품질은 좋은 위조품이지만, 그래도 위조는 위조죠.」

아니야, 안 돼. 그레이스는 자기도 모르게 말했다. 이것만은 확신이 있었다. 철저히 믿어 의심치 않았다. 그녀는 옷가지로 가득 찬, 여자들로 가득 찬 2층의 방에 그저 서 있었다. 그리고 그 생일을 기억했다. 커다란 오렌지색 에르메스 상자. 뭘 모르는 조너선이 에르메스에 그냥 들어가서 버킨 백을 달라고 했다는 실수담을 두고 같이 얼마나 웃었던가. 웃기는 이야기, 자기를 낮추는 이야기였다. 그 이야기 속 조너선의 따스한 순진함에, 누가 봐도 자기를 비웃는 젠체하는 판매 직원 앞에서 고집을 부리는 열의 때문에 그녀는 그를 더 많이 사랑하게 되었다. 하지만 그것조차 꾸며 낸 이야기였다. 그레이스는 버킨 백을 들고 나와서 오렌지색 천 가방에 든 채로 81번가와 매디슨 가 사거리에 있는 쓰레기통에 버렸다.

결국, 그것도 큰 상처가 되지는 않았다.

크게 아프지 않았던 일을 모조리 상쇄하고도 남을 만큼 저리게 아팠던 건 사진이었다. 가족의 앨범들과 벽마다 가득 찬 액자와 생활 사진. 남편, 아들, 그녀, 따로 또 같이. 조너선을 이 사진들에서 지울 수는 없었고, 그렇다고 버릴 수도 없었다. 그녀와 헨리의 역사이기도 했으니까. 하지만 그 사진과 같은 집에서 살아간다는 생각조차 견딜 수 없었다. 그래서 롱아일랜드의 에바네 집에 보내기로 했다. 아버지가 크나큰 친절을 베풀었다. 내일 직접 와서 사진들을 가져다가 그레이스가 갈 일이 없는 곳에 헨리가 — 아니 혹시라도 그녀가 — 준비될 때까지 보관해 주겠다고 했다.

게다가 어머니의 도자기도 갖다 준다고 했다. 하빌랜드 리모주 아르데코 도자기 세트 20점을 에바가 친히 포장해 주었다. 그건 코네티컷으로 가져가서 작은 시골집에 놓을 만한 자리가 있을지 찾아봐야 했다. 전반적인 대혼란의 와중에도 아주 약간 설레는 일이 있긴 했다. 에바에게 그 선물을 얼마나 감사하게 생각하는지 진심을 전하려고 노력했던 것이다. 물론 대실패로 돌아간 것 같았고, 에바 역시 그레이스만큼이나 그 주제에 대해 말하는 게 편치 않은 눈치이기는 했지만 말이다. 「네가 그걸 갖고 싶어 하는 마음을 조금이라도 알았으면 좋았을 텐데. 말을 안 해서 몰랐지 뭐니. 나한테는 그릇이 차고 넘치게 있으니까, 그레이스, 알잖니.」

그래서 다같이 그 문제는 거기서 마무리 지었다.

건조기에서 이불 빨래를 꺼내어 열심히 개고 있는데, 집 전화가 울리더니 경비원이 형사가 아래층 로비에 와 있다고 전해 주었다. 한순간 그레이스는 무슨 뜻인지 모르는 척하려 애썼다. 손에 쥐고 있는 이불 빨래는 따뜻했다. 좋은 시트였고 값이 싸지 않았다. ……달걀 빛깔이었다. 아니 크림색이라고 하던가. 예전에는 베이지색이라고 불렀겠지만 요즘은 아무도 시트를 베이지색이라고 하지 않는다. 시트는 아무 잘못이 없었다. 그녀가 깔고 잤고 조너선과 사랑을 나누었다는 게 문제였다. 혼수 이불을 가지고 새 삶을 시작할 수는 없었다.

형사는 몇 분 후에 올라왔고 그레이스가 문을 열어 주었다. 한 손에는 다른 시트, 매트리스 커버용 시트를 들고 있었다. 아무리 해도 매트리스 커버를 잘 개는 법을 터득하지 못

한 그레이스는 형편없이 빨래를 개고 있던 참이었다. 오루크 형사는 벌써부터 정신이 딴 데 팔린 얼굴을 하고 엘리베이터에서 내렸다.

「안녕하세요. 친구분은 어디 두고 혼자 오셨어요?」 그레이스가 말했다.

그는 자기 등 뒤를 슬쩍 바라보았다. 엘리베이터맨이 막 문을 닫고 있었다.

「방해해서 죄송합니다.」 그는 대답 대신 이렇게 말했다. 「빨래를 하고 계셨나 봅니다.」

「짐을 싸고 있었어요. 시트는 기부할 거예요. 먼저 빨아야 할 것 같아서.」

「그렇군요.」 그녀 등 뒤로 열린 문 안을 바라보더니 그가 말했다. 「이야. 정말로 이사를 가시나 봅니다.」

「정말로 가요.」 그레이스는 슬슬 조급증이 돋기 시작했다. 각오를 하고 있는 것만도 엄청나게 힘든 일이었다.

「잠시 들어가도 되겠습니까?」

「부탁인데 그냥 말해 주시면 안 돼요?」 그녀가 말했다. 「뭔가 해줄 말이 있어서 오신 것 같은데요.」

오루크는 우울하게 고개를 끄덕였다. 「남편분의 신병을 확보했다는 소식을 전해 드리러 왔습니다. 파트너가 송환 절차를 알아보러 갔고요. 앉으시겠습니까?」 여기가 그녀 집이 아니라는 듯, 그가 말했다.

그레이스는 문을 활짝 열어 주었다. 그러면서 자기 손을 보았다. 그 손이 자기 몸에 붙어 있는 것 같지 않았지만, 그런 것처럼 행동하려 애썼다.

「충격이지요.」 오루크는 모르고 있던 사실을 말하는 것처럼 말했다. 「우리 좀 먼저 앉읍시다.」

그들은 부엌으로 돌아갔다. 그레이스는 엉망진창으로 갠 시트를 기부 상자에 넣었다. 그리고 순순히 더러운 식탁 맞은편에 앉았다.

「어디로 이사 가십니까?」 오루크가 물었다.

「코네티컷이요.」

「아. 미스틱 좋지요. 거긴 가본 적 있습니다.」

「아니요. 반대편 끝쪽이요. 북서부. 12월부터 거기 살고 있어요.」 말을 하다 멈췄다. 12월부터 어디 살았는지 모를 리가 없었다. 「그이는 어디 있나요? 조너선은? 캐나다에 있나요?」

「아니요. 브라질입니다.」

그레이스는 형사를 쳐다보았다. 하지만 방금 한 말은 도무지 말이 되지 않았다. 브라질은 말이 되지 않았다.

「이해가 안 되네요. 그 편지는.」

「아, 그 편지는 남편분이 보낸 겁니다. 그리고 노스다코타 주[128] 마이넛에서 부친 거예요. 하지만 직접 부치지는 않았을 거라 확신하고 있습니다. 아마 돈을 주고 시켰을 겁니다. 아니면 기꺼이 해줄 사람을 찾았든가요. 아시다시피 자기가 원하는 걸 해줄 사람을 찾는 데 워낙 능하니까요.」

「그렇지만…….」 그레이스는 고개를 절레절레 젓고 있었다. 끈적거리는 상판을 짚은 손가락이 쫙 펴져 있었다. 「어째서 그런 짓을 한단 말이에요? 어째서 굳이 어디 있다는 둥 위치를 알린단 말이죠?」

128 캐나다와 국경을 접하고 있는 미국 동북부의 주.

「뭐,」 오루크는 온화하게 말했다. 「아시잖아요, 마이넛은 국경 지대에서 차로 한 시간 거리도 안 됩니다. 그 위로 무방비 국경 지대가 수천 마일 있고 인디언 보호 구역 치페와도 있지요. 그곳을 넘을 가이드를 구하는 건 그렇게 어렵지 않을 겁니다. 아무도 모르게 이 나라를 떠나고 싶다면 당연히 그곳으로 갈 겁니다. 저라도 그쪽으로 갈 거예요.」 자기가 하는 말이 곧 권위라는 듯한 선언이었다.

「그런데 그이는 그러지 않았잖아요. **브라질로** 갔다면서요.」 그레이스는 경악했다. 남편에 대한 마지막 한 가지 생각을 그녀는 버리지 못하고 있었다. 캐나다 유콘 주 화이트호스의 얼어붙은 강을 따라서 이제는 박물관이 된 **클론다이크**라는 복원된 유람선을 지나쳐 걸으면서 그녀가 나타나기를 기다리고 있는 모습. 그녀는 자기 입맛대로 이 픽션에 맞춰 남편의 옷차림을 상상해 버렸다는 걸 깨달았다. 상상 속에서 남편에게 두꺼운 플란넬 셔츠를 입히고 이제 길게 자란 머리카락 위로 눌러쓴 털모자 차림으로 고개를 푹 숙이고 호주머니에 손을 찔러 넣은 채 그녀를 기다리며 산책길을 걷게 만든 게 그녀 자신이라는 걸 깨달았다. 도저히 참을 수가 없었다.

「어째서 나한테 그런 편지를 보냈을까요?」

「아마 부인께 엿을 덜 먹였다고 생각했나 보죠.」 오루크는 아무렇지도 않게 내뱉었다. 「틈만 나면 다른 사람한테 엿을 먹이지 못해 안달인 인간들이 있거든요. 아무 이유도 없이. 원래 그런 인간들이라 그렇게 사는 겁니다. 예전에는 이해를 해보려고 했었어요. 정말이지, 대체 대가리에 뭐가 차 있을까, 그런 생각을 했단 말이죠. 그런데 이제는 그냥…… **그러거나 말거나, 그렇게 생각하게 됐습니다.** 어차피 절대로 이해하지 못할 테니까요. 그저 그런 인간들 뒤처리나 해주는 거죠.」 그는 여유롭게 어깨를 으쓱해 보였다. 이를 비롯해 삶의 수수께끼를 숙고할 시간은 앞으로도 영원히, 얼마든지 있다는 듯이. 「하지만 제가 뭐라고 부인께 이런 얘기를 하고 있는지 모르겠네요. 부인이 정신과 의사이신데.」

그렇지요. 그레이스는 생각했다.

「그런 책도 쓰셨잖아요, 그렇죠?」

아니에요. 그녀는 생각했다. **그건 전혀 다른 사람이었어요.**

「게다가 우리도 같이 엿 먹여야 했던 거죠. 돌 하나 던져서 새가 몇 마리 잡히는 겁니까. 우리는 마이넛과 화이트호스 양쪽으로 다 사람을 보냈어요. 산악인들의 협조도 받았죠. 그쪽 등산길을 다 살펴보고, 그 친구가 묘사한 배 주위도 뒤지고 12월 이후로 세놓은 집도 싹 다 살폈는데 아무것도 나오지 않더군요. 그런데 인터폴에서 전화가 한 통 왔습니다. 브라질에 있다는 사람이 그놈이었습니다. 의심의 여지가 없었죠. 멘도사가 며칠 전에 공식적으로 송환 요청을 하려고 내려갔습니다. 빨리 처리되지는 않겠지만, 결국 보내줄 겁니다. 보통은 브라질 국적인 경우에만 골치 아프게 굴거든요. 범죄자 인도 조약도 맺은 관계고.」

그가 말을 하다 멈췄다.

「요즘 어떻게 지내세요?」

「그냥…….」 하지만 말을 맺을 수가 없었다. 그녀는 고개를 흔들었다.

「우리한테 직접 들으시는 게 좋겠다고 생각했습니다. 하루 이틀이면 누군가 알아낼 테니까요. 물론 더 일찍 터질 수도 있지요. 그냥 저희가 직접 말씀드리고 싶었어요. 협조 노력을 해주셔서 감사하고 있습니다.」

그녀는 고개를 끄덕였다. 「리오가 워낙 대도시니까 그 속에서 사라질 수 있을 거라 생각했을 거예요.」

「아닙니다.」 오루크가 말했다. 「리오가 아니에요. 아마존 강 상류에 있는 마나우스라고, 들어 본 적도 없는 데 있더군요. 제대로 발음하는지도 모르겠어요. 스페인 말인 것 같던데.」

아니면 포르투갈어겠죠. 그레이스는 생각했지만 말하지는 않았다.

「열대 우림 한가운데입니다. 차로 갈 수가 없는 곳이에요. 비행기나 배를 타고 가야 합니다. 배를 탄 것 같은데 확실하지는 않아요. 결국은 전말을 다 알아내게 될 겁니다. 그리고 어떻게 국경을 넘었는지 그것도 알고 싶고요. 하지만 일단 지금은 배 쪽을 염두에 두고 있습니다. 큰 항구예요. 멘도사가 토요일에 거기 도착했습니다. 오늘 아침 전화를 했더군요. 오페라 하우스가 있대요. 마을 한가운데 거대한 분홍색 오페라 하우스가 있답니다. 백 년 전쯤 영국에서 자재를 다 실어서 통째로 옮겨 왔다는군요. 좋아 죽더라고요.」 그는 살짝, 이 상황에서 말도 안 되는 웃음을 터뜨렸다. 「멘도사가 오페라를 진짜 좋아하거든요. 엄청난 취미예요. 자기 부인이 아프다고 나를 대신 데리고 링컨 센터에 간 적도 있어요. 내 평생 그렇게 괴로운 네 시간은 처음이었죠.」

그레이스는 자기가 따라서 웃고 있다는 게 놀라울 따름이었다.

「오페라는 뭐였어요?」

「세상에, 기억도 안 나요. 무대에 말[馬]이 나왔어요. 그래도 전혀 재미가 없더라고요. 하지만 아마존 한가운데서 오페라 하우스를 기대하지는 않잖아요.」

그녀는 의자에 기대앉았다. 머리가 터질 것 같았다. 빨래며 이삿짐, 꽉꽉 채워서 보내 버려야 할 상자들이 그리워졌다. 형사가 어서 가버리면 좋겠다는 생각이 들었다.

「〈피츠카랄도.〉」 그레이스가 말했다. 「아마존 정글에 오페라 하우스를 짓는 영화였어요. 이 얘기 들어 본 적이 있어요.」

「피츠…… 뭐라고요?」

그녀는 철자를 불러 주었고 형사는 공책을 꺼내어 받아 적었다. 「멘도사에게 말해 줘야겠어요. 보고 싶어 할 겁니다.」 그러더니 부엌을 두리번거렸다. 「체계적으로 일하고 계시는군요.」

「아, 그래요. 어떤 상자들은 코네티컷으로 보내고, 상당수는 하우징 워크스[129]로 가요. 사실 전부 다 버리다시피 하는 거죠. 필요하신 물건은 다 챙기셨죠?」

오루크가 그녀를 보았다.

「조너선의 소지품이요. 혹시 원하시는 게 있으면 지금 말씀하세요.」

「아, 우리는 됐습니다. 물론, 혹시 뭐든 우리가 봐야 할 만한 게 나온다면…….」

그레이스는 고개를 끄덕였지만 이만하면 됐다고 생각했

129 뉴욕에 기반을 두고 있는, 에이즈 환자와 노숙자를 위한 자선 단체.

다. 지금부터는 각자 알아서 사는 거다.

「그럼.」 형사가 일어났다. 「그럼 가보겠습니다.」

그레이스도 일어섰다. 이제 마음이 놓였다.

「아드님은 어디 있습니까?」 그는 현관문으로 걸어가며 안부차 물었다.

「할아버지 할머니 댁에 있어요. 학교 봄 방학이라서요.」

「아. 아버님은 만나 뵈었습니다. 12월에 말씀을 나눈 적이 있습니다.」

「아니요.」 그레이스가 말했다. 「다른 할아버지 할머니 댁이에요. 조너선의 부모님과 롱아일랜드에 있어요.」

오루크가 발길을 멈추고 그녀를 돌아보았다. 「그건…… 어, 놀랍네요. 그분들과 얘기했을 때는 부인도 아드님도 본 적이 없다고 하셨는데.」

「지난달에 뉴욕에서 식사를 함께 했어요. 마음이 잘 통해서 2~3일 와서 자고 가라고 초대를 하셨어요. 헨리가 가고 싶다고 해서요.」

형사가 고개를 끄덕였다. 목에 면도를 잘못해서 띄엄띄엄 수염이 나 있었다.

「잘됐네요. 좋은 분들입니다. 워낙 힘든 일을 많이 겪으셨어요.」

우리 모두 힘든 일을 많이 겪었지요. 자동적으로 생각하지 않을 수 없었다. 그렇지만 그런 말을 한들 뭐가 달라질까?

그녀가 문을 열어 주었다. 형사는 엘리베이터 호출 버튼을 눌렀다.

그레이스는 반쯤 열린 문틈에 어색하게 서 있었다. 행동

규범을 알 수 없는 이상한 순간이었다. 바로 이 자리, 바로 이 문간에서 손님을 바래다주러 나와 서 있던 적이 수도 없이 많았다. 놀이 친구, 베이비시터, 파티 손님들. 오래전 여기서 남자 친구를 배웅했던 적도 있었다. 엘리베이터가 오기 전 최대한 키스를 오래 하려고 몸을 쭉 내밀고 서 있었다. 보통은 손님이 어서 가기를 바라면서 한가로운 잡담을 나누기 마련이었다. 하지만 지금은 보통 때가 아니었고, 오루크 형사와 나눌 만한 잡담도 없었다. 그렇다고 그냥 문을 닫고 들어갈 수도 없었다.

「저기 말입니다.」 형사가 불쑥 말했다. 「이 말씀을 안 드리면 제가 내일 아침에 땅을 칠 것 같아서요.」

그레이스는 문틀을 꽉 붙잡고 온몸에 힘을 주고 마음을 가다듬었다. 수은처럼 유동적인 〈이 말〉이 가질 수 있는 오만 가지 형태가 그녀를 스치고 지나갔지만, 반가운 건 하나도 없었다. 내일 아침 말 못 했다고 땅을 칠 만한 말은 — 비난이든 감사든 그녀가 처한 상황에 대한 훈계든 — 아무것도 듣고 싶지 않았다. 하지만 형사가 그 말을 하러 다시 돌아오는 건 더욱 달갑지 않았다.

「브라운즈빌에 제가 아는 가족이 하나 있거든요. 브루클린 아시죠?」 형사가 그녀를 보았다.

그레이스는 눈살을 찌푸렸다. 「그런데요.」

「사실, 작년에 그 집 아들 하나를 제가 체포했거든요. 하지만 알고 보니 정말 좋은 애더라고요. 친구들을 잘못 사귀어서 그렇지. 그래서 서류를 우리가 좀 손봤어요. 에이…….」 그는 슬며시 웃으며 말했다. 「그럴 때가 있어요.」

도무지 영문을 알 수가 없어 그레이스는 그냥 기다렸다.

「아무튼, 그 식구가 보호소에서 살다가 몇 주일 전 아파트를 하나 얻었거든요. 임대 아파트요. 아시죠, 지원 나오는 거. 아무튼 잘됐죠. 그런데 살림이 하나도 없어요. 마룻바닥에서 자고 있거든요. 아까 말했듯이 어쩌다 좀 알게 됐는데, 좋은 식구예요.」

그레이스의 귓전에 로비에서 출발하는 엘리베이터 소리가 희미하게 들려왔다.

「그러니까 어차피 하우징 워크스에 다 갖다 줄 거라면, 아니 뭐 그것도 좋지만요. 그냥 생각해 본 건데, 혹시 부인이 원하신다면…….」

「아.」 드디어 무슨 말인지 알아들었다. 「아, 그럼요. 물론이죠. 저야 좋죠. 뭐든 그분들이 원하신다면 괜찮아요. 침대도 있고, 시트도, 수건도 있어요. 냄비하고 프라이팬도 있고요.」

형사의 얼굴에 긴장이 풀리더니 아이처럼 행복한 표정을 지었다. 딴판으로 보였다. 갑자기 젊은 청년이 된 것 같았다. 젊은 형사 오루크. 이렇게 훌쩍 달라지다니.

「그 사람들에게는 정말로 멋진 일이 될 거예요. 상상도 못 하실 겁니다.」

다음다음 날 그 집 아버지와 두 아들을 데리고 트럭을 하나 빌려서 다시 돌아올 일정을 급히 정했다.

「좋은 식구들이에요.」 오루크가 다시 말했다. 「거지 같은 집구석도 많이 봤거든요. 이 사람들 참 좋은 식구예요.」

「그럼요.」 그레이스가 말했다. 이제 더 이상 좋은 식구가 뭔지도 잘 모르는 그녀였지만 형사는 알지도 모른다. 「아무한테나 서류를 손봐 주시지는 않겠죠.」

「그럼요.」 형사는 조금 수줍어 보였다. 「있잖아요. 말씀드리고 싶었는데. 부인께서 아무것도 모르신다는 건 저희도 알고 있었습니다. 처음 얘기 나눌 때부터 확신이 있었어요. 고생시켜 드려서 마음이 좋지 않았어요. 나쁜 분이 아니라는 건 알고 있었습니다.」

그레이스는 뺨이 후끈후끈 달아오르는 것을 느꼈다. 고개를 끄덕였지만 그를 보지는 않았다. 「그냥…… 나쁜 친구를 사귄 거라 그 말씀이시죠?」

「남자를 잘못 고른 거죠. 허구한 날 있는 일입니다.」

모르겠어요. 그레이스는 생각했다. 엘리베이터가 가까이 와 있었다.

형사 뒤로 문이 끼익 소리를 내며 열렸고 오루크가 손을 흔들며 뒷걸음질을 쳤다. 그레이스는 반쯤 열린 문틈에서 형사가 보이지 않을 때까지 서 있었지만, 안으로 금세 들어가지 않았다. 그 대신 거기 서서 승강기가 덜컹거리고 끽끽거리면서 하강하는, 친숙하기 이를 데 없는 소리를 듣고 서 있었다. 드디어 문이 열리고 형사가 로비로, 비가 내리는 어둑한 오후로, 그녀가 살던 거리로 나가는 소리가 들려왔다.

감사의 말

치료와 관련해서, 그리고 슬프게도 세상 어디에나 존재하는 인간형인 소시오패스에 대한 통찰을 제공해 준 필 오레이비와 앤 코렐리츠에게 감사합니다. 너그럽게 공유해 주신 전문 지식을 값지게 활용할 수 있었습니다. 뉴욕 사립 학교에 대해 예리한 분석을 해준 니나 코렐리츠 마차에게도 감사의 뜻을 표합니다. 뉴욕 형사계의 작업 방식에 관해 도움을 주신 팀 멀둔에게도 감사를 드립니다. 아름다운 시 「독일의 레퀴엠」을 쓸 수 있게 허락해 주셔서 감사해요, 제임스 펜턴. 데버라 미셸은 언제나 그렇듯 상상할 수 있는 최고의 독자입니다. 이 소설을 믿어 주신 수잰 글룩, 데브 퍼터, 다이앤 슈아, 소냐 슈즈, 엘리자베스 셰인크먼, 세라 새빗에게는 어떤 감사의 말도 충분치 않습니다.

가족과 친구들, 십보드 커뮤니티 시메스터 앳 시[1]의 2012년 봄 학기 동기들(이 소설의 상당 부분은 선상에서 쓰였습니

1 Shipboard Community Semester at Sea. 유람선으로 전 세계를 여행하면서 세계 시민 교육을 받는 형태의 평생 교육 학교.

다), 그리고 캐런 크로너, 폴 와이츠, 케리 코핸스키 로버츠, 애나 드로이, 그리고 티나 페이, 창작은 혼자 할 때라도 언제나 대화라는 사실을 상기시켜 주어 감사합니다.

옮긴이의 말

『진작 알았어야 할 일*You Should Have Known*』의 작가 진 한프 코렐리츠는 이 작품의 주인공처럼 뉴욕 시에서 태어나 자란 뉴욕 토박이로, 명문 다트머스 컬리지에서 영문학을 전공했다. 작가로 데뷔한 후 이 작품을 포함한 여섯 편의 장편소설을 발표했으며 시집과 아동 소설을 출간하기도 했다. 최근에는 제임스 조이스의 단편 「죽은 사람들The Dead」을 연극으로 각색하여 무대에 올리는 기획에도 적극 참여하는 등 다방면에서 활발하게 활동하고 있다.

진 한프 코렐리츠의 모든 창작 활동은 〈뉴욕〉, 특히 뉴욕의 맨해튼이라는 특별한 장소성을 핵심에 두고 있다. 가히 모든 면에서 미국뿐 아니라 세계의 문화적, 교육적, 금융적 중심지라 할 수 있는 특별한 도시. 이민자들이 미국에 처음으로 입성한 곳인 엘리스 섬이라는 상징적 장소를 지닌 자유와 다양성의 도시, 그러나 5번가로 상징되는 강고한 기득권의 요새가 잔인한 폐쇄성과 우월주의를 품고 우뚝 서 있는 도시. 『진작 알았어야 할 일』은 뉴욕이라는 장소가 특수한 종류의 속물근성과 특권 의식으로 내면화된 심리적 풍광에 관심을 갖는다.

성공한 변호사의 외동딸로 심리 치료사라는 전문직에 종사하면서 하버드 의대 출신의 종합 병원 의사인 남편을 둔 주인공 그레이스 라인하트 색스는, 자신이 분별과 합리의 화신이라고 여기며 완벽한 결혼 생활을 일궈 나가고 있다고 믿고 있다. 하지만 소설은 그녀의 내면을 처음부터 집요하게 묘사하며 비뚤어진 속물근성과 특권 의식을 하나씩 까발린다. 전문직 종사자들이 상속자들이나 금융 자산가들에게 갖는 비뚤어진 우월 의식과 열패감, 영재 교육에 대한 집착, 전문직의 헌신적 소명으로 상대적 박탈감을 상쇄해 보려는 자기 위안. 타인의 심리를 꿰뚫어 보고 스스로 알아채지 못하는 맹목을 깨뜨려 깨달음을 주는 일을 업으로 삼고 살면서도, 그레이스는 자기 자신의 삶과 내면에 대해서는 자신이 남에게 들이대는 잣대를 들이대지 않는다. 파국으로 치달은 결혼 생활에 상처 입은 사람들을 상담 치료하면서 그레이스는 〈당신은 진작 알았어야 한다〉고 마음속으로 단죄한다. 물론 이 단죄의 칼날이 자기 자신한테 향할 것이라는 사실을 웬만한 독자들은 앞부분에서부터 예감할 테니, 스포일러라고 하기도 무색할 것 같다. 그러니 소설의 서스펜스는 과연 그레이스가 어떻게, 언제 깨닫게 되는가에 더 무게를 두고 진행된다.

하지만 메모리얼 슬론케터링 병원, 리어든 사립 학교, 5번가의 브라운스톤 저택들, 〈E.A.T.〉라든가 크래프트 레스토랑 같은 구체적 지명을 걷어 내고 보면, 서울을 비롯한 글로

벌한 대도시의 부촌들을 둘러싼 심리적 풍광 역시 크게 다르지 않을 것이다. 아이들의 교육을 두고 벌어지는 치열한 돈과 정보의 전쟁, 자산가와 전문직종 간의 보이지 않는 간극과 미묘한 열패감, 자기 위안과 질시로 얼룩진 욕망의 이면, 그 속에서 드러나는 감정과 소름 끼치는 소통의 부재, 그런 욕망을 체화하고 창궐하는 소름 끼치는 신인류, 소시오패스들의 행각까지. 따라서 이 작품은 뉴욕이라는 장소성을 극대화해 세밀하게 묘사하고 있는 소설이지만, 우리 독자들에게도 그렇게 낯설지 않게 다가올 거라는 믿음이 있다.

어쩌면 이 소설이 진행되고 끝을 맺는 방식은 전형적인 스릴러를 기대하는 독자들의 예상과 기대를 깨뜨리고 벗어날지도 모르겠다. 더 이상의 설명은 사족이 될 것 같지만, 쉽게 읽히면서도 가볍지 않은 화두를 던지고 해답을 모색하는 이야기의 진정성은, 단순한 베스트셀러 소설로만 치부하기 어려운 날카로운 문제의식을 여운으로 남긴다.

이 작품의 번역 대본으로는 Jean Hanff Korelitz, *You Should Have Known*(New York: Grand Central Publishing, 2014)을 사용했다.

2017년 5월
김선형

옮긴이 **김선형** 1969년 서울에서 태어났다. 서울대학교 영어영문학과를 졸업하고 동 대학원에서 논문 「Arthur Miller의 글에 나타나는 희망의 모색」으로 석사 학위를, 2006년 르네상스 영시를 전공하여 논문 「〈내면의 낙원〉과 『실낙원』의 정치성」으로 문학 박사 학위를 받았다. 세종대학교 초빙 교수로 재직한 바 있으며, 2010년 유영번역상을 수상했다. 옮긴 책으로는 아이작 아시모프의 『골드』, C. S. 루이스의 『스크루테이프의 편지』, 토니 모리슨의 『빌러비드』와 『재즈』, 마거릿 애트우드의 『시녀 이야기』, 실비아 플라스의 『실비아 플라스의 일기』, 더글러스 애덤스의 『은하수를 여행하는 히치하이커를 위한 안내서』, 킹슬리 에이미스의 『럭키 짐』, F. 스콧 피츠제럴드의 『벤자민 버튼의 시간은 거꾸로 간다』, 카렐 차페크의 『도롱뇽과의 전쟁』, 『곤충 극장』, 조조 모예스의 『미 비포 유』등이 있다.

진작 알았어야 할 일

발행일 **2017년 6월 10일 초판 1쇄**
2017년 8월 20일 초판 3쇄

지은이 **진 한프 코렐리츠**
옮긴이 **김선형**
발행인 **홍지웅·홍예빈**
발행처 **주식회사 열린책들**

경기도 파주시 문발로 253 파주출판도시
전화 **031-955-4000** 팩스 **031-955-4004**
www.openbooks.co.kr

ISBN 978-89-329-1831-0 03840

이 도서의 국립중앙도서관 출판예정도서목록(CIP)은 서지정보유통지원시스템 홈페이지(http://seoji.nl.go.kr)와 국가자료공동목록시스템(http://www.nl.go.kr/kolisnet)에서 이용하실 수 있습니다.(CIP제어번호:CIP2017011121)